BOLSILLO
ZETA

Título original: *The Overseer*

Traducción: Jordi Arbonés

1.ª edición: octubre 2005

para el sello Zeta Bolsillo
Bailén, 84 - 08009 Barcelona (España)
www.edicionesb.com

Printed in Spain
ISBN: 84-96546-46-2
Depósito legal: B. 38.506-2005

Impreso por LIBERDÚPLEX, S.L.
Constitució, 19 - 08014 Barcelona

EL SEÑOR DEL CAOS

JONATHAN RABB

BOLSILLO
ZETA

Para mamá y papá

Agradecimientos

Un primer libro implica estar en deuda con mucha gente, pero debo destacar a:

Rob Roznowski, Rob Tate y Dan Elish, por sus perspicaces comentarios a los primeros borradores, pero sobre todo por su amistad.

Peter Spiegler y Mark Weigel, cuyo conocimiento del funcionamiento de los mercados fue de un valor inestimable.

Rob Cowley y Byron Hollinshead, cuyos sabios consejos sólo palidecen ante el ánimo que me infundieron.

Doug Hertz, que hizo llegar el manuscrito a William Morris.

Matt Bialer de William Morris, cuyo entusiasmo, buen criterio y experiencia convirtieron el bautismo en el mundo editorial de este autor novel en todo un placer.

Kristin Kiser de Crown, que hizo que tanto el proceso de corrección como el de mi aprendizaje del oficio de escritor de ficción resultaran un deleite.

Los profesores Anthony Grafton y Theodore Rabb de la Universidad de Princeton, quienes dedicaron su erudita mirada a *El supervisor*.

Maquiavelo, Hobbes, Hegel y Mill, los verdaderos inspiradores.

Y, por supuesto, mi familia, ellos saben por qué.

Tres ejecutores y un supervisor hacen cuatro ladrones.

Antiguo proverbio inglés

La lechuza de Minerva alza el vuelo al anochecer.

G. W. F. Hegel

En el verano de 1531, soldados de los Médicis, a las órdenes del papa Clemente VII, torturaron hasta causarle la muerte a un monje suizo del que poco se sabe, Eusebius Eisenreich. Lo que Eisenreich se negó a revelar era el sitio donde se hallaba un simple manuscrito.

El Papa jamás lo encontró.

Prólogo

Wolf Point, Montana, 1996

El resplandor de la luna se filtraba entre los árboles, proyectando sombras sobre la maleza y moteando los brazos y las piernas de las tres figuras que avanzaban sumidas en un fulgor fantasmal. Se movían rápidamente, con premura, pasando de una franja de luz a otra sin producir sonido alguno. El frío penetrante del aire nocturno les mordía las escasas partes expuestas de la piel del rostro, pero no tenían tiempo para preocuparse por eso. Una sola obsesión ocupaba sus mentes: la carretera. Tenían que llegar a la carretera. Aquellos cuerpos jóvenes y musculosos, forjados durante horas y horas de entrenamiento y ejercicio, habían aprendido a soportar el dolor punzante que les trepaba por las piernas. Dos semanas de temperaturas bajo cero habían dejado el suelo del bosque convertido en una dura masa de tierra y raíces que entorpecía el avance. A pesar de todo, llevaban un ritmo excelente: en diez minutos más, habrían logrado su objetivo.

Sin embargo, ninguna de las tres tenía idea de lo que harían a continuación. Sólo sabían que se encontrarían solas, fuera del predio, muy lejos del mundo cuasi idílico en el que habían vivido durante los ocho últimos años: un lugar donde jóvenes de ambos sexos habían aprendido a descollar, a exigir el máximo de sí mismos, siempre satisfechos de formar parte del todo. Aislados y rodeados de otras «jóvenes promesas», instruidos con un propósito, con miras a un destino. Eso era lo que el anciano les había enseñado, lo que ellas mismas creían. Los recuerdos de su existencia anterior a su residencia en Montana —familias, amigos, lugares— hacía tiempo que se habían desvanecido. Allí tenían todas las cosas y las personas que necesitaban. No había motivo alguno para buscarlas en otra parte.

Al menos así había sido hasta que las tres comenzaron a percibir algo más allá de las órdenes rutinarias, más allá de la necesidad de complacer. Quizás era simplemente que se habían hecho mayores, que habían dejado de ser unas crías para convertirse en mujeres. Sea cual fuere la razón, habían llegado a comprender lo que el anciano esperaba de ellas, lo que esperaba de cada uno de sus pupilos. Y ese conocimiento les había causado confusión y miedo. Ya no estaban dispuestas a acatar órdenes sin cuestionarlas, y por eso habían comenzado a conversar entre ellas y a formular preguntas.

—No tenéis que preguntar —había dicho él—. Tenéis que actuar. ¿Está claro?

—No lo entendemos —habían contestado ellas.

El castigo había sido inmediato y severo.

—Una gentil advertencia —les había dicho el anciano.

No obstante, no fueron los días de ayuno, de encierro y penitencias corporales lo que las había llevado a cuestionar el mundo que habían conocido durante tanto tiempo, ni siquiera la sospecha tan poco sutil de que podían ser eliminadas si sus inquietudes volvían a despertarse. Fue su respuesta. «No tenéis que preguntar. Tenéis que actuar.» Esa sola frase despojaba de sentido su libertad personal. Y a pesar de todo, ellas habían vacilado. ¿Había sido ése el mensaje en todo momento? ¿Era eso lo que había tratado de enseñarles a creer? No. Ellas sabían que no había desafío alguno en esas palabras, ningún incentivo para que se esforzaran para ser las mejores, sino sólo la brutalidad de la amenaza.

Y por eso habían decidido huir.

Habían salido pasada la medianoche. En silenciosas carreras desde distintas cabañas habían llegado las tres hasta la verja. A sus catorce años, la más joven era un genio de la electrónica; ella se había encargado de los cables: una simple cuestión de cambio de polos, con el fin de disponer del tiempo necesario para escabullirse a través de la cerca y buscar la protección de los árboles. Sin embargo, se había producido un momento de pánico al aparecer un guardia a no más de veinte metros de donde se encontraban ellas en el preciso instante en que se cortaban los dos delgados rayos de luz. Las muchachas se habían quedado paralizadas, tendidas de bruces sobre el césped, pero el hombre había pasado de largo, sin advertir los tres cuerpos que yacían en las sombras: las polainas, los jerséis con cuello de cisne y las capuchas negras como el azabache les sirvieron de camuflaje.

Los primeros minutos dentro del bosque transcurrieron con relativa tranquilidad. A pesar de los inesperados surcos que les causaron torceduras en los tobillos y de las ramas que les arañaban la suave piel del rostro, ellas seguían adelante: una fila ondulante compuesta por tres cuerpos que se abrían paso a través de la espesura. Los rayos intermitentes de luz permitían ver con más facilidad los surcos, todo resultaba más fácil de ver. Un solo guardia apostado en el perímetro del predio, y tendrían muy pocas posibilidades de cruzarlo. Ellas confiaban en que la noche fuera oscura como boca de lobo, o en que el cielo estuviera totalmente cubierto. Pero no tuvieron esa suerte. Por lo menos, la inclinación del terreno las ayudaba a descender con mayor rapidez.

Al llegar a un pequeño claro, la joven que cerraba el trío fue la primera en oírlo. Distante al principio, pero luego con mayor insistencia: el rumor de la persecución. Por un momento, consideró la posibilidad de que se tratase de un eco, pero la cadencia era desigual, y el ritmo se aceleraba a cada paso que daban. No hubo necesidad de alertar a las demás. Ellas también lo habían oído. Al unísono, aceleraron el ritmo, ejerciendo menos dominio sobre los brazos y las piernas, por lo que les fallaban las rodillas a causa de la tensión. Con un súbito estallido, unos rayos de luz comenzaron a cruzarse entre los árboles que las rodeaban, al tiempo que el instinto las obligaba a agacharse y abrirse paso con la cabeza baja en el entreverado de ramas que les arañaban el rostro con mayor virulencia aún.

—Separémonos —murmuró la muchacha que abría la marcha, lo suficientemente fuerte como para que la oyeran las demás.

Habían conversado sobre ello en el curso de las semanas anteriores y habían coincidido en que al menos una de ellas tenía que lograr escapar para explicar lo que ocurría allí dentro. Yendo cada una por su lado, aumentaban las posibilidades de lograrlo. Se dispersaron sin despedirse siquiera con la mirada, pues no había tiempo para semejantes demostraciones. La carretera. Tenían que llegar a la carretera. Instantes después, estallaba la primera descarga de armas de fuego.

Una figura encorvada contemplaba el cielo nocturno, con las manos apretadas contra el pecho en un esfuerzo por entrar en calor. El anciano llevaba una chaqueta fina echada sobre los hombros, la única prenda que había encontrado a mano cuando llegó el mensaje. Por alguna razón, empero, estaba disfrutando del frío, quizá como una penitencia por su fracaso. Las jóvenes habían traspuesto la cerca, tal como él había previsto. El escuadrón iba estrechando el cerco, no obstante, él sólo sentía la pérdida. Había tenido la esperanza de que aprenderían. Nunca había disfrutado de esos momentos, las contadas ocasiones en que el destino le obligaba a perseguir a los suyos. Los tres muchachos de Arizona. Los dos de Pensilvania. Y la que lo ocupaba en un momento tan crucial. No había tiempo para semejantes extravíos, pero ¿qué otra alternativa le quedaba? Habían sido unas estúpidas, no habían sabido comprender. O tal vez él no había logrado hacerles ver las posibilidades.

Una voz crepitó en la radio que apretaba con la mano.

—Tenemos cercadas a dos de ellas. ¿Tiramos a matar?

Lentamente, el anciano acercó la radio a sus labios.

—Tenéis que detenerlas. Tenéis que traerlas de vuelta. —Hablaba con precisión, con meticulosidad, sin el menor asomo de emoción—. El método no tiene importancia.

«Siempre debe haber un lugar para el sacrificio.» Las palabras que había leído mucho tiempo atrás, cuya veracidad había aceptado sin dudarlo, afloraban de nuevo a su mente. Sin embargo, de alguna manera, nunca explicarían por qué eran siempre los más dotados, los que más prometían quienes en última instancia le defraudaban. El destino parecía burlarse de él a cada paso.

El fragor de unos disparos quebró la calma de la noche. Aguardó, con los ojos fijos en los árboles lejanos, en el vasto paisaje envuelto por la oscuridad. Al cabo de un momento, se hizo el silencio; todo había terminado. Hizo un gesto de aprobación con la cabeza y, al regresar a la casa, observó contrariado la luz que se encendía en el interior del cuarto de huéspedes del primer piso. Confiaba en no molestarlos con el pequeño episodio de esa noche, aunque de hecho siempre se habían mostrado comprensivos. Nunca lo habían decepcionado. Comprenderían de nuevo.

La primera descarga hizo trizas un árbol que se encontraba a menos de un par de metros de ella. La corteza saltó en todas direcciones y un pedazo le pasó raspando el muslo cuando ella se tiraba al suelo. Al cabo de un instante, una segunda ráfaga le pasó por encima, al parecer a pocos centímetros de su cabeza. Deseaba gritar, pero el nudo que tenía en la garganta a duras penas permitía el paso de su entrecortado aliento, mientras su pecho era presa de un ignominioso terror. Quiso moverse, pero de nuevo una andanada de balas se incrustó en un árbol cercano. La carretera. Tenía que llegar a la carretera. Se esforzaba por recordarse a sí misma que había sido entrenada para esas circunstancias, había pasado noches enteras aterida de frío con el fin de prepararse para situaciones semejantes, y sin embargo en ese momento, con su propia vida en juego, se encontraba paralizada, incapaz de moverse, incapaz de pensar. La carretera se había convertido en un quimérico refugio en medio del furor que se había desencadenado a su alrededor.

Resonó otra cerrada descarga, esta vez acompañada de un

grito ahogado a su izquierda; al volverse vio una figura que emergía trastabillando de detrás de un árbol. Allí, apretándose el costado con ambas manos, estaba la más joven del trío, con una enigmática sonrisa estampada en el rostro. Parecía aturdida, pero extrañamente serena, balanceándose muy ligeramente con cada paso que daba. Era imposible apartar la vista de ella; la luz de la luna dibujaba una franja en su torso, bañado en sangre, al tiempo que subía por la vertiente. Cuando estiraba el brazo hacia una rama para sostenerse, una última ráfaga acribilló su menudo cuerpo y casi lo levantó del suelo antes de que se desplomara al pie de un árbol. Sólo sus brazos, delgados juncos aferrados en torno al tronco, otorgaban a la imagen una cualidad humana.

Todas las linternas parecieron concentrarse en aquella masa sin vida; al instante, aparecieron varias figuras en la parte superior de la vertiente que se precipitaron hacia la víctima. Durante varios segundos, la muchacha que había presenciado la macabra escena se quedó mirando fijamente el cadáver de su amiga, incapaz de dar un paso. Pero, al fin, después de lo que parecía una eternidad, se incorporó de un salto y trepó por el barranco poblado de árboles y de maleza, hundiendo profundamente los dedos en la tierra para ayudarse a subir. Sabía que no debía prestar atención a las luces que, casi inmediatamente, se proyectaron como una cascada en torno a ella, cuya única visión era el vago contorno de una frontera: la carretera que la atraía cada vez con más fuerza.

La primera bala le dio en el brazo, y el súbito impacto bloqueó la oleada de dolor que, segundos después, le subía por el vientre y encendía una llama helada en su carne. La siguiente se le incrustó en el muslo, las piernas se le doblaron y el torso y la cabeza fueron a dar contra el suelo, duro como una roca. Cayó rodando, golpeándose contra las raíces nudosas hasta que su pecho chocó con el tronco de un árbol.

Y luego, el silencio.

Permaneció completamente inmóvil, consciente de la creciente actividad que se desarrollaba a sus espaldas, con la vista fija en la carretera a cinco metros de distancia. La carretera. Un rayo de luz apareció frente a ella, y en un primer momento pensó en las linternas de lo alto. Con las escasas fuerzas que le quedaban, se incorporó y se volvió hacia sus perseguidores. Esperaba recibir el intenso resplandor de sus poderosas linternas en el rostro. En cambio, sólo vio la oscuridad. Por un instante, no lo comprendió; entonces, se volvió hacia el otro lado. Había luces en la carretera, luces de un vehículo. El dolor de la pierna se le extendía por el costado izquierdo, pero ella siguió esforzándose en avanzar a gatas por el suelo. El terraplén cubierto de hierba se encontraba un poco más allá de la linde del bosque, a escasos metros. Miró hacia la derecha y vio oscilar los faros del vehículo a no más de cuatrocientos metros. Trató de incorporarse, pero la pierna no le respondió.

La última ráfaga le acribilló la espalda y la dejó clavada al terraplén. Curiosamente, ella no sintió las balas, de hecho acabaron con el dolor que la atormentaba. Sintió la reconfortante calidez de la hierba y la suave caricia de las luces. Todo se tornó ingrávido, silente.

Salvo por el dulce sabor de la sangre en sus labios, no sentía nada.

—¿Y no pudisteis hacer nada? —inquirió el anciano—. ¿El conductor llegó antes que vosotros? ¿No tuvisteis oportunidad de recoger el cuerpo?

—Ninguna.

—Comprendo. —Deslizó la almohada para colocársela bajo la espalda y tomó un sorbo de agua del vaso que había sobre la mesilla de noche—. ¿Y las otras dos?

—A buen recaudo.

El anciano asintió con la cabeza.

—¿Dijiste que estaba muerta?

—Sí.

—¿Pero no cuando llegó el conductor?

—Dije que no podía confirmarlo...

—Sí, sí —le interrumpió con un tono que traslucía los primeros signos de frustración—. Dijiste que no podías confirmar si una muchacha de dieciséis años a quien habíais ametrallado estaba muerta.

—Si no estaba muerta cuando llegó el hombre, lo estaba al cabo de un minuto. A lo sumo.

—Maravilloso.

—Fue una absoluta casualidad que el coche...

—No trates de justificar vuestra incompetencia. La dejasteis llegar a dos metros de la carretera. Si fue una casualidad o no, el caso es que el coche estaba allí. Lo que significa que nuestra jovencita ahora se encuentra en un hospital, en el depósito de cadáveres o en una comisaría de policía bajo el ojo vigilante de nuestros protectores de la ley. Eso no es precisamente lo que yo os ordené. —Hizo una pausa y agregó—: Os marcharéis de aquí enseguida. Todos vosotros, con las armas y la ropa. Encargaros de limpiar las huellas del bosque. No quiero que quede nada que pueda conducirlos hasta aquí. ¿Entendido?

—Sí.

—Luego desapareceréis hasta que yo os llame. ¿Eso también queda claro?

—Sí.

—Bien. —El anciano se recostó contra la almohada, dando por terminada la breve diatriba—. Por fortuna vuestro error no es imposible de enmendar. Difícil, sí, pero no imposible. —Hizo un gesto de asentimiento con la cabeza—. Sin embargo, con las otras dos, actuasteis bien.

El hombre más joven asintió.

—Eso, quizá, vale algo.

Al cabo de un momento, el anciano se quedó solo en la oscuridad, con los ojos entrecerrados, aunque aún no podía conciliar el sueño. «Una casualidad —pensó—. Sólo una casualidad.» ¿Cuántas veces lo había oído decir? Una vez más, el destino había jugado su as.

Mientras se dormía, se dijo que sería el último.

PRIMERA PARTE

1

El poder lo conservan quienes reconocen sus contradicciones y son capaces de convertir esas contradicciones en dominación.

Sobre la supremacía, *capítulo I*

—¿Recordáis el golpe fracasado en Jordania durante la guerra particular de Bush? —Arthur Pritchard levantó la vista del escritorio—. ¿Quién llevaba eso antes de que alguno de nosotros lo viera venir?

Su cara alargada y las pobladas cejas invariablemente daban la impresión de estar ante un animal a punto de atacar.

—¿El golpe...? —inquirió el hombre sentado frente a él, al comprender de repente de quién estaba hablando Pritchard—. No, Arthur. Tú sabes que eso no es posible.

Pritchard asintió con la cabeza, reflejando en el gesto un aire del refinamiento de Nueva Inglaterra.

—Es cierto. Sin embargo... —Dejó que sus palabras surtieran efecto, era su táctica favorita.

Producto de las escuelas más prestigiosas, de los clubes más selectos, Pritchard era cualquier cosa menos el estúpido ciudadano blanco, anglosajón y protestante que su familia y sus amigos habían tratado de cultivar. A los cuarenta años, soltero y consciente de que poco le auguraba el futuro salvo otras tres décadas al frente de la prestigiosa firma Digby & Combes, de Boston, decidió desarraigarse y solicitó un puesto en el Departamento de Estado, en Washington, una ciudad que siempre había ejercido cierta fascinación en él. A menudo se preguntaba si era el poder lo que buscaba; en ese caso su meteórica ascensión le había proporcionado más de lo que podía haberse imaginado.

Aun en medio del escándalo Watergate. De alguna manera, él había sabido mantenerse lejos de la refriega; cuando todo volvió a la normalidad, a él le ofrecieron un puesto muy peculiar.

La Comisión Supervisora. Un nombre impreciso para una obra del ingenio de Truman establecida nada menos que durante la abolición de la segregación racial en el Ejército. Una organización encubierta dentro del Departamento de Estado para garantizar que «se siguieran las reglas». Truman, por supuesto, había otorgado a la comisión una considerable libertad de acción para definir esas reglas, y salvaguardarlas, «por todos los medios necesarios». Con el correr de los años, un gran número de tareas comprometidas había llevado el sello de la comisión, y con cada nueva empresa, ésta había ido haciendo acopio de poder. De alguna manera, durante las luchas por el poder en las décadas de 1970 y 1980, cuando la CIA y el Consejo de Seguridad Nacional habían rivalizado por la condición de hijo preferido, la comisión se había establecido en silencio como la más hábil de las tres, como lo demostraban sus actuaciones en Nicaragua, Pnom Penh o Irak. Al hacerlo, se había situado aparte, por encima de la competición, autónoma. De hecho, sólo un puñado de personas de Washington comprendió la capacidad de la comisión. Arthur Pritchard fue una de ellas. Por eso el asunto de Montana se encontraba sobre su escritorio.

—Ella es perfecta —siguió diciendo, enmarcado por una ventana en la que se reflejaba Washington al anochecer; los anaqueles de libros hasta el techo y los muebles antiguos contribuían a perfilar la imagen que Pritchard quería ofrecer de sí mismo. El haz de luz de una sola lámpara iluminaba el escritorio casi vacío—. Está familiarizada con la dinámica, con la motivación. —Se reclinó en el sillón, que hizo girar para recibir los últimos rayos del sol—. No sé a qué viene la vacilación.

Bob Stein se revolvió inquieto en la butaca, mientras sus dedos gruesos y blancos como la leche estrujaban el cuero verde. Su cara, al igual que su cuerpo, tenía forma de pera, y el efecto se subrayaba a causa del copete de pelo que mantenía bien recortado delante de la coronilla. Bob se sentía más a sus anchas sentado ante el ordenador o estudiando concienzudamente y durante horas los datos que proporcionaba el satélite, una tarea que sobrellevaba gracias a la Coca-Cola baja en calorías y los ganchitos de queso.

—Mira, estoy tan ansioso por investigar este asunto como todo el mundo, pero ella no es...

—¿Sí? —le instó Pritchard.

—Creo que ella... ya no está capacitada. Así de simple.

—¿Capacitada? —Pritchard se volvió, sonriendo—. ¿Para mirar debajo de unas cuantas piedras? ¿No era eso lo que teníamos que hacer en Montana en principio?

—Estuvimos allí —explicó Stein—, para sacar unas fotos del venerable senador Schenten junto a unos individuos con quienes se suponía que no debía mostrarse tan sociable. Pregúntale al senador por qué él (el adalid de la nueva derecha) se estuvo viendo con los señores Votapek, Tieg y Sedgewick, y luego observa adónde van a parar las cosas.

—Un rastreo general —dijo con voz aflautada el tercero del trío, que estaba arrellanado en el sofá adosado a la pared más alejada, y se entretenía desdoblando un clip.

Tristemente famoso por sus camisas a cuadros y sus corbatas cortas y anchas de color crema, Gaelin O'Connell era uno de los analistas más astutos de la Comisión Supervisora. Con más de un metro ochenta de estatura y más de cien kilos de peso, O'Connell era una mole que con el paso de los años tendía a zangolotear cada vez más. Actuando al mismo tiempo con el Consejo Nacional de Seguridad y la Comisión Supervisora, llevaba con Pritchard desde la época del Watergate, de modo que había tenido que intervenir en algunos de los problemas más delicados con que se tuvo que enfrentar un gobierno que regresaba del abismo. Había sido destinado a la comisión por un corto espacio de tiempo que se había prolongado más de veinte años, quince de los cuales los había pasado como agente. Juntos, los dos hombres habían moldeado un disciplinado núcleo de activistas: hombres y mujeres preparados para sobrevivir en las situaciones más explosivas.

Para sobrevivir en solitario. Ése había sido el objetivo desde un principio. Los que estaban en una misión volaban solos, recibían instrucciones por teléfono o a través de un ordenador, y ni siquiera se les permitía conocer el edificio del cual emanaban las órdenes. Una única voz desconocida dotada de autoridad. A menudo O'Connell encontraba irónico que en la Comisión no hubiese lugar para operaciones en grupo. Sin embargo, desde el principio, tanto él como Pritchard habían coincidido en que semejante disposición era vital para la integridad de la comisión, y ambos se habían pasado infinidad de horas creando una infraestructura que garantizase una estricta independencia operativa.

No era sorprendente, pues, que con el tiempo ambos se influyeran mutuamente. De hecho, había sido Pritchard quien al fin convenció a O'Connell para que dejara de usar pantalones de poliéster, y todavía seguía insistiendo con respecto a las corbatas.

—Una operación de menor importancia para asegurarse de que el dinero de los políticos permanece a salvo.

—Eso es —repuso Stein—. Los seguimos, los encontramos juntos y comenzamos a hacer preguntas. Luego, de golpe, aparece una muchacha muerta. Puede parecer extraño, pero no creo que debamos pasarlo por alto teniendo en cuenta el historial de Anton Votapek. Ya os dije que deberíamos haberlo detenido en el momento en que lo localizamos.

—¿Detenerlo? —preguntó Pritchard como si no diese crédito a sus oídos—. ¿Por qué? ¿Por algo que ocurrió hace casi treinta años y que nadie ha podido probar? Unos críos se vuelven locos en los bosques del norte del estado de Nueva York durante el verano del amor, ¿y tú crees que el episodio está relacionado con esto?

—El Proyecto Tempsten fue en el sesenta y nueve, no en el verano del amor —le corrigió Stein.

—Dejando las fechas de lado —concedió O'Connell—, Arthur tiene razón, Bob. Aparece una chica en un tramo de la carretera de Montana, a menos de dos kilómetros de una zona que estuvimos vigilando durante una semana, por razones, no lo olvidemos, que nada tienen que ver con chicas adolescentes. ¡Nada! La chica es acribillada a balazos; en ese momento, llega en coche un desconocido, se detiene, sostiene a la chica en brazos y ésta balbucea una sola palabra antes de morir. Una sola palabra. —O'Connell tiró el clip sobre la mesa de café—. ¿Dónde está la relación?

—De acuerdo —intervino Stein—, pero entonces, ¿por qué no hay ninguna constancia? Antes de transcurridas siete horas desde el accidente, los informes de la policía y del hospital desaparecen; el hombre que la recogió se esfuma. Es como si la chica nunca hubiese existido: sin pasado, sin familia, ni siquiera hay fichas dentales. Si nosotros no hubiésemos estado efectuando la vigilancia, no habría ni rastro. Lo que yo digo es que, dado el historial de Votapek, es bastante extraño.

—¡El historial de Votapek! —repitió Pritchard—. Maravilloso. Y por eso crees que nuestro senador conservador y sus acólitos andan asesinando adolescentes. —Se volvió hacia Stein—. A pesar del historial, Bob, todo esto me resulta muy difícil de creer.

—Entonces, ¿por qué han desaparecido los informes? ¿Qué pretenden tapar?

—Siempre queda preguntárselo a Schenten —comentó O'Connell, sonriendo—. «Discúlpeme, senador, pero parece ser que hemos encontrado a una joven muerta cerca de su casa. ¿Quiere hacer algún comentario?» —Meneó la cabeza y volvió a juguetear con el clip—. En primer lugar, ni siquiera se suponía que tuviéramos que estar allí. Tendrás que hacer...

—De acuerdo —admitió Stein—. Pero aún tenemos los expedientes sobre los sujetos que estuvieron allí: Votapek,

Tieg y Sedgewick. Al menos, verifiquemos si existe alguna relación entre su llegada y la chica.

—Y, por supuesto, su última palabra. —O'Connell meneó la cabeza—. Que era... ¿cuál era, Bob?

Stein titubeó.

—Para ser sincero, hubo distorsiones sonoras y visuales. Nuestros muchachos se encontraban a un centenar de metros del lugar...

—Déjate de excusas técnicas, ¿qué dijo la joven?

—Por lo que podemos deducir... Enreich.

—¡Enreich! —repitió O'Connell en voz baja—. ¡Menuda pista! Podría ser cualquiera, si es que se trata de una persona.

—¿Hemos averiguado algo? —preguntó Pritchard.

—Tenemos a un ex disidente de Alemania del Este: Ulf Peter Enreich, que desapareció en la primavera del sesenta y tres—respondió Stein—. El cadáver fue identificado en 1974. Todavía seguimos investigando; aún puede surgir algo, pero Gael tiene razón. Por lo demás, estamos en un callejón sin salida.

—Como sabéis, caballeros, no me gustan los callejones sin salida. En absoluto.

Expediente en mano, Pritchard se apoyó contra el respaldo.

—Podríamos presionar a Tieg y a Sedgewick —sugirió Stein—. Ver dónde...

—¿Por la chica? —exclamó O'Connell—. ¿Cómo diablos se te ocurre una cosa semejante? Ni siquiera sabemos de qué forma se vinculan los tres hombres con Schenten y mucho menos entre sí. Y con respecto a Votapek, la vinculación es una mera conjetura. Quizá te sorprenda, Bob, pero el hecho de ser conservador no te convierte en un conspirador chiflado.

—Sólo en alguien con una perspectiva errónea.

—Dejando de lado la opinión del joven Mao aquí presente —siguió diciendo O'Connell—, lo único que sabemos es que estuvieron visitando al senador con cierta frecuencia.

Una vez en agosto, dos veces en octubre y hace dos noches. No nos olvidemos que ésta era una operación de menor importancia que se limitaba a sacar unas fotos y hacer algunas preguntas. —Se dirigió a Stein—. ¿Por qué tanto interés de encubrir el asunto, Bob? Quizás el *sheriff* tenía algo que ocultar. Se le fue de las manos y no quiso que nadie lo supiera. Es un buen argumento para un telefilme. Sin embargo, eso no lo convierte en un asunto prioritario de la comisión. Lo siento, muchachos, pero hasta el momento, el caso de nuestra joven amiga recientemente fallecida...

—Está en un callejón sin salida —le cortó Pritchard, y arrojó el legajo sobre el escritorio—. Lo cual parece retrotraernos a mi anterior sugerencia.

Tras un breve silencio, O'Connell tomó la palabra:

—Creía que estábamos de acuerdo en...

—¿Dejarla tranquila? —preguntó Pritchard—. Ya ha tenido tiempo de recuperarse.

—¿De recuperarse? —El irlandés parecía no encontrar las palabras; luego, como si explicara algo muy rudimentario, dijo—: Ahora ella forma parte de la División de Investigación, Arthur. El Departamento de Estado...

—Y sin duda está muerta de aburrimiento.

—Lo cual seguramente supone para ella un gran paso adelante. —O'Connell aguardó la réplica; al ver que nadie respondía, le recordó a Pritchard—: El Departamento de Estado no es jurisdicción de la comisión. No podrías hacer nada aunque quisieras.

—Ambos sabemos que eso no es cierto. —Se levantó y se acercó al bar—. Mirará debajo de las piedras. Pondrá a prueba sus alas. Seguramente es lo mejor para ella.

—¿Has oído eso, Arthur? —O'Connell se mostraba mucho más animado—. Volver a ponerla en actividad, sin importar cuán sencilla sea la tarea...

—Ella es perfecta. Su misión en Jordania sigue siendo ejemplar.

—Era perfecta, Arthur. Era. —Observó cómo Pritchard tomaba un sorbo de su copa—. ¿O te olvidas de cómo volvió de Ammán? —Aguardó hasta que sus miradas se encontraron—. Este tema no admite discusión. Dejémosla tranquila, Arthur. Dejemos que siga haciendo su vida.

—En realidad... ya tiene parte de la información.

—¿Qué? —Fue Stein quien habló—. Es un asunto muy delicado...

—No te preocupes, Bob —siguió diciendo Pritchard, evitando la mirada de O'Connell—. Ella sólo sabe lo mínimo indispensable. Nombres de las organizaciones, de varios de los implicados... ¡ah!, y la palabra esa: Enreich. Al menos, podría averiguar cómo encajan las piezas. Todo eso lo conoce a través de nuestros contactos en la investigación, por lo tanto no hay forma de relacionarlo con esta oficina.

—No es esta oficina lo que me preocupa —exclamó O'Connell.

—Lo hemos dispuesto todo para que parezca una pesquisa de rutina sobre la nueva derecha —prosiguió Pritchard—, sin ninguna referencia a Schenten, ni a nuestra operación, ni a la chica...

—¿Qué? —O'Connell se esforzaba cuanto podía para contener su ira—. Dejando aparte su estado mental, ¿la metiste en esto a ciegas?

—El informe ha sido preparado para que ella crea que está realizando una puesta al día del expediente general. No te preocupes: no hay nada que pueda hacer saltar las alarmas.

O'Connell se quedó mirando a su amigo durante un buen rato.

—Si bien estoy de acuerdo en que Bob está exagerando la nota, aquí hay peces gordos, Arthur. Ser sociable es una cosa, pero si a ello se le agrega el asesinato... si esos individuos son capaces de eso... nosotros tenemos que preguntarnos por qué. Quizá la estemos arrojando a una situación en potencia mucho más peligrosa que la de Ammán.

—Y precisamente por eso ella es perfecta. —El tono de Pritchard se hizo mucho más punzante—. Si resulta que todo esto no tiene fundamento, entonces habremos malgastado un poco de su tiempo, pero nos habremos ahorrado la tarea de montar una operación en toda regla. Si no, bueno, ella sabe cuidar de sí misma.

—Eso queda abierto al debate.

Los dos hombres se miraron fijamente; luego Pritchard arqueó la espalda y se volvió hacia la ventana. Unas franjas rosadas y rojas atravesaban las nubes y un solo rayo de luz caía sobre la cúpula del Capitolio.

—Me encanta esta vista, ¿sabéis? Insistir con respecto a esta oficina fue lo más inteligente que hice en mi vida. —El cubito de hielo crepitó e hizo saltar unas gotas de whisky por encima del borde del vaso. Pritchard se volvió—. Tenéis que confiar en mí, caballeros. Tenéis que conocerme un poco mejor. —Tomó un largo sorbo—. Estaré vigilándola en todo momento... y si las cosas se ponen feas, la quitaré del medio. Todo hace pensar que esto no ocurrirá, pero estamos de acuerdo en que los expedientes sobre nuestro ilustre cuarteto podrían ser algo más abultados. —Dejó el vaso sobre el escritorio—. Dada la naturaleza de la situación, algo puede...

—¿Aparecer?

O'Connell había oído aquella frase demasiadas veces como para no saberla de memoria.

Pritchard sonrió.

—Exactamente. Y cuando ocurra, la quitaremos del medio. ¿Os parece bien? Mirad, la pelota ya está en juego. Si hay algo, lo único que ella tiene que hacer es levantar las cejas. ¿Cuán difícil puede ser eso?

Con un bolso de viaje y una cartera portadocumentos, Sarah Trent ofrecía el aspecto de la típica abogada en su viaje semanal a Nueva York. El grueso abrigo de invierno rebotaba juguetonamente contra sus muslos por encima de las rodillas, dejando al descubierto unas piernas exquisitas. Con un metro setenta, esbelta y atlética, Sarah estaba acostumbrada a que las cabezas se volvieran para mirarla largamente. Devolvía las sonrisas, y sus profundos ojos castaños brillaban en respuesta a las miradas, mientras avanzaba por el pasillo hacia el vagón para no fumadores del Metroliner, que iba sorprendentemente vacío para un jueves al mediodía. Confiaba en encontrar dos asientos desocupados donde acomodarse y disfrutar de las tres horas de viaje hasta Nueva York. Había optado por el tren en vez del puente aéreo por la sencilla razón de que necesitaba más tiempo para examinar los expedientes: dos días no habían sido suficientes para digerir todo el material que había aterrizado en su escritorio. Había que poner al día una investigación. «Información referencial para el nuevo sistema —decía la nota—. Precisamos llenar algunas lagunas.» El típico razonamiento burocrático.

Al llegar a la mitad del vagón, Sarah encontró dos asientos, colocó la bolsa y el maletín en el de la ventanilla, y se dejó caer en el del pasillo. Se volvió hacia la cartera al tiempo que se desabrochaba el abrigo.

Se había pasado los dos últimos días pegada al teléfono tratando de atar los cabos sueltos de la información que proporcionaban los expedientes. Muy magro había sido el resultado. La mayoría de las personas consultadas sabía menos sobre los tres nombres que ella misma. Y cada vez que intentó ahondar un poco más, se encontró con pausas embarazosas seguidas de respuestas cortantes que dejaban bien claro que no debía insistir. Sin embargo, habían surgido algunos nombres que le habían llamado la atención: organizaciones que parecían entrar dentro de la categoría de grupos afines a la extrema derecha, pero que permanecían del lado de la respetabilidad. Durante las pesquisas, un nombre había aparecido continuamente. Un tal Alexander Jaspers, un prolífico profesor de universidad que se había pasado los últimos años escribiendo un artículo tras otro sobre el «nuevo decoro en el conservadurismo», su frase favorita. Sarah había hojeado algunos de sus trabajos y, al darse cuenta de que había topado con su fuente de información, concertó una cita con él. Al llamar a su despacho la cordialidad con la que la habían atendido había supuesto una grata sorpresa después de su reciente indagación. La señora Huber, una encantadora mujer que hablaba con marcado acento alemán, no tuvo ningún problema en hacerle un hueco en la agenda para una fecha tan cercana. Había fijado la entrevista para las tres y media de ese día.

Mientras el tren salía de la estación, Sarah abrió el expediente que más la había intrigado durante su primer examen, el de Tieg, el famoso presentador de *Tieg Tonight*, uno de los programas de televisión vespertinos más populares del país. Comprendía que la impulsaba a esa segunda lectura algo más que la simple curiosidad. Jaspers debía de conocer bien la trayectoria de Tieg puesto que lo mencionaba en por lo menos dos de sus artículos. Como nunca se sentía cómoda con los académicos —siempre la intimidaban un poco—, Sarah estaba decidida a mantenerse firme con Herr Doktor Jaspers. Hasta el nombre la cohibía. Un último repaso al expediente de Tieg le proporcionaría la necesaria confianza en sí misma. Se acomodó en el asiento y dejó caer los zapatos, dispuesta a leer el expediente con más detenimiento.

Las primeras páginas eran puro formulismo: nacido en 1933, hijo de emigrantes húngaros, escuela pública, campeón regional de lucha libre, becado en la Universidad de St. John. Nada peculiar hasta el año 1951, en que, en un período de menos de seis semanas, falleció el padre de Tieg y éste dejó la escuela y se embarcó rumbo a Europa. El informe no ofrecía ninguna explicación.

> Lo que ocurriera durante esos tres años queda librado a la imaginación del lector.

No había ni un solo dato, ni siquiera la ciudad, o las ciudades, donde había vivido. El informe saltaba al año 1954, y describía la ascensión desde el puesto de simple peón hasta el de ejecutivo en el área de programación dentro de la en aquel entonces bisoña división televisiva de la NBC. En el sesenta y tres, se había convertido en estrella de varias televisiones de ámbito regional de la cadena y se perfilaba como una de las promesas más brillantes de la NBC.

Su inesperado despido a comienzos de 1969 y la subsiguiente inclusión en las listas negras de otras cadenas importantes constituye una laguna más en la historia.

Sarah se tomó un momento para escribir unas notas y luego se concentró en las páginas finales. A partir de 1969, el relato era de conocimiento público. Tieg había comprado varias emisoras de radio —se desconocía el origen del capital inicial— y las había transformado en otras tantas televisiones locales, de modo que en el setenta y tres ya poseía el mayor paquete de acciones de los medios de difusión del sudoeste. Luego vino el cambio al campo de las telecomunicaciones en 1975, momento en que comenzó a hacer negocios en Washington. Su participación en las primeras etapas de la iniciativa de defensa estratégica no estaba clara, pero para cuando llegó a su apogeo la guerra de las galaxias, él había cortado toda relación con Washington. En ese momento tenía clientes en Europa, el sureste asiático y Suramérica. En 1992, tenía en órbita de cinco a siete satélites de un sistema de alta tecnología, todos bajo la égida de la empresa recientemente formada Tieg Broadcasting Service, cuya sede central estaba en San Francisco.

Y luego, del mismo modo que se había adentrado en la tecnología, siguió adelante, poniendo su atención en *Tieg Tonight*, un programa de entrevistas de bajo presupuesto que pasó de un cuatro por ciento de audiencia en 1993 a un veintidós en 1997, una ascensión legendaria se mirara como se mirase. Las mediciones de audiencia establecieron que Tieg era el «político-pontificador» más seguido de la televisión.

Una última página se había agregado precipitadamente al expediente. Sarah leyó:

Su principal propósito consiste en mantener una reputación como adalid de la sensibilidad de la clase obrera. En los últimos cinco años, ha logrado una mayor presencia pública por intermedio de la Coalición de Centro. Si bien en un principio era una organización pequeña, la coalición ha ganado un impulso considerable, y en la actualidad se destaca en la defensa de los intereses de la pequeña ciudad. Hace unos años, durante el desastre de las inundaciones en el Medio Oeste, los voluntarios de la coalición enviaron alimentos, provisiones y servicios médicos a las zonas afectadas más alejadas. Tieg en persona fue visto en más de veinte localidades distintas, no como orador, sino como un voluntario más. Pese a que muchos afirman que en estos momentos no tiene ambiciones políticas, parece evidente que su reticencia no durará mucho. En unos comicios recientes para cubrir una vacante en la asamblea legislativa de Iowa, catorce mil votantes agregaron su nombre en las papeletas. Y no es residente de Iowa.

Ahí concluía el expediente. Sarah se lo puso sobre el regazo y cerró los ojos. Había leído las últimas páginas sin la atención que merecían, preocupada por ese paréntesis de tres años. La incógnita seguía en pie: ¿quién —o qué— permitía a Tieg escapar del ojo vigilante de una de las organizaciones de espionaje más eficientes del mundo cuarenta años después? ¿Cómo había permanecido oculto aquellos tres años? Tres años de anonimato, de no rendir cuentas.

Su mente recuperó de pronto recuerdos de su propio pasado, imágenes que prorrumpían para evocar una existencia que ella había conocido hacía toda una vida, y que la asaltaban con una brusca proximidad. Su año de anonimato, de no rendir cuentas. Su laguna sin llenar. Una realidad de sombras, una vida creada por la comisión, una identidad concebida por la comisión, que la dejó librada a la locura de un Oriente Próximo a punto de estallar. Recordó lo poco que le había costado perderse, abandonar a Sarah Trent, asumir un vacío sin ataduras. Una vacuidad que había otorgado a la violencia una fría tranquilidad, un cierto confort. Eran recuerdos aún sin cicatrizar, recuerdos que el paso del tiempo no había opacado y que cobraban fuerza en la lejanía.

Ammán.

—Baltimore. —La voz aguda del revisor la arrancó de las violentas imágenes—. Estamos llegando al aeropuerto BWI. En tres minutos.

Sintió frío; las manos le temblaban al ponerse el abrigo de lana. Sin tomarse la molestia de introducir los brazos en las mangas, se echó la pesada prenda sobre los hombros, y la hinchazón de los ojos la obligó a tocarse la mejilla con el dedo. Con un profundo suspiro, apoyó la cabeza en el blando respaldo del asiento y se concentró en la suave aminoración de la marcha del tren. Los latidos de las sienes comenzaron a remitir. Estaba aprendiendo a mantener las crisis a raya.

Washington
26 de febrero, 12.43 h

El disquete salió disparado de la ranura: cuarenta segundos para copiar la información; veinte para iniciar la secuencia de retardo. Todo con precisión de relojería. El joven que estaba sentado ante la pantalla se guardó el disquete en el bolsillo. Llevaba un mono, el atuendo habitual del personal de mantenimiento en Hodge Wentworth, banqueros de la elite de Washington durante más de ciento cincuenta años. Había encontrado la prenda en el sitio indicado; el distintivo de identificación y el disquete habían llegado por correo el día anterior.

Apagó el ordenador y salió de detrás del escritorio. Extrajo una bombilla del bolsillo y procedió a enroscarla en el portalámparas. Al fin y al cabo, ése era el motivo por el que lo habían enviado allí, la razón por la cual el personal de seguridad le había permitido subir al piso once. Tiró la bombilla fundida a la papelera y probó la lámpara. Perfecto.

Simultáneamente, después de descender al subsótano, otro joven —con similar vestimenta y similares instrucciones— se hallaba frente a lo que parecía un botiquín. Estaba lleno de cables, de chips informáticos y de una maraña de líneas de los teléfonos y módems del edificio. Había arrancado uno de ellos y estaba introduciendo el segundo de los dos hilos de cobre en una cajita negra. Al cabo de unos segundos, se encendió una luz verde que luego se tornó amarilla. Pegando una tira de cinta adhesiva a la parte posterior, fijó la caja a un costado del armario y cerró la puerta.

Tres minutos después, ambos hombres salían de ascensores distintos al vestíbulo, con los monos plegados dentro de los maletines y nuevas tarjetas de identificación colgadas del cuello con cadenas plateadas. Una extendida por el Banco Mundial, la otra, por la Reserva Federal. Las chaquetas azules y los pantalones grises los caracterizaban como personal interno. Nadie se fijó en ellos cuando salieron por la puerta giratoria para dirigirse a un automóvil aparcado junto a la acera, y en cuyo interior una joven aguardaba sentada al volante.

Les había llevado veintisiete minutos, cuatro menos de lo planeado, ello significaba que disponían de cuatro minutos adicionales para llegar al aeropuerto de Dulles. En el coche, arrojaron los maletines sobre el asiento del acompañante y se instalaron en la parte posterior. Ambos se quitaron las chaquetas y comenzaron a desanudarse las corbatas al tiempo que la joven les entregaba una bolsa de plástico.

Otro juego de monos. Otro juego de distintivos de identificación. Otra caja negra y otro disquete. Mientras se adentraba en el tráfico, la joven miró por el espejo retrovisor a los dos hombres medio desnudos en el asiento trasero.

—¿Te gusta el espectáculo, Janet?

Los dos jóvenes se echaron a reír. Ella sonrió.

—Ni la mitad de lo que a vosotros os gusta que os mire.

—¿Qué diría tu papá?

Ella consultó el reloj. A las dos, estarían a bordo del avión a Montana.

El tren llegó a las 14.55 h, con la puntualidad suiza. En aquel momento, Sarah estaba concentrada en los expedientes y, por lo tanto, fue uno de los últimos pasajeros en abandonar el vagón. Colocó los papeles en la cartera, bajó el bolso del portaequipajes y descendió al andén misteriosamente desierto. El laberinto de escaleras y pasillos que se entrecruzaban por debajo de la Penn Station la condujo en diversas direcciones erróneas hasta que se desorientó por completo y decidió preguntarle a un empleado el camino más rápido para llegar a los trenes que salían hacia el West Side de Manhattan. Cuando el empleado se limitó a señalar el cartel que tenía delante de sus narices, Sarah Trent se sintió ligeramente avergonzada. Había estado demasiadas veces en Nueva York para comportarse como una turista.

Al cabo de veinticinco minutos, la verja de hierro de la Universidad de Columbia y el olor de las castañas asadas la recibieron cuando salvó los últimos escalones que la separaban de la calle. Del carro del vendedor de castañas se elevaba lentamente una columna de humo hacia el cielo, que agregaba un velo adicional al ocaso. Al cruzar la verja y entrar en la súbita quietud del patio —con sus parterres de césped marrón en medio de los imponentes edificios—, ella advirtió el vivo contraste con el bullicio de Broadway. A su derecha, una solitaria estructura de piedra, quizá de un centenar de metros de longitud, parecía observarla a través del único ojo de un ventanal alargado, que ocupaba toda la segunda planta. Un edificio que obligaba a tomarlo en serio, aunque sólo fuese por los nombres que se destacaban en su fachada en enormes letras esculpidas: Platón, Cicerón, Herodoto. Una escalinata situada a su izquierda conducía a otro edificio aun más imponente cuya cúpula parecía desaparecer en el cielo cada vez más plomizo. Otras construcciones, igualmente severas, completaban el cuadrángulo que constituía el complejo de la universidad.

Siguiendo las indicaciones de la señora Huber, Sarah dobló a la izquierda, en dirección a un tramo de escalera y el paso elevado de la pasarela Amsterdam: una plataforma de hormigón que cubría la avenida del mismo nombre entre las calles ciento dieciséis y ciento dieciocho. Al llegar arriba, encontró otro tramo de escalera, y Sarah sintió la súbita corriente fría que soplaba por el espacio abierto del paso elevado. Se acercó a la baranda, desafiando una ráfaga de viento, para contemplar Amsterdam Drive, que se extendía por varios kilómetros y desaparecía en un diminuto punto en la distancia. Los taxis pasaban raudos, si bien desde lo alto parecían menos veloces. Mientras se alejaba del zumbido del tráfico, a Sarah le llamó la atención un punto donde se ensanchaba el paso elevado. Avanzando hacia aquella especie de península, se acercó a lo que supuso sería el Instituto de Investigaciones Culturales. Una sencilla placa a la derecha de la puerta se lo confirmó.

La casa de tres plantas, al estilo de Nueva Inglaterra —en la que no faltaban las tejas planas de madera blanca—, se alzaba como un incongruente trasplante entre los edificios más modernos que se alineaban a lo largo de la travesía peatonal. A Sarah, aquella pintoresca construcción le evocó imágenes de sus días universitarios, de los edificios resquebrajados de la calle Prospect en New Haven, con su tenue aroma a madera húmeda. Después de subir por la escalinata, empujó la puerta de roble y se encontró en un zaguán con ventanas y el consabido paragüero a la izquierda. Los fríos azulejos blancos parecían aumentar la desapacible sensación ambiental y Sarah se apresuró a trasponer la segunda puerta para entrar en un vestíbulo alfombrado y poco iluminado. La saludó una gruesa baranda de madera, cuya sinuosa línea se elevaba hasta la planta superior, y el repiqueteo de varias máquinas de escribir eléctricas. En la sala de la derecha, Sarah vio a dos eruditos ancianos hundidos en profundas y acogedoras butacas de cuero, absortos en una acalorada discusión. El crepitar sibilante del fuego se mezclaba con la conversación.

De repente por detrás de la escalera apareció un joven que llevaba una bandeja con un servicio de té y galletitas. Parecía ansioso por zambullirse en el debate que se desarrollaba junto al fuego, y la comida y la bebida eran sin duda sus medios para obtener la invitación.

—Estoy buscando el despacho del doctor Alexander Jaspers —le dijo Sarah cuando el joven trató de pasar junto a ella.

El té de una de las tazas osciló peligrosamente hasta cerca del borde cuando el joven se detuvo abruptamente.

—¿Jaspers? —preguntó, frunciendo el ceño—. Sí —exclamó, al tiempo que abría más los ojos—. Está arriba. En el ático.

Aguzaba el oído en dirección a la sala de estar, pues parecía no querer perderse ni una palabra de la discusión. Una sonrisa afloró a sus labios.

—Todo lo entiende al revés, ¿sabe? —le confió a Sarah, señalando con la cabeza a uno de los dos hombres sentados junto al fuego—. Todo. Pero usted desea ver a Jaspers. Suba por esa escalera —le indicó con otro gesto de la cabeza—, y luego por la del final del pasillo de la segunda planta. Clara siempre está allí. O casi siempre. Ya la va a encontrar. Debo apresurarme. El té se enfría.

Y dicho esto, el hombre entró en la sala ansioso por ocupar su lugar en la butaca situada entre los dos hombres de edad. Él, o más bien el té, fue recibido con considerable entusiasmo mientras Sarah comenzaba a subir por la escalera de caracol.

La tercera planta era un amplio espacio abierto, con unas butacas colocadas en el centro y rodeadas de estanterías de suelo a techo en las cuatro paredes. Sin duda, el instituto pretendía con ello, pensó Sarah, crear una biblioteca para una clientela muy selecta. Había escritorios encajados entre los estantes en los espacios donde se abría cada una de las ocho ventanas, a través de las cuales se admiraba una preciosa vista de Nueva York al anochecer. Sólo una de las mesas estaba ocupada, y el lector parecía estar muy concentrado en las páginas de un grueso volumen. Justo detrás de las butacas del centro, nacía una escalera inclinada hacia la izquierda, con una tarjeta clavada con una tachuela en la baranda en la que se leía el nombre de Jaspers, y una flecha que apuntaba hacia arriba. Sarah comenzó a ponerse nerviosa. Le vinieron a la mente imágenes de un viejo marchito inclinado sobre el escritorio en actitud amenazadora, temió que una fría mirada la atravesara en cuanto llegara a lo alto de la escalera. Apretó los dedos sobre el asa de la cartera y empezó a subir.

El despacho —o despachos— del ático eran bastante más grandes de lo que Sarah imaginaba. Aunque el ángulo agudo del techo reducía el espacio, había el suficiente para dar cabida a un escritorio de regular tamaño —con una pequeña placa de madera con el nombre de la señora Huber colocada en la parte anterior—, dos butacas para las visitas, y un tabique de mediana altura que dividía la estancia en dos sectores separados. En el del fondo, una puerta —con el nombre de Jaspers en ella— permanecía entreabierta. En el otro, estaba en pleno funcionamiento una pequeña fotocopiadora, en aquel momento atendida por un joven alto con tejanos, americana de mezclilla y calzado deportivo. Tenía toda la pinta de ser un estudiante graduado, que trataba de ganarse un poco de dinero extra y establecer útiles relaciones. Sarah consultó su reloj, vio que había llegado con unos minutos de adelanto y ocupó una de las butacas para esperar a la señora Huber, que no estaba en su escritorio. La vista que se ofrecía a través de la pequeña ventana en forma de ojo de buey atrajo su atención al reclinarse contra el respaldo de la butaca de cuero: Morningside Park al anochecer. Por un momento, le pareció bastante atractivo.

—¿Espera a Jaspers? —preguntó el joven al tiempo que intentaba apilar los papeles que acababa de fotocopiar.

—Sí —repuso Sarah y dejó la cartera en el suelo a su lado—. Tengo una cita a las tres y media. ¿Sabe si está?

—Por supuesto. —El joven sonrió dejando los papeles sobre el escritorio de la señora Huber y garabateando unas instrucciones en la hoja superior. Arrojó el lápiz sobre la mesa y extendió la mano derecha—. Alexander Jaspers. Usted debe de ser la señorita Trent.

Sarah abrió desmesuradamente los ojos, mientras se le formaba una sonrisa avergonzada en los labios.

—¿Usted es el doctor Jaspers? —exclamó, al tiempo que se apresuraba a levantarse para estrecharle la mano—. Lo siento. Es sólo que esperaba a alguien... mayor.

—Lo sé —repuso él, riendo y sentándose en el borde del escritorio, mientras le indicaba a Sarah con un gesto que volviera a ocupar su asiento—. Es a causa de la insistencia de Clara en hablar de mí como «Herr Doktor Jaspers». Todo el mundo se confunde.

Sarah no pudo evitar sonreír. Él cruzó los brazos sobre el pecho y preguntó:

—¿Le apetece tomar algo? Tenemos café, té, agua, sales aromáticas.

Sarah se rió, negando con la cabeza.

—No, gracias. Si me he adelantado, lo siento.

—No hay problema.

Bajó del escritorio en el preciso momento en que la señora Huber asomaba la cabeza por lo alto de la escalera.

El tenso rodete que le sujetaba los negros cabellos parecía tirar de la frente, recalcando la expresión de sorpresa del rostro.

—¡Oh, Dios santo! —Sus gruesas piernas intentaban en vano subir la escalera deprisa—. ¡Oh, Dios santo! Ya está usted aquí.

El acento alemán resultaba aún más marcado que por teléfono.

—Sólo fui a la cocina a buscar unas galletitas para usted, pero, verá, han desaparecido, y la esperaba a usted a las tres y media. Lo siento mucho. Debí estar aquí para recibirla —se había acercado a su escritorio y se enderezaba con maniática apostura— y hacer las presentaciones. No sabe cuánto lo lamento.

—No se preocupe, Clara —la interrumpió Jaspers con una risita—. Nos las hemos arreglado con las presentaciones sin mayores inconvenientes. Señorita Trent, Clara Huber.

La señora Huber guardó silencio, agachando ligeramente la cabeza como avergonzada mientras Sarah la saludaba.

—Llámeme Sarah. Y quisiera darle las gracias por ser tan amable por teléfono. Fue una agradable sorpresa.

—¡Oh! —Una amplia sonrisa reemplazó la incipiente angustia que se reflejaba en el semblante de la señora Huber—. Es usted muy gentil. Verá, Herr Doktor Jaspers es un especialista...

—Clara es inapreciable —la interrumpió Jaspers, con cierto embarazo—, y sé que la señorita Trent... Sarah... querrá ir al grano. Pero nos hemos quedado sin galletitas —le hizo un guiño a la señora Huber—, y como resulta que soy un goloso, pensaba que quizá no le importaría acompañarme a comer algo dulce en una pastelería que hay aquí cerca. Voy cada día a las cuatro de la tarde... es un sitio... muy familiar. ¿Puedo convencerla para...?

—Sí —respondió Sarah, devolviéndole la sonrisa—. Me encantaría tomar un té.

—Estupendo. Voy a buscar el abrigo. Jaspers entró en su despacho y regresó al cabo de un momento llevando puesto un abrigo viejo, de lana gris, que a todas luces había conocido mejores épocas. Hundió las manos en los bolsillos y se detuvo.

—Bien. Hay que enviar el material de Domberg a Bill Shane en Chicago y, si puede, trate de hablar con Lundsdorf y vea si mañana puedo robarle un minuto de su tiempo. Antes de partir. En cualquier momento antes de las tres.

Clara asintió con la cabeza mientras Jaspers se dirigía a Sarah.

—Lo siento.

—No hay problema.

—Bueno, vamos a por el té.

Jaspers sacó la mano del bolsillo del abrigo e indicó a Sarah que pasara. Ésta se despidió de la señora Huber, ya ocupada en su tarea, y enfiló la escalera, seguida de Jaspers, que recuperó una bufanda que estaba colgada de la baranda. Ambos siguieron callados hasta llegar a la planta baja, donde el debate ante la chimenea seguía con todo su ardor.

—¿Queréis algo de *One Twelve*? —preguntó Jaspers asomando la cabeza por la puerta en forma de arco que daba a la sala de estar—. Nos hemos quedado sin pastas.

Los tres rostros se volvieron hacia él —respondió el más joven.

—De las pequeñas y crujientes con pistacho. Ésas son deliciosas. Si puede.

Jaspers asintió con la cabeza.

—Pero no se moleste por nosotros —dijo uno de los hombres mayores—. Sólo si no le causa inconveniente, pero sí, de las crujientes. Buena elección.

Jaspers se retiró de la puerta y sonrió.

—Ningún inconveniente.

Abrió la puerta y siguió a Sarah a través del vestíbulo hasta salir al aire frío de la calle.

—Ese triunvirato tan imponente —comentó mientras caminaban por el paso elevado— es verdaderamente brillante. Si alguna vez desea saber algo sobre Oriente Próximo, recurrirá a esos muchachos.

Sarah hizo un gesto de asentimiento y se ajustó el cuello del abrigo mientras descendían por la escalinata que conducía al campus.

—Y todos son entusiastas de las galletas. —Sarah sintió necesidad de desviarse del tema—. Cuando llegué, estaban dando cuenta de una bandeja llena.

—¿No conocía ese dato sobre los académicos? —preguntó Jaspers—. Si Entenmann's o Nabisco quebraran, los engranajes de la educación de este país se detendrían con un chirrido.

Cuando se disponía a continuar, se fijó en una persona conocida que caminaba despacio a corta distancia.

—Profesor Lundsdorf —gritó, apresurando ligeramente el paso. Se volvió hacia Sarah, que trataba de mantenerse a su altura—. Lo siento. Ése es el hombre que tengo que ver mañana y me ahorraría tiempo si hablara con él ahora. Si no le importa, sólo me llevará un minuto. —Y siguió caminando a toda prisa.

—¿Por qué no se adelanta? —dijo ella, aminorando el paso—. Me cuesta seguirlo con estos tacones.

Jaspers le miró los zapatos y le sonrió a modo de disculpa.

—No se preocupe —le dijo ella—. Lo alcanzaré.

Él se adelantó corriendo, con el abrigo flotando al viento hasta llegar a la altura del individuo mayor que él. Sarah los observó mientras conversaban y pasó frente a una pequeña fuente al dirigirse a la calzada central. Al acercarse a ellos, vio que el hombre mayor posaba una mano sobre el brazo de Jaspers, y al cabo de un instante ambos prorrumpían en risas. Cuando Sarah llegó junto a ellos oyó que Jaspers decía:

—... sin parlamento. De otro modo, se habrían lanzado legítimas acusaciones de tiranía.

—Estoy seguro de que es así. Sí, totalmente seguro. De modo que ya verá lo que resulta de todo esto.

Sarah se detuvo junto a Jaspers.

—Oh, lo siento —exclamó Jaspers—. Profesor Lundsdorf, le presento a Sarah Trent del Departamento de Estado. Por alguna razón, ella cree que yo podré contribuir a desentrañar los misterios de la nueva derecha.

Allí, por fin, pensó Sarah, aparecía el personaje acartonado que esperaba encontrar en el despacho de Jaspers. Pero de nuevo todos los temores se esfumaron cuando Lundsdorf, flaco y algo frágil por la edad, con su metro sesenta y cinco de estatura, y bien abrigado, le tomó la mano y la saludó con una ligera inclinación de cabeza.

—Encantado.

El brillo de aquellos ojos verde claro delataba el espíritu de un hombre que en un tiempo se había considerado un seductor. De hecho, Sarah no estaba muy segura de si el venerable doctor no estaba flirteando con ella.

—El gusto es mío —dijo, mientras él le soltaba la mano.

—Muy amable. Hermann Lundsdorf —corrigió a Jaspers—. Conozco a este joven desde hace quince años, siete... no, ocho, como colega, y a pesar de ello insiste en llamarme «profesor». —Le hizo un guiño a Jaspers, que se movió inquieto al convertirse en el centro de atención—. Quizás, algún día dejará de verme como un viejo que despierta temor, querida. Sea como fuere, ha recurrido usted al hombre indicado, y yo, lamentablemente, debo renunciar a su compañía y huir de este tiempo tan frío. —La saludó de nuevo con un movimiento de cabeza y miró a Jaspers—. Mañana a las dos será una buena hora.

Una ligera reverencia y Lundsdorf comenzó a alejarse, al tiempo que agregaba por encima del hombro:

—Y abróchate el abrigo si quieres vivir tantos años como yo.

Dicho esto, agitó la mano en señal de despedida. Jaspers comenzó a reír por lo bajo.

—Ahí va mi mentor. Y mi madre. La combinación a veces resulta algo inquietante.

Ambos salieron por la verja de hierro y cruzaron hacia el lado occidental de Broadway.

—En un momento, me está explicando los procedimientos parlamentarios en Alemania, y al cabo de un instante me dice que me abroche el abrigo. —Meneó la cabeza—. Espero que sus zapatos no resbalen en el hielo.

—Estoy bien. Parece muy gentil.

—Muy gentil y muy estricto. Me obligó a terminar la carrera en tres años. Jamás trabajé con más ahínco en toda mi vida.

—Eso es muy poco tiempo, ¿no? —preguntó Sarah.

—¿Poco? Lundsdorf no quiso que fuera de otro modo. —Jaspers hundió aún más las manos en los bolsillos del abrigo—. Lo tenía todo planeado, desde que llegué aquí. Por término medio, son ocho años. De modo que sí, fue muy poco tiempo.

—Estoy impresionada. Así que usted tiene...

Jaspers sonrió.

—Treinta y tres. Y no crea: redacté una tesis increíblemente mediocre que el gran hombre y yo tardamos un año y medio en convertirla en un libro. Él no paraba de decir: «Gradúate, gradúate.» Y tenía razón. Me gradué, obtuve un empleo, terminé el libro... —Se interrumpió y se quedó unos momentos con la mirada perdida. Volvió a aparecer la sonrisa—. Luego empecé a hacer cosas interesantes. —Se detuvo—. Es aquí.

Jaspers abrió la puerta de un pequeño café que despedía un intenso aroma del negro brebaje; aguardó a que Sarah entrara.

—No es necesario que me aguante la puerta —dijo ella.

—Tiene razón —replicó Jaspers, sin moverse—. Ése es otro detalle que le debo a Lundsdorf. Urbanidad germana. Me han educado demasiado bien.

Sarah sonrió.

—En ese caso, lo único que puedo decir es gracias.

Entró en el salón débilmente iluminado y vio una mesa adosada a la pared negra. Se abrió paso entre los codos y piernas que se apretujaban en torno a las mesitas ocupadas, al tiempo que comenzaba a quitarse el abrigo. Entre tanto, Jaspers se despojó del suyo, lo colocó en el respaldo de su silla. Y esperó a que ella se sentara para ocupar su asiento.

—¿Otra enseñanza de Lundsdorf? —inquirió Sarah.

—Claro. —Se sentaron—. Le recomendaría una excelente taza de té con una porción de tarta de chocolate con frambuesas, pero no todo el mundo se vuelve loco por el chocolate.

—No; me parece bien.

Se dijo a sí misma que todo le parecía bien: la idea del té, el curioso café que deseaba desesperadamente evocar imágenes de París o Berlín, y la compañía. Había algo en el joven doctor Jaspers que la hacía sentirse cómoda. Algo que parecía muy... poco académico. Ésa era la única manera que encontraba para describirlo. Jaspers levantó la mano, con dos dedos extendidos, en dirección al camarero, y se volvió hacia ella.

—Yo... siempre pido lo mismo —explicó, casi a modo de excusa—. Aquí ya me conocen.

—Debe de ser agradable.

—Supongo que sí. —Sonrió y cambió de tema—. De modo que Clara se refirió al Departamento de Estado y a mis artículos. Supongo que estamos aquí para charlar sobre «la nueva derecha y la ascensión del conservadurismo». —El tono burlón de su voz provocó otra sonrisa en Sarah—. Es el título de un artículo tremendamente aburrido que escribí.

—No tan aburrido.

Jaspers puso los ojos como platos.

—No me diga que lo ha leído.

—Es mi trabajo, profesor Jaspers...

—Xander —la interrumpió él—. Todos me llaman Xander.

De nuevo, una sonrisa.

—Uno de los muchos que leí... Xander. Todos muy didácticos. Y todos muy distintos de lo que suele escribirse sobre el tema. Su enfoque es... ¿cómo lo diría...?

—¿Único? —Ambos sonrieron—. Seguramente por la fuente.

—¿Lundsdorf?

Un camarero dejó una jarra de agua sobre la mesa.

Jaspers hizo una mueca y extrajo del bolsillo de la chaqueta un ajado librito, cuyas hojas se mantenían unidas por varias gomas elásticas. Lo dejó sobre la mesa.

—Más viejo aún. —El título del libro era *El príncipe*—. Nunca salgo de casa sin él.

—¿Maquiavelo? —preguntó ella.

—No se sorprenda tanto. En el siglo XVI eran muy inteligentes. Y él era probablemente el más listo de todos. Adelante. Échele una ojeada.

Pese a que Sarah quitó las gomas elásticas del libro con sumo cuidado, se quedó con la tapa en las manos. Una dedicatoria llenaba la primera página: «Siempre estaré contigo, Fiona.» Al levantar la vista, vio que los ojos de Jaspers estaban fijos en aquellas palabras. Habían desaparecido de su rostro hasta los más leves vestigios de su sonrisa. Sarah dejó pasar unos segundos.

—Estoy... segura de que lo era. —Dejó el libro sobre la mesa, y volvió a colocar delicadamente la tapa encima—. El más inteligente, quiero decir.

Jaspers levantó la vista, al tiempo que asentía con la cabeza.

—Sí. —Extendió la mano y recuperó el libro—. Lo era.

—Y ahora resulta que es un hombre inmarcesible —agregó Sarah, observando cómo Jaspers volvía a sujetar las hojas sueltas con las gomas y recuperaba la sonrisa.

—Lo bueno que tiene la teoría, señorita Trent, es que es aplicable a diferentes situaciones. —Volvió a guardarse el libro en el bolsillo—. La diferencia reside en la forma de aplicarla.

—¿Y su amigo Maquiavelo resulta que encaja en la nueva derecha?

—Y en el mercado de valores basura, en la compra de acciones de varias empresas y hasta en un grupo separatista de Idaho... No soy el único que ha encontrado cierta relación. Yo la mantengo en el campo teórico, pero los hay que tratan de llevarla a la práctica.

—Dígame, profesor... Xander... para los que no somos muy versados —se sonrió—, ¿cómo se usa exactamente un libro como ése...?

—«¡Oh, mujer de poca fe!» —la interrumpió él—. Se sorprendería. En la actualidad existe un grupo de jóvenes economistas que están convencidos de que Maquiavelo les indica cómo deben manejar el mercado. Uno de ellos acaba de publicar un libro: *El gerente maquiavélico*. Es interesante, aunque algo humorístico.

—¿Y a usted no le convence?

Jaspers se encogió de hombros.

—Digámoslo de esta manera: no es el Maquiavelo que yo conozco. Las teorías son... susceptibles de ser interpretadas en sentido amplio. Eso es lo que las torna tan atractivas. Mire, yo comprendo... seguramente mejor que la mayoría... lo que significa considerar las inferencias prácticas. A veces, cuesta dejarlas de lado, pero aun así, uno tiene que reconocer sus limitaciones. En Wall Street todavía no lo han comprendido. Ellos creen que todo se basa en la fuerza bruta, el engaño...

—«Mejor ser temido que amado» —la interrumpió ella.

—Ahora soy yo el impresionado. Ése no es, sin embargo, el cuadro completo...

—No, no esperaba que lo fuese —agregó Sarah, alegremente.

La risa franca de Jaspers, aunque su expresión era más bien tímida, le indicó que había dado en el clavo.

—Irse por las ramas forma parte de este trabajo, señorita Trent.

—Trataré de no olvidarlo, profesor Jaspers. De modo —siguió diciendo— que todo en realidad depende del contexto...

—Exactamente —la atajó él—. Maquiavelo escribió *El príncipe* como un... un manual práctico sobre el manejo del poder político. Lo que realmente deseaba era estar en la nómina de los Médicis, la familia regente de Florencia. El libro tenía por objeto llamar la atención de todo el mundo mediante la exposición de los hechos tal como realmente eran, algo muy atrevido para la época.

—Pero específico para la época.

—Usted es muy buena en esto.

—Lo intentamos.

—Entonces sin duda recordará que la Italia del siglo XVI era políticamente muy inestable: poco más que una serie de ciudades-estado, cada una con sus propias ambiciones.

—Sí, sin duda lo recuerdo —bromeó ella.

Jaspers rió.

—¿Lo quiere en términos simples? Maquiavelo deseaba proteger Florencia y establecer cierta cohesión. Su solución consistía en un gobernante capaz de prever los problemas y ejercer el poder con mano firme, alguien que mantuviese al pueblo a raya. Para él, los ciudadanos formaban un hato uniforme: no eran de fiar y no eran excesivamente inteligentes. Un poco de crueldad aquí, una pizca de bondad allí lograrían que las cosas fueran sobre ruedas.

—¿Y eso —preguntó Sarah— se aplica al mercado? Me parece algo rebuscado, ¿no?

Jaspers tomó un sorbo de agua.

—No si los que dominan el mercado creen que el libro les dicta lo que tienen que hacer. Es su Biblia. ¿Quién soy yo para rebatir esa interpretación? Y usted tiene que admitir que es interesante. —Se inclinó hacia delante y apoyó los codos en la mesa—. Lo único que hizo Maquiavelo fue reconocer el lado más oscuro de la política; a lo largo del texto, planteó algunas cuestiones muy interesantes sobre el poder, la impostura: decirle a la gente lo que desea oír con el fin de conservar el poder. Las inferencias modernas no son tan difíciles de ver.

—Siempre y cuando se plantee en el marco teórico —replicó Sarah—. En la práctica...

—Ahí es donde se equivocan los muchachos de Wall Street. Maquiavelo era un genio, pero era un genio del siglo XVI, y en cambio nosotros tenemos que resolver cuestiones del siglo XX. Cuando él habla de la crueldad y de las bravatas militares...

—Nosotros hablamos de sociedades anónimas y de política de base.

—Exactamente.

El camarero llegó con dos platos y dos tazas, mientras otro detrás de él traía las teteras.

—Entonces usted cree que Maquiavelo no nos lleva demasiado lejos.

—No me malinterprete —repuso Jaspers—. Yo admiro al viejo, pero sólo es un trampolín, nada más. Quienes lo ven como un guía absoluto... bueno, yo no apuesto mucho a eso. —Sonrió mientras los camareros se retiraban, y comenzó a sacar la bolsita de té del envoltorio—. Un equivalente moderno (al menos para mí) es lo que la nueva derecha ha estado haciendo en el curso de los últimos años. Salvo que, en vez de dirigirse directamente a los ciudadanos, les hacen el juego a una serie de grupos influyentes con el fin de conservar el control. Teóricamente es Maquiavelo, pero en la práctica es...

—El «nuevo decoro en el conservadurismo».

—¡Exacto!

—La Coalición de Centro —agregó Sarah.

—Es evidente que ha estado haciendo los deberes.

—Como le he dicho, tratamos de hacerlo lo mejor posible.

Sarah extrajo un bloc de la cartera; cuando comenzó a buscar una pluma, Jaspers sacó del bolsillo un bolígrafo con el extremo bastante mordido.

—Disculpe las marcas de los dientes —dijo—. Gajes del oficio.

—El mío no ofrece mejor aspecto.

Le quitó el capuchón.

—Para ser sincero, acabo de empezar a estudiar en la coalición, pero es un buen punto de partida.

Sarah buscó una hoja en blanco y levantó la vista.

—Prácticamente hablando.

Washington
26 de febrero, 15.51 h

Los alumnos se desplazaban por la sala del museo, presidida por un Veronese, cada uno de ellos provisto de una libreta y un bolígrafo para anotar los datos más relevantes. La maestra, una joven que estaría por cumplir los treinta años, sonrió con afabilidad al vigilante mientras conducía al pequeño grupo hasta el rincón más alejado, ante un cuadro bastante oscuro de un joven Tiépolo. Los quince niños se apiñaron en torno a la pintura, con la maestra en un costado describiendo con gran entusiasmo algunos de los detalles más intrincados: el ángulo de la cabeza de Cristo, la posición de las manos. La joven no apartaba los ojos del vigilante, esperando que se volviera; en cuanto lo hizo, ella efectuó un gesto de asentimiento con la cabeza. Acto seguido, una de las niñas se arrodilló en silencio, oculta por los demás chicos, y quitó la rejilla del respiradero situado justo debajo del cuadro. Con idéntica precisión, metió la mochila por la abertura y se introdujo en ella. Un chico la siguió, e inmediatamente la rejilla fue colocada de nuevo en su sitio. El sonido de la voz de la maestra se fue perdiendo en la distancia a medida que ellos se adentraban a gatas en el conducto.

No precisaban ni linternas ni planos; en el curso de la semana habían recorrido un centenar de veces una reproducción exacta de aquel sistema de ventilación. El plan requería la participación de tres chicos —todo en tríos—, pero el anciano había hecho un cambio. Lydia se había quedado en Wolf Point. Ellos no habían formulado preguntas, no les correspondía hacerlo.

Al llegar al cuarto conducto, doblaron. A los doce metros, encontraron una segunda abertura, esta vez un angosto túnel con tuberías y cables a lo largo de las paredes, pero con espacio suficiente para permitir que los dos chicos penetrasen más profundamente en las entrañas de la National Gallery. La chica consultó su reloj. Ocho minutos. «Colocadla, conectad el dispositivo y regresad.» En una ocasión lo habían hecho en siete. El anciano se había mostrado satisfecho.

Al cabo de medio minuto, oyeron el ruido de agua cayendo en cascada sobre sus cabezas: el pasillo que unía las alas este y oeste. La cafetería, la tienda del museo, siempre visitadas por los turistas. Ambos se detuvieron y vaciaron el contenido de las mochilas. A los vigilantes de la entrada, les había parecido que lo que llevaban eran libros, bolígrafos, goma de mascar, pintalabios: los objetos habituales de los adolescentes. Para el ojo avezado, eran otra cosa. En menos de un minuto, habían convertido las piezas en dos grandes bloques de plástico y una pequeña caja negra, con un cable de cobre que quedó conectado a los que corrían junto a la pared. Se encendió una luz amarilla que parpadeó una sola vez antes de volverse verde. Recogieron las mochilas y siguieron avanzando, sin dejar de examinar la parte superior del conducto. A unos seis metros de la caja, encontraron la tercera abertura, treparon por ella y de nuevo volvieron a gatear.

Después de varios giros y vueltas, se sentaron agachados ante otro respiradero, que daba a otra sala de la galería, con otra pintura que la clase tenía que admirar. Lo habían hecho bien. Seis minutos y medio. El anciano estaría satisfecho.

—Se trata de la maniobra típica de la derecha —dijo Xander—. No admiten que el gobierno le diga a la gente cómo tiene que hacer su vida, pero les encanta ser la conciencia moral del país. A la coalición le gusta hacerlo por medio de los planes de estudios de las escuelas. El aborto, la orientación sexual: ésos son los grandes temas.

—Lo cual no convierte a la coalición en algo diferente de un centenar de grupos más —observó Sarah.

—Es cierto, salvo que ellos pretenden desarrollar instituciones privadas propias. Escuelas fundadas por la coalición para competir con el sector público, proporcionándoles un cheque en blanco con respecto a lo que pueden enseñar y cómo.

Sarah levantó la vista.

—A mí me parece que los católicos han estado haciendo lo mismo durante años. ¿Cuál es el problema?

—Sí, pero los católicos no tienen monitores de televisión en los vestíbulos y las aulas, todos conectados a ordenadores de alta tecnología que funcionan interactivamente con los niños. Ordenadores especializados (si es cierto lo que se dice), que son realmente extraordinarios. Quiero decir: imagínese a un chico al que se le permite concebir un plan alternativo para atacar, digamos, en la batalla de Midway, y luego observar cómo se hace realidad en la pantalla; eso convertiría el aprendizaje en algo estimulante. Sin embargo, se rumorea que los ordenadores se utilizarán para sustituir a los educadores, para asegurarse de que todos los pequeños y devotos seguidores de la coalición reciben un mensaje claro y coherente. Eso no es educación, eso es adoctrinamiento, y en una escala mucho mayor de la que cualquier escuela religiosa pudo soñar jamás.

—¿Está hablando de lavado de cerebro? —preguntó Sarah, escéptica—. Hace mucho tiempo que existen los ordenadores, profesor. El hecho de que la coalición los utilice no significa...

—Si los ordenadores son lo único que une a Jonas Tieg y a Laurence Sedgewick (dos individuos que no tienen el menor interés en la educación), yo no estaría tan seguro. —Jaspers se quedó con la mirada perdida en el vacío—. ¿He puesto el dedo en la llaga?

Sarah no respondió.

—¿Sobre qué otras personas ha venido a hablar?

—Se sorprendería.

Jaspers apuró las últimas gotas de té de su taza.

—¿Quiere más? Yo voy a pedir otra taza.

Sarah asintió con la cabeza. Observó que Jaspers llamaba al camarero, con los dos dedos levantados y haciendo un gesto con la cabeza. El camarero señaló los platos de las tartas. Jaspers levantó la taza y simuló que tomaba un sorbo; luego se volvió hacia ella.

—Tengo fama de comerme dos porciones cada vez.

Ella sonrió.

—Entonces qué me cuenta de Tieg y Sedgewick.

—Como decía, a ninguno de los dos le importa un rábano la enseñanza. Para Tieg, todo es política, una forma de reunir a sus tropas. Otro aspecto del fenómeno *Tieg Tonight*. Los programas escolares son un mero reclamo y la tecnología es su cebo. Si en estos momentos el medio ambiente estuviese más en boga, se concentraría en ello.

—¿Y Sedgewick?

—Ésa es la parte interesante.

Llegó el camarero con el té, y apartó los platos y las tazas con el fin de hacer sitio para las otras teteras. Xander trató de ayudarle.

—¿No le parece raro que un individuo que había hecho carrera como genio de las finanzas de repente comenzara a desarrollar sistemas informáticos para bancos de negocios unos años atrás?

Sarah recordaba el expediente.

—Eran redes de seguridad. Yo creía que fueron proyectadas como salvaguarda de los grandes inversores... como él mismo.

—Quizá.

El camarero se retiró.

—Pero ¿quién cree usted que le ayudó a crear el prototipo para la tecnología?

Sarah meneó la cabeza.

—Una subsidiaria de Tieg Broadcasting Service. Eso no figura en sus notas. El rastro es enrevesado, pero ahí está. —Tomó un sorbo de té—. Y ahora tenemos lo de los ordenadores en las escuelas. No existe una verdadera relación, pero... Lo único que digo es que me intriga.

Sarah asintió con la cabeza y garabateó unas palabras.

—¿Y Anton Votapek? —preguntó sin apartar los ojos del bloc.

Cuando se disponía a repetir la pregunta, levantó la vista y advirtió el semblante de Jaspers. La estaba mirando fijamente, con una súbita expresión de preocupación pintada en el rostro.

Washington
26 de febrero, 16.09 h

—¡Repita eso, por favor! —El jefe de los controladores del National Airport de Washington no hizo nada por disimular su estupefacción.

—¡Todas las pantallas de la torre se han quedado en blanco! —fue la respuesta, acompañada por el ruido de fondo provocado por la confusión reinante—. Los auxiliares no funcionan, y hemos perdido el contacto por radio.

—¿Aún funciona el sistema de señalización?

—Ni idea.

—¿Qué quiere decir con que no tiene ni...? —Se inclinó acercándose más al intercomunicador al tiempo que se ponía de pie—. Tranquilo. Voy para allá.

Un par de minutos después entraba en la torre de control; las líneas de señalización de las pistas de aterrizaje ya estaban iluminadas para los arribos de la tarde.

—Bueno, gente, vamos a ver cómo están las cosas. ¿Qué tenemos en el aire y cuáles son los aviones que se encuentran más cerca?

—Cuatro dos-siete, un vuelo no comercial y dos jumbos, uno de Los Ángeles y otro procedente de Madrid —respondió una mujer rodeada por una montaña de hojas de datos.

—¿Y qué hay de Dulles...?

—Tienen el mismo problema y en el BWI tres cuartos de lo mismo. Y resulta del todo imposible comunicarse con College Park. Todo el sistema ha quedado fuera de servicio hace cuatro minutos. Calculo que en los tres más grandes hay seis aviones en las etapas finales y otros doce a los que tendría que dárseles vía libre.

El hombre se dirigió al terminal más cercano, y se encontró con el reflejo de su cara asombrada devolviéndole la mirada. En veinticinco años, nunca había visto nada tan aterrador. Se volvió hacia el caos reinante.

—Bueno, gente —dijo mientras comenzaba a frotarse las manos—, vamos a desviar a todos los que podamos hacia Atlanta, el resto puede tratar...

—Eso sería fantástico —replicó la mujer—. Hay un problema: ¿cómo vamos a comunicárselo a los pilotos?

—¿Votapek? —repitió Jaspers. Sarah se inclinó para servirse otra taza de té—. ¿Estamos hablando del mismo Anton Votapek, del Proyecto Tempsten?

—En realidad se denominaba Centro de Aprendizaje —le corrigió ella—. Los medios lo rebautizaron como el Proyecto Tempsten.

Jaspers meneó la cabeza.

—¿Votapek? —Hizo una pausa—. ¿Por qué...?

—Estamos hablando de escuelas, ¿no es así, profesor?

—Sí, pero... —Tardaba más en reaccionar de lo que ella esperaba—. Quiero decir que el hombre era un genio, el gurú de la educación de la década de los sesenta, pero luego vino Tempsten. —Sus ojos comenzaron a esquivar su mirada—. Un alto concepto... enseñanza modular...

—El enfoque modular: «la educación como un medio más agresivo para crear niños menos autónomos y más orientados hacia la comunidad». Muy bien, profesor.

—Otra teoría disparatada llevada a la práctica por la fuerza. —Jaspers dejó vagar la mirada, como si tratara de recordar algo—. ¿Cómo era, unos diez chicos, todos de unos ocho o nueve años...?

—En realidad, de catorce, y algunos de hasta dieciocho. Parece estar muy al tanto de todo esto.

Él se volvió hacia ella.

—Fue uno de los momentos más oscuros en la historia de la educación de este país, ¿no? Si uno está interesado en la enseñanza, señorita Trent, no debe olvidarse de Tempsten. —Era evidente que la referencia lo había alterado. Se apoyó contra el respaldo y meneó lentamente la cabeza—. Chicos de ocho y nueve años convertidos en... —De repente, miró a Sarah, con una expresión más intensa que momentos antes—. ¿Usted cree que Votapek está relacionado con Tieg y Sedgewick?

—Yo no creo nada —repuso ella—. Me he limitado a preguntar si su nombre había aparecido en su investigación.

Jaspers volvió a fijar la mirada en la distancia.

—Comprendo. —Se quedó callado un instante—. No.

—¿He dicho algo inconveniente?

—¿Inconveniente? No. Por supuesto que no. Es sólo que al meter a Votapek en la mezcla, la relación de Tieg con la coalición resulta de alguna manera más inquietante.

—¿De veras? —Sarah necesitaba comprobar hasta dónde podía llevar a Jaspers.

—Bueno, de ser cierto habría alguien que realmente tiene interés en la educación, ¿no es así? Un interés verdaderamente temible, y no sólo como un peldaño en la carrera política.

—Si es que existe una relación —subrayó Sarah.

—En efecto. —Esta vez Jaspers no desvió la mirada—. Si existe. —Por un instante, ninguno de los dos habló—. Ahora me obliga a pensar.

—Lo siento —repuso ella, sonriendo.

—Estoy seguro de ello. —Jaspers comenzó a juguetear con la cucharilla—. El problema es que cuanto le he dicho es mera especulación. No sé respecto de Votapek, pero nada de lo que los otros dos están haciendo se aproxima siquiera al extremismo. No se trata de neonazis incendiando sinagogas ni de fanáticos de la supremacía blanca formulando exigencias estúpidas. Por eso lo califico de conservadurismo «decente». —De nuevo, hizo una pausa—. Sin embargo, Votapek podría cambiarlo todo.

Miró a Sarah como si esperase una respuesta; ella se limitó a levantar las cejas mientras el camarero se acercaba con la cuenta.

—De cualquier manera —continuó Jaspers, dando golpecitos con la cucharilla contra la empapada bolsa de té—, es todo lo que sé. Creo que existe un vínculo entre Tieg y Sedgewick, pero eso es sólo una conjetura. Y aun cuando Votapek estuviese implicado, tampoco podría decirle qué esperan lograr. Para ser sincero, mientras cada uno de los tres vaya a lo suyo, no hay nada verdaderamente preocupante.

—Pero si están relacionados de alguna manera...

—Tendrá que preguntar por qué. —Dejó de jugar con la cucharilla y la miró a los ojos—. ¿Qué es lo que quieren? No estoy seguro de querer responder a esa pregunta.

—Lo hace parecer demasiado siniestro. —Sarah se estaba acabando la porción de tarta.

—Espero que Lundsdorf tenga razón. No deja de decirme que me concentre en lo que sé y que deje las teorías sobre conspiraciones para los diarios sensacionalistas. Quizá me excedo en mis reacciones. —Xander se había tomado la segunda taza y estaba tratando de apurar los últimos vestigios del té. Al ver que no quedaba ni una gota, dejó la taza en el platillo y dijo—: Le dejaré a usted la parte siniestra. Lamentablemente, tengo que regresar...

—Claro.

—Pero no quiero parecer grosero. ¿Había algo más?

Sarah guardó el bloc en la cartera, cerró con un chasquido las dos cerraduras y alcanzó el monedero.

—No lo creo, pero si fuese necesario que habláramos de nuevo...

—Por supuesto. Después de todo, no me importaría ver sus expedientes.

Ella sonrió y extrajo un billete de diez dólares antes de que Jaspers tuviese tiempo de sacar la billetera.

—Sé que el profesor Lundsdorf no lo aprobaría, pero esto corre a cargo del Gobierno.

Xander accedió, más ante la adorable sonrisa que al protocolo, y retiró el gabán del respaldo de la silla. Mientras él se levantaba, Sarah recordó algo:

—Oh, había otra cosa. Esto puede parecer extraño...

—Estoy seguro de que no lo es. —Jaspers comenzó a ponerse el abrigo.

—Enreich. ¿Significa algo para usted ese nombre?

Xander metió la mano en el bolsillo y extrajo la bufanda. Se la enroscó alrededor del cuello mientras repetía el nombre en voz baja.

—¿Enreich? —Negó con la cabeza—. No me suena. Podría consultar algunos papeles viejos, pero creo que me acordaría de un nombre semejante. Lo siento, no puedo serle de mucha ayuda en eso.

Ella se encogió de hombros, al tiempo que dejaba la cartera en la silla y se ponía el abrigo.

—Si surge algo —dijo, mientras tomaba una tarjeta del monedero y anotaba el número del hotel en el dorso—, llámeme.

—Lo haré.

Se la entregó junto con el bolígrafo, recogió el maletín y el monedero, y le indicó con un gesto a Xander que tomara la delantera. Sorteando las mesas, se dirigieron rápidamente al mostrador, donde Jaspers compró una caja de las pastas que les había prometido a los colegas del instituto.

Eligiendo una, empujó la puerta para dejar salir a Sarah al frío de Broadway.

Washington
26 de febrero, 16.24 h

Un torrente de vidrios, agua y metal hizo erupción a través del cráter que se abrió en el suelo, en el lugar donde antes había estado el pasadizo inferior de la galería. El lugar se llenó de gritos, ahogados dieciocho segundos después por la detonación de la segunda bomba que escupió grandes llamas a través del boquete, envolviendo un cuerpo tras otro en una abrasadora oleada dorada. La siguió un humo dulzón, más mortífero que la explosión, que cortaba la respiración y arrojaba a sus víctimas sobre lo que restaba de la calzada. Algunos corrían desorientados, hombres que empujaban a las mujeres, padres que levantaban a sus hijos en brazos y les acunaban mientras ellos boqueaban para aspirar un aire irrespirable.

Todo terminó en menos de seis minutos. Algunos fueron afortunados. La explosión les tomó desprevenidos. Otros tuvieron que sufrir los efectos del gas, sentir las llamas que lamían su carne, soportar su propia incineración.

A las 16:58 h, llegaron los primeros equipos de rescate. Tardarían catorce horas en calcular el número de víctimas: ciento diecisiete personas, que al cabo de dos días más, ascenderían a ciento treinta.

Sarah salió del metro en la calle Cincuenta y siguió hacia la Sexta Avenida. Había pensado tomar un taxi, pero comprendió que ganaría tiempo con el metro. No es que tuviera mucha prisa. En realidad, se había reservado aquella noche para revisar la información que Jaspers le había proporcionado. Mientras caminaba por la acera bordeada de nieve, la imagen del joven erudito apresurándose en concluir el encuentro —tan ansioso por volver a su trabajo— hizo que aflorara una sonrisa a sus labios. Jaspers estaba entregado en cuerpo y alma a su tarea, encerrado en su pequeño mundo donde cada momento le parecía demasiado precioso como para desperdiciarlo. «Eres un hombre afortunado, Xander Jaspers— pensó. Afortunado por tener esa pasión.» Y sin embargo, no la había abrumado con ello. Ni una sola vez la había hecho sentirse incapaz. De alguna manera había logrado que ella se olvidara de ese temor. En cambio, la había invitado y parecía muy complacido cuando ella demostró interés. ¡Y cómo temía él que pudiese aburrirla! Sonrió para sí. Había cierto encanto en ello.

El enorme anuncio de neón de Radio City se cernía sobre ella cuando dobló la esquina. La avenida estaba repleta de personas que trataban de abrirse paso en el caos de la hora punta. La marea humana que caminaba con paso apresurado por la acera parecía arrastrarla en su enloquecido avance. Todos los recuerdos agradables de la tarde se desvanecieron rápidamente. Comenzó a perderse entre la multitud, absorbida por aquella sorda vibración humana. Y de repente, los edificios se fundieron en un tropel de manos, pies y brazos. La inercia del movimiento la invadió e hizo despertar el eco de una locura arábiga que resonaba en su mente. «¡No! ¡Aquí no! ¡Ahora no!» Una voz interior coreaba su ruego, mientras su cabeza danzaba, sumida en un lejano aturdimiento, por encima del ruido de la calle, y su mente se deslizaba cada vez más hacia el pasado. «¡No cedas, Sarah!» Sin aliento se detuvo en la acera, mirando a su alrededor en busca de algo, cualquier cosa que la trajera de vuelta a la vida. Los transeúntes pasaban junto a ella dirigiéndole miradas hoscas, pero apenas se fijaba en ellos mientras luchaba por recuperar la calma. «Tranquila.» Con un gran esfuerzo, recuperó el aliento, el temblor cedió, los edificios volvieron a tomar forma. «Mira a tu alrededor. Esto es Nueva York. Aquí no tienes que esconderte.» Todo estaba como antes.

Cual refugio seguro, el hotel apareció ante su vista. Comenzó a caminar, adentrándose de nuevo en la marea humana. Aun entre la multitud, Sarah avanzaba en absoluto aislamiento.

Al cabo de cinco minutos, se encontraba ante la mesa de recepción del Hilton, con la tarjeta magnética de su habitación sobre el mostrador. Temblorosa aún, siguió al botones por un amplio salón hacia los ascensores y se fijó de pronto en una vasta selección de relojes, anillos y collares en aparadores dispuestos a lo largo de la pared de mármol. Le llamó la atención una piedra especialmente brillante, de un color azul profundo, esplendente, no menos intenso bajo la blanca luz estéril del amplio pasillo. Se detuvo y miró fijamente el zafiro, cuyo aspecto le resultaba familiar.

—¿Desea verlo, señora?

Un hombre apareció a su lado ataviado con un elegante traje hecho a medida, y el cabello peinado con fijador. Sarah lo miró, por un momento desconcertada.

—¿Señora?

—No. No, gracias —logró responder—. Es una gema preciosa...

—Sí, exquisitamente tallada...

—Me parece que he perdido a mi botones —dijo ella, mirando hacia los ascensores.

—Claro. —Él calló bruscamente y le ofreció la más falsa de las sonrisas—. Tal vez más tarde, pues.

El hombre ya se dirigía a otro cliente. Sarah echó una última ojeada al fascinante zafiro antes de volverse y descubrir al botones a unos veinte metros. Estaba aguardando el ascensor. Ella levantó la mano y avanzó rápidamente por el pasillo.

Washington
26 de febrero, 17.27 h

Su paso era lento, casi distendido, cuando dobló hacia la calle G, y las luces ya brillaban con toda su intensidad sobre su cabeza. Washington al anochecer. Peter Eggart llevaba las manos en los bolsillos, y sus ojos permanecían fijos en el portal situado a unos sesenta metros calle abajo. Como le habían anunciado, salieron tres diplomáticos holandeses y comenzaron a avanzar hacia él. Estaban absortos en su conversación, y al parecer la mujer que iba en medio les explicaba algo a sus dos compañeros. Eggart siguió caminando, mientras sacaba un arma del bolsillo y la mantenía firmemente sujeta contra el costado a medida que se acercaba al trío. Nadie en la calle pareció advertirlo, hasta que, al llegar casi junto a ellos, levantó el cañón y disparó dos tiros al pecho de la mujer, y luego una bala a cada uno de los hombres que la escoltaban. Los tres fueron sacudidos por el impacto, siguió un súbito silencio y todo quedó congelado, ingrávido.

Eggart se volvió y echó a correr, abriéndose paso a empujones entre los pocos testigos que lo miraban con incredulidad. La noche pareció discurrir a cámara lenta mientras él llegaba al extremo de la manzana y cruzaba hasta la Doce.

Sólo entonces se detuvo.

¿Dónde estaba el coche? Se dio la vuelta y miró la chapa indicadora para asegurarse: calle Doce, donde le habían prometido que estaría. Unos gritos comenzaron a resonar a sus espaldas, y el tiempo de nuevo se aceleró hasta alcanzar el ritmo normal. Notó el pánico en la garganta, el sabor acre de la indecisión. «Conserva la calma —se dijo—, comprende el proceso.» Precisaba mantener la serenidad, escuchar las órdenes en su cabeza. Habían pasado muchas horas preparando el atentado como para echarlo todo a perder en el último momento. Comenzó a caminar calle abajo, sintiendo las miradas fijas en él desde los edificios que se erguían enfrente, al tiempo que trataba de huir. De nuevo, echó a correr.

Un coche dobló la esquina, sin saber que se metía en un berenjenal. Sin pensarlo dos veces, Eggart se interpuso en su camino, levantó el arma y apuntó al parabrisas. El vehículo frenó con un chirrido de los neumáticos al tiempo que el pistolero se acercaba a la ventanilla, arrancaba a la conductora del asiento y la arrojaba a la acera. Al cabo de unos segundos, el vehículo retrocedía raudo hasta el cruce. Una brusca frenada, el rechinar de la caja de cambios; en unos instantes más, había desaparecido.

Sarah siguió al botones hasta el interior de la pequeña pero confortable habitación, con vistas a Central Park. Colocó la cartera portadocumentos sobre la cómoda de nogal, dio unos dólares al muchacho y arrojó la bolsa de viaje sobre la cama. Al quedarse por fin sola, abrió la cremallera del vestido y se quitó los zapatos; el suave contacto de la gruesa alfombra fue un alivio para sus talones. Deslizando las manos por las mangas del vestido, lo dejó caer al suelo. Luego lo extendió cuidadosamente sobre la cama, y se sentó.

Estaba enojada. Una simple joya, y ella se había resquebrajado. Le resultaba más difícil durante los viajes fuera de Washington, viajes que la sacaban de la rutina que la contenía. El inesperado aflorar de recuerdos que se repetía una y otra vez. El color de un zafiro había bastado para que se sintiera transportada al hotel de la calle del Rey Faisad, el estrépito del al-Balad en el fondo, y la niña. Siempre la niña, mirándola fijamente, con sus lastimeros ojos azules, que la obligaban a hacer promesas. «Volverás.» «Sí.» «Vendrás a por mí.» «Sí.»

¡No!

Hizo un esfuerzo por abrir los ojos, al ser consciente de que una vez más había vuelto al pasado. Durante varios minutos, permaneció absolutamente inmóvil en tanto que Ammán retrocedía hasta un lejano reducto de su mente. Haciendo un esfuerzo, se puso de pie y volvió a familiarizarse con la habitación. La cartera parecía mirarla fijamente. Ella sabía que no podría concentrarse en los expedientes en aquellos momentos. Necesitaba caminar. Salir a la calle sin temor. Optó por unos tejanos, una camisa deportiva y unas botas negras. Pasó unos dólares del monedero al bolsillo, metió la cartera debajo de la cama y se puso el abrigo. La puesta al día del expediente podía esperar.

Al cabo de siete minutos, las luces del tránsito en la Sexta Avenida la deslumbraban mientras se encaminaba hacia el centro. No tenía una idea definida de adónde se dirigía, pero sabía que le convenía estar rodeada de movimiento. Al llegar a la calle Treinta y seis, se dio cuenta de que tenía hambre. Dobló a la derecha y decidió probar suerte en Broadway. El barrio de la moda estaba desierto salvo por unos pocos taxis que circulaban a gran velocidad: sombras negras que se derramaban sobre la acera.

Los pasos a su espalda sólo se hicieron audibles al llegar ella a la mitad de la manzana. Eran acompasados y secos, en íntima sincronía con los suyos, y se volvían lentos o rápidos según sus propios cambios de ritmo. Advirtió que comenzaba a prestar atención a la definida pauta de unos zapatos con suela de goma, que calculaba la distancia entre ella y el presunto perseguidor, que vigilaba el tramo de la calle que tenía enfrente. «¡Basta! Olvídalo. No es nada. ¡Es un transeúnte, una persona cualquiera, demonios! ¡No te obsesiones... vuélvete y verás que no es nada!» Pero las señales estaban demasiado arraigadas en ella, demasiado cercanas a la superficie para borrarlas mediante un simple deseo. La súbita aparición de una segunda figura, a unos veinte metros delante de Sarah, al parecer un borracho, le confirmó las sospechas. Aparentemente avanzaba desviándose hacia un costado, pero a cada paso que daba se acercaba más a ella, como si cerrara la red en torno a ella, obligándola a adentrarse cada vez más en las sombras. Cuando comenzó a correr, oyó la rápida carrera del perseguidor a sus espaldas, al tiempo que el borracho se plantaba en la acera y le cerraba toda vía de escape. Desde atrás, el perseguidor embistió con el hombro a Sarah y la hizo caer en brazos del individuo andrajoso que se erguía ante ella.

Con un rápido movimiento, el hombre la arrojó hacia un callejón sumido en la más absoluta oscuridad, salvo por una desnuda bombilla que colgaba en lo alto de una escalera de incendios. Los fríos ladrillos le arañaron las manos cuando ella trató de amortiguar el golpe; el filo quebradizo del muro le rasgó la piel y le arrancó un sordo alarido.

—¡Ni una palabra!

Sarah cayó al suelo, pero enseguida la aferraron por el hombro y la apretaron contra la pared. El olor acerbo de la vestimenta del hombre causó repugnancia en Sarah, mientras él le palpaba el cuerpo, con una ardiente mirada de placer en sus ojos. El segundo individuo se asomó por encima del hombro del otro y la agarró de los cabellos. Sus ojos no denotaban la misma ansiedad, no había en ellos ningún deseo carnal por una presa bien ganada. Acercando la hoja de una pequeña navaja a su mejilla, le sonrió y con una súbita animación afloró a su por otra parte inexpresivo rostro.

—Nos han mandado para darte un consejo —murmuró, al tiempo que deslizaba la hoja por los labios y el mentón de Sarah—. Olvídate de Eisenreich. Lo de hoy es sólo la primera prueba, un aviso de lo que vendrá. —Agarró a su compañero por la muñeca—. Esfúmate o la próxima vez no podré contener a mi amigo aquí presente. Parece que le gustas.

El otro lanzó una risotada, puso la mano libre sobre el pecho de Sarah y se apretó contra ella mientras la manoseaba. El individuo de atrás siguió mirándola, mientras observaba a su camarada disfrutando del momento, y escrutaba los ojos de la mujer para descubrir el miedo, la repulsión que él ansiaba despertar.

Pero no había ni una pizca de terror en aquellos ojos. La mirada de Sarah sólo revelaba un extraño vacío, una fría indiferencia, una advertencia que él no logró desentrañar. Atrapado por un instante en el abrazo sin vida de sus ojos, el hombre aflojó casi imperceptiblemente los dedos. Y en aquel momento, la devastadora precisión de una asesina formada en las calles de Ammán se desencadenó en una explosión de pura energía. Ya no Sarah Trent, sino la asesina de Jordania, descargó un rodillazo contra los testículos del hombre que seguía ocupado con su pecho, al tiempo que lanzaba el brazo que hasta entonces había permanecido sujeto hacia la cara del segundo individuo y le clavaba las uñas en la carne en un veloz movimiento. Ambos hombres retrocedieron ante la agresión, y la navaja tintineó al caer al suelo. Como si su ataque hubiese estado programado, ella le encajó una patada en el diafragma al que se cubría con las manos la mejilla sangrante, y el crujido de las costillas al quebrarse le arrancó un grito de dolor mientras caía de rodillas. El otro, algo repuesto del golpe inicial, trataba de incorporarse, pero demasiado despacio para evitar el súbito codazo que ella le propinó en la sien. Su cabeza se estrelló contra la pared de ladrillos, y de su boca salió un último resoplido antes de desplomarse sin conocimiento sobre el duro cemento del suelo del callejón. Con una fuerza semejante, descargó ambos puños unidos sobre el cogote del hombre que estaba arrodillado frente a ella con las manos sobre el pecho. Sarah vio que también éste caía redondo. Sólo el ruido de su propia respiración agitada rompía el silencio del callejón. Se quedó inmóvil, mientras pasaban por su mente desenfrenadas imágenes de calles oscuras, cubiertas de arena, imágenes que se abrían paso por la fuerza hasta su conciencia, arrancándola del frío abrazo de la noche de Manhattan.

«Tú tomaste la decisión, Sarah. Tú aceptaste la responsabilidad.» Un rostro solitario resplandeció a través de la neblina húmeda, una niña de no más de doce años, con un hilo de sangre brotando del agujero de bala de su frente. «Alguien tenía que ser sacrificado. Con una expresión de terror, sus ojos azules se desvanecieron en el sombrío escondrijo, mientras aparecían los cadáveres de ocho jóvenes soldados jordanos, todos colgados de un alambre en el muro que se alzaba frente a ella. El hedor que exhalaban sus ropas le llenó las fosas nasales, obligándola a taparse la nariz con la mano. Se balanceaban de un lado a otro, chocando ligeramente contra el muro: cuerpos sin rostro de hombres que habían muerto chillando y que la vituperaban con su silencio. «¡Decid algo! ¡Cualquier cosa!», gritaba ella. «¡Tuve que deteneros! Vosotros erais lo prioritario, no ella. Alguien tenía que ser...» Los cadáveres seguían oscilando, a un mismo ritmo. «¡Decid algo, malditos!» Su voz se ahogó en un torrente de lágrimas. «¡Cualquier cosa! Por favor, cualquier cosa!» La luz blanca de la bombilla traspasó las sombras, disipando el terror que se proyectaba en su mente, mientras una oleada de náuseas le subía a la garganta. Se dejó caer de espaldas a la pared, a merced de los miembros temblorosos y de la acción de la adrenalina. Miles de voces resonaban en su cabeza, resquebrajando el mortal silencio del callejón. Violencia. Violencia de nuevo, desapasionada y precisa. Miró a los dos hombres que aún permanecían inmóviles, tendidos a sus pies. Los había atacado sin pensar, llevada por un impulso surgido con demasiada facilidad, un impulso nacido de una parte de su ser que ansiaba la ira, la destrucción.

Ella había atacado. En defensa propia, sí, pero había desatado una furia ciega, descargando golpes rápidos y contundentes que podrían haberlos matado. Sin pensar, obedeciendo al más puro instinto animal. ¿Podría haber matado? ¿Le habría sido tan fácil retroceder tanto? No lo sabía, no encontraba sentido a las preguntas que martilleaban en su cabeza. «¡Oh, Dios! ¡Oh, Dios! Perdí el control.»

Una voz interior le dijo que tenía que moverse, alejarse de aquellos cuerpos. Apoyándose en la pared, sin poder apartar la vista de los hombres que yacían sin conocimiento, avanzó con cautela hacia la entrada del callejón. Un coche pasó velozmente y la obligó a mirar hacia la calle vacía, a tratar de olvidarse de los hombres que dejaba a sus espaldas. La calculadora frialdad de la asesina se había esfumado, sustituida por un miedo creciente. Sarah se sintió sola, súbitamente consciente de que su ropa estaba empapada en sudor. Comenzó a temblar mientras hundía las manos en los bolsillos para ajustarse el abrigo. «Un sitio seguro. Busca un sitio seguro.» De nuevo la voz la conminaba, y ella obedeció en aturdida sumisión, dirigiéndose de nuevo hacia la Sexta Avenida, hacia la luz, la gente y la seguridad que le brindaban. No corrió —de alguna manera la voz no lo habría consentido—, se limitó a caminar con serena determinación, sin llamar la atención y, por lo tanto, sin ser vista, inadvertida. Al doblar la esquina del hotel, sintió las primeras lágrimas de alivio que le resbalaban por las mejillas.

Sólo cuando se encontró en la habitación, un refugio seguro del ataque de veinte minutos antes, logró concentrarse en las palabras que había pronunciado aquel hombre. «Lo de hoy es sólo la primera prueba, un aviso.» ¿Qué había querido decir? ¿Y Eisenreich? Se volvió y se vio reflejada en el espejo: su rostro, un mar negro y rojo; sus cabellos, una maraña que se extendía precariamente hasta sus hombros. Pero fueron los ojos lo que le llamaron la atención, unos ojos que no había vuelto a ver desde Ammán, unos ojos fríos, implacables, que le devolvían la mirada y la condenaban en silencio.

Fue entonces cuando comenzó a pensar en la causa de la agresión. ¿Por qué? ¿Qué la había provocado? La puesta al día de una investigación. Eso era lo único que supuestamente debía ser. Nada más. Nada que incitara a hacer advertencias: primera prueba, Eisenreich...

Un sudor frío le corrió por el cuello al entrar un nombre en sus pensamientos. La comisión.

Sarah se esforzó por volver la vista para mirar la habitación, el arca que la contenía la estrechaba, le brindaba la seguridad del aislamiento. Por supuesto, la comisión. Todo resultaba demasiado familiar, demasiado parecido a una vida que había estado a punto de destruirla. «No me dejaré arrastrar. Se trate de lo que se trate, no me dejaré arrastrar.» Sabía lo que tenía que hacer. Devolverlo todo. Los expedientes, las notas... renunciar al puesto, si era necesario. Que los demás asumieran la responsabilidad. Que otros llevaran el peso. Los recuerdos de lo ocurrido en el callejón se borrarían. Los recuerdos de Ammán. De sí misma. Ella tenía que protegerse a sí misma.

Fue a sacar la cartera de debajo de la cama y advirtió la luz roja que parpadeaba en el teléfono. Durante un momento, presa del pánico, se preguntó si el mensaje del callejón había sido suficiente. La habían encontrado en la calle. Sin duda podrían encontrarla allí también. «No lo escuches. Déjale el juego a otro», se dijo. Pero por alguna razón, no podía. Tenía que oírlo, escucharles personalmente, saber que huía por una razón. Se estiró a través de la cama, levantó el receptor y llamó a la operadora. Le respondió una voz electrónica, que le informó que había tenido una sola llamada a las cinco y diez. Después de un murmullo momentáneo, una segunda voz se hizo audible en la línea.

—Hola. Soy Xander Jaspers y son alrededor de las seis. Mire, no sé cómo pude ser tan estúpido, pero cuando llegué de vuelta a mi despacho, de repente lo vi claro. Lo de Enreich. No es Enreich. Es Eisenreich. Por lo menos eso es lo que me dice mi instinto. Si eso tiene relación, podría ser mucho más importante de lo que nosotros suponíamos. Llámeme.

Jaspers. «¡Oh, Dios mío!» No estaba sola; no estaba aislada. Él había establecido la relación. Eisenreich... Y había sido ella quien había conectado con él, quien le había metido en el asunto. «¿De quién es la responsabilidad, Sarah? ¿En quién confiar?»

Cortó la comunicación, soltó la tecla y empezó a marcar.

2

La educación [...] puede convertir la agresión en fervor, la obstinación, en compromiso, y la volubilidad, en pasión.

Sobre la supremacía, *capítulo IV*

Xander había salido tan aprisa que se había olvidado la bufanda en la baranda, y al sentir una ráfaga de viento en la Sexta Avenida, recordó con renuencia la advertencia de Lundsdorf: «Abróchate el abrigo si quieres vivir tantos años como yo.» A veces resultaba exasperantemente prudente. Xander caminó desde la entrada de taxis del Hilton, luego traspuso la puerta del hotel y le recibió una bocanada de aire caliente, que le envolvió el cuello y la cara, dándole una grata sensación de bienestar.

Mientras recorría el pasillo, su mente volvió a centrarse en Eisenreich. El momento de la revelación se había producido un par de horas antes. Estaba de pie ante el escritorio, examinando unos papeles, cuando se quedó pasmado ante su ingenuidad. Y tal vez ante su propia estupidez. «Era obvio, condenadamente obvio», se dijo. Sin embargo, al principio, se había preguntado si no se trataría de otra teoría disparatada que Lundsdorf descartaría con toda presteza. Disparatada, sí. Pero ¿teoría? No. Tenía demasiado sentido como para ser una ficción. Claro que tendría que someterlo al juicio de Sarah. Al fin y al cabo, ella era la experta, la especialista de Washington. «Tú eres un simple profesor», se dijo. Aun así, el instinto le decía que había descubierto algo que otorgaría sentido a su investigación, algo que podría arrojar alguna luz sobre lo que Votapek y Tieg tenían en mente. Sin embargo, de qué manera se vinculaban Sarah y el Gobierno seguía siendo un misterio.

En el ascensor, echó una ojeada a los papeles que llevaba consigo. Al posar su mirada en un par de ellos, recordó la emoción, la agitación que había experimentado quizá tan sólo dos veces en la vida: la primera, tres años atrás, cuando había descubierto un manuscrito desconocido, obra de un ignoto teórico del siglo XVIII; la segunda, aquella misma noche cuando había recordado el nombre de Eisenreich. Por supuesto que el ensayo del siglo XVIII había resultado de poca utilidad —tal como Lundsdorf había predicho—, pero había sido la emoción de la búsqueda, la oportunidad de ver algo original, lo que había ocasionado semejante revuelo. Y lo que en ese momento palpitaba en su pecho. El ascensor se detuvo, y Jaspers guardó los papeles en el maletín.

Antes de llamar a la puerta, Xander se detuvo a considerar lo que podía esperar de la mujer que le había llamado por teléfono tan sólo una hora antes. Entonces, había imaginado que despertaría entusiasmo, incluso emoción con su descubrimiento. En cambio, una voz distante le había pedido que acudiera al hotel con todo lo que considerara que podía ser importante. Y así lo había hecho. No había provocado la reacción que esperaba. Aun así, detrás del aparente desinterés de la mujer, Xander había notado premura, una necesidad apenas velada de que ambos se reunieran esa noche. Sumido en su propia ansiedad, había alejado de su mente la sorprendente frialdad de su interlocutora. Ante la puerta de su habitación, no podía dejar de recordar el tono de su voz por teléfono, tan distinto del de aquella afable y encantadora mujer con quien había tomado un té por la tarde. Y él no había sido el único en advertir su encanto. Al regresar al instituto, el conciliábulo reunido frente a la chimenea le había recompensado con grandes elogios por su radiante compañera. Hasta a Clara se le había iluminado la cara ante la mención de la cita de las tres y media. Sólo entonces Xander había considerado a Sarah como algo más que una simple burócrata de Washington con la misión de atormentarle el cerebro. Tuvo que reconocer que se trataba de una burócrata con una sonrisa cautivadora. Había pasado diez minutos largos en su despacho sin pensar en otra cosa.

El ruido del doble pestillo al ser descorrido le trajo de vuelta al presente. La puerta se abrió un par de centímetros, y Sarah apareció entre las sombras de una habitación iluminada tan sólo por una lámpara situada encima de la cómoda. Por un momento, ambos se miraron fijamente, hasta que Xander sonrió al tiempo que preguntaba:

—¿Le importa que entre?

Su familiaridad pareció engendrar algo de vida en la expresión de Sarah.

—Lo siento. Por supuesto, pase —respondió con un ligero gesto de asentimiento.

Jaspers entró en el cuarto; Sarah corrió inmediatamente el pestillo y luego se acercó a la cama, donde había una almohada apoyada en la pared. Fue entonces cuando él advirtió el televisor, en cuya pantalla Sarah tenía clavados los ojos. Ni siquiera le había pedido el abrigo. Sin mirarle, Sarah dijo:

—Sírvase un trago si quiere. El bar es pequeño, pero está bien surtido.

Xander vio el botellín de Jack Daniels sobre la mesilla de noche, y el vaso de hotel lleno de whisky con hielo. Era evidente que no le había esperado para empezar a beber.

—Gracias —repuso con un gesto envarado, sin saber qué hacer.

Un trago. Bueno. Asintió de nuevo con la cabeza, dejó el maletín sobre la alfombra y sacó una botella de agua de la nevera. Ella seguía con la vista fija en el televisor, y su expresión le confirmó los temores que había sentido al hablar por teléfono con ella. Quería convencerse de que la diferencia estribaba en la informalidad de un segundo encuentro, en su falta de maquillaje, en la despreocupada forma de vestir. Pero era evidente que había algo más que eso. Se acercó a la cama, con la mano torpemente metida en el bolsillo del abrigo.

—¿Y —dijo— qué es exactamente lo que estamos mirando?

Sarah se volvió hacia él, con una fugaz expresión de desconcierto en sus ojos.

—¿Acaso no se ha enterado?

Xander negó con la cabeza, sonriendo.

—Estuve en la oficina. El... asunto de Eisenreich me llevó bastante tiempo...

—Entonces, será mejor que eche un vistazo.

Sarah fue pasando de un canal a otro con el control remoto. Xander vio que todos estaban poniendo las mismas escenas: reporteros en medio del ulular de sirenas, coches de bomberos, ambulancias... Diferentes escenarios, pero en todos reflejaba la misma confusión, el mismo desorden controlado.

Había hombres de la Guardia Nacional apostados en forma manifiesta en todos los sitios.

—Lo que está usted viendo es Washington, doctor Jaspers.

Éste se dejó caer lentamente en su asiento.

—No es un bonito espectáculo, ¿verdad?

Luray, Virginia
26 de febrero, 20.17 h

Los rayos de las linternas penetraban a través de las rendijas de los tablones del granero, iluminando con un blanco resplandor el telón de foro de un campo abierto, en tanto que las luminosas franjas rojas y azules de los vehículos de la policía rodeaban el solitario edificio. El aliento se condensaba en nubecillas que se elevaban hacia el cielo negro, mientras hombres armados con rifles esperaban a su presa, y la prensa aguardaba con sus cámaras la última entrega de una noche distinta de todas las que ellos habían conocido antes.

—Me acaban de comunicar que los tres diplomáticos holandeses están con vida —rugió una voz a través del altavoz—. Su estado es crítico, pero viven. Lo que significa que no es asesinato. Aún tiene una oportunidad si sale ahora.

Silencio. El agente del FBI se dirigió al policía que estaba junto a él.

—¿Tenemos cubierta la parte posterior?

El hombre asintió con la cabeza.

—Vamos a concederle tres minutos y luego atacaremos. ¡Y dígales a esos periodistas que retrocedan, por todos los diablos!

De la oscuridad, descendió un cuervo y se posó en el suelo, entre el granero y la policía. Se quedó quieto, con la cabeza inclinada hacia la izquierda, atraído por los poderosos reflectores. Transcurrió medio minuto antes de que el chirrido de un gozne rompiera el silencio; el ave volvió la cabeza. Una figura agachada apareció en la puerta del granero, perdido entre las sombras. De repente el ave comenzó a correr hacia él, agitando las alas, y el hombre en el umbral se quedó perplejo, con las manos levantadas para protegerse de la luz mientras trataba de salir corriendo.

Sonó un único disparo. La cabeza de Eggart se dobló hacia atrás, y él se desplomó en el suelo.

—¿Quién coño ha disparado? —gritó el individuo del altavoz. Corrió hacia el cuerpo caído, seguido por otros dos hombres vestidos con traje—. ¡Joder! —exclamó por lo bajo—. ¡Cómo odio a estos polis de pueblo!

Los tres hombres llegaron junto al cuerpo y lo volvieron boca arriba. El agente meneó la cabeza y se puso de pie; acto seguido, se volvió de cara a los reflectores.

—Que nadie se mueva. Quiero saber quién ha disparado.

Uno de los policías extrajo un papel del bolsillo de Eggart y se lo entregó al agente del FBI. Éste lo desdobló y leyó: «Por los pecados de todos los sodomitas y de quienes los protegen. Nuestra ira será fulminante.» Reconoció la divisa al pie de la hoja. Otro lunático animado por el espíritu militar.

—Parece que no le gustaba que nuestros amigos holandeses provinieran de un país que tolera a los homosexuales. —Metió la nota en una bolsa de plástico—. Ya veremos si en el laboratorio confirman que esto se relaciona con el resto de las locuras de la jornada.

Se aproximaron otros dos hombres de traje, que escoltaban a un policía del estado, un individuo de unos cuarenta y tantos años.

—¿Es éste el del gatillo fácil? —preguntó el agente.

Los dos agentes del FBI asintieron con la cabeza.

—Grant, Thomas. De Virginia...

—Bien, señor Grant, Thomas. ¿Qué demonios ha sucedido?

El policía no respondió. «Sacrificio, amigo mío del Gobierno. Siempre debe haber un lugar para el sacrificio.»

Sarah se había acercado a la nevera y volvía a llenar el vaso.

—Según el último recuento, son ocho actos de terrorismo. La ciudad ha sido puesta patas arriba...

—Espere un momento —la interrumpió Xander; en los últimos minutos se le habían aclarado las ideas—. ¿En un callejón? La... lastimaron?

—No; eran profesionales.

Arrojó el botellín a la papelera.

—¿Profesionales? —Xander meneó la cabeza lentamente, con los ojos fijos en la espalda de Sarah—. No sé si lo entiendo... ¿profesionales? ¿Qué tiene esto que ver con...?

—Ésa es precisamente la pregunta que yo me hago. —Sarah se volvió de cara a él—. ¿Por qué describen el caos que aparece en esa pantalla como una «primera prueba»?

—¿Lo llaman una primera...? —Sus ojos denotaron de pronto comprensión, y las palabras surgieron por su propia voluntad—. «Primera prueba de la conjetura por la experiencia.»

—¿Qué? —preguntó ella.

Xander levantó la vista, pero aún seguía con la mirada perdida.

—Es la forma en que alguien del siglo XVI habría explicado la experimentación.

—Hable claro, profesor.

Él se volvió hacia Sarah.

—Un simulacro. Eso es una primera prueba. ¿Por qué se referirían a Washington como una...?

—Porque querían convencerme de que me olvidara de Eisenreich.

—¿Ellos mencionaron a Eisenreich? —Xander no logró disimular su sorpresa—. ¿Cómo podían saber algo acerca de Eisenreich? Ni siquiera yo pude establecer la relación hasta... —El miedo se reflejó en su rostro—. ¡Oh, Dios mío! Claro. —Volvió a mirar la pantalla del televisor—. Ellos son Eisenreich.

Xander se paseaba por el pasillo formado por la cama y el radiador de la calefacción, con un vaso de whisky a medio llenar firmemente apretado entre sus manos. Dos pasos, media vuelta, dos pasos, media vuelta. Parecía hipnotizado y de cuando en cuando se detenía para levantar la cabeza y mirar a la cama, donde Sarah trataba de examinar algunos de los papeles que él había traído. Transcurridos unos tensos minutos, se dejó caer en una butaca junto a la ventana y apuró el licor del vaso. Al advertir que aquella extraña rutina había llegado a su fin, Sarah levantó la vista.

—No logro sacar nada en limpio de todo esto. La mitad de los papeles no está en inglés.

—En alemán e italiano —repuso Xander, con tono distante.

—Exacto. Mire, profesor... Xander —dijo, tratando de tranquilizarlo—. Me doy cuenta de que esto no es exactamente algo con lo que usted se encuentra todos los días...

—Eso para decirlo de una manera suave. —Dejó el vaso

sobre la cómoda—. No sé si se acuerda de que lo mío es elaborar teorías, señorita Trent.

—Sí, yo...

—Me siento en mi cómodo y pequeño despacho, leo montañas de libros y artículos, y luego escribo sobre ellos. Eso es todo. No hago nada que justifique un atentado, sea profesional o no. Supongo que dejo que otros se ocupen de ver qué resultado dan las teorías. —Se interrumpió—. Lo que plantea una cuestión muy interesante. ¿Quién es exactamente usted?

—¿Qué?

—No pretendo ser descortés, pero lo poco que sé sobre el Departamento de Estado, en especial su división investigadora, no tiene nada que ver con callejones oscuros ni agresores profesionales. Ustedes son como... los académicos. No se comprometen.

—Soy consciente de ello. —Sarah se calló y se quedó mirándolo.

—¿Y eso qué significa?

—Yo estoy comprometida. Y usted también.

—Ésa no es una respuesta.

—Podría imaginarme el porqué si supiera qué significa Eisenreich.

—Comprendo. —Xander esperó que siguiera; al ver que no lo hacía, agregó—: Mire, no me importa hablar sobre Eisenreich, para eso he venido, pero preferiría saber si estoy tratando con la CIA o el FBI o con las siglas que estén más en boga últimamente...

—Usted está tratando conmigo —le interrumpió ella.

—Eso es muy crítico.

—No; es más seguro. —Lo miró a los ojos—. Eisenreich, profesor. Dígame qué tiene que ver Eisenreich con lo de Washington.

Él le devolvió la mirada, tratando de sostenérsela. Al cabo de un minuto sin lograrlo, exhaló un largo suspiro y luego meneó la cabeza.

—De acuerdo. —Se recostó en la butaca—. Eisenreich.

No es un ente. Es una persona, un monje suizo que murió hace unos cuatrocientos cincuenta años en circunstancias bastante desagradables...

—¿Un monje? ¿Qué pinta un monje en...?

—Escribió un tratado sobre el poder político.

Esta vez fue Sarah quien meneó la cabeza.

—¿Me está diciendo que un libro explica lo que ha ocurrido hoy? Perdóneme, profesor, pero ¿cuán peligroso...?

—¿Podría resultar un manuscrito? —Xander se inclinó hacia ella—. No se trata del documento en sí, señorita Trent, sino de cómo lo usa la gente. ¿Recuerda a Maquiavelo? En tanto en cuanto se crea en su mensaje, un texto teórico puede ocasionar toda clase de problemas. Si precisa alguna prueba más, siempre puede pasar a otro canal.

—¿Me está diciendo usted que un manuscrito es el causante de eso? —exclamó Sarah, señalando la pantalla—. Eso es sabotaje a un nivel muy sofisticado, profesor. Estamos hablando de manipulación por medio de ordenadores, de explosivos de alta tecnología, de actos de terrorismo que ningún teórico del siglo XVI podría haber comprendido.

—No tenía que comprender...

—Una de las ciudades más importantes de Estados Unidos está a punto de declarar el estado de excepción. Me resulta difícil creer que un manuscrito sea responsable de ello.

—No es tan difícil. Pedro el Grande conservaba junto a su cama un ejemplar de un libro escrito por un hombre llamado Pufendorf. Y escribió en su diario que en aquel libro estaba la clave de cuanta decisión política tomara. Carlos V leía a Marco Aurelio. Cromwell, a Hobbes. Y las noventa y cinco tesis de Lutero han tenido a Roma en vilo durante los últimos cuatrocientos años. Recuerde que esas personas no tenían televisión ni radio; Oprah Winfrey no les decía qué libros tenían que leer. Cada cual había de buscarse sus propios referentes. Los que no sabían leer encontraban los suyos en la Iglesia; los que sabían, los encontraban en los libros, y los que buscaban el poder los hallaban en un tipo específico de manuscrito, unos pocos de los cuales están detrás de algunos de los episodios más tenebrosos de la historia. —Dejó el control remoto sobre el televisor—. ¿Puede decirme quién inventó la televisión, señorita Trent?

Sarah negó con la cabeza.

—Exactamente. Pero en cambio todos recordamos a Gutenberg y su imprenta.

—Entonces, ¿por qué ese libro?

—Porque se suponía que convertiría a los Medici en los dueños de Europa. Maquiavelo sólo les había ofrecido Florencia. —De repente, pareció que se le ocurría algo. Casi como hablando consigo mismo, dijo—: Una ciudad no era suficiente.

Sarah observó que la mirada de Xander seguía siendo errática.

—¿Por qué se suponía?

Xander tardó un instante en fijar la vista de nuevo en un punto.

—¿Cómo? ¡Ah! Porque... no estamos seguros de que exista.

—¿Qué? —Sarah estiró el cuello hacia delante—. ¿Nunca lo escribió?

—No lo sabemos. Existen muchas... especulaciones.

—Entonces, especulemos.

Wolf Point, Montana
26 de febrero, 20.42 h

Laurence Sedgewick estaba de pie en la terraza, con las manos apoyadas en la baranda, y la temperatura nocturna había descendido a varios grados bajo cero. A él le gustaba el frío, y sus ojos se cerraban cada vez que una ráfaga soplaba bruscamente desde el campo abierto. Una mata de cabellos blancos —en cierto modo prematuros en un hombre que sólo tenía cincuenta y cinco años— contenía un toque de distinción a un rostro que solía atraer las miradas por su apostura: los altos pómulos, los labios finos, la afable sonrisa que siempre parecía adornarlos.

Sedgewick consultó el reloj. El último coche llevaba diez minutos de retraso. La vista de los faros brincando a través del bosque disipó su preocupación. Un minuto después, el vehículo apareció ante la verja, seguido por la nube gris del humo del tubo de escape. Cuando se detuvo, Sedgewick avanzó hasta la escalinata.

—¿A qué se debe el retraso, señorita Grant? —Sin saludos ni palabras de reconocimiento por un trabajo bien hecho.

—Hubo turbulencias —fue la respuesta igualmente concisa de la mujer.

Esperó a que él insistiera. Al ver que se limitaba a asentir con la cabeza, la mujer entró en la casa. Los dos jóvenes la siguieron. En el interior, los tres colocaron los bolsos y los abrigos en un armario del vestíbulo y cruzaron el arco de entrada que conducía a la sala de estar. El fuego ardía con grandes llamas, mientras el anciano junto a la chimenea, lo atizaba con movimientos espasmódicos.

—Espero que hayáis tenido un buen viaje.

Echó una última mirada a los leños, observó las llamas que se elevaban hacia lo alto y luego se volvió.

—El coche... ¿qué pasó con el coche del señor Eggart? ¿Por qué no estaba en su lugar?

Los tres se miraron el uno al otro, y luego fijaron su vista en él. Janet Grant fue quien habló.

—Estaba en la... Trece. Él no apareció en ningún momento.

—Sí, eso ya lo entiendo. —Se acercó a la butaca más cercana a la chimenea y se sentó—. Simplemente, hacía una pregunta.

—¿Sabía usted que estaba en peligro? —Sedgewick apareció en la arcada.

—Sólo... una vez que estuvimos en el aire —respondió ella.

—Pero usted tenía instrucciones de no utilizar la radio.

—El anciano habló con un tono carente de emoción—. Entonces, ¿cómo se enteró?

La mujer no contestó.

—Sospecho que no hizo lo que se le dijo porque ya sabía el error que había cometido anteriormente en la calle Doce. ¿Estoy en lo cierto, señorita Grant? Ella permaneció con la vista al frente.

—Sí.

—Al menos ahora sabemos la verdad. —Se quedó con la mirada perdida en el fuego—. Un error semejante puede tener un alto costo, aunque, por supuesto, siempre existe la posibilidad de corregirlo.

—Entiendo...

—Usted entiende muy poco. De otro modo, esta situación no se habría planteado. —La fría claridad de la respuesta del anciano la tomó desprevenida. Él se volvió hacia ella—. Su padre ha aceptado la responsabilidad por sus actos. Él siempre ha comprendido el proceso, el papel que debe jugar. —Hizo una pausa—. ¿Usted comprende ese proceso, señorita Grant? —De nuevo, esperó—. Confío en que pensará en ello.

La joven permaneció inmóvil, incapaz de hablar.

—Fue en el año 1531. —El relato del monje parecía que iba tranquilizando a Xander—. Cuando los Médicis recuperaron el dominio de Florencia, Eisenreich les envió unos extractos de su manuscrito como un presente a los conquistadores retornados. Al igual que Maquiavelo veinte años antes, andaba en busca de una ocupación. En las páginas que mandó, según podemos colegir, apuntaba un método mediante el cual unos pocos hombres (naturalmente los Médicis), podrían tomar el poder no sólo en una ciudad, sino en el continente entero. Y no simplemente mediante la agresión militar. En ese revoltijo de papeles de encima de la cama hay una copia de una carta extraída de los archivos papales que Clemente VII envió a varios de sus cardenales en aquella época. Clemente (que también era un Médicis) describe lo poco que vio del tratado como *un lavoro d'una possibilità grande ma anche pericoloso*, «una obra de grandes posibilidades, pero peligrosa». Más asustado que intrigado, Clemente ordenó buscar el manuscrito y quemarlo. Si hubiese sido un poco más arrojado, ¿quién sabe cómo sería el mapa de Europa en la actualidad?

—Pero ¿por qué el Papa no quiso aumentar su poder?

—¿Cómo? Él era el Sumo Pontífice de la Iglesia católica, el más grande foco de dominio social y político en el mundo conocido, y tenía en sus manos el último triunfo. Él era el vicario de Cristo. La excomunión aún era un arma muy poderosa. Poseía todo el poder que ambicionaba. Lo que no quería era que uno de sus rivales (probablemente Enrique VIII de Inglaterra o Francisco de Francia) se apoderasen del documento y amenazaran la estabilidad de Europa.

—¿De modo que Clemente lo destruyó?

—Ésa es la gran ironía. Descubrió a Eisenreich, o mejor dicho, fue su hijo bastardo, Alessandro, duque de Florencia, quien lo encontró, pero torturó al monje hasta matarlo antes de obtener información alguna sobre el paradero del documento. Seguro que Clemente pasó varias semanas muy inquieto esperando que el manuscrito apareciera en alguna otra corte, pero jamás se supo nada de él.

—Por lo tanto no causó ningún problema.

—A Clemente, no. El manuscrito jamás apareció. De hecho, en una carta dirigida a Alessandro un par de meses después de la muerte de Eisenreich, el Papa ya estaba convencido de que todo el asunto había sido un engaño, que en realidad no había existido manuscrito alguno y que Eisenreich había imaginado aquel ardid con el solo objeto de que alguien le ofreciera un cargo.

—¿Y así todo el episodio quedó en el olvido?

—Si lo pensamos bien, a comienzos de la década de 1530, Clemente no disponía de tiempo para dedicarse a buscar el documento de Eisenreich. La separación de Enrique VIII de la Iglesia católica era un problema mucho más acuciante que el hipotético manuscrito de un hombre muerto.

—¿Pero reapareció? —inquirió Sarah, al tiempo que buscaba las fotocopias de la correspondencia del Papa en la pila de papeles—. Eisenreich escribió el manuscrito, ¿no?

—Sí y no.

Sarah se quedó perpleja.

—Ésa no es la respuesta que esperaba.

—No hay pruebas, no hay manuscrito. Eso es lo que la mayoría de los eruditos cree.

—Eso por el no. ¿Y el sí?

—El mito de Eisenreich —repuso él. Sarah meneó la cabeza—. En el curso de los últimos siglos, el nombre del monje ha aparecido en cartas, documentos y hasta en anotaciones al margen de alguna página, y siempre en períodos de convulsiones políticas. Durante la guerra de los Treinta Años, apareció un tratado completo: *Der Wissenschaft des Eisenreichs* (La ciencia de Eisenreich). Agudo, pero en absoluto coherente. Nuestro monje surge durante el Protectorado de Cromwell, la Revolución Francesa y hasta en este siglo y en los primeros estadios del Tercer Reich.

—¿Y qué es exactamente lo que creían que Eisenreich tenía que decirles?

—Por todo lo que sabemos, cuándo y cómo crear el caos. Asesinatos, el incendio de las reservas de cereales, la destrucción de los puertos. ¿Le suena familiar?

—¿Y usted cree que el libro podría realmente aparecer...?

—Lo que importa no es lo que yo crea. Usted preguntaba qué era lo que el manuscrito se suponía que podía enseñarles. Es evidente que ha cumplido su función. El problema es que nunca nadie se ha tomado las referencias en serio.

—¿Por qué? ¿Porque el caos nunca se produjo?

—Por eso y porque los eruditos creen que la misma idea del mito ya ha sido un arma suficiente.

Sarah levantó la vista.

—Me he perdido.

—Piénselo. Si se desea unificar las fuerzas y estar seguro

de que se tiene un mismo objetivo, ¿cuál es la forma de cohesionarlas?

—Tener un enemigo común —repuso ella.

—Exactamente. Una amenaza que los obligue a luchar como un solo hombre. Entonces, supongamos que tenemos noción de una antigua historia sobre la existencia de un manuscrito que proclama, digamos, la estricta restricción de las libertades individuales, el desmantelamiento de la actual infraestructura del mercado, etcétera, y que logra convencer a nuestros compatriotas de que existe realmente un grupo dispuesto a imponer esas medidas en el Estado. ¿Qué es lo que hacen nuestros seguidores? Cierran filas para eliminar la amenaza. Y en el proceso, destruyen a toda la oposición.

—¿Y eso es lo que Eisenreich ha representado? —preguntó Sarah—. ¿Un artificio utilizado por algunos políticos avisados para eliminar a la oposición?

—Eso es lo que creen varios historiadores. Incluso el nombre plantea incógnitas. En alemán, Eisenreich significa «Estado de hierro» o «régimen de hierro». La coincidencia es... demasiado sorprendente para ser tomada como tal.

—¿Y usted está de acuerdo con esa interpretación?

—Si lo hiciera, ¿le parece que estaría aquí? —Xander se levantó y se dirigió al cuarto de baño, después de recuperar su vaso vacío.

—Espere un momento —dijo Sarah al tiempo que el ruido del agua del grifo resonaba en toda la habitación—. Todos esos detalles sobre la libertad individual y la reestructuración del mercado, ¿cómo sabe que figuran en el manuscrito?

—No lo sabemos —respondió Xander desde el cuarto de baño, con una voz incorpórea que se imponía al rumor del agua—. Recuerde que se trata de un mito. Y los mitos tienden a nutrirse de sí mismos. En un período de cuatrocientos años, se han agregado más hechos, han aparecido más folletos exponiendo el saber del gran hombre. Todo depende de lo que esos políticos avisados requieran.

Xander reapareció con el vaso y una toalla en la mano.

—Está usted exponiendo argumentos muy convincentes en defensa del no.

—Me doy cuenta de ello. Por eso esta tarde he estado investigando un poco. —Se acercó a la cama—. Hace menos de un mes, aparecieron dos artículos de un profesor de la Universidad de Florencia: el único hombre que, en estos diez últimos años, ha defendido la existencia del manuscrito. Carlo...

—Pescatore —leyó Sarah en la hoja superior del pliego que Xander tenía en la mano—. *Eisenreich: la domanda risoluta.*

—La incógnita resuelta —tradujo él.

—¿La resolvió? —preguntó Sarah, tratando de leer por encima del hombro de Xander.

—No del todo, aunque ofrece buenos argumentos por lo poco que he leído. Todo es bastante técnico, pero es evidente que ha visto lo que él considera fragmentos auténticos de uno de los manuscritos originales. —Entregó el pliego a Sarah y comenzó a revolver entre los papeles de nuevo.

—¿A qué se refiere al decir uno de los manuscritos originales?

—Lo habitual era que existieran dos o tres versiones: copias por si se perdía o se estropeaba el original antes de imprimirse. Era una precaución. Los que nos dedicamos a investigar el caso, coincidimos en general en que existieran dos copias. La que envió al Papa y la que conservó en su poder.

—¿Y dados los acontecimientos actuales, usted cree que Tieg, Sedgewick y Votapek poseen una de las copias, y Pescatore, la otra?

—Eso sería formidable, ¿no?

—Y lo que me está diciendo es que podrían utilizarlo para producir...

—No tengo ni idea. Recuerde que se trata de lo que ellos vean en el manuscrito, de cómo lo interpreten. Tomemos la Biblia: piense en cuántas interpretaciones diferentes de la Verdad descubre la gente en sus páginas. Se pueden comer distintas sopas con la misma cuchara: un libro como el de Eisenreich podría generar unos seguidores igualmente devotos, un grupo de gente fiel a una verdad mucho más siniestra. —De la pila de papeles extrajo el segundo artículo—. Además, en este artículo, Pescatore insinúa que existe una suerte de plan unido al manuscrito. Un minucioso proceso, detallado paso a paso, para crear el caos y luego construir a partir del mismo. Eso lo convertiría en un documento muy poderoso.

—¿Y qué sucedería si alguien encontrara la otra copia? —preguntó Sarah, con una expresión más animada—. ¿Podrían determinar lo que nuestros tres amigos tienen en mente más allá de este... simulacro?

—Supongo, pero...

—¿Pero qué? —lo interrumpió ella.

Xander había vuelto a sentarse en la butaca.

—Mire, en esto puedo estar muy equivocado. Es una... teoría. No existe prueba alguna que vincule...

—Los dos hombres del callejón eran de carne y hueso, profesor. Lo que ocurrió hoy en Washington no es teoría.

Xander la miró fijamente.

—Lo sé. Es sólo que cuando vine aquí esta noche, pensé...

—Pensó que todo formaba parte de alguna intriga académica, material para su nuevo artículo.

Él asintió muy despacio con la cabeza.

Bueno, evidentemente es algo más que eso —siguió diciendo Sarah, tanto más para convencerse a sí misma que a él—. Esto no es un ejercicio teórico. Si ellos saben que Pescatore posee una copia, querrán recuperarla. —Se trasladó al borde de la cama, y su tono pareció más premeditado cuando agregó—: Y no van a querer que se apodere de ella alguien que sea capaz de descifrarla. —Dejó que sus palabras surtieran efecto antes de dirigirse al otro lado de la cama donde tenía la cartera.

—Mire —dijo Xander, que aún se recobraba de los últimos minutos—, yo he cumplido con mi parte del trato. Ahora ya sabe qué relación tiene Eisenreich con todo esto.

—Observó cómo ella abría la traba de la cartera—. Ahora dígame: ¿quién es exactamente usted?

Sarah se quedó quieta y luego lo miró.

—Para ser sincera, no estoy muy segura.

—Eso no me aclara mucho.

—No, en efecto. —Buscó debajo de la cama y acto seguido se calzaba las botas—. Póngase el abrigo. Recójalo todo. —Sarah sentía que de nuevo despertaba en ella su espíritu combativo—. Tenemos que buscar un teléfono seguro.

—¿Un teléfono seguro? ¿Quién demonios es usted?

Virginia
26 de febrero, 9.04 h

Thomas Grant, equipado con un uniforme recién adquirido de la policía del estado de Virginia, iba sentado en el asiento delantero. Un agente del FBI conducía el coche y había otro sentado atrás. Había preguntas que requerían respuesta. Le habían sugerido que los acompañara.

—¿Creyó que iba a sacar un arma?

—Sí —respondió Grant.

—¿De veras pensó...?

Grant de repente extendió los brazos, se apoderó del volante y desvió el vehículo hacia la barrera protectora de la carretera. El conductor trató de recuperar el dominio del coche, pero Grant le había pillado con la guardia baja. En un instante, el automóvil chocó contra la barrera y saltó por encima de ésta.

—¡El sacrificio! —gritó Grant—. ¡El sacrificio!

El coche se estrelló contra el fondo del barranco, y explotó a causa del impacto.

Mientras escuchaba, Sarah arañaba con las uñas la superficie de la cartera, la textura rugosa la ayudaba a mantener la concentración. La cabina era estrecha y ofrecía una vista parcial de la librería que se abría al fondo del pasillo. Los bancos y los estantes estaban repletos de pilas de libros; sobre las tres mesas de roble, adosadas a una de las paredes, unas lámparas de Tiffany iluminaban la pequeña tienda con un cálido resplandor. Tenía la esperanza de que la librería distraería a Jaspers de la incertidumbre que le embargaba y así había sido, aunque en un primer momento él se había mostrado reacio a quedarse solo. Una sección dedicada a los tapices medievales logró mitigar sus inquietudes.

—No —dijo Sarah—, es totalmente inaceptable.

—De acuerdo. —La voz de Pritchard no había cambiado, conservaba aquel tono distante, aun cuando trataba de ser convincente—. Pero sería mejor que vinieras...

—¿Y que aprovechara tu inestimable ayuda? —No se esforzó por disimular su desdén—. Creo recordar una tarde en Ammán...

—En que tomaste una decisión. Eso ya lo hemos discutido. Si no hubieses eliminado a Safad, la ciudad...

—Murió una niña a causa de esa decisión. Esa vida...

—Merecía ser sacrificada cuando estaba en juego toda una ciudad, tal vez toda una región. Las repercusiones entre los israelíes...

—¡Nada habría cambiado!

Se contuvo: advirtió el rencor que denotaba su voz, la opresión en el pecho, los nudillos blancos por la fuerza con que apretaba el teléfono. Cerró los ojos y respiró hondo.

—Entonces, ¿a qué se debe esa súbita preocupación? —Sarah hizo un esfuerzo para fijar la vista en la pared—. Siempre te ha encantado poner las piezas en juego.

—No sabíamos...

Sarah se echó a reír, gozando del silencio que había provocado.

—Estoy segura de ello. No —prosiguió—; si viniera, tú me llevarías a una bonita granja en el campo, en Maryland, para comprobar en qué fracasó la terapia...

—Como te decía, nos has dejado muy impresionados por tu actuación en el callejón. Te aseguro que nadie cuestiona tu...

—¡Me importa un cuerno lo que vosotros pensáis!

Silencio.

—Entonces, aléjate, Sarah. Ven, entrégalo todo y márchate. —Esperó—. Esta vez no creo que haya cabos sueltos.

Cabos sueltos. Sintió la ira que le subía a la garganta, la necesidad de arremeter contra el hombre del otro extremo de la línea. En vez de ello, desvió la mirada hacia la librería, posó la vista en Jaspers, en su figura encorvada, que se inclinaba para leer el lomo de un libro. El gentil profesor, tan confiado, tan desprotegido. Cabos sueltos. Las palabras aporreaban una vez más. ¿De quién es la responsabilidad, Sarah? Le habían enseñado que hacerse a un lado era la única manera de sobrevivir. Pero ella nunca había escuchado, nunca había aprendido.

—No tenéis ni idea de lo que os lleváis entre manos, ¿verdad?

Silencio de nuevo.

—Sería mejor que vinieras. Confío...

—La confianza nunca fue tu fuerte. No; esta vez lo haremos a mi manera. Nada de sorpresas de última hora, nada de cabos sueltos. —Su mirada se posó en Jaspers—. Esta vez, nada merecerá ser sacrificado.

Diez minutos después, ella apareció en la sala de la librería.

—¿Qué tal la corazonada? —la pinchó Xander.

—Ellos estaban esperando mi llamada, si es eso lo que quiere decir. —Su tono era distante. Sacó un volumen de Trollope del anaquel, más para mantener las manos ocupadas que por cualquier otra razón—. Preciso ver ese manuscrito.

—Espere un momento. —Xander volvía a ser presa del desasosiego—. ¿Quiénes son ellos?

—¿Qué cambiaría si lo supiera? —Xander guardó silencio mientras Sarah volvía a colocar el libro en su lugar y escogía otro—. Pescatore. ¿En qué departamento de la Universidad de Florencia trabaja?

—En el de Teoría Política —respondió él casi involuntariamente. Tratando de cambiar de tema, agregó, con la misma agitación—: ¿Qué quiere decir con eso de qué cambiaría si lo supiera? Recuerde que he escrito sobre...

—Usted no ha escrito sobre ellos. —La energía de su voz indicaba a Xander que no siguiera insistiendo—. Lo que necesito es que me dé una carta de presentación para el italiano, algo que me permita ver en qué ha estado trabajando. Y quiero que usted se tome unos días de descanso. Conozco un lugar en Delaware. Me pondré en contacto con usted en cuanto regrese...

—Espere un momento... ¿Usted va a ver...?

—Él tiene el manuscrito. —La franqueza con que respondió resultaba algo incongruente.

—Comprendo —repuso Xander—. ¿Y qué pretende hacer si, en efecto, él le permite verlo?

—Eso corre de mi cuenta.

Xander asintió con la cabeza, y su desasosiego se fue convirtiendo en frustración.

—Le doy la carta, desaparezco, y usted habla con Pescatore. Así de simple. —Siguió moviendo la cabeza—. Por desgracia, conociendo a Carlo, no creo que resulte.

Por primera vez desde que había vuelto de telefonear, Sarah lo miró a los ojos.

—¿Usted lo conoce? —exclamó, incapaz de disimular la sorpresa.

—Desde hace diez años —contestó él, con naturalidad—. Es otro de los protegidos de Lundsdorf. De hecho, fue él quien despertó mi interés en Eisenreich. Intenté decírselo...

—¿De veras? —Hizo una pausa—. Entonces, es perfecto. Llámelo y dígale que voy a ir a verlo.

Xander trató de dominar su impaciencia.

—¿Así de simple?

—Sí. Creo que sabré manejarlo a partir de ahí.

—¿Ah, sí? —Xander se sentó en el borde del estante y se cruzó de brazos—. Y ¿qué piensa usted hacer exactamente con el manuscrito si lo encuentra y cuando lo encuentre?

—Aguardó—. Está en italiano o en latín, por lo tanto espero que lea estos idiomas con facilidad. Y como por supuesto posee amplios conocimientos sobre el discurso característico del siglo XVI, no tendrá dificultades en descartar las interminables páginas de información superflua, ¿verdad? Ah, y por cierto —prosiguió, con ímpetu creciente—, Carlo no se mostrará muy bien dispuesto. Podría ser (y hago hincapié en el podría) que le permitiera echar una ojeada a unas cuantas páginas mientras él espía por encima de su hombro, pero nada más. Es sin duda el académico más intuitivo que haya conocido nunca. Por no decir que es un poco paranoico. Hasta podría llegar a pensar que la he enviado a usted para robarle sus ideas. No. Se mostrará cortés, satisfecho de sí mismo y más que condescendiente. Lo que no será es servicial. Además, ni siquiera estará en su casa. —Su tono se había ido cargando de irritación, y tal vez hasta se había vuelto algo vengativo.

—¿Y eso cómo lo sabe?

—Porque, como otros doscientos eruditos en este campo, estará en Milán durante los próximos dos días. —Xander hizo una pausa para ver el efecto que causaba—. Mañana por la noche debo tomar el vuelo 630. Ya he pedido unos días libres.

Sarah esbozó una sonrisa mientras devolvía el libro a su lugar.

—Ya veo.

Se sentó junto a Xander en el estante, uniendo las manos sobre el regazo como para simular una rendición.

—Entonces, ¿qué propone usted que haga, puesto que me lleva tres pasos de ventaja?

—Puesto que no quiere usted decirme quién es... déjeme hablar con él.

—Eso lo va a hacer de todos modos.

—Es cierto. —Xander sonrió.

—¿Y qué me dice de las personas que no quieren que se encuentre el manuscrito? Su mensaje de esta noche era muy claro. En todos los frentes. —Hizo una pausa—. Esto no es un juego.

—Es algo tarde para explicar las reglas. —Xander se volvió hacia ella, con una mayor firmeza en su voz—. Mire, ha venido a verme a mí. Entiendo que piensa que ahora puedo correr algún riesgo, pero ¿no le parecería raro a cualquiera que se interese en mis recientes actividades que no asistiera a la conferencia? Lo he planeado durante varios meses. Por lo tanto, he resuelto hacer una escapada a Florencia posteriormente... para visitar a un amigo. ¿Qué hay de extraño en eso? —Esperó que le contestara—. Usted quiere saber de qué manera se relaciona el manuscrito con todo esto, así que necesita una persona que sepa descifrarlo y que tenga acceso a Carlo. Esa persona soy yo. Le hice algunos favores en el pasado; durante unos días, no se dejará arrastrar por la paranoia. Lo único que digo es que usted me necesita.

—Lo que necesito es a alguien que sepa lo que él está haciendo.

Esta vez le tocó a Sarah el turno de pensar. Había pocas probabilidades de persuadirlo para que no hiciera el viaje. Y si había hecho los planes... quizás un cambio súbito despertaría ciertas sospechas y lo convertiría en un objetivo más agudo. Objetivo agudo. Era una expresión que no había tenido cabida en su mente durante meses, años. Y de pronto le volvió con relativa facilidad.

También tornaba más evidente que Pritchard sabía exactamente lo que estaba haciendo al enviarla, al dejar que se enredara con una persona como Jaspers, conociendo su sentido de la responsabilidad. «Luego aléjate.» En ningún momento quiso que lo hiciera, pues sabía que ella nunca se tragaría el cuento. La había manipulado con habilidad. «Sin cabos sueltos.» La incógnita persistía: ¿por qué? ¿Por qué la había obligado a actuar de nuevo?

Miró al profesor. Su lógica, por mucho que detestara reconocerlo, era irritantemente aplastante. ¿Qué era exactamente lo que ella pretendía hacer en cuanto tuviera el documento en su poder? De nuevo, la voz —algo más débil que antes— se hizo oír: «¿Con la vida de quién estás jugando, Sarah? ¿Con la confianza de quién?»

—Considerando que es muy poco lo que puedo hacer para detenerlo...

—¿Tiene otra elección?

—No lo parece, ¿verdad? —Se puso de pie y lo miró a los ojos—. Ha de prometerme que no hará nada hasta después de la conferencia, hasta que Pescatore esté de vuelta en Florencia. No quiero que vaya más allá de una charla ocasional.

—¿Por qué? ¿No sería sensato...?

—No. —La agente estaba dando órdenes—. Recuerde que usted no es el único que sabe que él estuvo trabajando en el manuscrito. Tiene que ser discreto, al menos hasta que yo llegue allí.

Esta vez fue Xander quien se mostró sorprendido.

—¿Hasta que usted...? ¿No es eso lo que llamaría la atención a los muchachos del callejón?

La ingenuidad de Xander estaba perdiendo su encanto.

—Tengo que resolver unos asuntos en Suiza. Por lo tanto, estaré cerca. Y recuerde que soy yo quien tiene los expedientes de nuestros tres amigos. Si las cosas se ponen feas —de nuevo le sostuvo la mirada—, será importante que haya alguien allí que sepa lo que se lleva entre manos, así que, usted también podría necesitarme a mí.

Los niños correteaban y se arrojaban mutuamente bolas de nieve, proyectiles que hendían el aire nocturno en pos de objetivos poco visibles. La vasta explanada, al resguardo de una colina que nacía en un costado del edificio de ladrillos rojos, servía de perfecto campo de batalla. Chillidos y risas resonaban, ahogados por los crujidos de las botas que corrían por la nieve casi congelada. La pequeña zona boscosa que bordeaba la explanada confería a la escena una impresión de calma.

Una solitaria figura se erguía en lo alto de la colina, con un cigarrillo entre los dedos y la otra mano con el puño cerrado dentro del bolsillo en busca de calor.

Jonas Tieg observaba elevarse el humo del cigarrillo hasta

chocar con los soplos de aire que se condensaba al salir de su nariz. Sabía que era una temeridad; su médico le había ordenado que dejara de fumar, pero él nunca había sido una persona que se negara los placeres de la vida. Con casi un metro ochenta de estatura, tenía un vientre que lo demostraba, si bien su corpulencia lograba disimular en buena parte las pruebas de su indulgencia: más de cien kilos diplomáticamente constreñidos en una chaqueta cruzada. La escena que se desarrollaba abajo le proporcionaba un momentáneo respiro: aquellos niños eran muy distintos de los que vivían en su cerrado mundo. Entornó los ojos y dejó que los pasados meses se deslizaran de sus hombros, que el último día y medio se esfumara de su mente. Recuperó recuerdos de su infancia: risas alegres, camisas y calcetines empapados en sudor, respiración agitada, el asombro de una súbita explosión de nieve en la espalda. Todo mucho más soportable, mucho más tangible.

El cigarrillo comenzó a saberle amargo en la boca; lo arrojó a un costado y oyó el fugaz siseo de la brasa al entrar en contacto con la nieve. El rumor de los automóviles que llegaban, la repentina intrusión de las luces de los faros contra el etéreo telón de fondo, le hicieron retornar a la tarea que le esperaba durante aquella velada. Volviéndose de cara a las luces que se acercaban, Tieg oyó los pasos apresurados de uno de sus ayudantes mientras él se acercaba. Era el momento de adoptar una expresión resuelta, la máscara de autoridad que caracterizaba a la figura más famosa de la televisión populachera. Tieg se atusó los cabellos negros como el azabache y se dirigió hacia el gran edificio de ladrillo rojo. Al doblar la esquina en dirección a la entrada de la escuela —ya con su ayudante al lado—, vio las grandes letras que se destacaban majestuosamente sobre la puerta de roble de doble hoja: ESCUELA DE ELKINGTON CHARTER.

Tieg se desabrochó el abrigo mientras entraba al vestíbulo embaldosado de la escuela. Frente a él se alzaba una impresionante vitrina repleta de trofeos; se quitó el abrigo de los hombros y se lo entregó al joven que estaba a su lado.

—Tenlo a mano. Esta noche quiero salir enseguida.

El ayudante asintió con la cabeza y se encaminó hacia una serie de puertas del final del vestíbulo. Una joven apareció en aquel extremo de la sala, con una tablilla con sujetapapeles en la mano y una expresión severa en el rostro. Amy Chandler —productora del programa *Tieg Tonight*— no se había mostrado muy entusiasmada con la propuesta de una gira de dos semanas que había caído sobre su escritorio tres meses atrás. Catorce programas en catorce ciudades. Tieg quería conocer a sus admiradores, escuchar sus inquietudes. Las inquietudes de ella no habían sido motivo de discusión.

—Dispones de cuatro minutos antes de salir al aire —dijo Amy, avanzando hacia él—. Tus devotos admiradores (quinientos) esperan, impacientes, la prometida sesión de charla. Dedícales un rápido saludo y listo. Te avisaré cuando falten treinta segundos.

Tieg avanzó hacia la puerta de doble hoja, al tiempo que se colocaba el audífono antes de responder.

—Bajaré por el pasillo central —dijo cuando se reunieron ante la puerta.

Ella le arregló el nudo de la corbata.

—Tómame con la cámara frontal unos momentos antes de que me dirija al escenario.

—De acuerdo. —Amy le alisó la corbata sobre el pecho, le hizo un guiño y habló por su micrófono—. Ya viene. Dales la señal.

Amy se deslizó silenciosamente entre las puertas; al cabo de quince segundos, una voz grave, sonora, se impuso sobre el sordo murmullo que resonaba detrás de las puertas.

—Buenas noches, damas y caballeros, y bienvenidos al programa *Tieg Tonight*. —Un fuerte aplauso acompañó el silencio que se hizo en la sala—. Estaremos en el aire dentro de unos minutos, por lo tanto acomódense en sus asientos y relájense, y les ruego que reciban con un cálido aplauso al presentador del programa: el señor Jonas Tieg.

Tieg esperó la señal de Amy; al cabo de un instante, se

abrieron las puertas delante de él: el aplauso se hizo considerablemente más entusiasta al adelantarse hacia el foco de luz. El escenario era el clásico gimnasio que se utiliza como sala de reuniones, con el consabido escenario y el suelo de madera reluciente bajo innumerables capas de cera y barniz. Aquella noche se convertiría en el estudio improvisado de un programa de televisión. Los equipos habían sido instalados al pie del aro del otro extremo de la pista de baloncesto; las cámaras y las jirafas con los micrófonos dispuestas para el momento en que una señal indicara que estaban en el aire. Tieg levantó la mano derecha con el puño cerrado para expresar su agradecimiento, y luego entró en la abarrotada sala. Mientras avanzaba entre el público, parecía un hombre dotado de una energía ilimitada, un hombre de extraordinaria visión.

—¡Es un placer venir aquí a escuchar lo que el pueblo tiene que decir! —soltó Tieg con voz atronadora, mientras estrechaba la mano de un hombre y se volvía hacia otro.

Siguió caminando entre el público puesto en pie, al tiempo que saludaba con guiños y movimientos de cabeza; cuando llevaba un par de minutos celebrando aquel ritual, oyó la voz de Amy a través del auricular.

—En treinta segundos.

Tieg se separó de una joven admiradora y comenzó a subir la escalera situada en un extremo del escenario. El local era muy reducido, las estanterías y el escritorio quedaban al fondo del escenario, pero Tieg sabía que los cámaras pondrían en acción toda su magia. Se detuvo en cuanto llegó a lo alto de la escalera y esperó mientras arrancaba la melodía del programa.

—Sonríe, Jonas —le indicó la voz en el oído; la conocida música sonaba con toda su fuerza.

Obedeció, mientras hablaba en voz baja por el micrófono prendido en su corbata, que lo mantenía en contacto con su productora.

—¿El avión sale de Rochester a las once cuarenta y cinco?

—Aguardará si nos atrasamos.

—Esta noche, no, Amy. Entrar y salir. Ése es el plan.

—¿Y qué hay de tus admiradores incondicionales? —Oyó que Amy se reía—. Quieren que les dediques unos minutos después del programa, Jonas.

—Entrar y salir. —Saludó con la mano a un joven de la primera fila, y sonreía mientras hablaba—. Esta noche no.

Una voz atronó sobre la música, y el público prorrumpió en aplausos cuando Tieg salió al escenario.

—Esta noche, desde el magnífico estado de Vermont, la ciudad de Elkington da la bienvenida a Jonas Tieg y... al programa *Tieg Tonight*.

El indicador luminoso titilaba sin cesar, aunque sin motivo, puesto que el público ya aplaudía entusiasmado. Tieg se dirigió con paso cansino hacia el escritorio, aplaudiendo al público y saludando a un par de caras desconocidas entre la multitud. Se acercó al sillón y se sentó mientras la música llegaba al *crescendo*. Entonces él colocó en posición el micrófono del escritorio, apartó una pila de papeles hacia un costado y levantó la vista, con una amplia sonrisa en el rostro. Era el momento de encender al público, el momento de la sagacidad política.

—¡Vaya, vaya! Esta noche sí que nos hemos reunido aquí un grupo de gente entusiasta.

El público prorrumpió en aplausos una última vez; Tieg aguardó a que cesaran, saludando con la cabeza, con la mano, ordenando los papeles, hasta que, mirando hacia la cámara uno, siguió diciendo:

—Quiero hacer extensiva la bienvenida de Elkington a todos los que nos ven por televisión. Como pueden apreciar, esta noche estamos un poco bulliciosos. —Otra salva de aplausos—. Amigos, en diez días hemos visitado diez ciudades, y sigue asombrándome el apoyo que estamos recibiendo.

»En el curso de la semana pasada, nos hemos ocupado del empleo, de la inmigración, de los impuestos —mientras él se volvía hacia la cámara dos, el público prorrumpía en un gruñido de protesta—, y ayer... —hizo una pausa, adoptando de pronto una expresión más grave—, bueno, todos sabemos lo que pasaba por nuestras cabezas ayer. —Dejó que el silencio se adueñara de la sala—. Para los amigos de Washington, nuestras plegarias. —De nuevo hizo una pausa, para volverse otra vez hacia la cámara uno—. Bien, no vamos a volver sobre esas historias esta noche, pero me parece evidente que todas llevan el mismo mensaje: ¿qué le está ocurriendo a este país? ¿En qué se supone que debemos confiar cuando nuestros puestos de trabajo... nuestras propias vidas, corren peligro? ¿Acaso estamos perdiendo el control?

Una salva de aplausos le obligó a callar.

—En resumidas cuentas, ha llegado la hora de hacer oír nuestras voces. Ése es el objetivo de esta gira de dos semanas. Y esta noche, en esta bella escuela secundaria, estábamos pensando que sería más que apropiado que habláramos sobre el estado de la educación en este país. Es cierto que quizá todos tengamos necesidad de apretarnos el cinturón de tanto en tanto, que quizás hasta tengamos que colocar algunas cerraduras adicionales a las puertas de nuestras casas, pero eso ya lo hemos hecho antes. Cuando el problema afecta a nuestros hijos y a su futuro... entonces es cuando realmente tenemos que sentarnos y reflexionar sobre ello.

Desde el fondo de la sala se hicieron oír algunas voces para manifestar su aprobación.

—Como ustedes saben, no suelo comenzar el programa con un monólogo, pero esta noche, bueno, voy a pedirles que sean indulgentes conmigo. Quiero tomarme unos minutos para hablarles sobre algo que es demasiado delicado para dejarlo en manos inadecuadas: el futuro de nuestros hijos. —Tomó un sorbo de agua y luego apoyó ambas manos sobre el escritorio.

—Cuando se trata de la educación de los niños, corren por ahí algunas ideas muy raras. Ideas que señalan que no debe enseñarse moral en las escuelas, que no debe fortalecerse la fe religiosa. Eso a mí me causa cierta tristeza, sobre todo cuando la escuela pretende ser un lugar donde formamos a los jóvenes y a las jóvenes para que sean personas de bien.

Por eso estamos aquí esta noche, porque estamos hastiados y cansados de un sistema que nos induce, no, que nos obliga, a renunciar a nuestros ideales, y proclama que nuestros conceptos son en cierto modo inaceptables. ¿Inaceptables? —Tieg se permitió prorrumpir en una risita sardónica—. ¿Cuando somos nosotros quienes pedimos normas morales más elevadas, un mayor sentido de compromiso comunitario, una mayor inversión en el futuro de nuestros hijos? —Más gritos del público—. Ya sé. Yo tampoco le encuentro ningún sentido. La cuestión es: ¿significa eso que estamos pidiendo un sistema que exija un mayor control sobre esas vidas jóvenes?, ¿que desee la misma libertad para elegir lo que no se debe enseñar que la que otros piden para elegir lo que quieren enseñar? Tal vez. ¿Pero qué mal hay en eso?

El indicador de aplausos comenzó a titilar mientras Tieg se volvía hacia la cámara dos.

—Limitaciones, parámetros: ésas son cosas convenientes cuando vienen avaladas por una fuerte justificación moral, cuando contribuyen a definir el carácter. Como ustedes me oyen repetir una y otra vez, se ha pasado demasiado tiempo defendiendo a elementos marginales, causas que sólo abusan de la palabra «derecho»: en este caso, el derecho a enseñar esto, a proteger aquello. Ciertas cosas no merecen esa clase de protección... al menos, no en la escuela. —Tieg mostró un diario del escritorio y señaló un titular—. El otro día, leía esto y me quedé estupefacto. «Los tribunales abren la puerta» —leyó, meneando la cabeza mientras permanecía con los ojos fijos en el periódico—. El *New York Times*, sumamente complacido ante una ley que establece que la sexualidad debe tener un espacio en la escuela. —El público prorrumpió en risas; Tieg levantó la vista, con una tímida sonrisa en los labios—. Vamos, amigos, ustedes saben a qué me refiero. —Se echó a reír y se dirigió a uno de los cámaras—. Parece que esta noche tenemos un público retozón, Pete. Tal vez deba beberme ese vaso de agua de manantial de Vermont.

El público aplaudió.

—Pero, en serio —siguió—, permítanme que les haga unas preguntas: ¿tiene mi hija necesidad de aprender algo acerca del control de la natalidad? Tal vez. Pero no en nuestras escuelas. ¿Tiene mi hijo necesidad de aprender algo sobre los homosexuales y la paternidad con miembros de un solo sexo? Tal vez. Pero no en nuestras escuelas. ¿Tienen mis hijos necesidad de entrar en contacto con música que enseña pornografía y odio? Yo diría que jamás. Pero, sin ninguna duda, no en nuestras escuelas. —Tieg tomó un sorbo de agua—. Por eso, al apelar a los consejos escolares, solicitamos que se aleje a nuestros hijos y a nosotros mismos de un sistema que, en nombre de una supuesta libertad constitucional, reclama el derecho de imponernos esas normas (y empleo el término en un sentido muy amplio) sobre todos nosotros. Eso no son normas, son una excusa. Una excusa para renunciar a la responsabilidad por lo que suceda dentro de estas paredes.

Otro estallido de aplausos.

—Cuando les pregunto a los representantes del Gobierno (y lo he hecho), por qué mis hijos tienen que ser adoctrinados por un puñado de legisladores liberales, no saben qué responderme. Al menos no saben darme una respuesta que me parezca sensata. Resulta penosamente evidente que ellos se dan cuenta de que las escuelas no son más que corrales, cárceles con régimen abierto para niños que no quieren saber nada sobre ellos mismos, y mucho menos sobre otras cosas. No son niños. No se les permite ser niños con todos esos galimatías que se les trata de explicar. ¿Acaso un niño de catorce años puede entender los interrogantes que plantea el tema del aborto? ¿Acaso un chico de quince años puede comprender las consecuencias de vivir en un hogar formado por miembros de un solo sexo? ¿Puede un chico de dieciséis años distinguir la diferencia entre la música y el lavado de cerebro político? Yo no lo creo.

La sala estalló en aplausos.

—Normas. —De nuevo Tieg se rió con descreimiento al tiempo que se volvía hacia la cámara uno—. Las normas encierran preocupación... preocupación por esas mentes jóvenes, por su espíritu, por su sentido de sí mismos. Y eso se ha perdido. —Una nueva pausa—. Ahora, supongamos que yo les digo que el sistema, la cadena que nos obligan a llevar en torno al cuello, no puede persistir. Y que cuando llegue el momento, tenemos que disponer de escuelas donde los niños puedan estudiar con un proyecto, con una misión. Un nuevo tipo de estudiante, un nuevo enfoque para el aprendizaje y el activismo. ¿Qué me responderían ustedes? ¿Qué me responden? —Una salva de aplausos—. Pero la única forma de que eso ocurra, de que esas escuelas preparen el terreno y siembren esas normas, consiste en situarnos al margen ahora mismo.

»Amigos, en esa dirección estamos trabajando. Tenemos que estar preparados para hacer valer nuestros derechos cuando llegue el momento. Estamos al borde de un período de fuerte turbulencia; están ocurriendo demasiadas cosas como para que no lo veamos. De veras me temo que lo que sucedió ayer en Washington fue tan sólo el comienzo. Es por eso que esta escuela, estas escuelas, deben estar preparadas para tomar las riendas, para alzarse como la roca misma sobre la cual construir nuestro futuro. Para preparar el camino hacia ese futuro.

Desvió la mirada hacia la cámara dos.

—¿Qué nos deparará ese futuro? ¿Y cómo nos preparamos para ello? Sobre eso hablaremos esta noche. —Levantó los papeles que tenía frente a él y los dejó en un costado—. Han sido muy amables al dejarme hablar, pero ahora es su turno. Cuando volvamos, veremos hasta dónde podemos llegar esta noche. De modo que comiencen a pensar, amigos, y enseguida estaremos de nuevo con ustedes.

La luz brillante que le iluminaba la cara disminuyó en intensidad, y Tieg se recostó en el sillón.

Se quitó el audífono del oído para permitir que el maquillador, que ya se acercaba desde los bastidores, le hiciera unos retoques. Amy estaba detrás de él.

—¿Les mantengo despiertos? —preguntó Tieg.

—Sólo manténte dentro de los límites razonables —repuso ella, dejando otro montón de papeles sobre el escritorio—. Estuviste muy cerca del borde del abismo hacia el final. «Se acerca la turbulencia.» Quedémonos en este lado del apocalipsis.

—Confía en mí, Amy. Se lo estaban tragando.

—Como siempre, Jonas. Eso es lo que asusta un poco.

—¿Te preocupa el nivel de audiencia?

Ella sonrió y le pasó el audífono.

—Póntelo. Volvemos en treinta segundos.

Tieg se sonrió. «Muy cerca del borde del abismo», pensó. Mucho más cerca de lo que ella podía imaginarse.

El vaso de whisky que reposaba en la palma de la mano de O'Connell distaba de estar vacío. Había apagado los fluorescentes del techo y se daba el gusto de permanecer un rato sumido en el sombrío resplandor de la lámpara de pie. Su propio reflejo parecía mirarlo desde la ventana oscura: un cuerpo cómodamente repantigado en un sofá de cuero. En algún lugar más allá del vidrio, las heladas aguas del Potomac corrían silenciosas, ajenas a lo que sucedía a su alrededor, salpicadas por las gotas de una llovizna invernal.

Los regueros de agua se deslizaban por la ventana y recorrían la imagen inmóvil.

El día había sido un cúmulo de sorpresas, la menor de las cuales no había sido, por cierto, la inesperada llegada de una comunicación de Berna. La reserva operativa. Sarah Trent: acceso otorgado. No había tardado ni un segundo en enfrentarse a Arthur.

—Pensaba que íbamos a detenerla.

—Parece que anda metida en algo —respondió Pritchard— y ha elegido participar en ello. No iba a dejarla en la estacada.

—¿Elegido? —exclamó O'Connell—. ¡Demonios! Es una curiosa manera de expresarlo. ¿La pusiste al tanto por lo menos del resto del expediente: Schenten, la chica de Montana?

—¿Por teléfono?

O'Connell se quedó mirando fijo a Pritchard durante un largo rato.

—Tú ya te lo esperabas, ¿no?

—Era una posibilidad, sí.

—¿Por qué? ¿Por qué tenía que volver? ¿Qué es lo que me ocultas, Arthur?

O'Connell se dedicó a apurar las últimas gotas de licor del vaso. Su despacho era algo más pequeño que el de Pritchard, pero contaba con todas las comodidades: escritorio, sofá y una buena provisión de whisky. Eso sí, ni un solo libro. Sabía que nunca los leería, de modo que ¿para qué tomarse la molestia? Y ninguna panorámica de Washington: sólo el río y el cementerio de Arlington más allá. Era la vista que le gustaba. Arthur nunca lo había entendido. ¿Cómo iba a hacerlo? Él nunca había estado al pie del cañón. Nunca tuvo necesidad de un trago con el fin de mitigar el agudo sentimiento de culpa. No. Arthur jamás se permitiría esa suerte de complicaciones. Durante veinte años habían trabajado de esa manera. Por eso, suponía, él tenía una úlcera, y Arthur, el despacho más grande.

Se sirvió otro trago y levantó el teléfono.

—Janet, cariño, tengo que ver a Bob lo antes posible... Sí, sé que es todo bastante precipitado, pero va a tener que comenzar a ganarse el dinero que recibe... No, vete a casa tranquila. Que te lleve en coche uno de los muchachos. —Tomó un sorbo de whisky—. Quiero que la reunión sea secreta... No, ni siquiera Arthur. Estrictamente secreta. —Hizo una pausa—. Y borra esta conversación... De acuerdo... Dile que lo estaré esperando.

O'Connell colgó el receptor y puso los pies sobre el sofá. La lluvia había dado paso a una nevada, que iba cubriendo la ventana con una blanca lámina. Permaneció inmóvil, fascinado por la rápida caída de los copos que iban devorando los vidrios de la ventana.

Sarah Trent había descubierto algo, algo que la atraía de nuevo. Y esta vez, estaba manteniendo a la comisión a distancia. En cierto modo, a él no le sorprendía.

O'Connell vació el vaso de un trago y esperó a que sonara el teléfono.

Xander puso el Fiat en segunda para entrar en una curva al pie de otra colina de sinuosos caminos. La brusca caída desde el costado de la carretera hasta las casas situadas un centenar de metros más abajo ofrecía una vista que le trajo a la memoria algunas pinturas renacentistas italianas. Ni siquiera los sombríos colores del cielo invernal que se cernía sobre los riscos de los Apeninos podían opacar el brillo de la tierra y los huertos. Varias veces durante la última hora se había quedado tan admirado ante el resplandor de la Toscana que había estado peligrosamente a punto de despeñarse. Con la caída de la tarde no tenía más remedio que fijar toda su atención en la carretera que serpenteaba despiadadamente frente a él.

Había partido de Milán cuatro horas antes, había llegado a Bolonia con tiempo incluso para hacer una parada y satisfacer el deseo de tomar un café con una pasta después del mediodía y en ese momento se encontraba a una media hora de Florencia. Desde algún lugar, por encima de los picos que se cernían a escasa distancia, divisaría a lo lejos la silueta del Duomo —la cúpula nervada de Santa Maria del Fiore—, símbolo de la bravura de los florentinos, del genio de los Brunelleschi, y de su fe en Dios y en el arte. Lo que ellos tenían en más grande estima resultaba difícil de saber. De alguna manera, pensaba Xander, habían logrado ser fieles a ambos en un mundo que se esforzaba en cultivar intereses menos apasionados, una frialdad generada por el amor a los ordenadores, a los medios de comunicación de masas y al arte sin alma. Ello no significaba que Florencia se hubiese aislado del siglo XX por completo, pero sus señas de identidad habían permanecido firmemente ancladas en una conciencia propia, en un fervor por la grandeza de su pasado. Había elegido una carretera secundaria, evitando las autopistas más rápidas aunque de alguna manera asépticas. En realidad no tenía que preocuparse por la hora puesto que Sarah no llegaría hasta mucho más tarde. Dos días antes, ella había enviado un telegrama desde un lugar de Suiza y le había dado instrucciones con respecto al hotel donde debía alojarse e incluso le había dicho qué nombre debía utilizar. Este detalle lo había encontrado un poco raro, pero las instrucciones habían sido muy claras. Instrucciones. Era la forma más amable de describir las órdenes militares que había recibido. No preguntaba nada sobre la conferencia, el tiempo o cualquier cosa que otorgara a la nota algo de calidez. Que así sea, se había dicho él. Y, por supuesto, Sarah le había insistido en que se mantuviera alejado de Pescatore. Eso, se decía Xander camino de Florencia, no había sido tan difícil teniendo en cuenta que su viejo amigo no se había presentado en la conferencia. Sin duda, estaba ahondando aún más en los misterios de Eisenreich y no deseaba interrumpir sus investigaciones para participar en lo que había resultado una reunión social disfrazada de coloquio académico.

La súbita aparición de la luz de unos faros en el espejo retrovisor hizo que Xander volviera a prestar atención a la carretera. Al darse cuenta de que su visibilidad era de unos diez metros encendió a su vez las largas, justo a tiempo de esquivar unas piedras esparcidas sobre el pavimento. Dio un volantazo a la izquierda y el coche se encaramó a la ladera herbosa de la colina con tanto ímpetu, que Xander se elevó sus buenos cinco centímetros del asiento. Otro rápido giro a la derecha, y el vehículo volvió a la carretera. A Xander le dio por reír. Pensó que se merecía el coscorrón. La aparición de unas piedras en la carretera sin duda no causarían ni la más leve inquietud en el conductor del automóvil que lo seguía. Mirando de nuevo por el espejo retrovisor, Xander observó cómo los haces de luz de los faros sorteaban cuidadosamente el montón de piedras. Momentos después, el coche volvía a estar a menos de cincuenta metros de él.

Esforzándose por concentrarse en el último tramo del viaje, Xander comenzó a mirar por el retrovisor cada diez o veinte segundos. De pronto advirtió que su acompañante se iba acercando cada vez más, a una velocidad que se le antojó excesiva. Parecía raro, pensó, teniendo en cuenta el cuidado que el conductor había demostrado momentos antes. Y sin embargo, el coche se veía cada vez más grande en el espejo. Al cabo de unos segundos, los rugidos de los motores de ambos vehículos se mezclaron, y el resplandor de los faros le cegaron por unos momentos. Por suerte, la aparición de una prolongada pendiente recta le ofreció a Xander la oportunidad de aminorar la marcha para dejar pasar al otro automóvil.

Pero el conductor no tenía intención alguna de adelantarlo. En vez de ello, se acercó hasta unos centímetros del Fiat y comenzó a chocar suavemente contra el parachoques trasero. Con cada sacudida, Xander salía despedido hacia delante. «¿Qué diablos...?» Xander miró hacia atrás por encima del hombro pero sólo se encontró con un potente haz de luz que penetraba por la luneta trasera. Tratando de borrar las manchas que danzaban en sus ojos mediante repetidos parpadeos, pisó el acelerador y volvió a poner la tercera al comprobar que la carretera comenzaba a ascender. Sin embargo, la potencia del pequeño motor no podía competir con la del vehículo que lo seguía. La luz de los faros se filtró en el interior del Fiat, para reflejarse en el parabrisas mientras Xander era sacudido por otro encontronazo. Deslumbrado, casi no veía la carretera y sólo se guiaba por la barrera protectora que pasaba rauda junto al coche. «¡Santo Dios! ¿Qué significa esto?» Una palabra se filtró en su mente.

«Eisenreich.»

Con la vista fija en la delgada hoja metálica, Xander apretó el pedal casi hasta el fondo, y el pequeño automóvil aulló ante aquella exigencia. El vehículo de atrás igualó la potencia del Fiat, rozando de nuevo el parachoques posterior y empujando a Xander a subir aún más deprisa por la pendiente. En el cambio de rasante, el Fiat salió disparado por encima del pavimento y volvió a chocar contra la carretera con un fuerte crujido metálico. Xander miró fugazmente por el retrovisor durante un momentáneo descanso de la luz cegadora y alcanzó a ver que el coche se desviaba hacia el carril izquierdo y desaparecía de su campo de visión, pues la carretera doblaba violentamente hacia la izquierda. Con la palma de la mano accionó la palanca de cambio, pisó el acelerador y de nuevo oyó el lastimero quejido del motor. Cuando la carretera se enderezó, la luz volvió a invadir el coche desde atrás, obligando a Xander a agachar la cabeza, con lo que por un instante perdió de vista la barrera protectora. Instintivamente, pisó a fondo el freno y comenzó a sentir que la parte trasera del Fiat se deslizaba hacia la derecha y el costado del coche rozaba el protector metálico que se interponía entre él y el barranco que descendía hasta los huertos de la hondonada. En aquel momento, el coche más grande pasó raudo por la izquierda, ante el imprevisto cambio de velocidad del Fiat. Xander levantó el pie de inmediato —el vehículo volvió a resituarse en la carretera— y centró toda la atención en las luces rojas del coche que lo acababa de adelantar. También el otro comenzó a aminorar la marcha, tentándolo para que lo pasara con el fin de poder continuar el juego del gato y el ratón.

Cuando sus faros iluminaron la luneta posterior del vehículo que le precedía distinguió la sombra de dos figuras, una de las cuales —con la cabeza en forma de huevo de un calvo— miraba hacia atrás desde el asiento delantero como si vigilara el Fiat que inadvertidamente habían sobrepasado. Xander se preguntó cuánto tiempo esperarían antes de hacer otro movimiento. No sabía qué hacer.

Los hombres de Eisenreich le habían seguido los pasos, habían estado con él en Milán, y sin duda en Bolonia, aguardando. Había sido un estúpido al pensar que no sería así. Pero ¿aguardando qué? Fuera cual fuere la respuesta, parecía preocuparles su habilidad en descifrar lo teórico.

«Teorías —pensó—. Siempre teorías.» La panacea engañosamente tentadora que prometía soluciones, pero que invariablemente decepcionaba. Él había arriesgado su carrera demasiadas veces en nombre de uno de sus proyectos favoritos, una de esas teorías que en ese momento parecían tan perfectas. Y sin embargo, se había ganado un nombre en buena medida a causa de su imaginación, una capacidad para destilar el sedimento cuando la teoría comenzaba a desmoronarse. De aquellos posos había logrado extraer algunos de los más perspicaces puntos de vista sobre lo que en última instancia eran las preguntas sin respuesta. El juego consistía en distinguir entre lo que tenía valor y lo que era una cortina de humo. Lundsdorf había reparado en su talento, lo había cultivado, le había obligado a reconocer su pasión por lo que siempre quedaba fuera del alcance de la mano. Más allá de la bruma.

Y él había accedido, en más de una ocasión sorprendiendo a su propio mentor. Las inferencias prácticas de una teoría —las maneras en que podía llevarse a cabo con éxito— resultaban en cierto modo embriagadoras. Xander había tratado de convencer a Sarah de lo contrario recurriendo a Maquiavelo, pero era consciente de la realidad. Era demasiado brillante a la hora de otorgar claridad a las teorías para desecharlas como meras ideas. Eisenreich se estaba saliendo de los libros y ello le aterrorizaba dada la realidad de los hombres que lo habían perseguido, pero al mismo tiempo lo llenaba de júbilo, dada su propia pasión.

El coche que lo precedía dobló a la izquierda, adentrándose en lo que parecía un mar de tinieblas. Incapaz de reaccionar con suficiente rapidez, Xander pasó raspando las luces rojas traseras del coche; el ruido de la caja de cambios al arrancar marcha atrás le obligó a concentrar toda su energía. Pisó a fondo el acelerador en un intento por poner la mayor distancia posible entre ambos vehículos. De nuevo, las luces cayeron sobre él, por lo que sus ojos buscaron la guía de la barrera protectora, ante las bruscas curvas en declive que se sucedían con mayor frecuencia que antes. Comprobó, aliviado, que los cambios del terreno parecían preocupar también a sus perseguidores, que no reanudaron el golpeteo por detrás; aun así, iban ganando terreno a cada nueva curva de la carretera. Al menor contacto, pensó, perdería el control del Fiat. La barrera de seguridad seguía pasando rauda, como un gesto simbólico que lo protegiera del inminente impacto del coche que se le echaba encima.

De pronto, apareció en el horizonte la inconfundible silueta del Duomo, una cúpula alargada flotando sobre un mar de luces: Florencia. Como una exhalación pasaba junto a casas en una ubicación menos precaria, en colinas cuyas pendientes se tornaban mucho menos pronunciadas, hasta convertirse en una planicie a nivel de la carretera. Y ésta se adaptaba al cambio, de manera que las curvas dejaban paso a una senda recta y más angosta que conducía a las luces. Xander volvió a acelerar, llevando al vehículo hasta el límite máximo que el motor podía resistir. A través del espejo, observó que el coche de atrás hacia lo propio, acortando la distancia con voraz velocidad, mientras se precipitaba hacia él con asesinas intenciones. A Xander sólo le quedaba rezar para que el Fiat, a pesar de sus gañidos, lograra desatar una oculta reserva de energía, un repentino aumento de la potencia que lo alejara de la inminente embestida. De repente a ambos lados de la carretera aparecieron casas que formaban un extraño túnel amorfo a través del cual circulaban los coches. Se estaba acercando cada vez más a la ciudad y la carretera no tardaría en fundirse en la infinidad de calles y callejones del centro de Florencia: un laberinto donde perderse o quedar atrapado. O algo peor.

En el momento cierto del impacto, la carretera comenzó a doblar suavemente hacia la derecha, para unirse con lo que, según intuyó Xander, era la autopista de Bolonia. Sin aminorar la marcha, se metió como una bala en la carretera de cuatro carriles, y casi chocó con un autobús antiguo que se desvió en el último momento para evitar la colisión. El sonido ensordecedor de su claxon no tardó en perderse en la distancia, mientras Xander serpenteaba entre el escaso tránsito que se dirigía a la ciudad. Atreviéndose a echar un vistazo al espejo, vio que el coche que lo seguía trataba de abrirse paso entre el tráfico, pero esta vez su tamaño era un impedimento. Con cada vehículo que lograba superar, Xander se iba alejando más y más; al cabo de un minuto, había puesto un centenar de metros entre ambos coches, mientras la ciudad comenzaba a aparecer en torno a él.

Estar tan cerca del centro de Florencia, siempre le había causado una impresión abrumadora. Cinco minutos antes iba como una flecha por la campiña toscana, y en ese momento se esforzaba por huir de los primeros indicios de la hora punta. Adoptando una velocidad razonable, se introdujo en la marea de coches que daba la vuelta en torno a la Piazza della Libertà y la antigua Porta de San Gallo, una reliquia del pasado medieval de la ciudad. La antigua estatua de piedra resplandecía a su izquierda, iluminada desde abajo y envuelta en un halo. Xander no tenía tiempo para entretenerse a admirar su serenidad. Doblando hacia la amplia avenida Viale S. Lavagnini, volvió a recuperar velocidad, colándose por los espacios que le dejaban los vehículos que lo rodeaban, y sólo aminoró de nuevo la marcha ante la Viale F. Strozzi y la proximidad de la estación del ferrocarril. Era su oportunidad: un lugar donde dejar el Fiat alquilado para perderse entre la multitud.

En cuanto enfiló la larga avenida que desembocaba en la Piazza della Stazione, comenzaron a aparecer carteles con indicaciones para la devolución de los coches de alquiler. Descubrió un espacio vacío en el aparcamiento y allí estacionó el Fiat. Luego, sacó el bolso de viaje y la cartera portadocumentos del asiento trasero, abrió la portezuela y se dirigió lo más aprisa que pudo hacia la entrada principal de la estación. Se volvió para echar una mirada al coche y se alegró al no descubrir en él ningún rastro visible de la confrontación en las colinas. Más que eso, empero, se sintió aliviado al no vislumbrar ningún automóvil grande que se dirigiera a la estación. Apresuró el paso y empujó una de las puertas de entrada.

Mientras se cerraba la puerta a sus espaldas, el Mercedes negro que le había proporcionado el reciente entretenimiento doblaba en el camino de entrada de la estación.

3

Las leyes no son más de fiar que los hombres que las crean, y la estabilidad jamás puede sustentarse sobre la antojadiza voluntad humana.

Sobre la supremacía, *capítulo XVIII*

Xander se abrió paso entre un mar de cuerpos en el vestíbulo de la estación. Los primeros trenes nocturnos formaban en las vías más alejadas, a la espera de los viajeros de cercanías, al tiempo que los revisores anunciaban una serie de nombres de ciudades ignotas, ahogados por el ruido sibilante de las locomotoras. A su izquierda, divisó el mostrador de Hertz, donde una mujer con el consabido pañuelo de cuello dorado estaba sentada ante un ordenador. Abriéndose paso, Xander llegó al mostrador y entregó a la mujer el sobre amarillo brillante que contenía toda la documentación. Ella comenzó a examinar los papeles; disimuladamente, Xander recorría con la vista el vestíbulo de la estación, y de cuando en cuando prestaba atención a la mujer con el fin de responder alguna que otra pregunta.

—Su italiano es excelente, *signore* Jaspers —dijo ella mientras tecleaba.

Xander se las arregló para sonreír.

—Es usted muy amable. ¿Hay algún teléfono por aquí?

La mujer le entregó el recibo.

—Puede usar el del mostrador... si es para una llamada local. En caso contrario, en el otro lado del vestíbulo —dijo, señalando con el dedo.

Xander no tenía intención de permanecer junto al mostrador. Quería tener un buen punto de observación por si acaso sus amigos aún lo andaban siguiendo; una cabina telefónica parecía el sitio ideal. Saludó con un movimiento de cabeza y se guardó el recibo en el bolsillo, luego se encaminó hacia los teléfonos públicos, sin apartar la vista de las puertas de entrada. Se introdujo en una cabina, buscó el número del hotel y lo marcó. Sarah le había inscrito con el nombre de Fabrizzi. Mientras esperaba la conexión que aún funcionaba por pulsos, Xander se fijó en un joven que entraba como una flecha en el amplio vestíbulo, evidentemente buscando algo. Era difícil que pasara inadvertido, con sus casi dos metros de estatura, sus buenos ciento diez kilos, y una calvicie casi absoluta. Xander se acurrucó dentro de la cabina. «El tipo del coche.» Observó cómo el titán se dirigía al mostrador de Hertz y comenzaba a formular preguntas. De nuevo, Xander se ocultó aún más en la cabina mientras observaba el intercambio de palabras. El sonido de una voz en el receptor lo sobresaltó.

—*Pronto*... Hotel Donato.

Xander colgó con suavidad el teléfono y siguió observando al hombre ante el mostrador. La mujer de la agencia de alquiler de vehículos no le proporcionó la información que deseaba; el individuo se trasladó a un punto más central de la estación donde permaneció tal vez un par de minutos, mientras poco a poco su cuerpo iba describiendo un círculo. Al no descubrir nada, se dirigió a la salida, con las manos embutidas en los bolsillos del abrigo. Por alguna razón desconocida, Xander lo siguió. En cuanto el hombre abandonó la estación, Xander cruzó precipitadamente el vestíbulo, empujando a un par de viajeros impacientes antes de salir con todas las precauciones del caso al frío de la calle.

Desde la sombra, recorrió con la vista el aparcamiento, donde los haces de luz de los faros describían veloces arcos.

Allí, en medio de la agitación reinante, divisó una cabeza calva que se acercaba a un vehículo negro de gran tamaño aparcado ante la salida. Xander vio que el hombre abría la portezuela y se inclinaba para explicar el fracaso de su búsqueda. El asiento del conductor lo ocupaba un individuo de poblada barba; sin embargo, éste sorprendió a Xander al limitarse a asentir con la cabeza, sin el menor estallido de ira, sin ningún reproche a su subordinado. Sólo un gesto. Y luego, aun más inexplicablemente, volvió la cabeza y miró por la luneta trasera. Por un instante, Xander tuvo la sensación de que el hombre lo estaba mirando directamente a él, con una sonrisa bajo la barba. Fue suficiente para obligarlo a retroceder un paso, mientras el automóvil se ponía en marcha.

—¿Taxi, *signore*?

«Me estaba mirando directamente a mí», Xander trató de ordenar sus pensamientos y su mirada se posó en la figura gris que tenía al lado.

—*Signore*? —repitió el taxista.

Aun aturdido, Xander avanzó hasta el bordillo de la acera.

—Al Donato —dijo, más de una manera maquinal que dando una orden.

Subió al taxi y se sentó en tanto el taxista colocaba el bolso y la cartera en el baúl. Al cabo de un instante, el hombre se sentó ante el volante, sonrió a su cliente y dijo:

—Hotel Donato. *Sì*.

Una silla de plástico servía a Sarah como lugar final de espera. Sentada en medio de una fila de asientos igualmente incómodos, constituía un perfecto punto de observación de la larga sala de espera de la terminal del aeropuerto. Durante las últimas seis horas, había procurado reducir al mínimo su exposición en público: el tren de Berna a Zurich, el avión de Zurich a Milán y por último el expreso a Florencia. Había decidido realizar aquel viaje en pequeñas etapas por dos razones: primera, sólo habría un único vuelo evidente, limitando de esa manera el registro de su nombre; segunda, ella quería desenmascarar a Eisenreich y aquel itinerario enrevesado había logrado ambos objetivos. Un hombrecillo nervioso había aparecido en la estación de Berna, en el vuelo de Alitalia y sin ninguna duda en aquellos momentos se encontraría en algún lugar de la terminal buscando desesperadamente a Sarah Trent: la mujer de la blusa a cuadros, tejanos y botas a la que había visto salir del avión.

Sentada allí sola, Sarah era una persona totalmente distinta. Se había recogido el cabello, teñido de un tono rojizo, con la intención de ofrecer la imagen de una vanidosa y sofisticada italiana que se sentía atraída por las costumbres del norte de Europa. Las gafas de sol daban a su rostro un aspecto más anguloso. Su ropa también era menos obvia: falda y blusa de colores suaves debajo de un grueso abrigo negro. Diferencias sutiles, en efecto, pero todas efectuadas con mano maestra de modo que no había tenido mayores problemas para pasar inadvertida.

El cambio se había producido dos horas antes, a los cinco minutos de haber pasado por la aduana. Se había encerrado en el lavabo de señoras de la sala de espera y había dedicado casi cuarenta minutos a modificar su aspecto, una habilidad que le resultó fácil de recuperar, recuerdo de sus primeras misiones para la Comisión Supervisora. Aquellos años iniciales en los que un simple cambio de ropa resultaba suficiente. Hasta que O'Connell había observado algo más, algo que le indicó que su don no residía en el cambio de ropa sino en la alteración de su personalidad. Una capacidad para adaptarse que le permitía ser poco más que un reflejo de quienes ella debía manipular. También Pritchard había advertido que esa cualidad la convertía en la perfecta infiltrada.

Contemplándose en el amplio espejo, Sarah se había dado cuenta de que ya no tenía sentido preguntarse por qué ese pasado —con su voz calculadora, aturdidora— había retornado con tanta claridad. Resultaba muy sencillo valerse del instinto. Sin embargo, en esta ocasión, tendría que mantener una relación con Sarah, redefinir al agente como algo más que un sobrio envoltorio para dar rienda suelta a la brutalidad. Una vez más, alguien absolutamente enfrentado a la actividad estaba forzando la dualidad, el sentido de la responsabilidad. Al fin y al cabo, ¿no era Jaspers la razón por la cual se había dejado convencer para volver a la acción?

Había surgido sin recibir ni una simple mirada de parte de su supuesta compañera de forma muy distinta de su primer encuentro con los hombres de Eisenreich. El horror del callejón se le antojaba absolutamente lejano. Hasta parecía que poco a poco la cordura volvía a imperar en Washington: el país estaba ansioso por considerar las horas de angustia como un acontecimiento aislado. Pero Sarah sabía que no era así. Sólo había sido la primera prueba. Y a pesar de todo no tenía nada tangible que le diera una pista. Demasiadas cosas permanecían en una nebulosa, oscurecidas por la sombra de un manuscrito que ella aún no había visto. Lo que precisaba era poner los hechos bajo una luz bien clara que despejara toda suerte de ambigüedad, que colocara todas las pautas frente a ella, que le permitiera establecer un curso de acción para la confrontación. «Conoce a esos hombres. Míralos tal como ellos son, no como eres tú. Muéstrales tan sólo el reflejo de sí mismos.» Órdenes de un pasado lejano.

Por eso se había puesto en contacto con Feric. Era un hombre cauto, prudente, que actuaba como un hurón, dotado de un curioso talento para lo destructivo. Sin embargo, sus destrezas iban más allá de una voluntad de dar rienda suelta a la violencia; eran herramientas, hermanadas con una fidelidad que no tenía nada que ver con el dinero que Sarah puso a su disposición. Con el correr de los años, ella lo había mantenido al margen de la comisión, como una fuente privada, desconocida e intocable. Una combinación rara donde la haya.

Había puesto el anuncio en uno de los diarios de Berna. Como siempre, se habían encontrado en un pequeño café junto al río Aare.

—La noticia me cayó por sorpresa. —Feric mantenía la

vista clavada en la avenida; sus palabras eran directas, apagadas—. No creí que volvieras a la actividad.

—Las cosas cambian.

—Evidentemente. ¿Estás en Europa?

—Por ahora, sí.

Él asintió y tomó un sorbo de cerveza.

—¿Y el punto de contacto?

—La semana que viene. En la misma columna.

—Bien.

—El dinero ya ha sido depositado.

Feric esbozó una sonrisa, dejó unas monedas sobre la mesa al tiempo que se ponía de pie. Con voz algo más fuerte, dijo:

—Y, por supuesto, dale recuerdos de mi parte a tu querida madre. —Tocándose el ala del sombrero, se fue, con las manos caídas a los costados.

El anuncio de la salida del tren trajo a Sarah de vuelta a la realidad; se levantó y se dirigió a la escalera mecánica.

Chicago
2 de marzo, 12.15 h

—Tenemos un problema, Marty —dijo la voz por el intercomunicador.

—¿Un problema?

Martin Chapmann, un joven de treinta y siete años, dotado de una inteligencia prodigiosa, que había evitado lo peor de la crisis del ochenta y siete y que a la sazón ocupaba el cargo de director gerente del grupo financiero Helpurn, revisó los números en su pantalla.

—Nos estamos excediendo —repuso el analista—. Algunas de esas opciones... Acabo de revisar las transacciones en cereales de los pasados quince días. ¿Has visto eso? No creo que queramos ir en esa dirección. A este ritmo...

—¿Qué dice el ordenador?

—¿El ordenador? El ordenador dice... que estamos bien.

Pero basta con que este ritmo se prolongue un par de horas más, para que el mercado se vea en graves problemas. Las ventas de excedentes de cereales en reserva están aumentando...

—Entonces debemos de andar bien. —El tono denotaba el deseo de poner punto final a la conversación.

Hubo una pausa.

—Déjame echar una mirada más minuciosa. Sólo para asegurarme.

Otra pausa.

—Está bien, Tim. Si crees que es mejor...

Cortó la comunicación y levantó el teléfono. Al cabo de un instante, Chapmann tenía a Laurence Sedgewick en línea.

—Siento molestarlo...

—No es ninguna molestia —repuso en tono monocorde—. ¿En qué puedo serle útil, señor Chapmann?

—La vulnerabilidad. Está... empezando a notarse.

—Es algo temprano... a pesar de que sólo precisamos unas horas más. No veo cuál es el problema.

—Lo sé, pero yo no soy el único que controla...

—Lo entiendo —lo interrumpió Sedgewick—. ¿Alguien se ha dado cuenta de que las colocaciones comerciales son generadas por ordenador?

—No. Hemos llegado casi a quinientos millones. Sin embargo, aquí alguien quiere revisar los números.

Hubo una pausa.

—Eso sería un error.

—Sí, yo... me doy cuenta de ello.

—Entonces tendrá que ocuparse de eso.

Transcurrieron varios segundos antes de que Chapmann respondiera.

—¿Y sigo comparando hasta...?

—Cuando haya ido demasiado lejos, se dará cuenta de ello.

—¿Entonces tenemos que llevar este programa hasta más allá del límite?

Hubo un silencio en la línea.

—Pensaba que eso estaba claro.

Silencio.

—Entiendo.

—Considérelo como un experimento, Martin. Un entorno controlado para poner a prueba la reacción. Sólo tenemos que asegurarnos de que el entorno esté realmente controlado.

Un momento después la línea quedaba muda.

Chapmann se reclinó contra el respaldo y se volvió para contemplar la silueta de la ciudad desde su atalaya del piso cincuenta. Nunca sacaba nada más de Sedgewick: una actitud distante acompañada de un tono amenazante. Chapmann estaba con él desde los últimos días de la Warren Corporation, compartiendo la sacudida que había dejado a Sedgewick virtualmente aislado. Aun entonces, el hombre se había mantenido frío como el hielo, asumiendo la pérdida de unos sesenta millones de dólares en una operación arriesgada con aparente indiferencia. Al cabo de tres meses, ya había levantado cabeza y estaba de nuevo en la palestra. Chapmann nunca había preguntado cómo lo logró. Formaba parte del aura. Por eso Marty había permanecido tan cercano a él. Sedgewick se había ganado su confianza.

Respiró hondo y habló por el intercomunicador.

—¿Qué te parece si vamos a comer algo, Tim? Así me pondrás al tanto de lo que hayas averiguado.

—¿Pagas tú?

—Por supuesto. —Hizo una pausa—. ¿No invito yo siempre?

Quitando el dedo del intercomunicador, levantó el teléfono.

El Donato esperaba al *signore* Fabrizzi, miembro de un matrimonio de Nápoles que venía a pasar un fin de semana largo, y a los italianos no se les requería que dejaran los pasaportes en conserjería. Sarah lo había arreglado todo, incluyendo la botella de champán en la habitación. Quizás había intuido que Xander la necesitaría. Como consecuencia del absurdo episodio de la pasada hora, había estado a punto de tomar un par de copas. Casi podía perdonarse la estupidez que había cometido en la estación al salir detrás de sus perseguidores. Pero la sonrisa del hombre de la barba lo tenía preocupado. Trató de alejar aquellas ideas de su mente mientras se dejaba caer en el sofá, con las piernas apoyadas en una mesa de café.

Por la ventana entraba un resplandor amarillento que proyectaba un molesto reflejo sobre sus ojos cuando se disponía a dormir una siesta. Sabía que disponía de tiempo; Sarah aún tardaría un par de horas. Intentó situarse de modo que no le alcanzara la luz del exterior, pero sólo pudo reunir la energía necesaria para mover los hombros. Evidentemente, precisaría más que eso. Obligado a levantarse del sofá, Xander optó por someterse a la fría caricia de la noche florentina y se aventuró a salir al balcón de hierro forjado que colgaba a seis pisos de altura sobre la Via dei Panzani. El aire helado borró tanto de su mente como de su cuerpo toda intención de dormitar un rato, pero fue la vista que se ofrecía a su izquierda lo que le hizo olvidar la fatiga.

Don Quijote y su fidelísimo Sancho. El gordo a la izquierda, el alto y delgado a la derecha. Su propia irreverencia ante tal vez uno de los más sorprendentes conjuntos arquitectónicos del mundo hizo aparecer una sonrisa en los labios de Xander. Bañados por un mar de luz, el Duomo y el Campanile se alzaban desafiantes ante él, y el ojo central de vidrios de colores de la catedral escrutaba las sombras profundas que proyectaban los potentes faroles de la plaza. Era evidente que sus creadores eran artistas antes que constructores. Para Xander, ambos edificios parecían firmemente plantados sobre el terreno, como aguardando un ataque desconocido, reconfortados en la mutua compañía. Había algo muy inquietante en su paciencia.

Un escalofrío le recorrió la espalda. Dirigió una ansiosa mirada a la brillantez de la calle y volvió a entrar en la habitación, para cerrar acto seguido las puertaventanas a sus espaldas. La misteriosa concordancia del chasquido de la traba con el ruido de una llave en la puerta le heló la sangre en las venas. Las imágenes de la noche florentina se esfumaron de inmediato. En su lugar, la sumamente vívida visión de una sonrisa enmarcada por una barba apareció ante los ojos de Xander.

La mente de Xander comenzó a acelerarse, mientras permanecía con la espalda contra el vidrio helado. Se sintió completamente solo, pegado contra el vidrio, atrapado en la airada mirada de la lámpara de la mesa. «¡Sal de la luz, maldita sea! ¡Sal de la luz!» Las palabras lo laceraban, al tiempo que una fuerza desconocida lo instaba a moverse mientras iban transcurriendo los segundos. Se abalanzó hacia la lámpara, y se golpeó la muñeca contra el canto de la mesa de vidrio antes de encontrar el interruptor. La habitación quedó sumida en un tenue resplandor; sólo el mortecino haz de luz de la calle proyectaba extrañas siluetas sobre las paredes. Al oír girar suavemente el tirador de la puerta y el consiguiente chirrido, se precipitó hacia su izquierda en busca de la pueril protección de una butaca de cuero colocada oportunamente en el rincón del cuarto. Una amplia franja de luz se abrió paso en la estancia, mientras él buscaba a tientas algún elemento que pudiese servirle de arma defensiva. La bulbosa silueta del corcho de la botella de champán atrajo su atención; Xander agarró por el cuello la botella de dos kilos y la sostuvo contra su costado, dispuesto a utilizarla a la menor ocasión. Concentrándose en su propia respiración, trató de aquietar el agitado latir de su corazón, convencido de que sus ecos podían oírse en todo el cuarto.

Una sombra llenó el marco de la puerta, elevándose hasta el techo y arrastrándose hasta su precario refugio. Sin atreverse a moverse, escuchó con atención los pasos mesurados y cantos que iban adentrándose en la habitación. De nuevo le vino a la cabeza la palabra «profesional», y unida a la tensión de sus dedos y pulmones comenzó a minarle las pocas energías que se reservaba para el momento de la confrontación. La figura se acercaba muy despacio, y un momentáneo destello de luz de la calle puso de relieve una mano, una muñeca. En un impulso súbito, Xander saltó desde su rincón, con la desesperada intención de aferrar aquel brazo. Su otra mano, que seguía cerrada en torno al cuello de la botella, comenzó a describir un arco en dirección a la figura que aún ofrecía un blanco impreciso.

La sensación que Xander experimentó fue del todo inesperada. Un objeto punzante se cerró como una tenaza en la blanda carne de la muñeca, obligándolo a soltar la improvisada arma que sostenía en la mano. Con un solo movimiento de torsión, aquel objeto le causó un dolor desgarrador en todo el brazo, al tiempo que él tenía la sensación de que sus piernas desaparecían, como si se las hubiesen cercenado de un puntapié. Su espalda y su cabeza se estrellaron contra el suelo alfombrado, mientras su brazo seguía cautivo. Un segundo después, la áspera suela de cuero de un zapato se plantó sobre su cuello, ejerciendo una fuerte presión que le impedía todo movimiento, salvo las afanosas boqueadas para aspirar el aire que le faltaba. Más paralizado por su propio miedo que por otra causa, Xander esperó el golpe final.

Pero éste no se produjo. La tenaza que le inmovilizaba el brazo se aflojó y el zapato se separó de su cuello. Xander se quedó paralizado, libre pero aturdido. Con lentitud, encogió el brazo hacia el costado y trató de incorporarse, pero el dolor se lo impidió. Acurrucado en el suelo, sujetándose la muñeca con la otra mano, Xander levantó la vista hacia la luz. Allí, mirándolo fijamente, estaba la difusa silueta de la cara de Sarah.

—¡Rediós!

Una honda emoción le oprimió la garganta, y no supo si era de alivio, de ira o de angustia.

—¿Qué demonios se proponía hacer?

De nuevo trató de levantarse, pero en vano, pues la cabeza aún le daba vueltas a causa de las dolorosas punzadas en el hombro.

—Repito: ¿qué demonios se proponía hacer?

Sarah le sujetó por el sobaco e intentó ayudarlo a ponerse de pie. Casi involuntariamente, él se echó hacia atrás. El oprobio de estar tendido boca arriba en el suelo, totalmente inerme, no era algo que se olvidara ante el simple ofrecimiento de ayuda. Comenzó a sentir que algo viscoso y cálido se escurría entre sus dedos: un hilillo de sangre se deslizaba de la muñeca hasta la palma de la mano. Esperando que cesaran los fuertes latidos que sentía en las sienes, se incorporó despacio, procurando en todo momento no apoyarse en los brazos que Sarah le ofrecía.

—Estoy bien —dijo, sin esforzarse por disimular su enfado y su frustración—. Sólo tengo que buscar algo para vendarme la mano.

—Usted no está bien —repuso ella, esperando que Xander se levantara antes de volver al reducido vestíbulo de la entrada, para encender la luz del techo y cerrar la puerta.

La repentina claridad no hizo más que aumentar el malestar de Xander.

—Y tendría que echarle un vistazo a esa muñeca.

La preocupación que denotaba su voz, aunque bien intencionada, causó poco efecto.

—Así que ahora usted es el médico...

—Sé lo que hice. No es una herida profunda, pero sangrará. —Calló, y de nuevo intentó ayudarlo—. Lo siento. Pensé que usted...

—¿Que yo qué? ¿Qué diablos pudo haber...?

—Saltó hacia mí de las sombras. Y yo no estoy acostumbrada a eso.

Sarah se dirigió al dormitorio. Esta vez fue él quien se quedó callado.

—Bueno —dijo luego con un tono menos brusco—, pensé que era... —Trató de recuperar su ira—. No lo sé.

Se encaminó hacia el sofá y, despacio, se sentó en él. Hablando en dirección al dormitorio, Xander siguió diciendo:

—¿Por qué ha entrado de esa manera? ¿Por qué no ha encendido la luz?

—Porque oí que alguien apagaba la lámpara —explicó ella con toda calma, volviendo con un paño humedecido con agua.

Se sentó junto a él y esperó que extendiera la mano.

—¿Por qué apagó la lámpara?

—Pensé que... podían ser dos caballeros a quienes despisté esta tarde. —Le tendió la mano—. Además no la esperaba hasta mucho más tarde. —Una breve punzada de dolor le recorrió el brazo mientras ella comenzaba a aplicar el paño sobre la herida—. ¿Y por qué no la acompañaba un botones?

—No sabía que tenía unas uñas tan eficaces.

—Pues lo son.

Otro breve espasmo de dolor le provocó un gemido ahogado.

—Porque mi italiano no es muy bueno, ¿recuerda? No quería que se dieran cuenta, *signore* Fabrizzi. —Comenzó a atarle el paño en torno a la muñeca, apretándolo para mantener la presión—. ¿Qué decía de dos hombres?

—En las afueras de la ciudad. Jugamos a los autochoques. —Sarah seguía ocupada en atarle el trapo—. No se preocupe, los despisté en la estación de ferrocarril.

—Bien. —Ella se levantó y fue a buscar el bolso de viaje que había quedado en el extremo del vestíbulo—. Voy a darme una ducha. Y luego me contará los detalles.

Xander se quedó pasmado.

—¿Eso es todo?

—Creo que sí.

Sarah estaba ocupada buscando algo.

—Acabo de decirle que casi me sacan de la carretera, que pensé que usted era un asesino, que podría morir desangrado...

—Eso no sucederá...

—Y usted va a darse una ducha. ¿Es así?

—Sí.

Lo miró fijamente por un momento tan sólo —más aliviada quizá de lo que quería reconocer— y extrajo una caja de cosméticos y algunas prendas de ropa del bolso antes de volver al dormitorio.

—Manténgalo apretado durante unos cinco minutos. Estaré lista en un cuarto de hora.

Xander la vio entrar en el dormitorio, y al cabo de un instante, oyó correr el agua de la ducha, lo cual, extrañamente, lo tranquilizó, a pesar de su irritación. La aparente indiferencia de Sarah le llevó a pensar en lo que había ocurrido en los últimos minutos, en su extraordinaria habilidad para dejar absolutamente indefenso a un hombre de un metro ochenta y cinco, y más de ochenta kilos de peso, en unos pocos segundos. Trató de engañarse diciéndose que no había sido una presa fácil, pero el desgarrante dolor del hombro y el escozor de la muñeca eran pruebas incontestables de que había sucumbido casi sin ofrecer resistencia. Xander se acordó de los dos tipos que la habían agredido en el callejón de Nueva York. Después de lo acontecido, no le resultaba difícil comprender con qué facilidad debía de haberse librado de ellos.

Esperó cuatro minutos para apartar los dedos del paño, luego decidió mojarse la cara y cambiarse de camisa. Se la quitó y la dejó caer al suelo mientras se dirigía al lavamanos del vestíbulo. El agua lo reanimó notablemente, en especial cuando se frotó con ella la nuca. Hasta los hombros parecieron apreciar las gotas que se deslizaron por ellos.

Se secó con una toalla de manos colgada a su izquierda, y cuando se dirigía al sofá volcó inadvertidamente el bolso de Sarah. Su torpeza provocó una breve andanada de recriminaciones contra sí mismo antes de arrodillarse para recoger los objetos que habían caído al suelo. Al abrir la solapa del compartimiento principal, advirtió las cinco carpetas perfectamente colocadas en un costado. Comprendió que no tendría otra oportunidad de echarles un vistazo. Una mirada de reojo a la puerta del dormitorio; el agua de la ducha aún seguía manando con fuerza. Con pueril ansiedad, extrajo cautelosamente del bolso las carpetas desgastadas por el uso.

Allí estaban los dos nombres acerca de los cuales había estado investigando en el curso de los últimos dos años, además del expediente sobre Votapek. La carpeta de Tieg era con mucho la más gruesa, pero la que tenía menor interés para él. Después de todo, Sarah se había valido de sus propios artículos para recopilar la información. Aunque considerablemente menos imponente, el expediente de Sedgewick parecía el más indicado para empezar. Lo colocó en el suelo y abrió la tapa.

> Laurence Carol Sedgewick, edad 57 años, nacido en Park Avenue, Nueva York. El grueso de su fortuna proviene de bienes raíces y de pequeñas participaciones en varias editoriales. Los padres fallecieron en un accidente de aviación en 1961. Pasó la mayor parte de su infancia bajo la custodia de institutrices y de varios tutores.
>
> Cinco años atrás, renunció a su cargo como presidente de la Warren Corporation, una empresa financiera con inversiones muy diversificadas. Fuentes fiables confirman que su separación de la firma no se realizó en términos amistosos como sugirió la prensa. Se rumorea que manipuló varios procesos mediante el cambio de jurisdicción y como consecuencia de ello una serie de bancos de primera línea se tornaron extremadamente vulnerables. El consejo de administración de la Warren descubrió la maniobra a tiempo de evitar un desastre mayor y le exigió la inmediata renuncia.

Xander leyó por encima el resto de la página: hechos que parecían inconsecuentes o de conocimiento público. Escuelas —Deerfield, Princeton—, dos matrimonios terminados en divorcio, una hija que estudiaba en una escuela privada de algún lugar de Suiza. Nada de gran interés, salvo una información sorprendente: dos años en Eton —dedicado a algo llamado «estudio independiente»— previos a su ingreso en Deerfield. Los años: 1951 y 1952. Xander se sobresaltó ante las fechas: el mismo período que Tieg. Era evidente que Sarah también había advertido la relación, un tilde rojo en el margen así lo indicaba. Pasando la hoja, Xander siguió leyendo:

> Desde que dejó su cargo en la Warren, ha creado un conciliábulo del que forman parte algunas de las más poderosas figuras del mundo de las finanzas, entre ellos: Simon Maxwell de Lehman, Diana Cox de Morgan y Martin Chapmann del Grupo Helpurn. Lo que pretende hacer con ellos queda librado a la imaginación del lector.

Xander se preguntó por qué no se mencionaba la reciente operación informática, pues parecía la respuesta obvia a la incógnita.

A partir de ese punto, el informe presentaba saltos inexplicables. Era evidente que varios párrafos habían sido suprimidos, y se había llevado a cabo una tarea muy chapucera de reconstrucción. El informe se tornaba menos fluido, las referencias cruzadas relacionadas con las partes eliminadas habían sido borradas para disimular la estratagema. Era obvio que: algo había ocurrido en los últimos meses que alguien consideraba demasiado delicado para que figurara allí. La inconsistencia era notoria. «Tiene que ver con los ordenadores —pensó—. ¿Por qué eliminaron esas partes? Es el vínculo evidente con Tieg.»

La interrupción del ruido del agua pilló a Xander por sorpresa. Comprendió que disponía de tres minutos para hojear el expediente de Votapek y volver al sofá antes de que Sarah reapareciera. Descartando rápidamente los demás expedientes, abrió la carpeta con las dos hojas que constituían el informe completo sobre Votapek. No era gran cosa, pero sin duda algo más que lo que él sabía. Comenzó a leer:

> Anton Votapek. Nacido en 1934(?). Se pone en duda la autenticidad de los datos sobre su origen: padres, fecha de nacimiento, etc. Información disponible sólo con posterioridad a los siete años. Estudiante mediocre en la secundaria. Cursó tres años en la Universidad de Chicago. Un año como candidato a la licenciatura en educación. Tras doctorarse en sociología por la Universidad de Co-

lumbia, pasó varios años en el extranjero con becas de investigación. Regresa a Estados Unidos en 1963 para ocupar un cargo en el grupo Cahill, un foro educativo de vanguardia dedicado a reestructurar la educación primaria. Resisten ciertas incógnitas en cuanto a la relación de Votapek con Arthur Cahill. Existen indicios de que la lucha por el control del consejo de administración dejó a Votapek en la estacada. Renunció en 1965. Los planes para el Centro de Aprendizaje (conocido posteriormente como el Proyecto Tempsten) se iniciaron a fines de 1966.

Xander echó un vistazo a los párrafos siguientes: unos detalles más acerca de la tragedia ocurrida en agosto de 1969, pero poca cosa que despertara su interés. Y no obstante, por alguna razón, tuvo la impresión de que, una vez más, no había una solución de continuidad en el relato. El texto dejaba entrever una apresurada tarea de cortar y pegar que dejaba demasiadas cosas en el tintero y que claramente apuntaba a más. No se mencionaba nombre alguno en relación con el Centro de Aprendizaje: niños, profesorado, auspiciantes. Nada. De hecho, la información, con excepción de la muy enigmática primera frase acerca del origen de Votapek, estaba al alcance de cualquier investigador con experiencia. No; evidentemente el informe apuntaba a algo, pero quedaba mutilado. Como si sólo pretendiera despertar la curiosidad del lector. No se mencionaba ni a Tieg ni a Sedgewik. No se ofrecía información posterior a 1969 ni se lo relacionaba con nadie.

Con el deseo de buscar alguna respuesta en los últimos párrafos, introdujo con renuencia las hojas dentro de la carpeta y con todo cuidado volvió a meter los expedientes en el bolso. Poniéndose de pie con esfuerzo —aunque ya podía mover el hombro mejor que unos momentos antes, se enroscó la toalla alrededor del cuello y, al comprender que no tenía tiempo de llegar al sofá, se plantó frente al lavamanos y abrió el grifo en el momento en que Sarah salía del dormitorio.

—Me alegro de ver que está en pie. ¿No ha muerto desangrado mientras yo estaba en la ducha?

Sarah se había puesto unos pantalones y un jersey con cuello de cisne. Llevaba el cabello recogido en un moño, y al estar mojado, se destacaba con más intensidad el tinte rojizo. Era la primera vez que Xander se fijaba en aquel cambio.

—Está diferente, ¿no?

—¿Qué?

—El cabello.

—Usted no es el único que hoy ha tenido visitas no deseadas. —Sarah omitió hacer ningún otro comentario mientras se dirigía al sofá y comenzaba a hojear una de las revistas que encontró en la mesilla de café. Sin levantar la vista, agregó—: Espero que los haya encontrado interesantes.

Xander titubeó durante un momento y luego siguió secándose la nuca. Con todo el aire de indiferencia que pudo adoptar, se acercó a ella.

—¿Qué es lo que tenía que encontrar interesante?

—Los expedientes de mi bolso. —Levantó la vista, sin ninguna traza de censura en su expresión—. ¿Le sirvieron para llenar algunas lagunas?

—Algunas. —Xander comprendió que era inútil hacerse el estúpido—. ¿Cómo se dio...?

—El bolso estaba cerrado.

Xander se volvió a mirarlo. Estaba abierto. Tuvo que reconocer para sus adentros que no era muy experto en aquellos menesteres.

—¿Cómo va el brazo? —preguntó ella.

—Mejor. Gracias.

Xander estaba frente a la puerta del dormitorio, dispuesto a ofrecer una explicación. Pero, en cambio, sonrió, entró en la habitación y abrió la cremallera de su maletín. Mientras hurgaba entre las distintas capas de ropa, le resultaba difícil no pensar en la mujer que estaba sentada tranquilamente en la otra habitación y que no había demostrado emoción alguna al referirse a su indiscreción. ¿Era la misma persona con quien había tomado el té unos días antes? No. Eso era evidente. El cabello, el candor de su tono, los ojos y una renovada confianza en sí misma que parecía definirla por entero. Tal vez fuera preferible no hacer preguntas, pero no podía evitar sentirse intrigado.

Después de encontrar una camisa que no estuviera excesivamente arrugada, volvió a la sala de estar, al tiempo que intentaba ponerse las mangas sin levantar el brazo derecho.

—¿Quiere que lo ayude? —preguntó ella, dejando la revista sobre la mesa.

—Gracias. —Dadas las circunstancias, aceptaría aquel acto de caridad.

Le dio la camisa, se volvió de espaldas a ella y dejó caer los brazos a los costados. Con cuidado, Sarah pasó las mangas por los dedos extendidos y tiró del cuello hacia arriba hasta ponérsela sobre los hombros. Entonces, le acarició suavemente el hombro lastimado, como pidiéndole disculpas. Viniendo de una persona que momentos antes había tratado de dejarlo manco, su repentina ternura resultaba agradablemente inesperada.

—Tiene usted una magnífica espalda, doctor Jaspers.

El comentario lo pilló completamente desprevenido. Al cabo de un largo rato, Xander tartamudeó:

—Es que... remo.

—Eso explica que tenga esos hombros.

De repente, Xander sintió que lo invadía una oleada de calor. Sin volverse, y tratando de abrocharse la camisa apresuradamente, agregó:

—Tengo una de esas máquinas... en mi apartamento... Una máquina para remar.

Se metió los faldones de la camisa dentro de los pantalones, con inusitada rapidez teniendo en cuenta su desconcierto, y se acercó al lavamanos por detrás del sofá.

—Trato de usarla todos los días... La... máquina de remar.

—Ya lo noto.

Sarah había vuelto a sentarse, con una sonrisa en los labios. A Xander le resultaba difícil mirarla a los ojos.

Sin motivo aparente, Xander abrió el grifo y comenzó a lavarse las manos.

—Sí. Bueno... El hombro ya no me duele tanto.

Y dicho esto, se enjuagó las manos, se las secó someramente con la otra toalla colgada junto al lavamanos y se volvió hacia Sarah, procurando ofrecerle su mejor sonrisa.

—¿Vamos a cenar?

—Sí. —Sarah lo miró y luego abrió la carta que había sobre la mesa de vidrio—. Parece que tienen una buena selección de platos.

—¡Ah! —Xander vaciló un instante—. Pensé que...

—Teniendo en cuenta cómo han ido las cosas hoy... para ambos... creo que sería más sensato comer aquí. Sólo en aras de la seguridad.

Xander asintió torpemente con la cabeza.

—Bien. Me parece... bien.

—Además, así tendrá la oportunidad de explicarme lo que piensa acerca de esos expedientes antes de que vayamos a ver a Pescatore mañana.

Se quedó concentrada en la carta, aunque sus palabras parecieron arrancar a Xander de su momentáneo estupor.

—Carlo —musitó—. No estuvo en Milán, ¿sabe?

Sarah levantó la vista; había desaparecido de su rostro todo vestigio de la sonrisa.

—¿Le sorprende?

—No me sorprendió.

Xander se sentó junto a ella.

—Pero le sorprende ahora.

—Sí —asintió él, como hablando consigo mismo—. Supongo que sí.

Chicago
2 de marzo, 12.47 h

A la hora del almuerzo, las calles estaban atestadas de gente. Martin Chapmann mantenía una animada conversación con su joven asociado, debatiendo sobre el estado del mercado de cereales, entre mordisco y mordisco al perrito caliente con salsa picante. Tim Gillespie se limpiaba el mentón con una servilleta de papel mientras caminaban.

—Entonces los ordenadores están locos, Marty. Te digo que la agitación de las dos últimas semanas podría ser ocasionada por una serie de jugadas de alto riesgo. Los granjeros están vendiendo las existencias de reserva a precios inflados... Mira, no creo que tenga que explicarte los rudimentos de las finanzas: si los cereales no siguen esa tendencia...

—Crees que se desencadenará el pánico. ¡Vamos, Tim!

—Bueno, entonces dame el gusto, Marty. Déjame repasar los números, para ver de dónde viene esta situación. En el peor de los casos, habré perdido una tarde.

—¿De veras crees...?

—Ya tengo el ordenador haciendo una primera búsqueda. En dos horas como máxi...

Una mujer pasó junto a los dos hombres, rozando inadvertidamente la mano del joven analista con su brazalete. Gillespie apenas sintió el pinchazo. La mujer volvió la cabeza para disculparse, y Chapmann hizo un breve gesto de reconocimiento cuando ella ya se alejaba calle abajo.

—Claro que tampoco me importaría pasar un par de horas con ella —bromeó Gillespie.

Se volvió hacia Chapmann y siguió caminando. Apenas habían dado un par de pasos, cuando el joven se detuvo. Chapmann vio que se desvanecía la sonrisa de su rostro, que la expresión de Gillespie denotaba confusión, desorientación. Por un instante, parpadeó como si quisiera salir de ella. Se aferró al brazo de Chapmann, que seguía observando cómo de repente la cara del analista se contorsionaba en un violento espasmo. Unos segundos después, su cuerpo se desplomaba sobre el suelo. Chapmann empezó a pedir a gritos un médico mientras se arrodillaba junto a su amigo.

Pero él sabía que de nada serviría. Un aneurisma en el

cerebro era fatal: una súbita, inexplicable, aunque enteramente plausible causa de muerte.

El sol de la primera hora de la tarde reverberaba sobre las agitadas olas, otorgando una luminosidad extrañamente cálida al gélido aire de la playa de Cape Cod. La arena, salpicada por la nieve matinal, cedía bajo los pies de Anton Votapek, cuya delgada figura de un metro setenta de estatura se arropaba con un largo abrigo de piel. Caminaba justo por encima de la línea hasta donde llegaban las olas, con las manos a la espalda y los hombros ligeramente inclinados hacia delante. Su paso era lento, no tanto a causa de la arena o la nieve, como por la persona que iba a su lado, esforzándose por mantenerse a su altura en aquel terreno accidentado. El hombre mayor caminaba algo encorvado, por cuyo motivo ambos parecían de la misma estatura. Los dos iban bien abrigados, ambos llevaban gorros rusos y botas de paseo, y estaban completamente solos en la extensa playa. Otros tres hombres se hallaban junto a un coche estacionado a unos ochocientos metros: el único en aquel aparcamiento que los veraneantes habían abandonado hacía mucho tiempo. Estaba con el motor en marcha.

—Como siempre, no les comunicaron que iba a encontrarme contigo —dijo con voz ronca el hombre mayor, casi sin aliento por el esfuerzo que le demandaba el paseo.

—Seguramente es mejor así. —Votapek asintió con la cabeza mientras hablaba—. Jonas y Larry están ocupados con la primera prueba. La fase económica debería comenzar...

—No te preocupes por esas cosas, Anton. —El tono de su voz sugería cierto reproche—. Los hombres deben ocuparse de sus responsabilidades. —Una frase que había pronunciado muy a menudo—. Las tuyas son los niños. Recuérdalo. No la primera prueba. —Sonrió, dando por terminada la lección—. Con todo, tienes razón. Washington estuvo formidable. Ha preparado el terreno a la perfección.

El acento, aunque casi se había americanizado por completo, aún se percibía en las palabras y le recordaba a Votapek la primera época con aquel hombre. Jornadas pasadas eliminando todo rastro de su propio acento con el fin de ocupar su lugar en un mundo nuevo, una sociedad nueva libre del estigma de su pasado. Estados Unidos. Entonces lo había adoptado como su nueva patria y no había perdido ni pizca de su fervor en el curso de los años siguientes.

El problema era que las cosas habían ido terriblemente mal. Sí, se había ganado la guerra; la expectativa —la sensación de una verdadera promesa— había sido muy elevada, pero «el miedo había infestado el activismo, la indulgencia había reemplazado a la dirección y la empatía lo había diluido todo». Más palabras de un libro que había visto una sola vez. Cuando era adolescente, Votapek comprendió que las obsesiones de la guerra fría habían diluido el verdadero espíritu de Estados Unidos. Resultado: la actitud antojadiza. Sin objetivos, sin proyectos para el futuro, porque nadie estaba dispuesto a ensuciarse las manos, a correr el riesgo de usar el poder para encender una pasión y un compromiso verdaderos. Cualquier cosa se consideraba digna de ser perseguida y así nada se había alcanzado. Aquel mundo feliz, la sociedad que le había ofrecido semejante promesa, se había convertido tan sólo en un terreno abonado para recoger cualquier antojo ecléctico que la gente pudiese sembrar en él. Eso no era el uso del poder, era una afrenta al poder. Y a Anton Votapek le habían enseñado a tratar el poder con un gran respeto. La gente necesitaba que la enseñasen, que la guiaran. Necesitaba tener una visión moral. Eso era lo que el hombre que caminaba a su lado le había inculcado hacía muchos años.

—El informe de Montana dice que el asunto de los niños ha vuelto a la normalidad —agregó Votapek.

—Tal como sabíamos que ocurriría. Veinticinco años, y sólo seis episodios semejantes. Hemos sido muy afortunados. Es un testamento para tu actividad directiva.

Votapek asintió con la cabeza y luego dijo:

—Sin embargo... tendría que haber previsto el problema. —Su voz denotaba un cierto nerviosismo—. Hemos tenido alborotos parecidos en otros sitios, pero hemos encontrado la forma de evitar... tales medidas extremas.

—¿Acaso cuestionas el método? —preguntó el anciano.

—No, por supuesto que no. Es sólo que... tendría que haber estado mejor preparado...

—¿Temes repetir tus errores?

El más joven asintió con la cabeza.

—¿Cuántas veces tengo que decirte que no fueron únicamente tuyos? —El anciano miró su otrora alumno, con ojos cálidos—. Aquello no podía funcionar. Aquellos niños eran unos inadaptados, y nuestro programa estaba mal concebido para cultivar la adecuada clase de pasión sin alentar cierto grado de violencia. El odio es una herramienta poderosa, Anton. Más poderosa de lo que cualquiera de nosotros suponía. Necesitábamos tiempo para aprender a controlarlo. No debes culparte por su... ingenuidad hace tantos años.

Votapek permaneció callado.

—Anton, esta sensación de incompetencia, ¿es consecuencia del episodio reciente... —hizo una pausa antes de agregar—: o es porque te hace acordar de la chica?

Votapek tardó un momento en responder:

—¿Se refiere a Alison?

El anciano se detuvo.

—Sí, a Alison. —La cálida expresión había desaparecido de su mirada—. Hemos tocado este tema muchas veces y no quiero volver a oír hablar de ello. Lo sucedido pertenece a un pasado muy lejano para que ella siga agitándose en tu mente. Han pasado treinta años. Tú has hecho todo lo que has podido por ella. —Le dio unas palmadas en el brazo—. Será mejor que regresemos. Está refrescando un poco para mí.

El anciano se prendió del brazo extendido de Anton mientras volvían sobre sus pasos por la arena y la nieve.

—Piensa sólo en los niños, Anton. Sólo en los niños.

Sarah corrió las cortinas y quedó momentáneamente aturdida por la luz del sol que penetró por el balcón. Aún le pesaban los párpados a causa del sueño; puso la mejilla contra el vidrio helado para despertarse. Había estado en Florencia sólo una vez, cuando era estudiante. Entonces le habían interesado más los muchachos italianos, que la habían recibido con los brazos abiertos, que el esplendor de la ciudad. Mirando hacia su izquierda, observó la cúpula de la catedral bañada por la luz del sol, y a los turistas que ya llenaban la plaza que se abría a sus pies.

Sobreponiéndose al sopor se dirigió al dormitorio arrastrando los pies y llamó a la puerta para ver si Jaspers se había levantado. Como estaba lastimado, a Sarah le había parecido justo que ocupara él la cama. Le había costado un esfuerzo tremendo convencerlo —casi a las dos de la madrugada— de que ella estaría mucho más cómoda en el sofá. Prescindiendo de las lecciones de buenos modales de Lundsdorf, Xander finalmente había cedido, debido en parte al cansancio, pero más que nada a la observación de Sarah en el sentido de que podían aparecer huéspedes indeseables en medio de la noche. ¿Quién mejor que ella como primera línea de defensa? Bromeaba, claro está, pero su insinuación había bastado para que él se decidiera. Al recordar la expresión de pánico que había aflorado al rostro de Xander, sonrió.

Llamó de nuevo, sorprendida al no recibir respuesta.

—¿Me buscaba a mí?

Sarah se dio la vuelta y lo vio entrar por la puerta, con una bandeja en las manos. Se ajustó más firmemente la sábana alrededor de la cintura.

—Traigo café y cruasanes.

—No le he oído levantarse.

—¡Estoy asombrado! —exclamó él, con una amplia sonrisa mientras avanzaba hacia la mesa—. Pero ahí estaba usted, profundamente dormida, cuando salí esta mañana. Pensé que era mejor dejarla dormir.

—Supongo que me hacía falta.

Sarah acercó la pesada butaca a la mesa, al tiempo que Xander llenaba dos tazas de café. En ese momento, ella advirtió la gruesa venda de gasa firmemente atada a su muñeca.

—Siento haberle hecho eso.

—No se preocupe. El conserje tenía un botiquín bien provisto y se mostró encantado al tener la posibilidad de usarlo. Creo que es un poco exagerado. No me duele nada.

—Me alegro.

—Yo también. —Xander frunció los labios al sentir el calor del primer sorbo—. Lamentablemente, traté de comunicarme con Carlo... desde el teléfono del vestíbulo. No responde.

—Tal vez aún no ha llegado a su despacho —sugirió ella, untando un cruasán con una gruesa capa de mermelada.

—No. Es un adicto al trabajo. Por lo general, a las siete ya está allí; a más tardar, a las siete y media. No hay otro igual.

Sarah se levantó, con la taza en la mano, y un pedazo de cruasán en la boca. Sacó varias prendas del bolso que estaba junto a la puerta del dormitorio y dijo:

—Tendremos que ir a ver. Voy a arreglarme y nos pondremos en marcha.

Veinte minutos después, Xander la seguía por la Via dei Panzani, una amplia avenida según los patrones florentinos. Gruesas y rústicas piedras de color pardo y gris constituían una rugosa armadura para algunos de los edificios más imponentes, burdos primos segundos de las tiendas con paredes de estuco que parecían estrechamente encajadas en medio. Era como si las construcciones más antiguas tuvieran que apoyarse ligeramente en los edificios de ambos lados para mantenerse en pie. Esa familiaridad dotaba a la hilera de construcciones de una extraña suerte de espíritu de camaradería: la madera, el cemento y la piedra se asociaban para hacer frente al tiempo y los elementos. Cuando Sarah entrelazó su brazo con el de Xander, éste no pudo disimular la sorpresa.

—No se preocupe, doctor Jaspers, es simplemente lo que harían los Fabrizzi.

Xander asintió con la cabeza, aunque ella notó una ligera vacilación en su respuesta mientras seguían caminando en dirección a la catedral. Por alguna razón, Sarah encontraba atractiva la incomodidad que Xander demostraba ante ella cuando se manifestaba como mujer, algo que evidentemente él sólo había advertido la noche anterior. Al pensar en ello, Sarah no pudo evitar recordar gozosamente el episodio de la camisa. Le apretó el brazo con más fuerza, sólo para sentir la tensión de su hombro.

Aun cuando sabía que no era así, le preguntó:

—¿Le hago daño? ¿Es éste el brazo lastimado?

—No, no, está bien. Es el otro hombro —contestó—. Y parece que ya me he recuperado del todo. —Hizo oscilar el maletín en forma pendular para demostrar la movilidad del brazo—. ¿Ve?

—Me alegro. —Sarah comenzó a acelerar el paso—. Entonces, cuénteme lo que estamos viendo.

El inmediato alivio que él experimentó se hizo dolorosamente patente. Era justo, pensó Sarah, soportar una improvisada conferencia sobre la historia y la arquitectura del Renacimiento. Al fin y al cabo, había pasado por una penosa experiencia el día anterior, y ella sabía que una breve incursión en su pequeño mundo le serviría de distracción. Quizás incluso contribuyera a aliviar la incomodidad que le causaba llevar a una mujer atractiva colgada del brazo. Escuchando con un solo oído —asintiendo de vez en cuando con la cabeza o respondiendo con un «comprendo»—, Sarah trataba de prestar atención a su entorno, siempre atenta a cualquier movimiento súbito entre el gentío cada vez más numeroso. Al desembocar en la Piazza San Giovanni, los edificios parecían perderse en la distancia, y los turistas, hasta aquel momento tan sólo un simple reguero, surgieron de pronto como un torrente.

El Duomo se elevaba con imponente majestuosidad sobre la amplia plaza, y un sol resplandeciente se reflejaba en la fachada de mármol y en las grandes vidrieras. Sin embargo, eran pocos los que parecían desalentarse ante tanto resplandor, y la mayoría de los turistas disparaba sus cámaras con un ritmo sincopado que se sumaba al creciente eco del ruido de sus pasos. Quizás instintivamente, Sarah preguntó si había algún camino menos transitado para llegar a la universidad. Xander se detuvo y movió la cabeza hacia la izquierda, de donde partía una callejuela de la plaza principal.

—Ése es el camino más corto, pero nos perderemos ver el palacio de los Médicis y otra serie de magníficos...

—Creo que por ahora podemos prescindir de las vistas. —Sarah sonrió al joven erudito, al ver que su opinión despertaba una expresión comprensiva en sus ojos.

—De acuerdo —dijo, con un gesto de asentimiento—. El camino menos transitado.

No queriendo renunciar totalmente a pasar de largo ante el baptisterio —la estructura en forma de pezón enfrente de la catedral—, Xander la condujo rodeando el monumento antes de detenerse ante la puerta del lado más oriental. Ante ellos se alzaba la Puerta del Paraíso de Ghiberti, escenas de la Biblia que surgían del bronce con líneas sinuosas y exquisitas: la expulsión del Edén, el sacrificio de Isaac, Moisés en el Sinaí. Xander miraba extasiado. De alguna manera, el escultor había captado la angustia, el regocijo, la inmediatez de aquellas escenas. También a Sarah le resultaba difícil no sentirse atraída por la seducción que ejercía la belleza de la puerta. Pero una voz interior le decía que tenían que seguir. Había demasiada gente apiñada a su alrededor. Tiró del brazo de Xander y le condujo hacia la callejuela donde reinaba una relativa tranquilidad. En cuanto se metieron en la calle casi desierta, se sintió más segura de sí misma. Hasta el sol parecía menos dispuesto a aventurarse con ellos, interceptado por las altas paredes que se elevaban a ambos lados de la angosta callejuela.

A los pocos minutos, comenzaron a ver los indicios que

anunciaban el mundo académico: estudiantes que andaban con paso apresurado, varios de ellos provistos de carteras de cuero envejecidas a causa de los muchos años de uso abusivo. Cuando la calle desembocó en la Piazza San Marco —una enorme plaza en la que se alzaba una preciosa iglesia y su imponente monasterio—, Xander señaló un cartel colocado al costado de un arco sin ventanales que indicaba la entrada de la universidad. Unos estudiantes pasaron junto a ellos caminando a un paso endiablado.

—Debe de ser hora de clase —dijo Xander, sonriendo—. Nunca caminan tan aprisa.

Adentrándose por una serie de largos pasajes con arcos y paredes de ladrillos rojos, llegaron a un patio lleno de árboles sin hojas y donde habían colocado algunos bancos de madera, todo rodeado por unos siete u ocho edificios pequeños, cada uno de ellos una amalgama de austeridad medieval y de siete siglos de refacciones. Xander trató de recordar en cuál de los edificios se encontraba el despacho de Pescatore.

—Creo que es ése —anunció, señalando con el dedo—. Sí, seguro que es ése, el que tiene ese árbol inclinado tan curioso enfrente. Está en el primer piso.

Juntos, enfilaron uno de los muchos senderos que atravesaban el patio, como una red de caminos que unían los edificios entre sí.

Sin moderar el paso, Xander subió los desiguales escalones al pie del edificio de Pescatore y empujó una gruesa puerta de roble, que mantuvo abierta distraídamente para que entrara Sarah. Ésta advirtió que estaba concentrado en el manuscrito, sin mucho tiempo para tener en cuenta las enseñanzas de Lundsdorf sobre buenos modales. Sin esperar a ver si ella había entrado, subió a grandes trancos otro tramo de escalera y se adentró por un pasillo desierto a su izquierda. Sarah lo seguía a un par de pasos de distancia, en la más absoluta oscuridad, pues, al cerrarse la puerta a sus espaldas, la luz que se filtraba por debajo se perdía en las sombras. A sus ojos, el largo y cavernoso corredor, iluminado por varias lámparas de techo cubiertas de suciedad, parecía desaparecer en un muro de bruma, que se había tragado a Xander en su apagado resplandor. Sólo el ruido de sus ágiles pasos resonaba en el pasillo. Adoptando su ritmo, Sarah alcanzó a Xander en el instante en que los ojos de éste se iluminaban al descubrir el despacho de Pescatore.

Xander arqueó las cejas en un gesto de complacencia y golpeó suavemente con los nudillos en la puerta de madera. Se inclinó hacia delante como si esperara oír los apagados pasos en el otro lado. Transcurridos unos segundos sin recibir respuesta, volvió a llamar, esta vez acercando el oído a la gruesa madera. Nada. Se volvió hacia Sarah, con una expresión preocupada en la mirada.

—Esto no es propio de él —murmuró—. Esto no es para nada propio de él.

Cuando ya se disponía a golpear por tercera vez, Sarah lo detuvo. Sabía que no había motivos para llamar la atención, sobre todo porque no sabían quién podía encontrarse en los demás despachos. Extrayendo dos horquillas del bolso, Sarah echó un vistazo hacia el pasillo y luego las introdujo con sumo cuidado en la cerradura. Xander la miraba azorado. Con un chasquido, el mecanismo cedió, y Sarah empujó suavemente la puerta. Puso la otra mano en la espalda de Xander y obligó al renuente profesor a entrar en el despacho.

La estancia estaba patas arriba, con libros y papeles por todas partes. Muchos de los cajones de los archivadores estaban abiertos, de modo que los muebles de metro y medio de altura parecían a punto de precipitarse contra el suelo a causa del peso. A pocos centímetros del techo, un estante de madera se había desprendido de su soporte y colgaba amenazadoramente sobre el cuarto. Frente a la puerta, varias sillas habían sido apiladas en el centro de la estancia, y formaban una extraña escultura con las patas apuntando en todas direcciones. La escasa claridad que se filtraba entre las cortinas corridas a toda prisa se reducía a unas franjas de luz solar que no hacían más que realzar la sensación de caos. Muy despacio, Xander se acercó al escritorio para apoyar el maletín en la única esquina libre de papeles.

—No toque nada —susurró Sarah, en un tono imperativo que bastó para que Xander se quedara quieto antes de completar el movimiento.

El maletín volvió a su costado, mientras él se daba la vuelta.

—Mire esto —dijo—. ¿Qué ha pasado aquí?

Xander necesitaba una respuesta, algún modo de explicar el desorden con el que se habían encontrado. Sarah advirtió que él se resistía a reconocer, aún, lo que era obvio.

—Tenía usted razón al estar preocupado.

Ella se volvió y cerró la puerta, con lo que cortó la luz mortecina que entraba del pasillo.

—¡Maldita sea! —Xander seguía mirando la desoladora escena—. Esto no habría ocurrido si...

—¿Si usted no hubiese venido a Florencia?

Sarah meneó la cabeza mientras se acercaba a la ventana, inclinándose para espiar a través de una rendija. Por lo poco que se veía, dedujo que había un segundo patio detrás del edificio. Pese a que estaba desierto, el estado del despacho la conminaba a ser prudente. Y tenía que obrar deprisa. Se volvió hacia Xander.

—De nada habría servido que se quedara en Nueva York. Ellos sabían que Pescatore tenía el manuscrito y querían apoderarse de él. Probablemente porque podría delatar lo que tenían en mente después del simulacro de Washington. Como usted dijo, eso lo convirtió en un documento muy poderoso. —Comenzó a examinar el interior del despacho—. La cuestión es si lo encontraron.

—No lo sé. —Xander parecía algo aturdido—. No... no puedo imaginarme que fuese tan difícil, si sabían lo que buscaban. —Xander observó que Sarah se agachaba detrás del escritorio. Luego miró a su alrededor, aún tratando de encontrar una explicación—. Según el artículo de Carlo, tiene unos diecisiete centímetros de largo —agregó—, y un grosor de unos dos centímetros y medio, está encuadernado en cuero, con el sello de los Médicis: seis roeles en un escudo.

—Evidentemente no fue tan fácil encontrarlo, pues, en caso contrario, ¿a qué se debe todo este desorden?

—Claro. —Negó con la cabeza incapaz de dar crédito a lo que veía—. Carlo es testarudo, pero no es estúpido. Si alguien quería algo con tanta desesperación...

—Él se lo habría entregado —dijo Sarah desde detrás del escritorio.

—Exactamente —asintió él—. ¿Qué está haciendo ahí abajo?

Hubo un prolongado silencio antes de que ella contestara.

—Tal vez no tuvo oportunidad de hacerlo. —Sarah se incorporó y se sacudió el polvo de las rodillas.

—¿Y qué quiere decir exactamente con eso?

—Hay rastros de sangre en el suelo y en la pata del escritorio. La alfombra está rasgada. —Miró a Xander a los ojos—. Hubo una pelea.

—Espere un momento. —Xander comenzó a sacudir la cabeza, sin saber muy bien qué decir—. ¿Qué está diciendo? Eso es imposible. ¿Por qué iban a...?

—Porque necesitaban apoderarse del manuscrito.

Se miraron fijamente durante unos momentos.

—Eso no es posible —dijo él, esforzándose por encontrar una explicación que convenciera a ella y a sí mismo de que aquella idea era absurda—. Sería como si la historia de Eisenreich se repitiera cuatrocientos años después. ¿Cree que lo mataron antes de que tuviera ocasión de dar una explicación?

El efecto de aquella palabra pareció sorprender a Xander. Durante casi medio minuto no dijo nada más. Luego, casi en un murmullo, agregó:

—Está muerto, ¿verdad? —Las palabras parecieron brotar, casi contra la voluntad del propio profesor—. ¿No es así?

—No lo sé.

Él miró los libros desparramados por el suelo.

—Por unas cuantas páginas de una teoría. —Enmudeció y de repente se sintió conmovido. Su voz parecía a punto de quebrarse cuando dijo—: Él no se habría resistido, no habría dicho nada. Al menos, no creo...

Una sensación de vacío se apoderó de su cuerpo. Sin hacer caso de lo que le había dicho Sarah, se sentó en el borde del escritorio y dejó el maletín en el suelo; se cruzó de brazos y comenzó a balancearse. Sarah notó que se iba ensimismando cada vez más, arrullado por el suave movimiento de su cuerpo. Caminando por encima de los papeles, se le acercó y le sujetó los brazos, aumentando la presión de sus dedos hasta que los ojos de Xander se fijaron en los de ella.

—Pero usted no los conoce.

Sarah advirtió que Xander estaba comenzando a cuestionar sus propios motivos, su propia culpabilidad. Había presenciado demasiadas veces una reacción semejante como para no reconocer la expresión de su rostro: ella no podía mostrarse condescendiente en aquellos momentos. Ni para con él ni para consigo mismo.

—No la entiendo, ¿sabe? No la entiendo en absoluto. —No era un reproche, sino la simple constatación de un hecho—. Usted puede observar todo esto con... no sé... con una gran indiferencia. —Negó con la cabeza—. Ojalá yo pudiese hacer lo mismo.

Sarah escrutó aquella mirada. Otro inocente. Otra oportunidad.

—No creo que lo diga en serio. —Le sostuvo la mirada unos segundos y luego añadió—: El manuscrito. ¿Se le ocurre algún sitio donde Carlo haya podido esconderlo?

—Así de simple.

—¿El qué? —preguntó ella.

—De vuelta al trabajo.

Sarah le soltó los brazos sin decir nada más. En un intento por incitar a la mente a pensar de nuevo, Xander se frotó la cara con las manos.

—Bien.

Comenzó a examinar el despacho. El simple movimiento pareció sacarlo de aquel estado autoinculpatorio.

—El manuscrito —dijo, asintiendo con la cabeza.

Pasó junto a ella y se situó en el centro de la habitación.

—Póngase los guantes —insistió Sarah.

Sin detenerse, él obedeció, pero ya estaba observando una pila de libros de la base de la biblioteca.

«Ahora piensa —se dijo—. Si es tan listo como tú sabes que es, ¿dónde pudo haberlo metido?»

Después de arrodillarse, Xander deslizó los dedos por los lomos de una serie de volúmenes, cuyos títulos sólo provocaban en él gestos de impotencia, hasta que de repente se incorporó, exclamando:

—¡Claro! En otro libro.

Sarah observó que alzaba la vista hacia los restantes anaqueles y luego volvía a mirar al suelo: el pánico y el cúmulo de sensaciones habían quedado momentáneamente olvidados.

—¿Dónde lo guardaste, Carlo? —Sus ojos pasaban rápidamente de un lado a otro.

A Sarah sólo le cabía esperar. El investigador estaba de nuevo en actividad.

—¿Guardar qué? —inquirió con impaciencia.

Por primera vez en los últimos instantes, Xander pareció recordar que Sarah estaba en el despacho.

—Puede sonarle extraño, pero apostaría a que en medio de todo este lío hay un volumen antiguo de las *Confesiones* de san Agustín.

—¿San Agustín?

—Libro doce, sección veinticuatro, creo. —Xander había recuperado un ritmo frenético de actividad—. Es el capítulo donde explica la vitalidad de la interpretación. De hecho es muy elocuente, y un escrito de ideas avanzadas sobre la libertad de pensamiento. —Mientras hablaba, no dejaba de mirar a su alrededor—. Se refiere a Moisés, y señala por qué nadie conoce realmente la palabra de Dios, y cómo no nos está permitido insistir en una lectura a causa de nuestra ignorancia, etc.

Sarah lo observaba mientras él recorría toda la extensión de la pared, con la cabeza inclinada hacia un costado para leer los títulos de los lomos.

—Bastante irónico tratándose de un hombre que estableció todas esas reglas tan estrictas del dogma católico. —Xander bien podría haber estado dictando una clase sobre teología, pero sus ojos y sus dedos estaban perdidos en los estantes—. Básicamente, es una diatriba contra el dogmatismo. «No me digáis lo que debo creer», ese tipo de cosas. Carlo siempre creyó que ésa era una de las afirmaciones más importantes de Agustín. Siempre hablaba de eso. Es precisamente la clase de cosas que él tenía la sensación de enfrentar todos y cada uno de los días de su vida: la lucha contra la intolerancia. Todo el mundo le quitaba importancia a lo que estaba haciendo con Eisenreich. —Levantando la vista hacia Sarah, agregó—: Bueno, evidentemente estaban equivocados. —Volvió a concentrarse en los libros y siguió diciendo—: Tengo la impresión de que guardó el manuscrito dentro de su ejemplar de las *Confesiones*. Donde su interpretación obtendría el respeto que merecía. —Al terminar de examinar los libros de la pared donde se hallaba la puerta, Xander volvió al centro de la estancia—. Busque un volumen grande, y grueso. De al menos treinta y cinco o cuarenta centímetros de largo y quizás unos siete de grosor, con la palabra «Confessiones» en latín en el lomo.

Se arrodilló. Uniéndose a él en el suelo, Sarah inició la búsqueda en las pilas de la esquina. Al cabo de medio minuto, su mirada descubrió unas letras doradas en relieve en el lomo de un volumen, con una C mayúscula casi enteramente borrada. Sarah sacó el tomo.

—¿Es éste?

Xander miró por encima del hombro e inmediatamente se levantó de un salto; le quitó el libro de las manos y muy despacio abrió la tapa. Un tal Teggermann había escrito una extensa dedicatoria en una letra casi ininteligible. Xander pasó la gruesa hoja amarillenta, esperando encontrar el pequeño manuscrito ante él. Lo único que vio fue el índice.

—¿Falsa alarma? —preguntó Sarah mientras lo observaba desde el costado del escritorio.

Sin tomarse la molestia de contestarle, Xander abrió el libro.

Sarah bajó la vista y vio el pequeño volumen encuadernado en cuero colocado exactamente en el medio de la página.

—Libro doce, sección veinticinco. Me equivoqué por una.

Xander no hizo nada por disimular su satisfacción. Sin embargo, al levantar el manuscrito, su expresión de triunfo dio paso a una expresión de incredulidad; la tapa y la contratapa se le quedaron en los dedos. Parecía que no había nada entre ellas. Al abrir el pequeño volumen, se quedó inmóvil mirando fijamente los márgenes de un centímetro que aún seguían pegados al lomo: el resto había sido cortado con una navaja. El descubrimiento causó un efecto devastador en Xander.

—¡Maldita sea! Como si no hubieran hecho bastante, ¿tenían que destruir esto también?

—Dudo que lo hayan destruido —replicó Sarah, con un tono que no denotaba tanta decepción—. Seguramente no querían que algún agente de aduana les hiciera preguntas acerca de un libro con ese sello. Por eso dejaron las tapas aquí.

—¿Entonces por qué volvieron a ponerlas dentro del volumen de san Agustín?

—No lo sé.

Xander arrojó las tapas de cuero sobre el escritorio.

—¿Y qué vamos a hacer ahora?

Sarah vio que la determinación comenzaba a desvanecerse de sus ojos, y que en ellos volvía a aparecer lentamente la evocación de la supuesta muerte de Pescatore.

—¿Y los archivos? Quizás haya algo que nos proporcione algún dato sobre el contenido del libro. —Sarah trataba de despertar de nuevo su interés.

—Los archivos... De acuerdo. —Otra tarea. Otra distracción—. Conociendo a Carlo, estoy seguro de que habrá sido muy cuidadoso. No será fácil dar con ellos.

De nuevo, Xander paseó la vista por el despacho hasta fijarla en un sector que quedaba justo detrás del escritorio.

—Tienen que estar ahí —dijo, señalando el ordenador

enclavado en el rincón del despacho, con una gruesa cadena que lo mantenía sujeto a un candado de acero que sobresalía de la pared—. El problema es —agregó al tiempo que se arrodillaba ante el teclado—, cómo entrar en él.

Sarah extendió el brazo por encima del hombro de Xander y accionó un interruptor de la parte posterior del equipo. La pantalla se encendió, proyectando un resplandor tembloroso en toda la estancia.

—¿Qué le parece?

Xander no se tomó la molestia de volver la cabeza.

—Sí, gracias, pero ya sabe que no me refería a eso. Él debe de tener algún tipo de código de acceso.

Un diminuto cursor parpadeante apareció en el ángulo superior izquierdo de la pantalla.

—Si es como los de Estados Unidos, probablemente sólo se trata de un simple bloqueador del programa —sugirió Sarah—. Disponemos de tres intentos para acertar con la clave antes de que el sistema se apague.

—O algo peor: antes de que mande una señal al servicio de seguridad. El mío funciona así.

—¿Y su amigo Pescatore no le mencionó por casualidad, en algún momento, cuál era la clave?

—¿Carlo? Está de broma. Para ser sincero, me sorprendió que diera resultado la idea acerca de las *Confesiones*. Eso fue un palo de ciego. Aunque de nada nos ha servido.

Ambos se quedaron mirando fijamente la pantalla durante un rato.

—¿Cuál es su clave? —preguntó Sarah.

—Niccolo. ¿Por qué?

—¿Por qué Niccolo?

—Por Niccolo Maquiavelo. ¿Adónde quiere llegar con esto?

—Bueno, ¿quién era el favorito de Pescatore? Agustín.

Xander la miró por encima del hombro, con una expresión de escepticismo en los ojos.

—¿No es un poco obvio?

—¿Tiene alguna idea mejor?

Él se volvió hacia la pantalla y tecleó la palabra Agustín. Presionó la tecla Intro. Apareció una equis minúscula en la línea siguiente, seguida del cursor titilante.

—Una posibilidad. Quedan dos más. ¿Alguna sugerencia?

Sarah pensó durante unos momentos.

—¿Qué me dice del nombre propio? ¿Cuál era el nombre propio de Agustín?

—San. —Xander le dirigió una mirada penetrante por encima del hombro, con una expresión de incredulidad en los ojos—. Por el amor de Dios, Sarah, Agustín es el nombre propio.

—No me está ayudando mucho.

—Lo siento. Es sólo...

De repente, su mirada se congeló, con una expresión que Sarah ya había visto antes: el recuerdo fugaz de algo que pugnaba por encontrar la forma de expresarse. Vio que comenzaba a insinuarse una sonrisa en sus mejillas.

—¿Qué? ¿Qué?

—No. Sería una locura. —Calló—. ¡Qué demonios!

Volviéndose hacia el ordenador, tecleó unas cuantas letras, pulsó Intro y observó cómo el sistema arrancaba y el programa se abría. Una risa gutural brotó de la garganta de Xander, mientras la incipiente sonrisa se tornaba más amplia.

—Y bien, ¿cuál era la clave?

Mientras seguía observando la pantalla, Xander hizo una mueca.

—Mónica. La madre de Agustín. Freud se habría solazado con eso.

La pantalla se transformó varias veces —instrucciones sin sentido y advertencias de licencias de uso se sucedían a un ritmo frenético—, antes de que se cargara el procesador de textos. Xander escribió unas cuantas órdenes más, y una larga lista de archivos comenzó a pasar a toda velocidad.

—Conozco el programa. Sólo espero que mi italiano técnico esté a la altura de las circunstancias.

Sarah miraba a su nuevo compañero teclear furiosamente, deteniéndose de cuando en cuando para leer la pantalla —listas y más listas de archivos—, antes de proseguir. Mientras lo hacía, trataba de explicárselo a Sarah.

—Es evidente que ocultó los archivos, y dudo mucho que les haya puesto nombres como «Eisenreich I y II». De nuevo debió de actuar con inteligencia.

Xander cambió de posición, pues las rodillas comenzaban a dolerle. Al cabo de tres minutos, se le iluminaron los ojos al aparecer una nueva tanda de archivos. Una lista de una veintena de nombres quedó fija en lo alto de la pantalla, y por alguna razón a Xander le pareció digna de una atención especial.

—El tamaño de los archivos y las fechas son adecuados —dijo, mientras separaba las manos del teclado—. La cuestión es determinar cuáles son los importantes. Conociendo a Carlo, un buen número de ellos, si no todos, pueden ser carentes de sentido. O algo peor: puede que algunos sean trampas que apaguen el sistema y atraigan al personal de seguridad. Carlo es famoso por ese tipo de paranoias.

—Maravilloso.

Sarah asintió con la cabeza, mientras reflexionaba acerca del hombre que había llegado a tales extremos con el fin de salvaguardar unas cuantas notas. Xander, con las manos sobre los muslos, miraba la pantalla con atención; al cabo de un momento, echó la cabeza hacia atrás y entrecerró los ojos. Comenzó a abrir y cerrar los puños en lentos intervalos.

—¿Qué está usted...?

—¡Chist!

El extraño ritual siguió durante medio minuto antes de que Xander abriera los ojos. Sarah se había acercado a la ventana, para volver a echar un vistazo al patio, que seguía desierto.

—Creo —dijo Xander— que tienen que ser ésos.

Con el dedo señaló dos archivos: Ternistato A y Ternistato B. También en esta ocasión, el misterioso proceso mental de Xander dejó a Sarah absolutamente perpleja. Ella sabía que todo lo que le pasaba a su compañero por la cabeza en aquellos momentos cruciales tenía que proceder de una fuente lógica. No obstante, cuál podía ser esa fuente, era algo que a ella se le escapaba. Con todo, lo mantenía ocupado. Él estaba en su elemento, y Sarah, en el suyo. Cada uno con sus propias reglas de juego. «Escenario hostil: conocer el entorno. Anticipar las contingencias.»

—Como recordará —explicó—, el nombre de Eisenreich se traduce como «Estado de hierro». Si no me equivoco, Carlo lo tenía muy presente.

Señaló la primera parte de una de las palabras de la pantalla, aunque Sarah, más interesada en la figura que acababa de salir del arco del sector oriental que daba al patio, se limitó a asentir distraídamente.

—Terni es uno de los pocos centros productores de hierro que aún quedan en Italia. Y creo (aunque podría equivocarme) que fue también uno de los principales objetivos de los bombardeos aliados durante la Segunda Guerra Mundial por esa misma razón.

Sarah oyó la última parte y se preguntó si todos los académicos tenían acceso a informaciones tan triviales.

—Ya sabe... los documentos de Laurence Olivier, *El mundo en guerra*. «Los altos hornos de Terni.» —Xander volvía a encontrarse en su pequeño mundo, y Sarah asintió de nuevo con la cabeza—. *Stato* simplemente significa estado. *Terni-stato*. Estado de Hierro. Eisenreich.

Sarah se volvió de cara a él.

—Eso es increíblemente rebuscado.

—Lo sé, pero así es exactamente como funciona la mente de Carlo. Además, le juro por mi vida que no se me ocurre qué relación podría tener la ciudad de Terni con sus investigaciones. Me refiero a que es realmente muy extraño.

—Y sin embargo, a usted le parece lo más natural del mundo.

—Es cierto, pero es que yo estoy tan chiflado como Carlo.

Dicho esto, Xander eligió el primero de los archivos. Sarah esperaba que la pantalla se oscureciera, que sonara una sirena en alguna parte o que emanara un gas venenoso de la consola. En vez de ello, en la pantalla apareció un texto en italiano, repleto de notas que supuso trataban sobre el manuscrito. La sonrisa de Xander, sus ojos devorando cada línea, le indicaron que su lógica televisiva había logrado sortear con pericia las defensas de Pescatore. Sin duda, aquélla era una muestra del discernimiento académico. La verdad era que no resultaba muy estimulante.

Mientras Xander seguía leyendo, ella volvió a espiar por la rendija de las cortinas para obtener una mejor vista del patio posterior del edificio. La solitaria figura se hallaba sentada en uno de los bancos a una distancia aproximada de veinte metros. El individuo, con un grueso gabán oscuro, parecía bien protegido del frío; con las manos enguantadas hojeaba un diario, mientras el humo de un cigarrillo se elevaba en el aire por debajo del ala ancha de su sombrero de fieltro. Sarah siguió mirando, procurando mantenerse separada de las cortinas para evitar ser vista. Desde aquella distancia, le resultaba difícil distinguir las facciones del hombre, salvo la barba. Se acercó un poco más a la abertura. Xander había mencionado una barba.

Al cabo de un instante, apareció un segundo individuo. Era excepcionalmente alto, y sus anchas espaldas y gruesos brazos parecían embutidos sin piedad en las mangas de un estrecho abrigo. No llevaba sombrero, y el sol se reflejaba en su calva afeitada; sus gruesas manos amenazantes le colgaban a los costados mientras se dirigía hacia el banco. A los pocos segundos, el primer individuo se puso de pie para encaminarse, con naturalidad, hacia la entrada lateral de uno de los edificios. El segundo permaneció ante el banco y, por primera vez, Sarah advirtió que su mirada estaba clavada en la ventana del despacho de Pescatore. Dio un paso atrás.

—¿Ya lo tiene todo? —preguntó.

En un primer momento, Xander no respondió.

—Esto es absolutamente increíble. —Estaba fascinado por la pantalla—. Realmente increíble.

—Tenemos que irnos.

—¿Por qué? Aún...

—Llevamos aquí demasiado tiempo. No hay razón alguna para abusar de nuestra suerte.

Xander estaba demasiado ensimismado en las notas como para ponerse a discutir.

—De acuerdo, pero voy a tener que copiarlo. Me llevará un par de minutos.

—Hágalo.

Sarah se acercó a la puerta mientras Xander sacaba un disquete del maletín, lo introducía en el ordenador de Pescatore y tecleaba las órdenes pertinentes. El ordenador comenzó a ronronear mientras Xander se echaba hacia atrás y esperaba. Apoyada en la gruesa puerta de madera y escuchando por si oía algún ruido en el pasillo, Sarah preguntó, más para mantener a Xander ocupado que por otra razón:

—¿Y qué es lo que resulta tan increíble?

—Es realmente sorprendente. —Permanecía con la mirada fija en la pantalla—. ¿Recuerda que yo creía que existían dos copias del manuscrito? La que Eisenreich envió a Clemente y la que se quedó él. Pues bien, cuando descubrimos que habían cortado las hojas del libro encuadernado, pensé que todo había terminado. —Calló y miró a Sarah—. Sin embargo, de acuerdo con las notas de Carlo, existen tres copias. Tres. Una en latín, una en italiano y una en alemán. Por varias razones... —De repente advirtió la extraña posición que Sarah adoptaba en la puerta—. ¿Ocurre algo?

Sarah levantó súbitamente la mano para hacerlo callar, pues había oído ruido de pasos en el corredor. Ambos permanecieron en silencio durante un inquietante medio minuto hasta que los pasos siguieron resonando más allá del despacho. Aún sin respirar, Xander se sobresaltó ante el ruido del ordenador al comenzar la secuencia final de copiado. Dos segundos después, retiraba el disquete y lo guardaba en su maletín.

—Borre los archivos. —Otra orden del agente especial.

—Eso sin ninguna duda atraería al personal de seguridad —dijo él, mientras se incorporaba.

—Lo cual no nos vendría mal.

Sarah volvió a acercarse a la cortina, al tiempo que le indicaba a Xander que hiciera lo propio. Señaló a través de la delgada franja de luz hacia el patio y preguntó:

—¿Lo reconoce?

Xander abrió desmesuradamente los ojos. Cuando se inclinó hacia delante, Sarah lo retuvo.

—Eso quiere decir que sí. Por eso tenemos que hacer venir a los de seguridad.

—Ése es el hombre de la estación.

—Podemos salir de aquí en menos de un minuto; ningún servicio de seguridad actúa con tanta rapidez, y con un poco de suerte quizá lleguen a tiempo para interceptar a nuestros dos amigos.

A los cinco segundos, Xander presionó la tecla de borrado, un pequeño punto rojo apareció en el ángulo superior derecho de la pantalla. Apagó el ordenador y agarró el maletín. Sarah ya se encontraba en el pasillo.

Chicago
3 de marzo, 2.14 h

Chapmann contemplaba la panorámica que se divisaba desde los amplios ventanales de su despacho, la zona seguía sumida en un remolino de frenética actividad, mientras las luces de su teléfono destellaban a un ritmo igualmente enloquecido. Hacía once horas que duraba: desde el día anterior a las 15.07 en que los ordenadores habían alcanzado los dos mil quinientos millones; la táctica había atraído a otras tres firmas financieras. A las 15.07 h, la sospecha de que algo andaba mal había provocado las primeras llamadas de las otras firmas. «¡Qué demonios pasa! Nada indica que el mercado...» Cuando al cabo de dos minutos los ordenadores de la Helpurn revelaron que la estrategia no había sido nada más que una enorme manipulación informática, todo se convirtió en un infierno. La Helpurn naturalmente ya no tenía salvación; el hecho de tener que vender después de dos semanas de malas operaciones comerciales terminaría con ellos.

Sin embargo, eso no era nada comparado con lo que ocurría en el mercado de cereales. Al estar excesivamente inflado, se había vuelto altamente inestable. Los precios fluctuarían; luego se hundirían. A la mañana siguiente, los agricultores comenzarían a acumular el grano que habían conservado, las escasas reservas que no habían sido presa de su avaricia. Y con la acumulación se plantearía la cuestión de la distribución. Las vías de exportación desde Estados Unidos se verían restringidas. Cargill y ConAgra se tambalearían. Los temblores se harían sentir en todos los niveles.

Tal como Sedgewick había pronosticado. Se avecinaba una semana en que el mundo tendría que reconsiderar la estabilidad de uno de los principales mercados norteamericanos.

Todo a causa de un experimento.

Chapmann seguía con la vista fija en la calle. Y se preguntaba asombrado si realmente había comprendido algo.

Sarah hizo salir a Xander al pasillo, cerró la puerta y acto seguido manipuló la cerradura con las dos horquillas. Como anteriormente, un mortecino resplandor se cernía sobre el desierto pasillo. El pestillo se cerró en el preciso momento en que resonaban unos pasos en algún lugar a su izquierda; la entrada principal, por lo tanto, había dejado de ser una posibilidad. Sarah condujo a Xander por el pasillo, mientras éste se veía impelido a mirar por encima del hombro a cada momento, con el temor de encontrarse con un imponente individuo airado presto a abalanzarse sobre ellos. A unos quince metros del despacho de Pescatore, el pasillo doblaba bruscamente a la derecha, alejándoles del patio central por el que habían accedido al edificio. Detrás de ellos, unos gritos resonaron por todo el pasillo, una confusión de voces ante la puerta que Sarah había cerrado. Una mano aporreaba la puerta, y los golpes hacían de contrapunto al rápido golpeteo de sus pies al correr por el largo pasillo. Al doblar de nuevo se encontraron ante una gruesa puerta giratoria, cuyos goznes emitieron un agudísimo chirrido cuando la empujaron. Por un momento, pareció que se acallaban todos los ruidos. Luego, con una súbita explosión de voces, se oyó el repiqueteo de pies que corrían.

Xander, visiblemente alterado, miró a Sarah, que estaba examinando el pequeño hueco donde se encontraban. A su izquierda, se elevaba una amplia escalera, cuyos anchos peldaños de roble eran flanqueados por una baranda ornamentada con barrotes bellamente tallados. Las voces iban aumentando en volumen a medida que Sarah se acercaba a una amplia cortina que curiosamente colgaba debajo de la escalera. La apartó y descubrió otro tramo de escalera descendente, austera en comparación con la anterior, con angostos peldaños de piedra, gastados y desiguales por siglos de uso, y sólo una gruesa cuerda que se extendía a lo largo de la pared para sujetarse. El griterío se les venía encima; Sarah hizo señas a Xander para que la siguiera, se agarró a la cuerda y comenzó a bajar por la escalera. La pesada cortina volvió a cerrarse detrás de ellos, y la escalera quedó sumida en una oscuridad casi absoluta.

Los últimos peldaños eran algo más visibles y conducían a una serie de túneles subterráneos. Sarah y Xander se encontraron en un rellano. Allí se detuvieron, pues sus ojos aún no se habían acostumbrado a la luz de varias bombillas, que oscilaban colgadas sin pantalla de los cables eléctricos.

Fue entonces cuando Xander observó alarmado que los ojos de Sarah sufrían una transformación ante el resplandor de las luces, que la cabeza le temblaba de manera casi imperceptible y que su respiración se tornaba irregular. Creyó que iba a desmayarse, pues de repente su rostro se había vuelto ceniciento. La sostuvo. Sus miradas se encontraron, pero la de Sarah parecía muy distante.

—¿Jessica? —Su voz era casi inaudible.

Xander comprendió que las bombillas le habían causado

una fuerte impresión que él no lograba interpretar. Lo que tenía claro era que tenía que sacarla de aquel estado.

Pero no había tiempo. La puerta giratoria volvió a chirriar, y el clamor de voces encontró eco en el reducto que se hallaba a menos de cinco metros sobre sus cabezas. Xander se quedó helado. Todo pareció detenerse. Sentía que la frente le iba a estallar, inundada por la sangre que se agolpaba en su cabeza. Cada resuello, cada palabra que se pronunciaba arriba resonaba en su interior como si se la gritaran al oído. Y Sarah aún seguía inmóvil.

Con súbita precipitación, las voces comenzaron a hacerse más débiles, a perderse en la distancia. Se habían decidido por el piso de arriba. Sin detenerse a considerar su buena suerte, Xander arrastró a Sarah hacia uno de los túneles, cuyo techo abovedado los obligó a agacharse mientras corrían por él. Ella lo seguía aturdida, pero Xander se percató de que por momentos iba recobrando la lucidez. Luego de varias curvas, llegaron a otra sala, a otra escalera con su correspondiente cuerda que conducía a la planta superior.

Esta vez fue Sarah quien tomó el mando. Lo aferró del brazo y lo aplastó contra la pared. Antes de que Xander pudiese reaccionar, ella le había tapado la boca con la mano, mientras sus ojos le decían que guardara silencio. Sarah estaba escuchando atentamente; era evidente que había olvidado por completo el episodio reciente. Débil al principio, luego más fuerte, se hizo audible en la distancia el ruido de unos pies que se arrastraban en el otro extremo del túnel. El monótono compás de los pasos que se aproximaban constituía un misterioso telón de fondo para la respiración sofocada de Xander. Sarah y Xander seguían mirándose a los ojos, plenamente conscientes de quién era su perseguidor. De alguna manera, el hombre de la barba había sabido escabullirse al caos imperante arriba, luego sin duda descubrió la cortina y el camino que tenía que seguir. Con un rápido movimiento de cabeza, Sarah indicó a Xander que subiera por la escalera, al tiempo que se llevaba los dedos a los labios para asegurarse de que él se mantendría en silencio.

Al cabo de un instante, ambos se encontraron en un vestíbulo idéntico al del edificio de Pescatore, con la única diferencia de una ventana rectangular que ofrecía una grata vista del patio delantero. De alguna manera, habían llegado a sólo unos cuantos metros del portal que momentos antes les había permitido entrar desde la calle principal. Xander quiso dirigirse a la puerta giratoria, pero Sarah lo detuvo, sujetándolo por el abrigo, antes de que llegara a ella. No estaba dispuesta a arriesgarse de nuevo a producir un chirrido. Mantuvo a Xander inmóvil, a la espera de oír la súbita interrupción del ruido de pasos seguida de un rápido ascenso por la escalera.

Pero no fue así. Oyeron a alguien que corría, pasaba de largo ante el pie de la escalera y se adentraba en aquel laberinto de túneles. No se había producido ningún cambio de ritmo, ningún silencio que indicara un cambio de dirección, ni siquiera una pausa momentánea para considerar otras opciones. Su presunto perseguidor había seguido adelante sin reparar en la escalera. Sarah comprendió que disponían de poco tiempo para huir. Dos minutos a lo sumo, antes de que el individuo de abajo reconociera su error y volviera sobre sus pasos. Y más les valía que no estuviera en contacto por radio con su camarada del banco.

Con las manos aún aferradas al abrigo de Xander, Sarah esperó hasta que el ruido de pasos se alejó por completo. Luego, situándose junto a la ventana, abrió la traba y, muy despacio, empujó la ventana hacia fuera. Esta vez no se produjo ningún chirrido que atrajera a visitantes no deseados. El patio estaba desierto. Nada indicaba la agitación que reinaba en el interior del edificio de enfrente. No había efectivos de seguridad apostados en la entrada principal para detener a los supuestos ladrones. Y tampoco había rastros del compañero del barbudo. De nuevo habían tenido suerte. Subiéndose al alféizar de la ventana, Sarah sacó las piernas afuera y se dejó caer desde un par de metros hasta el macizo de arbustos congelados que crecían junto a la fachada del edificio. Volviéndose hacia Xander, extendió los brazos para recoger su maletín y observarlo subir con destreza al alféizar y saltar al suelo. Sarah se sorprendió de su agilidad.

Después de arreglarse la ropa y de sacudirse algunas hojas secas, se dirigieron prestamente a la entrada de arco, para volver a enfilar los pasadizos de ladrillos rojos. No cruzaron ni una palabra. Habían transcurrido diez minutos. Diez minutos de agitada respiración, de charcos de transpiración debajo de los gruesos abrigos, de miedos y alivios no expresados. Diez minutos huyendo de las sombras, dejando que el juego les hiciera objeto de sus normas, y todo por un simple disquete que se encontraba inocentemente encerrado en un modesto maletín de cuero. Mientras caminaban, el rumor de voces, la aparición de otras personas ya no les causaron alarma. Con todo, Xander se prendía del brazo de Sarah, sabiendo que ella volvía a dominar la situación, contento de someterse, de seguir adelante, de investirla con toda la responsabilidad. Él había descubierto las notas; ella les encontraría un sitio seguro.

Al desembocar en la calle, cruzaron la plaza y optaron por seguir por la Via Cavour, pues el gentío que en ese momento circulaba por ella se constituía en una salvaguarda frente a los dos sujetos que, según suponían, no debían de estar muy lejos. Los Fabrizzi caminaban del brazo entre la gente, y a Xander los nudillos se le ponían cada vez más blancos a causa de la tensión con que cerraba la mano que sostenía el maletín. Su mente estaba concentrada en algo que distaba mucho de la animación que reinaba a su alrededor. Xander estaba alterado, pero por primera vez no experimentaba ni confusión ni escepticismo. Sólo estaba furioso: sentía furia ante la destrucción, ante la dura indiferencia por la vida de un colega, ante el maltrato que había sufrido él y su obra. Y, quizá lo más importante, furia ante las personas capaces de transformar a la mujer que tenía al lado en alguien —o algo— tan fosilizado dentro del mundo que ellos habían creado. No olvidaría fácilmente el profundo terror de sus ojos en los túneles. No quería olvidarlo.

Aún absorto en sus pensamientos, Xander se encontró de

pronto frente a un edificio pequeño, cuya fachada era un vidrio de una sola hoja. Tardó unos instantes en reconocer el edificio por lo que era: un pequeño café, lleno de gente del país y turistas que tomaban el *cappucino* matinal. Al abrir la puerta sonó una campanilla. Sarah se encaminó hacia una mesa situada en un rincón muy acogedor, que resultaba idóneo: bastante alejado de los demás parroquianos para gozar de intimidad y lo suficientemente cerca como para no llamar la atención.

—Parece que con usted voy describiendo un círculo —comentó Sarah, sonriendo con una expresión tan natural que Xander encontró inimitable.

Daba la impresión de estar absolutamente tranquila. Xander se sentó, asombrado.

—¿De veras? —repuso, pero luego calló—. No entiendo.

—Cuartos de hotel, cafés. Ya se está convirtiendo en una norma. —Se ajustó el abrigo y agregó—: Y trate de poner otra cara. Estamos en Italia.

Xander puso el maletín sobre sus rodillas al ver que se acercaba el camarero.

—¡Vaya uno a saber lo que eso significa! —Esforzándose en esbozar algo que recordaba vagamente a una sonrisa, Xander le preguntó—: ¿Un *cappucino*?

Una mueca acompañó la respuesta de Sarah:

—*Sí.*

—*Due, prego.*

El camarero asintió con la cabeza y se dirigió a otra mesa.

—Su italiano está mejorando.

—*Grazie, bello*. Su humor, no.

—Muy gracioso, pero estoy esperando a dos tipos grandotes...

—No entrarán aquí. —Sarah se inclinó por encima de la mesa, como si le estuviese explicando algo muy elemental—. Es demasiado obvio. Ellos esperaban que saliéramos corriendo. Por eso no lo hicimos. —Una astuta sonrisa afloró a sus labios—. Así que disfrute del café cuando lo sirvan.

Xander aceptó el reproche. Estaba claro que Sarah sabía

lo que se llevaba entre manos. Había sido una tontería por su parte pensar que no era así. Simplemente, resultaba un poco inquietante la forma en que manejaba cualquier situación, con tanta tranquilidad, con tanta soltura. Tal vez por eso el episodio en el túnel permanecía tan vívido en su recuerdo.

—¿Qué ocurrió allí?

—Pues que huimos.

Sarah se quitó la bufanda del cuello y la colgó en el respaldo de su silla.

—No, no me refiero a eso. Quiero decir en el túnel. Parecía...

La tensión casi imperceptible que agitó sus hombros lo obligó a interrumpir la frase.

—¿Parecía ida? —Se volvió hacia él y lo miró a los ojos—. ¿Es eso lo que iba a decir?

Xander esperó antes de contestar.

—Supongo que... Sí.

—No tiene que suponer nada. Es una forma perfecta de describirlo.

Xander comprendió que era preferible no discutir aquel punto.

—Sí. Lo es. —Sus dedos comenzaron a juguetear con el borde de la servilleta—. Yo mismo me sentí algo... perdido. Supongo que uno nunca se acostumbra a estas cosas. No importa de qué se trate.

—Por ahora, se trata del manuscrito y las notas. Y tres individuos en Estados Unidos que tan sólo están comenzando a actuar. —Sarah vio que sus palabras causaban efecto—. ¿No es eso lo que usted decía que establece una diferencia entre Eisenreich y Maquiavelo: que una ciudad no era suficiente? —Llegaron los *cappucinos.* Sarah esperó a que se retirara el camarero antes de continuar—: Sea lo que fuere lo que ocurrió en aquellos túneles, sea lo que fuese lo que usted sintió en aquel despacho, tiene que recordar que esos hombres y esas notas son prioritarios. Son el objetivo. Si eso le asusta o le trastorna, lo siento, pero en realidad no hay ninguna otra alternativa.

Dejó que sus palabras surtieran efecto.

—Tiene razón... no tendría que haberle preguntado.

—No es cuestión de tener razón o estar equivocado. Aprecio su interés, de veras, pero ninguno de los dos tenemos tiempo para esas cosas. —Calló y luego sonrió—. De modo que existen tres versiones. Eso es útil.

—Sí... lo es. —Xander tardó unos instantes en ordenar las ideas; tomó un sorbo del café caliente—. De acuerdo con lo que figura en las notas, Carlo descubrió el manuscrito en alemán hace unos tres meses en un pequeño archivo de Belgrado. Estaba mal clasificado y con un título distinto; nunca nadie lo...

Sus palabras se perdieron entre el murmullo reinante mientras ella seguía mirándolo con fijeza. Su preocupación había sido muy sincera, genuina.

¿Qué había ocurrido en el túnel? Resultaba demasiado fácil explicarlo como un destello de la memoria: las bombillas, el cuerpo oscilante, la vida que ella no había podido salvar. El sacrificio.

«¡Ahora puedo liquidar a los hombres del general Safad! Tengo que terminar con esto ahora. Si no, corremos el riesgo de perder a la chica.»

El ruido parásito llenó el receptor mientras aparecía un mensaje en la pantalla del ordenador.

AGUARDE. MANTENGA POSICIÓN.

¡Otra demora! No había motivo alguno. Podía matarlos a todos y acabar con la amenaza. Pero si se demoraba... jamás podría lograrlo. Y le había dicho a ella, le había prometido a Jessica que estaría allí, pero ahora... ¿Qué decisión tomaría? ¿Qué decisión podía tomar?

—... lo más interesante es que, en el prefacio, se afirma que se trata de la versión definitiva del manuscrito, y luego hace referencia a las dos copias anteriores. Ergo: tres en total. —Xander calló, al advertir los ojos de Sarah fijos en los suyos—. ¿Se... siente bien?

Por un momento, ella no contestó.

—Sí. —Le brindó una sonrisa—. Tres copias.

Sin estar del todo convencido, Xander le devolvió la sonrisa.

—Usted sabe que dijo algo cuando estábamos allí... en el túnel... un nombre de mujer. Jessica.

Por un momento, la referencia tomó a Sarah por sorpresa.

—¿De veras? —Miró a Xander—. Jessica Conlon. La hija del embajador.

Xander siguió callado.

—Fue hace muchísimo tiempo.

Durante varios segundos, ninguno de los dos dijo ni una sola palabra. Por fin, él asintió con torpeza. Sabía que había cometido un error al volver a mencionar el episodio. Sin embargo, ella le había parecido tan extraviada...

—Bien... De cualquier manera, Carlo está convencido de que el italiano aún se encuentra en alguna parte. Por lo poco que he leído, da la impresión de que comenzó a buscarlo recientemente.

Sarah tomó un sorbo de su *cappucino.*

—¿Y tuvo suerte?

—No he leído lo suficiente como para saberlo. Tenemos que suponer que el italiano fue el primero porque habría sido el que Eisenreich mandó a Clemente. Y no existía ninguna posibilidad de que hubiera en él alguna referencia a otras versiones porque, en aquella época, no existían otras versiones. La latina (la que me imagino que ha estado en poder de nuestros tres hombres favoritos desde hace bastante tiempo) debe de haber sido la segunda copia y en ella sólo habrá referencias al original. Así que quienquiera que haya descubierto la copia habrá creído durante años que sólo existían dos versiones: una en latín y una en italiano.

—Y ahora, a causa de la copia que cortaron, sabrán que existen tres.

—Exacto. La única diferencia estriba en el hecho de que yo tengo en mi poder las notas de Carlo. Y ellos, no.

—Y usted cree que las notas le conducirán a la tercera copia. Xander asintió con la cabeza.

—Eso sube las apuestas.

Xander tardó unos instantes en responder.

—Supongo que es así.

—No lo suponga.

—De acuerdo... ¿Y qué se supone que tengo que hacer yo ahora?

—Exactamente lo que habría hecho si nada de esto hubiese sucedido. —Apartó la taza a un costado, se inclinó sobre la mesa y cubrió la mano de Xander con la suya, mientras decía—: A usted no le harán nada. En realidad, ellos quieren que encuentre el manuscrito.

—Y cuando lo encuentre, querrán matarme. Hasta yo puedo imaginarme eso.

—No voy a consentir que eso ocurra.

Sarah lo miró fijamente, consciente de lo mucho que necesitaba creer en sus propias palabras, de lo mucho que significaban aparte de su obvia intención tranquilizadora. De alguna extraña manera, Eisenreich le estaba ofreciendo la oportunidad de redimirse, un medio para que Ammán se perdiera para siempre en el pasado. Quizás algo más. Nada prescindible. Nada para sacrificar. Pero tendría que volver a infiltrarse Siguió mirándolo a los ojos. ¿Había realmente alguna otra elección?

—Por alguna razón —dijo Xander—, creo en usted. —Sentía la mano de Sarah muy sólida sobre la suya—. Entonces me limitaré a tomar un avión a Londres.

—Si allí es adonde las notas de Pescatore le dicen que debe ir.

Londres. Eso complicaría las cosas. Ella tenía que volver a Estados Unidos, donde se encontraban los hombres de Eisenreich. Fuera lo que fuese lo que Pritchard había puesto en marcha, el juego estaba en manos de ella. Sola. La comisión la había traicionado una vez. No volvería a hacerlo.

Había llegado el momento de probar hasta qué punto había unidad en Eisenreich, había llegado la hora de crear un pequeño caos por su cuenta. De hacer lo que mejor sabía hacer: levantar los cimientos y obligar a aquellos hombres a cuestionarse su mutuo compromiso.

Pero para dejar que Xander se fuera —aun sabiendo que tenía que irse—, tendría que encontrar la manera de protegerlo, de que estuviera seguro. Le estrechó la mano.

—Alójese en el Lowndes, en Knightsbridge. —Sarah leyó la pregunta en sus ojos—. Confíe en mí. —Retiró la bufanda del respaldo—. Deberíamos irnos.

Xander asintió con la cabeza y se levantó.

—¿Y usted qué va a hacer?

—¿Yo? —Se colocó la bufanda y lo miró con una sonrisa—. No se preocupe por mí.

Antes de que Sarah pudiera volverse hacia la puerta, Xander la atrajo hacia él. Pareció que aquel gesto les tomó a ambos por sorpresa. De repente, Xander la rodeó con sus brazos, y ella se encontró con las manos y la cabeza suavemente apretados contra su pecho. Sólo por un instante. Cuando Xander se separó, dejó caer torpemente los brazos a los costados.

—Lo... siento. —Trató de encontrar los guantes en los bolsillos—. Supongo que se debe al nerviosismo... no creo que pueda evitarlo... el preocuparme por usted, quiero decir.

De nuevo sus miradas se encontraron. Por alguna razón que ella no se explicaba, sintió deseos de abrazarlo. «No hagas eso, Xander Jaspers. No corras ese riesgo.» Pero comprendió que ya era demasiado tarde. Podía verlo en sus ojos. Podía sentirlo en sí misma.

Lo que no veía era hasta qué punto él estaba dispuesto a sacrificarse, en qué medida. Y eso era lo que la asustaba por encima de todo.

SEGUNDA PARTE

4

El odio, si se encauza adecuadamente, constituye una herramienta poderosa [...] Torna a la gente dócil y carente de imaginación.

Sobre la supremacía, *capítulo XV*

El senador Schenten observaba cómo la bolsa de té giraba suavemente sobre la taza, mientras las gotas del líquido caían en la cremosa superficie marrón. Nunca le había gustado apretar el hilo en torno a la desvalida bolsita, estrangulando las hojas para extraerles la escasa sustancia restante. Tampoco era excesivamente dado a presionar la bolsa empapada de agua con los dedos, pues siempre había sido un poco remilgado. No; él se limitaba a dejar que goteara, con la vista fija en los interminables giros, el rápido aletear que terminaría por inmovilizarse antes de comenzar a girar en dirección contraria. Con cada serie de giros, la bolsita parecía ganar peso, de modo que éstos se tornaban cada vez menos animados, hasta que, con un impulso final, quedaba colgando flácida y fría en el extremo del hilo. Schenten arrojó la bolsa a la papelera del costado de su escritorio y se llevó la taza a los labios. El té ya se había enfriado ligeramente y se podía tomar.

Fuera, en una idílica mañana de invierno, la ciudad de Washington se perfilaba con toda nitidez. El sol resplandeciente que se derramaba en todas direcciones prometía calor, pero tan sólo brindaba una débil protección contra el frío que se elevaba del agua. El paisaje parecía atemporal, congelado en una suerte de esterilidad de postal bajo una tenue capa de aire destilado. Schenten casi sentía el frío en la nuca mientras levantaba la taza para tomar otro sorbo del líquido cauterizante. En aquel momento, sólo podía concentrarse en su reconfortante calidez. En aquel instante único, su mente era libre.

Sin embargo, la libertad de que gozaba no residía simplemente en el hecho de desprenderse de las exigentes obligaciones semanales. En el curso de los cuarenta últimos años se había acostumbrado a las pautas que definían sus horarios en el Capitolio. Sus vinculaciones, expresas o tácitas, creaban una especie de red que le imponía una apretada agenda. Y, si se veía obligado a reconocerlo, a él le encantaba la regularidad, las oportunidades que le brindaban sus reuniones para desayunar o las conferencias de media mañana para predicar el evangelio, para confirmar su puesto como el senador con voluntad de hierro, como en un momento le había calificado un periodista, en una clara referencia a Bismarck, que no había provocado ni un ápice de resentimiento en el batallador político.

Por el hecho de ser un personaje público, el Terrier alemán (a menudo impreso erradamente como «terror alemán») sabía perfectamente bien lo que sus electores esperaban de él: un acoso tenaz al Gobierno para asegurar una estricta adhesión a la libre economía de mercado y una férrea aplicación del ideario de la seguridad nacional, todo ello en nombre de la «estabilidad progresista» un término que él mismo había acuñado sin advertir o sin importarle su evidente contradicción. Una contradicción que había llevado a Reagan a la palestra y había impulsado una revolución conservadora que logró arraigar y mantenerse durante ocho gloriosos años. Días embriagadores, sin duda, en que todo había cuajado con una sensación de premura, una promesa frustrada al fin a causa de la mala administración de los escépticos y los incompetentes. Los que no lo entendieron, los que nunca lo habían entendido, habían vacilado al encontrarse ante el descabellado desafío del cambio. Haber estado tan cerca y ver que todo se iba a pique enfureció al viejo. Semejantes chapuzas reclamaban a gritos nuevas tácticas, nuevos enfoques: estrategias que permitieran desviarse de los canales habituales. No; no eran las obligaciones corrientes de sus deberes oficiales lo que transformaba una simple taza de té en un poderoso elixir. Había mucho más que eso en juego.

—No tengo ninguna cita hasta las once, ¿no es cierto, Amanda?

—Un tal señor Davis de la Comisión de Bolsa y Valores, a las diez, almuerzo con el senador...

—Está bien, querida, gracias. Que no me molesten hasta entonces.

Soltó la tecla, sin esperar respuesta del antedespacho. Se había reservado una hora para echar una ojeada al librillo guardado en la caja fuerte de detrás de su escritorio. Era lo máximo que podía permitirse esa mañana.

Había demostrado poca imaginación cuando le habían instalado la caja fuerte, hacía casi treinta años, justo detrás de su escritorio, donde permanecía tapada por un óleo de la casa de Montana, que en los últimos tiempos se había convertido en el escenario de algunas reuniones bastante interesantes. Haciendo girar el sillón, Schenten separó el cuadro y comenzó a manipular la cerradura, que había sido cambiada varias veces. El característico disco giratorio con los típicos ruidos del tambor había dejado paso a un teclado digital y a un sistema de reconocimiento de voz. Dado su contenido, era mucho mejor así.

Separó unos papeles legales, algunos billetes y una caja pequeña antes de encontrar el librillo. Se detuvo un instante, con los ojos clavados en la cajita, un recordatorio alegre pero doloroso de tiempos pasados. A menudo se preguntaba por qué no las había destruido: unas cuantas cartas, de una pasión juvenil. Una relación amorosa. Las había conservado todas, pero nunca había vuelto a leerlas. Margaret jamás se enteró, o al menos nunca dio muestras de ello. Comprendía que había sido una tontería guardarlas. Pero hasta los viejos «terrores» con voluntad de hierro tenían sus debilidades. Jean había sido la suya.

Una vez cerrada la caja y vuelto el cuadro a su sitio, Schenten se acomodó en la butaca de cuero y comenzó a leer. Como siempre, tomaba notas. Antes de las diez, las quemaría.

La recepción en el Lowndes había distado de ser cálida. «Qué diferencia con los italianos», pensó Xander. ¡Pero tan propio de los ingleses! Él había pasado en Londres la mayor parte de los dos años en que estuvo preparando la tesis de posgrado, siempre como el perfecto norteamericano, sin asumir en ningún momento la idiosincrasia de sus anfitriones, con el consiguiente embarazo de ellos y de él mismo. Recordó con una sonrisa a un viejo amigo de la escuela secundaria, que había pasado un semestre estudiando en Inglaterra y que había vuelto a Estados Unidos con los aires de un aristócrata, con una afectación sólo ligeramente menos ridícula que su nuevo acento. Xander se había jurado no caer jamás en semejantes ridiculeces. A pesar de todo, algo se le había pegado. Por lo menos lo suficiente como para no despertar la curiosidad de un conserje típicamente correcto, un hombre que con sumo gusto había accedido a imprimir dos copias de las notas de Carlo. Xander recordó los veinte minutos que había tardado en convencer a Sarah de que la primera copia debía ser enviada a la señora Huber a Nueva York: un saludo a la superstición académica. Aunque a regañadientes, Sarah había accedido.

Después de almorzar algo tarde, Xander se encontraba estrujado entre un puñado de cuerpos humanos que se dirigían a la estación de Russell Square. Era un camino familiar, que él había recorrido casi a diario durante los años de sus desahogadas investigaciones. Siempre se había referido a aquellos meses como desahogados, aquel breve período libre de las exigencias que imponía una tesis o el ojo vigilante de Lundsdorf. Con libertad para elegir su propio camino, para explorar a voluntad en un entorno académico que se estaba desintegrando ligeramente. Ésa era la única forma que conocía para describir el Instituto de Investigaciones Históricas, un edificio con todos los servicios necesarios asentado en un vasto complejo universitario, en el extremo de Russell Square, lo bastante alejado de la Biblioteca Británica para eludir los rigores de la vida académica. Aun en el ambiente cerrado del metro, Xander no podía evitar sonreír ante las imágenes del pasado: la guardia de la tercera planta que él se había apropiado, el escritorio adosado debajo de la única ventana que daba a un silencioso pasaje con unos cuantos árboles escuálidos; el olor de los volúmenes antiguos flotando en torno a él; su soledad perturbada tan sólo de vez en cuando por el ruido sordo de los pasos cansinos de un profesor universitario igualmente antiguo en busca de algún libro largamente olvidado. Todos sus recuerdos de aquellos días eran placenteros. Nada más que la pura alegría de todas las mañanas y de todas las noches, así como la verdadera felicidad que habían engendrado.

Pero era algo más que el trabajo, más que la camaradería y hasta más que la sensación de tener una meta, lo que imbuía aquellos recuerdos de tanta ternura. Por mucho que lo intentara, Xander nunca lograría convencerse de que todas aquellas lejanas sensaciones placenteras eran algo más que meros reflejos, ecos de una sensación de paz más profunda que él había encontrado en Fiona. Al principio se había mostrado peligrosamente firme, mucho más seductora que recatada. Esbelta y bien formada, Fiona todo lo había tornado hermoso y real. Arrullado por el traqueteo de las ruedas sobre los raíles, Xander comenzó a sumirse en el pasado. Recuerdos que era imposible mantener a raya. Imposible negarlos. ¿Por qué Inglaterra? ¿Por qué las notas tenían que conducir allí? Un tenue aroma de lilas le llenó la nariz, mientras entrecerraba los ojos ante la opresión desgarradora de un anhelo atrapado entre la autocompasión y el deleite.

Se habían conocido en una de esas fiestas, donde todo el mundo parece conocer a todo el mundo salvo al extraño norteamericano —siempre una novedad—, que acaba de ser arrastrado por un conocido reciente y que afirma que todos estarán encantados de saber lo que él hace en el instituto; conversaciones vivaces con el joven y distraído profesor; queso y vino, hombres con cola de caballo... Y así, él había ido, seguro de que no encajaría entre aquella gente demasiado apegada a la moda, a las bebidas «estupendas», la comida «adorable» y los entremeses «primorosos». Y él había encontrado una cerveza nacional en vez de vino y se había achispado lo suficiente como para interpretar el papel del estadounidense asombrado ante los ejecutivos del mundo del disco y los agentes literarios que pululaban por allí, siempre ansiosos por imponerle sus opiniones acerca de los «grandiosos y caros Estados Unidos de América».

Y ella lo había salvado. Totalmente fuera de su elemento, incapaz de esquivar las preguntas insidiosas, se había aferrado a ella, gozando de un momentáneo descanso después de estar sometido a una descarga de puñetazos disfrazados de preguntas. Contra el telón de fondo de tanto artificio —el rumor de la cultura joven—, ella le había parecido real, genuina y de alguna manera accesible.

—¿Siempre le ocurre lo mismo? —preguntó ella—. Me refiero, en las fiestas. ¿Siempre lo atosigan con eso del yanqui?

—No sé. No hace mucho que vivo aquí.

—Soy Fiona Isaacs.

Su apretón de manos era firme, con dedos fuertes como alambres.

—Xander Jaspers, estadounidense conspicuo.

Y a partir de ese momento, habían pasado el resto de la velada charlando, riendo, bajo el evidente encanto de la atracción instantánea. Ambos se habían rendido sin pensarlo, algo totalmente nuevo para él, algo que ella le ayudó a aceptar. Las llamadas telefónicas, los largos paseos, su total incredulidad ante lo bien que le iban las cosas: su tesis mejor que nunca y el sutil aroma de lilas siempre persistente aun sin su presencia. Y con el correr de los meses, iba creciendo la necesidad que tenía de ella, lo que le parecía en cierto modo perfecto, perfecto por su propia simplicidad.

—No puedo enamorarme de ti, eso ya lo sabes, ¿verdad?

—¿Y por qué?

—Porque eres demasiado hermosa. Mi papá me decía que nunca me casara con una mujer hermosa.

—Comprendo. Bueno, tú te lo pierdes.

La boda había sido sencilla, una pequeña ceremonia en un jardín, traje y vestido blanco, bebidas y comida para picar, dos semanas en Grecia. Nadie había entendido por qué todo había ocurrido tan rápidamente. Y en cambio ellos lo habían entendido todo.

Cuando ella comenzó a sentirse mal, súbitos dolores de cabeza y una fatiga abrumadora —los primeros síntomas del cáncer que se la llevaría en el curso de ese año—, a él se le partió el corazón y lloró. Y Fiona lo abrazó, porque sabía que él tendría que seguir viviendo.

El día en que ella murió, de nuevo lo acunaba entre sus brazos, dejando que se hundiera en ella, hasta que sus manos ya no tuvieron fuerzas para descansar sobre sus hombros.

Había muerto por la tarde, lo cual de alguna manera resultó aún más injusto. Ni siquiera pudo buscar consuelo bajo la protección de la oscuridad.

El metro, al detenerse de golpe, impulsó a varias personas contra la espalda de Xander, lo que le obligó a sostenerse con una mano en el techo. Sus ojos vagaron en torno, mientras tomaba conciencia con lentitud de que habían llegado a la estación y de que tenía que abrirse paso a la fuerza a través del gentío. En el andén lo recibió un calor pegajoso. Xander se enjugó rápidamente la mancha húmeda que se le había formado en las comisuras de los ojos, exhaló un hondo suspiro y se alegró de dejar atrás el olor del vagón repleto. Los ingleses no se caracterizaban por el rigor con la ducha y el jabón.

Fiona siempre le recomendaba el autobús. Demasiado lento, respondía él invariablemente. Demasiado lento.

Los ganchitos de queso le sirvieron de desayuno. Antes de meter los dedos dentro de la bolsa de plástico, Bob Stein se lamió el pulgar teñido de un color naranja fluorescente para que se adhirieran a él las últimas migajas. Estaba buscando un lugar donde arrojar el envoltorio vacío, cuando vislumbró a O'Connell en el otro lado del estanque. Bob optó por meterse la bolsa en el bolsillo de la chaqueta y luego comenzó a restregarse las manos mientras O'Connell se acercaba al banco. Un par de agentes de la Guardia Nacional —que desde el reciente giro de los acontecimientos se hacían ver por todas partes— se paseaban frente al Lincoln Memorial, sin prestar atención al irlandés. La llegada de esos efectivos había llevado una calma tensa a la ciudad, una sensación de que todo estaba bajo sospecha, que a Stein le resultaba enervante. Sin embargo, estaban allí para servir y proteger. Eran el precio a pagar por la normalidad.

Eso si uno podía olvidarse de las secuelas del día fatídico. Las noticias de la mañana estaban llenas de notas conmocionantes, aunque ninguna tan devastadora como la que se refería a las muertes de los cuarenta y tres niños españoles en un accidente aéreo sobre Dulles. Volando sin control durante casi veinte minutos debido a la interrupción de las comunicaciones de la torre, el avión estuvo describiendo círculos en un cielo densamente nublado, hasta que chocó con un 727 que había despegado de Miami segundos antes. El grupo integrado por niños de doce y trece años —el coro de una iglesia— tenía que actuar en la Casa Blanca, y sus nombres y fotografías aparecían de nuevo en la prensa a causa de una carta del rey Juan Carlos al *Washington Post*. Abrumado por la tragedia, el monarca se proponía acompañar personalmente a un enviado especial para repatriar los restos de las víctimas; el Departamento de Estado, empero, le recomendaba que no lo hiciera, por cuanto no se podía garantizar su seguridad.

Bob recordaba varios de los nombres, de las caras que habían aparecido en la pantalla, pero por dolorosa que fuera la noticia, él no tenía tiempo de dedicarle atención.

—El último contacto fue en Milán —dijo mientras O'Connell se sentaba.

—¿Ella se dio cuenta de que estábamos allí? —preguntó el irlandés.

—Creemos que sí.

—Maravilloso. Eso significa que no volveremos a encontrarla a menos que ella así lo quiera.

—Aún tenemos gente en Milán...

—Créeme, Bob. No la encontraremos. Se esfuma. Es su mejor cualidad. —Hizo una pausa—. Por eso era tan endiabladamente perfecta para Ammán.

Stein extrajo una segunda bolsa del bolsillo y la abrió.

—Nunca he tenido muy claro lo que ocurrió allí.

—Bienvenido al club. —O'Connell exhaló un largo suspiro—. Nadie lo sabe a ciencia cierta. Se suponía que se trataba de una operación sencilla... para ella. Infiltrarse en el grupo más cercano a Safad, ganarse su confianza y luego quitarles la alfombra de debajo de los pies. Todo se desarrollaba de acuerdo con lo previsto hasta que Safad le pidió que eliminara a la hija del embajador Conlon: una muestra de buena fe. Nosotros le dijimos que sacaríamos de allí a la niña. Eso nunca sucedió. Hubo un problema de coordinación. Sarah se presentó con dos hombres de Safad. No esperaba encontrar a nadie, pero la niña aún estaba allí. Sarah no tuvo más remedio que liquidar a los muchachos de Safad; después de eso, las cosas se complicaron.

—¿Y es así como perdimos a la niña?

O'Connell asintió con la cabeza.

—El rescate nunca se realizó. Nadie supo exactamente lo que ocurrió: si fue a causa de la acción de Sarah o de alguna otra cosa. Al fin, el dilema se redujo a detener el golpe o salvar a la niña. En realidad, no había que pensarlo dos veces. Antes de que Sarah pudiera regresar, la niña ya estaba muerta. —Fijó la vista en el Lincoln Memorial—. Yo fui el afortunado hijo de puta a quien enviaron a rescatar a nuestra señorita Trent cuando todo hubo terminado. —Su mirada seguía perdida en la distancia—. No fue un bonito espectáculo. —Negó con la cabeza lentamente y luego miró a Bob—. No tenemos idea de por qué se encuentra en Italia, ¿verdad?

—No tenemos idea de por qué ella está haciendo todo esto —repuso Stein—. ¿Por qué no se limitó a presentarse?

—Eso digo yo, por qué. —O'Connell metió la mano en la bolsa y sacó un puñado de ganchitos de queso—. Dios quiera que pueda conservar la entereza. Si se derrumba de nuevo, ¿quién sabe lo que quedará de ella?

La entrada del instituto no había cambiado en lo más mínimo. Él se había mantenido alejado por obvias razones, pero esperaba que al menos hubiera algo diferente al cabo de cuatro años. Nada. Hasta el portero parecía el mismo y le dedicó el consabido golpecito con los dedos en la visera de la gorra al pasar por la verja. Al llegar al largo pasaje que unía la biblioteca de la Universidad de Londres con el instituto, Xander se detuvo. La elección lógica hubiera sido dirigirse hacia la izquierda al edificio principal con su impresionante tesoro bibliográfico. ¿Qué mejor sitio para comenzar la búsqueda que en el fichero o el ordenador, si finalmente habían informatizado todo el catálogo? En cambio, dobló a la derecha, se abrió paso a través de un par de puertas giratorias; otra vez a la derecha, dos puertas más, hasta que casi topó contra una mesilla, con un vigilante en su puesto: la barrera final entre Xander y sus antiguos campos de operaciones.

Metió la mano en el bolsillo de la americana y extrajo una tarjeta de identificación bastante ajada, cuya firma borrosa impedía leer el nombre. A pesar de todo, el escudo del instituto aparecía bien definido, y las fechas evidentemente carecían de importancia, pues el vigilante se limitó a pedirle que firmara. Xander estampó un garabato ilegible y siguió trasponiendo otra serie de puertas, hasta llegar a la vieja escalera que conducía hasta la tercera planta.

En cuanto penetró en el ala de Historia Europea, le asaltó

el olor de la erudición. Al igual que el cartón húmedo cubierto de polvo, el aire tenía un sabor definido. Xander respiró hondo y estuvo a punto de chocar con una joven, cuyo ágil paso tenía el sello inconfundible de la administración académica. Sólo la presteza con que se apretó contra la pared le salvó de un empujón digno de un jugador de rugby. Sonrió y siguió adelante. Había pocas luces encendidas, las aulas estaban sorprendentemente vacías. No había razón alguna para poner en cuestión su buena suerte. Después de lo de Florencia, no tenía motivos para considerar que gozaba de mayor seguridad dentro de las paredes académicas. El despacho de Carlo y la frenética huida a través de los túneles subterráneos eran lecciones bien aprendidas. Había llegado hasta el extremo de modificar su aspecto. Sarah le había dado algunas clases —en Nueva York se habían comportado como unos imbéciles—, pero en ese momento él se mostraba más cauto que ingenuo. Se había peinado el cabello con la raya a la derecha en vez de a la izquierda, se había dejado crecer una barba incipiente y llevaba dos camisetas adicionales para conferir a su magra complexión una apariencia más recia. Cierto era que nada de ello serviría para engañar a un profesional, pero bastaba para que los colegas de unos años atrás no lo reconocieran fácilmente.

Avanzando por el pasillo, llegó ante la segunda puerta de la izquierda. Apoyó el dedo en el vidrio y observó que la estancia se abría ante él. Tres columnas de estantes, junto con anaqueles fijados a la pared que se elevaban hasta el cielo raso, contenían varios centenares de libros, algunos de ellos recientes beneficiarios de un cuidado necesario desde larga data; otros, sumidos en una prolongada e indolora agonía. Tuvo la sensación de hallarse en casa, de estar en un lugar. Como siempre, los escasos rayos de sol que penetraban en la estancia caían sobre su antiguo escritorio; la luz del exterior atrapada por los árboles se derramaba a través de la ventana. Había libros por todas partes; sin embargo, lo único que veía era el despacho, el escritorio, la silla. Y por un momento, fascinado por la luz vacilante, se hundió en el pasado, y las pequeñas manos de Fiona se deslizaron por sus hombros hacia su pecho, mientras le frotaba la mejilla con la suya.

De repente se estremeció, el despacho se oscureció, se quedó sin aire. Ella no estaba allí. No sintió la dulce caricia, ni el aroma de lilas para disipar la ansiedad. Xander se quedó con la mirada perdida y avanzó lentamente hacia su vieja guarida. Comenzó a pasar el dedo por el duro borde de la silla de madera. Dos años. Había perdido dos años de su vida después de la muerte de Fiona. No en el sentido habitual. No había huido ni había prolongado unas vacaciones sumido en la autocompasión. En vez de ello, se había entregado por entero a su trabajo. De nuevo Maquiavelo había ocupado el centro de su atención, para convertirse en el trampolín para saltar hacia la nueva derecha: una súbita obsesión. No se había tomado la molestia de preguntarse por qué. Bastaba para mantenerlo distraído. Hasta Lundsdorf había dado su aprobación. Le resultaba irónico que Tieg y Sedgewick lo hubieran llevado a describir el círculo completo, de vuelta al instituto, de vuelta a su guarida.

Las luces fluorescentes titilaron de pronto, y Xander se dio la vuelta, mientras sus ojos trataban de adaptarse al repentino cambio.

—Lo siento. No quise asustarlo.

Un hombrecillo saludó a Xander con la cabeza, mientras sus ojos recorrían la estancia antes de fijarse en un anaquel de la pared más alejada. Xander observó al hombrecillo mientras avanzaba entre las largas hileras de libros, deteniéndose de cuando en cuando y murmurando algo antes de proseguir. Siguió haciendo lo mismo durante varios minutos hasta que, con una prolongada exclamación, extrajo el volumen que buscaba del estante y lo depositó sobre la mesa más cercana. Mientras examinaba algunas páginas, el individuo parecía una figura característica de aquel lugar: la chaqueta raída, la ligera inclinación de los hombros, el absoluto desdén por todo lo que le rodeaba. Salvo por el pelo lacio y brillante peinado hacia atrás. Aquel detalle chocaba, un indicio de vanidad inusual entre aquellas sagradas paredes. El hombrecillo levantó la vista y captó la mirada de Xander. No había ni asomo de amabilidad en sus ojos, nada que denotara un alegre gesto de reconocimiento. Y luego, de repente, una sonrisa. Los delgados labios se torcieron entre las hundidas mejillas.

—No es lo que buscaba —dijo, con acento de algún país del norte de Europa: holandés, suizo, alemán... Xander no supo determinarlo.

—¡Lástima!

—Sí. —Cerró el libro y volvió a colocarlo en el estante. Luego se mesó los cabellos—. Estará en otra sala, supongo.

—Sí.

De nuevo se miraron fijamente, los ojos del hombrecillo totalmente inexpresivos.

—Lamento haberlo molestado.

Se dirigió a la puerta, se volvió para dedicarle un último saludo y salió al pasillo. La puerta se cerró a sus espaldas.

A Xander le temblaban las manos mientras se alejaba el ruido de las pisadas, una reacción, como bien sabía él, no tanto provocada por la aparición del hombrecillo como por el lugar mismo. Se había concedido una indulgencia. Sabía que eso era algo que Sarah jamás se habría permitido.

Mientras descendía por la escalera hacia la planta baja, su mente ya estaba dándole vueltas a la información que había comenzado a descifrar de las notas de Carlo. Un viento fresco le salió al encuentro en cuanto se encaminó hacia la columnata, y su efecto le produjo la reacción que su cuerpo necesitaba. «Enciérralo; déjalo en ese despacho», se dijo. Volvió el aturdimiento, todo demasiado familiar, todo demasiado reminiscente de la misma lejanía que había descubierto tan sólo el día anterior. En Sarah. En sus ojos.

Chicago
6 de marzo, 5.14 h

Janet Grant cerró los dedos sin vida del hombre en torno a la culata del arma, y acto seguido colocó la mano sobre la almohada tal como le habían indicado. Ella nunca le había quitado la vida a nadie; las muertes en Washington las racionalizaba como algo ajeno a su control. Sin embargo, las actividades de esa mañana no podían ser dejadas de lado tan fácilmente. El anciano lo había calificado como su penitencia. Por Eggart.

Revisó la habitación con la mirada, mientras el ordenador seguía ronroneando al paso por la pantalla de archivos y más archivos que se hundían en el olvido. Nadie le había dicho por qué era necesario borrarlo todo; no tenía por qué saberlo.

Se sentó en una butaca y esperó, contemplando el cuerpo sin vida de Chapmann tendido sobre la cama. Un aparente suicidio. Un individuo que había cuestionado el proceso.

Era una lección que Janet Grant no olvidaría fácilmente.

Sarah había llegado la noche anterior y a las siete menos cuarto ya había tenido una mañana muy productiva. Encontrar a su viejo amigo Tommy Carlisle —jefe de la División de Criminología del Departamento de Justicia— en el Old Ebbitt Grill había sido fácil. El desayuno, a las seis, compuesto de arenque ahumado y café bien cargado formaba parte de su rutina diaria; como su traje de corte perfecto y la pajarita, que gozaban de gran renombre en ciertos círculos de Washington. Teniendo en cuenta lo que ella buscaba, Tommy era la persona indicada.

—Necesito ver unos archivos —comenzó ella.

—Y, naturalmente, tienes autorización del Departamento de Estado.

Sarah sonrió.

—Tommy... te dije que era un favor, no un asunto oficial.

Él guardó silencio y luego asintió con la cabeza.

—Comprendo. ¿Y de qué archivos se trata?

—De archivos antiguos.

—¿Cuán antiguos?

—De los que no se guardan en los ordenadores. —Esta vez fue ella quien se quedó callada—. Los que se guardan en D5.

Los ojos de Tommy delataron una momentánea reacción.

—D5. —Su sonrisa resultaba claramente forzada—. ¿Y cómo es que estás enterada de eso?

Sarah no contestó, y siguió mirándola a los ojos. Al cabo de unos segundos, Tommy meneó la cabeza.

—Lo siento, querida. Eso queda un poco fuera de la jurisdicción del favor. Por no mencionar el lío de la semana pasada. En toda la ciudad, los servicios de seguridad han recibido un buen rapapolvo. Todos tenemos que andar con pies de plomo.

—No me llevaré nada, Tommy, te lo prometo. Lo único que preciso es un nivel siete...

—No puedo creer que estemos teniendo esta conversación.

—Tienes tu tarjeta de identificación, ¿no es así? —Aguardó, observándole la cara. Luego dijo deliberadamente—: En estos momentos la llevas encima.

Su prolongado abrazo de despedida le había brindado a Sarah una magnífica oportunidad para quitarle la tarjeta de identificación del bolsillo y reemplazarla con una falsa de perfecta factura. Como Tommy estaría unos días fuera de la ciudad —su fuente de información sobre Carlisle había sido inmejorable, merecedora de otros mil dólares por lo menos—, sabía que no tendría necesidad de utilizarla, por lo tanto no había posibilidad de que se descubriera la falsificación. Que ella se dispusiera a violar la ley de secretos de Estado era otra cuestión. Los muchachos del Departamento de Justicia sin duda querrían una explicación; ella confiaba en las repercusiones de la primera prueba de Eisenreich para mantenerlos ocupados durante un tiempo. Sin embargo, sabía que en algún momento mandarían a unos cuantos amigos para «convencerla» de que fuera a charlar con ellos. Eso complicaría un poco las cosas, pero era un riesgo que valía la pena correr.

En ese momento se encontraba delante de una puerta sin nada de particular, una de las dos únicas puertas del aislado pasillo situado en el cuarto subsuelo del Departamento de Justicia. En el vidrio se leía D5. Hasta el momento, la tarjeta de Carlisle le había permitido superar tres puestos de control, cada uno de ellos vigilado por un infante de marina uniformado. Agregados recientes. Ella no se había tomado la molestia de preguntar. Ninguno de los jóvenes había dicho ni una palabra, confiando en los diversos aparatos de control para confirmar su credencial. Antes de llegar hasta allí, ya sabía lo afortunada que era; el Departamento de Justicia permanecía algo anclado en el pasado: todavía no contaban con escáneres de retina. Además, no podía imaginarse qué otra persona iba a querer ver los archivos sobre Tempsten, o, más precisamente, quién se tomaría el tiempo de seguirles el rastro hasta allí. Confidencial, pero anticuado. Eso era lo que Tommy había dicho. Evidentemente, la combinación posibilitaba su visita.

Colocó la tarjeta en el escáner y, al cabo de seis segundos, la puerta se abrió con un chasquido. Al entrar, Sarah casi chocó con un estante situado a medio metro de la puerta. Las luces fluorescentes se encendieron inmediatamente en el techo, revelando que el D5 no era más que un extenso pasillo, en el que los legajos se apilaban en estanterías hasta el techo dispuestas a lo largo de la estancia. Cerró la puerta y advirtió que había una ficha clavada en la pared más cercana, con flechas y cuadraditos que designaban los distintos años que correspondían a cada estante. El de 1969 se encontraba en el tercero antes del final.

No tardó ni cinco minutos en localizar las dos delgadas carpetas sobre Tempsten, cada una de las cuales contenía tan sólo cinco o seis hojas, algunas de ellas manuscritas, otras mecanografiadas precipitadamente, como ponían en evidencia las manchas que había en las hojas. Era obvio que nadie les había echado un vistazo desde hacía mucho tiempo.

La explicación de por qué estaban archivadas en el D5 quedaba resumida en unas cuantas frases breves al pie de la primera página. Sarah leyó:

> La tragedia conocida como el Proyecto Tempsten sigue siendo problemática. Los afectados por ella son chi-

> cos de entre seis y dieciocho años; someterlos a un ulterior escrutinio en un foro público sin duda acarrearía graves repercusiones. Por lo tanto, esta comisión juzga oportuno que todos los registros de nombres, fechas y cualesquiera otros datos personales permanezcan en secreto durante un período no inferior a cincuenta años.

No obstante, eran las siguientes líneas las que situaban la aparente preocupación de la comisión en la debida perspectiva.

> Asimismo consideramos de vital importancia estar atentos a los progresos que realicen esos chicos. Por lo tanto, periódicamente, se tendrán que actualizar estos expedientes con la información tendiente a tal fin.

Control disfrazado de interés, el clásico ardid. El resto del expediente consistía en un detallado relato de los hechos acaecidos en 1969.

> Hacia las tres de la madrugada del 18 de agosto, dos niños (edades estimadas en diez y doce años) llegaron a la comisaría de Tempsten, ensangrentados y golpeados. Ninguno de los dos habló durante varias horas ni dio explicación alguna sobre su estado. Ante esa situación, el comisario envió a tres ayudantes a averiguar la procedencia de los chicos; el rastro los condujo a un complejo aislado, situado a unos cinco kilómetros en el interior del bosque de Highridge, donde se levantaban cuatro cabañas y una casa de pequeñas dimensiones. Cuando llegaron al amanecer, el comisario describió la escena como algo «dantesco, con niños desenfrenados y armados con cuchillos, palos de béisbol y cualquier otra cosa que encontraban a su alcance». Otros integrantes de la partida confirmaron el relato. A las seis de la mañana, tenían a todos los niños sitiados, dos de los cuales estaban muertos, víctimas de visibles heridas en la cabeza recibidas con

anterioridad a la llegada de los ayudantes del comisario.

Efectuada la inspección, los agentes comprobaron que las cabañas estaban vacías. Sólo la casa contenía elementos de interés. En el interior, encontraron a dos personas adultas que habían sido estranguladas. También se encontraron varios documentos, que se adjuntan.

Sarah pasó las siguientes hojas. Era evidente que los documentos a los que se hacía referencia no habían sido incorporados al legajo: no había nada que explicase por qué los niños se encontraban en aquel sitio ni qué era lo que había desencadenado la violencia. En su lugar, el expediente se limitaba a detallar los hechos de las semanas siguientes: la hospitalización de los niños y la infructuosa búsqueda de Anton Votapek, cuyo nombre aparecía en varios de los documentos requisados. Al haber fracasado en el intento de encontrar a Votapek, la comisión no tuvo más remedio que calificar el caso como una investigación abierta. La última página llevaba fecha del 9 de enero de 1970, con varias firmas al pie.

Sarah examinó enseguida la segunda carpeta. Al abrirla, se encontró con una lista de catorce nombres, en la que constaba la edad y el número de teléfono. Los niños de Tempsten. Leyó la lista. Estaba a punto de pasar a la hoja siguiente, cuando sus ojos se quedaron clavados en un nombre, el antepenúltimo de la lista. Por un instante, se quedó mirando fijamente las letras, incapaz de creer lo que estaba leyendo. «Es imposible», se dijo. Al principio, quiso explicarlo como una rara coincidencia —al fin y al cabo, se trataba de un nombre bastante común—, pero su instinto le decía otra cosa. Había encontrado aquel nombre allí, encerrado bajo siete niveles de seguridad en un lugar que se suponía que ella nunca debía visitar. El hecho de que no tuviera ni la más mínima idea de por qué aquel nombre había aparecido allí tenía muy poca importancia. Ella lo había encontrado, y eso, en cierto modo, era una confirmación suficiente. Era él. El nombre, la edad.

Walter Pembroke, 16 años.

Pembroke, el chico de oro, el tercer vicepresidente más joven de la historia. De alguna manera, formaba parte de Tempsten.

Tenía que haber algo más. Dio vuelta a la página, esperando encontrar una confirmación ulterior, pero sólo encontró la actualización de datos que la comisión tan diligentemente había preparado. Párrafo tras párrafo acerca de cada niño, con la nueva dirección y número de teléfono meticulosamente anotados, pero nada sobre Pembroke. Nada. Leyó con más atención y comprobó que los párrafos agregados sólo se referían a los niños que compartían un rasgo inquietante. Todos estaban muertos: algunos a consecuencia de las heridas recibidas en el interior del complejo, pero la mayoría a causa de accidentes de tráfico. Al verificar las fechas, constató que sólo cuatro de los catorce habían llegado a cumplir más de diecinueve años.

Sarah repasó los nombres de los supervivientes. Tardó unos instantes en establecer la relación. Había algo familiar, algo reconocible en los dos últimos nombres: Grant, Eggart.

Y entonces lo recordó: el asesinato de los diplomáticos holandeses durante el caos de la última semana. Eggart era el asesino, abatido en una granja de Virginia; Grant el policía del estado, que le había matado, y que luego había perdido la vida.

La primera prueba de Eisenreich se confirmaba una vez más.

Los hechos simples que ella deseaba, los hechos que unirían todas las piezas, los tenía delante de las narices. Y en realidad sólo disponía de unos nombres. Nombres inquietantes, por cierto, pero sin embargo...

Sarah se fijó en el último nombre de la lista. Alison Krogh. Junto a él, un número de teléfono de diez dígitos. Ningún dato actualizado. Ningún cambio. Ninguna relación aparente. Una niña de seis años que ya tendría treinta y tantos. En alguna parte debía de estar.

Sarah anotó el teléfono y se guardó el papel en el bolsillo. Luego volvió a colocar las carpetas en el estante y se dirigió a la puerta.

Alison Krogh: por ahí comenzaría; por ahí empezaría a unir las piezas.

Xander había optado por un salón de té cercano a la biblioteca, que en otros tiempos solía visitar. Precisaba tomarse un tiempo para examinar las notas de Carlo, y quizá, para ser más sincero, necesitaba alejarse del instituto. Los recuerdos habían sido todos demasiado reales, demasiado vívidos. Necesitaba unos minutos para recuperar la calma. Con ese fin, había comprado un ejemplar del *Herald Tribune*, pensando en el crucigrama. La seguridad en una cuadrícula de quince por quince.

Pero no pasó de la portada. Mientras caminaba por la calle Store, echó una ojeada al editorial, la debacle en el mercado de cereales: el pánico que había cundido en las calles de Chicago en las primeras horas de la mañana del día anterior. Algunas fuentes informaban que los agricultores de Iowa ya estaban armándose para evitar que los tasadores del Gobierno determinaran los niveles de existencias disponibles. Como reacción, Cargill Agricultural había hecho pública la suspensión de todos los embarques de cereales de Estados Unidos por tiempo indefinido. Xander leyó la nota por encima, negándose a aceptar que el hecho tuviese relación con Eisenreich; pero no tuvo más remedio que admitirlo cuando un nombre lo obligó a detenerse. Martin Chapmann. El inversionista responsable del fiasco se había suicidado.

Xander se quedó mirando fijamente las palabras, recordando las notas que había leído en Florencia. Chapmann. El conciliábulo de Sedgewick. «Lo que pretende hacer con ellos queda librado a la imaginación del lector.» Ya no.

La única pregunta que cabía hacer era: ¿hasta dónde llegaría la primera prueba? Y lo que resultaba más estremecedor: si Washington y Chicago constituían meros experimentos, ¿cuán devastador era el caos que Eisenreich pretendía desatar? ¿Cuántos mercados más mandaría Sedgewick destruir por intermedio de sus socios?

Xander sabía que la respuesta residía en el manuscrito. Sin embargo, primero tenía que interpretarlo tal como era, y no como aquellos tres locos lo estaban utilizando entonces. Y eso significaba volver a las notas de Carlo. Se puso el diario bajo el brazo y se encaminó al salón de té.

Al cabo de unos minutos, Xander estaba enfrascado en la historia del manuscrito.

«Eisenreich tituló su manuscrito *Sobre la supremacía*. Pero ¿quién podía saber que ese título tan inocuo constituía el comienzo de algo tan temerario, tan arrojado?» Evidentemente no un catalogador del siglo XVIII que lo había situado entre una serie de diatribas del siglo XIV sobre la supremacía espiritual. No era precisamente el sitio más adecuado para un documento tendente a redefinir la naturaleza del poder. «Si el tal Ludovico Buonamonte se hubiera tomado unos minutos para leer la carta dedicatoria, se habría percatado del error, y el manuscrito no habría estado perdido durante otros doscientos años más.» Al leer los comentarios de su amigo, Xander advirtió el júbilo y la frustración. Había cuatro largos párrafos sobre la incompetencia del *signore* Buonamonte.

No era sorprendente que el camino seguido por Carlo hasta la versión alemana del manuscrito hubiese sido tan tortuoso. De hecho, le había llevado casi ocho años descubrir el título del original. La dificultad estribaba que las contadas referencias que existían al manuscrito lo denominaban invariablemente la *Ciencia de Eisenreich* o, con el más desdoroso título de, *La quimera suiza*. «La segunda —decía airadamente la nota— no sirve para nada. Y la primera, cualquier niño sabe que es inservible.» Ninguna referencia a *Sobre la supremacía*.

Como si el destino así lo hubiera dispuesto, Carlo había descubierto el título dando palos de ciego. Mientras verificaba unas cuantas citas de la tesis de un estudiante sobre los tribunales de la Iglesia durante la Inquisición, se había topado con la correspondencia entre dos obispos españoles, uno de los cuales, bastante intrigado por un breve tratado desconocido, lo describía como «una extraña teoría que afirma cuánto mejor es dejar la autoridad temporal plenamente en manos de la Iglesia». En su momento, a Carlo no le había llamado la atención, hasta que leyó el comentario del segundo obispo, que describía el manuscrito como «nada más que una obra suiza de intriga». Su título: *Sobre la supremacía*. Su autor, evidentemente suizo. Unas cuantas indagaciones más, unas cuantas cartas más, y Carlo finalmente logró encontrar el nombre del autor. Un tal Eusebius Iacobus Eisenreich. «Hoy —concluía la anotación—, brindaremos con champán.»

Sin embargo, el conocimiento del título había planteado incógnitas mayores. ¿Por qué motivo dos obispos católicos habían tenido acceso al manuscrito? ¿Y cómo se les ocurrió que tenía algo que ver con la supremacía de la Iglesia? Tenía que ver con el poder y el caos, con la autoridad y la manipulación. «Las piezas no encajan. ¿La Iglesia y Eisenreich? Eso no tiene sentido. Ningún sentido.» Las notas trazaban el mapa de dos días agotadores, en los que Carlo había permanecido tomando una taza de café tras otra, hasta casi perder la esperanza. No obstante, tres días después, comenzaba diciendo: «Esto no puede ser una coincidencia. No dejaré que me venzas de nuevo.» Xander se preguntó cuántas veces su amigo habría escrito aquel mismo reto dirigido a sí mismo, cuántas veces se habría obligado a volver a la contienda. De modo que, tras pedir licencia a la universidad, Carlo se había pasado más de dos meses revisando los interminables volúmenes que contienen las listas de los archivos de la Biblioteca Vaticana. «Naturalmente, los idiotas que compilan esos documentos encuentran demasiado arduo el hecho de consignar el nombre del autor. ¡Sólo los títulos! ¿Cuándo aprenderán esos clérigos?» Las omisiones le habían causado a Carlo un sinnúmero de inconvenientes; sin embargo, constituyeron un alivio para Xander. Ni nombres ni referencias cruzadas. Al no haber referencias cruzadas, se dificultaba el acceso al manuscrito oculto entre las páginas de una obra medieval.

Al fin, Carlo había encontrado seis manuscritos sobre la política de la Iglesia con el título de *Sobre la supremacía*, uno de los cuales era la versión alemana que había descubierto en Belgrado. Ese volumen, empero, estaba considerablemente deteriorado, con manchas de humedad y hojas rasgadas de las que sólo quedaban fragmentos con los que había que descifrar la teoría. Naturalmente, el entusiasmo de Carlo ante aquel descubrimiento había sido tremendo, pero el estado del libro distaba de satisfacerlo. «Es como si me estuvieses poniendo a prueba, viendo hasta dónde puedes forzar mi voluntad. Pero ten fe, querido Eisenreich. Te encontraré.» Lamentablemente, ninguno de los cuatro libros *Sobre la supremacía* de la lista del Vaticano había resultado ser obra del monje suizo. Tres de ellos eran tratados del siglo XVIII; el otro, un opúsculo sobre la intervención divina. Carlo había encontrado el último en Milán cuatro días antes de la llegada de Xander a Florencia. «Sólo queda uno. Ése tiene que ser, estoy seguro.»

El sexto aguardaba en la colección Danzhoeffer, enterrado en alguno de los oscuros recovecos del Instituto de Investigaciones Históricas.

El hecho de que fuese una tarea razonablemente sencilla ubicar esos documentos y extraer el manuscrito, en un primer momento había entusiasmado a Xander, pero luego lo alarmó. Cuando ya iba por la tercera taza de té, comenzó a inquietarse: Si todo resultaba tan claro, ¿no lo sería también para Tieg y sus cohortes? Ellos habían encontrado la copia de Carlo, ¿por qué no ésa? Además conocían el título. Desde hacía años. Una rápida búsqueda en el Vaticano... La respuesta le asaltó cuando tomaba un sorbo de té y casi se atragantó. Hacía tan sólo unos días que Tieg se había enterado de la existencia de la tercera copia. No habría tenido ningún sentido efectuar una búsqueda en el Vaticano, porque ellos no sabían que hubiera algo que buscar allí. Aun cuando ya conocían la existencia de la tercera versión, Tieg jamás lograría establecer la relación entre Eisenreich y los documentos de la Iglesia. Eso había sido por chiripa. Hasta Carlo había descrito el descubrimiento de las cartas de los obispos como «un don de Dios. Le daré plenamente las gracias cuando tenga el manuscrito en mis manos».

Aquellas palabras festivamente irreverentes eran las últimas que Carlo había escrito. La liviandad del estilo, las pequeñas pullas, las digresiones sobre el mejor *cappucino* de Florencia, a Xander todo le recordaba al hombre que había conocido desde los primeros días de estar con Lundsdorf. «Ese mediterráneo emotivo», le había llamado a menudo. «Tiene una mente maravillosa, pero se sume en la confusión por su exceso de entusiasmo.» Si existía una frase para definir la diferencia entre los teutones y sus vecinos del sur, Lundsdorf la había encontrado. Cuando Xander le contó a Carlo las observaciones de Lundsdorf, el italiano las rechazó en un primer momento con un gesto de la mano, como si ahuyentara una abeja. Luego, encogiéndose de hombros, había sonreído: «Claro, tiene razón. Pero ¡qué maravillosa confusión!» Un guiño y la risotada ligeramente nasal. ¡El venerable Carlo!

No obstante, más sorprendentes eran los detalles. Tratándose de una persona que sólo había visto pequeños fragmentos de una versión deteriorada del manuscrito (algunos de los cuales aparecían dispersos a lo largo de la treintena de páginas de las notas), Carlo demostraba poseer una sorprendente capacidad para interpretar la totalidad de la obra. Aún más: le permitía a Xander tener una visión de Eisenreich bajo una luz que desdibujaba el estereotipo que muchos estudiosos habían aceptado. Sin duda, la teoría del poder y la supremacía (a partir de las extrapolaciones de Carlo) convertían el punto de vista de Maquiavelo en algo sumiso, casi atractivo, pero Xander no podía dejar de maravillarse ante la evidente genialidad. Si Carlo estaba en lo cierto, Eisenreich denotaba una comprensión del arte de gobernar que se adelantaba por lo menos en doscientos años a su época.

Todo eso lo ofrecían las notas. Ya era hora de ver en qué medida el manuscrito se adecuaba a esa promesa.

Sarah esperaba que aquella línea telefónica estuviese desconectada, o en el mejor de los casos, que remitiese a otro número. Sin embargo, se llevó una verdadera sorpresa.

Llamó desde un teléfono de la esquina de la Octava y la D.

—Diga.

La voz en el otro extremo era la de una mujer, apagada, vacilante. Sarah guardó silencio, sin saber qué hacer.

—Oiga... Anton, ¿eres tú?

La pregunta bastó para imponer otro silencio.

—¿Alison? —preguntó Sarah al fin.

De nuevo, una pausa.

—¿Quién habla? —El tono no denotaba recelo, ni pizca de inseguridad, sino sólo una suerte de cándida curiosidad—. Hable.

—Sí. Habla... Sarah.

—Hola, Sarah.

—¿Hablo con Alison... Alison Krogh?

Otra pausa.

—Sí... Sí, soy Alison. ¿Sarah qué?

—Sarah... Carter. ¿Esperaba que la llamara Anton?

—Él tiene mi número. —Silencio—. ¿Le pidió Anton que me llamara?

De nuevo Sarah esperó un momento antes de contestar.

—Sí. Me pidió... quería que fuese a verla para hablar con usted. ¿Le parece bien?

—Comprendo. —Otra pausa—. ¿Anton le dio mi número?

—Sí.

—¿Dijo que quería que viniese a verme?

—Sí —replicó Sarah.

—Entonces... está bien. —No obstante, pareció remisa a darle la dirección—. ¿Anton se lo explicó todo? —inquirió.

—No. —Sarah calló y luego agregó—: Me dijo que usted me lo contaría, pero sólo si quería que fuese a su casa.

Otro instante de silencio.

—De acuerdo.

La conversación se había desarrollado una hora y media

antes. Desde ese momento, Sarah había tomado el primer vuelo hacia el norte del estado, luego alquiló un coche y puso rumbo a Tempsten. A pesar de que reconocía la necesidad de aquel viaje, cada vez se había sentido más inquieta ante la perspectiva de conocer a uno de los últimos sobrevivientes. Aún estaba allí, aún estaba muy cerca. Se preguntó por qué la habían dejado con vida.

La pequeña cabaña, que no tendría más de tres o cuatro habitaciones —con un porche cerrado con tela mosquitera— se levantaba junto a un silencioso camino. Sarah aparcó junto a la acera. Advirtió el aleteo de unas cortinas mientras avanzaba por el sendero: alguien que estaba ansioso por recibir visitas. Aun antes de tocar el timbre, se abrió la puerta; allí, con un sencillo vestido estampado y el cabello recogido en la nuca, apareció Alison Krogh. Para ser una mujer de treinta y tantos años, tenía un aspecto sorprendentemente juvenil. Delgada, garbosa, con una larga cola de pelo rojizo que le caía por la espalda.

—Usted debe de ser la señorita Carter —dijo, retrocediendo un paso y guiando a Sarah por un corto pasillo hasta la sala de estar.

La sala estaba amueblada con parquedad: un sofá, dos butacas, una biblioteca y un televisor. Sobre la mesa de café aguardaban dos vasos y una jarra.

—Espero que le guste la limonada —dijo Alison, al tiempo que le pedía el abrigo de Sarah y lo colgaba en el armario—. La he preparado yo misma.

Sarah asintió con la cabeza y se dirigió al sofá.

—Sí, mucho.

Esperó a que Alison se sentara y entonces tomó asiento junto a ella.

—Gracias por recibirme.

Alison asintió con la cabeza, evitando mirar a Sarah a los ojos.

—¿Vive sola?

—Sí —contestó Alison—. Salvo cuando viene Anton. Entonces, no.

Sonrió y tomó un sorbo de limonada. Sarah pensó que su fragilidad resultaba más patente en persona.

—¿Viene a menudo?

Alison negó con la cabeza y bebió otro sorbo. Pero seguía eludiendo la mirada de Sarah.

—¿Por qué le pidió Anton que viniera?

—Dijo que tenía que hablar con usted.

—¿Como los otros?

Por primera vez, Sarah captó cierto nerviosismo en el tono de su voz.

—¿Los otros? —preguntó.

—Los médicos. ¿Quién iba a querer hablar de... la escuela? —Alison se quedó con la vista fija, sin decir nada más.

—¿Y eso le molesta?

—No me gusta hablar de ello. —No había reproche alguno en la respuesta, simplemente constataba un hecho—. No recuerdo gran cosa. ¿Verdad que es curioso? —Trató de sonreír y tomó otro sorbo de limonada—. Tengo fruta. La cultivo yo misma, en el invernadero. ¿Le apetece?

Sin esperar respuesta, Alison se levantó y salió por las puertas de vaivén.

Al quedarse sola, Sarah observó las fotos ocultas entre las baratijas de los estantes, mientras se preguntaba qué había detrás de los ojos de la mujer que acababa de conocer. Escenas en una playa, una Alison más joven con agua a la cintura, junto a un hombre mayor —Votapek sin duda—, ambos con una amplia sonrisa. Pero la mirada de ella era la misma: distante, inquieta. Aun en la borrosa fotografía, había algo muy familiar.

La puerta se abrió.

—Tiene unas cosas muy bonitas —comentó Sarah, sonriendo.

Alison dejó una bandeja sobre la mesa y asintió con la cabeza.

—Son regalos de Anton.

Sarah permaneció callada y luego preguntó:

—¿Alguna vez habla de la escuela con él?

Alison le esquivó la mirada, sin que su rostro denotara expresión alguna; luego se sentó, con los ojos fijos en la bandeja. Durante unos momentos, pareció no darse cuenta de lo que la rodeaba. Por fin, levantó la cabeza.

—¿Le apetece una fruta? —preguntó, con una sonrisa más tensa que antes.

Sarah negó con la cabeza.

—Quería hablar de la escuela.

Alison tampoco reaccionó esta vez hasta que su mirada se posó en un rincón de la sala, y la lucha que libraba para dominarse se hizo evidente en un profundo suspiro. Se volvió hacia Sarah, con los ojos húmedos, mientras con la sonrisa trataba de contener las lágrimas.

—No me gusta hablar de eso.

Una sola gota se deslizó por su mejilla.

—Entonces —insistió Sarah afablemente—, ¿por qué me pidió que viniera?

—No recibo muchas visitas. —Alison se enjugó la lágrima—. Es... agradable que venga gente.

—¿Ésa es la razón?

Por primera vez, Alison la miró a los ojos, y Sarah vislumbró algo detrás de la mirada; Alison encogió rápidamente una pierna hasta la altura del pecho, apoyó el mentón sobre la rodilla y volvió a fijar la vista en la bandeja.

—Lo de la escuela fue hace muchísimo tiempo.

—Comprendo.

—No, usted no lo comprende. —Tampoco en esta ocasión su tono era combativo, sino que sólo aseveraba un hecho—. Nadie lo comprende. Ni Anton. Ni Laurence. Nadie. —Miró a Sarah, con los ojos hinchados—. Todo iba bien, ¿sabe?, tal como se suponía que debía ir. Era... un buen lugar. —Las lágrimas comenzaron a invadir su sonrisa—. Todos nos sentíamos como en casa, todos aprendíamos: para eso estábamos allí, ¿sabe? A ser fuertes, a tomar lo que nos pertenecía. —Sus ojos volvieron a posarse en el rincón, mientras se desvanecía su sonrisa—. Y entonces, todos se enfurecieron...

Su voz se redujo a un susurro, ahogada por los sollozos. Cuando parecía que estaba a punto de ceder, de dejar salir un torrente de lágrimas, se contuvo repentinamente. Suspiró y se volvió hacia Sarah.

—¿Le apetece una fruta?

Sarah se quedó mirándola fijo un instante; sus propias emociones sacudidas por aquella efusión de sentimientos, siempre tan familiar y tan desesperadamente verdadera. Alison, encerrada en sí misma, no dejaba traslucir en sus ojos nada de lo que había sentido en los pasados minutos, sólo una extraña tensión, mientras se distanciaba de los recuerdos.

—¿Se refiere a los chicos? —preguntó Sarah, en voz baja.

Otra fugaz evocación y luego nada más. Débil, callada, luchando por dominarse, Alison negó con la cabeza.

—¿Los chicos? No entiendo.

—Los chicos que murieron —repuso Sarah—. En la escuela.

Las lágrimas fluyeron libremente; sin embargo, nada en su expresión denotaba la más ligera reacción. Sólo sus manos se cerraban, se abrían y volvían a cerrarse. Siguió meneando la cabeza, aun cuando las lágrimas comenzaron a deslizarse por sus mejillas.

—No recuerdo nada de unos chicos —respondió ella.

Pero Sarah lo comprendió. Lo comprendía por sus propios recuerdos: semanas, meses negando las vidas que había destruido. Las manos cerrándose, abriéndose, cerrándose: mecanismos inconscientes implantados por un médico mediante la hipnosis con el fin de que pudiese librarse del horror. Recuerdos borrados hasta que aprendiese a aceptarlos. Sarah se preguntó cuánto tiempo llevaba Alison escondiéndose detrás de aquellos mismos recursos. ¿Cuánto tiempo hacía que los auténticos responsables la obligaban a seguir siendo víctima de su propio desprecio?

—Está bien —dijo Sarah, en voz baja, compasiva—. Lo entiendo. No tiene que recordar nada.

—Era un buen lugar —repuso Alison, asintiendo con la

cabeza, si bien su mirada seguía perdida en la distancia—. Y luego todo se fue a pique.

—¿Cómo? —preguntó Sarah—. ¿De qué manera anduvo mal?

Alison meneó la cabeza. De repente, levantó la vista, con la mirada puesta en Sarah.

—Estuvo mal intentarlo de nuevo, ¿no le parece?

La reacción sorprendió a Sarah.

—¿Intentar qué? —inquirió.

—Fallará de nuevo, ¿no es así?

«¿De nuevo?» Sarah se quedó inmóvil.

—Anton cree que no lo sé —siguió Alison, con la mirada fija en un punto lejano—, pero lo sé. Aunque él me lo prometió. Aunque él dijo que todo iría bien, que él podría evitar que fracasara. —Miró a Sarah—. Estuvo mal volver a hacerlo. Yo lo he visto.

Sarah hizo un esfuerzo por superar la conmoción.

—¿Qué es lo que ha visto, Alison?

La tensa sonrisa. Un enérgico movimiento de cabeza.

—Estuvo mal hacerlo de nuevo. Por eso le pedí a usted que viniera. Tiene que decirme que estuvo mal.

—¿Hacer de nuevo qué?

Ella conocía la respuesta; tenía necesidad de oírselo decir a Alison.

Se miraron fijamente. Entonces, Alison se levantó, se acercó a la biblioteca y extrajo varios volúmenes del estante inferior, hasta encontrar una cinta de vídeo.

—Esto se lo quité a Anton. Lo hice para saber.

A los quince segundos, estaba frente al televisor e introducía la cinta en el reproductor de vídeo.

Antes de que Sarah pudiese preguntarle qué pensaba hacer, la pantalla se iluminó con un resplandor azulado. En letras mayúsculas negras, aparecieron las palabras: PRODUCCIÓN DEL PREFECTO CONFIDENCIAL. Al cabo de un momento, las reemplazó una delgada franja al pie de la pantalla, con un cronómetro que señalaba los minutos y los segundos. La fecha de la filmación: 7 de abril de 1978. El lugar: Winamet, Tejas. Sarah pensó: «mil novecientos setenta y ocho. ¡Dios mío, nunca terminó!».

La imagen tomó vida con un grupo de niños, de no más de seis o siete años, sentados alrededor de una mujer en el centro de una sala, una zona conocida como el círculo de aprendizaje. Del techo colgaba un cartel en forma de media luna, con letras de diferentes tonos de papel de colores, obra evidente de manitas infantiles. La mujer tendría cerca de cincuenta años, con una ternura esencial para quienes deben enseñar a los muy pequeños. Les estaba leyendo en voz alta. Al cabo de unos momentos, dejó el libro sobre una pila y miró a los niños.

—¡Pobre Cenicienta! —exclamó—. Cuántas personas que se portaron mal con ella. En realidad, a mí no se me ocurre nada bueno que decir sobre sus hermanas. ¿Y a vosotros?

—No eran nada buenas —respondió con voz chillona una pequeña, tan ansiosa por agradar, que pronunció las palabras en una explosión de sílabas y sonidos entrecortados—. Cuando el príncipe va a mirarles los pies, y Cenicienta tenía el zapatito en su pie, pero sus hermanas eran malas y estaban furiosas porque ellas no podían ir.

La ligera inclinación de cabeza y una tímida sonrisa indicaron que la exégesis había llegado a su fin.

—Estoy totalmente de acuerdo —dijo la maestra con una sonrisa.

—Las odio —declaró un muchachito que estaba tendido a la izquierda, con el codo apoyado en el suelo y la cabeza descargando sobre la mano, sin el más ligero tono amenazador en la voz.

Lo dijo llanamente. De manera directa. Certera.

—Odio es una palabra muy fuerte.

La maestra parecía esperar una respuesta. El chico se encogió de hombros como sólo lo hacen los niños pequeños, levantándolos hasta la altura de los pómulos con una exageración impremeditada.

—Pero creo que tienes razón. No creo que la palabra sea demasiado fuerte.

Escrutó los ojos de los demás niños. Sarah tuvo la sensación de que la mujer había estado esperando, hasta deseando aquella respuesta. Sin duda, el centro de aprendizaje enseñaba un tipo de lecciones muy específicas.

—Tratemos de pensar en todas las cosas feas que hicieron las hermanas —prosiguió.

En rápida sucesión, los niños fueron enunciando a gritos una larga lista de infracciones, la más mordaz de las cuales provino de un niño tímido que esperó hasta que todos los demás se hubieron callado para hablar él.

—La hicieron sentir muy mal y dijo que nadie la quería.

El silencio invadió la sala, y varias cabezas se volvieron hacia el niño, al tiempo que la maestra, con su tono más maternal, agregaba:

—Y eso es seguramente lo peor, ¿no es así? Hacer que las personas especiales, como Cenicienta, tengan la sensación de no ser queridas, de haber hecho algo malo.

El niño fijó la vista en el suelo, asintiendo con la cabeza al tiempo que seguía jugueteando con una borla de la alfombra entre los dedos.

—Y aquellos que hacen eso —siguió la maestra— no deberían ser amigos nuestros, ¿no es cierto? Y no tenemos por qué quererlos, ¿verdad? —Un coro de noes—. En realidad, a veces está bien no querer a cierta gente. Las personas que nos dan miedo, o que nos lastiman, o que nos hacen sentir mal...

—Como los extraños —chilló una niña con cola de caballo.

—Como los extraños —asintió la maestra—. Pero otras personas también. Personas como las hermanastras de Cenicienta que sabían lo especial que era Cenicienta, pero que hicieron cuanto pudieron para lastimarla. Es importante saber que tenemos que estar atentos para identificar a esa clase de gente. Y no debemos sentirnos mal si comenzamos a sentir antipatía por ellos, a tenerles tanta antipatía que empecemos a odiarlos.

—Yo también las odio.

Varios niños, una vez que recibieron el permiso oficial para seguir, se mostraron muy contentos al expresar su ardiente desaprobación.

—Eran malas personas —dijo un niño—. Algunas personas son malas y tenemos que odiarlas. Y eso es así.

El líder sin tapujos de la patrulla del odio. La pandilla con botas de la SS. Sarah siguió mirando.

—Hay personas malas —prosiguió la maestra— y no sólo aparecen en los cuentos. A veces, os podéis encontrar con personas parecidas a las hermanastras de Cenicienta, y entonces tendréis que saber qué hacer, cómo comportaros, cómo tratarlas.

—Yo no consentiría que me obligaran a hacer todas las tareas de la casa —dijo una vocecita aguda.

—Ni que me hicieran quedar en casa cuando ellas se fueran al palacio —exclamó otra.

La maestra parecía alentar el creciente entusiasmo de los niños, y se mostró más complacida aún cuando una niña, haciéndose oír entre las exclamaciones de los demás y soltando gotitas de saliva por la boca, gritó:

—¡Yo las obligaría a hacer las cosas malas y las maltrataría!

El *crescendo* final —la niña que se puso de pie, saltando nerviosamente, con los brazos apretados sobre el pecho y azuzando a sus pequeños camaradas— terminó en chillidos acalorados de todo el grupo. La sala parecía a punto de estallar en una explosión de gozo mientras otros niños se ponían a saltar, al tiempo que agitaban los puños como boxeadores, golpeando el aire en plena descarga emocional inspirada por la radiante maestra. Ésta saliendo al encuentro de la oleada en su punto más alto, comenzó lentamente a tranquilizar a los niños con voz firme pero afable.

—Está bien, está bien, vamos a calmarnos, vamos a calmarnos.

Palabras cifradas que, al cabo de un instante, habían vuelto a los niños al orden y la obediencia.

La pantalla se oscureció; momentos después, se llenaba de nieve.

Sarah miró a Alison. La joven, impasible, seguía con la vista fija en el televisor, y la mirada de nuevo perdida en la distancia.

—¿Dónde están esos niños ahora? —preguntó Sarah.

Alison no contestó. Sin dar tiempo a que Sarah repitiera la pregunta, la pantalla volvió a oscurecerse, y al cabo de un instante, se materializó otro grupo de niños, mayores en este caso, quizá de unos doce o trece años. En la franja inferior se leía: 14 de octubre de 1981, Brainbrook, Colorado.

Nadie hablaba; se trataba de una clase de artes marciales, y todos los chicos demostraban una extraordinaria habilidad en una serie de técnicas. Pero eran sus ojos lo que atrajo la atención de Sarah: fijaban la mirada pero eran miradas vacías; la personalidad se hallaba ausente de la fría precisión de los movimientos. La escena se oscureció rápidamente.

Veinte minutos después, Alison extendió el brazo y extrajo la cinta del aparato. Durante todo ese tiempo, Sarah había permanecido hipnotizada mientras aparecían y concluían otros diez fragmentos de filmación, cada uno de ellos de una escuela distinta, cada uno de ellos de un año diferente, cada uno de ellos con su propia visión oblicua de la enseñanza. La lección común, la obediencia ciega; el tema subyacente, un odio cultivado. A los de quince años se les enseñaba a perseguir a los más débiles; a los de dieciocho, a demonizar en nombre de la cohesión social. Una dosis constante de veneno para concentrar la agresión de los niños y convertirla en la pasión del fanático.

Sin embargo, lo más preocupante era el modo en que se les había instruido para expresar esa pasión. Mediante el arma del francotirador, los explosivos de los terroristas, las manipulaciones del pirata informático. Todo vívidamente documentado.

El proyecto del ataque de Eisenreich a Washington. El plan minucioso para actuar en el mundo posterior a la primera prueba.

Alison se quedó callada. Miró a Sarah.

—Ahora ya ha visto el proceso —dijo—. Ahora ya sabe

por qué le pedí que viniese. Tiene que pedirle a Anton que lo interrumpa. Debe detener el proceso.

Sarah tardó un instante en contestar. Observó los ojos asustados, dándose cuenta por primera vez de que tal vez Alison comprendía mucho más de lo que había dado a entender.

—¿Cómo llegó esto a sus manos? —preguntó.

Alison la miró fijamente y luego dijo:

—Tiene que pedirle que lo interrumpa.

Sarah asintió.

—Le diré que detenga... el proceso. —La mención de esta última palabra pareció tranquilizar a Alison—. ¿Puedo quedarme con la cinta?

Alison fijó la mirada en los ojos de Sarah durante varios segundos, una mirada penetrante, algo que Sarah no esperaba.

—¿Por qué está tan triste, Sarah? —Alison le sostuvo la mirada durante unos segundos, luego se inclinó hacia delante y dejó el vídeo sobre la mesa—. Quizás usted lo comprende. —Recogió la bandeja y se puso de pie—. Iré a buscar más limonada.

Sarah tardó unos instantes en recobrarse.

—En realidad... tengo que irme.

Alison se detuvo ante la puerta de vaivén. Cuando se volvió, una tensa sonrisa le entreabría los labios.

—Puede quedarse. Tengo otra...

—No. —Sarah sonrió al tiempo que se levantaba—. Tengo que irme.

Una pausa breve; Alison colocó la bandeja en el aparador.

—No es una doctora, ¿verdad?

Tampoco esta vez el tono era acusatorio, sino tan sólo una afirmación. Sarah no respondió. La sonrisa se tensó en los labios de Alison mientras ella se dirigía al armario y sacaba el abrigo de Sarah.

Al cabo de un instante, ambas se hallaban ante la puerta de entrada; Sarah no se sentía más cómoda ante su flamante confidente que media hora antes. La expresión de tierna indefensión que revelaban sus ojos llevaba demasiado tiempo arraigada como para encontrar alivio en un cálido apretón de manos.

—Todo saldrá bien —Sarah oyó que decía su propia voz.

—¿Volverá a por mí?

Las palabras eran desgarradoras, a pesar de ser una simple demanda, pero Sarah no tuvo más remedio que darle una respuesta.

—Sí, volveré.

De nuevo Alison miró a Sarah con una momentánea expresión de agradecimiento seguida de un gesto a modo de saludo. Sarah volvió a estrecharle la mano y se dio la vuelta para enfilar el sendero del jardín.

A unos cincuenta metros, un sedán comenzó a avanzar lentamente en dirección a la casa, y Sarah enseguida advirtió su presencia. Poco a poco, fue acelerando el paso. Un individuo de unos veinte años —un muchacho de anchas espaldas enfundado en un traje de confección gris— salió de detrás de un árbol. Se quedó quieto, con las manos cruzadas delante, y los ojos perdidos detrás de unas gafas de sol muy oscuras. «El "uniforme" del Departamento de Justicia.» Sarah se detuvo. Sin duda Tommy había sido mucho más cuidadoso de lo que ella esperaba. Y más diligente. El sedán se estacionó detrás de su coche mientras el hombre de las gafas de sol se dirigía hacia ella.

Por un instante, Sarah consideró la posibilidad de echar a correr. No obstante, al pensar que Alison estaba sola, consideró imposible la idea de huir. Sarah sabía que la mujer era demasiado frágil para soportar el interrogatorio al que la someterían en Washington, era una persona demasiado cercana a los hombres de Eisenreich como para que no la tomaran en cuenta. Otra vida cobrada. Otra vida que Sarah no dejaría de lado tan fácilmente.

Se volvió muy despacio hacia la casa. Lo que vio la sorprendió por completo. Alison estaba de pie junto a un tercer hombre, con una amplia sonrisa en el rostro y la mano reposando en la de él. Sarah se quedó helada, ante aquella escena extrañamente tranquila.

—Mire quién está aquí —gritó Alison—. Son Willy y John.

Antes de que Sarah pudiese reaccionar, el hombre a sus espaldas la agarró del brazo. En un murmullo, le dijo:

—El señor Votapek no quiere que Alison se altere. ¿Me entiende?

La mano le apretó el brazo con más fuerza.

Votapek. Sarah sólo pudo asentir con la cabeza.

Después de dos horas de informaciones erróneas y de ser víctima de la incompetencia, Xander tenía en la mano, las hojas sacadas de una de las impresoras de la biblioteca. La odisea había comenzado en el mostrador de la bibliotecaria ayudante quien, al principio, le había enviado a un edificio situado al otro lado de la ciudad; allí le habían dicho que bajo ningún concepto se permitía sacar los libros que él buscaba de la biblioteca principal. Maravilloso. Entonces, había vuelto a Russell Square, donde recibió una aturullada disculpa —«Pensé que quería la colección Dillmann»— y donde tuvo que perder otra hora más a causa de la ineptitud de la empleada hasta que había insistido en hablar con la jefa. La señora Denton-Fiss, superando a su colega en excusas por la «lamentable confusión», le había llevado al despacho del fondo donde se encontraban los archivos informáticos privados. Diez minutos después, Xander estaba examinando las páginas que tanto le había costado conseguir.

De acuerdo con la lista, la familia Danzhoeffer se había mostrado muy generosa al donar cuatro archivadores llenos de documentos, cada uno de ellos con unos cuarenta catálogos —de cartas, folletos, manuscritos— que no presentaban un orden específico. Eso significaba que tendría que revisar los archivadores uno por uno con el fin de encontrar a Eisenreich. Sin embargo, cualquier sensación de fastidio por la larga demora no tardó en disiparse en cuanto los ojos de Xander se detuvieron al llegar al tercio inferior de una página, donde se encontró ante tres palabras: *Sobre la suprema-*

cía. Pasó el pulgar sobre la línea impresa. Sorprendido, Xander experimentó el mismo alborozo que había sentido ante las notas de Carlo. Una ligera picazón le cosquilleaba la garganta.

Fue en ese momento cuando advirtió los asteriscos en la página. Unas diez o doce entradas, incluyendo el manuscrito, lucían ese signo al final de la línea. Enseguida saltó al pie de la segunda página. Allí no había nota alguna que explicara nada. Los asteriscos simplemente estaban allí, causándole un momentáneo nudo en el estómago. «¿Y ahora qué?» Sólo había una manera de averiguarlo. Maletín en mano, Xander se dirigió a las estanterías.

Sus ojos tardaron un instante en acostumbrarse a la débil iluminación de la cuarta planta. Como era habitual en la mayoría de las bibliotecas destinadas a la investigación, los libros se hallaban ocultos dentro de oscuros nichos, con pálidas retículas de luz que provenían de las escasas lámparas del techo. Frente a él, se abría un angosto pasillo, sobre cuyas baldosas moteadas de negro se entrecruzaban las sombras proyectadas por hileras de estantes que se extendían a ambos lados. Cada hilera permanecía a oscuras a la espera de que el interesado prendiera una lámpara personal que permitía penetrar en las tinieblas que reinaban en el lugar.

Mientras caminaba por el pasillo, Xander iba leyendo los números de catálogo clavados con tachuelas en los listones superiores de los estantes. Un par de veces verificó el número que había anotado en un papel para no olvidarlo. Al llegar a dos hileras del fondo, vio los números 175.6111 CR 175.6111 FL. Se detuvo, se guardó el papel en el bolsillo y, con un rápido gesto, encendió la luz del estrecho túnel, mientras recorría con la vista los números impresos en los lomos de los libros. Al llegar a la mitad del pasillo, casi tropezó con cuatro grandes cajas que sobresalían del estante inferior. Bajó la vista y leyó la inscripción; de nuevo sintió el cosquilleo en la garganta. Luego se agachó y estiró el cajón de la colección Danz-hoeffer del estante.

El estado de los documentos era mucho mejor de lo que

suponía. Seguro que nadie había hecho nada más que catalogarlos y luego volverlos a colocar dentro de sus respectivas cajas, pero por lo menos era evidente que, si bien no se había actuado con lógica al ordenar los legajos, sí se había tenido cuidado. Xander comenzó a leer.

Los siglos XV y XVI se entremezclaban en el primer cajón: cartas bastante francas del cardenal Vobonte dirigidas a varios papas solicitando dispensas para distintos aristócratas franceses. «Recortes de impuestos para sus electores —se dijo Xander, divertido—. Hay cosas que no cambian nunca.» Luego, encontró una serie de poemas de un músico de la corte italiana, en homenaje al *Decamerón* de Boccaccio. Hojeándolos rápidamente, Xander se topó con una amplia variedad de folletos sobre prácticas religiosas: guías para la adecuada observancia de varios días de santos.

A primera vista, el segundo cajón parecía igualmente poco prometedor. Más poemas, más folletos sobre los santos. Sin embargo, cuando ya había revisado una tercera parte del contenido, los títulos cambiaban radicalmente, pasando de una descripción de los rituales que se celebraron los días de conmemoración de diversos santos al candente tema de la autoridad papal: una peculiar idea de la progresión natural desde los libros elementales del siglo XV a los tratados del siglo XVI. Fuera cual fuese el análisis, Xander comprendió que estaba cerca: muy cerca. Por fin, después de hojear siete u ocho aburridos tratados sobre la jurisdicción de la Iglesia —cada uno de ellos con interminables argumentos contra el *Defensor Pacis* de Marsilio—, Xander descubrió un pequeño volumen con la divisa de los Médicis aún visible en el desgastado cuero de la tapa. Por un momento, se quedó mirando fijamente el libro que reposaba entre los demás papeles. No se destacaba en nada. No había nada en su superficie que explicara el súbito ardor que palpitaba en su pecho. Dejando caer los demás manuscritos dentro del cajón, se acercó el libro a cinco centímetros de la cara. Los bordes estaban gastados desde hacía mucho tiempo y de sus páginas se desprendía un extraño olor a vinagre de manzanas. Abrió la tapa con sumo cuidado y se encontró con una simple frase en italiano:

> De Eusebius Iacobus Eisenreich a Su Santidad,
> el Más Santo Padre, papa Clemente VII

La dedicatoria —escrita en gruesas letras del siglo XVI—, continuaba en la página siguiente. Xander, siempre con sumo cuidado, volvió la hoja, menos emocionado por el texto que por la tangible realidad del libro que tenía en sus manos. Allí, frente a él, estaba la clave de los enigmas, la respuesta a los escépticos.

Casi por sí mismo, el manuscrito se abrió por la página siguiente. En el centro aparecía el título en grandes letras en negrita y al pie, el año, 1531, y por alguna extraña razón las letras v.i. en el ángulo inferior derecho. Xander tardó unos momentos en sustraerse a la alegría del descubrimiento y entonces trató de descifrar la curiosa inscripción: v.i. Impertérrito, pasó la hoja y se encontró con el índice, un ordenado esquema en veinte capítulos. Maquiavelo había necesitado veintiséis. Cuán eminentemente suizo, elegir un número redondo. Sin embargo, no halló ninguna explicación para las letras v.i. Mientras iba pasando las hojas, seguía intrigado, y su inquietud fue en aumento cuando al acercarse a la mitad del libro, se encontró con que sólo había llegado al capítulo cinco. Una marcada sensación de desasosiego comenzó a desplazar la euforia de momentos antes. v.i. ¿Volumen I? Al llegar a tres páginas del final, sus temores se vieron confirmados. «Capítulo IX. Los caminos hacia el caos.» Luego, nada más. Xander inmediatamente volvió a revisar el cajón. No tuvo suerte. «Dos volúmenes... ¿por qué?» La respuesta apuntó en su mente mientras contemplaba el título. Clemente. La versión italiana, la destinada al Papa, había sido la primera versión. Eisenreich había sido muy listo al mandar sólo un extracto, que únicamente incluía los nueve primeros capítulos. Los otros once, en el segundo volumen. Una precaución por seguridad. Entonces, ¿dónde se encontraban esos capítulos?

Xander se dejó caer de espaldas contra la pared, mientras su mente buscaba la respuesta. No tenía sentido. ¿Por qué la biblioteca contaba tan sólo con el primer volumen? ¿Y por qué faltaban precisamente los capítulos cruciales? Hasta el noveno, los encabezamientos eran sugerentes, pero no impactantes. Xander volvió a consultar el índice. «Capítulo III. Cómo lograr la estabilidad»; «IV. Los componentes que constituyen el Estado»; «VIII. Cómo puede preparase un Estado para la verdadera supremacía». Eisenreich tendría sus propias recetas, pero los títulos en sí eran tan sólo ligeramente provocativos. En cambio, del décimo al vigésimo eran fascinantes. «Capítulo X. El camino hacia el caos político»; «XI. El camino hacia el caos económico»; «XII. El camino hacia el caos social», y sobre todo, el «XV. Por qué es importante cultivar el odio». La división en el capítulo décimo era justificada. Eisenreich había dejado lo mejor para el final.

Y, sin embargo, en ninguna parte de las notas de Carlo se hacía mención a dos volúmenes separados. La esperanza le decía a Xander que ambos habían estado juntos en algún momento del siglo XVI. Entonces, ¿por qué volvían a estar separados? Cerró los ojos y comenzó a balancearse. «Piensa, maldito seas.» Después de un par de minutos dedicados al extraño ritual, abrió repentinamente los ojos. Sacó del bolsillo la arrugada lista impresa momentos antes. «Los asteriscos.» Apresuradamente, comenzó a escudriñar los cajones, consultando de cuando en cuando la lista como para buscar otro título. Al cabo de quince minutos, tenía la respuesta. Ninguno de los diez títulos marcados se hallaba en los cajones, lo que significaba que alguien en el mostrador de informes sabría por qué faltaban aquellos volúmenes. Y ese alguien podría decirle dónde encontrar el segundo volumen del manuscrito de Eisenreich.

Sólo entonces Xander advirtió la figura que estaba de pie en el extremo del pasillo, la cara y el cuerpo estaban opacados a causa de la mortecina luz reinante. Xander se quedó helado, con la mano apretando el manuscrito. Durante un rato, que a él le pareció una eternidad, los dos hombres se miraron fijamente, sin moverse. A Xander se le acalambraron las rodillas de tanto estar agachado, mientras seguía observando al individuo con el pelo lacio peinado hacia atrás. ¿Peinado hacia atrás? En la memoria de Xander destelló la imagen de una figura menuda, con una sonrisa hundida, de labios delgados, y la dura mirada de unos ojos sin vida. El despacho. Su despacho.

Presa del pánico, Xander agarró el maletín y lo arrojó con todas sus fuerzas hacia las sombras. La acción le llevó sólo un instante, pero para los ojos de Xander el movimiento retardado otorgó al caos una cierta claridad, una precisión que él nunca había experimentado antes. Pudo verlo todo, sentirlo todo, mientras el maletín chocaba contra el pecho del individuo. Xander se precipitó por el largo pasillo, resbalando en las baldosas enceradas. Topó contra varios estantes, tratando desesperadamente de mantener el equilibrio. No oyó ruidos a sus espaldas, ni exclamaciones de sorpresa, ni apresuradas pisadas tras de sí, en tanto él se dirigía hacia la brillante luz de la escalera.

El tiempo comenzó a acelerarse de nuevo, mientras él llegaba a la escalera, habiendo recuperado el dominio de su cuerpo y ansioso por bajar volando aquellos peldaños.

Pero, se detuvo. Allí, plantada en el rellano, se perfilaba otra figura familiar. Completamente calvo, con anchas espaldas: el hombre de Florencia. Una rápida inspiración fue lo único que le faltaba a Xander para llamar la atención del hombre, que inmediatamente clavó su mirada en él, aunque la reacción fue totalmente inesperada. El individuo permaneció impasible, sin mostrar ningún signo de reconocimiento, de anticipado descubrimiento. Aprovechando aquel instante de estupefacción, Xander dio un salto a la derecha para subir corriendo hacia el quinto piso.

Un ruido de pasos resonó a sus espaldas cuando él llegaba al siguiente rellano. Sabiendo que sólo tenía dos pisos más sobre él, Xander abandonó la escalera y comenzó a adentrarse por otro oscuro pasillo. «¡Aléjate de la luz! ¡Sal de la luz!» se decía. Se agachó al enfilar el pasillo más cercano, zambulléndose en aquel laberinto de estanterías, al tiempo que trataba de recordar la disposición de las plantas; pero estaba tan concentrado en captar el menor ruido de sus lejanos perseguidores que tenía la mente en blanco. Entonces, el pasillo doblaba bruscamente a la derecha, lo que le obligó a deslizarse rozando los libros, algunos de los cuales cayeron al suelo a su paso: los primeros ruidos de la enérgica persecución. Llegó de nuevo al corredor central, lo cruzó y se metió en otra red de pasillos formados por estanterías; a medida que penetraba en aquel laberinto de sombras, la claridad iba menguando. A cada paso que daba, su sentido de la orientación se volvía más y más vago, hasta que las escaleras se convirtieron en un recuerdo remoto, un puerto desconocido que se perdía en un mar ignoto de libros y metal.

Y luego, con el corazón desbocado y casi sin aliento, se detuvo. Tenía que recobrarse, recuperar el control. Se hallaba en las profundidades de un laberinto de senderos, en cierto modo a salvo bajo la protección de los libros que se elevaban sobre él. Le invadió una fugaz sensación de calma que bastó para proporcionarle un instante de lucidez. Se acurrucó y concentró todas sus energías en el leve ruido de pisadas apresuradas procedentes de su izquierda. No era el ruido acompasado de los pasos de un perseguidor, sino el ritmo sincopado de las pisadas de dos personas que iban avanzando de una estantería a otra, acercándose cada vez más al reducido espacio que Xander consideraba propio. El rumor aumentaba sin cesar, su eco cada vez más fuerte a medida que transcurrían los segundos. Volvió bruscamente la cabeza por encima del hombro, temiendo encontrar unos ojos escrutadores clavados en él. Pero sólo persistía el amenazador *estacatto* de las pisadas, el ensordecedor resoplido de las respiraciones agitadas, cada vez más cerca.

Y de repente, el silencio. Una quietud aterradora descendió sobre él, muda y fría, una quietud que propulsaba una oleada de energía nerviosa en su interior Los libros dejaron de constituir una barrera contra lo que no podía oír, lo q
no podía ver. El silencio se tornó opresivo. Se quedó co

un animal acorralado, esperando que las garras se hincaran profundamente en su carne, temiendo que se cumpliera la amenaza que ya anticipaba, postrado y solo en el suelo helado. De nuevo, volvió la cabeza, seguro de que unos ojos estaban clavados en él, pero sólo percibió la negra silueta del estante, y el alejado vacío que parecía dejarlo aún más aislado. El silencio comenzó a hacerse sofocante; su vacío resultaba agotador y le dejaba la sensación de un terror sin esperanzas. Xander deseaba con desesperación encontrarse a sí mismo, escapar del tormento que sus perseguidores habían logrado infligirle con tanta maestría, pero su voluntad comenzaba a ceder, sus manos sólo podían apretar el manuscrito contra su pecho. Comenzó a mecerse, mientras se hundía cada vez más en un mudo estupor.

Un momentáneo cambio de intensidad de las sombras sobre su cabeza rompió el trance. Xander levantó la vista y se encontró con los ojos sin vida.

—¿Tiene usted el manuscrito, doctor Jaspers? —musitó la voz.

Xander sólo pudo mirar fijamente al hombre.

5

Las exigencias de cada esfera son tan rigurosas que, para los que gobiernan, no hay tiempo que perder en asuntos que no sean sus propios deberes.

Sobre la supremacía, *capítulo VI*

El hombre insistió:

—¿Tiene usted el manuscrito, doctor Jaspers?

Los ojos de Xander estaban fijos en la cara que se inclinaba sobre él, un estrecho óvalo en lo alto de un cuello delgado. Si hubiese estado de pie, Xander habría descollado por encima de la encorvada figura, pero no lo estaba. Se encontraba atrapado, con las rodillas apretadas contra el pecho, como un niño a la espera de un castigo atroz. Le quedaba, por supuesto, el pasillo entre los estantes detrás de él, la vasta extensión invadida por las sombras con su promesa de proteger la huida, pero ¿qué sentido tenía? Sin duda, el gigante calvo estaba en algún lugar de los oscuros pasillos, feliz de que fuera su compañero más pequeño quien se encargara de la primera parte del interrogatorio. El hombre parecía esperar a que su presa hiciera el primer movimiento. Xander sólo pudo ofrecer un gesto de asentimiento ante la pregunta que le formulara.

—Bien. —Nuevamente, la fría precisión del acento del norte de Europa.

Xander tendió lentamente el librillo con tapas de cuero hacia su captor, como si el peso del pequeño volumen fuese demasiado para él.

—No, téngalo usted, doctor. Yo no sabría qué hacer con él.

La mano de Xander se detuvo en el aire.

—¿Qué? —murmuró, más como un reflejo que como una respuesta.

El relativo sosiego que tanto le había costado lograr con esfuerzo se esfumó bajo el efecto de aquellas palabras, mientras su mente se disparaba en busca de una explicación racional, y la ira reemplazaba al miedo al tiempo que comenzaba a cristalizar una imagen. Claro. Estaban jugando con él, tomándose su tiempo para que el asesino pudiese entregar el botín a Votapek, o a Tieg, o a quienquiera que hubiese maquinado aquella pesadilla. Y sin embargo, había algo extrañamente sereno, nada amenazador en la actitud de aquel hombre. «¿Téngalo?», le había dicho. ¿Cuál era el sentido de todo aquello?

—No tiene por qué alarmarse, doctor Jaspers...

—Que no tengo...

—Me manda la señorita Trent.

—Usted tiene... —El nombre se abrió paso en su mente, abrumada por palabras que no podía comprender—. ¿La señorita Trent? —Un momentáneo destello de coherencia—. ¿Sarah? Le manda Sarah...

—Sí. Me llamo Feric. La señorita Trent me pidió que... velara por usted.

Xander clavó la mirada en los ojos de aquel individuo, cuyo proceder calmo y glacial resultaba casi irreal, impenetrable.

—¿Velar por mí? —repitió como un eco.

Tardó unos instantes en entender el sentido de aquellas palabras. Y en cuanto comenzó a comprenderlas, la conmoción dio lugar a un creciente resentimiento, a la sensación de haber sido tratado como un niño.

—¿Qué demonios significa esto?

Xander se incorporó, y Feric tuvo buen cuidado de no

intervenir, de no tenderle la mano. Le habían advertido que esos gestos no hacían más que exacerbar al joven profesor.

—Significa...

—Y era usted el que apareció en el instituto. —Las imágenes comenzaron a encajar en su lugar—. Simulando que hojeaba todos aquellos libros. «Debe de ser en otra sala.» ¿Por qué no me dijo nada?

Había recobrado la suficiente sangre fría como para formular las preguntas en un murmullo audible, mientras se sacudía los pantalones. De pronto, se encaró con Feric.

—El otro. El calvo...

—Como dije, no tiene por qué alarmarse. Ya se han ocupado de él.

—¿Se han ocupado...? ¿Qué pasa con ustedes?

—No había razón alguna...

—Mire, le estoy agradecido... creo. Pero... ¿Feric? Ella nunca me habló...

—No tenía que hacerlo. Puedo explicárselo todo luego. —Las palabras elegidas para tranquilizar dieron paso a las órdenes—. ¿Tiene todo lo que necesita?

Otra voz calmosa para penetrar en su confusión. Como la de Sarah, y entonces Xander comprendió que estaba de nuevo atrapado en su juego, que jugaba de acuerdo a sus reglas. Tales preguntas carecían de sentido, y las respuestas eran como una indulgencia. «Aprecio su interés... pero ninguno de los dos tenemos tiempo para esas cosas.» Palabras de Sarah en el café. Xander tardó unos instantes en contestar.

—No. Preciso hablar con una bibliotecaria.

Por primera vez, la duda ensombreció el rostro de Feric.

—Bien. Yo saldré primero. Usted me seguirá. Hay un bar, el Wayward Lamb, a no más de...

—Sé dónde está. Tardaré media hora.

Veinte minutos después, estaban saboreando la primera cerveza.

—La biblioteca envió a restaurar un total de diez documentos —explicó Xander, sentado frente a Feric en un banco tapizado que se extendía a lo largo de la pared lateral.

El Lamb poseía aquel toque hogareño que aún se encontraba en los pubs londinenses. Era uno de los pocos locales que se había salvado de la embestida de los bares norteamericanos, de los *bistros* franceses. Paredes con revestimiento de madera de roble barnizada en oscuros tonos mate de las que colgaban inmensos cuadros de jinetes a caballo, todos encerrados en sus marcos dorados ligeramente decrépitos. El mundo se movía más despacio en el Lamb, y la hospitalidad se extendía a los que estaban dispuestos a librarse a la tranquilidad del ambiente que allí reinaba.

—¿A Alemania? —preguntó Feric, cuando la camarera les trajo el queso y una cesta de pan.

Feric cortó un buen pedazo de pan.

—Sí —contestó Xander, con la mirada clavada en el hombre que tenía frente a él.

Hasta aquel momento, había aceptado a su nuevo «amigo» al valor nominal, pero...

—Parece que titubea —dijo Feric, asintiendo con la cabeza.

Xander observaba los fuertes dedos de aquel hombre que se hundían despiadadamente en el pan, mientras la encorvada figura olfateaba el trozo de miga antes de llevársela a la boca. Había algo en él que recordaba a un animal, la aguzada nariz, la frente ancha, que no hacía más que realzar los pómulos que se movían rápidamente al masticar con fuerza. Por desconcertante que fuese su apariencia, Xander no tenía más remedio que reconocer que aquel hombrecillo causaba la impresión de poseer un gran autocontrol, una serena confianza en sí mismo. Actuaba con franqueza, sin un ápice de afectación.

—¿Qué esperaba? —respondió—. No sé quién es usted, y no parece muy dispuesto a satisfacer mi curiosidad. Lo único que me dijo es que Sarah le mandó...

—Mónica —dijo Feric, sin dejar de masticar, con la vista fija en el pan.

—¿Cómo?

—Mónica. —Feric levantó la vista y dejó el pan sobre la mesa, mientras se limpiaba las muelas con la uña—. La señorita Trent sugirió que mencionara ese nombre.

«La señorita Trent sugirió...» De pronto el nombre cobró sentido. Claro. Mónica. El despacho de Carlo. Sólo Sarah podía saberlo. Sólo ella podía haber elegido una contraseña tan perfecta para tranquilizarlo.

—Veo que Sarah tenía razón. —Feric se sacó de la boca un pedazo de pan masticado, lo examinó, volvió a introducirlo y lo tragó—. Ese libro... esa segunda parte... ¿está en Alemania? —inquirió.

Xander tardó unos momentos en responder.

—Sí. No hemos tenido suerte. —Un poco más tranquilo, agregó—: La buena noticia es que evidentemente el manuscrito no les ha causado impresión alguna. Conservar un volumen y enviar el otro... sin duda no tienen idea de lo que han encontrado. De acuerdo con la bibliotecaria, la política de la biblioteca consiste en separar las obras en varios volúmenes con el fin de...

—Sólo lo que tenga que saber, doctor.

Xander calló y asintió con la cabeza.

—El problema es que no volverán a recibir los diez capítulos últimos hasta dentro de un mes.

—Y eso significa que habría que esperar demasiado tiempo.

—A juzgar por lo de Washington y Chicago, sí. Diría que sería esperar demasiado tiempo.

—¿Y usted sabe cuál es ese lugar de Alemania?

—Sí, una pequeña ciudad llamada Wolfenbüttel, a una media hora de la antigua frontera con la Alemania del Este.

—¿Por qué allí?

—Tiene una de las bibliotecas más grandes de Europa. También es prestigiosa por un coleccionista y restaurador de libros excelente, Emil Ganz. Tiene unos cien... —Xander se interrumpió, pues eso eran detalles triviales.

—¿Entonces usted conoce el lugar?

—Estuve algún tiempo allí. Asistí a un congreso hace unos seis años. Es una de esas ciudades que no cambian. Me imagino que el libro ya se encuentra allí.

—Comprendo. Entonces, tendríamos que viajar esta misma noche.

Xander se quedó callado y luego hizo un gesto de asentimiento.

—De acuerdo. Yo... creo que podría destinar unas horas a la lectura del... quizás encuentre algo que le sea útil a Sarah.

Feric comprendió. Todo marchaba a un ritmo demasiado acelerado para el profesor.

—Eso es cierto —asintió—. Muy bien. Unas horas.

—¿Y usted sabe cómo comunicarse con ella?

—Sí.

—Bien. —Xander tenía la esperanza de lograr algo más, aun sabiendo que, por su propio bien, tenía que mantenerse en las sombras—. He contestado todas las preguntas, ¿no es así?

—Sí.

—Y tendré que aprender a no hacerlo.

—Quizá.

Xander tomó un sorbo de cerveza y comenzó a reunir sus cosas.

—Entonces, seguramente tendría que volver a la biblioteca...

—¿Con qué fin?

Esta vez, la pregunta no tenía por objeto la claridad.

—El manuscrito. ¿Recuerda? Tengo que pasar un rato...

—¿Es que no se lo quedó?

—Por supuesto que no —contestó Xander—. Uno no puede salir tan campante de una biblioteca con...

—¿Usted...? —El tono de Feric era firme y sólo su mirada denotaba incredulidad—. Doctor Jaspers, me parece que no acaba de entender lo que hay en juego aquí. Le aseguro que a aquel tipo calvo no le hubiera importado hacer ciertas cosas, que supuestamente uno no debe hacer en una biblioteca, con el fin de apoderarse de ese librillo.

—Lo puse en un lugar seguro...

—Estoy convencido de que eso mismo pensó su amigo Pescatore. —Aquellas palabras surtieron el efecto deseado—. Ahora, para que no haya más malentendidos, usted y yo volveremos a la biblioteca y nos llevaremos el libro. Entonces, podrá pasarse unas horas leyéndolo; después, me pondré en contacto con la señorita Trent; luego nos dirigiremos a Wolfenbüttel, buscaremos la segunda parte del manuscrito y lo llevaremos a un lugar seguro. ¿Me he expresado con claridad?

La primera lección. Xander asintió con la cabeza.

—Absolutamente.

Feric se levantó, al tiempo que dejaba unas monedas sobre la mesa.

—La cerveza siempre está muy cara en este país.

Xander no tuvo más remedio que seguirlo.

Parterres de césped y cercas iban pasando raudamente; la campiña del estado de Nueva York aparecía borrosa contra el telón de fondo de un cielo azafranado. La limusina se deslizaba por la carretera de dos carriles con sorprendente suavidad, y sólo de vez en cuando cruzaba la delgada línea para hacer un adelantamiento. El conductor parecía prescindir de los otros tres pasajeros callados, cada uno de los cuales se limitaba a mirar distraídamente el vaporoso horizonte, a representar el papel asignado con serena resolución.

El de Sarah era esperar. Sabía que era muy poco lo que podría averiguar de los dos hombres que la acompañaban. No eran más que sicarios, individuos mandados a cobrar la pieza, sin tener noción del hondo significado de su misión ni interés en averiguarlo. No había ninguna razón para alterar la calma silenciosa con una charla innecesaria. Dedicaría el tiempo a hacer planes. Un poco más de información de parte de Jaspers hubiera sido muy útil, pero tendría que conformarse con lo que tenía.

El pensar en él dibujó una sonrisa en su rostro. Había

resultado difícil dejarlo ir a Londres solo. Decisiones. Siempre decisiones. Y aun cuando sabía que Feric estaría allí para protegerlo, no podía olvidar la preocupación que revelaban sus ojos al salir del café. Y el abrazo. Una sorpresa sin duda, y más incitante de lo que estaba dispuesta a reconocer.

La limusina disminuyó la marcha y se desvió para enfilar un camino que corría paralelo a la cerca de un aeródromo privado; a unos cincuenta metros, se levantaba una cabina solitaria junto a la cerca, una entrada aparte reservada para la clientela más selecta del aeropuerto. De nuevo, el automóvil aminoró la marcha para doblar, sin detenerse. El guarda verificó la matrícula e hizo una seña para que el Lincoln negro entrara, al tiempo que saludaba con un gesto de la cabeza ante los vidrios ahumados de la limusina. Unos cien metros a la izquierda, aguardaba un *jet* privado, con dos luces rojas centelleando debajo de cada ala. Sarah centró toda su atención en el individuo sentado frente a ella. El hombre seguía mirando por la ventanilla, notando la mirada de la joven, pero prefiriendo no hacer caso. Sarah no recibiría respuesta alguna por ese lado.

Cinco minutos después, estaba sentada con el cinturón abrochado en uno de los seis asientos de la cabina principal del avión, entre sus dos acompañantes. Se preguntó si sus hazañas en Nueva York eran las responsables de la cautela que demostraban. Desconocida y fuera de control. Capaz de cualquier cosa. La estarían vigilando, pero a distancia. Era muy larga la caída desde nueve mil metros de altura.

La rápida aceleración para el despegue contribuyó a aliviar la tensión de sus hombros; la fuerza de la gravedad la presionó contra el respaldo acolchado del asiento y sintió que la pura tracción física le enderezaba la espalda. Ya desde niña, a Sarah le encantaba el momento de despegue: los motores funcionando a toda potencia, la ligera elevación cuando el morro del aparato se separaba del suelo, la suave ascensión, que daba la impresión de estar estirando una goma invisible hasta los límites de su elasticidad, y el impulso final, que hacía desaparecer toda idea de la tierra que tenía debajo, al tiempo que el avión se adentraba en un suave colchón de nubes y de luz solar. Mientras el aparato se nivelaba, Sarah volvió la cabeza a la izquierda y miró por la ventanilla ovalada. Una neblina amarillenta pasaba rauda, y la fría luz del sol bañaba el ala de un resplandor metálico. Iban en dirección sureste: ella siempre había tenido un asombroso sentido de la orientación. Cerró los ojos.

Votapek. Una primera línea de ataque.

Stein llevaba varios días sin dormir. Habían localizado a Trent por intermedio de Jaspers, luego habían perdido a ambos desde hacía unas cuarenta horas en algún lugar de Florencia debido a «complicaciones imprevistas» cerca del monasterio de San Marco. El informante no había sido muy preciso en cuanto al problema, y menos aún en cuanto al por qué ambos habían visitado al profesor Pescatore en primer lugar. Por supuesto que no había habido tiempo para establecer plena vigilancia en Europa, lo que significaba que Jaspers se había esfumado con facilidad. Por suerte, habían localizado a Trent en el aeropuerto Kennedy dieciséis horas más tarde, sola y con su pasaporte. El mensaje estaba claro: síganme a mí; a él, déjenlo en paz.

Eso era lo que Bob había hecho, aun cuando, varias horas después, ciertas noticias alarmantes habían comenzado a llegar de Italia. Pescatore había desaparecido, se le daba por muerto; su despacho en desorden y unas manchas de sangre eran las pruebas de lo ocurrido. Los primeros informes de Italia no mencionaban a los dos insólitos visitantes, pero la policía se lo estaba tomando muy a pecho. Ni siquiera las fuentes bien situadas de la comisión habían logrado datos más específicos. A Bob le resultaba muy difícil creer que Trent o Jaspers tuvieran algo que ver con la desaparición; también le costaba comprender por qué un profesor de teoría política italiano prácticamente desconocido estaba relacionado con Schenten y sus socios. Había demasiadas variables en danza para sacar conclusiones sensatas.

Sin embargo, aquel enredo no dejaba de ser algo habitual. Lo que resultaba problemático era la forma en la que le habían dado instrucciones para llevar a cabo la operación: los desayunos de trabajo con O'Connell —todo en secreto—, las evasivas cada vez que Pritchard pedía que lo pusieran al día, el repentino abuso de la caja fuerte de su despacho para guardar elementos que él habría dejado alegremente en su escritorio tan sólo una semana antes. No estaba seguro de si le estaban metiendo en el juego de las altas esferas o si había alguna razón para sospechar una traición. Y además, O'Connell se mostraba callado, meditaba cuidadosamente todos los informes, sin establecer nunca el diálogo habitual que otorgaba sentido a las palabras sin vida del escrito.

Por alguna razón, el irlandés se había vuelto retraído. Bob ya le había visto cambios de humor similares: el peor de todos, después de Ammán. Entonces, Stein lo había achacado a una suerte de empatía. O'Connell había estado demasiado implicado, había sido demasiado consciente de lo ocurrido; como ex agente, se había visto reflejado en la mirada perdida de una mujer que se afanaba por regresar del borde del abismo. Se había recluido en sí mismo y se había tomado unas vacaciones de dos semanas, mucho más extensas que el habitual descanso de un par de días. Bob se abstuvo de hacer preguntas y O'Connell nunca sacó el tema a colación. Y de nuevo Stein se preguntaba si el irlandés estaba a punto de desaparecer otra vez.

Por eso Bob se había encerrado en su despacho, con la mirada fija en la terminal del ordenador durante horas y horas, mientras las bolsas vacías de ganchitos iban acumulándose en torno a la papelera. Si bien semejantes períodos de reclusión no constituían la norma, esta vez Bob se sentía completamente aislado, con todos los enlaces con los demás despachos cortados de un modo que se le antojaba definitivo. Aturdido por los recientes cambios, Bob se había dejado arrastrar por la pereza, alejándose de la información, considerando el aspecto personal de todo ello. Estaba dejando que demasiados factores comprometieran su capacidad para jugar.

Debía recobrar su habitual indiferencia con el fin de convertir las intrigas del mundo real en un juego aislado y anónimo.

La respuesta había comenzado a tomar forma hacía unos cuarenta minutos, momento en el que había resuelto enfocar la investigación desde otro ángulo. En vez de vincularlo todo con Schenten, comenzó a rastrear hasta las más remotas relaciones entre cada uno de los jugadores principales. El cruce de referencias había abierto una remota posibilidad: Eisenreich, un hipotético manuscrito que Pescatore se había pasado media vida estudiando y que parecía desvelar el significado de la palabra que había pronunciado la niña de Montana justo antes de morir. De alguna manera, la relación entre Tieg, Sedgewick y Votapek se escondía en un manuscrito cuya existencia nadie había podido demostrar.

Extrañamente, Bob había decidido guardarse las hipótesis para su coleto.

Sin embargo, semejante resolución tenía un precio: el peso de la responsabilidad: el compromiso de reunir información que de alguna manera explicaba la probable muerte de un profesor de universidad, la desaparición de otro y la reaparición de una agente tan frágil, que quizás esta vez no lograría su propósito.

Aquél era un papel que él no estaba acostumbrado a representar.

El suave descenso la despertó; la leve sensación en el estómago bastó para sacarla de su sopor. No había soñado —por lo menos nada que ella recordara—, pero sabía que su subconsciente había seguido examinando las piezas que comenzaban a encajar. Siempre indagando. Siempre alerta. Ella mantenía una curiosa fe en su subconsciente. Sabedora de que, al igual que el resto del mundo, utilizaba tan sólo un tres por ciento de su capacidad mental, Sarah estaba convencida de que el restante noventa y siete por ciento realizaba su función si uno no interfería en ello. Por eso el sueño había sido siempre tan importante para ella.

El problema consistía en el hecho de que, la mayoría de las veces, el subconsciente mantenía las respuestas ocultas, tanto era así que tenía que confiar en su instinto para desvelar las verdades necesarias en los momentos adecuados. Eso implicaba devanarse los sesos con la esperanza de descubrir el potencial que se ocultaba debajo de la superficie misma.

Así era como siempre había obrado. Se acordó de nueve años antes en Berlín, una noche glacial en la que había descubierto a un tal Oskar Teplic, un menudo teniente de la Stasi, un individuo que se había escabullido de la red tendida por los soviéticos en torno a sus fieles, mientras se desmoronaba el Muro. Entonces, Teplic le había dado tan sólo dos años al imperio. El hombre la había seguido, le había dicho que necesitaba una salida, pero no hacia el Oeste, sino sólo una salida, una vida que pudiese controlar por sí mismo. Y le estaría agradecido. Sarah enseguida vislumbró las posibilidades que se le ofrecían. Tres días después, Teplic había muerto en sus manos, y había nacido Feric. Un plan de una gran sencillez en lo abstracto, y de puro instinto en la práctica. Intrigas inventadas, documentos «oficiales»: información revelada en los momentos cruciales para confundir a los inocentes de la policía secreta de una Alemania del Este que se desintegraba. Hechos —por incompletos que fuesen— con los que aguijonear, sorprender, debilitar a su oponente. Tal vez eran meros reflejos de una verdad mayor, pero bastaban para convencer al adversario de que se encontraba en desventaja. Bastaban para sembrar el miedo y las dudas.

Era suficiente para un cerebro avaro que pretendía atesorar los descubrimientos del noventa y siete por ciento subconsciente.

Xander se frotó la nuca, y el contacto de los dedos helados en la piel sensible le causó un estremecimiento que se extendió por todo su cuerpo. Sus manos siempre habían sido así: cuando se entretenían hojeando libros y garabateando en hojas de papel se convertían en unas piezas heladas. La tenue luz de la sala de preembarque dificultaba la lectura, máxime dada la ansiedad de Xander para embarcar en el vuelo 202 de Lufthansa, a Francfort, que tenía su partida a las 5.35 h. Estaba cansado, pero satisfecho. Había leído veintidós de las veinticuatro páginas del manuscrito, pues el italiano no le había supuesto ningún problema.

Había devorado el primer volumen mucho más deprisa de lo que inicialmente había imaginado, aprovechando la hora que Feric le había concedido en el cuarto de hotel, antes de salir disparados hacia Heathrow. En un primer momento, simplemente se había entregado a la novedad del descubrimiento, a la emoción de la primera toma de contacto, pero su entusiasmo había sido efímero. Si no hubiese habido nada que lo distrajese de la deleitosa fascinación del análisis erudito, habría disfrutado de la lectura. Sin embargo, su pensamiento retornaba continuamente a Votapek, Tieg y Sedgewick: los individuos que pretendían violar la teoría canalizándola hacia la práctica. Resultaba evidente que lo de Washington había sido tan sólo un simulacro, una extrapolación al siglo XX de una teoría del siglo XVI. *Sobre la supremacía* había dejado de ser el eslabón perdido dentro del primoroso canon del pensamiento político para erigirse al margen, como un tratado de manipulación y dominio cuya moderna ambición teñía todas sus páginas con una oscura realidad que corrompía al osado y sabio Eisenreich.

En un par de ocasiones, Xander se había tomado la libertad de pasar por encima la teoría para poner los ojos en el hombre. Y cada vez, se había visto obligado a reconocer que había algo apremiante, una certidumbre en la forma en que el monje organizó sus ideas. Como si verdaderamente creyera que era la voluntad de Dios lo que estaba en el papel. Xander tenía la esperanza de que no fuese la inspiración divina lo que impelía a su más reciente trío de discípulos.

Aunque más inquietante resultaba la referencia a un cuarto hombre, a alguien que estaba detrás de los otros: alguien que manejaba los hilos. Lo que leía obligaba a Xander a ser más cauteloso, no sólo por él mismo, sino por Sarah. Sabía que ella había tropezado con algo más peligroso, más perentorio que nada de lo que ellos habían imaginado. «No se preocupe por mí.» Cada vez le resultaba más y más difícil no hacerlo.

—Están abriendo la puerta —anunció Feric—. Guarde los papeles...

—Ya sé... los guardaré.

Xander había oído aquella frase tal vez una docena de veces en la última hora. Que así fuera, pues.

—Espero que nos den algo más que cacahuetes salados —musitó Feric, mientras se incorporaban a la fila para embarcar—. Te ensucias los dedos. Las galletas tostadas son mucho más limpias.

Nueva York
4 de marzo, 12.18 h

Desde el puente de Brooklyn se observaba una espléndida panorámica de la angulosa silueta de Manhattan. El tráfico era escaso, y el desvío hacia un solo carril sólo causaba pequeñas demoras. Detrás de los conos, tres hombres se afanaban en tapar una enorme grieta en el asfalto antes de que llegara la hora punta. Curiosamente, los hombres habían estado esperando la llamada. Quizás era porque ellos mismos habían sido los causantes de la incisión un par de horas antes: un pequeño artefacto que cayó de un vehículo muy veloz. Dos de los hombres llevaban más de tres meses en la empresa de mantenimiento vial. De alguna manera, el hecho de haber sido elegidos para el mantenimiento del puente obedecía a una decisión lógica debido a sus horarios de trabajo. El último del trío se había incorporado a la empresa esa misma mañana. Un experto en demoliciones.

Habían abierto una zanja en el asfalto —de un metro veinte de anchura por sesenta centímetros de longitud— con una canaladura de cinco centímetros que iba hasta el punto medio del puente. Con no más de quince centímetros de profundidad, el agujero estaba siendo rellenado con cuatro briquetas y una diminuta caja negra, de cuyo costado surgía una antena de goma que se extendía hasta la superficie. Por la canaladura circulaba un líquido resinoso amarillo, que ya comenzaba a solidificarse. Poco a poco, los hombres comenzaron a desparramar una espesa mezcla de alquitrán y grava sobre todo ello, poniendo especial cuidado en mantener la antena aplastada a lo largo de la superficie. Al cabo de diez minutos, habían acabado la reparación y sólo una punta de la antena —situada debajo del guardarraíl— daba cuenta de su trabajo.

El experto en demoliciones agarró su bolso y se dirigió a un coche aparcado en la entrada del puente. Sabía que sería un día muy largo. Al fin y al cabo, Manhattan tenía muchos puentes y túneles que requerían una «reparación» semejante.

En un lugar que no supo determinar había cambiado de avión para el salto a la isla de Votapek. Un hidroavión que se deslizaba por el agua en dirección al muelle. La única casa se extendía a lo largo del acantilado y parecía elevarse de las rocas mientras el avión se acercaba a la costa. Un ligero golpe metálico contra la madera les indicó que el viaje había llegado a término; un aire denso invadió la cabina al abrirse la puerta y un rayo de sol de color melocotón se abrió paso entre las cortinas que separaban a los pasajeros del piloto. Una vez fuera, el balanceo del muelle facilitaba el avance de los tres recién llegados, y el rítmico movimiento de la madera en el agua los llevaba de un costado al otro. Frente a ellos, una ladera rocosa se elevaba hacia un prado que se extendía como una gruesa alfombra delante de la casa. El único medio de acceso era un funicular que aguardaba a la izquierda del extremo del muelle.

La cabina era reducida y los acompañaba el ruido de los cables al tensarse bajo el ingente peso. Cuando el funicular se detuvo con una sacudida, el más bajo de los hombres abrió la puerta corrediza de vidrio y condujo a Sarah hacia un sendero de grava. La casa, a unos nueve metros del acantilado, observaba en silencio el avance de Sarah por la angosta senda que parecía no querer abrirse ni cerrarse, como satisfecha de su negligente circularidad. En cuanto la fachada de la casa se perdió a su izquierda, apareció ante su vista un cenador, un salidizo construido por el hombre que se extendía más allá del acantilado.

Allí, entre dos distantes columnas, se encontraba una figura solitaria, cuyos estrechos hombros se mantenían rígidos mientras contemplaba el mar tranquilo. Al volverse, su mirada parecía transmitir cierta compostura y su cuerpo mostraba un extraño acartonamiento mientras salía al encuentro de Sarah para saludarla. Distaba mucho del Anton Votapek que Sarah se había imaginado.

—Buenas tardes, señorita Carter —dijo el hombre, señalando con una mano delgada, fuerte y nerviosa las dos sillas floreadas (de plástico grueso con respaldos excesivamente mullidos), situadas a ambos lados de una mesilla de hierro forjado. Sarah advirtió la jarra y los dos vasos dispuestos sobre ella.

—¿No quiere usted sentarse? —preguntó él.

Sarah asintió con la cabeza y se dirigió a las sillas. «Carter —se dijo—. Debía de tener el teléfono pinchado cuando llamé a Alison.» Apareció un segundo individuo que separó la silla de la mesa para que ella se acomodara. Sarah tomó asiento y el hombre se retiró hasta un rincón sombrío. Votapek permaneció de pie, evidentemente incómodo ante aquellos preliminares. Su traje y corbata, aunque totalmente fuera de lugar en aquel ambiente tropical, le sentaban perfectamente, pues su cuerpo no parecía hecho para lucir camisetas y bermudas. Sarah se dio cuenta de que le molestaba el escrutinio al que ella lo sometía.

—Confío en que el viaje no haya sido demasiado pesado —dijo Votapek.

—En absoluto.

—Un poco inesperado, me imagino.

—El sitio, quizá. —Sarah se puso cómoda en la silla—.

Era necesario que nos viésemos. El lugar y el cómo no eran tan importantes.

Él la miró fijamente, pues no había previsto aquel grado de ingenuidad.

—Ya veo. —Votapek se sentó y se sirvió un vaso alto de limonada—. ¿Puedo ofrecerle un vaso?

—Por hoy ya he tomado bastante —repuso ella.

—Sí, claro. —Dejó la jarra sobre la mesa y se recostó contra el respaldo, gozoso de contemplar las nubes—. A Alison le gusta mucho la limonada. La mía es algo más dulce.

—Estoy segura de que no me ha traído hasta aquí para...

—Es cierto —la interrumpió él, con un tono que quería parecer displicente—. La traje aquí porque... Estoy un poco preocupado por su visita a la señorita Krogh.

—¿Un poco? —replicó Sarah—. Se ha tomado usted muchas molestias por algo que le preocupa sólo un poco.

—Tal vez —repuso él, arreglándose la chaqueta—. Tal vez sea más que eso.

—Según recuerdo, usted estaba mucho más que un poco preocupado durante nuestro primer encuentro en Nueva York. Sin duda, es mucho más placentero aquí, pero estoy segura de que el mensaje es el mismo.

Votapek se volvió hacia ella, con el ceño fruncido.

—¿Perdón?

—Su primera advertencia —contestó ella—, en el callejón. Confío en que aquellos individuos se hayan restablecido.

Votapek siguió mirándola fijamente.

—Me deja usted perplejo, señorita Carter.

Sarah le sostuvo la mirada; Votapek parecía verdaderamente desorientado.

—Y supongo que tampoco sabe nada de lo ocurrido en Florencia.

Su expresión no se alteró.

—¿Florencia?... ¿Adónde quiere ir a parar?

De nuevo, Sarah hizo una pausa.

—No tiene idea de lo que le estoy hablando, ¿verdad?

Él parpadeó varias veces.

—En efecto.

Se llevó el vaso a los labios. Sarah observaba sus movimientos, que seguían siendo acartonados, pero no más que antes. Había aprendido a reconocer hasta el más leve indicio de engaño: la sutil desviación de la mirada, la elección de las palabras, hasta la posición del cuerpo. Sin embargo, Votapek no daba muestras de nada de ello. Era como si realmente no supiera nada de sus dos encuentros con Eisenreich.

—Me cuesta creerlo —dijo Sarah, de repente mucho más cautelosa.

—Lo que usted crea o no me tiene sin cuidado. Al igual que su vida privada.

—De modo que me ha traído hasta aquí...

—Ya le dije por qué la he traído hasta aquí —siguió él, con una mirada más aguda al volverse hacia ella, y una nota de impaciencia en la voz—. Me interesa la señorita Krogh. Se lo preguntaré de nuevo: ¿cómo dio usted con ella?

Sarah tenía que encontrar un sentido a los últimos tres minutos. Florencia, Pescatore, Nueva York: ¿de verdad no significaban nada para él? ¿Podía ser que...?

«Fuera del lazo.» La frase le vino a la mente, un destello del noventa y siete por ciento del subconsciente con el fin de poner orden a las preguntas que le daban vueltas en la cabeza. «Fuera del lazo.» Un siglo atrás, se había descrito a sí misma del mismo modo con el fin de tomar distancia, de permanecer con un espíritu libre desligado de estructuras y sistemas. Ammán. Un agente está seguro sólo cuando es autónomo. Sin embargo, no tenía sentido para Votapek. Él era una parte vital de la estructura de Eisenreich. El alejamiento no haría más que desenfocar su visión; la falta de comunicación sólo lo expondría al ataque. Entonces, ¿por qué desconocía la loca contienda que ella había librado durante la última semana de su vida? ¿Por qué?

El hombre en la sombra se movió, un ensanchamiento de hombros que atrajo la atención de Sarah. Poseía un cuerpo robusto, con un cuello grueso, aunque la cabeza parecía demasiado pequeña para su constitución. Extrañamente tranquilo, permanecía en un costado, haciendo caso omiso del juego del gato y el ratón que se desarrollaba delante de sus narices. El discípulo perfecto, pensó Sarah. La herramienta perfecta.

Sarah volvió a mirar a su anfitrión, que tenía los labios pegados al vaso. Y en aquella mirada, el instinto y el hecho en sí se conjugaron para ofrecer una resonante respuesta: Votapek no era diferente del guardaespaldas en la sombra. En aquel instante, Sarah vio el mundo de Eisenreich tal como era, como tenía que ser: diseñado para mantener a cada hombre aislado y, así, protegido. Tieg, Sedgewick y Votapek eran hombres que estaban aislados; hombres que no estaban al tanto de lo que sucedía al margen de ellos. Votapek ignoraba lo ocurrido en Nueva York o Florencia porque no tenía que saberlo. Alguna otra persona lo había preparado.

Sarah debía aprovecharse de esa debilidad.

—Tendrá que ser un poco más específico —dijo, en un tono más despreocupado que momentos antes.

Feric estaba dando cuenta de su tercera bolsa de galletas tostadas, con un vaso de cerveza cerca del borde de la mesilla, mientras sus dedos hurgaban airadamente la flácida bolsita.

—El resto es algo más complejo —dijo Xander, mordisqueando un pedazo de queso.

—Entonces, simplifíquelo. —Feric se humedeció los dedos y trató de recoger las migas de la mesa—. Cualquiera puede hacer algo complicado, doctor. El mérito del verdadero genio reside en simplificar lo complejo. —Engulló.

—Supongo que es así. Pero yo no soy...

—Dije que ése era el mérito —replicó Feric—, no que usted fuese un genio.

Xander se sonrió. Al cabo de seis minutos, lo resumía lo mejor que podía diciendo:

—Es una teoría inteligente. No describe una maquinación de conspiradores políticos, sino que trata de la manipulación de las masas desde las tres esferas dominantes dentro del Estado: la política, la económica y la social. Considerando lo bien que Eisenreich comprende la estructura del Estado, va mucho más allá del simple engaño.

—¿Esferas? No le sigo.

—Él está repensando la forma en que se estructuran los estados —explicó Xander—. En el siglo XVI, el Estado se entendía en términos de su función política. Eisenreich amplía esa definición y pone al mismo nivel las otras dos esferas. La idea no toma realmente forma hasta trescientos años después. Aun entonces, la idea de controlar las esferas escapa a la mayoría. Lo innovador de Eisenreich reside en el hecho de que él reconoce que para controlar el Estado, el líder tiene que controlar cada esfera de forma independiente. Un hombre para cada esfera. Y concede una gran importancia a la palabra «independiente». Cada uno debe estar virtualmente despreocupado de lo que ocurre en las demás esferas. Teóricamente, uno no tiene que darse ni cuenta de lo que hacen los otros dos.

—Pero eso no haría más que crear confusión —arguyó Feric.

—Eso es lo más genial —dijo Xander, sonriendo.

Nueva Orleans
4 de marzo, 11.35 h

Separándose de un empujón de la pilastra sumergida en el agua, el joven discípulo de Eisenreich —para quien el equipo de buceo había reemplazado el mono de su excursión a Dulles de una semana antes— fue nadando hasta el extremo del muelle y colocó los explosivos en un puntal poco profundo. Tal como había hecho con los anteriores treinta y ocho paquetes colocados bajo el embarcadero industrial, fijó una cajita negra en el costado; se prendió una luz verde, que luego se volvió amarilla. Momentos después, destelló el detonador que llevaba en el cinto. El retransmisor estaba asegurado, y la frecuencia, establecida. Luego verificó el medidor de su depósito de aire: dieciséis minutos. Tiempo de sobra para colocar los cuatro artefactos restantes y calibrar sus frecuencias. Giró sobre un costado y se zambulló en dirección al siguiente muelle.

Sin embargo, no tuvo en cuenta el súbito embate de la corriente, que la estela de alguna embarcación había provocado y que lo arrojó contra el borde dentado del muelle. El depósito de oxígeno fue lo primero en golpear y enseguida reparó en que el aire escapaba por el agujero que se había abierto. Al cabo de un instante, una segunda ola lo tiró contra el hormigón y el acero, y de nuevo fue el depósito el que recibió de pleno el impacto. Esta vez el silbido se convirtió en una pequeña explosión por la pérdida instantánea del aire. Sin embargo, lo más preocupante fue el escape de la presión que envió un chorro de agua hacia la superficie, una señal que llamaría la atención de quien pudiese estar arriba.

Pero no tenía otra alternativa. Tendría que subir a la superficie.

Se quitó las correas del depósito de los hombros, observó cómo se hundía, y al momento, soltó el paquete que llevaba en las manos: cuatro conjuntos de explosivos que fueron a parar a las profundidades. Entonces él miró hacia la superficie. El reflejo de una figura solitaria ondulaba en el agua. La única posibilidad era el hueco debajo del muelle. Deslizándose a través de los pilares, fue ascendiendo, hasta emerger sin hacer ruido. Contuvo la respiración y escuchó.

Tendría que esperar a que anocheciera antes de aventurarse a salir.

—No —contestó Votapek, con cierta irritación—. Quisiera saber cómo localizó a Alison. También me gustaría saber por qué le fue con ese cuento de que yo la mandé a hablar con ella. Naturalmente, Alison la creyó.

—Mencioné su nombre —repuso Sarah mientras se servía un vaso de limonada—, porque sabía que era la única manera de poder verla.

—¿Y eso usted cómo lo sabía?

Sarah dejó de verter la limonada.

—Para eso me pagan, señor Votapek.

—Comprendo —dijo él—. ¿Y quién le paga para saber esas cosas? —Dejó el vaso sobre la mesa—. ¿El Gobierno?

Sarah esbozó una sonrisa al tiempo que meneaba la cabeza.

—El Gobierno no podría costear mis servicios.

—No podría... —Comenzó a presionarla—. ¿Cómo consiguió ese número?

—¿Cómo? —repitió ella en voz baja, comprendiendo que había llegado el momento de ofrecer un atisbo de la verdad—. Lo obtuve de una lista. —Dejó el vaso en la mesa—. Una lista con los nombres de catorce niños, diez de los cuales están muertos. —Hizo una pausa—. De hecho, doce de los cuales están muertos. Los dos últimos han fallecido recientemente. —Lo miró fijo a los ojos—. Pero eso usted ya lo sabía, señor Votapek, ¿no es cierto?

Con mucha más cautela, él respondió:

—De nuevo me deja perplejo, señorita Carter.

—Seguro que no, señor Votapek.

Éste hizo una pausa antes de hablar.

—Es evidente que trabaja para el Gobierno, pues de otro modo no tendría esa información en su poder.

—No seamos ingenuos. ¿Cree usted que alguien en Washington tiene idea de quiénes son Grant y Eggart? ¿O del modo en que el vicepresidente está relacionado con todo esto? —Volvió a guardar silencio, esperando ver aflorar la preocupación a los ojos de Votapek—. Si lo supieran, usted y yo no estaríamos manteniendo esta conversación.

Votapek apretó las mandíbulas.

—Esos informes son secretos.

—Es cierto —contestó Sarah—, pero no son la única fuente de información, ¿verdad? —En su mente comenzó a tomar forma una vía de ataque. Sin darle tiempo a contestar, agregó—: En los informes no se mencionaba Brainbrook, Colorado, ni Winamet, Tejas, sin embargo ambos sabemos que son lugares mucho más interesantes que Tempsten, Nueva York. —Dejó que sus palabras calaran antes de proseguir—: ¿Cómo obtuve el número, señor Votapek? Creo que eso es algo que usted ya sabe.

Él se quedó mirándola por un largo rato.

—Nadie le habría proporcionado esa información.

—¿Entonces cómo explica usted que obre en mi poder?

Votapek comenzó a hablar, pero se interrumpió.

—No se preocupe por eso —dijo Sarah, ansiosa por averiguar cuán aislado estaba su interlocutor—. Lo que debería preocuparle —añadió, mientras sacaba del bolso el vídeo de Alison— es esto.

De nuevo, Votapek no dijo nada.

—Es un vídeo que demuestra por qué Brainbrook, Winamet y algunos sitios más son tan importantes. Un vídeo, señor Votapek, que registra una historia bastante interesante. Usted ya conoce esta cinta, ¿no es así? —Esperó a que él asintiera con la cabeza—. Ciertas personas quieren saber por qué Alison Krogh tenía una copia de ella.

Votapek abrió desmesuradamente los ojos, con una expresión de incredulidad estampada en su rostro.

—Este vídeo —siguió Sarah, mientras la guardaba de nuevo en el bolso—, no tendría que haber estado en poder de Krogh bajo ninguna circunstancia. Ella nunca debería haber tenido acceso a una «Producción del Prefecto». —Hizo una pausa—. Desde determinada perspectiva, da la impresión de ser una chapuza.

—Desde una... —Su mirada se fijó en la de Sarah—. Ese vídeo estaba a buen recaudo. No sé cómo... —Calló—. ¿De qué perspectiva estamos hablando?

—Otra pregunta para la cual estoy segura de que tiene respuesta. —Sarah miró por encima del hombro en dirección al guardaespaldas—. Creo que sería mejor dejarlo así.

Votapek la miró fijamente. Lo que en un primer momento había sido aprensión ya rozaba el aturdimiento.

Sarah había tocado un nervio, había sembrado la duda. Votapek dejó caer los hombros contra el mullido respaldo de la silla y casi como hablando consigo mismo, preguntó:

—¿Alison tenía un vídeo? —Luego se volvió, posó la mirada en Sarah y dijo con voz neutra—: Eso es todo, Thomas.

Sin titubear, el segundo individuo enfiló el camino de grava; al cabo de un instante, Votapek se levantó y se acercó al borde del cenador. Se quedó contemplando el agua a sus pies, esperando que se apagara el ruido de las pisadas, y entonces se volvió.

—¿Quién es usted, señorita Carter?

—¿Por qué? —preguntó Feric—. Semejantes dominios tendrían que entrar inevitablemente en conflicto. Estaríamos ante lo peor del antiguo imperio soviético.

—Teóricamente —dijo Xander—. A menos que haya un hombre detrás de los tres prefectos (el término que usa Eisenreich para designar a los jefes de cada esfera) y los controle. Esa figura es el supervisor. La estructura básica se parece un poco a esto. —Xander puso tres galletas y una rosquilla en el extremo de su mesa—. Digamos que las tres galletas son los prefectos. Para usted y para mí, parecen totalmente separados entre sí. La rosquilla —que mantenía a unos diez centímetros por encima de la mesa— coordina a las galletas sin revelar que, en realidad, los cuatro están actuando juntos. En otras palabras, lo único que vemos son las tres galletas, y creemos que son autónomas. Ellas saben que no lo son, pero tienen muy poco conocimiento de lo que ocurre en las otras esferas. Ahí es donde entra la rosquilla en el juego, vigilando desde lo alto para asegurarse de que todo marcha sobre ruedas. —Buscó una hoja de la pila y leyó—: «De esta manera, la virtud republicana protegerá al Gobierno porque el poder dará la sensación de estar dividido entre muchos. La pura apariencia de límites y equilibrios [...] satisfará los deseos de la gente.»

—¡Qué maravilloso!

—Esa división —agregó Xander— enlaza perfectamente con lo que Eisenreich ve como la necesidad del Estado de alterar su apariencia de cuando en cuando.

—Explíquese.

—Bueno, según lo que la gente quiere en un momento dado (la democracia, la aristocracia o incluso la tiranía), una de las esferas se reafirma para satisfacer aquel deseo. La estructura nunca cambia, sólo la superficie. De modo que tenemos un reducido núcleo de tres prefectos cada uno de los cuales determina la política dentro de su respectiva esfera. Y por encima tenemos una figura (el supervisor) que vela porque los prefectos no se entorpezcan mutuamente. Mientras tanto, la gente está convencida de que no es manipulada, porque en apariencia las tres esferas actúan de forma independiente. Los ciudadanos se convierten en imbéciles felices, y los cuatro muchachos de la cumbre dirigen el espectáculo, conduciendo el Estado en la dirección que ellos quieren. —Su rostro adoptó una expresión que denotaba preocupación—. Si nos guiamos por los títulos de los últimos capítulos, esa dirección no es nada atractiva.

—¿Y esas esferas están controladas por nuestros tres amigos?

—¿Por quién si no? Además, el sistema se basa en que la gente crea que todo está bien. Eso significa que se la tiene que manipular. Y ahí es donde entra en juego un sistema educativo altamente evolucionado.

—Votapek.

Feric apuró la cerveza.

—Exactamente. —Xander hizo una pausa—. Están siguiendo este plan al pie de la letra.

—Claro que existe un punto flaco evidente —añadió Feric—. Si se corta la cabeza... si se elimina a ese supervisor, se desmorona todo el sistema.

—Teóricamente... El problema es que ellos no actúan en un plano teórico. Lo que hicieron en Washington y Chicago concuerda a la perfección con los títulos de los últimos capítulos. Los episodios de la semana pasada constituían el ensayo ideal para crear el caos político. Y lo que ha sucedido en el mercado de cereales, el caos económico. —Hizo una pausa—. Imagínese cuando lo prueben a gran escala.

—En realidad, me llamo Trent —respondió Sarah.

—Comprendo —dijo Votapek, demostrando cada vez más inquietud—. ¡Cuántas sorpresas!

—Fue una precaución. Sin embargo, mi papel no es importante. El caso es que yo estoy aquí porque algunas personas se juegan mucho.

—¿Algunas personas...? Ahora, tendrá que ser usted más específica, señorita Trent.

—Jonas Tieg y Laurence Sedgewick —repuso Sarah.

Él alzó ligeramente las cejas y luego asintió con la cabeza.

—Comprendo.

Sarah esperó otra reacción; al ver que no se producía, dijo:

—Pero ésos no son los nombres interesantes, ¿no es cierto? —Comprendió que no tenía más remedio que jugar la última carta—. El nombre interesante es Eisenreich. —Calló para dar plena fuerza a la palabra—. ¿Responde eso algunas preguntas?

Votapek se quedó helado, su menuda silueta recortada contra el telón de fondo del mar y el sol.

—¿De dónde sacó ese nombre?

—Teniendo en cuenta que existe sólo un selecto grupo de personas que comprende su relevancia —respondió ella—, el dónde no tiene tanta importancia.

—Complázcame, señorita Trent. ¿De dónde?

Sarah miró fijamente a Votapek y luego tomó el vaso de limonada.

—Alguien me abordó —repuso.

—¿La abordó? ¿Quién?

Lentamente, ella se acercó el vaso a los labios y tomó un sorbo.

—Alguien interesado en el manuscrito. —Y, al recordar una palabra de su conversación con Alison (una palabra que pronunció como si fuese una señal codificada), agregó—: Alguien que tiene interés en el proceso.

La reacción de Votapek fue inmediata. Volvió de golpe la cabeza hacia ella, con los ojos muy abiertos.

—¿El proceso? —musitó, al tiempo que unía las manos y regresaba lentamente a la mesa—. ¿Dice que alguien la abordó?

La pregunta carecía del tono autoritario de momentos antes como si Votapek estuviera preguntándoselo a sí mismo:

«¿Él la abordó?», pensó ella. Ni Tieg ni Sedgewick: sus nombres sólo habían provocado un alzamiento de cejas. No; alguna otra cosa era la responsable de su reacción. Algo... o alguien. De repente la asaltó la idea. ¿Un cuarto hombre?

—Eso no tiene importancia —dijo—, a menos que usted tenga dudas acerca de Sedgewick o Tieg.

—¿Dudas? —repuso él, mientras se iba recobrando de la embestida—. Eso es lo que estuvo haciendo en Tempsten: verificando el alcance de mi lealtad, la hondura de mi fe.

—Alison plantea preguntas muy difíciles, sobre todo por lo mucho que sabe. —El tono de Sarah se mantenía invariable.

—¿Qué es lo que sabe? —De nuevo habló en un murmullo—. Alison es una chiquilla. Ignoro cómo obtuvo la cinta... —Se interrumpió y miró a Sarah—. El individuo que la abordó, señorita Trent..., ¿cómo se llama?

Sarah lo miró a los ojos, sin dar muestras de vacilación.

—Como dije... Eisenreich. Ése fue el nombre que me dieron.

—¿El nombre que le dieron? —La impaciencia tiñó el tono de su voz.

—Sin duda no es su verdadero nombre. —Comprendió que sería peligroso abusar de la ventaja. Bastaba con la confirmación—. Y preferiría dejarlo. No se me paga lo suficiente como para correr esa clase de riesgo.

—Comprendo. ¿Y por qué ese tal Eisenreich querría contratar sus servicios?

—Porque soy muy buena en lo que hago, señor Votapek.

—¿Y eso es...?

Sarah tomó un sorbo de limonada.

—Puesto que usted tiene acceso a los informes del Departamento de Estado, pensé que sabría exactamente quién soy.

—Es evidente que no, señorita Carter. Y puesto que estamos solos, no hay inconveniente en que me ponga al tanto.

Apareció una gaviota blanca que se posó en la baja pared. Sarah no le quitó la vista de encima mientras hablaba.

—Hará unos cinco meses, se puso en contacto conmigo un investigador del Departamento de Estado...

—¡Ah, entonces trabaja para el Gobierno! —la interrumpió Votapek.

—Si profundiza lo suficiente, descubrirá que, hasta hace seis años mi posición era muy diferente. —Otro atisbo de la verdad.

—¿Y eso qué significa?

—Yo estaba en servicio.

Votapek se quedó callado.

—¿En servicio? Eso quiere decir que era una especie de...

—El término no viene al caso —lo interrumpió ella, sin levantar la voz—. Hasta 1990, mi tiempo estuvo dividido entre Europa y Suramérica. Durante la guerra del Golfo, estuve en Siria y Jordania. Me sorprende que no esté usted enterado.

—No le sorprenda. —A Votapek se le estaba acabando la paciencia—. En Siria y Jordania... ¿En calidad de qué?

—Mi especialidad era infiltrarme en grupos políticos y militares que pretendían subvertir la política estadounidense. Mi tarea consistía en crear el caos interno para destruirlos. Mi última misión tuvo como objeto el general Safad de Jordania.

—¿Safad? —Votapek hizo una pausa, con la mirada fija en Sarah—. ¿Quiere decir...?

—El intento de golpe. —El rostro de Sarah no expresaba emoción alguna—. Sí.

—No la veo como del tipo James Bond.

—Eso lo tomaré como un cumplido.

—Puede tomarlo como quiera. —Votapek no se esforzaba por disimular su ansiedad—. Y luego ¿qué ocurrió? ¿Una confianza traicionada, el espía villano esperando volver al servicio? Es una historia demasiado trillada, ¿no le parece?

—Lo es, pero no es la mía —repuso ella con palabras precisas, dichas sin sentimiento—. Mi carrera terminó cuando perdí la noción de la realidad. —Un extraño vacío se produjo en sus ojos mientras miraba a Votapek—. Traspuse el límite, señor Votapek. En mi profesión llamamos «caer al abismo». Lamento decepcionarlo, pero a juzgar por lo que vi en mi visita a Alison, sospecho que usted está familiarizado con lo que estoy diciendo.

Votapek dejó transcurrir un buen rato antes de hablar.

—Comprendo —dijo, en un tono que era una mezcla de incertidumbre y de autorreproche.

—No hay nada de qué preocuparse. Ya estoy repuesta.

—Sí. —Era evidente que Votapek se sentía incómodo—. Evidentemente.

Tempe
4 de marzo, 9.40 h

El aroma de café recién hecho flotaba en el aire, el indicio más claro de un cambio de turno en el centro de operaciones. Treinta terminales informáticas, subdivididas en hileras de cinco, definían las diversas secciones de la grande y tenebrosa estancia. Samantha Doyle, una empleada que llevaba seis semanas en el centro, se encontraba ante una de las pantallas, esperando la llamada que, según le habían dicho, recibiría a las 9.50 h. La luz de la pantalla centelleó en color verde.

—Esta llamada la recibiré yo, Karen —dijo, mientras se

colocaba los cascos—. Buenos días. Southwestern Bell. Habla Samantha. ¿En qué puedo servirle?

—Sí, buenos días —llegó la respuesta—. Tengo problemas con el teléfono. Estoy recibiendo llamadas para un tal señor Eisen.

Con la puntualidad de un segundo.

—Muy bien, señor. Tengo que preguntarle si desea que esta llamada sea grabada por mi supervisora.

—No —fue la respuesta—. Estoy seguro de que podemos manejar esto nosotros solos.

Samantha apuntó con el lápiz óptico el icono rojo de grabación de la pantalla; al cabo de un instante, el icono desapareció. Tenía que ser una comunicación privada. Inmediatamente, hizo doble clic con el ratón y vio aparecer el entramado de las líneas telefónicas de la zona, cada uno de los puntos de retransmisión titilando con su código de ruta debajo. Sin esperar confirmación, la voz del otro extremo de la línea comenzó a dictar una serie de órdenes, que Samantha se apresuraba a teclear, sin saber muy bien lo que significaban. De vez en cuando, echaba una mirada a la cabina de su supervisora, situada a su derecha. Nadie le prestaba atención. Al cabo de un minuto, se abrió un pequeño recuadro en el ángulo inferior izquierdo de la pantalla, y una serie de ceros y unos comenzó a pasar a una velocidad endiablada. Siguió tecleando como le habían indicado hasta que, de repente, en el entramado cambiaron todos los códigos de ruta de los puntos de retransmisión. Entonces, la voz le pidió que confirmara los nuevos números. Medio minuto después, ya los había verificado todos. Siguió una serie de órdenes finales.

—Ahora, pulse Intro.

Samantha vio que los códigos originales aparecían de nuevo en la pantalla; todo estaba como si nada hubiese cambiado.

—Se han restablecido los códigos de ruta —informó ella.

—Excelente —dijo la voz.

Y dicho esto, se desconectó la línea.

Había llegado el momento de dar a la historia un mayor realismo.

—Ignoro por qué —repuso Sarah—. Sea cual fuere la razón, sé que mucho de lo que él dijo tenía sentido. —Volvió a posar la mirada en la gaviota—. Después de siete meses de convalecencia, no se puede esperar gran cosa. Uno no pide simplemente ser asignado de nuevo a otra misión. No es que yo deseara un nuevo puesto. Para ser sincera, no sabía lo que quería. —Sarah había dejado que su mirada se posara en Votapek, con una incipiente sonrisa en los labios—. Ahí tiene usted el cliché que estaba buscando. ¿Otro? Yo estaba furiosa, confundida... lo cual no era, según me han dicho, algo insólito para una persona en mi situación. Después de todo lo que habíamos hecho, Hussein seguía siendo tan poderoso como siempre, y Jordania era una pesadilla a punto de estallar. Puede imaginarse cómo me hacía sentir eso. Todos decían que era natural que estuviera furiosa, que lo superaría. La idea que tenían ellos del trabajo era más bien vaga. El sujeto que me abordó me indicó una dirección a seguir. No sé cómo llegó hasta mí ni tampoco sé por qué, si vamos al caso. Yo no soy una fanática, señor Votapek... y no me importa saber quién es... pero las cosas que hay en ese manuscrito tienen sentido.

—¿Usted ha visto el manuscrito? —Votapek no pudo disimular su sorpresa.

—Fragmentos. Lo suficiente para despertar mi interés. Recuerde que el caos es mi especialidad. —La reacción, aunque leve, se reflejó en sus ojos, y Sarah lo percibió—. Ni que decir tiene que él sabía muchísimas cosas sobre mí.

Votapek asintió con la cabeza, dejó el vaso sobre la mesa y volvió al antepecho del cenador.

—Los primeros encuentros fueron fortuitos, sin consecuencias...

—De acuerdo —la interrumpió él—. Supongamos que usted es quien dice ser. Sin embargo, aún no me ha dicho qué le mandaron hacer.

—Buscar una confirmación.

—¡Vaya uno a saber lo que eso significa! —No trató de disimular su resentimiento—. De modo que usted esperaba este encuentro. Lo estaba planeando.

—Si quiere decirlo así, sí.

Él asintió, mientras su mirada escrutaba el horizonte. Después de casi medio minuto, preguntó:

—¿Qué ocurrió exactamente en Nueva York y Florencia?

—El primer incidente, como le dije, fue una especie de advertencia. El segundo... es un poco más complicado.

—Explíquese.

Sarah sabía que finalmente él lo averiguaría.

—¿Ha oído hablar del profesor Alexander Jaspers?

Votapek negó con la cabeza.

—Estuvo en Florencia buscando el manuscrito.

—¿El manuscrito se encontraba en Florencia?

—No era el original, sino la segunda copia. Ha sido recobrada.

—¿Una segunda copia?

—Suponía que usted ya poseía esa información.

—¿Qué le ocurrió a ese tal... Jaspers? —preguntó Votapek, sin hacer caso de la pulla.

Combinando la realidad con el instinto, Sarah respondió:

—Aparecieron dos sujetos dispuestos a dejar claro que no querían que Jaspers se acercara siquiera al manuscrito.

—No veo cuál es el problema.

—Me mandaron a mí para vigilar a Jaspers y yo no tenía ni idea de quiénes eran los dos tipos.

Votapek pareció confundido.

—Me quiere decir que los dos...

—Aparecieron de la nada. Nosotros no tenemos idea de quién los envió.

Votapek meditó un momento.

—¿Está segura de que eso tenía relación con el manuscrito?

—Sin ninguna duda. Un día y medio después, un hombre llamado Bruno Feric contactó con Jaspers, y ambos desaparecieron.

—Y usted dice que no tenía ni idea de quiénes eran los dos hombres.

—Ni la más remota.

Otra pausa.

—El tal Feric... ¿qué tiene que ver con esto?

—Bruno Feric fue teniente de la Stasi de Alemania del Este: un asesino altamente preparado y relacionado con varios grupos políticos de Europa y Oriente Próximo. Después del colapso de la Unión Soviética, comenzó a alquilar sus servicios.

—¿Está segura de que fue ese Feric quien contactó con Jaspers?

—Yo le conozco. —Esta vez fue ella quien hizo una pausa—. Fui yo quien le sacó de Alemania del Este en 1989.

Votapek volvió a apretar las mandíbulas.

—La pregunta sigue siendo la misma: ¿qué tiene que ver todo esto conmigo?

—Es evidente que alguien está muy ansioso por evitar que yo cumpla con mi misión.

—Su misión, señorita Trent, sigue siendo poco clara.

—¿De veras, señor Votapek?

La momentánea expresión de perplejidad en el rostro de Votapek se transformó en una mirada glacial.

—¿Usted creía que ese alguien era yo?

—Aún podría serlo.

—¡Por favor, señorita Trent! ¿Está usted insinuando que alguien dentro...?

—Yo no estoy insinuando nada. —Dejó que asimilara la información—. Pero se diría que alguien, o algún grupo, está elaborando sus propias reglas.

—Explíquese.

Sarah habló con deliberación, midiendo sus palabras.

—La primera prueba. Tal vez alguien está poniéndose excesivamente ansioso. Tal vez alguien quiere acelerar el proceso. —Dejó que sus palabras surtieran efecto, antes de proseguir—: O tal vez ésa ha sido la idea desde el principio. Ésa es una de las cosas que me mandaron averiguar.

—Un momento —dijo Votapek, con la mirada fija y voz mesurada—. Insinúa que alguien, alguien como Jonas o Laurence...

—Los nombres los dice usted, no yo...

—¿Está tratando de precipitar el programa? —Meneó la cabeza, a medida que la idea se iba tornando más clara—. Eso es imposible dada la necesidad de coordinación. Absurdo. Conozco a esos hombres, señorita Trent.

—Dos veces, señor Votapek. Alguien ha tratado de detenerme en dos ocasiones. En Nueva York y en Florencia. Eso quiere decir que me estoy interponiendo en el camino de alguien. El hecho de que esté aquí le indica que no soy la única que está preocupada. —Aguardó—. Eisenreich quiere asegurarse de que estemos todos en el mismo barco. —Volvió a hacer una pausa—. He venido aquí para confirmarlo.

Votapek permaneció callado mientras se sentaba en el antepecho. Fijó la vista en el agua que lamía el pie del acantilado. Luego se volvió hacia Sarah.

—Conozco a esos hombres, señorita Trent.

Sarah advirtió que su mirada se perdía en el vacío. Comprendió que la conversación ya había seguido su curso; la semilla estaba sembrada y Votapek se había tragado el anzuelo.

—Confío en que así sea. —Sarah se levantó—. Lo cual, a mi juicio, nos deja poca cosa más para comentar. Por supuesto, daré curso a la información.

Él no se molestó en contestar. La gaviota batió las alas con fuerza y desapareció hacia el fondo del acantilado casi instantáneamente.

—Me tendrá informado de su... análisis, ¿no es así?

Aquella demanda la pilló con la guardia baja. No era más que un reconocimiento de su preocupación, de una ligera desconfianza respecto de sus compañeros de juego.

—No sé si volveremos a estar en contacto. —Sarah se alisó la falda y buscó el bolso—. Esta reunión debe mantenerse en el más estricto secreto. Nada de confirmaciones externas. —Sonrió—. Eso es lo que me dijeron. Me dijo que usted lo comprendería.

—Claro —asintió Votapek. Se levantó—. Mi piloto la llevará de vuelta.

Sarah se dirigió hacia el sendero de grava.

—Señorita Trent —la detuvo Votapek; ella se volvió—. Aún sigue siendo usted un misterio.

Sarah lo miró a los ojos.

—Tal como debe ser, señor Votapek. Tal como debe ser.

—Mi amigo y yo nos tomamos unos días para visitar a unos familiares, y luego viajar al sur y al Zugspitze. Tal vez hagamos un poco de alpinismo.

El alemán de Feric había perdido todo vestigio del acento habitual, sustituido por el sonsonete más marcado del alto alemán austriaco.

El funcionario siguió examinando sus pasaportes.

—Y estuvieron en Inglaterra por...

—Negocios.

Feric continuaba estirándose por encima del alto escritorio con la supuesta pose de un turista ansioso que no tiene nada que ocultar.

—Sí —repuso el funcionario, mientras examinaba los ajados pasaportes, levantando la vista una sola vez para comparar las fotografías con las caras— y regresan a Austria dentro de...

—Una semana. Diez días a lo sumo.

Unos momentos de silencio bien ensayados, un rápido y maquinal estampado de los sellos, y los dos turistas siguieron su camino. Xander había estado en Francfort sólo dos veces y había olvidado la impresionante disposición del sólido monolito del aeropuerto. Siguió contemplando la cúpula abovedada mientras se dirigían a la escalera mecánica central. Los mostradores de las empresas que alquilaban vehículos se alineaban en los laterales de la planta baja, cada uno de ellos atendido por un empleado ataviado con un llamativo uniforme, de modo que los vivos tonos amarillos, azules y rojos de los competidores internacionales rivalizaban por la atención de los pasajeros. Feric se acercó a uno de los compartimientos y colocó el maletín sobre el mostrador.

—Un coche, por favor. —El alemán de Feric volvía a estar teñido por el acento italiano del norte.

Xander no pudo evitar mirarlo: la actitud, la cabeza inclinada hacia un costado, y hasta la postura de las manos estaban a años luz de las del nervioso austriaco de unos minutos antes. Miró a Feric hurgar en los bolsillos hasta extraer un paquete de cigarrillos medio aplastado, de Milán. A Xander se le escapó una sonrisa ante tanta precisión, así como ante el simple gesto con que el hombrecillo se llevó el cigarrillo a la boca, provocando una reprimenda por parte del empleado de la agencia, que señaló con el dedo el enorme cartel con el signo de prohibido fumar colgado en la pared.

—¡Ah, *sì*!

Un despreocupado encogimiento de hombros, con el cigarrillo apagado entre los dedos, mientras sonreía a Xander y comentaba en impecable italiano:

—¿Qué le vamos a hacer? —Una sonrisa cómplice—. Por lo menos los españoles te dejan fumar a gusto mientras teclean en sus ordenadores.

Se dirigió al empleado y de nuevo en un torpe alemán agregó:

—Venimos de España y allí estaba permitido fumar.

El alemán siguió mirando la pantalla.

—Esto no es España, señor.

Feric asintió afablemente con la cabeza.

—Los pasaportes, por favor.

Sin parpadear, Feric miró a Xander y con un movimiento de la cabeza le indicó que le entregara los documentos al empleado. Xander se quedó inmóvil hasta que Feric, con un gesto de afable disculpa, se puso el cigarrillo en los labios y comenzó a palparse la chaqueta. Al cabo de un momento, con una breve risita, extrajo dos flamantes pasaportes de un bolsillo, se los entregó al empleado y comentó:

—No, los tengo yo.

Xander siguió observando la actuación; el empleado, indiferente ante los comentarios del italiano, siguió tecleando. Al cabo de unos momentos, puso un sobre y un juego de llaves sobre el mostrador. Feric asintió con la cabeza y, encogiéndose de hombros, fue garabateando unas iniciales ilegibles en todos los lugares marcados con una cruz.

—*Sind wir fertig*?

La prolongación de las erres y la aspiración de la ge final obligaron al empleado a esbozar una sonrisa de pena.

—Sí, todo listo.

Al tiempo que bajaba el maletín de la mesa, Feric se guardó los documentos en el bolsillo, saludó de nuevo al empleado con un movimiento de cabeza y dijo:

—Primero, vamos a comer.

Luego, enlazando a Xander por el brazo, le condujo por el laberinto subterráneo. Cinco minutos después, se encontraban frente a un restaurante italiano, con un letrero rojo de sinuosas curvas, en el cual el nombre se perdía en letras que adoptaban la forma de las siete colinas de Roma.

—Siempre procuro comer aquí cuando tengo tiempo. Hacen unos *manicotti* excelentes. No encontrará otros iguales fuera de Roma.

Había vuelto a ser el Feric de antes, con el inglés preciso que lo caracterizaba, si bien algo suavizado por una sorprendente reminiscencia del vivaz álter ego italiano. Con paso garboso, abrió las puertas de vidrio y entró en la sala vacía del restaurante. Después de descartar tres mesas sin motivo aparente, eligió una cuarta situada junto a la pared, dejando el maletín en el suelo mientras se sentaba. Xander se unió a él al tiempo que el *maître* dejaba las cartas sobre la mesa antes de volver a su posición junto a la puerta. Espejos altos hasta el techo y una atinada situación de las arañas y los candelabros contribuían a crear la ilusión de amplitud en el estrecho comedor. Feric se contemplaba a sí mismo arrancando trozos de pan en un millar de imágenes.

—Fue una actuación fantástica. —Xander apoyó los codos sobre la mesa, pues se sentía incómodo con la espalda apoyada contra el recto respaldo de la silla.

—Es usted muy amable. —Había cierto grado de autocomplacencia en la forma de masticar de Feric que delataba un inesperado deleite en su propio ímpetu—. Un italiano bullicioso. Ve demasiados cada semana como para acordarse de nosotros.

—A pesar de todo, usted lo disfrutó.

—Naturalmente. Por eso puedo ser tan convincente. —Se acercó un camarero, anotó los dos platos de *manicotti* y la botella de tinto de la casa, y desapareció tan rápidamente como había aparecido—. ¡La expresión de su cara, doctor, cuando le pedí los pasaportes... eso sí que lo disfruté!

El camarero volvió con una jarra, y Feric mantuvo su inusual jovialidad, con las cejas levantadas al pensar cómo sería un vino italiano servido en un restaurante alemán. Ambos quedaron gratamente sorprendidos por el delicioso gusto que les dejó en la boca al acompañar los trocitos de pan.

—Estoy impresionado —asintió Xander—. Una excelente elección.

—Sí, así es.

—«En medio de la cacería —recitó el profesor—, busca un sitio para recobrar energías: una buena comida, un poco de vino.» Lección... ¿por cuál vamos?

—Si es así como usted quiere verlo, sí. Todo puede sernos útil. —Feric tomó un buen sorbo de vino—. Sin embargo, en esta ocasión, es mucho más simple que eso. Disponemos de veintiséis minutos antes de partir, yo tengo hambre y aquí preparan la comida en un tiempo récord.

La precisión de la respuesta era excesiva, incluso conociendo a Feric.

—¿Veintiséis? —repitió Xander—. ¿A qué se debe tanta exactitud?

—El tren a Gotinga parte a las 7.27 h, veintiséis minutos.

Según lo pronosticado, llegaron los *manicotti* y Feric enseguida comenzó a espolvorear montañas de queso rallado sobre la pasta que ya estaba bien cubierta; dejó de hacerlo al advertir la expresión de Xander.

—No habrá creído que íbamos a usar el coche, ¿verdad? Es lo más fácil de localizar. —Al ver que Xander no respondía, Feric prosiguió—: Si no son muy listos, entonces sólo habremos perdido quince minutos. Por otra parte, si son más inteligentes de lo que usted cree, acabarán por averiguar quién alquiló el Fiat. A usted lo siguieron hasta la biblioteca en Londres, ¿por qué no tendrían que tener el mismo éxito aquí? Feric hundió el tenedor en los *manicotti.* Con los dientes cubiertos de salsa *marinara,* siguió diciendo—: Lo cual me obliga a formular una pregunta que me ha estado inquietando desde el mediodía. —Se limpió la salsa de la barbilla—. ¿Cómo supieron adónde iba usted?

La pregunta pilló a Xander desprevenido. Cómo Eisenreich lo había localizado en Londres le parecía menos importante que el hecho de que le habían encontrado realmente. A él y al manuscrito.

—No tengo la menor idea. Supongo...

—Existen sólo dos posibilidades. O Eisenreich posee amplios recursos con los que seguir el rastro de un hombre (lo cual es muy improbable si tenemos en cuenta la poca habilidad que han demostrado en seguirlo a usted), o bien —tomó la copa—, usted no ha sido tan cauteloso como podría suponer. —Levantó la vista para evaluar la reacción de Xander.

El joven erudito se quedó inmóvil, con el tenedor lleno de pasta a medio camino entre el plato y su boca. Xander, que no estaba seguro de si acababan de tratarlo de estúpido o de algo peor, se quedó por un instante sin palabras. Feric no creyó necesario insistir en aquel punto.

—No creo que esté al tanto de cómo lo localizaron, pero sería conveniente que hiciera un repaso de lo sucedido desde que salió de Florencia. O quizá de Milán.

—¿Milán? —Imágenes de la semana anterior pasaron raudas por su mente—. No supe que iría a Londres hasta que leí las notas de Carlo. Y esas notas no las conseguí hasta llegar a Florencia. No sabía nada sobre la colección Danzhoeffer...

—Bien —lo interrumpió Feric, al ver la creciente preocupación en el semblante de su compañero—. Entonces, puede descartar Milán.

—Y hasta que le encontré a usted, estuve viajando con mi propio pasaporte. No es tan difícil seguir a alguien...

—De acuerdo. Pero ¿por qué aparecieron en la biblioteca? Sin duda ese dato no figuraba en su pasaporte. ¿Por qué no eligieron el Museo Británico, o Cambridge, o cientos de sitios más? ¿Por qué Londres y por qué esa biblioteca?

—Bueno... No sería difícil averiguar que yo realicé la mayor parte de mi trabajo en ese instituto hace cuatro años...

—¿Dónde reside la lógica en ese razonamiento? —Feric negó con la cabeza y volvió a concentrarse en la pasta—. Pura coincidencia. Que trabajara en el instituto hace cuatro años no tiene relación alguna con el hecho de que el manuscrito se encontrara allí ahora.

—¿No podrían haber apostado a alguien en el instituto...?

—¿Con qué fin? Y aun así, usted mismo dijo que el calvo pareció muy sorprendido cuando se topó con usted. ¿Me equivoco?

Xander se quedó pensando.

—Parecía... aturdido. Claro que podría estar equivocado. Yo iba huyendo de usted; acababa de encontrar el manuscrito...

—Todo eso es cierto, pero ¿modifica la impresión que le causó aquel hombre?

Xander negó lentamente con la cabeza.

—No. Estaba sorprendido de veras.

—Exacto. Y por la descripción que me hizo la señorita Trent, yo lo vi antes del encuentro con usted. Parece evidente que estaba allí por el manuscrito, no por usted. —Feric asintió con la cabeza y arrancó un pedazo de pan—. No. Debe de haber algo más... o alguien más que sabía dónde podía estar el manuscrito. Alguien que había tenido acceso a las notas de Pescatore y que pudiese enviar a nuestro amigo calvo a Londres, independientemente del hecho de su presencia allí... en el pasado o en el presente.

—¿Alguien más? —Xander no encontraba ningún sentido a aquellas palabras—. Sólo dos personas sabían lo que esas notas decían: Sarah y yo mismo.

—Y... —Feric hizo una pausa, con la mirada fija en los ojos de Xander— la persona a quien usted envió la copia a Nueva York.

Una súbita opresión le atenazó el cuello a Xander.

—Eso es diferente —repuso, recordando lo mucho que le había costado convencer a Sarah para que le dejara enviar las notas a la señora Huber—. La copia salió hacia Nueva York el día que me fui a Londres. No es posible que llegara allí dos días después. Aun si así hubiera sido, le aseguro que la persona destinataria es de la más absoluta confianza.

—¿Está usted convencido?

—Sí —contestó con tono irritado—. No hay ninguna duda.

—Déjeme juzgar a mí si...

—Le he dicho que no hay ninguna duda.

Feric no lo había visto nunca la expresión de los ojos que lo miraban desde el otro lado de la mesa, carente de calor, de dudas, de cualquiera de las emociones que había llegado a descubrir en el profesor. Sólo convicción y, quizás, una sombra de ira. Tuvo que reconocer que su compañero prometía.

—Sólo lo pregunto porque es una posibilidad.

—Y yo respondo porque sé que no lo es.

Feric asintió con la cabeza, satisfecho con la respuesta.

—Bien. —Tomó un sorbo de vino—. Entonces queda sólo una posibilidad: Pescatore.

—¿Qué? —La sugerencia era absurda—. ¿Carlo?

Feric sacó un sobre del bolsillo y lo dejó sobre la mesa.

—Hay cuatro personas que han tenido acceso a las notas: su amiga de Nueva York, que, como usted dice, no podía haberlas recibido con el tiempo suficiente para orquestar la búsqueda en el instituto, usted y la señorita Trent, que evidentemente no cuentan, de modo que sólo queda Pescatore.

—Eso es imposible. Carlo está...

Feric deslizó el sobre por la superficie de la mesa hacia Xander.

—Encontré esto en poder de muestro amigo calvo en el instituto. Evidentemente, el profesor no era tan reticente como usted cree. Se trata de una nota que da cuenta de la localización de la colección Danzhaeffer. Sin duda reconocerá la letra, la firma.

Xander se quedó mirando fijamente el garabato: Pescatore. No podía apartar la vista del papel: sin duda era la letra de Carlo.

—Me pregunto —prosiguió Feric— si el *signore* Pescatore está al tanto del paradero de su amigo Ganz.

Nueva Orleans
4 de marzo, 15:31 h

Las piernas le ardían; tenía la sensación de que le arrancaban los brazos de los hombros. Varias veces en el curso de las cuatro últimas horas, se había sumergido, dejando que la corriente arrastrara su cuerpo hasta el límite de su capacidad pulmonar —momentos de alivio—, antes de darse impulso hacia el muelle. Sólo en una ocasión se había dejado ir demasiado lejos, dándose cuenta de repente de que perdía el conocimiento, y entonces había tenido que luchar frenéticamente para volver a la superficie de nuevo. Con la agitación, casi se le había desprendido el detonador del cinto. El hecho de no haber conseguido colocar cuatro de los explosivos ya había sido un fallo grave. Perder el detonador era algo inconcebible.

Hacía una media hora había estado a punto de irse, pues la oscuridad del anochecer le habría proporcionado la protección suficiente para alejarse nadando. Sin embargo, la llegada de un pequeño camión cisterna y la consiguiente descarga le habían imposibilitado la huida. Por fin, mientras el ruido de los últimos camiones se perdía hacia el extremo más alejado del muelle, el soldado de Eisenreich salió cautelosamente de su refugio. Se aferró al borde del muelle y se adentró en el Misisipí. Al llegar al término del muro de hormigón, se sumergió, usando los pies de pato para alejarse cada vez más de la luz sobre su cabeza. Un minuto después, subía a la superficie, a más de un centenar de metros del muelle.

El oleaje era impresionante. Cuando llevaba más o menos medio minuto flotando, mientras trataba de recobrar fuerzas para volver a sumergirse, oyó el ruido de un motor, seguido de un haz de luz que se deslizaba por el agua a unos veinte metros de su cabeza. Un patrullaje de rutina de los guardacostas. La suerte no le favorecía.

Se sumergió, luchando con brazos y piernas contra la corriente, en dirección al muelle: su única oportunidad. Pero las fuerzas le habían abandonado, y las extremidades se le acalambraban a causa del súbito esfuerzo. Se sintió arrastrado hacia la superficie, y el reflector le recortó el rostro al cabo de unos segundos.

Sabía lo que ellos esperarían rescatar del agua: un náufrago aterrado y agradecido. Sin embargo, el equipo de buceo y el detonador no tardarían en hacerles modificar la imagen. Y generarían preguntas. Preguntas que él no podía darse el lujo de responder.

«Siempre debe haber un lugar para el sacrificio.»

Las palabras cruzaron raudas por su mente mientras él se hundía lentamente. Sacó el detonador del cinto y pulsó el código.

Cuando el agua a su alrededor estalló en llamas, él no sintió nada.

Tras el manto de nubes se adivinaba el fulgor de alguna estrella que, de forma intermitente, iluminaba la trillada campiña alemana. En las calles resonaban las voces de los bebedores más trasnochadores, mientras Xander y Feric caminaban con paso cansino hacia la Schlossplatz. El en una época hogar de la nobleza sajona de Wolfenbüttel, se destacaba entre la niebla, y empequeñecía la no menos impresionante Zeughaus, la vieja armería, una sólida construcción de tres plantas de piedra y madera que proyectaba una ominosa sombra y no parecía ser el lugar apropiado para cobijar una de las más grandes bibliotecas de Europa. Su contraparte, la más elegante Herzog-August-Bibliothek, se encontraba en una callejuela adoquinada y ofrecía un perfil más majestuoso. Pero era en la Zeughaus, según recordaba Xander, donde se hallaban los libros más fascinantes y donde él había pasado la mayor parte de aquel verano de seis años atrás.

Fue allí, en la *Lesungzimmer* —la sala de los libros raros de la tercera planta— donde había conocido a Ganz, un individuo alto, casposo, con apenas la piel suficiente como para cubrirle sus interminables brazos y piernas. Xander nunca se había olvidado de aquella primera mirada, unos ojos azules como el hielo que le espiaban por encima del hombro mientras él hojeaba el manuscrito, ni de la sonrisa que se había extendido por el rostro del viejo cuando lo condujo a la pequeña cantina de la planta baja, sin dejar por un momento de describir a un colega suyo —fallecido muchos años antes—, que había sido el último restaurador del libro que ya estaba necesitando una nueva restauración. Xander le había escuchado durante horas, tomando una taza de café detrás de la otra, mientras Ganz le revelaba con minuciosos detalles algunos de los descubrimientos más extraordinarios de su larga carrera. El alborozo que denotaba la voz del anciano le recordó a Xander a una persona que conocía muy bien. Desde el primer momento se habían entendido a la perfección.

A partir de entonces, ambos se habían seguido viendo, principalmente por las tardes, sin ninguna otra razón que conceder un esparcimiento necesario a sus vidas excesivamente estructuradas, saborear una cerveza o un pastelillo. En una ocasión, dando satisfacción a un capricho, habían pasado un largo fin de semana en Berlín: la primera visita que hacía Ganz a la ciudad desde el fin de la guerra. Como muchos otros, Ganz se había mantenido alejado, para no manchar la imagen que guardaba de su infancia. Tras una semana de insistencia por parte de Xander, y después de recordarle que la ciudad estaba reunificada, Ganz finalmente accedió. Tres días gloriosos en Berlín. El obsequio de una de las primeras ediciones alemanas de *El príncipe* de Maquiavelo fue su manera de manifestarle su agradecimiento.

De vuelta en Wolfenbüttel, ambos habían seguido cultivando la amistad, y sólo una vez, según recordaba Xander, se desviaron del tema de los libros. En una ocasión, Xander había invitado a Ganz a su cuarto en la Pension Heinrich Tübing, donde el dueño preparó un agasajo digno de un rey para sus distinguidos invitados. «Es un honor poder servir a dos personas tan sabias», había manifestado Tübing.

Años después, de nuevo Herr Tübing demostraba ser un hostelero consumado. El hecho de reconocer la voz de Xander —a pesar de la pésima comunicación desde Gotinga—, situaba al pescadero en una clase única. No, no habría ningún problema en preparar la habitación de Herr Doktor Professor. ¿Y para su invitado? Ninguna dificultad en absoluto. Resultaba difícil no advertir el entusiasmo del hombre. ¿Pensaban quedarse una larga temporada? Unos cuantos gritos intercambiados con Frau Tübing (una mujer a quien Xander nunca había visto durante su estadía inicial de tres meses) y todo quedó en orden.

Con las maletas a cuestas, Xander y Ferric recorrieron un bonito puente cubierto después de dejar a sus espaldas una hilera de tiendas oscuras. Doblando a la derecha, entraron en la Jürgenstrasse, donde se encontraba la Pension Heinrich Tübing —dos pisos con unos diez cuartos para huéspedes en la planta alta, y salón para el desayuno y sala de estar en la baja— totalmente envuelta en la oscuridad. Xander consultó el reloj. La una y diez, un poco tarde para los horarios que regían en Wolfenbüttel, pero Herr Tübing había insistido en quedarse despierto para dar la bienvenida a sus huéspedes. Y, fiel a su palabra, se encendió una luz en lo alto antes de que Xander llegara a llamar, y al cabo de un momento se abrió la puerta del frente, para dar paso a la erguida figura de Herr Tübing. Iba en bata y zapatillas, y sus ojos trataban de adaptarse a la luz.

—Lamento que se haya hecho tan tarde —se disculpó Xander—. No teníamos idea de que el tren tardaría tanto.

El hombre movió la cabeza fugazmente.

—Bah, esos trenes siempre hacen lo mismo. *Viertel vor elt. Prompt.* Mantengo las luces apagadas para ahorrar electricidad. Por favor. —Indicó a sus huéspedes que entraran en el recibidor—. Le he preparado la misma habitación de entonces. La ocupaba una joven de Bremen. Ha tenido la gentileza de acceder a mudarse.

—No había necesidad...

—Para el Doktor Professor siempre hay necesidad. Ella es simplemente una *Privatdozent.*

Encendió la luz del vestíbulo.

Xander sonrió y siguió a su anfitrión por una angosta escalera. Feric fue tras ellos. Había olvidado cuán estrictos eran los alemanes con respecto al protocolo dentro de la jerarquía académica. Doktor Professor, el más grande los grandes, y ella simplemente una *Privatdozent.* Por lo que Xander sabía, la mujer tenía cincuenta años, era mucho más distinguida que él, y seguramente ella misma había insistido en mudarse de habitación. Se trataba de una cultura que él nunca terminaría de comprender del todo. Doblando a la izquierda al llegar a lo alto de la escalera, los tres avanzaron hasta la habitación del fondo; Herr Tübing abrió la puerta y le dio la llave a Xander. Luego metió la mano en el bolsillo en busca del duplicado para Feric, si bien esperó antes de entregársela.

—¡Ah! —exclamó Xander—. Le presento a...

—*Signore* Caprini.

Feric esbozó la misma sonrisa que había ensayado ante el mostrador de la agencia de alquiler de vehículos. Saludó a Herr Tübing con un movimiento de la cabeza ligeramente inclinada hacia un costado, al tiempo que extendía la mano.

De nuevo salieron de su boca unas frases en aquel alemán forzado:

—Estoy ayudando al Doktor Jaspers en unas investigaciones para sus magníficas bibliotecas. Espero que no haya conveniente. —Hizo una pausa—. ¡Ah, *Entschuldigung*! Inconveniente.

El alemán saludó con un gesto y puso la llave en la mano de Feric.

—Nunca hay inconvenientes cuando se trata del Doktor Professor. Espero que la habitación sea de su gusto.

—*Bellissima* —replicó Feric y entró en el cuarto.

Volvió a salir al cabo de un momento para entrar el equipaje de Xander. Tübing volvió a saludar con la cabeza, anunció la hora del desayuno —*halb sieben prompt*—, se volvió y, con la espalda tiesa como una flecha, dobló la esquina para dirigirse a su dormitorio. Sonriendo, Xander entró y cerró la puerta a sus espaldas.

La habitación estaba exactamente tal como la recordaba. Las mismas toallas azules, el mismo cubrecama blanco y grueso, las mismas almohadas, y hasta la misma marca de jabón en el platillo al lado de la palangana. Xander había colocado el escritorio junto a la ventana en aquella época —prefería la luz natural— y lo había vuelto a su lugar original antes de dejar el cuarto. Con sorpresa vio que el escritorio se hallaba de nuevo junto a la ventana, otro punto para la precisión de Tübing. Mientras tanto, Feric se había instalado junto al alféizar y espiaba a través de la abertura de las cortinas: un pequeño jardín, unos cuantos arbustos, el comienzo del bosque. El globo de un farol iluminaba la grava del callejón sin salida donde dos coches habían aparcado para pasar una noche tranquila. Feric dejó caer la cortina, pero su fino tejido no servía de obstáculo a la claridad exterior.

—Si mal no recuerdo —comentó Xander—, el farol se apaga después de las tres.

Feric asintió con la cabeza y colocó su bolso sobre una de las dos camas. Salvo por el breve intercambio de palabras con Tübing, había estado virtualmente mudo desde el trasbordo en Gotinga, con una expresión más concentrada de lo que Xander podía recordar. Se había sentido impulsado a formular algunos comentarios acerca de la ineficiencia de los ferrocarriles alemanes, pero había ofrecido poco más a modo de explicación sobre algunas de sus propias «directivas»: que Xander hiciera la reserva en la pensión, que diera la hora exacta de su llegada, que mencionara al «colega» que lo acompañaría y que no le preguntara a Herr Tübing si alguien había estado haciendo averiguaciones recientemente sobre el joven Doktor Professor. Si los hombres de Eisenreich habían descubierto su viaje a Wolfenbüttel —una posibilidad que parecía cobrar fuerza—, su primera parada la efectuarían sin duda en su antiguo alojamiento: el número doce de Jürgenstrasse. O tal vez fuera su segunda parada, pues Ganz vivía a cinco minutos a pie del mercado central. Era muy posible que el calvo hubiese hurgado entre el material de Ganz, que hubiera encontrado el manuscrito y simplemente se hubiese quedado esperando en la estación para acabar de atar unos cuantos cabos sueltos más. El hecho de que Feric y él hubieran llegado sin incidentes, a Xander sólo le había tranquilizado muy ligeramente.

Sentado en su cama, Xander observaba cómo el agente sacaba del bolso unos pantalones negros, un suéter y una gorra negra. Xander acomodó la almohada.

—Tengo que reconocer que me siento algo más tranquilo por la forma en que hemos llegado a la ciudad.

—No crea —replicó Feric—. Si Eisenreich no ha hecho nada hasta este momento es porque nosotros anunciamos nuestra llegada sin tapujos para quien pudiese estar interesado. —Dejó los zapatos junto a la pata de la cama—. Aquí, ellos son los desconocidos, no usted. Tienen que actuar con cuidado. —Sacó del bolso otros pantalones, un suéter con cuello de cisne y otra gorra, y los arrojó sobre la cama de Xander—. Póngase eso.

Feric se levantó y se guardó la billetera y los pasaportes en los bolsillos. Luego se sentó ante el escritorio, sacó una hoja de papel de carta del cajón y comenzó a escribir.

—¿Qué está haciendo? —Xander iba siguiendo sus instrucciones: se había quitado la camisa y estaba ocupado en desatarse los cordones de los zapatos.

—Una nota para Herr Tübing. Sus disculpas por no poderse quedar. Una emergencia inesperada. Si sucediera algo esta noche, la palabra emergencia causará el efecto adecuado, mucho más si la nota está escrita de mi puño y letra como asistente suyo que soy. Dejaré un centenar de marcos.

—Eso es el doble de lo que vale la habitación.

—Usted es un hombre generoso, Herr Doktor Professor.

Sarah pidió al piloto que la llevara a Tempsten. Tras lo sucedido, Alison era demasiado valiosa como para dejarla desamparada; al fin y al cabo, constituía un vínculo entre los hombres de Eisenreich, tanto si era consciente de ello como si no. Y, por supuesto, Votapek exigiría respuestas con respecto al vídeo. Sarah comprendió que tenía que actuar con rapidez. Con ese fin, buscó un refugio a Alison y la proveyó de vituallas para una semana. También le entregó una pistola, como precaución. Alison la aceptó sin decir ni una palabra.

Al ver el arma en manos de la joven, Sarah sintió una extraña resolución, tenía la noción de haber vivido el mismo momento antes, y de nuevo no le quedaba otra alternativa que seguir adelante. «Volverás.» «Sí.» «Volverás a por mí.» «Sí.» Sarah tenía que proteger a Alison de Tieg y Sedgewick; tenía que hacerles frente y socavar su determinación como había minado la de Votapek. Debía encontrar el modo de alcanzar el corazón de Eisenreich y destruirlo. Sabía que era la única forma de mantener a Alison a salvo.

El único modo de salvar a Xander.

Seis horas después, Sarah estaba en la Ghirardelli Square de San Francisco, aunque sus pensamientos se encontraban a diez mil kilómetros de distancia. Telefoneó al punto de retransmisión para recibir los mensajes de Feric. Estaban en Alemania con sólo una parte del manuscrito. No daba más detalles al respecto. Sin embargo, más estimulante resultaba su sinopsis de la parte que habían encontrado. El resumen confirmaba todo cuanto ella misma había conjeturado: el aislamiento, el tabú sobre el contacto. Y el cuarto hombre. Pero fueron las palabras finales de Feric las que hicieron aparecer una sonrisa en su rostro.

«El doctor está bien. En realidad, me estoy encariñando con él.»

Un reconocimiento poco propio de Feric, pero que Sarah comprendía muy bien.

Al colgar el receptor y volver a mezclarse con la gente que circulaba por la calle, Sarah advirtió que la estaba siguiendo un individuo. En un primer momento pensó que sería del Departamento de Justicia, pero rechazó esa idea: el individuo no encajaba en el perfil.

Como precisaba una respuesta, Sarah comenzó a ir a la deriva de un grupo de gente a otro, aminorando el paso para atraer a su presa. El ruido de las pisadas del hombre se fue acercando, y cuando ya resonaban casi junto a ella, Sarah dio media vuelta, su torso chocó con el del perseguidor, y los brazos y piernas de ambos se enredaron en un confuso revoltijo. Antes de que él pudiera reaccionar, la mano de Sarah se hundió en la espalda del hombre, y sus dedos se cerraron como una pinza en torno a la base de su columna vertebral. Él se encogió mientras ella lo empujaba para que siguiera caminando.

—Parece que tiene mucho interés en mí —dijo Sarah en voz baja—. Y diría que no es demasiado sutil.

—No pretendía ser sutil —respondió él, y sus pasos se acortaban a medida que Sarah le hundía los dedos más profundamente en la carne—. Pertenezco a la comisión.

Cinco minutos después, se hallaban sentados en un café, con dos cortados en la mesa.

—¿Tiene nombre el hombre de la comisión? —preguntó Sarah.

—Stein. Bob Stein. —Él sonrió, nervioso, con los gruesos dedos en torno a la cucharilla—. No sabía muy bien cómo acercarme a usted.

—Bueno, aquí estamos.

—Sí. —Él sacó la cucharilla de la taza, lamió la espuma y se aclaró la garganta—. Pertenezco a la comisión...

—Eso ya me lo ha dicho.

—Sí. Bueno, tiene que ver con su... investigación...

—Tómese su tiempo, Stein.

—He traído algunos expedientes.

Sarah lo miró fijamente mientras él sorbía el café con avidez.

—Ésa no es la política de la comisión.

Stein no replicó.

—¿Entonces para qué lo mandó Pritchard? ¿Tuvo un súbito remordimiento de conciencia?

—Nadie de la Comisión Supervisora sabe que estoy aquí.

Sarah lo observó mientras él permanecía con la vista fija en la taza.

—Eso es bastante imprudente, ¿no le parece, Bob? Se sale un poco de los parámetros de la conducta aceptable.

Él levantó la vista, olvidándose momentáneamente de su nerviosismo.

—Lo que se sale un poco de los parámetros de la conducta aceptable es poner en actividad a los agentes retirados. Pero hemos ido bastante más allá de eso, ¿no?

Sarah se sonrió.

—Sí, así es.

—Mire —siguió Stein, su voz ya no era más que un murmullo—, los perdimos a los dos en Florencia. No le preguntaré dónde está el bueno del doctor porque ése no es el motivo que me ha traído aquí. Usted apareció un día después con su propio pasaporte, lo que yo interpreté como una invitación. «Aquí estoy; venga a verme.» Si no lo era, dígamelo y con sumo gusto volveré a mi despacho, me olvidaré de todo esto y confiaré en no haber cometido un terrible error. En caso contrario, creo que estoy aquí para ofrecerle ayuda.

Sarah no había perdido la sonrisa.

—Bueno, entonces supongo que debería aceptarla, ¿no es así, Bob?

Eran poco más de las cuatro de la madrugada cuando ambos salieron a la Jürgenstrasse. Habían procedido con un gran cuidado en la escalera, mucho más con la puerta de entrada y en ese momento mantenían la misma actitud en la calle que conducía al centro de la ciudad. La luz ámbar parpadeaba en el estoico semáforo que montaba guardia en la única intersección importante, ante una carretera que se extendía totalmente desierta a lo largo de varios kilómetros. La quietud de la noche, ideal para su propósito, no hacía sino aumentar la preocupación de Xander. Estaban solos, caminando por una ciudad sumida en el sueño. Xander mantenía el bolso pegado contra el costado; la apuesta por el silencio constituía un marcado contraste con el aire distendido de su primer acercamiento a la Pension Heinrich Tübing. Feric aceleró el paso, y unas gotas de sudor comenzaron a formarse bajo el cuello de cisne del suéter de Xander.

Dejaron atrás el palacio y las bibliotecas para llegar al mercado central, como en la mayoría de las ciudades alemanas, una zona peatonal rodeada de tiendas y almacenes, muchos de ellos recargadas cajas de cemento y vidrio que se alzaban amenazadoramente por encima de los tejados de los viejos edificios de madera. Xander abría camino por la amplia plaza adoquinada; unas pocas arterias se entrecruzaban con la avenida principal en un laberinto sin fin que constituía el corazón de la pequeña ciudad. Sólo el ruido de los zapatos con suela de goma, en un repiqueteo contrapuntístico, alteraba el sepulcral silencio. Al final de la avenida, la luz verde de un semáforo proyectaba un resplandor agradable en el pavimento. La casa de Ganz, a unos veinte metros de distancia, reposaba sumida en las sombras.

Xander se detuvo y señaló con un movimiento de cabeza la casita de dos plantas. Desde donde se encontraban ambos hombres se divisaban las vagas siluetas de los arbustos que salpicaban el césped. Al acercarse, se perfilaron otros detalles de la casa, como la repentina aparición de un coche: un monstruo giboso con el perfil de un antiguo Saab que montaba guardia junto al bordillo. Cortaron camino a través del prado, la hierba quebradiza bajo sus pies, y a cada paso que daban se oía un crujido sordo, imposible de ahogar en la calma de la noche. Al cabo de un instante, ambos se encontraban en el segundo escalón del porche; las gotas de sudor bajo el cuello de cisne de Xander se habían convertido en un hilillo que le corría por la piel, y su respiración era entrecortada, no tanto a causa del esfuerzo como de los nervios. Xander golpeó ligeramente con los dedos la gruesa madera de la puerta y acto seguido retiró la mano, atento a un eventual movimiento en el interior. Nada. Xander probó de nuevo, con más convicción esta vez; el corazón le daba un vuelco cada vez que tocaba la madera. Feric ya estaba junto a una de las ventanas, pasando la mano enguantada por el marco de madera, con la mirada perdida en su concentración. Al cabo de un instante, miró a Xander y formó con los labios la palabra «alarma». Luego, extrayendo una laminilla metálica del bolsillo, la pasó a lo largo del resquicio entre las dos ventanas, encontró el pestillo y volvió a guardarse la lámina en el bolsillo. Tiró de la hoja hacia arriba y escuchó; satisfecho, siguió levantando la ventana de guillotina e indicó a Xander que se acercara. La operación no le había llevado ni dos minutos.

Una vez en el interior de la casa, ambos hombres extrajeron unas linternas de los bolsillos y comenzaron a examinar la estancia. Ala luz de las linternas la cocina de Ganz aparecía en peores condiciones que cualquiera de los libros que pudiesen haberle encargado restaurar: la superficie de la mesa estaba llena de quemaduras de cigarrillos, de gotas de pintura y de barniz, y el olor a queso llenaba todo el lugar. Xander recordó que Ganz era viudo desde hacía veinte años y resultaba evidente que nunca había llegado a dominar los aspectos más delicados del cuidado de la casa. Feric se acercó a la puerta de vaivén. Los viejos goznes amenazaban con chirriar, pero guardaron un piadoso silencio mientras los dos hombres entraban en el angosto pasillo. Enfocando la luz en el suelo, se deslizaron por el corredor hacia la escalera; Xander le tocó el hombro a Feric y señaló la planta superior. El estudio. Eso no lo había olvidado. Si Ganz tenía en libro en su poder, estaría allí, junto al dormitorio.

Subieron los peldaños de dos en dos hasta llegar al rellano superior, donde el zumbido de un radiador era el único acompañante de sus pasos cuasi silenciosos. Había varias puertas entornadas; Xander distinguió pilas de papeles y de libros en las habitaciones, trasteros para un hombre que siempre se había enorgullecido de su reticencia a tirar nada. Sin embargo, las dos puertas del extremo del pasillo permanecían cerradas, y el zumbido se tornaba más fuerte a medida que se aproximaban a ellas. Feric pegó la oreja a la primera puerta, al tiempo que levantaba una mano para que Xander retrocediera. Al cabo de un instante, la puerta se abrió en silencio. Para su propia sorpresa, Xander conservó la calma más absoluta mientras se ensanchaba la abertura y la cabeza de Feric desaparecía tras la hoja. Incluso cuando una franja de luz se reflejó un instante en el borde de un espejo Xander permaneció sereno.

Feric retrocedió de inmediato hacia el pasillo.

—Aquí no está.

La voz era apenas un susurro, pero la súbita intrusión de un sonido bastó para sobresaltar a Jaspers, pues la confianza en sí mismo era sin lugar a dudas prematura.

—Es su dormitorio —explicó Feric—. La cama está hecha, no ha dormido aquí. Hemos tenido suerte. Esta noche está en otra parte.

Xander respiró hondo y retrocedió unos pasos mientras Feric se acercaba a la última puerta del pasillo. Con no menos precisión, accionó el tirador y abrió, esta vez sin poder evitar que un chirrido escapara de los goznes. La mano de Xander se cerró con fuerza sobre la linterna. Al seguir a Feric al interior del cuarto vio una lámpara con la pantalla orlada. Era la única imagen que conservaba de su última visita, y de alguna manera, ejerció un efecto tranquilizador en él. Mientras Feric se acercaba al escritorio, Xander se volvió para cerrar la puerta.

Ante él, centelleó la curva metálica del cañón de un revólver bajo el delgado haz de luz, y unos glaciales ojos azules le devolvieron la mirada.

6

La educación y la agresividad actúan de consuno para asegurar la estabilidad.

Sobre la supremacía, *capítulo XV*

En el cuarto de hotel, Sarah llevaba leídas varias páginas, tan concentrada en el texto que al llegar a la última hoja la pasó como si esperara hallar otra más. Lo único que encontró fue la contratapa, con el consuetudinario sello oficial que parecía devolverle la mirada. Volvió a releer la última página.

—Esto sigue siendo muy esquemático.

—Me alegro de ver que se acuerda de que estoy aquí. —Stein estaba sentado junto a ella—. No dije que fuera perfecto. Dije que ayudaría.

Se había pasado la última hora observándola, y de cuando en cuando trató de brindarle una explicación por encima del hombro, pero sólo encontró el rápido gesto de rechazo de la mano de Sarah. Su concentración había sido constante, y la intensidad de su mirada, casi hipnótica. Fue una lección sobre análisis, sobre el arte del escrutinio, dictada por una mujer que él sólo había conocido como la asesina de Jordania.

—Estas secciones no figuraban en las copias que me dieron... ¿por qué? —La pregunta estaba teñida de una nota acusatoria.

—Pritchard creyó que eran demasiado delicadas.

—Eso fue muy amable de su parte.

—Su razonamiento —replicó Bob— fue que, si le entregábamos a usted el expediente completo, no tendría ninguna razón para ir más allá. Se habría encontrado en la misma posición que nosotros. Él quería dejar los cabos sueltos con el fin de que tuviese que comenzar desde el principio: algo que desde luego nosotros ya no podíamos hacer.

—No me lo creo. No puedo imaginarme que O'Connell hubiese...

—No lo hizo —la interrumpió Stein, sabiendo demasiado bien lo que Sarah iba a decir—. Y yo, tampoco. ¿Por qué cree que estoy aquí?

Sarah no dijo nada.

—Mire —continuó Stein— sé que no tiene motivos para confiar...

—¿Tiene alguna teoría acerca de por qué el señor Pritchard quiso actuar de esta manera?

—No.

—¿Y está absolutamente seguro de que se lo ha mostrado todo?

—¿Absolutamente seguro? —Stein se encogió de hombros—. Hace una semana habría dicho que sí. Ahora, no lo sé. Absolutamente seguro es... muy absoluto.

Sarah se volvió hacia él, y el tono de su voz era menos cortante.

—Para ser sincera, estaba esperando a Gael. Por mi invitación.

—Entiendo...

—No, no lo entiende. —Sarah hizo una pausa—. Tiene razón, no confío en usted... por la simple razón de que no entiende esto.

—¿Y O'Connell sí?

—No del todo. —Sarah se puso de pie y se acercó al balcón—. Pero sí lo suficiente.

—Mire, yo no decidí enviarla...

—Claro que no. —Se volvió hacia Bob—. Voy a pintarle el panorama tal como es. Nadie en Washington tenía la clave de lo que estaba sucediendo ni de cómo todo esto se relacionaba entre sí, por lo tanto arrojaron a la desconocida al campo. La desconocida, Bob, no tiene que poseer credenciales perfectas. En realidad, no tiene que poseer credencial alguna. Lo único que tiene que hacer es agitar las aguas para que los peces gordos vean cómo va el juego. —Lo miró a los ojos—. Bueno, el juego es un poco rudo, un poco más rudo de lo que esperábamos. —Abrió el balcón y recibió con placer la brisa en la cara—. Por lo tanto, tiene razón: yo no era la mejor elección para el trabajo, si puede aplicarse ese término.

Bob guardó silencio unos instantes.

—No, supongo que no entra en la política de la comisión dar a la gente la posibilidad de elegir.

Sarah se volvió hacia él.

—¿Es por eso que está aquí, Bob? ¿A esto se reduce todo? ¿Le dejaron meterse demasiado a fondo y ahora se siente responsable? Si ésa es la razón por la que está aquí, no será de mucha ayuda.

—Estoy aquí, señorita Trent, porque creí que tenía algo que usted precisaba y porque pensé que había pedido auxilio. —Las palabras salían a borbotones, impulsadas por una fuerte presión—. Puede ser que esté equivocado, pero no creo que importe un carajo si me siento responsable o no. ¿Usted no quiere que me una a su juego rudo, que juegue en su campo? Estupendo, entonces tomaré el próximo avión a Washington y punto. Pero no creo que ése sea el caso. Yo creo que la información que le he dado, junto con lo que Jaspers haya descubierto, puede ser la única manera de frustrar lo que esa gente tiene en mente.

El estallido sorprendió a Sarah, pues traslucía la emoción genuina de un hombre que ella consideraba un simple analista ansioso que de repente se encontraba con el agua por encima de su cabeza.

—Resulta agradable comprobar que la sangre puede hervir bajo la piel de un burócrata.

—¿Burócrata? Suerte tendría usted.

—No se preocupe, nadie dispone de tiempo para censurarle a usted ni a nadie.

—No me preocupo.

Stein levantó la cafetera, hizo girar lo que restaba en el fondo y vertió en la taza un chorro de carbón líquido. El olor bastaba para disuadir a cualquiera de probarlo.

—Entonces, ¿exactamente hasta qué punto es importante Schenten?

—Ya se lo haré saber.

—Ése es el problema —replicó Stein—. Yo le he dado lo que tengo. Por lo tanto creo que hemos llegado a la parte en que usted debe hacer lo mismo y ponerme al corriente de lo que usted y Jaspers han averiguado.

Sarah se volvió y contempló a Stein arrellanado en el sofá, con la barriga al mismo nivel que el brazo del mueble.

—Pensé que estaba haciendo el papel del buen samaritano. No creí que esperara recibir algo a cambio.

—Dos cabezas son mejor que una, ¿no es así el dicho?

—Tal vez. —Sarah se sentó junto a él y esbozó una adorable e ingenua sonrisa—. Primero, necesito que me haga un favor. Supongo que tiene acceso a mi expediente.

—Sí —dijo casi a modo de pregunta.

—Bien. Entonces va a tener que destruir unas cuantas páginas del mismo.

—¿Qué? —Stein casi dejó caer la taza de café rancio sobre sus rodillas—. ¿Me pide que destruya información altamente secreta que, por otra parte, nadie puede tocar? ¿Para qué demonios...?

—Confirmación, Bob. Confirmación.

—Suelte el arma o me veré obligado a disparar al pecho del doctor Jaspers.

El tono de Ganz era sosegado, y ni su voz ni sus movimientos denotaban sus setenta y tantos años. Xander se quedó callado escuchando el ruido del arma de Feric al caer sobre la alfombra. Ganz dio un paso al costado, con los ojos fijos en los dos hombres, extendió el brazo para encender una lámpara y todos parpadearon unos instantes ante la súbita invasión de luz. Ganz miraba apreciativamente a Xander, con una expresión afable, hasta cálida, en sus ojos azules, una expresión que resultaba incongruente dadas las circunstancias.

—¿Quién es? —preguntó Ganz.

Xander tardó un instante en comprender que la pregunta iba dirigida a él, y por instinto se volvió y miró a Feric para proceder a describir al agente. Al primer asomo de movimiento, Ganz lo detuvo.

—No se mueva, por favor. Se lo preguntaré de nuevo: ¿quién es él, doctor?

Xander resopló, apenas podía tragar la saliva por el nudo que se le había hecho en la garganta. Sus palabras sonaron ahogadas, entrecortadas, mientras un acceso de náusea húmeda le subía del estómago, y él seguía con la vista clavada en el revólver.

—Soy Bruno Feric. Hemos venido por el manuscrito.

La respuesta resonó a sus espaldas.

—Tengo muchos manuscritos —contestó Ganz, con voz monocorde, y empuñando el arma con mano firme—. Su nombre no me resulta familiar, Herr Feric. ¿Qué relación tiene con el doctor Jaspers?

—Nos hemos conocido recientemente.

—No sabía que el doctor se relacionara con individuos que van armados.

—Entonces quizá tendría que cuestionarse su propia relación con él.

—No se pase de listo. —Ganz no dio muestras de emoción alguna—. Este revólver es una mera arma defensiva.

Las voces de dos personas de habla alemana conversando en inglés acabó por sacar a Xander de su estupor.

—Me está ayudando —terció—. No me di cuenta de que había sacado un arma.

—Aléjese de mi escritorio, Herr Feric —prosiguió Ganz, decidiendo hacer caso omiso de Xander—. Siéntense en las dos sillas junto a la chimenea... por favor, caballeros.

Lentamente, Xander y Feric se desplazaron entre las pilas de libros que llenaban el suelo, cuidando de mantener las manos a la vista. Por su parte, Ganz se arqueó detrás del escritorio, para encender una lámpara con pantalla orlada que reposaba sobre el cartapacio, sin apartar la mirada ni un instante del más bajo de los dos hombres. Los tres se sentaron al mismo tiempo; Ganz dio las primeras muestras de cansancio al dejar reposar por un momento el brazo sobre el borde del escritorio.

Feric se movió en su asiento, lo que provocó en el viejo restaurador una súbita oleada de energía. Volvió a levantar el revólver y fijó la vista en las manos de Feric.

—¿Estaba usted diciendo, doctor Jaspers? —preguntó.

—Emil, enviaron a este hombre para protegerme.

—¿Y por qué necesita protección un erudito especialista en el siglo XVI? Su trabajo siempre ha sido interesante, pero convengamos que no es peligroso.

—No es mi trabajo lo que resulta peligroso, y usted lo sabe. —La voz de Xander había recobrado un cierto vigor—. Lo son los once capítulos del libro de Eisenreich, que se encuentran en algún sitio, entre todo este revoltijo, pues de lo contrario no estaría apuntando con esa pistola el pecho de mi amigo.

Ganz tardó en contestar.

—Han entrado a la fuerza en mi casa a altas horas de la noche, yo no hago más que buscar la manera de defenderme.

—¿Y decidió hacerse la cama antes de refugiarse corriendo en su estudio? —Xander se sorprendió de su propia serenidad—. Lo dudo. ¿Cuándo fue la última vez que pegó ojo?

—¿Así que es usted detective también?

—Emil, ¿tiene usted el Eisenreich?

Ganz miró a Jaspers, con la afable mirada de antes, cuya calidez se yuxtaponía extrañamente a la fría realidad del cañón del revólver que empuñaba. Al cabo de casi un minuto, Ganz bajó lentamente el arma, con la mano firmemente cerrada en torno a la culata y se recostó contra el almohadón de su silla.

—Claro que lo tengo.

Apoyó la mano libre en el escritorio como si quisiera incorporarse, pero se limitó a frotar la madera, fijando la mirada en los movimientos de sus dedos nudosos. Levantando la vista de aquella rutina extrañamente tranquilizadora, dijo:

—Y ahora le haré la pregunta que me he estado haciendo a mí mismo durante los dos últimos días: ¿por qué es tan importante?

Xander miró a Feric, luego a Ganz.

—Es un gran descubri...

—No me trate como a un niño —lo interrumpió Ganz, poniéndose de pie mientras hablaba, impulsado por el primer estallido de emoción que mostraba.

Sus palabras sonaban airadas; sus movimientos eran enérgicos, firmes.

—Una primera edición de Dante es un descubrimiento. Pero nadie entra subrepticiamente en tu casa para apoderarse de ella. Y nadie hace esto.

Alcanzó un periódico que reposaba sobre el escritorio y se lo arrojó a Xander, cuya reacción fue algo lenta a causa de la súbita demostración de energía del viejo. Xander buscó la primera página y leyó por encima en busca de la respuesta.

—No; en la tercera página. —También Ganz podía impacientarse—. Al pie. Es el *Algemeiner* de ayer.

Xander abrió el diario por la página indicada. Allí encontró frente a él la cara de otro viejo amigo: Carlo Pescatore. El epígrafe de la foto era aun más devastador: «En Arno se encontró muerto a un erudito: la policía sigue investigando.»

—Hay algo aún más interesante —agregó Ganz—. La policía dice que su despacho fue desvalijado, que había indicios de lucha, que los disquetes de su ordenador habían sido manipulados y... —calló buscando causar un efecto, al tiempo que dejaba el arma sobre el escritorio— que el día de la intrusión se había visto salir del patio de la universidad a dos personas desconocidas, una de ellas un hombre barbudo. Ese detalle me pareció raro.

Xander inició una respuesta, pero luego enmudeció.

—¿Cuánto tiempo hace que lleva barba, doctor? —prosiguió Ganz.

Xander le sostuvo la mirada: los ojos de Ganz ya no eran tan afables y cálidos como momentos antes. Xander se había olvidado de su barba, que ya tenía varios días, y su reacción inmediata fue llevarse la mano a la mejilla.

—Se la ha dejado hace poco —comentó Feric, que hasta aquel momento había permanecido en silencio en su asiento.

—¡Ah! ¿Y debo aceptar la palabra del hombre armado? —Ganz volvió junto a su silla, pero no se sentó—. Tal vez ahora comprenda por qué estaba esperando con un revólver. Recibo el Eisenreich, sólo la segunda parte, por cierto, y al día siguiente, el hombre a quien le había escrito para comunicarle mi descubrimiento (porque es uno de los pocos que son capaces de apreciar verdaderamente su valor) es hallado muerto. Pero no había fallecido ese día. No; llevaba muerto por lo menos una semana, aproximadamente desde cuando me enviaron de Londres los libros para ser restaurados. ¿Coincidencia? Quizá. Quedo hondamente afligido por la pérdida de un colega... las extrañas circunstancias no son menos perturbadoras... pero yo aún no me preocupo.

»Luego, a la mañana siguiente, nuestro amigo común Herr Tübing me informa de que la segunda persona a quien le he enviado una carta sobre el Eisenreich viene a Wolfenbüttel (pese a que a mí no me ha escrito ninguna carta para anunciarme su visita) y que viaja con un compañero. Un compañero. ¿Había viajado con un asistente anteriormente? No, no que yo recuerde, y siempre ha manifestado lo mucho que disfruta de la soledad de la investigación. Además, telefonea desde la estación de Gotinga, una decisión de última hora de una persona que bien sé que es muy meticuloso en la planificación de sus actividades.

Siguió detallando sus dudas, mientras la fatiga comenzaba a manifestarse en su rostro.

—Y ahora, cuando llega aquí, irrumpe en mi casa con un hombre armado, y usted luciendo una barba. Esas cosas no puedo verlas como una coincidencia. —Empuñó el revólver y lo alzó—. Es un viejo amigo, Jaspers, pero los viejos amigos no se comportan como lo ha hecho usted. El Eisenreich se encuentra en el centro de todo esto, *natürlich*. Debo saber por qué.

Xander habló antes de que Feric pudiese detenerlo.

—Porque hay hombres muy poderosos y capaces que están tratando de llevar la teoría a la práctica.

Ganz escrutó los ojos de Xander. Por un momento, permaneció callado; poco a poco la dura mirada se fue suavizando, y el azul de sus ojos ya no denotaba ni afabilidad ni aspereza cuando las palabras surtieron efecto; su mirada se desvió hacia el escritorio. Al cabo de casi un minuto, Ganz habló, con voz controlada, directa:

—Entonces es mucho peor de lo que temía. —Miró a Xander—. ¿Están tratando o lo están logrando?

Al ver que el joven estudioso no contestaba, Ganz asintió con la cabeza y lanzó una mirada a Feric.

—Eso explica por qué está usted aquí. Sin duda, me habría matado para conseguir el libro.

Feric no dijo nada.

—Comprendo. Hay que detener a esos hombres, a costa del sacrificio que sea necesario. Supongo que usted está de acuerdo, doctor.

Xander guardó silencio, mientras Ganz abría el cajón superior del escritorio y guardaba el revólver.

—Hace cincuenta años, muy pocos tuvieron la valentía de hacer semejantes sacrificios. No crea que su amigo es despiadado porque acepta la pesada carga con tanta liviandad. Le aseguro que quienes utilicen el manuscrito actuarán con la misma indiferencia.

—Ya lo han hecho —replicó Xander.

Ganz cerró el cajón.

—Ya veo. La... «primera prueba». —Asintió con la cabeza como para consigo mismo, antes de levantar la vista—. El manuscrito lo deja claramente establecido. —Le sostuvo la mirada a Xander unos instantes y luego se dirigió a Feric—:

Puede guardar el revólver. No me gusta que esas cosas anden dando vueltas por ahí.

Mientras Feric se agachaba para recuperar el arma, Xander no podía apartar la vista del anciano, cuyos penetrantes ojos, más centrados, más decididos, irradiaban una firme determinación. Ganz siguió hablando, con palabras igualmente enérgicas.

—¿Usted, naturalmente, tiene los diez primeros capítulos?

—Sí —contestó Xander.

—Lo que significa que existe otra copia del manuscrito.

—Dos más —le rectificó Xander—. Una en alemán y otra en latín. Los individuos a que me refería tienen ambas.

—Y por supuesto están ansiosos por conseguir la tercera.

—Eso —terció Feric, al tiempo que guardaba el arma en el bolsillo— es algo que sigue intrigándome. ¿Por qué tienen tanto interés en las otras copias? Por lo que el doctor me ha contado, la teoría está repleta de sugerencias para llevar a término un proceso de años, no ofrece detalles, sólo aspectos generales: lo que intentan hacer, lo que estuvieron haciendo, cuántos hombres se necesitan, las esferas donde tiene que producirse el caos, etc. Pero si no nos dice exactamente cómo y, lo más importante, cuándo piensan iniciar el plan, el manuscrito posee un valor limitado. Ofrece una visión general, pero nada tangible, nada que especifique lo esencial, el proceso cotidiano que debemos suponer que están siguiendo. Ellos saben que el manuscrito no brinda esos detalles, entonces ¿qué importancia tiene el hecho de que nosotros encontráramos alguna de las otras copias?

—Usted mismo se ha dado la respuesta, Herr Feric. —El primer atisbo de una sonrisa en el rostro de Ganz—. Seguramente, hay algo en el manuscrito que proporciona el detalle que usted busca. De lo contrario, como dice usted, no habría ningún motivo para que demostraran tanto interés en ustedes dos, ni en nuestro querido amigo Pescatore, ¿no les parece?

Ganz se volvió en la silla giratoria, miró unos instantes a

Xander y luego abrió un cajoncito de la parte inferior del escritorio. De él extrajo un libro pequeño, cuyo color y encuadernación resultaban difíciles de apreciar a la luz del ambiente.

Xander se levantó de un salto de la butaca y le arrebató el libro de las manos al coleccionista. Abrió la tapa con gran ansiedad, pero al ver la portadilla, el corazón le dio un vuelco: la característica tipografía gótica. Por un momento, fue incapaz de hacer otra cosa que mirar. «¿Alemán? Tendría que ser italiano. ¿Y dónde figura la anotación que indica que se trata de un segundo volumen?» Xander volvió a examinar la tapa: no había ni rastro del sello de los Médicis.

—Lea el nombre del autor —le indicó Ganz—. No es exactamente lo que usted esperaba.

Wolf Point, Montana
4 de marzo, 20.45 h

La llamada de una hora antes procedía de Nueva Orleans, pero no había aclarado nada; desde las seis, la CNN no cesaba de mostrar un panorama devastador. El viejo no se había movido de delante del televisor, fascinado y exasperado por las imágenes que llenaban la pantalla.

«Demasiado pronto —pensó—. Todo demasiado pronto.» Una vez más, el destino ponía a prueba su determinación. La explosión había sido dispuesta como parte de la etapa final, no como un episodio de la primera prueba. De este modo, sus efectos quedaban mitigados por su singularidad. Los acontecimientos que habían sido coordinados conjuntamente no se iniciarían hasta dentro de tres días más, la destrucción del puerto en ese momento suponía poco más que un arbitrario acto de terrorismo.

Sin embargo, resultaba aleccionador. Vía satélite, Bernard Shaw estaba entrevistando a los agregados comerciales de Argentina y Chile, dos individuos que aún se resistían a hacer conjeturas sobre el efecto del reciente desastre.

«Según mis datos —seguía diciendo Shaw—, casi un tercio de las exportaciones e importaciones de América del Sur se efectúa a través de Nueva Orleans.»

Ambos hombres asintieron con la cabeza.

«Y si, de acuerdo con las primeras estimaciones, el puerto permanece inaccesible para los embarques comerciales durante diez días por lo menos, se plantean cuestiones harto interesantes. Esto unido a la reciente caída del mercado de cereales...»

El viejo escuchaba sólo a medias, mientras se preguntaba cuál habría sido la reacción si también hubieran sucumbido, a las pocas horas de la voladura del puerto, una serie de arterias clave del transporte por ferrocarril y por carretera en el Medio Oeste. ¿Qué clase de cuestiones habría planteado un hecho semejante? ¿Qué suerte de pánico económico?

Pero ello no ocurriría por culpa de un error de sincronización. La etapa final tendría que ser reprogramada y quizás incluso exigiría una modificación del plan.

Una aceleración.

—¿Confirmación? ¿Qué demonios significa eso?

Stein era la segunda persona que presionaba a Sarah con aquella pregunta en el curso de las últimas diez horas.

—Necesito que algunas personas sepan lo que me ocurrió después de lo de Ammán.

—Usted necesita...

—De cualquier manera, van a meter mano en mi expediente. Confíe en mí.

Stein meneó la cabeza.

—¿Quiere decir que existe una filtración? A lo sumo diez personas tienen acceso...

—Confíe en mí —lo interrumpió ella—. El problema es que el historial clínico está incluido en ese expediente, y contiene más información de la que quisiera que obtuvieran mis amigos. Es un informe psicológico...

—Sé lo que es un historial.

—Bien. Entonces no tendrá ningún problema para encontrar el mío.

Se puso de pie y se acercó a la cama donde reposaba su bolso de viaje.

—Ningún problema en absoluto. El suyo se encuentra en mi despacho desde la semana pasada.

El rostro de Sarah denotó sorpresa por un instante.

—Eso es muy conveniente. ¿Puedo preguntar por qué?

—Me gusta saber con quién trato.

Ocupada en abrir la cremallera de un compartimiento, Sarah preguntó:

—¿Cuántas copias hay en circulación?

—Ninguna.

—Eso aún resulta más conveniente.

—¿Conveniente para qué? —preguntó Stein, con impaciencia.

—Hay una lista de cuatro pasajes —respondió Sarah con naturalidad—, con fecha y hora que necesito que haga desaparecer.

—¿Cómo?

—En su lugar, escriba lo que le plazca. «Paciente incapacitada» o «Requiere sedación. Sesión cancelada». Lo que fuera que anotaron durante los días en los que consideraban que era mejor atarme. —Sarah se interrumpió un instante, con los ojos fijos en la lejanía. Voces del pasado hicieron irrupción, imágenes de una cama, de muñecas atadas, jeringas llenas de...—. Lo que se le ocurra siempre y cuando dé la impresión de que no quedan agujeros. Luego devuelva el expediente a su lugar. —Sacó un pedazo de papel—. Éstas son las fechas...

—Espere un momento. —Stein se había vuelto hacia Sarah—. ¿No sólo quiere que falsifique los datos en unos documentos que yo ni siquiera tendría que haber visto, sino que me pide que los devuelva a su lugar para que alguien los encuentre? —Sacudió la cabeza mientras alcanzaba la jarra de zumo—. Va a tener que hacer algo más que sonreírme para convencerme de que haga eso. Necesito respuestas.

—No. —Cerró la cremallera del bolso y volvió al sofá—. En esos diagnósticos hay información que le quitará sentido a todo cuanto yo diga. Esos tipos tienen que creer que soy una de ellos. Votapek ya está convencido. Mi expediente, tal como está ahora, me dejaría en una posición comprometida.

—Comprendo. ¿Y yo tengo alguna idea de lo que estoy buscando?

Sarah dejó el papel delante de él.

—Ésta es la lista...

Stein meneó la cabeza, arrellanándose en el cojín del sofá.

—Estoy seguro de que es correcta, pero eso no es lo que yo pedía. Recuerde que he visto el expediente.

Sarah miró fijamente al analista, y de su rostro había desaparecido el encanto de momentos antes.

—Sólo siga la lista.

—Siete años es mucho tiempo para recordar las fechas exactas que desea eliminar.

—Confíe en mí, Bob —repuso ella, con tono frío, preciso—. No las he olvidado.

—Oh, no tengo ninguna duda de que las fechas son correctas. Sólo me pregunto si no se habrá escapado algo durante una sesión diferente. Como decía, he leído esos informes. Creo saber qué es lo que desea que elimine del expediente...

—Entonces, ¿a qué vienen tantas preguntas?

—Necesito saber el porqué. Usted no quiere decirme qué se propone Jaspers, qué tiene que ver ese manuscrito con todo lo demás, por qué Schenten es tan importante... de acuerdo. Estoy dispuesto a aceptar todo eso porque, por alguna razón, en realidad creo que sabe lo que se hace. Pero no quiero ser el chico de los recados, ni quiero participar en esto si no confía en mí lo suficiente para darme algunos datos que me permitan sacar mis propias conclusiones. Lo único que quiero saber es por qué los delirios de hace siete años de una agente ligeramente psicótica, medio muerta y drogada puede causar tanta consternación en tipos como Tieg. ¿Qué hay en ese expediente que yo no veo?

Sarah esperó, observando los ojos de Stein antes de responder.

—Ese expediente brinda el panorama completo, y no puedo dejar que Eisenreich lo vea.

—¿Por qué?

De nuevo ella esperó unos instantes.

—De acuerdo, Bob... Quiero que sepan que yo estaba furiosa, que me sentí traicionada, que buscaba... algo que diera sentido a todo cuanto se hizo pedazos a mi alrededor. Pero no puedo dejar que ellos sepan el porqué. No puedo permitir que lean cuánto detesto el caos y las estructuras a las que conduce. En mi expediente hay páginas y más páginas de interminables delirios. Si las encuentran, sabrán que los considero (a los Tieg, Sedgewick, Votapek y Schenten) peores que a los Safad, hombres que se creen con derecho a destruir con el fin de hacer realidad su visión de un mundo ordenado. Ha leído el expediente, Bob. En esos pasajes, yo soy todo lo que ellos temen y odian. Soy la voz de la razón.

Stein permaneció callado y luego dijo:

—¿Y esos tipos son capaces de crear esa suerte de locura?

Sarah se quedó junto a la ventana.

—¿Cómo está Washington estos días, Bob?

—¿Qué?

—Lo de la semana pasada en Washington fue su simulacro. ¿Alguna otra pregunta?

Stein la miró fijamente unos momentos, confundido, hasta que puso los ojos como platos. Sarah no dijo nada; él recuperó la lista que ella había dejado sobre la mesilla de café, y fue examinando las fechas mientras decía:

—A las ocho y veinte sale un *jet* del departamento. Puedo estar de vuelta en Washington dentro de tres horas y media.

—Eso es muy rápido.

—Vuela muy alto y muy deprisa.

—Gracias.

La palabra era sincera, el reconocimiento de una genuina necesidad que Sarah no se había permitido exteriorizar durante mucho tiempo. Quizás O'Connell no era el único miembro de la comisión en quien podía confiar.

Stein dobló el papel y se lo guardó en el bolsillo.

—Dejaré el resto en sus manos.

Sarah se le acercó mientras él comenzaba a mezclar las hojas en pilas bien ordenadas. Antes de llegar junto al sofá, oyó que llamaban a la puerta. Fue un solo golpecito sordo, pero el ruido los dejó a ambos helados. Volvieron la cabeza al unísono. Sarah levantó un dedo para imponer silencio a Stein.

—¿Sí? —contestó, con un tono que denotaba tranquilidad, pero también impaciencia.

Dos golpecitos más. Sarah miró al rostro ceniciento de su confidente, que sostenía en las manos las hojas del expediente. Sarah señaló la terraza con la cabeza y se acercó a la puerta.

—¿Quién es?

No hubo respuesta, y al espiar por la mirilla tan sólo vio el pasillo desierto. Retrocedió un paso y aguardó un momento antes de abrir la puerta. De pie en un costado se encontraba un hombre alto y apuesto, con el cabello gris peinado hacia atrás, dejando despejada una ancha frente. Vestía ropa de corte impecable y tenía anchas espaldas sobre un cuerpo bien formado. La táctica con la puerta había surtido poco efecto, pues conservaba su sangre fría, y sólo entonces Sarah descubrió a un segundo individuo en el extremo del corredor. El sujeto que tenía delante la miró, luego paseó la vista por el interior del cuarto, con una expresión cautelosa enmascarada por una sonrisa ensayada.

—Señorita Trent, soy Laurence Sedgewick. Tengo entendido que ha venido a la ciudad a ver a un amigo mío.

Xander se quedó mirando fijamente el nombre: Rosenberg. Alfred Rosenberg. Mientras trataba de situarlo, volvió la página, vio la fecha de edición y de inmediato recordó la imagen de un hombre con los cabellos cortados al uno, ligeramente abatido en la fila posterior de la tribuna de los acusados en el juicio de Nuremberg. «Claro. Rosenberg, el filósofo del Tercer Reich, como él mismo se autoproclamaba. Pero ¿por qué?» Xander miró a Ganz, y su expresión bastaba para provocar una respuesta.

—Hace casi treinta años que tengo ese librillo en mi poder —dijo el restaurador—. No era una obra que me llamara mucho la atención, salvo por el hecho de que estoy virtualmente seguro de que es el único ejemplar. —Se inclinó hacia delante e hizo un gesto de asentimiento con la cabeza—. Verá que todavía está a máquina, es un manuscrito en proceso de publicación que nunca llegó a la imprenta. Evidentemente, Hitler no creyó oportuno imprimirlo. Resulta irónico puesto que es el único escrito de su necio ideólogo que tiene cierta coherencia. Yo no lo había leído íntegramente hasta ayer —Ganz hizo una pausa, para extraer un segundo libro mucho más grande del cajón—, que me acordé de éste. —Señaló el libro que Xander tenía en la mano y agregó—: Busque la tercera página en la que Rosenberg revela la fuente de su sabiduría nazi. También usted se quedará sorprendido.

Xander obedeció, pasando las hojas del delgado librillo hasta que encontró el nombre tan conocido: Eisenreich. Volvió a mirar a Ganz.

—Sí —dijo el anciano—, vaya a saber cómo, pero el caso es que el manuscrito debió de caer en manos de los nazis. Si leyera los dislates de Rosenberg, advertiría que el libro está escrito como una especie de plan, un proceso detallado mediante el cual los nazis, que aún no detentaban el poder, podían crear el clima necesario para posicionarse como la única alternativa razonable. Hitler no llegó a publicarlo, pero sin duda se tomó en serio algunas de las sugerencias que formula. Uno de los últimos consejos se refiere al incendio del Reichstag. Hitler lo ordenó en febrero de 1933, fue su último acto antes de asumir el poder dictatorial.

—Un plan —murmuró Xander casi para sus adentros.

—¿Qué? —preguntó Ganz.

—Algo que siempre pensé que faltaba. Una forma de

poner todo en marcha. —Se dirigió a Feric—: Es lo que le dije a Sarah en Nueva York. Entonces se trataba de una hipótesis. Ahora —miró a Ganz— usted me está diciendo que Rosenberg se valió del manuscrito para escribir un manual que guiara la ascensión del nazismo al poder.

—Una versión posible de esa ascensión al poder —lo rectificó Ganz—. Yo no digo que el libro detalle los movimientos precisos entre 1919 y 1933, pero resulta interesante comprobar que las primeras diez páginas de un folleto de veinte están dedicadas a los primeros trece años y medio de esa asociación, mientras que toda la segunda mitad trata de un periodo de menos de tres meses. No es una distribución muy equitativa. La primera mitad del libro es poco más que una historia glorificada de un grupo de hombres desquiciados hasta el momento en el que asumieron el poder. En la segunda mitad, en cambio, se describe el plan al que usted se refiere, y ésa es la parte en la que Rosenberg se inspiró en Eisenreich.

—¿Y ese otro libro? —preguntó Xander, indicando con la cabeza el volumen que Ganz tenía en la mano.

—¡Ah, sí, éste! —Ganz se tomó unos instantes para alisar la tapa de tela—. Éste, así como el que usted tiene, es un obsequio de Pescatore. Hace años. —Colocó el libro sobre el escritorio—. Ya sabrá que era un excelente estudioso, pero no se dejaba llevar por sentimentalismos cuando de libros se trataba. En cuanto terminaba con un volumen, me lo mandaba a mí. Gracias a su generosidad, reuní toda una colección de textos que citan a Eisenreich como su fuente. Éste es un tratado escrito por Ireton, el conspirador que colaboró con Cromwell en los debates de Putney. Es otro opúsculo sobre el mejor método para asegurarse el dominio, y también establece un plan mediante el cual Cromwell podía asumir la plena autoridad. ¿Empieza a ver la relación?

Xander asintió para sus adentros, pues la idea iba consolidándose a medida que Ganz hablaba.

—Aunque mucho más lúcido que el débil intento de Rosenberg, nunca fue llevado a la práctica, como se imaginará. Lo cual nos conduce a esto. —Ganz metió la mano en el cajón por tercera vez y extrajo un pequeño volumen encuadernado en cuero, con el inconfundible sello de los Médicis en la tapa—. Sólo releí los otros después de recibir éste hace un par de días. De repente, lo vi todo muy claro. Fue cuando iba por la mitad del último capítulo. —Ganz abrió el libro, acudió a las últimas páginas y leyó con ojos fatigados—: «Una exhortación a la acción.» Al principio, no entendía por qué el capítulo ejercía tanta fascinación en mí. Luego recordé los dos libros que guardaba en mi escritorio. En el último capítulo —miró a Feric—, Eisenreich brinda el detalle que tanto le interesa a usted. En menos de una página y media, con varios ejemplos extraídos de la sociedad de su época, describe los métodos a emplear durante la crucial última etapa antes de que se produzca el caos. Un periodo, podría agregar, que no debe extenderse más allá de dos o tres meses. Es incompleto, pero sirve a su objetivo. —Echó una ojeada a un par de párrafos—. Por supuesto, Rosenberg embrolló la teoría. Ireton lo hizo un poco mejor. Ayer por la mañana, la relación me pareció algo asombroso. Hoy —agregó, dejando el libro—, resulta mucho más inquietante. —Volvió a fijar la vista en el agente—. Por eso, Herr Feric, esos hombres estaban tan preocupados ante la posibilidad de que ustedes encontraran una copia de este libro. Según lo que me ha contado, parecería que ellos, que están ansiosos en llevar la teoría a la práctica, han redactado su propio plan tal como el manuscrito indica, y sospechan que el doctor Jaspers podría entenderlo si encontrara los últimos capítulos del Eisenreich. Entonces tendría el cómo y el cuándo.

—Supongo que eso es cierto, Herr Ganz —repuso Feric—, pero parece que existe una razón mucho más probable del por qué deben de estar preocupados.

—¿Y esa razón sería...? —inquirió el hombre tras el escritorio.

—No que el doctor pueda deducir cuál es el plan, sino que tenga noción de que existe.

Ganz permaneció callado.

—¿Y eso por qué?

—Porque si el doctor Jaspers establece una relación entre su plan y el de los nazis, entonces le sería muy fácil, con la parte que posee del manuscrito, desenmascarar a esos hombres y tildarlos de fascistas de última hora.

En la estancia reinó el silencio hasta que, abriendo los ojos desmesuradamente, Xander se dirigió al agente.

—Claro. —El caso comenzaba a despejarse—. No importaría que fuese verdad, siempre y cuando la gente creyera que existe un vínculo. Exponer su plan como un legado del plan de Rosenberg convertiría a los hombres de Eisenreich en nada más que otro grupúsculo neonazi. —La idea iba tomando forma—. No habría necesidad de exponer las partes más sutiles de la teoría: la autonomía, el engaño, las esferas. Bastaría con relacionarlos con algo que causa terror en la gente. Ellos saben que podríamos desenmascararlos.

—Exactamente —repuso Feric.

—Yo todavía estoy un poco confundido —dijo Ganz.

Xander miró al anciano y prosiguió.

—Lo único que necesitamos es exponer esos libros y vincularlos con los hombres que poseen el manuscrito, y la prensa se encargará de hacer el resto. Si los medios sacan el plan a la luz (aunque lo hagan con pocas pruebas) no tienen ninguna posibilidad de éxito. Esos individuos se escudan en el secretismo. Al relacionarlos con esos libros (por sutil que sea la relación), habrán perdido dos elementos vitales para su éxito: el engaño y la credibilidad. Si colocamos su plan, junto a los documentos de Eisenreich y Rosenberg, toda la estructura se viene abajo.

Ganz levantó los dos libros del escritorio y dijo:

—Si está usted en lo cierto, la versión que ellos poseen de esos tratados constituye su propio talón de Aquiles.

Cuando estas palabras apenas habían salido de su boca, el chirrido de un gozne resonó en la oscuridad de la casa. Provenía de abajo, de la puerta de la cocina. Feric sacó inmediatamente la pistola del bolsillo e indicó a Xander y Ganz que apagaran las luces. El agente se levantó de un salto, agarró la silla de alto respaldo de madera gruesa que había ocupado y se precipitó hacia la puerta. En el preciso momento en que las pisadas llegaban al rellano, Feric cerró la puerta de golpe y la trabó colocando el respaldo de la silla debajo del pomo. El sordo put-put de un silenciador se escuchó de pronto en el pasillo, y la inmediata ráfaga de plomo contra la madera hizo retroceder a Feric, transido por un agudo dolor en el brazo izquierdo. El agente respondió al ataque, y el silenciador de su arma ahogó el disparo que perforó la puerta de madera astillada. Al mirar hacia su izquierda, vio que Xander se acercaba a la ventana con los tres libros en el estuche del ordenador y al alero del tejado. Ganz permanecía inmóvil en su silla, con una extraña expresión de serenidad en el rostro, mientras una segunda andanada acribillaba la puerta. Feric cubrió rápidamente al anciano con su cuerpo, las balas estallaban por todas partes. Volviéndose de nuevo, Feric descargó otra vez el arma, y al otro lado de la puerta un grito ahogado indicó que el disparo había dado en el blanco. Feric retrocedió, y Ganz, que no había sufrido ni un rasguño, se parapetó detrás del escritorio y sacó el revólver del cajón y un juego de llaves muy gastadas. Entregó el llavero a Feric y pronunció la palabra «coche», mientras con el dedo nudoso señalaba la ventana y le indicaba con la cabeza a Feric que se fuera.

Todo ello sucedió en un segundo, pero era evidente que el anciano no pensaba moverse de allí; tenía los ojos azules clavados en la puerta, esperando que los cuerpos se estrellaran contra ella, y apuntaba con el arma que sostenía firmemente con ambas manos. «Hay que detenerlos, no importa a costa de qué sacrificio.» Un acto final tras cincuenta años de espera, un momento definitivo, de auténtica determinación.

Feric lo comprendió. Se deslizó por encima del escritorio hacia la ventana y echó una última mirada atrás antes de salir al tejado. Ganz estaba preparado y sus fuertes dedos apretaron el gatillo: el revólver sin silenciador atronó cuando el primer atacante embistió la puerta. El agresor saltó hacia atrás, abatido por las balas que se hundían en su cabeza y pecho: el cuerpo sin vida cayó contra la pared convertido en un montón de carne carmesí. Al cabo de un segundo, una ráfaga de balas traspasó el pecho de Ganz, aplastándole el torso contra el almohadón de la silla. Su cabeza cayó hacia un costado y sus ojos, semejantes a dos zafiros, quedaron fijos en el vacío. Por un instante, atrajeron la mirada de Feric y sólo el repentino aumento de precipitadas pisadas logró arrancarlo de allí.

Repeliendo los disparos, Feric salió por la ventana, con la manga del abrigo empapada por regueros de color rojo oscuro. El aire frío le proporcionó un agradable alivio después del sofocante calor del estudio. A su derecha, Xander había llegado al extremo del alero y le estaba esperando. Feric observó que el profesor saltaba al suelo y rodaba de costado, sin soltar el maletín que mantenía apretado contra el pecho.

—¡Al coche! —gritó Feric desde el tejado.

Se volvió y disparó de nuevo, luego saltó al tiempo que otra ráfaga pasaba silbando sobre su cabeza. El súbito aterrizaje le dobló las rodillas y lo obligó a rodar sobre el hombro. El dolor del brazo fue desgarrador, pero se arrastró por el suelo y se dirigió hacia el coche.

—¡Conduzca!

Feric arrojó las llaves a Xander, abrió la portezuela, se introdujo en la parte posterior y dejó caer el maletín en el asiento del acompañante; el profesor se sentó al volante. Un instante después, el vidrio de la ventanilla opuesta saltó hecho añicos. De repente se prendieron luces en el otro lado de la calle. Xander siguió tanteando con el llavero hasta que, por fin, encontró la llave, la introdujo en la ranura y encendió el contacto.

El viejo Saab arrancó, y entre los ruidosos quejidos del motor saltó hacia delante, acompañado por un repiqueteo de balas contra la chapa que obligaba a Xander a mantener la cabeza gacha. Miró hacia atrás por la luneta resquebrajada y vio a dos hombres saltar del tejado: viejos conocidos de la universidad. El titán calvo se puso inmediatamente de pie y disparó hacia el Saab. El barbudo permaneció en el suelo, sujetándose con las manos el tobillo con evidente dolor. Ante la mirada pasmada de Xander, el individuo que estaba de pie disparó dos tiros a la cabeza de su compañero.

—¿Ha visto eso? —exclamó Xander, cuando ya prestaba atención a la calzada, sin advertir la expresión de dolor de Feric.

—¡Ocúpese de conducir! —fue la orden a sus espaldas, que llegó acompañada del ruido de tela al rasgarse, pues Feric estaba arrancando una tira de tela de la camisa con los dientes para vendarse la herida.

—Busque la autopista.

Un haz de luz brillante entró en el vehículo por atrás, las luces largas de un coche que avanzaba rápidamente cegaron por un momento a Xander al reflejarse en el espejo retrovisor.

—Déme la mano.

—¿Qué?

—¡La mano! ¡Déme la mano!

Xander extendió la mano por encima del respaldo; Feric enseguida le colocó entre dos dedos el extremo de la tela rasgada.

—Apriete.

Xander estaba inclinado sobre el volante, con el hombro retorcido al intentar ayudar a Feric, mientras la calidez pegajosa de la sangre le bañaba los dedos y vislumbraba el nombre de una carretera conocida. El instinto le hizo maniobrar para desviarse hacia aquella ruta, y el brusco movimiento proyectó a Feric contra el otro lado del coche.

—¡Por favor! Concéntrese en la carretera. —Otra orden de la parte posterior.

—Ésta nos llevará a la *Autobahn.* En unos diez o doce kilómetros.

Feric no respondió; anudó la tela y retiró el brazo, dejando la mano de Xander libre para que volviera a tomar el volante.

—¿Tiene los libros y el ordenador?

—Sí.

—Concéntrese en la carretera.

Las luces de atrás inundaban el interior del Saab. Feric se apresuró a recargar el arma mientras el conductor del otro vehículo sacaba el brazo por la ventanilla y vaciaba todo un cargador. La luneta saltó hecha añicos, y el agente se salvó de milagro de los cortantes pedazos de vidrio. En cambio, Xander sintió que algo punzante se le clavaba en el hombro derecho. El dolor aumentó cuando su compañero le arrancó la astilla filosa. Sin ocuparse de eliminar el resto de los vidrios, Feric repelió los disparos. Una de las balas hizo impacto en el faro izquierdo, lo que obligó al vehículo perseguidor a serpentear por la carretera.

—Ahora tratará de ponerse a nuestra altura. Conduzca por el centro de la carretera.

Xander obedeció sin pensar y sintió una sorda punzada de dolor en el hombro, la carretera se tornaba más sinuosa al salir de la zona residencial. Cuando llevó el vehículo a ciento veinte, toda la carrocería se estremeció ante el esfuerzo, y el constante ajetreo sacudió a Feric de un lado a otro. Luego la carretera se enderezó y por un largo trecho atravesó unos campos de cultivo, lo que permitió a Feric apuntar con cuidado, una vez que el otro coche se encontraba a no más de diez metros detrás de ellos.

—Va a disparar a los neumáticos. ¡Serpentee!

Xander obedeció, el ritmo oscilante del movimiento del vehículo marcaba un contrapunto con las intermitentes ráfagas de balas que silbaban en el cielo nocturno. Un impacto en la parte trasera proyectó a Feric contra la espalda de Xander. Los parachoques de ambos vehículos entraron en contacto, lo cual causó una momentánea pérdida de aceleración, pero no llegó a obligar al pesado Saab a salir de la carretera. Xander recordó el último viaje parecido: las colinas de Florencia, el Mercedes negro. Parecía que habían transcurrido varios meses. Pasó a toda velocidad un indicador que anunciaba Kassel, lo que significaba que la *Autobahn* se encontraba a menos de un minuto. Entre la bruma aparecieron las luces de la autopista mientras los dos vehículos se disputaban un lugar en la angosta franja de la carretera, que luego se ensanchaba hasta cuatro carriles, dando al coche perseguidor espacio suficiente para situarse a su altura. Al acercarse a la entrada de la autopista, Xander se vio obligado a desviarse cada vez más de la rampa, su único recurso contra el segundo coche que iba ganando terreno sobre el costado izquierdo. En el último momento, Xander puso la tercera, y el vehículo lanzó un alarido agónico cuando él giró violentamente el volante, calculando perfectamente la maniobra para enfilar la entrada sin dejar a los hombres de Eisenreich espacio para seguirlo. En ese preciso momento, Feric estiró el brazo, dio un volantazo hacia la carretera más estrecha.

—¿Qué está haciendo?

No había motivo para pelearse, pues ya no era posible tomar la rampa, la carretera volvía a estrecharse, y el segundo coche se situó detrás de ellos.

—Lo habríamos logrado, habríamos entrado en la *Autobahn.*

—En estos momentos, o muy pronto, este coche estará en los monitores de la policía —gritó Feric para hacerse oír por encima del ruido del motor—. Además, en la *Autobahn*, él se habría colocado a nuestro lado y no habríamos tenido posibilidad de escapar.

Xander volvió a poner la cuarta, con lo que abrió distancia entre los dos vehículos; Feric apuntó y de un disparo rompió el segundo faro del otro coche.

—¿Conoce esta zona? —preguntó Feric, gritando al viento.

—No —aulló Xander por encima del hombro—, pero llegaremos a otro pueblo dentro de cinco minutos. Estas carreteras secundarias son todas iguales.

En ese momento, el parabrisas se resquebrajó en un millar de finas rayas: una bala perdida había impactado debajo del espejo retrovisor. Xander volvió a acelerar, tratando de no pensar en lo cerca de la cabeza que le había pasado la bala.

De repente, el pie de Feric pasó por encima del respaldo de su asiento, para hacer saltar el parabrisas astillado, que cayó sobre el capó y resbaló por él hasta estrellarse contra la carretera. Una bocanada de aire frío abofeteó a Xander: un soplo de energía que le cortó la respiración en las fosas nasales. Pasó tan deprisa el indicador que anunciaba Salzgitter, que Xander dudó de si en el cartel decía tres kilómetros u ocho.

Sonó un agudo silbido a su izquierda, y al volver la cabeza vio que un tren aminoraba la marcha, evidentemente porque se acercaba a su próxima parada en la estación de la ciudad. Feric, que también había mirado a la izquierda, se inclinaba hacia el oído de Xander, pues violentas ráfagas de viento tornaban virtualmente imposible la comunicación entre ellos. La palabra «estación» logró hacerse audible, y Feric señalaba el tren. Xander asintió con la cabeza. La cuestión era cómo.

Comenzaron a aparecer casas, las primeras desde Wolfenbüttel, y la ciudad fue creciendo a su alrededor a una velocidad de vértigo. Feric volvió a disparar al coche perseguidor, cuyo neumático de la rueda delantera derecha estalló, en un instante la llanta de acero arañó ferozmente la dura superficie de la carretera. A pesar de ello, el vehículo siguió avanzando y el conductor, impertérrito, respondió con un disparo igualmente certero contra el Saab. La súbita sacudida levantó a Xander del asiento y le hizo darse de cabeza contra el techo mientras se le escapaba por un momento el volante de las manos. Entre los vaivenes del descenso hacia Salzgitter, Feric logró efectuar un último disparo, con una puntería extraordinaria. El segundo neumático delantero del vehículo perseguidor reventó. El coche se desvió hacia la izquierda y chocó contra varios automóviles aparcados antes de dar un trombo y detenerse. A unos doscientos metros, se alzaba la estación del ferrocarril, y el silbido del tren parado ahogó piadosamente el estruendo de la rueda trasera. Transcurridos treinta segundos, Xander y Feric habían saltado del coche llevándose consigo el ordenador, al tiempo que el convoy iniciaba su lenta partida. En rápida carrera, ambos salvaron un tramo de escalones hasta el andén y, corriendo al costado del tren treparon de un salto al borde externo de la plataforma de acero entre dos de los vagones. Aferrándose a la cadena de unión, saltaron la barrera y se encontraron en la plataforma descubierta.

Un instante después, el paisaje pasaba raudo a unos noventa kilómetros por hora. Feric se desembarazó del abrigo y lo arrojó por un costado.

Respirando agitadamente, echó hacia delante la mochila, que de forma milagrosa aún llevaba sujeta a la espalda, y extrajo dos impermeables, uno de los cuales entregó a Xander. No cruzaron una palabra mientras ambos se ponían los impermeables; a los tres minutos, los dos se encontraban en el interior del quinto coche del tren que se dirigía a Francfort, comprobando con alivio que se hallaban solos.

En la estación, el calvo, impedido de andar con rapidez por haberse torcido la rodilla, subía cojeando al andén, con los ojos fijos en las luces traseras del tren. Sacó un teléfono móvil del bolsillo y marcó un número.

Sarah se hizo a un lado, a modo de invitación para que el visitante entrara; Sedgewick asintió con la cabeza y pasó junto a ella. El segundo individuo, con las manazas apoyadas en la cintura y la chaqueta abuñolada sobre los hombros, permanecía en el pasillo. Su mirada siguió a Sarah mientras cerraba la puerta: un mensaje nada sutil para dejar claro que la breve distancia no supondría un gran obstáculo si él consideraba que se precisaba de su presencia en el interior de la habitación. El pestillo se cerró con un ruido sordo, y Sarah se volvió para encontrarse con un sonriente Sedgewick que ya se mostraba cómodo en la estancia.

—Espero no ser inoportuno, pero era el único momento de que disponía hoy para venir a esta parte de la ciudad. Sin duda usted esperaba a Jonas Tieg.

Su confianza en sí mismo neutralizaba lo embarazoso de

la situación. Aunque estaba atado a Eisenreich por la misma ambición, era evidente que se hallaba muy lejos de Votapek, y parecía menos dispuesto a ocultar su arrogancia.

—No estaba esperando a nadie.

La sonrisa persistió.

—Últimamente, a Jonas no le gusta mucho mostrarse en público, una dificultad dado el éxito de su programa televisivo.

Echó una mirada a la habitación, luego se volvió hacia Sarah, con las manos embutidas con toda naturalidad en los bolsillos.

—No esperaba que estuviese sola. —Sedgewick no perdía en absoluto el tiempo.

Sarah le devolvió la sonrisa.

—No tenía idea de que estaría esperándome.

—Señorita Trent —repuso él, con tono aún afable—, el hecho de que se le permitiera abandonar la isla sólo podía significar que su próxima parada sería aquí o en Nueva Orleans. Como usted no vino a verme a mí, vengo yo a verla a usted.

Sarah lo miró a los ojos. Era notablemente hábil, no demostraba cautela alguna en sus respuestas ni tenía necesidad de bailar a su alrededor como un boxeador amagando golpes. Con una sola frase, en apariencia informal, había definido las posiciones de ambos, sin temor a revelar su papel junto con el de ella. «Se le permitió abandonar la isla.» Permitir era un verbo que insinuaba que Eisenreich la aceptaba, al tiempo que dejaba claro que quienes no gozaran de tal privilegio no sobrevivirían. Votapek la había dejado marchar. Evidentemente, eso era aval suficiente. Más alarmante era el reconocimiento de que no perdía de vista las actividades de por lo menos uno de sus socios.

Observando sus facciones, Sarah comprendió que, con él, sería aún más crucial mantener la actitud que tanto había amilanado a Votapek. Sedgewick necesitaba ver su propia arrogancia reflejada en ella.

—Considerando que el contacto es impensable, tendré

que suponer que está vigilando a nuestro amigo de la isla, ¿no es así? Actualmente, no damos muestras de un gran espíritu de equipo, ¿verdad?

Por un momento, los ojos de Sedgewick destellaron, pero su sonrisa permaneció impasible mientras se acercaba al sofá.

—Se sorprendería usted, señorita Trent.

—¿Cómo me ha encontrado? —Sarah precisaba cambiar el rumbo.

—No fue tan difícil.

—¿Sin seguirme? —Sarah meneó la cabeza al tiempo que se sentaba—. Llevo mucho tiempo en esto y, o bien su gente es extraordinaria, o hay algo que se me escapó.

La sonrisa se hizo más amplia.

—Estoy seguro de que a usted no se le escapó nada. —Sedgewick echó una mirada a la habitación—. El sujeto que esperaba encontrar aquí. ¿Quién es?

—Eso no responde mi pregunta.

—Pues yo creo que sí. —Se sentó—. Como decía, la estábamos esperando. A quien no esperábamos era a él: algo frenético y obvio, ¿no le parece? Anoche no fue difícil identificarlo en el aeropuerto y resultó considerablemente más fácil de seguir de lo que lo habría sido usted. Se inscribió en el hotel, y nosotros aguardamos. —Sedgewick ofreció una sonrisa más bien condescendiente—. No se preocupe, su reputación sigue sin duda intacta. Insisto: ¿quién es?

Sarah se alisó la falda mientras contestaba:

—Me sorprende. Pensé que el quién sería muy fácil para usted. Lo fue para Votapek.

—Ésta es una de esas cuestiones que Anton y yo no nos tomamos la molestia de comentar, señorita Trent. —Cruzó las piernas, al tiempo que quitaba una hilacha de la pernera del pantalón—. Y, por cierto, la idea de que el contacto está prohibido —meneó la cabeza—, en estos momentos no tendría mucho sentido, ¿no cree?

—¿Acaso abunda el sentido común?

Sedgewick la miró fijamente y luego se echó a reír; los

pómulos le achicaron los ojos hasta convertirlos en finas ranuras.

—Muy bueno. No; no exactamente. Al parecer, es contra el sentido común que estamos luchando, ¿no es así? Pero entonces, Anton se lo habría dicho a usted, ¿no?

—Yo ya lo sabía mucho antes de tener el placer de gozar de la hospitalidad del señor Votapek en su isla. El manuscrito es bastante explícito acerca del tema del caos, por lo tanto, también debe de serlo, pensé, sobre la restricción de contacto entre...

—El manuscrito —la interrumpió él— no hace mención alguna con respecto al mercado de cereales, pero nosotros lo manipulamos. —Su tono era casi autocongratulatorio—. Uno tiene que saber leer entre líneas.

Sarah disimuló su perplejidad. El mercado de cereales. En lo que para él era otra frase bien calculada, había revelado mucho más de lo que posiblemente se imaginaba. Había expuesto otra parte más del plan de Eisenreich para demostrar su ingenio y, queriendo o sin querer, le había ofrecido a ella la confirmación definitiva de que la consideraba partícipe de aquel proceso. Sedgewick esperaba que Sarah conociera dicha información y, por lo tanto, había hecho el comentario con toda naturalidad porque creía que no tenía nada que ocultar. ¿Y por qué iba a tener que ocultar ella algo? Había interpretado su papel a la perfección ante Votapek y ahora estaba haciendo lo mismo ante él. Y, a pesar de todo, le parecía demasiado fácil, demasiado simple. ¿O acaso estaba vislumbrando el indicio más evidente de su debilidad: el yo masculino desesperado por contraer los músculos con el fin de impresionar?

—Los detalles no me interesan —replicó con el mismo tono monocorde de antes—. Yo me refería a la teoría en general.

La risa de Sedgewick había dado lugar a una animada expresión.

—¡Qué misteriosa es usted, señorita Trent! No me extraña que él la eligiera.

—¿Votapek?

De nuevo una risa ahogada, y la cabeza echada hacia atrás al responder:

—Anton no tiene esa clase de imaginación. No; el hombre que... —Sedgewick calló y miró a Sarah—. Usted lo llamó Eisenreich, ¿no es cierto? —Esperó su reacción, pero al ver que no se producía, prosiguió—: Un poco teatral, pero comprensible. Sus palabras exactas fueron, creo: «No me pagan lo suficiente para correr ese riesgo.» ¿Estoy en lo cierto?

Sarah le sostuvo la mirada, esbozando su propia sonrisa mientras le contestaba:

—Veo que ha estado espiando. ¿Por alguna razón que yo debería conocer?

—¿Quién es él, señorita Trent? —Sus ojos habían dejado de ser afables—. El individuo que formuló tantas preguntas sobre usted en el aeropuerto y que, no obstante, decidió no quedarse para recogerla. ¿Quién es? No me gustan nada los cabos sueltos.

Sarah guardó silencio.

—No es importante: un informante, un contacto de mi pasada época en el Departamento de Estado.

Lo dejó así, para que Sedgewick uniera todos los cabos que considerara necesarios.

—¿Época pasada? —La primera resquebrajadura en su máscara—. No sabía que su afiliación había concluido.

—No ha concluido. Simplemente ha variado el centro de atención, y confío que los hombres para quienes trabajo ignoren igualmente el cambio. El individuo que tanto le interesa también trabaja para ellos.

—¿Y qué motivos tenía para viajar hasta aquí?

—Hechos recientes.

—¿Por ejemplo?

Nada de golpes sutiles, sino sólo instinto.

—Nueva York. Un callejón. Ellos aún siguen tratando de atar cabos.

—Eso fue un simple error de juicio. —Sedgewick no titubeó al responder, como si, de nuevo, hubiese sabido por anticipado a qué se refería—. Yo no tenía idea de quién era usted. Y por supuesto estaba Jaspers, ya sabe.

«No tenía idea.» Una nueva confirmación de que la mano derecha de Eisenreich desconocía casi por completo lo que estaba haciendo la izquierda.

—No, al principio no lo entendí. Podría haber matado a alguno de los tipos. Eso habría complicado innecesariamente las cosas.

—Tal vez.

—¿Y Florencia?

Sedgewick guardó silencio, mientras entrecerraba los ojos un instante, como si tomara una decisión antes de hablar.

—Florencia no fue de mi incumbencia.

Su negativa era más elocuente que un discurso y él lo sabía; ésa era su intención. Quería que Sarah supiera que él había estado al tanto de todo lo ocurrido en Italia, hasta el último detalle, que él había controlado totalmente el incidente de Pescatore... sin duda, desde la distancia.

—Tieg —dijo ella, en tono afirmativo, sin el menor resquicio de duda.

—Es muy capaz. Y como a mí, a él tampoco le gustan las sorpresas.

—Prefieren crearlas. —Él había jugado con las cartas boca arriba, por lo tanto ella haría lo mismo—. El mercado de cereales... eso fue... ¿qué? ¿Una maniobra inteligente o una manifestación de poder?

—Parte del proceso. Una muestra de control.

—De su control. ¿Y qué me dice de los demás? ¿O deberíamos prepararnos para una actuación en solitario?

Sedgewick se mantuvo impasible ante el evidente directo.

—Ellos tienen sus campos de especialización, y yo tengo los míos. La inestabilidad es esencial hasta cierto punto, señorita Trent, pero puede resultar problemática a menos que uno la controle. Yo elegí controlar los aspectos que yo entiendo, y ellos, los aspectos que ellos entienden.

Su determinación no dejaba lugar para la vacilación. Una cosa era hacer alarde de algo, y otra muy distinta llevarlo a cabo, y todos cada uno a su turno, habían demostrado que eran más que capaces de hacerlo. Controlar la inestabilidad. El caos, sí pero sólo hasta cierto punto. El caos, sí pero como herramienta. Los sucesos de Washington y Chicago habían respondido a planes minuciosos. Aquélla era la declaración más imprudente sobre sus planes que Sarah había oído hasta el momento, y Sedgewick parecía completamente satisfecho con su verdad, tanto más cuanto que era capaz de encubrir su audacia con una sonrisa bien ensayada.

—Yo creía que el control y la inestabilidad eran mutuamente excluyentes —arguyó ella.

—Eso significa que no ha leído con suficiente atención. —Sedgewick consultó el reloj y descruzó las piernas—. Lamentablemente, tendremos que continuar con las presentaciones más tarde.

—¿Presentaciones?

La palabra parecía fuera de lugar.

—Usted ha venido aquí en busca de una confirmación. —Frunció los labios—. Jonas y yo queremos ser tan útiles como lo fue Anton. ¿Digamos dentro de una hora, para cenar?

Era evidente que no era sólo el interés de ella el que quería satisfacer. Sarah estaba presionando a los hombres de Eisenreich, obligándolos a defenderse. Ése era otro signo de debilidad.

—Sí. Me encantará.

—Estupendo. Jonas tiene una bodega bastante bien provista que, según creo, compensará cualquier sinsabor por esta causa.

Sarah se puso de pie mientras Sedgewick rodeaba el sofá y se encaminaba hacia la puerta, seguido de cerca por ella. Él se volvió al tiempo que abría la puerta.

—Ah, por cierto —dijo, señalando al hombre apostado en el pasillo—, George pasará a recogerla con el fin de evitar cualquier otro malentendido.

Otra sonrisa. El hombre ya estaba junto a Sedgewick y avanzaba en dirección a los ascensores.

—Hasta luego, entonces.

Al cabo de un instante, Sarah volvió a la habitación y cerró la puerta a sus espaldas; Bob Stein apareció en el balcón.

—¡Hostia, que tío tan meloso! —Stein se sentó en el sofá, y se recostó contra el almohadón—. Las sillas de ahí fuera no son muy cómodas que digamos.

—Le pido disculpas, pero no pude evitarlo.

—Comprendo. —Stein dejó las carpetas sobre la mesa—. No me di cuenta de que era tan visible. Aunque creo que eso de frenético es un poco exagerado. —Se volvió para darle la cara a Sarah—. ¿Y qué significaba todo eso del mercado de cereales? No me irá a decir que...

—El avión, Bob. Y los informes. Eso es lo único que tiene que preocuparle.

Stein le sostuvo la mirada.

—Y usted se ocupará de todo lo demás.

—Digámoslo así.

Él asintió lentamente con la cabeza.

—Sólo espero que sepa lo que hace.

Siguiendo la orden de Feric, Xander llevaba veinte minutos durmiendo, pues el agente le había explicado que él mismo estaba acostumbrado a situaciones semejantes y se las arreglaría aun con la herida del brazo: «Es superficial, no se preocupe. Descanse mientras pueda.» Xander se había preguntado hasta qué punto su amigo fingía, pero los nervios le habían agotado las energías, y sus ojos se cerraron sin que él opusiera mucha resistencia. Se despertó en el frío asiento después de una sucesión de sueños angustiosos. Había perdido movilidad en el hombro, que se le había entumecido en contacto con el vidrio helado de la ventanilla. Frente a él, Feric permanecía inmóvil, y un par de billetes perforados se encontraban metidos en el hueco entre el asiento y la pared.

Ambos hombres se reflejaban en el vidrio que el cielo sin luna convertía en una especie de espejo. Los billetes constituían el único indicio de que, en alguna parte, un revisor circulaba por los pasillos sin vida. El tren aminoró la marcha.

—Gracias. Supongo que me hacía falta dormir un poco.

—Sí.

Feric mantenía la vista en la puerta del coche; su expresión no denotaba menos concentración por la aparente falta de pasajeros.

—Estamos llegando a la próxima estación, la quinta desde Salzgitter.

Al mirar por la ventanilla, Xander vislumbró la vaga silueta de una ciudad a la distancia y el resplandor más acentuado de las pocas luces que salpicaban el andén que se aproximaba. Las líneas borrosas de un pequeño edificio de ladrillos se tornaron más precisas al chirriar los frenos y el ruido resonó en todo el vagón. Feric estaba inclinado para ver mejor la estación, cuando de repente se echó hacia atrás. Al instante, Xander también palideció. Allí, aguardando en cada extremo del andén, se encontraban plantados dos hombrones, el gigante calvo acompañado de un segundo sujeto aún más imponente.

—Agáchese —musitó Feric.

Xander obedeció en el acto, mientras que el agente ya se desplazaba ágilmente por el pasillo, para deslizarse en el asiento del fondo que carecía de ventanilla —desde aquel ángulo dispondría de una mejor visión del andén—, mientras el tren pasaba frente al primer sujeto. Xander siguió agachado en el suelo; aunque instintivamente deseaba echar un vistazo, el pánico lo mantenía inmóvil en aquella posición.

Feric siguió atento al segundo individuo, que se hallaba tan sólo tres vagones más allá, pero lo bastante cerca como para ver que su cabeza giraba casi de manera imperceptible y luego hacía un ligero gesto de asentimiento. La señal. Feric había presenciado la misma táctica demasiado a menudo y sabía que aquel gesto iba dirigido al hombre del extremo opuesto del andén: nos encontraremos en el medio y atraparemos a la presa. Feric aguardó hasta que el individuo se hubo subido al tren para abandonar el asiento. Acto seguido, corrió por el pasillo y levantó a Xander del brazo.

—Tenemos que huir.

Aferrando el ordenador, Xander lo siguió hasta el fondo del vagón, ambos zarandeados de un lado al otro mientras el tren aceleraba. Xander reparó en que el brazo izquierdo de Feric había sufrido una herida más grave de lo que el agente había dado a entender. El miembro le colgaba inmóvil, pegado al torso, mientras iban dejando atrás una puerta tras otra de los coches vacíos, conscientes de que la red iba cerrándose en torno a ellos. Al llegar a la quinta plataforma abierta, Feric se detuvo de repente.

El viento, que soplaba con un silbido agudo y constante, tornó imposible mantener una conversación en cuanto se cerró la puerta tras ellos. Feric indicó a Xander que se pusiera de espaldas contra la pared del vagón y luego señaló la escalera de hierro que conducía al techo. El profesor se aferró a la cadena de unión de la baranda y observó cómo Feric comenzaba a trepar con el brazo izquierdo colgando y agachando la cabeza contra el viento que amenazaba con hacerle caer de la escalera. Al cabo de un instante, ya había llegado arriba. A los diez segundos, apareció una mano que le indicó a Xander que lo siguiera. El tren comenzó a inclinarse al tomar una curva cerrada. Xander fue arrojado hacia delante antes de que soltara la cadena y gracias a ello logró mantenerse firme sin perder pie. De nuevo contuvo la respiración y comenzó a subir por la escalera.

A medida que ascendía, el viento arreciaba, y Xander, como Feric, sólo contaba con una mano de apoyo, ya que con la otra sujetaba desesperadamente el maletín del ordenador. En cuanto llegó a lo alto, la corriente de aire le echó la cabeza hacia atrás. Xander se arrojó sobre el techo, con el maletín firmemente apretado bajo su cuerpo, y los ojos clavados en la puerta del vagón, mientras el viento soplaba con fuerza desde todas direcciones. Durante casi tres minutos, los dos permanecieron pacientemente inmóviles, esperando ver aparecer la sombra de uno de los sujetos cuando se dispusiera a salir a la plataforma.

Una súbita bocanada de aire proveniente de abajo —la puerta se había abierto hacia dentro— y se hizo visible una figura de gran tamaño que tuvo que sujetarse el sombrero al salir a la plataforma, pues el viento seguía soplando con inusitada violencia. Por un instante, el hombre se tambaleó, mientras su mano buscaba apoyo en la puerta, pero enseguida cubrió con ella el pomo de bronce, inclinó el torso hacia el hueco de la puerta y desapareció.

Al cabo de un instante, Xander comenzó a arrastrarse hacia la escalera, pero la mano de Feric lo agarró prestamente del brazo y lo retuvo en el techo. Feric levantó la cabeza y acercó la boca al oído de Jaspers. Como el viento soplaba por encima de ellos, las palabras sonaban ahogadas pero inteligibles.

—Se encontrarán... en el medio del tren... se verán obligados a volver sobre sus pasos... cada uno por su lado... y sólo tendremos que vérnoslas con uno de ellos.

Xander asintió con la cabeza en tanto el viento se colaba por debajo del pecho de Feric, cuyo delgado cuerpo se elevó sobre el vagón, mientras sus dedos se cerraban en torno al pasamanos que bordeaba el techo. En un momento de puro instinto, Xander apoyó el hombro en la espalda de Feric, y el movimiento bastó para evitar que el agente se deslizara por el costado. El esfuerzo reavivó el dolor que le causaba la astilla de vidrio que seguía alojada en su hombro. Feric le dio las gracias con la mirada y le indicó que siguiera adelante para volver a la escalera. Tres minutos después, los dos hombres se hallaban situados uno a cada lado de la puerta del vagón, esperando el retorno de su perseguidor.

A Xander, los minutos siguientes le parecieron una eternidad. Más que el dolor físico —las punzadas del hombro, el zumbido de los oídos, el rostro aterido—, se sentía abrumado por el temor de no sobrevivir a aquel último ataque. Nunca antes había tenido ocasión de considerar sus movimientos, sus opciones. No había tenido tiempo de pensar. Y era el hecho de pensar lo que lo tornaba intolerable. «¡Abre la puerta! ¡Atácame, degüéllame, lo que sea! ¡Pero que sea ya!», se decía. Sin embargo, la puerta permanecía cerrada, silenciosamente impávida ante el pánico de Xander.

Feric se había situado a la derecha, en mudo entendimiento de que sería el profesor el primero a quien verían, el objetivo principal, el señuelo que convertiría el cazador en presa. Feric esperaría y atacaría por detrás. Ambos hombres sabían que el agente tenía que actuar con ventaja, pues su brazo derecho le serviría de muy poco en la lucha. En torno, había comenzado a clarear sobre el horizonte, una fría pincelada de color anaranjado se perfilaba a través de la espesa neblina y proporcionaba a los dos hombres una visión más clara de la plataforma.

La puerta se abrió de golpe y reapareció la imponente figura. De inmediato reconoció a Xander, sus brazos se extendieron para atacar, y sus hombros quedaron expuestos para que Feric saltara sobre él por detrás. Sin embargo, fue Feric el sorprendido, pues el individuo descargó una patada hacia atrás, que le dio al agente en el bajo vientre y lo lanzó contra la pared de acero. Con igual fuerza, conectó un gancho en la mandíbula de Xander, que hizo caer a éste de rodillas, y le encajó un puntapié a Feric en las costillas. Xander se debatió para ponerse de pie, al ver que aquel individuo descargaba una patada tras otra en el pecho de Feric. El tren viró a la izquierda, y Xander cayó de costado sobre la espalda del agresor.

La inercia le hizo perder pie, se agarró a Feric para sostenerse, y los tres fueron a dar contra la puerta del vagón. De repente, la bota del gigante se hundió en la entrepierna de Xander; el intenso dolor le hizo desplomarse sobre el suelo, mientras el maletín del ordenador se estrellaba contra la plataforma.

Xander sintió que una primera arcada le subía a la garganta en tanto pugnaba por sacar fuerzas de flaqueza para alcanzar el maletín. Se encontraba peligrosamente cerca del borde, y sus manos se cerraban débilmente en torno al barrote inferior de la escalera. Sobre él, se erguía el gigante con el cuerpo inerme de Feric en brazos, cuya cabeza ensangrentada oscilaba colgando en un costado. El hombre dio un grito y arrojó a Feric al negro vacío. Un instante después, Xander sintió que el hierro comenzaba a escapársele de la mano.

El Range Rover había constituido una absoluta sorpresa. Dado el gusto de Sedgewick por los trajes caros, Sarah esperaba que se detuviera frente al hotel una limusina o por lo menos un lujoso Mercedes. En cambio, George había saltado de la cabina del cuatro por cuatro para ayudarla a subir a su asiento. Ella se había puesto unos pantalones oscuros, una chaqueta sencilla y una blusa de hilo. Si tenía que desempeñar el papel de esbirro leal de Eisenreich —la ex asesina reclutada para cumplir su mandato—, debía vestirse de acuerdo para la ocasión. Algo elegante, pero práctico, lo justo para causar la correcta impresión, para dar el perfil que sin duda habían descubierto en su expediente.

Después de una hora de viaje, Sarah comprendió por qué el Rover. Subiendo por las colinas, el potente vehículo se desplazaba con comodidad por terrenos rocosos y declives escarpados. Hacía menos de cinco minutos que habían abandonado la carretera principal, si así se la podía llamar, cuando el enorme rancho de Tieg apareció en un cerro no demasiado distante, bañado por una cortina de luces. A medida que quedaban a la vista los distintos niveles, la casa comenzaba a parecer un surtido de rectángulos de vidrio colocados siguiendo una secuencia azarosa. Los inmensos ventanales se levantaban hasta el techo otorgando a cada esquina una vista imponente de las colinas que se extendían a ambos lados. Hacia el norte y el oeste, los árboles llegaban hasta el borde de un camino de grava, y por los otros lados se precipitaban montaña abajo en una línea quebrada de hojas y ramas. Era evidente que Tieg gozaba de su aislamiento, pues aquel refugio de montaña era prácticamente inaccesible para huéspedes no deseados.

Siguieron un estrecho sendero que bordeaba un prístino jardín de césped bien cortado: un evidente sello de orden en medio de un entorno en estado silvestre. Aun allí, pensó Sarah, los hombres de Eisenreich necesitaban dar muestras de su control.

El coche se detuvo en la cima, delante de la entrada situada al pie de una escalera que nacía en el camino. George se deslizó de su lugar detrás del volante, dio la vuelta corriendo en torno al vehículo y extendió la mano para ayudar a descender a Sarah. Una hora y cuarto: puerta a puerta. El lugar parecía mucho más remoto. Dejándola en lo alto de la escalera, George volvió a situarse tras el volante y desapareció hacia un ignoto garaje. Al quedarse sola, Sarah disfrutó del paisaje durante unos instantes antes de descender el primer escalón. Al hacerlo, se abrió la puerta, y apareció la figura de Sedgewick en el hueco iluminado.

—¡Ah, señorita Trent —exclamó, abriendo más la puerta—, aprovechando el aire de la montaña! Ésta suele ser a menudo mi misma reacción.

—Es un sitio muy hermoso —repuso ella mientras entraba en un amplio recibidor, que daba a una sala de estar situada en un nivel más bajo.

El fresco aire nocturno fue sustituido por el olor de la madera de pino, que ardía en un hogar con forma de embudo invertido que se elevaba desde el centro de la estancia hasta el techo, que semejaba la cúpula de una catedral a seis metros de altura. A la derecha, enmarcado por un ventanal que ofrecía la vista de un cielo estrellado, se encontraba Votapek, con el vaso levantado en dirección a Sarah.

—Buenas tardes, señorita Trent.

Antes de que ella pudiese contestar, un segundo individuo, de pecho ancho y gruesos dedos, surgió de detrás de un piano de cola situado a la izquierda de la sala.

—Me temo que no hemos sido presentados. —Avanzó hasta el centro de la estancia y sonrió—. Me llamo Jonas Tieg y he oído hablar mucho de usted.

—¡Qué me estás diciendo, *imbecille*!

La voz se quebró, pero no fue a causa de la conexión transatlántica. En el otro extremo de la línea hervía la furia, y el calvo tuvo que apartarse el teléfono móvil del oído cuando la voz tronó de nuevo.

—¿Qué se te dijo que hicieras, Paolo? ¿Que los mataras? ¡No! Te lo advertimos expresamente.

—Eric también cayó. No habrá tenido más remedio...

—¿Más remedio? ¿Quieres hacerme creer que un tipo que pesa más de ciento veinte kilos se vio obligado a matarlos? ¿Qué estupidez es ésa?

Un acceso de tos resonó en la línea, seguido de un jadeo asmático, antes de que continuara el sermón.

—¿Y el manuscrito, las notas?

—¿El manuscrito?

—¡Los libros, los libros! ¿Me estás escuchando, Paolo?

—Ah, el manuscrito, los libros, sí. —El hombre hablaba precipitadamente tratando de contener el ataque—. Debieron de caer del tren con ellos. Cuando llegué al vagón, no había ni rastro de ellos.

—¡Cuando llegaste...! —Otro acceso de tos—. ¿Acaso no estabais juntos?

—Yo... nosotros... no, nos encontramos en el medio...

—¡Basta! —La cansada voz recuperó el control—. Teníais que proteger a Jaspers, y ahora... —Su voz denotaba una angustia genuina—. Me has defraudado por completo. —La línea quedó silenciosa durante unos segundos mientras la voz cascada reunía fuerzas y sopesaba la siguiente jugada—. Necesitaba esas notas, Paolo. Precisaba saber lo que él tenía. Ahora voy a tener que... —Se interrumpió—. Baja del tren y regresa a Wolfenbüttel. Asegúrate de que no queden rastros.

—Pero ¿qué pasa con Eric? ¿Y con el otro tipo? ¿Y con Jaspers?

—¡Baja del tren y haz lo que te he dicho! —Retomó el tono venenoso—. Mandaré a alguien para que limpie lo que vosotros habéis ensuciado.

La línea quedó muda, y Paolo Vestuti se dejó caer contra el respaldo del asiento. Nunca había oído al viejo tan furioso, nunca le había escuchado toser de una manera tan violenta. No obstante, él haría lo que le habían dicho que hiciera, como siempre. Una semana de seguirle la pista, para terminar perdiéndolo. Vestuti cerró los ojos: la imagen de los dos hombres cayendo de la plataforma... El enorme corpachón de Eric saltando sobre la cadena de protección, con Jaspers aferrado a su grueso cuello. La violenta imagen persistía en su mente; la futilidad de su acción al abrir la puerta demasiado tarde, al asomarse por el costado para no ver nada, el viento obligándole a buscar la protección del vagón.

Le harían expiar su pecado. De eso estaba seguro.

Sarah miró fijamente el rostro inesperado de Votapek; sin embargo, controlaba la expresión de su mirada. Luego se volvió hacia el miembro menos familiar del trío.

—Y yo he oído hablar mucho de usted, señor Tieg.

Sedgewick estaba extendiendo la mano hacia los escalones que conducían al nivel inferior.

—¿Daniel en la guarida del león? —preguntó Sarah.

—¿Daniel? —Sedgewick sonrió mientras seguía a Sarah hasta la sala de estar—. De ninguna manera, señorita Trent. Usted no parece ser la clase de persona que invoca a los dioses para que la salven. Y nosotros —se detuvo ante la barra, llenó dos copas de champán y le entregó una a Sarah— no somos animales.

—Ni dioses, Larry —terció Votapek—. Un Dios, con mayúscula. Por eso quería morir Daniel, por su único Dios. ¿Estoy en lo cierto, señorita Trent?

Sarah tomó la copa y sonrió al más bajo de los tres hombres.

—Creo que sobrevivió. Ésa era la moraleja de la historia.

El candor de Sarah surtió el efecto deseado. Votapek y Sedgewick se miraron el uno al otro y se echaron a reír; Tieg, aunque algo más remiso, no tardó en unirse a ellos. Sarah se acercó a la ventana. Tenía pocas dudas con respecto a que los hombres de Eisenreich la habían aceptado como a uno de ellos. Las chanzas, la voluntad de que la nueva asociada se sintiera a gusto... todos los atavíos para crear un ambiente donde reinara la confianza en uno mismo y el compromiso mutuo. Y sin embargo, Sarah experimentaba un marcado desasosiego. Aquellos hombres estaban dispuestos a precipitar al país en el caos, a insertar una nueva raza —una raza programada— de niños en el vacío que ellos crearían. La conversación ligera y el champán no parecían elementos adecuados para aquella situación.

Sarah miró por la ventana. La sala formaba un salidizo sobre el declive de la colina. La ladera estaba cubierta de árboles y arbustos y la cima quedaba bañada por un resplandor proveniente de unas columnas de luz que escapaban a su campo de visión. Sarah se preguntó si tenían por objeto iluminar el paisaje o mantener una cuidadosa vigilancia sobre el acceso a la casa más densamente camuflado.

—¿Celebran esta especie de tertulias muy a menudo? —inquirió Sarah, que se había acercado al fuego en busca de una mullida butaca.

—Creo que esos temas pueden esperar hasta la hora de la cena —dijo Sedgewick mientras llenaba la copa de Votapek y se volvía hacia Tieg.

—La una ya es bastante tarde para mí —comentó sonriendo y se dirigió a Sarah—. Eisenreich siempre es mejor ante un buen plato de pescado y alguna alcachofa. Confío en que le guste el salmón, señorita Trent.

Tieg se había instalado en un sofá de cuero adosado al costado más alejado, donde el ventanal ocupaba casi toda la pared, ofreciendo una vista de las colinas circundantes igualmente impresionante. Estaba con las piernas cruzadas y las manos sostenían la copa sobre las rodillas. Sarah lo observó: una figura pensativa, que distaba mucho de parecerse a la persona descrita en el expediente que ella había leído esa misma tarde.

—Anton siempre está dispuesto a poner de relieve mis pequeños defectos. —La sonrisa de Sedgewick no denotaba reacción alguna—. ¿Un único Dios? A mí me parece que los griegos y los romanos eran mucho más sensatos: ellos tenían centenares de dioses para cumplir sus mandatos.

—¿Sus mandatos? —exclamó Votapek, riendo—. ¿No se supone que es al revés? ¿Que nosotros seguimos los designios de Dios... o algo así?

—Larry tiene un modo de ver las cosas —terció Tieg, más a manera de aclaración para Sarah que para Votapek— que hace que la interpretación convencional parezca más bien ingenua.

Sarah advirtió cuán diferente era Tieg de su personaje televisivo. Nada de aforismos caseros. Aquel hombre era una persona que se expresaba con gran coherencia.

—No ingenua, Jonas. Rudimentaria quizá, pero no ingenua. —Esta vez le tocó el turno de corregirlo a Sedgewick—. El monoteísmo ha logrado subyugarnos durante los últimos dos mil años. Lo que no hemos sabido recordar es que la religión es una herramienta, un medio para...

—Dominar.

La interrupción de Sarah causó un momentáneo silencio, que ninguno de los hombres parecía dispuesto a romper con una respuesta. Sarah mantuvo los ojos clavados en Tieg, el último del triunvirato que de alguna manera parecía más absorbente que los otros.

Al cabo de un momento, Sedgewick sonrió.

—Exactamente.

Tieg parecía igualmente fascinado por Sarah, y le sostenía la mirada.

De repente se abrieron unas puertas corredizas ante una mesa magníficamente dispuesta.

—Seguiremos con este tema durante la cena.

Sarah se levantó y abrió la marcha subiendo los escalones. George estaba apostado pacientemente en un rincón.

El guardia saludó a Stein con la mano. El intercambio de saludos era el habitual en aquellas horas de la noche: una sonrisa y una referencia pasajera a la calma de medianoche, antes de que Bob enfilara el amplio corredor y entrase en el ascensor. Estuvo escuchando un instante al salir en el sexto piso para asegurarse de que el personal de vigilancia hubiese completado la ronda nocturna. Luego dobló a la izquierda: el silencio lo acompañó mientras pasaba ante el despacho de O'Connell. En la gruesa hoja de vidrio biselado de la puerta se reflejaba la hilera de lámparas halógenas atenuadas durante la noche. Nunca elevadas a su máxima potencia, las luces proyectaban un resplandor más sombrío que de costumbre sobre la pared de color crema.

Al llegar a su despacho, Bob introdujo la llave en la cerradura y al abrir la puerta se encontró ante el desorden que ya imperaba cuando se había marchado unas dieciocho horas antes. Dejó caer las llaves en una banqueta tapizada en cuero —una de las pocas zonas donde no se amontonaban los papeles— y se acercó al escritorio. Prendiendo su propia lámpara halógena, se arrodilló y comenzó a marcar la combinación de su caja fuerte, cuya parte superior proporcionaba un vasto espacio donde se amontonaban libros, tazas de café y envases llenos a medias de ganchitos.

Las pilas de papeles del interior eran la antítesis de las que aparecían esparcidas de cualquier manera por todo el despacho. Tres columnas de carpetas parecían estar aguardando pacientemente en perfecto orden; Bob comenzó a pasar el pulgar por la segunda pila antes de extraer un grueso expediente, en cuya tapa aparecía la palabra «Reservado» estampada en diagonal.

Después de sentarse en la silla giratoria del escritorio, hojeó las primeras páginas: una historia reciente de Sarah. Una sección impenetrable sobre el síndrome postraumático que demostraba la más absoluta falta de comprensión de la mujer que él acababa de conocer. Deteniéndose una sola vez, siguió pasando las hojas en busca de las primeras sesiones en Langley.

Estaba repasando una página y, al pasar la hoja, reparó en que había algo raro. Se quedó con la mirada clavada en la página, hasta que de pronto advirtió que las hojas se pegaban entre sí, que una suerte de electricidad estática dificultaba el proceso de pasar de una a otra. Siguió con las restantes, y la respuesta fue tomando cuerpo lentamente mientras iba soltándolas: alguien había fotocopiado el expediente. Estaba seguro, la textura del papel había retenido la electricidad estática que siempre produce el haz de luz sobre el vidrio. Se detuvo y miró las pilas de carpetas dentro de la caja fuerte.

De alguna manera, alguien había tenido acceso al expediente; de alguna manera, alguien había entrado en su despacho, había abierto la caja fuerte —cuya combinación él mismo cambiaba cada semana— y había vuelto a dejarlo todo en su lugar. Hasta la posición de la segunda pila.

Todas las ideas acerca de su vulnerabilidad se desvanecieron en un segundo al recordar a Sarah, la inmediatez de su voz: «En esos pasajes, yo soy todo cuanto ellos odian y temen. Soy la voz de la razón.» Consultó el reloj. Las tres menos diez. Las doce menos diez, hora de San Francisco. Ella ya se había marchado. Estaba con ellos. Y él sabía que ellos poseían toda la información que necesitaban.

No había nada que hacer más que esperar. El pecho le dolía cada vez que aspiraba una bocanada de aire, los hombros le ardían a causa del esfuerzo, pero lo sentía todo: el soplo del viento, el sol en el rostro, el nudo en el estómago donde el hambre había reemplazado al miedo. El brazo izquierdo le colgaba inerme al costado, y el derecho volvía a apretar el maletín, mientras que el milagro de los últimos diez minutos aún permanecía borroso en su cerebro.

Xander trató de recomponer lo ocurrido. Recordaba que el barrote se le escapaba de los dedos, el súbito apretón de una mano enorme en el antebrazo al tiempo que caía hacia atrás, su otra mano apresando el cuello grueso y musculoso del agresor, tirando de él hasta que su propio peso arrastró ambos cuerpos lejos de la plataforma. Nunca sabría cómo la cadena fue a parar a su mano, pero de alguna manera se había encontrado con los eslabones de hierro entre sus dedos, y él se había aferrado a ellos mientras su cuerpo caía de la plataforma para ir a estrellarse contra la parte interior del vagón, en tanto que el otro hombre desaparecía de su vista. La velocidad del tren había sido lo único que había mantenido a Xander en posición horizontal, mientras que sus pies se enredaron en una suerte de cordaje, lo que le permitió mantener el cuerpo elevado y reunir las energías suficientes para volver, de nuevo aferrándose a la cadena, hasta la plataforma.

Y luego el verdadero milagro. Cuando los brazos parecían incapaces de resistir el dolor, Xander sintió que los dedos comenzaban a soltarse, y que la fuerza del viento contra su cuerpo era irresistible. Fue entonces cuando por el borde de la plataforma aparecieron un par de manos que lo alzaron hasta su superficie. En cuanto estuvo en el borde, Xander levantó la vista y vio un rostro, una masa de carne sanguinolenta, con un corte en la mejilla derecha que dejaba al descubierto un hueso astillado; el cuerpo era una amalgama de ropa y piel, y al respirar con un jadeo, quedaba expuesta una herida por la que asomaba la costilla fracturada. Sin un ápice de vitalidad, el cuerpo había tirado de él hacia atrás, mientras se le doblaban las rodillas, y la cabeza chocaba contra la pared de hierro del vagón.

Feric estaba agonizando, con el maletín del ordenador a su lado.

El agente yacía acurrucado en un creciente charco de sangre, y pugnaba por respirar, mientras Xander comenzaba a acercársele centímetro a centímetro.

Arrastrándose a través de la plataforma, Xander levantó la mano hacia el tirador de la puerta y así logró apoyar la espalda contra el pesado acero. Sobreponiéndose al dolor, agarró a Feric y el maletín y tiró de ellos hacia el interior, dejando que la puerta se cerrara de golpe mientras él apoyaba la cabeza de Feric sobre sus rodillas. Los dos permanecieron callados. Los minutos que iban transcurriendo avivaban su sensibilidad, y el dolor se agudizaba a medida que Xander iba examinando cada uno de sus miembros: estaban doloridos, pero no tenía ningún hueso roto. Feric, en cambio, permanecía inmóvil, su respiración era cada vez más irregular, y unas gotas de sangre brillaban en su mentón.

Xander estrechó con firmeza el cuerpo menudo y maltrecho del hombre que de nuevo le había salvado la vida. Esta vez, empero, comprendió que sería la última. Nada de lágrimas. Sólo ira, y aborrecimiento de sí mismo, mientras la respiración de Feric comenzaba a aquietarse, y de su garganta salía un gorgoteo. Sordas y entrecortadas, las palabras fueron tomando forma.

—Vaya a Nueva York... Sarah... número de contacto... en la mochila.

Tosió, y todo su cuerpo se convulsionó a causa de la conmoción, y más gotas de sangre salpicaron el suelo.

—Arrójeme... del tren. —Se le arqueó la espalda, y las últimas palabras las pronunció transido de dolor—. Ellos esperan... encontrarme.

Levantó el brazo, le apretó el hombro a Xander fuertemente y luego lo soltó; momentos después, la cabeza caía sin vida hacia un costado.

En la plataforma, el sol danzaba sobre el acero mientras Xander acunaba la masa inerte que estrechaba contra su pecho. Los campos pasaban raudos, el viento le azotaba la cara. Se acercó al borde de la plataforma. Con los ojos fijos en la distancia, soltó a Feric, negándose a ver cómo el cuerpo menudo se estrellaba contra el suelo.

«Busca a Sarah.» Ése era el único pensamiento que su mente quería permitirse.

TERCERA PARTE

7

El resto, por lo tanto, debe atender a lo práctico.

Sobre la supremacía, *capítulo VII*

Xander observaba por la ventanilla el andén atestado de viajeros de primera hora, trabajadores que vivían en la periferia. Había perdido toda noción del tiempo y, desde el momento del ataque, los minutos parecían haberse congelado en diminutas cápsulas de actividad, cada una de ellas una partícula aislada de energía centrada en una necesidad prioritaria: recuperar el ordenador portátil; examinar la mochila de Feric; memorizar los números de contacto. Una simple lista de tareas que había cumplido con aturdida ambivalencia.

Y en algún lugar del neblinoso pasado, recordaba haberse aseado en el baño del tren, tan minúsculo que apenas cabía el inodoro y el lavabo. En la mochila de Feric había encontrado un suéter grueso, que pronto sustituyó al impermeable rasgado. Sin embargo, primero se había obligado a limpiar la sangre del pasillo; gastó la mayor parte de las toallas de papel en embeber el pequeño charco de sangre que había dejado el agonizante Feric. Cuidadosamente había eliminado las últimas gotas antes de arrojar las toallas al inodoro, en una actividad maquinal que bastó para proporcionarle unos instantes de tranquilidad. Pero ésta no duró mucho, pues los acontecimientos de la noche pasada no tardaron en acudir a su mente al ver su imagen en el espejo: los cabellos enmarañados, las mejillas con rastros de sangre, los ojos enrojecidos y velados. En ningún momento se sintió solo durante aquellos oscuros minutos, pues la imagen de Feric restaba estampada en su mente: frágil, inerme, la cara contorsionada reposando sobre el hombro ensangrentado, los brazos y piernas balanceándose mientras su cuerpo se mecía entre sus brazos. Ingrávido, sin vida. Y luego, desapareció. «¿Qué voy a hacer ahora? ¿Qué puedo hacer?», se preguntó.

Lo había invadido una sensación de vacío; el pánico de la soledad en consonancia con la mirada reflejada en el espejo: unos ojos que se habían tornado sombríos y fríos, exentos de miedo y de compasión. Aquella mirada ya la había visto antes, en un túnel de Florencia. Y era la mirada de ella. Sarah. Debía buscar a Sarah.

Solo en el coche de primera clase —se había trasladado allí una ahora antes—, las palabras resonaban en su mente, como un faro interior que lo guiaba entre el barullo y la agitación de la gente que abordaba el tren a primera hora de la mañana.

La puerta se abrió, y el repentino ruido le hizo volver la cabeza hacia la derecha y apretar con más fuerza el ordenador. Una mujer alta asomó la cabeza e hizo un tímido gesto de saludo al tiempo que señalaba los asientos desocupados frente a él.

Una semana antes, Xander habría encontrado extraña su propia reacción, pero en ese momento su preocupación por lo que le rodeaba parecía haberse convertido casi en su segunda naturaleza. Estaba aprendiendo. «Siga las miradas de soslayo, observe el sombrero demasiado echado sobre la cara. Son los indicios seguros.» Palabras de Feric.

—*Sind diese frei, bitte*? —El acento suizo era inconfundible.

El sobresalto de Xander pasó inadvertido, pese a que su sonrisa no era más que un movimiento reflejo al asentir con la cabeza. La mujer le devolvió la sonrisa e hizo entrar en el compartimiento a dos niños, vestidos con ropa de franela gris. Tendrían unos ocho y diez años, respectivamente. Sus mejillas lucían el rubor propio de los madrugadores y sus cabellos aparecían perfectamente peinados sin duda con fijador, para dominar los remolinos gemelos. Los dos críos, de conducta impecable, ocuparon los asientos frente a Xander, mientras su madre se sentaba junto a él. Después de sacar sendos libros de carteras idénticas, se pusieron a leer, balanceando los pies sobre el suelo alfombrado, siguiendo un ritmo azaroso. Constituían una pequeña familia, silenciosa salvo al dar vuelta ocasionalmente a una página. Por unos momentos, Xander se introdujo en su mundo —ordenado, amable, simple—, cuya serenidad sólo se veía alterada por las sacudidas del tren al arrancar y la llegada coincidente del revisor. Incluso él pareció advertir la calma que reinaba en el compartimiento, pues observó a los niños con una afable sonrisa, mientras picaba los billetes y los devolvía sin pronunciar palabra. Después de cerrar la puerta de nuevo, siguió avanzando por el corredor, y el compartimiento volvió a quedar silencioso.

Por primera vez en varios días, Xander se sintió protegido, a salvo. Sin pensar, cerró los ojos, y su mente se sumió en una grata inconsciencia.

El postre resultó aún más exquisito que el salmón: una tarta de frutas sobre una salsa de frambuesas, cuyo sabor arrancó un murmullo de aprobación a los cuatro comensales. Durante la cena, Sarah en ningún momento demostró la más leve vacilación en el pulso que mantuvo con los tres hombres sentados a la mesa. La cuestión se centró en los papeles que cada uno adoptó en respuesta a la confianza en sí misma que demostraba Sarah: Sedgewick, el intelectual que encontraba en ella a un adversario digno; Votapek, que le dedicaba un trato más íntimo a raíz de su primer encuentro, y Tieg... Tieg era un enigma. Sarah aún no había logrado determinar qué papel desempeñaba y le incomodaba el distanciamiento que mantenía respecto a sus asociados más próximos.

Sedgewick fue el primero en retomar la palabra. Lo hizo mientras pasaba la cucharilla por el fondo del plato lleno de la roja salsa, con las mejillas encendidas como consecuencia de las varias copas de vino que había tomado.

—Aunque detesto reconocerlo, Marx tenía razón: es una pérdida de tiempo tratar de definir día a día las acciones de la última etapa del proceso. Sólo hay que iniciarlo o por lo menos dejar que las cosas sigan su curso natural con el fin de que el futuro sea viable. —Lamió la cucharilla—. Por supuesto que no soy marxista, pero no resulta difícil palmearle la espalda al viejo Karl por haber tenido el sentido común de abstenerse de trazar un plan para el futuro. Crear las condiciones idóneas: eso es lo único que se puede hacer. —Tomó un sorbo de café y se recostó contra el respaldo de la silla.

—Ha pasado mucho tiempo desde que leí a Marx —dijo Sarah—, pero creo que tenía una idea clara de lo que quería: la propiedad comunal, la dictadura del proletariado. Me cuesta creer que crear las condiciones hubiese sido suficiente.

—De hecho, lo fue —repuso Votapek, que ya iba por la mitad de la segunda tarta—. Marx pensaba que no sería necesaria la intervención de nadie: el capitalismo se derrumbaría por sí solo. En eso se equivocó. —Se metió en la boca una buena porción de tarta—. Pero seguramente usted tiene razón. No cabe duda de que hace falta tener una idea de lo que es mejor para la gente, de cómo obtener el máximo de ella y cómo estabilizarla antes de que uno se dedique a crear el campo de juego. Cualquiera que tenga una idea para el futuro sabe que no se pueden dibujar los... llamémoslos «planos», hasta que se ve el solar. Hay que desbrozar el terreno antes de poner los cimientos.

«Desbrozar el terreno —pensó Sarah—. El caos en su expresión más simple.»

—Es necesario un periodo sin Estado —agregó Sedgewick— para asegurarse de que los cimientos son correctos. A mi juicio, ésa es una máxima central del manuscrito.

—Tienen que recordar —les señaló Sarah— que mi conocimiento del libro es mucho más limitado que el de ustedes. —En la pasada hora, lo había puntualizado varias veces—. Mis preguntas...

—Son las de quien en un tiempo fuera la asesina de Jordania.

Todas las miradas se posaron en Tieg, que estaba sirviéndose una taza de café. Hacía varios minutos que permanecía callado, y sus palabras fueron claramente pronunciadas con el propósito de provocar una reacción.

—Nos damos perfecta cuenta de ello, señorita Trent. También advertimos que usted ve el mundo desde una perspectiva algo diferente. —Dejó la cafetera y miró a Sarah—. Las teorías generales extraídas de un manuscrito del siglo XVI seguramente no la abruman ni la impresionan, ¿no es cierto? Usted quiere saber el cómo y el cuándo, pero no el porqué. ¿O acaso me he formado una idea equivocada acerca de su papel en todo esto? —Tomó un sorbo de café.

Sarah no se esperaba la pregunta, ni tampoco la referencia a su pasado, pero aún más perturbadora le resultaba la forma en que Tieg la miraba, había algo que ella percibía detrás de la mirada.

—No; creo que eso sería una apreciación justa.

—Bien. —Tieg dejó la taza en el platillo—. El problema es que el cómo y el cuándo nunca han sido tan importantes para nosotros. No me malinterprete. En última instancia lo que nos mueve es el aspecto práctico. Creo que todos podemos coincidir en esto, pero ello no puede ser nuestro objeto central. —Miró a Sedgewick y añadió—: En realidad, a mí no me interesa lo que Larry haga, ni a él lo que haga yo. Confío en que cuando lleguemos a cierto punto, él habrá realizado todo lo que le cabía realizar con el fin de que podamos seguir adelante. —Volvió a mirar a Sarah—. Aparte de eso, nuestras vidas se unieron tan sólo por el porqué. Eso, con ciertas variaciones de menor importancia, es válido para nosotros tres.

Tieg había esperado el momento oportuno para instruir a Sarah acerca de la manera de actuar de Eisenreich. A diferencia de sus colegas, no demostraba la necesidad de impresionar con alusiones a elaboradas teorías o a sus propias gestas. De los tres, él era el que mantenía las cartas más cerca del pecho. Más que eso: parecía estar poniéndola a prueba. Durante la cena, había interrumpido a Sedgewick en dos ocasiones con el fin de interrogarla más a fondo acerca de su relación con Eisenreich. Cada vez, ella había esquivado las estocadas con frases prudentes, recordando su deseo de no entrar en detalles. Sólo en ese instante advirtió lo astuto que él había sido al recurrir a sus interrupciones para asegurarse de que la conversación restara centrada en lo abstracto. Evidentemente, no estaba dispuesto a permitir que se debatieran los hechos concretos.

—No sé si yo situaría el porqué en esos términos —terció Votapek—, pero estoy de acuerdo en que es la búsqueda de la permanencia lo que nos mantiene unidos.

No estaba dispuesto a permitir que Tieg hablara por los tres. Sarah sabía que si la situación hubiese sido a la inversa, el miembro más famoso del trío habría permanecido callado, con su ego lo suficientemente seguro como para evitar las aclaraciones obvias. A Sarah le preocupaba encontrar semejante fuerza en el núcleo de Eisenreich.

—El orden tiene por objeto establecer límites con el fin de alentar a la gente (en especial a los jóvenes) a exigir el máximo de sus posibilidades. Eso, naturalmente, requiere estructura, disciplina y cierto grado de selección. No todo el mundo posee el potencial al que me refiero.

Las pretensiones de Sedgewick dieron paso a la eugenesia de Votapek.

—Para expresarlo simplemente: tenemos que librarnos de los obstáculos, las viejas instituciones, y arrojarlo todo por la borda; de esa manera, la crema podrá subir a la superficie. El populacho no tendrá más remedio que reconocer quiénes son sus líderes naturales. —Votapek levantó la taza, con la vista fija por unos momentos en el café que ondulaba en su interior—. Sólo los mejores son capaces de dominar el caos: aquellos que saben controlar su poder y conducir a los ignorantes hacia nuevas direcciones. Al resto —meneó la cabeza—, habrá que enseñarles a obedecer. Hay que darles juguetes para que se entretengan: codicia, odio, mezquindad. Luego hay que crear campos de batalla para ellos: fanatismo, miedo... Centre su energía en un odio común y tendrá una masa satisfecha, maleable. Las instituciones son sólo una idea tardía. Unos cuantos inocentes pueden salir lastimados, pero ése es el precio. Con eso, y con la tecnología adecuada, se les puede dominar fácilmente. Si se les mantiene ocupados, llegará el día en que se podrán introducir verdaderas innovaciones. —Dejó la taza en el platillo y se inclinó hacia Sarah—. En cambio, si uno se aferra a las viejas instituciones, lo único que conseguirá es erigir monumentos a las propias limitaciones, porque eso es lo que las instituciones representan: nuestra noción de los límites factibles. Por eso cuando emergen los verdaderamente notables los ahogamos, porque ellos derriban los muros que nosotros hemos construido. Nos desafían, y nosotros los destruimos. —Se reclinó contra el respaldo—. El término medio no vale nada, señorita Trent. Nuestra única opción es la permanencia por medio de la excelencia.

Votapek miró a cada uno de los comensales, con una mueca de satisfacción en los labios. Sin embargo, no había nada jocoso ni arrogante en sus palabras. Sólo convicción. Y tal vez un sentido de la responsabilidad, la sensación de que los tres eran los hombres dispuestos a conferir una ofrenda de gran valor a un mundo que zozobraba, un mundo necesitado de su discernimiento. Como si su deber fuera crear las tinieblas con el fin de introducir una luz más perfecta, más permanente.

Tratando de formular una respuesta, las ideas de Sarah fueron interrumpidas cuando Tieg derribó y rompió accidentalmente una copa de vino. George se apresuró a acudir en su ayuda con una servilleta. Sin una palabra, el hombrón se alejó de la mesa y desapareció por una puerta de vaivén, sin duda en busca de otra copa.

Tieg siguió secando el mantel con la servilleta y recogió un par de trozos de cristal mientras pedía disculpas.

—Esto me enseñará a usar la cristalería cara.

—La copa se puede reemplazar fácilmente. —Sedgewick rió—. Lo único que tenemos que hacer es vigilar cuánto bebes.

Votapek y Sedgewick prorrumpieron en risas, al tiempo que Tieg se dirigía a Sarah.

—Ahora comprenderá el motivo de que nos centremos en el porqué, señorita Trent. El cómo parece que se me escapa.

Las risas se repitieron, y esta vez Sarah les hizo eco, pues era la forma más segura de disimular su asombro ante la facilidad con que los hombres de Eisenreich podían pasar de los sueños de conquista y razas superiores a reírse de la simple torpeza de volcar una copa de vino. Tieg dobló la servilleta, la dejó junto a su plato y volvió a sentarse.

—No obstante, como decía, estoy seguro de que es el cómo y el cuándo lo que más la intriga. Lo que le mandaron confirmar. —Miró a Votapek—. Ésa era la palabra, ¿no es así, Anton? —Tieg había concedido a cada uno su momento. Había llegado la hora de presionar.

—Eso creo, sí —respondió Votapek, sonriendo, aún tentado por la risa—. Creo que a la señorita Trent la mandaron a averiguar si alguno de nosotros estaba tratando de volar solo.

—¿Volar solo? —Tieg cruzó las piernas y miró a Sarah—. ¿Quiere decir si alguno de nosotros estaba engañando a los demás? —Había sólo un ligero cambio en su tono, una especie de reconvención aguda, pero incluso Sedgewick y Votapek dieron muestras de cierta reacción—. ¿No es irónico, señorita Trent? Engaño. —La palabra sonó más áspera esta vez, claramente acusatoria—. Para nosotros, constituye la propia piedra angular del cómo —agregó—. No entre nosotros, por supuesto. Nosotros jamás nos engañaríamos unos a otros porque nos tenemos confianza. Es la gente a la que pretendemos controlar (que necesita ser controlada) a la que queremos... —Se interrumpió con los ojos fijos en Sarah—. Engañar es una palabra muy desagradable, ¿no le parece, señorita Trent?

Ella le sostuvo la mirada, sin ceder ni por un momento a la llamada del timbre de alarma que resonaba en su cabeza.

—¿Manipular? —insinuó Tieg—. No, ésa no es mejor, ¿verdad? ¿Supervisar? —Esperó, asintiendo con la cabeza para sí mismo, pues advertía que tenía en sus manos el dominio de la situación, y su estado de ánimo parecía sorprendentemente distinto de sólo unos momentos antes—. Sí, supervisar. Creo que eso responde a nuestras intenciones. —Su mirada seguía clavada en Sarah—. Lo que nos retrotrae a sus intenciones, señorita Trent. ¿Andaba muy errado cuando hablé de engaño?

De repente se hizo un silencio absoluto en el comedor; la insinuación de Tieg había enervado claramente a Votapek y Sedgewick. Sarah aguardó.

—Esta cena y esta conversación han dado respuesta a todas las dudas que pudiese albergar con respecto al compromiso que existe entre ustedes.

—¿El compromiso que existe entre nosotros? —Tieg le estaba echando el anzuelo.

—Sí. —Simplemente. Al grano.

—¿Está del todo convencida, señorita Trent?

Tieg no tenía intención de dejar las cosas así, su tono y su postura eran mucho más agresivos. Comenzó a sacudir la cabeza.

—No son nuestros engaños lo que me preocupa, señorita Trent...

—¿Nuestros engaños? —terció Sedgewick.

—Cállate, Larry. —Tieg no apartaba los ojos de Sarah.

—¿Qué quieres decir con eso de que...?

—He dicho que te calles. —La severidad del tono bastó para que el financiero enmudeciera. También Votapek mantuvo la boca cerrada—. Son los suyos, señorita Trent —murmuró Tieg—. Eso es lo más preocupante. Su engaño. Mucho más sutil que la manipulación de unos cuantos ordenadores o un grabador oculto, ¿no es así?

Tieg entonces se dirigió a sus camaradas, cuya expresión constituía una prueba manifiesta de las indiscreciones.

—¿En qué estabais pensando? —preguntó con toda calma, como si estuviese hablando con dos niños. Meneó la cabeza como si no pudiese creerlo—. ¿Tenéis idea de quién es ella?

Sarah observó cómo los dos hombres —que sólo unos instantes antes parecían tan satisfechos de sí mismos— comenzaban a desmoronarse bajo el escrutinio.

—¿Cómo os habéis dejado engatusar con su ardid?

Sarah guardó silencio mientras Votapek y Sedgewick estallaban.

—¿De qué demonios estás hablando, Jonas? —exclamó Sedgewick, cuyo tono de indignación pretendía demostrar el dominio que ejercía sobre sí mismo—. ¿Qué ardid?

Votapek habló a su vez con mayor incredulidad aún.

—¡Imposible! Me dijeron que lo habíamos verificado a fondo. Todo cuanto ella dijo fue confirmado...

—Es muy fácil —continuó Tieg, haciendo caso omiso a los dos hombres y dirigiéndose de nuevo a Sarah— perder de vista lo obvio cuando se quiere impresionar a alguien, ¿no es así, señorita Trent? ¿Cuando uno se siente capaz de responder al desafío? —Una extraña sonrisa le pasó por los labios—. Y usted nos puso un desafío muy astuto a nuestros pies, ¿no es cierto? La grabación que Larry efectuó de su conversación con Anton fue muy impresionante. Y muy convincente. Usted eligió el blanco con gran inteligencia.

Sedgewick estalló de nuevo:

—Esto es ofensivo...

—¡No! —Esta vez, Tieg no se guardó nada—. Lo ofensivo es que vosotros dos consintierais que esto llegara tan lejos. Ella menciona unos nombres, elige unos cuantos hechos del pasado bien conocidos, y vosotros voluntariamente le proporcionáis el resto de la información. —Su frustración le obligó a hacer una pausa, con las mandíbulas apretadas por la tensión—. Estamos a menos de una semana del momento más crucial en los preparativos de toda una vida, y vosotros dejáis que suceda esto. —Entonces se dirigió a Sarah—. ¡Oh, no se preocupe, señorita Trent! Nada de lo que usted ha hecho altera el momento citado. Nada de lo que usted pudiera haber hecho habría constituido un obstáculo. El caos, ¿sabe usted?, es algo que se produce paso a paso. Una pequeña explosión no significa nada. Una detrás de otra... eso sí que constituye algo absolutamente extraordinario. El efecto en sí es insustancial. Sólo lo que se percibe. Y eso es imparable. Eso es lo que hace caer a la gente de rodillas. —Calló, al darse cuenta de que se había extralimitado—. ¿Qué se proponía, señorita Trent: indisponernos unos contra otros? ¿Obligarnos a cuestionarnos unos a otros? —Apretó las mandíbulas—. Eso hace años que lo venimos haciendo, ¿no es cierto, muchachos? —Ninguno respondió, y el rostro de Tieg recuperó una forzada expresión de serenidad—. El papel de Alison. —Meneó la cabeza al tiempo que reaparecía la sonrisa—. Eso fue inteligente. Es precisamente lo que a él más le habría asustado. ¿No es cierto, Anton? Y todo eso de ir más allá del borde del abismo, su locura: todo estaba en el expediente. Salvo que usted ocultó ciertas piezas cruciales de su pasado. Eso me sorprendió, señorita Trent. ¿No pensó que si teníamos acceso a uno de los expedientes, también tendríamos acceso a los demás?

George reapareció en el marco de la puerta, acompañado de otros tres individuos. La copa rota, la señal. Sarah lo había comprendido demasiado tarde.

—No tengo idea de lo que tiene en mente, señorita Trent —siguió Tieg—, ni por qué creyó que podría arrastrarnos a su proyecto especial. —Miró a Votapek y Sedgewick, que fueron incapaces de sostenerle la mirada—. Tampoco lo sabe nuestro buen amigo a quien ella llama Eisenreich. —Se quedó mirando fijamente a Sarah un largo rato—. En realidad nunca ha estado en contacto con él, ¿no es así, señorita Trent?

Sarah permanecía extrañamente tranquila.

—No.

—Por supuesto que no. —Tieg se puso de pie—. Sin embargo, quisiera darle las gracias por haber puesto una serie de errores al descubierto. Por lo menos, nos ha hecho comprender (a algunos de nosotros más que a otros) que no somos invulnerables. Lo que se propone exactamente —se encogió de hombros—, eso todavía sigue siendo un misterio. —Hizo una seña a George con la cabeza—. Existen, como sin duda usted ya sabe, ciertos... narcóticos que nos ayudarán a llenar las lagunas. —George se situó detrás de la silla de Sarah—. Llévala abajo hasta que haya terminado con esto.

Tieg miró a Votapek y Sedgewick, y luego se dirigió a la sala de estar. Los dos hombres se levantaron lentamente y, sin mirar a Sarah, siguieron a su colega.

George esperó pacientemente. Sarah se levantó, dejó la servilleta sobre la mesa y lo acompañó hacia el oscuro pasillo.

Hidra. Empapado bajo un firmamento ambarino, un calor seco en el pecho y los muslos, el agua deslizándose hasta la parte baja de la espalda, sobre una piel bronceada tras varios días de playa. El brazo de ella reposa suavemente sobre su vientre, mientras les salpica el agua a cada embate de las olas provocadas por una embarcación que pasa, rauda, a poca distancia. Suavemente, las olas comienzan a lamerles los cuerpos. El de ella se arquea al contacto de la fría espuma, en tanto que él se vuelve para verle los labios, de un rojo oscuro, los hermosos cabellos salpicados de arena blanca, las franjas de luz castaño rojizo irradiando de un millar de pecas que ella llama bronceado. Un ojo se abre, una sonrisa, la cabeza se vuelve y se levanta, los labios se le ofrecen, se acercan, humedecidos por una lengua ávida, su cuerpo embriagado por ella, el contacto de los dedos de ella sobre su pecho, los labios en los suyos, y él respira de nuevo mientras la mujer vuelve a recuperar su posición de durmiente junto a él. Fiona.

El sol se abate sobre la tierra, una voz ahogada le murmura desde algún lugar a sus espaldas, pero la cabeza le pesa demasiado para darse la vuelta, y siente los ojos demasiado pegados por el mar y el sol para poder abrirlos. La voz se torna cada vez más intensa, el agua fría se vuelve menos agradable sobre su espalda, y advierte que le falta un brazo. Se vuelve, sus ojos se esfuerzan por mirar, y ve la boca, la cara, y oye la voz que lo llama. Feric. El día de repente se vuelve noche, la arena de repente se vuelve nieve, un escalofrío le recorre el cuerpo, se queda sin aliento, sin respiración, sus dedos resbalan de la mano de Feric y cae del tren, con los ojos enrojecidos y fríos...

—*Mein Herr, wir sind am Flughafen angekommen.*

La cara bigotuda del revisor se inclinaba sobre Xander, mientras la mano sobre su hombro trataba de sacudirle el sueño de su figura abatida. La cabeza de Xander parecía hundida en su cuello y tenía todo un costado encajado hondamente en el asiento, con las rodillas encogidas en busca de calor. Entreabrió los ojos bajo la luz y trató de erguir la cabeza muy despacio. El dolor que sintió distaba de ser una mera consecuencia de la peculiar tensión ocasionada por la postura en que se había quedado dormido. Hizo un esfuerzo para incorporarse en el asiento y observó que el revisor se dirigía a la puerta, con toda su atención centrada en el reloj de bolsillo.

—El tren parte dentro de seis minutos, *Mein Herr* —agregó en alemán—. Compruebe si lleva todas sus pertenencias, por favor.

Dicho esto, desapareció, y Xander volvió a quedarse solo en el compartimiento. La familia silenciosa hacía tiempo que había descendido del tren, y sus libros y carteras eran sólo un recuerdo distante, agradable. Había estado durmiendo unos veinte minutos, lo suficiente para insuflar en su cerebro aquella desconcertante sensación de estar flotando, con la nariz estremecida ante el aire helado que se filtraba por una ventanilla abierta. Se esforzó por incorporarse —el maletín del ordenador aún firme entre sus brazos, y la mochila en la espalda— y trató de recordar el sueño. Algo relacionado con la arena. Y el agua. ¿O era nieve? Sacudió la cabeza para alejar el sueño de su mente y comenzó a levantarse. Fue entonces cuando advirtió la presencia de la mujer.

—¿Ha dormido bien, doctor Jaspers?

Sostenía un pistola a la altura de la cadera, un arma modesta pero capaz de atravesarle a tan corta distancia. Sin dejar de hablar, la mujer pasó el cerrojo de la puerta con sus dedos largos y delgados, que lo accionaron con suma facilidad.

—Al parecer los informes acerca de su muerte eran muy exagerados.

El acento era estadounidense, pero el traje de cheviot y el impermeable eran ingleses. De alguna manera, la pequeña pistola que empuñaba le daba un toque de elegancia.

Xander miró fijamente el arma y luego a la mujer.

—Cayeron sólo dos cuerpos del tren de Salzgitter —prosiguió—, pero ninguno de los dos respondía a la descripción que teníamos de usted.

Tampoco esta vez le respondió.

—No ponga esa cara de sorpresa. Sabíamos que intentaría llegar al aeropuerto. En realidad, no teníamos intención de hacerle nada en el tren. Sólo queríamos mantenerlo vigilado hasta Francfort. Fue una pena lo de su amiguito. —Se sentó frente a él, apuntándole al pecho con la pistola.

Por alguna razón, a Xander la perspectiva de la muerte le estaba resultando sorprendentemente tranquilizadora.

—El tren parte dentro de seis minutos. Supongo que no vamos a bajar.

—El tren partirá y vamos a bajar —respondió ella—. Pero vamos a esperar hasta que se haya apeado todo el mundo. Así habrá menos aglomeraciones. Será mucho mejor de esta manera.

—¿Y luego?

—En realidad no tengo la menor idea.

—¿Otro cabo suelto de que ocuparse?

La mujer sonrió.

—Podría haberlo hecho en el momento en que entré aquí. No; simplemente tengo órdenes de llevarlo... —Calló y volvió a sonreír—. De sacarlo del tren. Cada uno de nosotros representa un papel, doctor Jaspers, y en las próximas horas, el suyo será el del cautivo complaciente. No es un papel difícil, se lo aseguro.

Mirándola fijamente, Xander se concentró en los ojos. De color castaño oscuro, casi negros, el mensaje que trasmitían era de seguridad, de arrogancia incluso. «Semejante firmeza denota verdad.» Era como si Feric estuviese sentado a su lado, dándole explicaciones, advertencias. «El control no requiere máscara alguna, sino sólo simplicidad.» Simplicidad y verdad: ello significaba que le había sido concedida una postergación temporal de la sentencia.

Aquella mujer no era un verdugo, sino un simple correo, un agente de Eisenreich enviado para entregarlo en algún lugar desconocido, un agente que no sabía nada de los tesoros ocultos dentro del maletín. En caso contrario, se habría asegurado de que aún obraban en su poder. Eso es lo que el manuscrito debía de enseñar: «En cada nivel, proporcionarles únicamente la información que precisen, sólo el papel que tienen que representar.» Eso era lo que ella había dado a entender.

Xander estaba aprendiendo. El conocimiento proporcionaba poder, y el poder, su propia arrogancia, el papel que se tenía que representar. No resultaba difícil comprender por qué tanta gente había encontrado la teoría de Eisenreich tan confortante.

—¿Cuántos años tiene? —preguntó Xander—. ¿Veinticuatro? ¿Veinticinco?

La mujer no contestó.

—Y usted ha matado...

—Dentro de un momento, vamos a salir de aquí como una pareja feliz, sólo que usted tendrá el cañón de una pistola hundido en las costillas. —La joven no tenía paciencia para las pullas de Xander—. En el andén, iremos cogidos del brazo. ¿Entendido?

—¿A tres, a cuatro? —siguió Xander, sin hacer caso de la pregunta—. ¿Más? Me pregunto cómo se puede llegar a tomar una decisión semejante, en ese momento crucial. ¿Cómo...?

—Por lo menos, a uno. —La mujer se puso de pie—. Eso es lo que realmente importa, ¿no?

—No tengo ni idea. —La respuesta de Xander denotaba muy poca emoción—. Yo sólo he visto morir gente. Supongo que matarme a mí habría sido muy fácil.

—Levántese, doctor Jaspers.

—*Sie sind keine Mörderin...*

—¡Levántese, doctor Jaspers!

Las palabras no significaban nada para ella, sus ojos eran muy elocuentes al repetir la orden. Era evidente lo que ella esperaba, lo que le habían dicho que se encontraría: un profesor de universidad que se dejaba intimidar fácilmente, un hombre proclive al pánico. Sin embargo, se había sorprendido al encontrarse con una persona completamente distinta, a la que el propio Xander acababa de conocer. Él la había puesto nerviosa, y las palabras en alemán le habían provocado cierta confusión.

Como ella había dicho, el andén estaba desierto; nadie entorpeció su avance hacia las escaleras mecánicas que llevaban a los niveles inferiores del aeropuerto y a la terminal principal. La mano de la mujer era firme, sus movimientos, ágiles. Hasta que advirtió que su brazo estaba virtualmente inmovilizado por los dedos que lo sujetaban por el codo como unas férreas pinzas, Xander no se había percatado de la fuerza física de la joven. Tal vez no fuera una asesina, pero había sido muy bien entrenada.

Al llegar a lo alto de la escalera mecánica, ella indicó con la cabeza el *U-Bahn*, al tiempo que lo empujaba hacia el andén de donde partía el tren hacia uno de los muchos suburbios de Francfort. La joven pasó el torno tras él y se colocó a su lado para bajar la escalera. Al cabo de un instante, habían llegado al extremo del andén.

—Aguardaremos aquí. —Su mano se había convertido en una presa de tornillo—. Sonría.

Xander obedeció, de alguna manera seguía guiado por la tranquilidad que había logrado reunir en el tren. Al cabo de medio minuto, un haz de luz recorrió el extenso muro de enfrente, lo que anunciaba la llegada de un tren. Mientras los vagones pasaban raudos, ella hundió la pistola más profundamente en su espalda, retorciéndole el codo para que no albergase dudas acerca de sus intenciones.

—Cuando se detenga, permanezca tranquilo, espere a que los pasajeros desciendan y luego suba al tren. —Hablaba en un murmullo, con firmeza, y el cálido aliento de la mujer le humedecía la oreja a Xander—. Si noto el más ligero síntoma de inquietud, le descoyuntaré el codo. ¿Me entiende, doctor Jaspers?

Xander asintió con la cabeza, al tiempo que el dolor se extendía hasta su hombro y su mente buscaba el medio de escapar. Si iba a hacerlo, tendría que ser dentro del minuto siguiente. Una vez dentro del tren, estaría atrapado, y ya no serían necesarias más amenazas; tampoco tendría una segunda oportunidad al término del viaje.

El tren comenzó a frenar, mientras el sudor se deslizaba por el cuello de Xander. Apareció a la vista el último vagón. Para su sorpresa, Xander vio a través de las ventanillas que los coches iban repletos de gente. De alguna manera, oyó la voz de Feric diciéndole que el gentío era una herramienta a su disposición. Las puertas se abrieron, la agente de Eisenreich se apretujó aún más contra su costado mientras los pasajeros descendían. Xander esperó, convencido de que ella podía sentir los latidos de su corazón dentro del pecho.

—Quédese tranquilo —ordenó la voz, la de la joven o la suya propia.

Entonces, Xander vio su oportunidad.

Por el rabillo del ojo, advirtió que un hombre se levantaba de un salto del asiento, extendiendo las manos para abrirse paso entre los demás pasajeros, con una tensa expresión en el rostro: un individuo al que casi se le pasa la estación. Despacio, Xander subió al tren, acompasando el paso para coincidir con el desesperado pasajero que corría hacia la puerta.

En el último momento, Xander empujó a la mujer hacia el pasajero.

—*Sie hat eine Pistole*! —gritó en alemán, al tiempo que

liberaba milagrosamente el codo con un rápido movimiento y se abría paso hasta la puerta.

El vagón se llenó con los alaridos de los pasajeros que retrocedían al ver la pistola. Las puertas comenzaron a cerrarse. Xander saltó al andén sin dar tiempo a reaccionar a la joven, demasiado confundida para lograr escapar del caos que se había producido en el tren. Las puertas se cerraron y, por un momento, las miradas de ambos se encontraron a través del vidrio. En el rostro de la mujer se reflejaba la incredulidad y la comprensión de su fracaso. Una expresión de terror asomó a sus ojos, al tiempo que el tren salía de la estación. Xander vio que la joven retrocedía hasta el rincón más alejado del coche, mientras los pasajeros se acurrucaban en sus asientos, ante el arma que ella aún empuñaba abiertamente.

Xander dio media vuelta y se alejó, con paso despreocupado y la cabeza gacha. Cada uno representa su papel. Él había aprendido a representar el suyo.

Nueva York
5 de marzo, 4:12 h

Janet Grant entró en la oscura sala, sólo iluminada por el haz de luz de una linterna que oscilaba al compás de sus movimientos. Las instrucciones habían sido escuetas, sin detalles: Notas, en italiano, un libro pequeño, quizás un sobre de Europa, la dirección de un edificio de piedra en la calle 107 Oeste, nada más.

Un amplio sofá de color verde adosado a la pared del fondo y dos butacas a juego colocadas enfrente creaban una suerte de sala de estar. Unos tapetes de puntillas adornaban los brazos de las butacas. Todo aparecía limpio y ordenado. Sobre un mueble había un tocadiscos bastante antiguo, con una hilera de álbumes —Brahms, Beethoven y Bach— en un costado. El mueble más moderno, el austero escritorio situado junto a la ventana —cuatro patas lisas debajo de una superficie igualmente lisa—, no era en modo alguno posterior a 1965. La sala no había sufrido la menor transformación en los últimos treinta años.

Janet se acercó al escritorio, sobre el cual no había nada más que unas viejas fotografías enmarcadas. Se sentó en el sillón y comenzó a abrir los cajones; el inferior de la izquierda estaba cerrado con llave. Extrajo un objeto semejante a una pluma del bolso y lo introdujo en la ranura. El pestillo cedió y vio un sobre grande de papel Manila con sellos europeos. Lo sacó del cajón —la solapa ya estaba abierta— y extrajo su contenido.

> Clara:
>
> Guarde todo esto. En casa. Si alguien pregunta, no ha recibido nada. Se lo explicaré cuando regrese.
>
> AJ

Detrás de la carta, encontró hojas y más hojas llenas de anotaciones en italiano. Las guardó en la chaqueta, cerró el cajón y se puso de pie.

Al cabo de un instante, cayó de rodillas.

El primer golpe en la espalda había bastado para dejarla aturdida; el segundo consiguió desorientarla. Se volvió, justo a tiempo para esquivar el tercero, mientras se abalanzaba instintivamente sobre su agresor. Las manos enguantadas se cerraron en torno a un cuello arrugado, y sus dedos apretaron con suficiente fuerza como para obligar a aquella persona a caer de rodillas. Entonces la cara quedó iluminada: una mujer mayor, de cabellos negros como el azabache y gruesas mejillas. Clara Huber ya no iba a oponer resistencia.

Janet fijó la mirada en los ojos de Huber, sin saber qué debía hacer. No había recibido instrucciones al respecto, no existía ningún plan para una contingencia semejante. «Notas, en italiano, un libro pequeño.» Nada más. Durante unos segundos espantosos, se limitó a mantener los dedos cerrados en torno al cuello, pero no tardaron en acudir a su mente otras palabras: «Siempre debe haber un espacio para el sacrificio.» Palabras que la tranquilizaron.

Sin pensarlo dos veces, Janet Grant hundió los pulgares en la tráquea de Clara Huber. Un solo crujido, y los ojos de la mujer mayor se tornaron vidriosos.

Janet volvió a contemplar el rostro que tenía entre sus manos. Sin remordimiento, sin cuestionarse nada. Dejó caer el cuerpo en el suelo y consultó su reloj. Ocho minutos.

El viejo estaría satisfecho.

Se había desprendido del ordenador en una de las salas de espera de la terminal —otro consejo de Feric— y había aprovechado la oportunidad para recortarse la barba y humedecerse los cabellos. Mientras esperaba ante el mostrador de American Airlines, se parecía a la foto de uno de los muchos pasaportes que Feric había conservado escondidos en la mochila. Con unos billetes del fajo que también había encontrado en ella, adquirió un pasaje para el vuelo de las doce a Nueva York. Tendría que hacer una escala de hora y media en Londres, pero Xander sabía que era más oportuno pasar ese tiempo allí que en Alemania. Sin duda los hombres de Eisenreich regresarían al aeropuerto para averiguar qué había sucedido con su presa. No tenía más alternativa que tomar el primer vuelo posible.

Para alivio de Xander, la joven del mostrador no demostró sorpresa ni por el hecho de que pagara en efectivo ni por la ausencia de equipaje, pues estaba más interesada en su reacción por la buena suerte que había tenido al encontrar asiento tan cerca de la hora de partida y por la promesa del profesor de estar en la puerta de embarque quince minutos antes del despegue. Una sonrisa bastó para convencerla. Xander se sentía cada vez más incómodo con aquellos pantalones y el suéter con cuello de cisne. Hacía menos de siete horas que llevaba aquella ropa, pero ya comenzaba a despedir mal olor, y él no tenía intención de comprobar hasta qué punto era capaz de desafiar los límites del buen gusto durante las diez horas de vuelo, además, sabía que le convenía modificar su apariencia. Y quitarse la barba. Otra enseñanza de Feric. A pesar de que faltaba menos de una hora para la partida del avión, disponía de tiempo y dinero suficientes para poner remedio a la situación.

Al encaminarse hacia la escalera mecánica y las tiendas de la planta baja, recordó de pronto el segundo volumen del manuscrito, convenientemente olvidado en el ajetreo de las últimas cinco horas. No había tenido tiempo ni energías para pensar en él. Un día antes, no se habría permitido dejar pasar semejante lapso. Obligó a su mente a centrarse en lo práctico; la orden del agonizante Feric ahuyentó cualquier deseo de ponerse a teorizar. «Sarah. Regrese a Estados Unidos y busque a Sarah.»

De repente, le vino a la mente el recuerdo de sus ojos en Florencia: confusión, quebranto. Unos ojos que acababa de ver tan sólo unos minutos antes, esta vez, empero, en otra mujer. Y no obstante reflejaban la misma angustia y terror. Se preguntó cuántas veces «su» Sarah se había visto obligada a matar. ¿Cuán a menudo había dejado escapar a alguien? «¡Olvídalo! —otra orden interna—. ¡No tienes tiempo para eso!»

Xander se encaminó hacia los teléfonos públicos de la planta inferior, se concentró de nuevo, controló que nadie lo estuviera vigilando y se dirigió hacia la izquierda, a la cabina más alejada. Satisfecho, levantó el receptor y tecleó la primera serie de números. De vez en cuando, hacía una pausa según las instrucciones, escuchando los tonos y sonidos que resonaban en el auricular antes de pulsar la siguiente serie. Al cabo de varios minutos, un zumbido acompañó la conexión final. Después de dos llamadas, se conectó la línea y respondió una voz.

—Parece que el receptor está descolgado. Si trata de...

Xander oprimió los últimos cuatro números y esperó. Al cabo de quince segundos, hizo irrupción una segunda voz grabada.

—Mónica en línea. Confío en que todo esté en orden.
Xander pulsó varias teclas y esperó el mensaje.

El letrero de la puerta decía CHAMPAGNE, y la lámpara con pantalla del corredor del sótano le había permitido distinguir cada uno de los compartimientos separados de la bodega: blancos alemanes, tintos franceses, unas diez estancias, según dedujo Sarah de lo poco que había vislumbrado, y su propio antro, provisto de un taburete y siete u ocho estantes inacabados para vino apoyados contra el muro del fondo: una obra aún en proceso que de momento servía como celda provisional. Cerca del techo había una ventana muy pequeña, sin cerradura pues el espacio era tan angosto que no permitía que nadie, salvo un niño, pasara por allí, y aunque lo hubiera logrado, el camino de grava del exterior no era precisamente una buena ruta de fuga, pues era una zona muy iluminada que se extendía entre la casa y los árboles. De modo que la ventana no constituía una posibilidad.

Tampoco suponía una preocupación. Sentada en el taburete, Sarah no se había dedicado a estudiar el lugar donde se encontraba. En vez de ello —con la espalda apoyada contra el muro y la mirada fija en un punto delante de ella—, había estado rememorando la conversación de la cena una y otra vez. Había transcurrido casi una hora desde la revelación de Tieg, pero la expresión de Sarah había permanecido inmutable, sin que aflorara emoción alguna para ensombrecer sus pensamientos. Sólo la conversación. Sólo las palabras de Tieg. Y con cada repaso, las tensiones de una voz interior otrora familiar habían ido subiendo de volumen, como ecos de una antigua lucha por escapar del engañoso refugio de una psique sobreprotectora. «Deberías haberlo advertido: el súbito cambio de humor, la copa volcada. —La voz interior demandaba control—. Los seis años alejada de la acción te han vuelto torpe, distraída. —Las palabras eran directas—. Todo ocurrió demasiado deprisa para ti; la advertencia llegó demasiado tarde. No hay excusas. —Con cada reproche, la voz se tornaba más autoritaria, clamando por tomar el control—. Los tres juntos: tendrías que haberlo sabido, era demasiado fácil, demasiado...»

Y sin embargo, sólo Tieg lo había sabido. Sólo él. Votapek y Sedgewick habían estado a oscuras tanto como ella. «Sólo él lo supo. —Fue una voz menos severa la que se hizo oír, una voz que había mantenido los demonios a raya durante mucho tiempo y que volvía a manifestarse—. Concéntrate en lo que él dijo, en la advertencia que formuló. —Sarah hizo un esfuerzo por centrarse en las palabras—. «Estamos a menos de una semana... Una pequeña explosión no significa nada. Una detrás de otra... eso es lo que hace caer a la gente de rodillas.» Después de probar la teoría en Washington y Chicago, estaban dispuestos a ampliar el campo de juego. Estas cavilaciones le servían a Sarah para mantener la mente ocupada, para no caer en la autoevaluación que los momentos de soledad y de fracaso solían inducir con excesiva facilidad. Y no obstante, mientras estaba allí sentada, se agolparon en su mente otras imágenes de una habitación espantosamente similar: un guardia, una cama, aunque sin ninguna ventana. Seis años antes no había ni un rayo de luz para sugerir siquiera la existencia de otro lugar. Sólo la oscuridad y las tinieblas. Y siempre las preguntas.

—Entendiste las directivas.

—Sí.

—¿Entendiste que podría extenderse a los demás, aparte de Safad?

—Sí... Yo...

—Sí, ¿tú qué?

—Sí, yo...

—Fue una contingencia, y tú tomaste una decisión. Era necesario hacer ciertos sacrificios. Al fin, elegiste correctamente. Pero fue tu elección, tu decisión. Tuviste que matarlos, aun cuando eso significaba dejarla morir.

—No... sí... yo...

—¿Había acaso otra alternativa?

—Hubo una demora. Se me dijo que esperara. Sin la demora, podría haberla salvado.

—En última instancia, fue tu decisión, tu responsabilidad. La demora no tuvo nada que ver.

—Yo...

—La demora no tuvo nada que ver.

Se puso de pie, pues necesitaba librarse de los recuerdos. «Yo tomé la decisión. Asumí la responsabilidad.» Sintió una oleada de ira, el rencor que afloraba a la superficie. No podía permitirse regresar al pasado. Necesitaba encontrar la forma de dominarse, de descargarse. Sin embargo, las imágenes eran demasiado vívidas y brotaban con incesante desenfreno. Incapaz de contenerlas, golpeó el muro con la mano abierta: el choque de la piel con la piedra dura y fría bastó para sacudirle los sentidos. El dolor se extendió por su mano y le subió por el brazo. Durante un momento, se quedó mirando fijamente la palma enrojecida, mientras reseguía con el dedo la línea de la vida, cerró el puño —el dolor se hizo más agudo— y vio que la línea se desdibujaba en los pliegues de la piel y los dedos. Sólo entonces la voz comenzó a acallarse.

Y con el desahogo, las sombras se disiparon en la estancia; su razón se tornó más aguda y aquel cubículo pasó a ser la única realidad que se permitía reconocer. Confortada por una extraña serenidad, Sarah vació la mente de todo aquello que no fuera la idea de huir. No tardarían en regresar a por ella. La agente precisaba tomar el control.

Examinó la celda, y sus ojos se detuvieron en la puerta: teclado numérico, sin tirador. Tieg se había esmerado para proteger sus vinos, una precaución que en ese momento rendía sus dividendos. Precisaba algo para perforar el plástico, y alcanzar los cables que se ocultaban detrás. Sus ojos se fijaron en los estantes apoyados contra la pared del fondo; uno de ellos, arrancado y con los clavos puestos, podría servir. Al acercarse, pasó por debajo de un conducto de ventilación del techo, donde resonaban voces ahogadas provenientes de la planta superior. Sarah se detuvo y aguzó el oído para escuchar lo que decían. Una cadencia alternada de acusaciones y negaciones indicaba que eran varios los que hablaban, pero poco más pudo sacar en limpio. Al menos la discusión aún estaba en plena efervescencia.

De repente, la conversación se interrumpió. Al momento unos rayos de luz invadieron la celda sombría. Sarah volvió corriendo junto al taburete y se subió a él, sólo para quedar cegada cuando se encendieron las lámparas del techo a su izquierda. Al cabo de un instante, oyó ruido de pisadas en el corredor, y luego hubo una breve pausa antes de que se abriera la puerta y uno de los camaradas de George irrumpiera en el sótano, con un arma al costado.

—Acompáñeme.

Sarah fijó la mirada en el rostro del joven antes de bajar lentamente del taburete, mientras el individuo le entregaba un par de zapatos.

—Póngaselos.

Un aplazamiento. Los narcóticos tendrían que esperar. Sarah se sentó y comenzó a atarse los cordones de los zapatos con suma parsimonia, mientras un arma impaciente se agitaba ante sus narices para que se apresurara. Había preocupación en los ojos del joven, y el cañón del silenciador la acuciaba con mayor insistencia al tiempo que él la sujetaba del brazo como para ayudarla a ponerse de pie. Consideró la posibilidad de atacarlo, pero el instinto la detuvo. «Espera que se presente la ocasión.» Al ser empujada hacia el corredor, se encontró cara a cara con dos buenas razones para contener sus impulsos: otro par de esbirros bien fornidos, con las armas a la vista. El más bajo de los dos le hizo un gesto para que avanzara por el pasillo. El ruido de pisadas en la planta superior fue siguiendo al cuarteto, una actividad que contrastaba con el silencioso caminar de Sarah y sus carceleros entre las bodegas. Uno adelante, dos atrás, el roce de las suelas de goma sobre el suelo de hormigón alfombrado; Sarah fue conducida más allá de la escalera de la cocina, hacia la parte posterior de la casa. Al cabo de un instante, el angosto corredor terminaba ante una enorme puerta de acero, cuya gruesa hoja no lograba ahogar por completo el sonido de una voz que impartía órdenes en el otro lado.

—Dad la vuelta por el costado y vigilad la zona. No quiero que dejéis ni un palmo de terreno sin recorrer.

Los tres hombres se detuvieron; el escolta de Sarah le apretaba con fuerza el brazo mientras miraba a los otros dos a la espera de instrucciones. El más bajo meneó la cabeza, al tiempo que se llevaba un dedo a los labios y levantaba el arma: una sugerencia no demasiado sutil para que Sarah guardara silencio. Al cabo de medio minuto, las pisadas en el exterior se perdieron en la distancia.

—Tenéis el campo libre —anunció otra voz, esta vez a través del aparato de radio que el más bajo llevaba en el cinto.

El hombre bajó el arma, se acercó a la puerta y sacó una llave del bolsillo. Abrió una caja adosada a la pared, presionó una secuencia de números y aguardó hasta que se desacopló el cerrojo. Diez segundos después, empujó poco a poco la puerta y el aire húmedo de la galería subterránea acudió a la invitación de la noche serena del exterior.

Gruesos muros a ambos lados protegían los primeros tres metros de la rampa para crear un túnel de una anchura que apenas permitía el paso de dos hombres uno al lado del otro. El restante metro y medio quedaba en la semipenumbra, a la izquierda de las altas columnas luminosas que bañaban casi toda la explanada de césped. Sarah trató de avanzar, pero la sujetaron firmemente por ambos brazos. Observó que el más bajo de los hombres hacía un gesto con la cabeza para que salieran. Los otros dos sicarios guardaron las armas y flanquearon a Sarah para recibir el aire de la noche. El más bajo de los tres retrocedió y cerró la puerta tras de sí; Sarah oyó el ruido del cerrojo al trabarse mientras era conducida por la rampa.

De nuevo las voces en el exterior frenaron en seco a los tres matones. Como un solo hombre, sujetaron a Sarah por los hombros y la apretaron contra el muro. El de la izquierda extrajo una navaja y le puso la hoja sobre la garganta. En silencio, el trío escuchó la conversación de las voces incorpóreas.

—Estoy seguro de que se trata de un error. —Era Tieg,

que hablaba con tono distendido—. Como verán, no corro peligro alguno. Mantengo esas luces encendidas como una medida de seguridad.

—Nosotros determinaremos si la zona es segura, señor. —Las palabras tenían un dejo oficial y sonaban con el restallido de las órdenes que imparten los agentes del FBI—. ¿Esas luces estuvieron encendidas toda la noche?

—Sí. No hay nada ahí atrás...

—Eso deje que lo determinemos nosotros, señor. Como dije, la llamada provino de Washington y no nos habrían enviado aquí sin un motivo razonable.

—Aprecio su interés...

—Estoy seguro de ello, señor. Y nosotros apreciaremos que nos deje hacer nuestro trabajo. Los individuos que lo acompañan...

—Como le dije, son amigos íntimos que prefieren no verse implicados en esto.

—Por alguna razón, Washington cree que usted podría ser el objetivo de un atentado, al parecer hay muchos chiflados que creen que su programa...

—¿Mi programa de televisión? No pretenderá convencerme de que un lunático...

—Yo no pretendo convencerlo de nada, señor. Recibí órdenes de...

—Washington. Sí, eso ya lo ha dicho.

El agente buscó un enfoque distinto.

—Entiendo que todo esto parece un error, pero puedo asegurarle que dormirá mucho más tranquilo si deja que seamos nosotros quienes lleguemos a esa conclusión. Aun cuando no descubramos nada, nos gustaría dejar a un par de hombres aquí por si acaso. Política del FBI.

Tieg resopló antes de contestar.

—Muy bien. Lo acompañaré a recorrer la casa, pero estoy seguro de que verá... La voz se fue apagando a medida que se alejaba con el agente.

Inmovilizada contra la pared, Sarah tardó menos de un segundo en comprender lo que había sucedido.

«Stein, eres un genio.» Tenía que ser obra de Bob. De alguna manera, se había dado cuenta de que ella había caído en una trampa. De alguna manera había sabido que estaba en apuros, ¿y qué mejor caballería ligera que los agentes federales para causar un poco de confusión? La confusión: siempre el mejor remedio. Era su única oportunidad para escapar. ¡Tieg, un objetivo! Eso había sido brillante. Entonces comprendió por qué habían guardado las armas de fuego. Por eso a ella la habían llevado hasta allí. Necesitaban que en la casa no hubiera huéspedes cuya presencia no pudiesen justificar y, más importante aún, no podían hacer nada que llamara la atención. Mientras los individuos apostados a su lado escuchaban hasta que la conversación se diluyó en la nada, Sarah oyó otra voz: una voz interior que no tenía ninguna intención de esperar con ellos.

Propinó un codazo a la garganta del hombre de la derecha, cuya mano aflojó momentáneamente la presión. Fue suficiente para que los dedos de Sarah apresaran la mano del segundo hombre. Clavándole las uñas en la muñeca, se la retorció para alejar la hoja de la navaja de su cuello en tanto le empujaba contra el muro del lado opuesto. Al mismo tiempo, lanzó una patada hacia atrás, que fue a dar a la rodilla del primer hombre. Cuando cayó hacia delante, Sarah le golpeó con el talón en la barbilla dejándolo fuera de combate. El segundo hombre —sólo medio aturdido— agarró a Sarah de los pelos y la arrojó contra el muro, pero ella, que le aferraba la muñeca con ambas manos, aprovechó el impulso de su adversario para atraerlo consigo, de modo que su pecho chocó contra la rodilla alzada de Sarah, y el golpe hizo que su cuerpo se doblara por la mitad. En ese instante, sus dedos soltaron la navaja. Sarah se apresuró a asirla por el mango y lanzó el brazo hacia el pecho de su rival. Sin embargo, por alguna razón, lo desvió en el último instante para hundirle la navaja en el hombro. La mano de Sarah venció la resistencia de piel y tendones al desgarrarse. El rostro del hombre se contrajo en una mueca de dolor, pero no profirió exclamación alguna, sólo abrió los labios boqueando con ansiedad, los ojos fijos en los de ella. Sarah soltó la navaja y le atenazó la clavícula con ambas manos, el ruido del hueso al romperse un breve preludio de la caída del cuerpo sobre el cemento.

Sarah recobró el aliento y entrecerró los ojos para conjurar el martilleo en su cabeza. «Querías matarlo, querías matarlo y no pudiste. ¿Por qué?» Esta vez sin lágrimas ni remordimientos, sólo el alivio de sobrevivir.

Apoyando la espalda contra el muro, Sarah escrutó el prado brillantemente iluminado que se extendía entre la rampa y los árboles: su única vía de escape. El bosque estaba a sólo diez metros, pero resultaba inalcanzable, pues había hombres rondando por la zona y sin duda, otros estaban apostados en las ventanas para impedir cualquier intento de fuga. Tenía que apagar la luz, y debía hacerlo enseguida. Al mirar al frente, vio la caja cerrada con llave que contenía los circuitos electrónicos. «¡Mala elección! —La voz era imperativa—. ¿Cortar los circuitos? ¡Piensa! ¿Crees que si ha sido tan cuidadoso con el vino será tan chapucero con la seguridad?» Sólo tenía una elección razonable. Se agachó junto al hombre caído, le sacó el arma y comenzó a registrarlo: un cargador, una billetera, tarjetas de crédito, dinero en efectivo y el permiso de conducir. Guardándose todo en los bolsillos, se acercó al borde de la rampa, aún protegida por la penumbra, examinó el silenciador y disparó cinco tiros a las luces que se encontraban a doce metros del suelo.

La reacción fue inmediata. El súbito mar de tinieblas que cubrió el prado más allá de la rampa se convirtió en un estallido de voces y movimiento. Sarah echó a correr y atravesó los rayos de luz que aún surgían desde los ventanales de la sala de estar para iluminar una lluvia de disparos que la acompañó en su carrera en zigzag hasta los árboles. Los haces de luz de las linternas comenzaron a recorrer el terreno, y un par de ellos le proporcionaron inadvertidamente un punto de referencia, al perfilar algunas ramas que guiaron sus pasos. Al llegar a la franja arbolada, una linterna se encendió de repente a sus espaldas, envolviéndola en su resplandor depredador. Le enfocó la cabeza y el cuello, pero en una fracción de segundo ella se tiró al suelo y rodó por la ladera embarrada.

Su caída fue vertiginosa, de alguna manera su espalda y sus piernas encontraban un camino entre los árboles y los tocones nudosos, sin nada que la guiase salvo la configuración natural de la montaña. No podía saber cuántos la estaban persiguiendo, pues sus oídos sólo captaban el estrépito de hojas y ramas que la azotaban, pese a que se cubría la cara con las manos, cuyos nudillos recibían el castigo incesante y furioso. A medida que la pendiente se fue nivelando, Sarah fue perdiendo velocidad, lo que le permitió ponerse de pie, extendiendo los brazos ante ella a modo de protección. El cercano ruido del agua al fondo del barranco le dio fuerzas para acelerar el descenso. De nuevo, las luces pusieron en relieve los árboles que la rodeaban. La vegetación era más poblada y sólo el ruido del agua la aguijoneaba en su avance entre las ramas que arañaban como garras.

No hubiera podido decir cuántos minutos habían transcurrido, pero comenzaban a dolerle las rodillas. De pronto resbaló y chocó violentamente con el hombro y un costado contra la maleza; sólo la inmediata llegada de otro declive escarpado impidió que se golpeara la cabeza. Esta vez los árboles, ya más dispersos, así como la súbita aparición de las estrellas y la luna constituyeron el primer indicio de que se trataba de un claro. Trató de vislumbrar lo que había más allá, hasta que sus ojos descubrieron lo que esperaba encontrar: un insondable vacío negro a menos de diez metros de donde se hallaba. Con un repentino impulso, sintió que el suelo desaparecía al tiempo que su cuerpo rodaba hacia delante, y sólo por un instante sintió el ruido de la corriente antes de caer al agua.

Perdió la orientación, todo adquirió un movimiento lento, mientras sus ojos buscaban la superficie y sus brazos bregaban contra la corriente. Transcurrió casi un minuto antes de que sacara la cabeza. La luna llena iluminaba la escena; giró el cuello para observar las riberas de tierra a ambos lados, separadas por unos treinta metros de cauce. La corriente la arrastraba lejos de la zona iluminada en lo alto de la colina donde se hallaba la mansión de Tieg, a unos cien metros a sus espaldas. Ningún signo de persecución alteraba la calma. Con la cabeza sobre la superficie, sus ojos observaban la zona de debajo de la casa, donde aparecieron de golpe los haces de las linternas, sondeando el terreno como rayos láser. Cuando un par de ellos exploró el río, Sarah se zambulló rápidamente y aguantó la respiración tanto como pudo antes de volver a la superficie. Pronto dejó de ver las luces, pues el río la llevó hacia un recodo. Sus piernas, que momentos antes le ardían por el esfuerzo, comenzaban a entumecerse bajo el gélido abrazo del agua. Tras escrutar la ribera, Sarah nadó hasta unos cuatro metros de la orilla, y salió vadeando con brazos y piernas antes de alcanzar un lecho de cieno y rocas. Descansó un momento, dio unos pasos y se dejó caer sobre el barro, mientras trataba de recuperar el aliento. El agua chorreaba de sus ropas y cabellos, aunque una ligera brisa atemperaba la incomodidad que sentía.

Al cabo de tres minutos, llegó a una zona donde otra arbolada se extendía por una pendiente más suave. Sarah fue arrancando hojas y más hojas de las ramas. Cuando hubo apilado las suficientes, se quitó la blusa y los pantalones, y comenzó a retorcerlos para escurrir el exceso de agua. Luego, se acurrucó entre las hojas en busca de su calor: aislamiento térmico natural. Un par de minutos después, se quitó la ropa interior, introdujo las piernas y los brazos en la ropa, y comenzó a rellenar la blusa y los pantalones de hojas. Pinchaban, pero resultaban eficaces.

Mientras enterraba la ropa interior, hizo inventario de los quince últimos minutos. El cinturón, los zapatos y la billetera habían sobrevivido milagrosamente. El arma había desaparecido, pero al menos había tomado la delantera a los agentes, que no tardarían en pulular por todo el lugar en busca de... ¿de qué? El pensamiento la obligó a detenerse. ¿De un hombre? ¿De una mujer? De repente se le ocurrió la pregunta. ¿Cuánto podían haber visto? ¿Y con qué precisión? Esos detalles, como ella bien sabía, dependerían de Tieg y de sus deseos de proteger a Eisenreich.

Decidió correr el riesgo. Recogió las hojas restantes y se arrastró hasta una pequeña hondonada rodeada por un montículo de hierba alta. Allí, escondida, estaría segura. Un sitio para dormir.

La silueta de la ciudad de Nueva York era una vista grata, con los rayos de luz recortados por las torres de acero y vidrio que se proyectaban hacia el cielo de una tarde de primeros de marzo. Xander miraba por la ventanilla del avión y veía la ciudad tal como era: dura y distante. No tanto como un refugio, sino como un reflejo de sí mismo, callada y alerta, con una calma inquietante, luchando por ocultar la disonancia bajo la superficie.

No obstante, era algo más que una simple parte de sí mismo lo que tenía ante sus ojos. Mucho más. Era el caos mismo, no como la arbitraria colisión de tiempo y circunstancias, sino como la tensión esencial y progresiva que sustentaba la vitalidad de cada fuerza y que residía en el núcleo de la verdadera energía. El caos como pábulo del poder, el poder como parámetro del caos, cada uno de ellos carente de sentido sin el otro. En la locura controlada de la ciudad, Xander veía la relación que convertía a uno en la energía vital del otro.

En ese momento, mientras contemplaba los edificios, Xander llegó a comprender una verdad elemental, una verdad que él sabía que Eisenreich nunca había llegado a comprender plenamente: el poder anhela el caos como objeto de su propio control, el caos busca el poder como árbitro de sus propias limitaciones. Sin uno, no puede existir el otro. Cada uno sobrevive mediante esa tensión. Cada uno ejerce su dominio mediante esa unidad.

Xander siguió mirando a lo lejos, cada vez más consciente de una fuerza similar que crecía en su interior, un autocontrol indiferente que sólo su propia agitación interior tornaba posible: el poder como respuesta a esa confusión. Fascinado por las formas desnudas de la ciudad, reparó en que se había acostumbrado al juego, en que la voz interior que escuchaba ya no era tanto una orden de Feric o de Sarah como de sí mismo. Poco a poco estaba comenzando a cultivar el instinto, a crear una realidad que confería sentido a la última semana, una voluntad interior que le asustaba y le tranquilizaba al mismo tiempo. El episodio en el metro se lo había confirmado. Estaba descubriendo una extraña dualidad de necesidades: por un lado, trataba de contener el desorden; por otro, buscaba incitar el delirio para asegurarse un desafío constante. A pesar del cambio de aviones y las horas de nervios que había pasado en el aeropuerto de Heathrow, las últimas diez horas le habían proporcionado un respiro momentáneo. Diez mil metros por encima del caos, había tenido tiempo para meditar, pero no de la forma en que lo había hecho en el pasado. La teoría ya no tenía cabida. Eisenreich lo había dejado bien claro, y los acontecimientos de los dos últimos días habían alterado por completo su percepción.

Y sin embargo, existía otra realidad, los pequeños libros encuadernados en cuero que se había obligado a hojear durante el vuelo, obligado porque había sentido miedo de volver a ese mundo, de bajar la guardia y recobrar esa simplicidad. Más aún, había comenzado a cuestionar su propia capacidad. Al sostenerlos entre sus manos ya no los veía como reliquias dignas de ser admiradas y comentadas. Cada una de las páginas tenía un significado, un propósito que trascendía la teoría. Si bien él trataba de convencerse de que lo había visto claro desde el principio y se había deleitado con el efecto que esos libros podían causar, las verdaderas cuestiones persistían. ¿Realmente había trascendido alguna vez lo teórico? No. Él había tomado el camino más fácil: descartar por absurda su aplicación práctica, y así había dado la espalda a la verdad que encerraban sus páginas. Incluso unos días atrás, los había hojeado negándose a creer en la faceta práctica de aquellas enseñanzas. «¡Son libros!

—Se había dicho—. No ofrecen más que la emoción del descubrimiento. ¡Nada más!» De alguna manera, había dejado que la realidad de la primera prueba de Eisenreich se le escapara de la mente. La lectura de la teoría había sido el combustible para un vuelo de la fantasía intelectual. Al mirar el cielo vacío, Xander comprendió que estaba equivocado: había sido testigo del poder de aquella teoría.

Y ese poder no era más manifiesto que en las fórmulas establecidas en el segundo volumen. Xander abrió de nuevo el libro, consciente de que había visto sus métodos, su brutalidad, no en las páginas que tenía frente a él, sino en una casita en Wolfenbüttel, en un tren de Saltzgitter. Cómo crear el caos, cómo construir a partir de él, cómo cultivar el odio: los tres capítulos centrales, las tres manifestaciones más osadas de Eisenreich. Al releer los títulos, Xander comprendió lo que aquellos hombres devotos de esa teoría planeaban desatar. Washington y el mercado de cereales habían constituido una mera promesa de lo que se avecinaba. Al principio, los desórdenes no serían demasiado importantes —tal vez ni siquiera auténticas amenazas—, pero sí hechos graves capaces de plantear cuestiones acerca de la seguridad en «las mentes simples de la gente». Luego, cultivarían la duda hasta provocar el pánico, presentando los episodios singulares como síntomas de un problema mayor, un problema que requeriría medidas drásticas. Ese problema, que Eisenreich había captado con astucia tantos siglos atrás, no era más que la decadencia moral. Simple, pero eficiente. ¿Qué mejor modo de manipular al público que halagar su mojigata indignidad? ¿Qué mejor modo de despertar a la gente que azuzar su fariseísmo? Xander sabía que iba a tener que lidiar con eso. Los grupos de interés, las coaliciones, las mayorías: todos estaban deseosos de borrar la pizarra de la corrupción social, política y económica. Tieg lo había comprobado, noche tras noche a lo largo de los últimos dos años, alimentando la inquietud de diez millones de familias. La solución: echarlo todo abajo y comenzar de nuevo. Hacerlo todo bien. Por eso Eisenreich había descrito el caos como la deseada liberación de una iniquidad general. El caos como salvación. El caos como detergente moral. De ahí a tomar el poder había sólo un paso. Para conservarlo bastaría con crear parias dentro del Estado, cultivar el fanatismo y así aturdir al populacho. Ése era el presente de Eisenreich. Un antiguo ardid, pensó Xander, y sin embargo había surtido efecto en el pasado. Y surtiría efecto de nuevo.

Xander se reclinó en el asiento y cerró los ojos, mientras el avión viraba alejándose de la isla, con la imagen del monje grabada en su mente. «¿De veras maquinaste todo eso? ¿Era ésa tu intención? ¿Era ésa la Voluntad de Dios?» Xander sabía que tenía que haber algo más que la barbarie que Tieg y su cohorte pretendían desencadenar. Algo más que una tiranía basada en la codicia y el poder tendente a despojar a la sociedad de sus libertades fundamentales, encaminada a crear una generación tras otra de autómatas carentes de voluntad propia. Sí, la teoría resultaba tentadora con su promesa de un poder inimaginable, pero también aseguraba un mundo de orden, de control. Y eso era lo que la tornaba tan seductora. No el don de la supremacía. No la receta para controlar el caos. Lo que la tornaba extraordinaria era el sueño de permanencia por medio de la excelencia que prometía. Un sueño inconcebiblemente violento, pero cautivador en su retórica.

Un rápido descenso hacia el asfalto y la hierba del aeropuerto Kennedy trajo a Xander de regreso al presente. Las ruedas del avión tomaron contacto con la pista, y el profesor abrió los ojos. Contempló el manuscrito y lo guardó en la cartera. El instante de su belleza había pasado. El juego comenzaba de nuevo.

Cinco minutos después, lo invadió una extraña sensación al mezclarse con el gentío. Aquélla podía ser la misma terminal de donde había partido cinco días antes, pero quien regresaba era un Jaspers diferente. Había dejado atrás una parte de sí mismo, se había despojado de ella con el fin de crear una realidad sólo descifrable a partir de la locura de Eisenreich. Ganz había tenido razón al reconocer su determinación, pero había visto tan sólo uno de los aspectos, sólo una parte del sacrificio. Xander, en cambio, se enfrentaba a una clase de muerte distinta, una muerte por etapas, que iba desgarrando el alma hasta que sólo restaba la cáscara. Lo había visto en Sarah. En Feric. Y en ese momento lo veía en él mismo. De alguna manera, había perdido la ingenuidad, el simple entusiasmo que había definido cada una de sus decisiones, la determinación que siempre lo había impulsado a seguir adelante, sólo para ser despedazado poco a poco —en Florencia, Londres, Wolfenbüttel—, en una espiral devastadora que iba de la incredulidad al pánico y el horror. La muerte a manos de sí mismo. La muerte como su realidad. Lo único que restaba era la voluntad de sobrevivir, una voluntad que había aprendido a ejercitar con relativa facilidad en las entrañas del aeropuerto de Francfort.

Era esa misma voluntad, esa misma intuición la que le obligaba a concentrarse en la simple orden que Sarah, tan cercana, le había dejado: Tempsten, Nueva York. Motel Sleepy Hollow.

—¿Un juego? ¿Y las reglas no prohíben el autostop?

El joven que conducía el camión no pasaría de los veinte años. Era robusto, llevaba las manos manchadas de grasa y un mono sucio con el nombre de Jeff bordado en el bolsillo del pecho: todo concordaba con el logotipo que Sarah había leído en la puerta del acompañante: «Taller mecánico Mick. También reparamos vehículos importados.»

—No hay reglas —contestó ella. Al menos eso era verdad. «Hazlo simple.»—. Sencillamente, el que llegue primero a Tijuana gana la apuesta.

—¿Apostó dinero en esto?

—Lo suficiente como para que... valga la pena.

—Es una gran idea. Quiero decir, ¡es genial! —Meneó la cabeza al tiempo que sonreía—. Y dice usted que la arrojaron en el cañón de Claghorn anoche para entorpecer su viaje. ¡Qué fantástico! Tuvieron suerte de que no se ahogara o algo.

—Bueno, hay una sola regla: nada que ponga en riesgo la vida. Y nada de aviones. Si uno pudiese tomar el primer vuelo al sur, no tendría ninguna gracia. Me arrojaron con un salvavidas. Supongo que se imaginaron que en cuanto me mojara desistiría.

—¡Fantástico! ¡Quiero decir que es absolutamente fantás-ti-co! —Descargó un golpe con la palma de la mano sobre el volante—. ¡Demonios, cómo me gustaría llevarla hasta allá sólo para ver la cara que pondrían esos tipos cuando la vieran! —Volvió a menear la cabeza—. Jamás se me habría ocurrido lo de las hojas. Yo todavía estaría en aquel maldito bosque congelándome el trasero.

—Tal vez sí, tal vez no. —Sarah recordó la hora de sueño reparador que se había regalado—. Esta manta es un alivio.

—Sí, bueno, es de Mick. A veces duerme en el camión. —Jeff se encogió de hombros—. No me pregunte por qué. Tiene que ver con su ex esposa. O con su novia. No habla de eso y... De todos modos, anoche tuvo suerte. Por lo general en esta época del año, la temperatura no pasa de los doce grados. Anoche, debió de acercarse a los quince. Quizás a los diecisiete.

—No me dio la sensación de que fuese tan alta.

—Ya me lo imagino. —Rió—. También tuvo mucha suerte de que yo tuviera que ir a Presterton por ese trabajo, de lo contrario tendría que haber caminado una hora más, por lo menos.

Al doblar la curva, el joven mecánico aminoró la marcha y enfiló una entrada de vehículos; en un cartel muy deteriorado, que colgaba de dos cadenas herrumbradas, aparecía pintado el logotipo del taller mecánico. La franja de césped que separaba el predio de Mick de la carretera principal estaba llena de coches aparcados: una variopinta colección de vehículos importados alemanes y japoneses, que parecían fuera de lugar junto a los edificios destartalados del fondo.

Dentro del taller, sobre la plataforma de elevación hidráulica, un Porsche negro recibía el experto cuidado de las manos de un sujeto manchado de grasa.

—Ése es Mick. Todo el trabajo lo hacemos nosotros solos. —Detuvo el camión y saltó de la cabina, al tiempo que le gritaba a su socio—: ¡Eh, hola! Sólo era la correa del ventilador. Dos segundos. El tipo no sabía qué era lo que tenía. Le dije que la próxima vez lo revise él mismo y así se ahorrará una fortuna.

Mick asintió con la cabeza desde debajo del coche, y sólo en ese momento reparó en la presencia de Sarah que descendía del camión.

—Y ella quiere saber si puede alquilar un coche.

Jeff se encaminó hacia la pequeña oficina.

—¿Alquilar? —Mick salió del taller, limpiándose las manos con un trapo pringoso—. Nosotros no alquilamos coches. Tú ya lo sabes.

—Sí, sí, pero escucha esto —gritó Jeff desde el otro lado de la puerta, mientras registraba en la caja el cobro por la correa del ventilador—. Ha hecho una especie de apuesta para ver quién llegaba primero a México, y anoche fue a parar al río Claghorn con un poco de ayuda de dos de sus compañeros de juego. Es divertido, ¿no?

—Sí. —Mick siguió cruzando el sendero de grava, sin apartar los ojos de Sarah—. ¿A qué parte de México va?

—A Tijuana —repuso Sarah.

—Ya... Bueno, yo no alquilo coches, ni vendo. Sólo los reparo. Lo máximo que puedo hacer es pedirle a Jeff que la lleve a Glendon. Queda a unos veinte minutos. En Glendon puede tomar el autobús o el tren hasta San Francisco. Es una hora y media de viaje y allí hay muchos sitios donde alquilan coches.

—Gracias —dijo Sarah, mientras Mick entraba en la oficina.

Momentos después, oyó un intercambio de palabras en voz baja antes de que reapareciera Mick. El dueño del taller caminó por el sendero de grava y se guardó el trapo en el bolsillo trasero, siempre con la vista clavada en el suelo. Sarah esperaba ver salir a Jeff tras de él, pero en la oficina reinaba un extraño silencio. Al observar los movimientos del jefe, Sarah percibió algo raro en su andar: sus pasos eran demasiado despreocupados. «No quiere mirarme», pensó. Había algo fuera de lugar, algo que Mick estaba tratando de ocultar, y por eso mantenía la vista baja.

El instinto le gritó que tenía que salir de allí. Sarah retrocedió hasta el camión, abrió despacio la portezuela, arrojó la manta en su interior y ocupó discretamente el asiento del conductor. Con disimulo, acercó la mano a las llaves que aún colgaban del contacto, sin quitarle ojo al mecánico alto. Esperó hasta que entró en el taller, arrancó el motor y puso la marcha atrás.

Detrás de ella, un sedán negro frenó con un chirrido de neumáticos y bloqueó la salida, obligando a Sarah a pisar el freno. Su cuerpo se precipitó hacia delante, y el hombro y el mentón chocaron contra el volante. Ligeramente aturdida, esperó, pero el vehículo de atrás seguía inmóvil, sólo los vidrios polarizados de las ventanillas vibraban al compás del ronroneo del motor. Sarah esperaba que sus perseguidores descendieran del coche, con las armas en la mano. Pero nadie salió. Las portezuelas permanecieron extrañamente silenciosas. Sólo se oía el zumbido del motor. Debió de transcurrir un minuto antes de que se percibiera el ruido de unas pisadas. Lentas y acompasadas, se acercaban desde el lugar donde estaba la oficina. Sarah comenzó a girar el cuello.

—Hola, Sarah.

La voz le recorrió la columna, como si le hubieran dado un martillazo en la cabeza.

8

Un hombre debe permanecer detrás de los tres para guiarles con sutiles sugerencias y sabios consejos.

Sobre la supremacía, *capítulo VI*

La mirada de Sarah se clavó en el rostro anguloso que tenía a menos de tres metros; las gruesas cejas grises se cernían sobre unos ojos hundidos. La cara se mantenía inexpresiva, salvo por la mirada de soslayo que parecía hundir aún más los ojos verde pálido en las cuencas. Habían pasado siete años desde la última vez que lo había visto, siete años desde la última vez que había contemplado aquellos ojos glaciales.

—«Fue tu decisión, tu responsabilidad al fin. La demora no tuvo nada que ver.»

Pritchard.

—¿Damos un paseo? —preguntó él.

Sarah esperó, luego abrió la portezuela, y el movimiento bastó para provocar un súbito revuelo en el coche de atrás. Casi simultáneamente, tres hombres saltaron al suelo, todos con traje oscuro y delgada corbata negra, pero una señal de Pritchard bastó para detenerlos en su avance. El director de la Comisión Supervisora quería que quedara bien claro que se ocuparía de ella personalmente. Aun así, al descender del camión, Sarah advirtió la vacilación en el rostro de Pritchard. Sin detenerse, Sarah echó a andar por el camino de grava; cinco segundos después, Pritchard estaba a su lado. Sólo el ruido de la grava bajo los pies alteraba el silencio.

—Tienes buen aspecto —dijo él—. Mejor que la última vez que te vi.

—Sí.

—Claro que para eso no hace falta mucho.

—Bueno, al menos en esta ocasión, evitas los remordimientos de conciencia.

—Nunca los tuve. —La expresión de Pritchard permanecía inmutable.

—La escolta es una novedad, pensaba que ése no era tu estilo.

—Es más una molestia que otra cosa, pero parecía lo mejor dado el contacto.

—¿El contacto?

—Tú. Les dijeron que soy un negociador del Consejo de Seguridad Nacional que trata de obtener información sobre Nicaragua. A ti se te ha asignado el papel del contacto reacio. Creen que eres bastante peligrosa. Hasta podrías representar una amenaza para mi seguridad.

—Al menos esa parte es cierta.

—Sí, estoy seguro de que lo es —contestó él.

—¿Y no van a armar un alboroto?

—No, a menos que lo armes tú. —Era más una recomendación que una respuesta. Metió las manos en los bolsillos del abrigo—. Es necesario que subas al coche.

—Creía que ya no nos quedaba nada más que hablar.

—Las cosas cambian. Es necesario que vengas.

—¿Me has seguido por medio de Stein? —dijo Sarah sin hacer caso de la petición de Pritchard.

—Bob estuvo chapucero. La charada en casa de Tieg se resolvió en el último instante. Claro que Bob no tenía muchas alternativas, eso sí, nos pasó el dato del lugar. Nosotros simplemente tuvimos que esperar que salieras. No era como buscar una aguja en un pajar.

—¿La correa del ventilador en Presterton?

—Naturalmente. Uno tiene que trabajar con lo que le dan.

—El camión de un mecánico —dijo Sarah asintiendo con la cabeza como si hablara consigo misma—, en una carretera rural solitaria.

—Bastante inocente, pero parecía tan buena elección como cualquier otra. Y el mono grasiento... bueno, el tipo era ideal para el papel. Forzosamente tenías que aparecer río abajo. Lo que no sabíamos era en qué punto.

—¿Por qué no me viniste a buscar tú mismo?

Pritchard se permitió esbozar una sonrisa.

—Era sumamente improbable que quisieras subir a un vehículo del Gobierno estando yo en el asiento trasero. Teníamos que reducir tus opciones. El señor Mick era la elección más adecuada.

—Mick es el nombre, no el apellido —lo corrigió Sarah.

—Sí, claro.

El camino doblaba hacia la parte posterior del taller; de repente, se levantó una ráfaga de viento desde un lejano monte arbolado. Pritchard se cerró más el abrigo sobre el pecho.

—¿Así que —dijo Sarah— ahora debo subir voluntariamente a ese coche contigo y tus tres amigos... sin peleas, sin preguntas?

—Eso creo. Sí.

—Porque se considera que mis opciones son considerablemente limitadas. Pocos testigos. Una historia oportuna que explica todo lo que ellos necesitan saber sobre mí.

—Algo parecido. —Pritchard se limitaba a ratificar los hechos—. Sí.

—Pero aún queda un cabo suelto: tú. ¿Por qué Arthur Pritchard tiene necesidad de salvar las apariencias? ¿Por qué no se limitó a enviar a los muchachos? El resultado habría sido el mismo. ¿O acaso se me escapa algo de la actual política de la comisión?

—La política —repuso él, extrayendo un pañuelo del bolsillo para limpiarse la nariz— es la misma de siempre. Para decirlo francamente, algunos de los canales no son tan seguros como nosotros quisiéramos.

—¿Lo cual significa?

Pritchard permaneció callado, mirando de reojo a través de la neblina.

—Es curioso —comentó Sarah—, Stein dijo lo mismo. No me da muchos motivos para confiar en vosotros.

Él sonrió de nuevo.

—¿Acaso lo has hecho alguna vez?

—Aún no has respondido mi pregunta. ¿Por qué tú?

—Porque tenía necesidad de conocer lo que sabes.

—¿Y no pudiste sacárselo a Bob? —Habían llegado al final del camino. Sarah se detuvo—. Me cuesta creerlo.

—Lamentablemente, nuestro amigo Stein ha desaparecido. —Pritchard siguió caminando, dejando atrás a Sarah—. Nunca creí realmente que tuviera fuste.

—¿Qué? ¿Una voluntad autónoma?

Pritchard se detuvo, con la vista fija en un pajarillo que iba a posarse en una rama, aún de espaldas a Sarah.

—No es nada sorprendente que todos los expedientes relevantes hayan desaparecido con él.

—Lamento oír eso.

—Sí, ya pensé que lo lamentarías. —Apareció de nuevo el pañuelo, sin que su mirada se apartara del pájaro—. Mientras tanto, las cosas se han puesto feas para tu doctor Jaspers.

—¿De veras? —dijo ella sin dejar traslucir emoción alguna.

—Parece que está implicado en la muerte de un restaurador de libros en Alemania.

—Eso es absurdo.

—Tal vez.

—¿Implicado de qué modo?

—Artículos de diarios, informes policiales, lo habitual. —Cuando se volvió hacia Sarah, Pritchard estaba doblando el pañuelo con toda meticulosidad—. Todo ocurrió hace unas dieciséis horas en una ciudad llamada Wolfenbüttel. —Levantó la vista del pañuelo—. Supongo que no tienes idea de qué hacía allí el doctor Jaspers, ¿no es cierto?

—Está claro. Había ido para matar a...

—Sí. Estoy seguro de que era eso. —Se guardó el pañuelo

en el bolsillo—. Quizá te interese saber que Jaspers no estaba actuando solo, lo que plantea cuestiones muy interesantes. Todas las cuales conducen hacia ti.

—¡Vaya, eso sí que es una sorpresa! —exclamó Sarah con una sonrisa—. Pero ¿no era lo que has estado esperando todo este tiempo? ¿Hacerme entrar en acción, mandarme a agitar el avispero para ver qué pasaba luego? Y si fuese necesario eliminar a algunas personas, bueno, entonces disponías de la herramienta perfecta. Se pulsan las teclas adecuadas, se utilizan unas cuantas víctimas inocentes, y la muñequita asumirá toda la responsabilidad. Y, claro, ella se mete de cabeza porque no podría vivir con esa carga si se cometiera el mismo error.

—Se podría decir que es la última oportunidad que tiene de tranquilizar su conciencia.

—¡Hijo de puta!

—Tal vez, pero todo por una buena causa, Sarah. Éste ha sido un asunto bastante sucio.

—¿De veras? —Sarah lo dejó pasar—. Desde mi punto de vista, el problema es que no parece haber resultado del modo que esperabas. En caso contrario, no creo que estuviéramos manteniendo esta agradable charla en una mañana tan estupenda.

—Necesito saber lo que has averiguado. Las cosas podrían volverse muy... complicadas.

—¿Para quién? ¿Para mí? —Sarah hundió más las manos en los bolsillos—. Una situación complicada sería un paso adelante.

Otra ráfaga de viento le causó un escalofrío en la espalda.

—Con la noche que has pasado, debes de tener frío —dijo él—. Será mejor que regresemos. —Pritchard avanzó hacia el camino de grava.

—Tu interés es abrumador —repuso Sarah mientras se situaba a su lado.

—No, me temo que no.

Caminaron en silencio hasta que volvieron a quedar a la vista de los hombres que estaban junto al coche. Pritchard miró a los tres e hizo una señal con la cabeza para que pusieran en marcha el vehículo.

—Yo te mandé con un propósito, y el propósito se ha logrado. No tengo intención de que se repita el fiasco de Ammán. Estoy aquí simplemente para asegurarme de que no volverás a meterte en el mismo problema.

Sarah quiso replicar, pero se contuvo, con la mirada fija en Pritchard.

—Pensé que habías venido porque no podías confiar en ciertos canales.

Pritchard, que se había adelantado, se detuvo, de espaldas a Sarah. Al cabo de unos momentos, se volvió y le contestó:

—Se me ocurría que preferirías desentenderte de todo esto.

—¿De qué, Arthur?

—Por eso estamos manteniendo esta charla, ¿no es así? —Pritchard miró de soslayo y agregó—: Has hecho todo lo que esperaba de ti; ha llegado el momento de que te hagas a un lado.

—¿Así de simple? —Sarah sacudió la cabeza—. Esa gente sabe quién soy, de dónde vengo y lo que sé sobre ellos. No es probable que lo olviden así como así.

—Podrías llevarte una sorpresa.

—¿Y eso qué quiere decir?

Él volvió a hacer una pausa.

—¿De veras quieres que te lo responda? —Dejó que la pregunta hiciera su efecto—. En estos momentos, tienes pocas alternativas. Es mejor ser astuto.

—A Jaspers le han hecho una mala jugada, y tú lo sabes.

—Sí, creo que tienes razón. Pero ya está muerto o es un asesino buscado por la policía. Ésos son los sacrificios que tenemos que hacer.

Sin esperar respuesta, se dio la vuelta y se encaminó hacia el coche. Sarah se quedó observándolo: la confianza en sí mismo se manifestaba en su paso firme; un segundo gesto con la cabeza, y dos de los hombres avanzaron hacia Sarah.

Disponía de menos de un minuto, el tiempo suficiente para pensar, para desentrañar la vacilación que había percibido en el rostro de Pritchard. «Es mejor ser astuto.» Él no había dicho casi nada, poco más que unas frases capciosas en un juego del gato y el ratón, pero ella lo había oído, la aparente inconsistencia. «¿De veras quieres que te lo responda?» Lo que él quería era sacarla del medio, y no importaba cómo: una falsa conspiración en la Comisión Supervisora, el miedo de una repetición de lo de Ammán. ¿Cuántas otras opciones había descartado Pritchard antes de decidirse a llevar el mensaje personalmente? ¿Qué suponía que sabía ella? Inconsistencia y vacilación.

El ruido de un motor rasgó el aire matinal, un preludio vibrante de lo que apareció de la parte posterior del taller. Cuatro ruedas —de casi un metro y medio de diámetro— trituraron la grava del suelo, ejes, árbol de transmisión y tubos de escape a la vista debajo de la pequeña cabina del 4x4. La palabra AMENAZA pintada en las portezuelas, con una A que se alzaba como una ola en colores metalizados, rojo y azul. En el volante, un sonriente Jeff miraba a Sarah, y le hacía una invitación ahogada por el rugido ensordecedor del vehículo. Los custodios de Pritchard comenzaron a correr, al tiempo que metían las manos en los bolsillos de las chaquetas. Sin pensarlo dos veces, Sarah corrió hacia el costado del acompañante, abrió la portezuela y subió de un salto al asiento de cuero rojo. La potencia del motor sacudía el vehículo de un lado al otro, Jeff soltó el embrague, y la aceleración de las ruedas levantó una lluvia de grava. Sarah extendió el brazo para cerrar, no sin esfuerzo, la pesada portezuela. Momentos después, a salvo dentro de la cabina, se volvió para mirar al muchacho que la había salvado.

—¡Ha visto la cara que han puesto! —Mostró una sonrisa de anuncio de dentífrico—. ¡Les ha visto la cara! Sobre todo la del viejo. ¡Vaya carrera!

—¡Vaya carrera! —repitió ella, mientras sus ojos buscaban el sedán negro a través de la luneta.

Los guardaespaldas aún estaban cerrando con estrépito

las puertas del coche que ya iniciaba la persecución. El sedán estaba a unos cien metros y perdía terreno a cada segundo. Sea cual fuere el arreglo que Jeff le había hecho al motor, era evidente que el vehículo federal jamás podría competir con él. Sarah se inclinó hacia delante para observar las enormes ruedas que se deslizaban sobre el asfalto con notable suavidad, teniendo en cuenta las curvas serpenteantes de la carretera.

—Estás lleno de sorpresas —comentó Sarah.

—Sí, bueno, ese tipo viejo se pasó de listo. «Asunto del Gobierno», dijo. ¡Como si yo no le hubiese calado! Es uno de los tipos de la apuesta, ¿no es así?

—Así es... es uno de los tipos —asintió Sarah.

—¡Lo sabía! —Jeff golpeó el volante con una expresión de triunfo—. Y Mick comportándose de una manera tan sumisa con él. ¡Hostia, el viejo le ha tomado el pelo! Tendría que haber visto la expresión de Mick, tan serio que yo no podía entender lo que estaba pasando. Tendría que haberle oído, diciéndome que me quedara en la oficina del fondo hasta que se hubieran marchado. ¡Sí, como que iba a dejar que se divirtiera él solo!

—Me alegro de que...

Un súbito giro a la derecha la interrumpió, y Sarah extendió el brazo para buscar apoyo en el tablero. Tras abandonar la carretera principal, el vehículo descendía por lo que podía describirse como un sendero, con zarzas y troncos caídos desparramados a lo largo de la senda. El 4x4 tenía pocas dificultades para transitar por aquel camino, aunque el viaje no era en absoluto confortable. Saltando en el asiento, Jeff se volvió hacia Sarah.

—Por este atajo ganamos veinte kilómetros. Ningún sedán tiene la menor posibilidad de pasar por aquí. No hay manera de que nos alcancen. Lamento que el camino sea tan accidentado.

Sarah se ajustó el cinturón de seguridad y siguió apoyada en el tablero. Fuera lo que fuese lo que había inspirado a su joven amigo a exponerse tanto por ella, no iba a cuestionar su entusiasmo ni sus métodos.

—No, no. Esto es formidable.

Cuatro minutos después, desembocaron en un camino asfaltado, y Jeff aceleró hasta alcanzar una velocidad de casi ciento treinta kilómetros por hora.

—Y ahora, ¿adónde vamos? ¿A Tijuana?

Sarah se reclinó en el asiento. «¿Qué te parece si vamos al norte del estado de Nueva York: has conocido alguna vez a un senador?», pensó.

—Es una agradable sensación estar en movimiento de nuevo. Veamos adónde nos lleva.

Jeff sonrió y aceleró hasta alcanzar los ciento cuarenta.

Votapek se alejó del bar con el cuarto vodka con tónica en la mano, los efectos del alcohol visibles en el rubor encendido de sus mejillas. Con la mano libre se acariciaba el lóbulo de la oreja mientras volvía a sentarse cerca del piano. Sedgewick tenía problemas con una frase de un estudio de Chopin, y el pasaje se repetía en un interminable arpegio.

—El *do* es natural en la mano izquierda —exclamó Votapek mientras sus dedos estiraban airadamente los pelos de la oreja—. Natural. ¿Cómo es que no te sale?

—Tú tienes tu refugio, Anton —replicó Sedgewick, sin lograr salir airoso con el arpegio—. Yo tengo el mío. Esa copa tendría que ser la última.

—Te agradeceré que no me digas lo que tengo que hacer.

Votapek apuró la bebida de un trago y dejó el vaso sobre la mesilla de su derecha. Luego se echó hacia atrás, cruzó los brazos sobre el pecho y cerró los ojos.

—Sabes que está mal —dijo, mientras comenzaba a balancearse lentamente—. No puedo consentir que lo haga. No puedo.

—Ella nos comprometió —repuso Sedgewick, pasando por fin a la frase siguiente—. ¡Ah, ahí está! Tienes razón, el *do* es natural.

—¿Has oído lo que he dicho?

—Sí. Que no puedes consentir que lo haga. No creo que tengas muchas alternativas. Ella es demasiado peligrosa teniendo en cuenta que esa Trent aún anda suelta. Incluso en esta etapa. —Comenzó a tocar con mayor vigor, ansioso por terminar la pieza—. Sin embargo, todavía me intriga cómo la encontró...

—¿Cómo puedes decir eso? Es una niña. En realidad nunca se recuperó. Ya sabes que en aquel entonces ella no sabía nada de nada. ¿Cómo iba a saberlo ahora? Es esa Trent. Tiene una manera, una forma de...

—Ambos sabemos la forma que tiene de actuar.

Sedgewick había vuelto a enredarse con el arpegio, pero la frustración le obligó a dejar de tocar. Siguió con la vista clavada en las teclas mientras agregaba:

—Fuimos unos estúpidos, tú y yo. —En sus palabras no quedaba ni el menor asomo de su ímpetu habitual; con toda parsimonia bajó la tapa del piano y levantó la vista—. Lo cual no tendrá mucha importancia. Me temo que Alison ahora no sabe qué creer. En quién creer. Estable o no, posee mucha información que podría causar un gran daño. La señorita Trent la ha convertido en un riesgo.

—Ya veo —dijo Votapek—. Hace treinta años le destruimos la vida, y ahora sencillamente se la quitamos. Así de simple. —Sus palabras eran las de un hombre derrotado—. ¿Es eso lo que queríamos?

—Sólo para poder construir algo que tenga verdadero sentido, que...

—¡Oh, basta, Larry! —Votapek se levantó—. Ella es una de nosotros, la razón principal por la cual iniciamos todo esto. Y ahora...

—La razón por la cual tú iniciaste todo esto. —Tieg había aparecido en lo alto de los escalones que conducían a la sala de estar—. Alison ha perdido nuestra confianza...

—Te digo que ella no sabía...

—Eso es irrelevante —le cortó Tieg—. Este asunto hace mucho tiempo que tendría que haberse resuelto.

—¡Resuelto! —Votapek comenzó a sacudir la cabeza violentamente—. ¿Es así como hablamos de los nuestros, de los niños que sacrificaron...?

—El sentimiento es una debilidad —lo interrumpió Tieg—. ¿Cuántas veces te he oído decir eso? Pues bien, es hora de reconocerlo como una realidad, Anton, no como una teoría abstracta que sirve para los cursos pedagógicos en tu aula.

—De todos modos —replicó Votapek—, nadie la creería.

—Nadie tendrá la oportunidad —repuso Tieg—. Larry, trata de explicárselo a nuestro escrupuloso colega.

Sedgewick se había acercado al bar, con una gaseosa en la mano.

—Sabes que tiene razón, Anton —dijo tratando de apaciguar los ánimos—. Mientras demostró su compromiso, ella constituía un riesgo asumible. Podemos comprender tus sentimientos...

—¡Gracias! —espetó Votapek, al tiempo que se levantaba y se acercaba a la ventana—. ¡Muchas gracias a los dos por vuestra condescendencia!

—Anton —siguió diciendo Sedgewick—, ella sabe quién estaba allí; ella sabe lo de Pembroke y lo de los niños que logramos recuperar de Tempsten. Ella presenció todo lo sucedido, y puede llenar muchas lagunas. Mientras no sabía nada de nada, era un recordatorio de cómo las cosas pueden salir mal, terriblemente mal. Ahora está confundida. Y ya no está sola. Si, por alguna razón, la señorita Trent llegara a convencerla de exponer esa información, serían del dominio público demasiados eslabones, eso por no hablar de las fuentes. ¿Quieres arrastrarla a eso? No podemos permitirlo, Anton, y tú lo sabes. Trent, Alison...

—Y ahora nuestro amigo de Washington. —Una voz fatigada, muda hasta ese momento, interrumpió a Sedgewick.

El anciano, acurrucado en un rincón, cambió de posición en su butaca; la tensión de la última semana había dibujado hondas arrugas en su rostro. Meneó la cabeza, más para sí mismo que para los demás.

—Eso, mucho me temo, no puede evitarse. Él no nos deja

otra alternativa. —Tosió—. ¡Qué egocéntrico! —La palabra sólo denotaba contrariedad—. Nunca le bastaba con interpretar su papel, no creo que lo haya llegado a entender. —El anciano no esperó la respuesta—. Por lo tanto, sea. Ya he encontrado a otro para reemplazarlo. Tenéis que actuar rápidamente con él. Ahora será muy peligroso, haría cualquier cosa para salvarse.

—Ya se están ocupando de él —repuso Sedgewick, que se volvió hacia Votapek—. Ya sabes que lo mismo es válido para con Alison.

—Eso no es cierto. Él sabía lo que estaba haciendo —replicó Votapek—. Él sabía exactamente lo que estaba haciendo.

—Sí, pero las razones son las mismas. Si se establece cualquier conexión entre nosotros, todo el plan se desmoronará ante nuestras narices. —Sedgewick hizo una pausa—. No todos nosotros estamos dispuestos a esperar otros treinta años antes de tener la oportunidad de intentarlo de nuevo.

—Y supongo que quieres decir que lo de Tempsten fue todo culpa mía...

—Yo no quiero decir nada. Lo único que señalo es que esta vez no podemos correr ningún riesgo. Si la dejamos estar, podríamos sacrificar lo que estamos a punto de crear. A sabiendas o no, Alison podría establecer esas conexiones. ¿La elegirías a ella a cambio del futuro?

Votapek permaneció junto a la ventana, sin tomarse la molestia de mirar a los demás hombres de la sala.

—¿Acaso consentiríais que lo hiciera?

Habían retrocedido unos treinta kilómetros, por carreteras que según Jeff eran demasiado recónditas hasta para la policía local. Sarah le había dicho que en Glendor sus amigos no dudarían en intentar el mismo ardid y por lo tanto lo había convencido de dirigirse hacia el norte, lejos de la ciudad, con el fin de que ella pudiese evitar otro roce. Al principio, el mecánico se mostró renuente, insistiendo en que la llevaría hasta México, pero, después de una cuidadosa explicación, Sarah le había hecho comprender que *Amenaza*, si bien era una máquina magnífica, tal vez resultaba demasiado llamativa para recorrer todo el camino hasta la frontera sin sufrir otras interrupciones. Después de unos minutos de silenciosa consideración del caso, Jeff llegó a la misma conclusión, así que dio la vuelta y optó por el camino más pintoresco para entrar en el pueblo de Palametto.

Al llegar a un par de kilómetros de la población, aún protegidos por un camino boscoso, Sarah le pidió que parara, abrió la portezuela y descendió de la cabina.

—¿Qué va a hacer? —exclamó Jeff, volviendo bruscamente la cabeza en su dirección para recalcar su asombro—. Está a casi dos kilómetros de aquí. Quizá tres. No hay ningún motivo para que vaya caminando. Ya le he dicho que para mí no es ningún problema...

—Me gustaría llegar al pueblo sin llamar demasiado la atención. Ya sabes: entrar y salir sigilosamente. Tomaré el próximo tren.

—¡Demonios, parece que se toma ese juego muy en serio! Sabe que él en estos momentos ya está a medio camino de Carmel, ¿y usted se va a poner a caminar?

—Confía en mí —repuso Sarah—. No es la primera vez que juego con él.

«Ésos son los sacrificios que hacemos.» Siempre la razón fundamental. Siempre el *modus operandi* de Pritchard. Y él quería sacarla del medio. ¿Por qué? ¿O acaso eso había formado parte del ardid? Otra puya para asegurarse de que ella seguiría hasta el final. Hasta Tempsten y el senador Schenten. Recordó una frase del mensaje de Feric: «corta la cabeza y todo se desmorona». Una vez más, Pritchard no le había dejado otra alternativa. Desaparecer y hacer el sacrificio inevitable o convertirse en la asesina. Era la única manera que tenía de salvar a Xander.

—¡Usted manda! —replicó Jeff.

Sarah advirtió que el interés del joven se desvanecía, pues la velocidad era ingrediente indispensable de su entusiasmo. Aceleró el motor.

—Sólo pensé que podía necesitar ayuda.

Ella asintió con la cabeza.

—Te has portado estupendamente. —Metió la mano en el bolsillo y extrajo un billete de cien dólares de la billetera que le había quitado al esbirro de Tieg—. Quiero que aceptes esto.

—¿Qué demo...?

—Es... la parte que te corresponde si gano la apuesta —explicó ella—. No me sentiría bien al embolsarme los cinco mil sabiendo que, de no haber sido por ti, aún estaría en el taller..

Los ojos del muchacho reaccionaron unos segundos después, y se le sonrojaron las mejillas mientras extendía la mano por encima del asiento.

—¿Cinco mil? —Abrió desmesuradamente los ojos—. Bueno... entonces supongo que está bien. Y le dimos esquinazo a ese sedán.

—¡Vaya que sí! —repuso Sarah—. ¡Ah! Te agradecería mucho que no volvieras al taller de Mick hasta, digamos, a última hora de la tarde. Sólo por si acaso mis amigos siguen aún allí y quieren saber adónde fui, ¿comprendes?

Jeff estaba ocupado guardándose el billete en el bolsillo.

—De acuerdo, de acuerdo —asintió—. Para tomar ventaja. Lo comprendo. Iré a casa de un amigo, a ver un vídeo. Quédese tranquila.

—¿Y a Mick no le importará?

—No, ahora hay poco movimiento. Dos Beemers para el próximo viernes. Poca cosa. Se lo tiene bien merecido por tratarme como a un idiota. —Sonrió y extendió el brazo para cerrar la portezuela—. Cien pavos y una carrera estupenda. Soy yo quien tendría que estarle agradecido... —Calló y miró a Sarah por la ventanilla—. Ni siquiera conozco su nombre.

—Susan —dijo ella.

—Un placer, Susan. Espero que gane.

Dicho esto, pisó el acelerador y se alejó por el camino de tierra, agitando la mano por la ventanilla mientras *Amena-*

za desaparecía en el siguiente recodo. Sarah se quedó un instante allí parada y luego puso rumbo al pueblo.

Cuarenta minutos después, se encontraba en el retrete de señoras de la estación de Palametto, un pequeño cubículo situado cerca del extremo del andén. El tren era su única opción: no había ningún medio más rápido y simple para llegar al aeropuerto de Sacramento. Si todo salía bien, tomaría el primer vuelo hacia el este al cabo de un par de horas, y luego la conexión al norte del estado de Nueva York. Y a Schenten.

Y de alguna manera sabía que Jaspers estaría allí. Tenía que estar. Sarah necesitaba que estuviese allí, necesitaba comprobar que había sobrevivido, más para su propia tranquilidad que por él. Aquel hombre gentil, honesto, que había tratado de ayudarla, que la había visto perderse en aquellos túneles, y a quien ella había enviado a la locura. Y todo con una sonrisa. «No me falles, Feric.»

La cuestión era si la reconocerían en cuanto llegara. Con la minifalda de cuero, la blusa de seda y una chaqueta de gamuza, tenía poco en común con la *signora* Fabrizzi de Florencia. El ajustado atuendo lo había adquirido en The Fashion Plate, la única tienda de ropa femenina de Palametto con un buen surtido de «todos los estilos actuales», o eso era lo que aseguraba el cartel. Las nuevas prendas —incluyendo unas medias verde oscuro hasta la rodilla, un par de piezas de ropa interior de encaje bastante atrevidas y unas botas altas— habían transformado a Sarah en una jovencita, como las modelos de los carteles que ensalzaban la elegancia del norte de California.

En ese instante, delante de otro espejo, Sarah trataba de sacar el máximo partido de los productos que había adquirido en la perfumería local para concluir su obra, esparciendo con sumo cuidado unas buenas dosis de aceite por la cara y el cuello para lograr un bronceado artificial. Al bañarse las manos, los brazos y las piernas con aquella mixtura oleosa, decidió no preocuparse por los efectos ulteriores. Lo único que importaba era eliminar las arrugas y los arañazos que se había provocado al caer por la ladera. Al cabo de un minuto, habían desaparecido, y con ellos unos siete años de edad, lo que situaba a Sarah en sus veintitantos años. De acuerdo, al filo de los treinta, reconoció para sí. La ropa tendría que suplir la juventud que le faltaba. Luego, las tijeras harían un rápido trabajo con sus cabellos: cortarlos hasta la altura de la mandíbula, en una línea tan recta como fuese posible. Confiaba en que las seis horas de vuelo —y varios paquetes de tinte rubio— bastarían para dañar el pelo a la perfección. Por lo menos, su atuendo le permitiría llegar hasta el aeropuerto.

Tras un repaso final ante el espejo, abrió la puerta y la sobresaltaron dos ruidos distintos en la distancia. El primero fue el silbato del ferrocarril, un estrepitoso silbido para anunciar a todo el condado que el tren de las 10.30 h había llegado con dos minutos de adelanto. El segundo, el rugido de un potente motor, hizo retroceder a Sarah. Los hipidos del motor eran inconfundibles, los había oído durante todo el recorrido por los caminos boscosos. Era el ruido del 4x4.

Habían dado con Jeff. ¿Acaso Pritchard había sido tan astuto como para colocar un buscador en el vehículo? Era una pregunta tonta: Sarah sabía que ésa eran precisamente la clase de detalles que a Pritchard jamás se le escapaban. Y a causa de ello, *Amenaza* se hallaba recorriendo las calles de Palametto, siguiendo sus pasos.

El chirrido del tren al frenar obligó a Sarah a volver a concentrarse en el andén. Casi al unísono, el vehículo prorrumpió en un rugido final. Sarah se quedó helada, esperando oír las amenazadoras pisadas. Nada. Sólo el silencio. Unas cuantas hojas se arremolinaron en el aire al abrirse las puertas del tren. Sarah levantó la cabeza y vio el compartimiento vacío. Y persistía el silencio. «¡Piensa! ¡Considera las opciones!» Esperó durante casi medio minuto hasta que cruzó el andén a la carrera y subió al vagón; las puertas se cerraron tras ella. Segundos después, el andén comenzó a deslizarse hacia atrás mientras ella se acercaba a la ventanilla, tratando de localizar a sus perseguidores. Lo único que vio fue la franja de cemento desierta que se alejaba. Retrocedió en el momento en que aparecía ante ella un bosquecillo, cuyas hojas y ramas formaban un túnel de colores verdes y ocres por donde se internaba el convoy. «¿Dónde están?»

Entonces lo comprendió. Estaban en el tren.

Bob Stein pasó la mano a lo largo de la cabecera de la cama y una nube de polvo gris cayó en cascada sobre la almohada. En el otro extremo del cuarto, O'Connell —hasta unos minutos antes envuelto en las sábanas amarillentas de la cama— iba poniendo alternativamente la cabeza debajo de los dos grifos, primero del de agua fría y luego del de la caliente, en un extraño ritual de media tarde para despejarse. La camisa que llevaba era sin mangas, estrecha en el pecho, y también necesitaba un buen lavado. En cuanto a los pantalones, eran demasiado cortos, demasiado anchos por abajo y demasiado apretados en la cintura. Stein le había visto así tan sólo en una ocasión. Después de lo de Ammán. El aspecto de O'Connell era tan desagradable que Bob desvió la mirada y examinó la cochambrosa habitación: las paredes estaban desconchadas y había pedazos de yeso caídos por todas partes. Cuando O'Connell se apartó para secarse, se fijó en el lavabo. Las cañerías estaban a la vista y toda la instalación amenazaba con desplomarse si alguien la miraba. El conjunto era el de una escuálida madriguera que evocaba imágenes de lo peor del tercer mundo. Resultaba difícil de creer que se pudiera alquilar por el plazo de una semana a sólo tres manzanas al sur de Union Square.

No había resultado complicado seguirlo hasta allí. En realidad, O'Connell había dejado un rastro evidente, hecho que alentó a Bob. Al igual que Sarah, parecía estar pidiendo a gritos que lo encontraran. Naturalmente, Bob había acudido a la llamada.

Una tos mucosa le hizo volcar de nuevo la atención en

O'Connell, que se había puesto la toalla alrededor del cuello y se afanaba en destapar la botella.

—Es bueno, Bobby —dijo O'Connell, la voz aún opacada por el sueño—. Sólo lo mejor para ti.

El acento irlandés parecía haberse vuelto más exagerado.

—Yo paso —respondió Stein—. Tal vez más tarde.

O'Connell se encogió de hombros y tomó un largo trago del líquido de color castaño.

—¿Cuántos de éstos te tomas en un día?

—¿En un día?

O'Connell se echó a reír, pero una flema le ahogó la risa en la garganta. Escupió sin buscar una dirección en particular y se sentó en un banquito de hierro junto a la puerta.

—En una hora, Bobby. En una hora. Cuando me porto bien, en dos. Cuando no... —Hizo un guiño y sonrió—. ¿Qué quieres? Como verás, estoy muy ocupado. No tengo tiempo para tipos como tú. ¿Vamos a una reunión en Rock Center para tomar un té con pastas? —Rió y tomó otro trago.

—Dejaste un rastro. Yo me limité a seguirlo —repuso Stein—. En general eres más rápido, Gael. Comienza a parecerme una chapuza.

—Estoy seguro de que lo es, señor Stein. Estoy seguro de que lo es. —Pensó tomar otro trago, pero se detuvo antes de que la botella llegara a sus labios—. Pero ¿qué significan unos días entre amigos? —La botella siguió hasta llegar a la boca, y el líquido gorgoteó en su garganta. O'Connell se limpió los labios en el hombro desnudo—. A veces uno necesita algo de... intimidad. Un poco de tiempo para sopesar las grandes ideas. —Volvió a beber.

—No sabía que tuvieras ideas.

O'Connell le guiñó el ojo y volvió a aparecer la sonrisa.

—Al menos tú eres franco.

Observándolo mientras bebía, Stein siguió diciendo:

—Nunca he comprendido por qué haces esto. Te pagan bastante...

—Vale hasta el último centavo —lo interrumpió, al tiempo que levantaba la botella como para hacer un brindis.

—Sí, hasta el último centavo —dijo Stein—, pero ¿por qué esto? ¿Por qué no Maryland, la granja? ¿Por qué no pensar allí? Contemplar la perr...

—Cierra el pico, Bobby. —El tono no denotaba malicia—. Yo pienso donde me da la gana. —Tomó otro trago, mientras pestañeaba a un ritmo lento, desacompasado—. La perra está muerta. ¿No lo sabías? Sí, un cabrón de chico. Conducía un camión o algo así. Les dije que la tuvieran adentro por la noche, ni que costara tanto, joder, pero no se puede confiar en ellos, son unos estúpidos. Dejaban a la jodida perra suelta en la oscuridad. Se lo tuvo bien merecido la vieja perra.

Apuró las últimas gotas de licor y arrojó la botella contra la pared. Sin romperse, cayó con un ruido sordo sobre el suelo de madera.

—No lo sabía. —Stein respiró hondo y extrajo una revista de chicas desnudas de debajo de la almohada. La hojeó y añadió—: De todos modos, no habría vivido mucho tiempo más.

Gael sonrió, con la barbilla hundida en el pecho, y los codos apoyados en las rodillas.

—Que te den morcilla, Bobby. No era tan vieja como tu culo gordo.

—Tienes que serenarte. —Stein arrojó la revista al otro lado de la cama y apoyó las manos en el blando colchón—. Sarah está en apuros y parece que tú eres el único en quien confía.

—¿Y eso te sorprende?

—Tal vez sí, tal vez no.

Por unos instantes, los ojos de O'Connell parecieron aclararse antes de velarse de nuevo por la bebida. Apartó la vista, mientras toqueteaba un trozo de yeso desprendido de la pared.

—Sí, bueno... ¿y cómo está nuestra señorita Trent?

—Se han apoderado de sus expedientes —contestó Stein—. De todo. Y a Arthur no... se lo puede localizar.

Ante la mención del nombre de Pritchard, O'Connell se puso tenso de repente y entrecerró los ojos.

—El siempre estimado Arthur C. Pritchard.

—Sin la C —lo corrigió Stein—. La C es por Clarke. El nuestro no lleva la inicial en el medio.

—Que te den morcilla, Bobby.

O'Connell se levantó y se acercó al lavabo. Abrió el grifo y tomó un sorbo de agua.

—Tú no tienes ni idea de lo que pasa, ¿no es así? —Rió para sus adentros—. Él lo prometió, ¿sabes? Ella estaba fuera de juego. Su palabra más solemne. —Dio una palmada contra la pared y gritó—: ¡Sí, que te den por culo, Arthur Pritchard! —Se volvió hacia Stein—. Dijo que estaba lista. Entonces, no tenía que ir a buscarla, ¿no te parece? Él no tuvo que quitar a aquellos hijos de puta de la calle. Si la hubieras visto en aquel cuarto de hotel, con la mano empuñando firmemente la pistola, habrías... ¡Qué sé yo! —Cerró los ojos y echó la cabeza hacia atrás—. Era una buena chica, ¿sabes? —Su voz era casi un murmullo—. Y una gran tipa. Estupenda. Eso es lo que era. —Abrió los ojos y miró a Stein—. Pensó que podía regresar a por la chica, ¿lo sabías eso? Como si hubiese podido decidirlo ella. —De nuevo se rió para sus adentros, luego volvió a sentarse en el banquito con un hondo suspiro—. Ella se sintió culpable, y él la hizo volver. ¿Por qué lo hizo, Bob? ¿Por qué? —Dejó caer la barbilla sobre el pecho. Luego, sin pizca de afabilidad en su mirada, posó los ojos en su colega—. Tendríamos que haberlo sabido. No teníamos que haberla dejado sola. Tendríamos que habernos dado cuenta.

Stein esperó a que se hundiera más en el asiento.

—No era mi obligación.

—Eso está bien, Bobby. Tú así lo crees. —Esta vez la amargura desbordaba—. Hay que pasar la pelota. Bien hecho, Bobby, di que sí.

—¿De veras crees que era eso lo que quería? —Una nueva pausa—. Entonces te puedes ir a la mierda. No se trata de Arthur, se trata de ella.

El ex agente parpadeó varias veces. Al cabo de un momento, se incorporó, volvió a respirar hondo y luego se mesó los cabellos y se pasó las manos por la cara. Estiró el cuello y tosió.

—Sí, está bien, no soy tan malo como parezco. No más de media botella por día. El máximo.

—Nunca pudiste dominar el vicio.

—No fuerce su suerte, señor Stein —replicó con una sonrisa distinta.

—Necesito que vengas conmigo esta noche.

O'Connell trató de despejar la mente de la bebida.

—¿Adónde?

—Eso —repuso Stein— depende de ti.

El irlandés levantó la vista.

—¿Dónde está ella, Bobby? ¿Y dónde, por cierto, está nuestro señor Pritchard? ¿O acaso no lo sabes?

Stein miró fijamente a O'Connell.

—¿Hay algo que debería saber?

—Existe un pequeño problema para saber en quién puedes confiar.

O'Connell se levantó y de nuevo se dirigió al lavabo, y abrió el grifo para tomar varios sorbos de agua.

—¿Y eso significa?

El irlandés se mojó la cabeza antes de contestar.

—Así que saben quién es ella. ¿Dónde está?

—En la casa de Tieg. En San Francisco.

—¿Desde cuándo?

—Desde hace doce horas.

O'Connell cerró el grifo y se volvió para mirar a Stein, mientras se secaba con la toalla el cuello y la cara.

—¿Y sigue allí?

Stein meneó la cabeza.

—No... estoy seguro.

—Eso no está bien, Bobby. Eso no está nada bien.

Sarah observó el pasillo que se abría frente a ella: había una quincena de filas de asientos, en su mayoría ocupados. Si bien quedaba alguno vacío aquí y allá, por fortuna había los suficientes pasajeros para perderse entre ellos. A sus espaldas otro grupo de trabajadores o turistas estaban sentados unos junto a otros, varios de ellos enfrascados en los diarios, otros concentrados en la conversación, y la mayoría, según advirtió ella, con corbatas y bufandas idénticas. En una inspección más minuciosa, descubrió que los pantalones y las faldas eran muy similares, de franela gris bien planchados, y todos con zapatos o mocasines. Aquella uniformidad iba a jugar en su contra. No obstante, se aventuró hacia la izquierda, buscando apoyo en los bordes de los asientos mientras avanzaba por el vagón. En cada nueva hilera de asientos, otro conjunto de faldas y pantalones iguales aumentaban el misterio. Sin embargo, el pasillo permanecía desierto de otros pasajeros no uniformados. Si los hombres de Pritchard se encontraban en el tren, todavía no habían llegado al vagón de los clones.

Balanceándose de un lado a otro, Sarah descubrió un asiento vacío en la última fila, en el que reposaban cómodamente los pies de un pasajero sentado de espaldas a ella. A la izquierda de éste, un hombre de unos treinta y tantos años —también de uniforme— estaba encorvado sobre un crucigrama, el capuchón del bolígrafo luciendo los estragos de distraídos mordiscones. Sarah decidió situarse junto a la ventana, de espaldas a la pared. Caminó hasta el fondo del vagón, pasó educadamente por delante del hombre del crucigrama —mientras los pies del asiento de la esquina se posaban en el suelo— y se sentó con el bolso en el costado.

Al cabo de unos instantes, el hombre que tenía enfrente hizo un movimiento con la cabeza señalando por encima del hombro hacia atrás.

—Debe de ser todo un espectáculo —dijo. También él debía de tener treinta y tantos años, y mostraba una ansiosa sonrisa en el rostro—. Me refiero al uniforme. Vistos en conjunto debemos de dar todo un espectáculo.

—Sí —contestó ella distraídamente, observando el resto del coche por el rabillo del ojo.

—No es muy original, pero no está mal.

Sarah sonrió de nuevo.

—Debe de estar preguntándose qué representa todo esto.

Esta vez ella se limitó a arquear las cejas antes de mirar pasillo adelante como si buscase a una amiga.

—Somos los Savoy Singers —prosiguió el hombre, impertérrito ante el sutil gesto de rechazo—. La compañía de Gilbert y Sullivan, ya sabe: *Pirates of Penzance, Pinafore*... Damos conciertos, animamos fiestas en clubes, todas esas cosas. Esta noche organizamos una buena.

—*Pinafore* —asintió ella, educadamente. Aunque sus pensamientos estaban en otra parte, recordaba una representación de unos años atrás con una débil voz de soprano, en la que tuvo que efectuar varios viajes a un bar abierto—. ¿Algo acerca de unas hermanas y primas? —agregó con displicencia, lamentándose de inmediato por haber demostrado el menor interés.

Al hombre se le iluminó la cara.

—Hermanas, primas y tías —la corrigió él, y enseguida entonó una canción:

—«Y somos sus hermanas, sus primas y sus tías.»

Los otros dos ocupantes del cuarteto enseguida se unieron a él.

—«Sus hermanas y sus primas, que las cuenta por docenas, y sus tías.»

Sin pausa, el hombre del crucigrama se puso de pie de un salto y con una profunda voz de barítono cantó:

—«Porque es inglés.»

Momentos después, tres cuartas partes de los pasajeros se pusieron de pie, meciéndose al compás del tren, y cantaron a coro con gran entusiasmo:

—«Porque él ha manifestado, y ello dice mucho a su favor, que es inglés, que es i-i-i-i-i-i-inglés.»

En silencio, Sarah se esforzó por esbozar una sonrisa, mientras dudaba de si había estado acertada al elegir aquel asiento, por muy ventajoso que fuese el punto de vista. Al cabo de un momento, el vagón estalló en carcajadas. Los cantantes volvieron a sentarse, y otro coro tomó el relevo. Al recordar que había de diez a doce operetas en el canon de *Pinafore*, Sarah comprendió que le esperaba un largo viaje.

Fue entonces, mientras se acomodaba en el asiento, cuando descubrió que en el otro extremo del coche, uno de los socios de Pritchard iba estudiando los rostros de los pasajeros como si buscara un asiento. «El traje oscuro, la delgada corbata negra.» También él parecía algo perplejo ante la uniformidad de la vestimenta y los cánticos, aunque estaba claro que su interés se centraba en las pocas mujeres que, como Sarah, habían ido a parar sin proponérselo al coche del coro. Una de las infortunadas, que al parecer ya tenía bastante, se levantó educadamente del asiento y enfiló el pasillo. Al pasar junto al hombre de Pritchard camino de la puerta del otro extremo, esbozaba una sonrisa de alivio. Por un instante, pareció que el agente se disponía a seguirla, pero luego cambió de idea y retornó a su inspección. Demasiado baja, supuso Sarah. A pesar de todo, se había tomado su tiempo para asegurarse: un hombre meticuloso. Por supuesto, existía la posibilidad de que no la reconociera. Sarah recordaba haberlo visto junto al coche, pero se encontraba demasiado alejado como para fijarse bien en la cara de ella. Y con la nueva vestimenta, el cabello, hasta el color de la piel cambiado desde el último encuentro, parecía improbable que la reconociera. Sin embargo, eran aquellos cambios los que la hacían destacarse entre el resto de la pequeña compañía de cantantes. El hombre se detendría en su rostro, y eso la obligaba a provocar una distracción.

Con esa idea en mente, Sarah se volvió hacia el barítono y comenzó a tararear las pocas palabras que conocía —siempre con medio compás de retraso—, marcando el ritmo con la cabeza. Inmediatamente, él la alentó. Como se había imaginado, el movimiento bastó para atraer la atención del agente. «Bien —se dijo ella— disfruta del espectáculo.» Sarah sintió la mirada en su rostro, aguardó hasta que el hombre empezó a caminar hacia ella y comenzó a separar las piernas. La corta falda se corrió hacia arriba unos centímetros. Muy pronto, las rodillas estuvieron lo suficientemente separadas como para ofrecer una generosa panorámica de los muslos y mucho más allá para los que tuvieran interés en mirar. Y el agente de Pritchard estaba interesado. Por el rabillo del ojo, ella vio que se detenía, que su mirada bajaba y sus ojos ansiosos comenzaban a recorrer las curvas de la parte interior de los muslos, para luego subir fascinados por la carne y las bragas durante un largo instante. Sarah esperó, dejando que saciara su apetito.

Y luego, sin más, juntó bruscamente las rodillas. Sus ojos ya estaban fijos en los del agente, y había adoptado una expresión de sorpresa y reproche: la mujer herida que ha atrapado al mirón *in fraganti*. La reacción del hombre fue previsible. Se ruborizó y desvió la mirada. Luego ofreció una débil sonrisa y se dio la vuelta. Momentos después, retrocedía con torpe prisa, buscando apoyo en los respaldos de los asientos. Al verlo alejarse oscilando de un lado al otro, Sarah estaba segura de que, incluso en ese momento, el agente seguía tratando de olvidar su rostro. ¿Qué otra cosa podía hacer? Había sentido la humillación, había visto la acusación en sus ojos, y no la mujer que se ocultaba detrás de ellos. Y por esa sola razón, ella sabía que no volvería. No podría permitirse creer que ella era la mujer que buscaba. Su ego no se lo permitiría.

Antes de que el agente de Pritchard hubiera desaparecido de su campo de visión, la puerta de la izquierda de Sarah se abrió de repente, y el ruido de las ruedas y el viento apagó por un momento las voces de los coristas. Al levantar la mirada, Sarah se estremeció. Allí, de pie a menos de un metro de ella se encontraba el robusto custodio de la bodega de Tieg, el hombre que la había conducido a la rampa unas diez horas antes. ¡¿Tieg?! Se quedó helada, incapaz de dar crédito a sus ojos, el triunfo momentáneo sobre Pritchard casi olvidado. El hombre se había detenido y miraba al frente, sin prestar atención a los cantos que se habían reanudado. Sarah se acercó un poco más al compañero de asiento por si el custodio se volvía, pero éste seguía con la mirada en el pasillo, los ojos fijos en algo situado más allá de los confines del vagón. A diferencia de su predecesor, éste no demostraba interés en los asientos. En algún sitio que Sarah no alcanzaba a ver, había detectado a su presa.

Muy despacio, Sarah se recostó en el asiento, menos intrigada por la inesperada aparición que por el mensaje que transmitía su expresión: aquel individuo no la estaba buscando a ella. Eso era evidente, de hecho incluso parecía ignorar que ella se encontraba en el tren. ¿Entonces qué estaba haciendo allí? Una idea inquietante le cruzó por la mente: el agente de Pritchard. Pero ¿por qué? Sin darle tiempo a hacer conjeturas, el custodio de Tieg ya casi había alcanzado la puerta del otro extremo. Unos segundos después, Sarah se levantó despacio e hizo un ligero saludo con la cabeza a su vecino de asiento.

Manteniéndose a una distancia prudencial, Sarah siguió al esbirro de Tieg a lo largo de tres coches, aguardando en cada una de las puertas cuando el hombre de Tieg se detenía para localizar a su presa. Luego Sarah seguía adelante, pero sin acercarse nunca tanto como para ver ella misma al acosado. Sólo cuando se atrevió a acortar la distancia que la separaba del que había sido su guardián, descubrió por fin a quién estaba siguiendo. Miró ansiosa. Sin duda, el agente de Pritchard era la única posibilidad lógica, pero ¿dónde estaba la lógica? ¿Por qué iba a tener Tieg el más mínimo interés en el agente de Washington? ¿Por qué conocía siquiera su existencia? Dejando aparte los canales no confiables, el objetivo carecía de sentido. Ella sabía que tendrían que haber ido tras ella. Tenían que ir tras ella.

Las preguntas pasaron en cascada por su mente mientras se desarrollaba un extraño juego del gato y el ratón. Sarah se convirtió de presa en cazador. Al avanzar por los pasillos, sentía que se le aceleraba el pulso, sus sentidos se agudizaban y todo en el tren adquiría una claridad magnificada. Y con esa intensidad experimentó una sensación de alivio. Por primera vez en varias semanas, quizás en años, sentía que controlaba la situación, y las voces interiores guardaban un momentáneo silencio. Todo se reducía a la caza, algo tan familiar que casi era una parte de sí misma. A lo largo de tres coches, tuvo a ambos hombres a la vista hasta que, al acercarse al cuarto, se vio obligada a detenerse en la pequeña plataforma entre los vagones. El agente de Pritchard había encontrado a sus dos camaradas, y los tres mantenían una conversación en voz baja en la mitad del coche. También el hombre de Tieg se había visto obligado a detenerse y a ocupar el primer asiento disponible, antes de sacar una radio pequeña del bolsillo de la chaqueta, sin apartar en ningún momento la mirada del trío. Mientras tanto, Sarah se había refugiado en las sombras de la plataforma abierta, donde su reflejo era eclipsado por el resplandor del sol en el vidrio de la ventanilla.

Los tres agentes de Washington seguían ajenos a la doble vigilancia de que eran objeto, cada uno de ellos concentrado en su falta de habilidad para localizar a su objetivo común. Tal como Sarah había supuesto, su *voyeur* no daba muestras de recordar su reciente contratiempo, pues meneaba la cabeza y se encogía de hombros como hacían los otros; su fracaso, según parecía, era tan rotundo como el de ellos. Sólo cuando pareció que los tres callaban al mismo tiempo Sarah comprendió que no habían estado contándose mutuamente sus cuitas. En ese momento estaban escuchando atentamente, centrando su atención en el asiento de su izquierda. Fue entonces cuando ella advirtió la mata de cabellos grises que asomaba sobre el respaldo y los faldones de un abrigo familiar que colgaban en el pasillo: Pritchard. Era evidente que tampoco él estaba muy complacido, pues sus dedos se agitaban sobre el asiento para señalar cada una de sus frustraciones. Una cosa era evidente. Pritchard había puesto interés en ella, un interés muy personal que le obligaba a representar un papel activo en un terreno que no era el suyo. «¿Entonces por qué se arriesga?», se preguntó Sarah.

Una vez terminada la arenga, Pritchard se puso de pie con expresión de contrariedad, de irritación incluso, pero sin perder la arrogancia y soberbia que lo caracterizaban. Él en persona los acompañaría a recorrer el tren: eso denotaba su postura cuando avanzó por el pasillo. Hasta que de repente se detuvo. Por una fracción de segundo, Sarah pensó con temor que la había divisado a través del vidrio, pero su mirada decía otra cosa. Era su reciente custodio quien atraía su atención, no ella. Ambos hombres se quedaron mirando fijamente, Pritchard inmóvil, con las cenicientas mejillas encendidas por la sorpresa. Un miedo palpable comenzó a extenderse por su rostro. ¿Miedo? Nunca antes había visto Sarah ni el menor rastro de emoción en aquellos ojos pétreos. Observando su cara marchita, Sarah trató de comprender, intentó encontrar una respuesta a su propia confusión, pero no lo logró. Durante unos segundos, se sintió atrapada por la mirada de Pritchard, hasta que, casualmente, apoyó la frente en el vidrio: el frío bastó para sacarla de su estupor. Y en aquel momento, en aquel instante de lucidez, comprendió la verdad, lejana al principio, pero presente en toda su incongruencia. Pritchard formaba parte de aquella locura. Pritchard se había entregado a los hombres de Eisenreich. Y, de alguna manera, había traicionado su confianza.

Por eso estaban allí los guardaespaldas de Tieg. Del mismo modo que Pritchard le había seguido el rastro, ellos habían seguido el de él. Se preguntó cuánto debían de llevar tras él, sin tiempo para cuestionarse su buena suerte al haber eludido la trampa.

Pritchard retrocedió, chocando inadvertidamente con uno de sus agentes. Éste se apartó con torpeza, sorprendido ante el cambio de dirección. Pero no iba a haber cambio alguno. George —el chófer circunstancial de Sarah— se había apostado en la puerta del otro extremo para frustrar cualquier intento de fuga. Era evidente que ellos también sabían reducir las opciones a un mínimo. Pritchard se volvió de nuevo, y durante unos interminables segundos permaneció con la vista clavada en el pasillo. Muy despacio, se dejó caer en el brazo del asiento más cercano. Entretanto, sus tres colaboradores, felizmente ajenos a lo que ocurría a su alrededor, intercambiaban miradas de desconcierto antes de que las piezas comenzaran a encajar. Pritchard se incorporó, pero ya era demasiado tarde. Los hombres de Tieg se habían acercado, con las manos hundidas en los bolsillos de los abrigos, el primero de ellos de nuevo con la boca junto a la radio. Estaba pidiendo refuerzos.

Sarah echó una rápida mirada por el vidrio de la puerta que tenía a sus espaldas y vio que varios hombres robustos se aproximaban por el pasillo. Saliendo de las sombras, abrió tranquilamente la puerta, entró en el vagón y se dirigió directamente hacia ellos. Mantuvo la cabeza erguida. Ninguno dio muestras de reconocerla, pese a que el primero de ellos aminoró el paso al tiempo que ella se deslizaba en un espacio vacío para hacerles sitio. Todos hicieron un gesto de agradecimiento con la cabeza, y el último de los cuatro hasta le brindó una sonrisa antes de pasar junto a ella. Sarah volvió a salir y siguió caminando tranquilamente en dirección contraria, hasta que oyó cerrarse la puerta a sus espaldas. Ya habían cruzado al otro coche. Ella podía darse la vuelta. Como si hubiese olvidado algo, profirió una exclamación y giró en redondo. Ninguno de los demás pasajeros pareció advertirlo. Medio minuto después, estaba de vuelta en su posición privilegiada, pero la escena en el interior del vagón era totalmente diferente. Los hombres de Eisenreich habían rodeado a Pritchard y sus agentes con habilidad, de forma que sólo alguien avisado hubiera reconocido que se trataba de una táctica de encierro. Los del círculo externo seguían con la mano hundida en los pliegues de la chaqueta. Del mismo modo, los agentes habían recibido evidentes instrucciones de mantener las manos a la vista, con las chaquetas desabrochadas y la vista fija en el suelo. Al observar a los tres cautivos, Sarah advirtió que uno de ellos no había cedido sin luchar. Mantenía el antebrazo junto al pecho, con la mano colgando, señal obvia de que tenía la muñeca rota. El mensaje era claro: nada de señas, nada de ataques coordinados, nada de ulteriores tentativas de quebrar el feliz círculo. En el centro estaba Pritchard, con los ojos entornados, derrotado.

—¡Alderton, dos minutos! —la voz ronca llegó hasta la plataforma—. ¡Dos minutos para Alderton!

El tren comenzó a aminorar la marcha, unos cuantos pasajeros dieron señales de vida, y varios se pusieron de pie para bajar bolsos y maletas del portaequipajes. Los dedos abrochaban botones, las bolsas eran dejadas en el suelo, pero el grupo del centro se mantuvo al margen de la creciente actividad. Al cabo de un minuto, el tren entró en la estación, un último chirrido de frenos anunció la llegada. Las puertas se abrieron, y el grupo de agentes bajó al andén y se dirigió a las escaleras del otro extremo. Sarah abrió la puerta y entró en el coche, abriéndose paso entre la nueva oleada de pasajeros, sin apartar la vista de las ventanillas del tren y del grupo del andén. Ocupando un asiento vacío, observó cómo los hombres de Eisenreich conducían a sus cautivos hasta varios automóviles que estaban aguardando. Los agentes de Washington pronto fueron separados de Pritchard. Sin duda, los tres serían obligados a responder ciertas preguntas antes de quedar en manos de su suerte individual: una bala en la cabeza o ejecutados por garrote. Pero todo eso llegaría más adelante, por el momento, seguían siendo útiles.

Sin embargo, Pritchard había perdido ese valor; él no merecería el beneficio de la demora. En aquellos momentos, mientras el tren iniciaba la partida, Sarah sabía que ya era hombre muerto.

Xander encendió los faros y trató de concentrarse en la línea central, pues la sinuosa carretera rural se complicaba cada vez más en la oscuridad creciente. Llevaba casi dos horas al volante, y el mapa indicaba que aún quedaban ciento doce kilómetros para llegar a Tempsten. Cinco horas antes, había optado por tomar un autobús desde el aeropuerto, deseoso de que fuese otro quien tomara las decisiones. Pero el sueño que anhelaba no llegó: su mente estaba demasiado inquieta para concederle ese lujo. No había habido nada que lo distrajera, ninguna joven armada, ni ningún manuscrito para leer. Enfrentarse a solas con sus pensamientos no era muy placentero. Y sin embargo, durante unos momentos, la perspectiva de ver a Sarah había logrado apaciguar su mente. Él no se había preguntado por qué.

En cambio, bajó del autobús en una de las pequeñas localidades de la ribera del Hudson y compró un coche —un Rabbit usado— con el dinero que Feric le había dejado. Al menos conducir sería un entretenimiento. El vendedor le explicó que convenía que un mecánico revisara la transmisión y que la dirección tenía tendencia a irse hacia la derecha, pero Xander sabía que no lo conservaría el tiempo suficiente como para comprobarlo. Su único propósito era llegar al Sleepy Hollow sin llamar la atención: sin calcamonías de alquiler ni matrícula de otro estado. El vendedor se había mostrado encantado de cobrar en efectivo.

Xander había elegido carreteras rurales, en primer lugar por una cuestión de seguridad, aun sabiendo que los hombres de Eisenreich precisarían varias horas para rastrear el autobús, el vendedor de coches usados, así como cualquier otra cosa que pudiesen descubrir para seguirle la pista. Sin embargo, mientras pasaba un pueblo tras otro, Xander comprendió que su inconsciente tampoco había estado ocioso. Desde hacía varios kilómetros, había comenzado a reconocer parajes familiares. Fue al pasar por la localidad de Yardley cuando comprendió el porqué. En un lugar cercano, a unos veinte o treinta kilómetros hacia el oeste, no podía precisarlo con exactitud, recordaba que se encontraba la posada de la señora Grier. La posada había sido su hogar durante varios fines de semana del primer invierno que pasó como profesor en Columbia, cuando consideró la posibilidad de mandarlo todo al diablo. Su tesis no progresaba y sus trabajos fueron calificados de extravagantes, incluso se llegó a hablar de que perdería el puesto. Y, claro está, había estado lo de Fiona. Lundsdorf le había recomendado la casa de tres plantas, asegurándole que le reavivaría el entusiasmo por el trabajo. Y no se había equivocado. La chimenea, la rara variedad de huéspedes a la hora de la cena, un tal Carlo Pescatore, algo más sutil que los demás, pero siempre el más entretenido: una amistad instantánea. Y su cuarto en el tercer piso, una alcoba con ventanas que había contribuido a hacerle recordar cuánto amaba su trabajo. Artículos, libros y notas esparcidas por todas partes, siempre formarían parte de sí mismo.

Años después, la suerte le era favorable de nuevo. Le permitía recordar.

Otros pensamientos comenzaron a fluir mientras el sol se posaba en el horizonte. Le sorprendió caer en la cuenta de hasta qué punto se había desviado de lo que mejor conocía. De lo que amaba. De alguna manera, había aprendido a destruir con sus manos, a engañarse con sus ojos, a no dejarse llevar por sus temores e iras, pero sabía que esas armas tenían un uso limitado. Su objeto era mantenerlo vivo, nada más, y ya se había hartado de la mera supervivencia. Su dependencia de esas nuevas armas le había llevado a olvidarse de sí mismo. Cierto era que el idealista había desaparecido, pero quedaba el pensador. Y si Eisenreich podía manipular las ideas para desatar la destrucción, ¿por qué no él? ¿Por qué no crear un poco de caos por su cuenta? Ésa era una idea que había ido ganando fuerza desde la compra del Rabbit. El manuscrito, la función de las diferentes esferas, los paralelismos confirmados por las palabras de Ireton y Rosenberg: ésos eran sus recursos, sus herramientas para desenmascarar y derrotar a los hombres de Eisenreich. Comprendió que había sido estúpido al buscar las respuestas en otra parte, que había estado ciego al no ver cómo hacer uso de ellas.

De modo que decidió buscar un sitio donde parar. Estaba cansado y hambriento, pero más que nada necesitaba volcar sus ideas en el papel. Sentía la necesidad de recopilar todo cuanto había visto y leído para crear su propia arma. Contaba con pocos hechos, pero con toda la teoría, y en ese punto, sabía que eso bastaría. Los detalles vendrían luego: el proyecto Tempsten, el plan y todo lo que Sarah hubiera descubierto. Tenía que confiar en que ella lograría las pruebas necesarias para volver convincente su teoría. Por el momento, se limitaría a crear el armazón; explicaría con una prosa árida y académica, cómo un manuscrito del siglo XVI podía traducirse en una conspiración en el siglo XX. Y lo haría con la objetividad necesaria para conferir credibilidad a su tesis. Hipótesis, argumentos, conclusiones: una serie de asertos basados en la evidencia, verificados mediante la interpretación, todos encaminados a establecer una conclusión irrefutable. Una revelación que haría caer a Eisenreich de rodillas. Eso era lo que él sabía, lo que los demás tendrían que creer.

Cuando llegaba a Creighton, una lluvia de invierno comenzó a empañar el parabrisas. Los cuatro faroles de la calle principal se hallaban encendidos en previsión de la rápida puesta del sol. No tardó en localizar una papelería y, dos o tres casas más allá, un restaurante. De nuevo, el destino. Quince minutos después, se encontraba en el último compartimiento, frente a un plato de sopa y una taza de café, con un bloc en un costado. Más tarde echaría mano de los libros; por el momento le bastaba con escribir.

Eran las siete menos cinco cuando aterrizó el avión, y a las siete y cuarto, Sarah ya caminaba por la pista, recibiendo con placer la fría lluvia en el rostro después de seis horas de vuelo. Había dormido durante las primeras horas, y la escala en Chicago le había permitido adquirir más paquetes de tinte, junto con un segundo espejo y un secador de cabello destinados a corregir los errores cometidos en la estación de Palametto. Sarah lo había logrado mediante varios viajes al lavabo del avión. Entre uno y otro, había echado unas cabezadas preñadas de recuerdos demasiado inquietantes como para que el sueño fuese medianamente reparador. El mismo Pritchard se había introducido en sus sueños: su rostro demudado por la desesperación, los ojos en incesante movimiento, divisándola a ella a través del vidrio de la puerta, gritando a los hombres de Tieg que ella estaba allí, detrás de ellos, señalando con el dedo en un desesperado intento de salvar el pellejo.

Sarah se había despertado con sus propios gritos resonando en sus oídos aun cuando se dio cuenta de que el terror no había encontrado expresión a través de sus labios. Sólo el silencio acompañaba la extraña sensación de lástima que sentía por un hombre que nunca le había demostrado ni un ápice de bondad.

Llegó a la terminal. Diez minutos después, ya había comprado tres pantalones negros, suéteres con cuello de cisne, pasamontañas y guantes. Los precisaría más adelante. Luego, alquiló un coche al mismo joven a quien había tratado con altivez el día anterior —en ningún momento dejó entrever que reconocía a aquella mujer rubia y bronceada como la pelirroja de entonces— y no tardó en estar de nuevo en la carretera que conducía a Tempsten. La autopista hubiera sido más rápida, pero la carretera, si bien era más tortuosa, resultaba más segura. Optó por ésta, y pronto las luces del aeropuerto se perdieron en la distancia a sus espaldas.

Una hora. El día anterior había realizado el mismo viaje con el fin de reunir información, de establecer una relación con los horrores que habían convertido a los niños en bombas de tiempo, a los inocentes, en asesinos. Entonces, todo había sido especulación. Ahora, sabía mucho más. El vicepresidente Pembroke, el senador Schenten, Pritchard: otros intérpretes, otros papeles. Estaba al tanto de las escuelas, de los niños que estaban aprendiendo a odiar de nuevo y de los prototipos de treinta años atrás que habían crecido para convertirse en un ejército de esbirros devotos, capaces de desatar un caos inusitado. Más que eso, Sarah conocía la estrategia: en menos de una semana estallaría una explosión tras otra. Washington, Chicago, Nueva Orleans, en gran escala. Por sí sola, la información no tenía sentido, no era más que una serie de hechos aislados. Ella necesitaba saber más. Necesitaba conocer las conexiones.

Necesitaba a Jaspers. Mucho más de lo que estaba dispuesta a admitir.

Llevaba casi dos horas escribiendo, la mitad de las hojas del bloc llenas con sus habituales garabatos. En las primeras se había esmerado en hacer buena letra, pero el buen propósito había durado muy poco. Su mente iba demasiado deprisa como para entretenerse en la caligrafía; la necesidad de volcar en el papel los conceptos iniciales sobre la teoría del Estado era demasiado imperativa como para dejar tiempo para la presentación. Aquellas primeras ocho páginas, un compendio abrumador de lógica académica, habían formado el armazón, una serie de aseveraciones expuestas en los términos más claros con el fin de que no pudiesen ser malinterpretadas. Un punto a continuación del otro, un riguroso modelo de argumentos razonados. Para eso lo habían preparado, eso era lo que mejor sabía hacer: sintetizar lo que los demás eran incapaces de ver.

Con esa idea en mente, se había dedicado a los textos con el fin de otorgar a la teoría fuerza pragmática. Esparciendo los libros sobre la mesa, había cotejado las referencias de los pasajes correspondientes entre sí, explicando las discrepancias como interpretaciones erróneas e identificando el propósito común de poner el poder en manos de tres individuos. Cada uno de ellos controlaba una esfera aparte, cada uno de ellos independiente a los ojos del público, pero todos estaban sometidos a la manipulación coordinada para asegurar el trofeo último: la estabilidad en lo abstracto, un férreo dominio en la realidad. El premio, la libertad individual; las herramientas, el caos y el odio. De Eisenreich a Ireton, a Rosenberg: una clara progresión. Luego, recurriendo a los pocos fragmentos que recordaba de los expedientes, había extendido la casta a Votapek, Sedgewick, Tieg y el supervisor. Sólo entonces lo abstracto cobró un rostro humano, más aún cuando hizo un esfuerzo para relatar sus propias experiencias —la depravación más allá de los hombres mismos—, siempre cuidando de conservar la objetividad académica a pesar del atropello sufrido en carne propia. Siendo quizá los menos abarcadores, constituían los fragmentos más interesantes del documento; ellos solos especificaban el punto de encuentro de la teoría y la práctica. Convertían la conjetura en realidad.

Hacía media hora que había dejado la pluma, ansioso por volver a la carretera. Había hecho una copia de todo —incluyendo el manuscrito— y lo había enviado a la señora Huber, de nuevo como medida de seguridad. Sin duda, había lagunas en su argumentación: teorías sin pruebas. Si bastarían o no dependía de Sarah. Muchas cosas dependían de Sarah.

El coche dio una sacudida al detenerse en el Sleepy Hollow, pues la transmisión no iba a aguantar más de lo que el vendedor había prometido. Se trataba de un motel clásico de una sola planta, con ocho o diez cuartos que se extendían junto a la carretera, cada uno de ellos con su propia plaza de aparcamiento. Xander sacó la mochila y se dirigió a la recepción, donde un cartel anunciaba que había habitaciones disponibles, un hecho que resultaba obvio puesto que el suyo era el único vehículo en cinco kilómetros a la redonda. En el mostrador, la campanilla emitió un tintineo agudo.

—Un momento.

La voz procedía de detrás de una cortina; enseguida cesó el sonido de un televisor antes de que apareciese una mujer, secándose las manos en un delantal.

—Bueno, bueno, aquí estamos.

—Quiero un cuarto —anunció Xander.

—Sí, eso supongo —repuso ella, sacando el libro de registro. Se lo acercó a Xander al tiempo que le preguntaba—: ¿No será usted el señor Terni, eh?

Xander comenzó a menear la cabeza, pero se detuvo al parar mientes en la palabra. Terni, la clave para las notas de Carlo. ¡Chica lista! Xander sonrió.

—Entonces ella llamó antes. Me alegro.

—Hizo la reserva ayer. —La mujer se volvió para sacar la llave de la casilla—. Dijo que usted llegaría hoy o mañana, por lo que parece su conferencia terminó antes.

—Ya duró bastante —respondió él, mientras firmaba el libro y se embolsaba la llave—. Gracias.

—Está pagado hasta el lunes. Es la quinta habitación.

Tras batallar unos segundos con la cerradura, Xander empujó la puerta y percibió un inconfundible olor a pino. Entró en la habitación y buscó a tientas el interruptor de la luz, al tiempo que arrojaba la mochila sobre la cama. De pronto oyó que algo se movía en el otro extremo del cuarto. Se prendió la luz. Había una joven sentada en el suelo, apoyada contra la pared, con los ojos velados por el terror.

—No me haga daño, se lo ruego —imploró, con un arma en el regazo.

Xander se quedó inmóvil. Advirtió que la joven estaba temblando, con las manos firmemente unidas por debajo de las rodillas, y la mirada fija en el borde de la cama. A pesar de su propia confusión, Xander logró encontrar unas palabras para tranquilizarla.

—No te haré daño.

Dejó que se cerrara la puerta, procurando hacer un mínimo de movimientos. Alison Krogh estaba rígida, con su larga cabellera recogida en su regazo, mientras acariciaba el cañón del revólver.

—Ella me dijo que me quedara aquí —murmuró Alison—. Dijo que estaría segura. Que ellos no me encontrarían. —De repente, lo miró—. Usted no me va a hacer daño, ¿verdad?

—No, no te haré daño. —Xander se quitó la gorra, la dejó en el suelo y se sentó apoyando la espalda contra la puerta—. ¿Fue Sarah quien te dijo que te quedaras aquí?

Ella asintió con un movimiento brusco de cabeza. Xander la observó mientras a ella se le llenaban los ojos de lágrimas.

—¿Sarah estuvo aquí? —le preguntó.

Ella asintió.

—Dijo que volvería. Y que vendría usted. Y alguien más. Eso es lo que dijo.

—Sólo he venido yo.

—Sí.

Ella lo miraba, enjugándose las lágrimas.

—Esperaremos que llegue Sarah. —Puso la mano sobre el arma y asintió con la cabeza—. Apagaremos la luz y esperaremos a Sarah. Eso es lo que haremos.

O'Connell estaba sentado en el extremo de la barra. Hacía diez minutos que mimaba un whisky doble esperando que sonara el maldito teléfono. Era una sensación rara, al anticipar el contacto, la de escuchar una voz que ya tenía rostro. Y sin embargo, la encontraba extrañamente familiar. Demasiado familiar. Era evidente que en seis años sus sentidos no se habían embotado. Todo encajaba a la perfección.

Salvo la espera. Siempre se le antojaba como una invitación a beber. Sonó el teléfono.

—Siento haberte tenido esperando. —Stein tenía voz de cansado.

—Estuve encendiendo el horno. Para hacer circular la sangre de nuevo. No me dijiste que hacía tanto frío en estos bosques.

—No creí que tuviera que hacerlo. ¿Algún rastro de ella?

—Ninguno. Ni de su joven profesor.

—¿Alguna actividad inusual en la casa?

La voz de Stein transmitía una confianza que O'Connell nunca le había notado antes, un tono autoritario evidentemente reservado para los agentes en actividad. Era una agradable sorpresa.

—No. Parece que el senador se toma su tiempo para recuperarse. Su «enfermedad» ha provocado que por la noche aposten unos cuantos guardias más en la cerca, pero sospecho que no es más que una muestra de la debilidad del viejo. No ha habido visitas inesperadas, si a eso te refieres.

—Las habrá, créeme.

—¿Y por qué estamos tan seguros de eso?

—Porque el viejo trama algo, y Sarah lo sabe. Schenten no ha dejado de trabajar por enfermedad en casi treinta años. ¿Por qué ahora?

—¿Están tramando algo?

—Por eso es necesario que pases unas cuantas noches más de frío, Gael. Para estar seguros de que no son tan listos.

—¿Y luego qué? ¿Traerla a ella?

—No lo sé. —Fue una respuesta sincera—. Ignoro lo que Sarah tiene. Ignoro lo que cualquiera de ellos tiene, incluso si Jaspers ha regresado al país. Los alemanes le perdieron la pista. Están convencidos de que no salió de Alemania, o por lo menos que no ha venido a Estados Unidos. Nuestro joven profesor tiene un instinto oculto para sobrevivir.

—Eso si no es que ya lo hemos perdido.

—No te precipites. Si corremos demasiado, podríamos perderlos a ambos.

—Si el joven no está muerto, supongo que no tardará en estarlo.

—No cuentes con eso. Es evidente que tiene algo que ellos necesitan.

—Entonces, ¿hasta cuándo tengo que quedarme aquí vigilando?

—El programa ha cambiado —respondió Stein—. Pritchard está muerto.

Hubo un silencio en la línea hasta que O'Connell replicó:

—Eso no responde a mi pregunta. ¿Hasta cuándo?

—Sigue vigilando.

Cuando los haces de luz de los faros de un coche se proyectaron sobre la pared opuesta, había transcurrido casi una hora. La joven seguía ausente, inmóvil, salvo por la mano que acariciaba suavemente el cañón del arma. Xander se quedó escuchando mientras el coche se detenía frente al cuarto.

Al cabo de un momento, se apagaron los faros y el motor enmudeció; él se fue desplazando muy despacio hacia el rincón. Se oyeron unas pisadas, el ruido de la llave en la cerradura, pero la mujer seguía con la mirada perdida. Xander, cuyo cuerpo se confundía con las sombras, se puso de pie; la joven levantó la vista, empuñando firmemente el arma con ambas manos mientras se abría la puerta.

Sarah entró en la habitación.

—Hola, Alison —dijo en voz baja—. Ya puede dejar el arma.

Lentamente, la joven apuntó el cañón hacia la alfombra, pero su expresión permanecía inmutable.

—Hola, Sarah. Me alegro de que haya vuelto.

Xander vio que Sarah cerraba la puerta, se acercaba a la mesilla de noche y encendía la lámpara. Sólo entonces se fijó en él, con mirada distante al principio. Por un momento, se quedaron mirándose fijamente, él entrecerrando los ojos ante la luz, sin que ninguno de los dos acertase a pronunciar palabra.

—Parece cansado —comentó ella, rompiendo el silencio.

Xander asintió con la cabeza. Sarah permaneció junto a la cama, mientras dejaba los bolsos sobre ella. Comenzó a arreglarse el cabello.

—Cansado... pero bien.

Él asintió de nuevo.

—Usted, también... Rubia, bronceada. ¡Vaya cambio!

Sarah sonrió y, por un breve instante, él creyó percibir —quizá deseaba percibir— algo debajo del autocontrol, una cierta ternura que le obligó a callar, a bajar la guardia.

—Me alegro de verla, Sarah.

—Sí. —El cuarto quedó sumido en el silencio antes de que ella hablara—. Veo que ya conoce a Alison... que debe de estar muy cansada. —La mujer no había apartado los ojos de Sarah—. El cuarto de al lado es un lugar seguro —le explicó a Alison—. ¿Quiere dormir allí?

Alison asintió con la cabeza y se puso de pie.

—Gracias por haberme hecho compañía —le dijo a Xander.

Éste sonrió y se quedó observando a Sarah, que salió con Alison bajo la lluvia. Unos minutos después, Sarah reapareció, y arrojó los dos juegos de llaves sobre la cama. Cerró la puerta y se apoyó de espaldas en ella.

—Dormirá durante un rato. Le dije que todo saldría bien.

—¿Lo promete? —preguntó él.

Sarah sonrió y echó la cabeza hacia atrás.

—Haré todo lo que pueda. Si está intrigado, ella es la joven que mató a los niños hace treinta años. Aquí en Tempsten. La niñita cuyo nombre nunca apareció en los diarios.

Xander trató de contestar, pero sólo logró menear la cabeza.

—Sí —dijo ella—. La encontré ayer. La instalé aquí. Por alguna razón, la dejaron en la localidad. Seguramente creen que es inofensiva. —Lo miró fijamente—. No lo es. Es extraño, pero cree que Votapek es su padre.

—¡Santo Dios!

—No, eso es lo que Tieg cree ser. —Se separó de la puerta y se dirigió al cuarto de baño—. Tenemos que hacer muchas cosas. —Se detuvo antes de entrar—. ¿Dónde está Feric?

La pregunta tomó a Xander por sorpresa. De alguna manera, había logrado olvidarse del episodio. Se quedó mirándola fijamente un instante, un instante excesivamente largo.

—¿Cuándo? —inquirió ella.

Él tardó unos momentos en responder.

—En las afueras de Francfort... Me salvó...

Ella hizo un gesto de asentimiento, y apareció otra chispa de ternura en sus ojos. Le sostuvo la mirada un momento y luego entró en el cuarto de baño.

—Lo siento —fue todo cuanto él pudo decir—. Sin él, no habría encontrado el manuscrito. Era...

Sarah volvió a salir, con una toalla en la mano.

—Sí, lo era.

Volvieron a mirarse fijamente. Después de unos momentos, ella arrojó la toalla sobre una silla y preguntó:

—¿Ata algunos cabos sueltos?

—¿Si ato...? ¡Ah, el manuscrito! Sí. Sí, así es. —Xander se acercó a la cama y extrajo el sobre de papel Manila de la mochila. Entregándole el paquete, dijo—: Creo que esto es lo que quería.

Estuvieron conversando durante casi dos horas. Primero, él le contó todo lo que había ocurrido desde Florencia: la locura en el instituto, el pandemónium en casa de Ganz, el tren, la muerte de Feric, hasta el menor detalle para que ella pudiese comprender. Durante su relato, Xander habló con extraña objetividad, como si se narrara a sí mismo una historia largamente olvidada que él nunca había vivido personalmente. Sarah advirtió el distanciamiento, captó la lejanía de su voz, pero no dijo nada. Sólo en un momento notó el dolor que se ocultaba tras sus palabras. Sólo una vez él dejó que se conmoviera.

—Parecía tan ligero en mis brazos, ¿sabe?... No sé por qué. En realidad, no tiene sentido, pero recuerdo que el sol era muy ardiente, que casi me quemaba las mejillas... A pesar de que helaba, en la madrugada, el sol apenas asomaba por encima de los árboles, y sin embargo lo único que sentía era aquel sol ardiente, y lo ligero que era Feric en mis brazos. —Meneó la cabeza—. Lo arrojé, ¿sabe? Simplemente... lo solté. Eso es lo que me dijo que hiciera. Es extraño, pero no encontré que nada hubiera cambiado sin él. —Su voz pareció perderse en el vacío—. Después, creo que no me moví. Creo que me quedé allí, en la plataforma... hasta llegar a Francfort. —Miró a Sarah—. Tal vez no. En realidad no lo recuerdo.

A partir de ese momento, siguió hablando con frialdad. Relató el resto de la historia, centrándose en los dos últimos días, en las horas que había pasado con los libros, las piezas que habían comenzado a encajar en su lugar. Sólo cuando se refirió al plan, pareció que volvía a ser él mismo.

—¿Y cree que tienen un plan? —inquirió Sarah.

—Sería lo más razonable. Si han seguido el manuscrito al pie de la letra, habrán maquinado algo que responda a su espíritu, con fechas, lugares y métodos para crear el caos después de la primera prueba. Lo único que tenemos que hacer es descubrir ese plan y utilizar la información que contenga para quitarles la alfombra debajo de los pies.

—Se refiere a revelar su relación con Rosenberg y los nazis.

—Créame, los medios de comunicación son poderosos. Causarán daño.

—Si tienen tiempo.

Xander la miró.

—No entiendo.

—Queda menos de una semana —repuso ella.

—¿Qué?

—Menos de una semana —repitió Sarah— eso es lo que dijo Tieg.

—¿Cómo? —Xander abrió desmesuradamente los ojos—. ¿Menos de una semana? Eso no tiene ningún sentido. El manuscrito habla en términos de meses. Eso significaría...

—Sí —le cortó ella—, que todo y todo el mundo está en su lugar. Que están preparados para pulsar los botones.

—Se supone que se trata de meses. Ellos... —Calló y miró a Sarah—. ¡Santo Dios! ¿Cómo pude ser tan estúpido? Actualmente hacemos en unas horas cosas que a Eisenreich le habrían llevado semanas, meses... —Tomó el sobre de manos de Sarah y extrajo las páginas que había escrito por la tarde—. Si tiene que suceder en forma tan inminente, no sé si esto servirá de algo.

—¿Esto? —exclamó ella—. ¿Quiere decir que esto no es el manuscrito?

—Es algo que va mucho más allá del manuscrito.

Xander comenzó a explicárselo. Mientras hojeaban juntos el bloc, le iba indicando los puntos en que ella podía proporcionarle los detalles que precisaba. Que precisaban. No tardó en ser ella quien tomó la voz cantante, recordando los documentos que se había llevado del Departamento de Justicia, la violenta historia del Centro de Aprendizaje con sus eminentes graduados Pembroke, Grant y Eggart. Los dos últimos, le recordó ella, involucrados en el reciente asesinato de los diplomáticos holandeses. Xander escuchaba con los ojos muy abiertos, estupefacto ante los nombres y hechos que Sarah estaba relacionando entre sí. Sarah relató su primer encuentro con Alison, la mujer aterrorizada que seguía siendo el único eslabón con un pasado abrumador, pero que era incapaz de recordar el papel que había desempeñado en la muerte de los dos niños, una barrera psicológica para mitigar el sentimiento de culpa que anidaba en el fondo de su alma. Luego Sarah le habló de su visita a Votapek, la primera vez que se dio cuenta de que los hombres de Eisenreich eran vulnerables, de la cena en casa de Tieg, las febriles diatribas acerca de la conquista, la eugenesia y el poder. Incluso le habló de Pritchard y de la comisión. Y finalmente, le habló de Schenten.

—Es por eso que volví aquí —dijo—. Es el lugar donde puedo poner un punto final a todo esto.

—Poner un punto final... ¿cómo?

Sarah no contestó, y él asintió con la cabeza.

—Comprendo.

—¿Comprende? —repitió ella—. ¿Lo comprende realmente? —Sarah se levantó y se alejó de él—. ¿Qué quiere que diga? Que encontré la solución. Que no hacía falta que estableciera la relación con Rosenberg. Que basta con cortar la cabeza para matar a la bestia.

Xander no dijo nada. Sarah se volvió hacia él.

—¿Le sorprende? ¿No entra en la escala de la erudición... sin notas a pie de página, sin referencias cruzadas? Bueno, lo siento, pero ahora sé por qué me eligieron a mí en primer lugar. —Hizo una pausa—. Yo mato, eso es lo que hago. No es lo que hace usted.

—No es por eso que la eligieron. —Xander se levantó y se acercó a ella—. Ese tal Pritchard quería algo, usted misma lo dijo. Él no creía...

—¿Pritchard? Pritchard no tenía nada...

—Claro que sí. ¿Por qué cree que Tieg quería verlo muerto?

—Pritchard no es importante.

—Él necesitaba algo de usted, algo que ocultaba a los demás...

—Dije que no es importante.

—¿Por qué? ¿Por qué no quiere reconocer que había algo más?

Sarah lo miró a los ojos.

—¿Por qué insiste tanto en esto?

—¿Tiene algo que ver con el túnel —siguió Xander, sin hacer caso de la pregunta—, en Florencia...?

—No hablemos más del asunto, ¿de acuerdo?

—No. —Le sujetó el brazo cuando ella trató de alejarse de él—. No estoy de acuerdo. —Sus miradas se encontraron—. ¿Sabe cuán cerca del borde del abismo estoy aquí? ¿Se ha dado cuenta? Habla de matar, y yo he... cerrado los ojos con el fin de conservar la poca cordura que me queda. El problema es que no sirve de nada. Supongo que no soy lo bastante fuerte como para llevar esa carga dentro de mí. Pero no creo estar solo. Tal vez a usted la han preparado para actuar de otra manera, con absoluto dominio de sí misma, pero no creo que eso tenga ninguna importancia. Le pregunto qué le sucedió porque necesito ayuda. ¿Entiende? Lo pregunto porque cuando en Alemania se desató la locura, no tenía más que a usted. «Busca a Sarah.» Eso es lo que se me dijo que hiciera... No; eso es lo que necesitaba hacer. La necesito a usted, no a la asesina que cree ser. Porque no lo es. No puede serlo. Necesito que esté tan asustada y tan cerca del borde del abismo como yo, para ser mucho más fuerte, para tener más autocontrol... No sé. —Le soltó el brazo—. Necesito que me necesite a mí. —Se acercó a la cama y, dejándose caer en ella, fijó la vista en el techo—. Lo siento, Feric. Creo que no aprendí la lección demasiado bien.

Sarah se había acercado a la ventana; de repente sintió frío. Contempló el largo cuerpo de Xander tendido en diagonal, con los ojos cerrados. Muy despacio, se acercó a la cama. Muy despacio, se sentó en ella y puso una mano sobre el pecho de Xander. Las lágrimas resbalaban por sus mejillas mientras le acariciaba los cabellos.

—Lo siento —murmuró—. Lo siento de veras.

Enseguida estuvieron sentados uno al lado del otro, él con el rostro hundido en el hueco del cuello de Sarah, sus cuerpos muy juntos, meciéndose hacia delante y hacia atrás, mientras ella trataba de calmarlo entre sus propias lágrimas.

—Te necesito. Más de lo que puedas imaginarte.

—¿Por qué? —musitó él.

—Porque... —Ella lo estrechó más fuertemente entre sus brazos, con lágrimas deslizándose por sus mejillas, la voz frágil—. Una vez dejé que alguien muriera. Alguien como tú. Y no puedo consentir que eso vuelva a ocurrir. No puedo...

Él la acogió en sus brazos, para mecerla como a una criatura.

Luego se durmieron, estrechamente abrazados.

Se despertaron al cabo de una hora, ella primero, luego él, y ninguno de los dos quería volver al mundo cruel que los rodeaba. Juntos, estaban a salvo, protegidos. Transcurrieron varios minutos antes de que ella reuniera energías para incorporarse sobre el codo, sin querer apartar el otro brazo del pecho de Xander. Fijó la mirada en sus ojos y, sin pensarlo dos veces, unió los labios a los suyos. Con suavidad, simplemente, con la ternura de un primer beso, y su lengua aterciopelada se encontró juguetonamente con la de él. Sarah se separó y se quedó mirándolo. Xander comenzó a hablar, pero ella volvió a besarle. Luego se incorporó para desperezarse.

—Lo sé. Yo tampoco esperaba esto.

Se volvió y le acarició la mejilla.

—No fue culpa tuya, Sarah. Lo de Ammán... no fue culpa tuya.

Ella lo miró a los ojos y volvió a deslizar los dedos por su mejilla. Otro beso y se puso de pie, para dirigirse al cuarto de baño. Desde la puerta, le preguntó:

—¿Crees que Schenten tiene el plan?

Xander tardó un instante en coordinar las ideas.

—¿Schenten? —respondió, sacando las piernas de la cama para quedarse sentado en ella—. Sí. Diría que, como supervisor, seguramente lo redactó él.

Sarah asomó la cabeza, con jabón en las cejas.

—¿El supervisor?

—Es como Eisenreich denominaba al líder.

Sarah asintió y volvió al lavabo.

—¿Vas a tener que matarlo? —preguntó él.

Se apagó el ruido del agua, y Sarah reapareció al cabo de un momento con una toalla en la mano.

—¿Por qué lo preguntas?

Xander no contestó.

—Si podemos encontrar el plan sin él, no. Nadie tendría que morir. —Dejó la toalla junto a la ventana—. ¿Es eso lo que querías que dijese?

—No lo sé. —Liberó las manos y tomó el sobre—. Ya ha muerto muchísima gente. Que mueran unos cuantos más en nada cambiará las cosas. —Metió las hojas sueltas en el sobre y miró a Sarah—. No es por eso que te eligieron. No puedo creer que sea por eso.

—Celebro que tengas tanta fe en mí.

—No tengo más remedio. No me dejas otra alternativa.

Ella sonrió y se acercó a la cama. Poniendo la mano sobre su mejilla, le levantó la cara, pero esta vez no le besó, sino que lo miró a los ojos. Luego se apartó.

—Tenemos que entrar allí esta noche —dijo, al tiempo que se colgaba el bolso—. Su casa se encuentra a unos veinte minutos en coche desde aquí. Los tres últimos kilómetros tendremos que recorrerlos a pie.

—¿Y la chica?

—Dormirá. Aquí está a salvo.

Le entregó a Xander unos pantalones negros y un suéter oscuro.

—Llévate su revólver.

Xander agarró la mochila.

—¿Estaba cargado?

—No.

—Entonces, tendrás que darme municiones.

La luz de la luna se filtraba entre las ramas desnudas, y salpicaba el suelo de pálidas sombras. Sarah abría la marcha, protegida por su vestimenta oscura, y Xander la seguía, con la mirada fija en ella. Avanzaban deprisa, pero con cautela, sin hacer ruido.

Habían abandonado la carretera un par de kilómetros antes, después de cubrir el coche con ramas caídas. Ella había avanzado sin pronunciar palabra, ni siquiera cuando se enredó entre las ramas de un arbusto que no había visto. Su mensaje era claro: «Estás aquí para conseguir el plan, para identificarlo. Si no lo encontramos, lo mataré. Si tú te rezagas, lo mataré.» Sostenía el arma en la mano mientras se abría paso entre las ramas, hasta que en un par de ocasiones la luz de la luna arrancó reflejos de su silenciador y Sarah se vio obligada a metérsela en la parte de atrás de la cintura. Él la imitó.

Poco después llegaron a un claro, más allá del cual se alzaba una alambrada. Más lejos aún se divisaba la vaga silueta de la mansión de Schenten, en la que sólo brillaba luz en una habitación del tercer piso. El viejo estaba despierto. Tendrían que obrar con cautela. La luna se había refugiado detrás de las nubes, como si quisiera proteger su acercamiento con la oscuridad. Sarah se detuvo y Xander se situó a su lado, ambos agazapados entre la maleza. Ella observaba el extremo occidental de la cerca, mientras se daba golpecitos en el muslo con el pulgar, esperando, vigilando. Al cabo de un minuto, apareció una figura que caminaba con paso lento, pausado. Sarah siguió con la vista al hombre que se acercaba al otro extremo. Luego esperó que diera otra vuelta completa. Cuando hubo desaparecido por segunda vez, Sarah salió de su escondite, sin decirle ni una palabra de advertencia a Xander. Él la siguió.

Momentos después, ella se deslizaba hacia la cerca. Al arrastrarse por la hierba a Xander se le reprodujo el dolor en los hombros y los brazos; se estaba quedando sin aliento. Sin hacer caso del dolor, se acercó a la alambrada y trató de llenarse de aire los pulmones. Observó que Sarah se dedicaba a cortar el alambre con unas tenazas, hasta abrir un espacio por donde introducirse. Al cabo de unos segundos, ambos se colaron por el hueco y se acercaron a una de las ventanas de la planta baja.

Sarah pasó los dedos por el alféizar y resiguió con la vista el marco hasta localizar el cable de alarma. Peló los hilos e hizo un puente añadiendo un trozo lo suficientemente largo como para abrir la ventana sin cortar la conexión. El pestillo resultó menos complicado, un obstáculo sin importancia que daba acceso a un salón: un canapé, lámparas y butacas frente a una chimenea de ladrillos. Sarah se volvió y cerró la ventana.

No lo hallarían en aquel sitio; ambos estaban seguros de ello. Tenían que localizar el estudio, el lugar donde Schenten guardaba los objetos de valor. Sarah se acercó a las puertas corredizas, abrió silenciosamente una hoja y entró en un vestíbulo cuyo suelo de mármol verde resplandecía aun en la relativa oscuridad. Frente a ellos, otro par de puertas permanecían abiertas, y una rápida mirada les permitió ver que se trataba del comedor. En la planta baja también estaba la sala de música y una sala de estar, pero no la biblioteca. Xander señaló arriba y se encaminó hacia la escalera. Sarah se le adelantó, y llegaron a otro vestíbulo, con cuatro puertas, tres de las cuales se abrieron fácilmente; sin embargo, la de la izquierda no quiso ceder. Sarah lidió un instante con la cerradura y accedió al estudio, una estancia sencilla, que aun a oscuras parecía investida de cierta personalidad. Las sillas estaban cubiertas de libros y periódicos, y en una de las mesillas bajas, se encontraba una taza de té casi vacía. Sarah tocó la fría taza, mientras Xander se acercaba al escritorio, una sólida mesa de roble que aparecía bastante despejada en comparación con los muebles que la rodeaban. Entonces, Sarah sacó dos linternas de su mochila y le ofreció una a Xander. El haz de luz tenía menos de un centímetro de diámetro, suficiente para iluminar objetos en un radio de seis o siete centímetros, pero sin causar un resplandor que los delatara. Xander le había dicho a Sarah que buscara una agenda.

Durante diez minutos, revisaron todo tipo de objetos. Sin embargo, en esta ocasión no había ninguna obra agustina, ni audaces claves a partir de las cuales poder trabajar. Sólo disponían de su instinto, y éste les decía que lo que buscaban estaba allí, en aquella estancia, esperando a ser descubierto.

A los dos minutos de búsqueda, Sarah encontró una caja fuerte detrás de un cuadro, pero la cerradura activada por la voz era demasiado para sus primitivas herramientas. No había previsto que el senador contara con tan alta tecnología.

—Muy bien, señorita Trent.

Las luces se encendieron a su alrededor: Schenten estaba solo en la puerta, en bata y zapatillas.

—Ahí es, en efecto, donde lo guardo. —Llevaba en la mano un libro pequeño de tapas negras—. Sin embargo, esta noche se encontraba en mi mesilla de noche. Me apetecía leer un poco antes de dormirme.

9

Una vez que los líderes despojan de inventiva e ingeniosidad el corazón y la mente de los hombres, el pueblo ya no representa amenaza alguna para la estabilidad.

Sobre la supremacía, *capítulo XVIII*

Sarah empuñó el arma y apuntó a Schenten. No obstante, la mirada de éste se posó en Xander.

—Me sorprende, doctor Jaspers. No sabía que fuera tan rápido con la pistola. Al parecer, más aún que nuestra joven amiga.

Sarah se volvió y vio que Xander tenía ambas manos fuertemente cerradas en torno a la culata y apuntaba al pecho de Schenten. El senador, mientras tanto, había levantado los brazos en un gesto teatral de rendición.

—Como ven, estoy solo. No llevo nada encima salvo este libro, y no tengo intención de desarmarlos. —Comenzó a avanzar, pero se detuvo—. ¿Puedo entrar en mi biblioteca?

Sarah indicó a Schenten que se sentara frente al escritorio. Luego se situó junto a la ventana y escudriñó la oscuridad exterior.

—Si están preocupados por los guardias, quédense tranquilos —dijo Schenten, apartando un almohadón al sentarse—. Les dije que bajaba a la biblioteca. Ellos no los esperaban a ustedes.

—¿A quién entonces? —inquirió Xander.

—Eso, ¿a quién? —replicó él, y luego calló—. La respuesta podría sorprenderlo.

—Veámoslo.

De nuevo Schenten esperó antes de hablar.

—¿Y si le dijera que son los mismos hombres que han demostrado tanto interés en usted?

—No le creería —respondió Xander.

—¿Y usted, señorita Trent? —Schenten siguió mirando a Xander—. No, supongo que no.

Extendió la mano hacia el escritorio, y Xander enseguida apuntó al senador entre ceja y ceja. Schenten se detuvo de inmediato y señaló una caja de oro.

—Son cigarrillos —dijo—. Puede comprobarlo, si quiere.

Xander atrajo la caja hacia sí y abrió la tapa; ante él aparecieron varias hileras de Rothmans meticulosamente dispuestos. Empujando la caja hacia Schenten, preguntó:

—¿Quiere hacernos creer que tiene miedo de su propia gente?

Schenten se echó a reír, y sacó un encendedor del bolsillo de la bata.

—No va por ahí. —Un instante después, exhalaba el humo por la nariz mientras se recostaba contra el respaldo—. ¿Ve la inscripción, doctor? En la caja... en la tapa... No, por favor, mírela. —Esperó a que Xander localizara la pequeña inscripción y luego preguntó—: ¿Le importaría leerla en voz alta para que la señorita Trent pueda oírla? Estoy seguro de que su francés es lo bastante pasable como para entender lo que dice.

Xander observó el rostro cansado del senador.

—No creo...

—Por favor, doctor —insistió Schenten—. Complázcame.

Xander miró a Sarah y luego acercó más la caja. Traduciendo, leyó:

—«Con un amor que es sólo nuestro, estoy siempre contigo, Jean.» —Se quedó mirando fijamente las palabras grabadas antes de mirar a Schenten—. Conmovedor. Estoy seguro de que usted y su esposa son...

—No es de mi esposa —lo interrumpió Schenten.

—Me equivoqué —se corrigió Xander—. Estoy seguro de que usted y su amiguita...

—Se equivoca de nuevo —dijo el senador.

Xander cerró la tapa.

—Mire... quienquiera que ella sea...

—¡Tercer error! —exclamó Schenten, mirando fijamente a los ojos de su captor. Se llevó el cigarrillo a los labios e inhaló el humo lentamente—. Es francés, doctor —dijo, y el humo acompañaba las palabras al salir de su boca—. En francés, Jean es masculino. Jeanne, creo, es el femenino, como en Jeanne d'Arc. Créame, mi Jean no era un santo.

—¿Qué está diciendo?

Schenten se echó hacia atrás y sonrió.

—¿Tanto le cuesta creerlo? —Volvió la cabeza hacia Sarah—. ¿Usted tampoco me cree, señorita Trent?

—Él era su amante —respondió ella, fríamente.

—Muy bien. ¿Y?

—Y —Sarah soltó la cortina y miró a Xander— se supone que los senadores no deben tener esa clase de secretos.

—Eso es. —Entonces miró a Xander—. Ella es muy intuitiva, ¿sabe? En esto le supera a usted. —Siguió mirándola fijamente—. ¿Y, señorita Trent?

—Y —respondió Xander, con un tono no exento de cinismo— usted ha decidido fustigar a un mundo que nunca le ha comprendido...

—Eso sería absurdo. —La sonrisa se perpetuaba en el rostro de Schenten—. ¿No le parece a usted, señorita Trent?

—Mire —dijo Xander—, su vida sexual es apasionante, pero no es por eso que estamos aquí...

—Por eso es precisamente por lo que están aquí —replicó el senador, con tono glacial—. Como la señorita Trent señaló, ésta es una de las cosas que puede poner a alguien como yo en una posición bastante vulnerable. —La sonrisa había desaparecido—. La información es un arma poderosa.

Adecuadamente utilizada, puede convertir a los hombres más poderosos en títeres, puede hacerlos aparecer como lo que no son. —De nuevo el humo salía en cascada por su nariz—. Estoy seguro de que comienza a comprender a qué me refiero.

Xander se inclinó hacia delante muy despacio.

—¿Me está usted diciendo...?

—Creo que usted sabe exactamente lo que le estoy diciendo. —Escupió una hebra de tabaco que se le había quedado pegada en el labio—. ¿No sería estupendo que todo el mundo fuese tan razonable como usted? ¡Qué mundo tan extraordinario sería! Lamentablemente, no se espera de un viejo perro de presa que confunda la decencia con la depravación; nosotros no podemos generar interrogantes desagradables en la mente de nuestros electores bienpensantes. Sólo tenemos que sonreír y dar una imagen que en el peor de los casos despierte admiración, y en el mejor, los induzca a venerarte. —Otra larga calada, y más humo—. Como usted sabe, las bases de la nueva derecha carecen de una gran dosis de introspección, pero ¿qué le vamos a hacer? Ésa es la razón por la que podemos conducirlos como un grupo de idiotas. No son muy listos, pero todo tiene un límite. Si se borra la imagen, desaparece la influencia. Como ve, doctor, mi historia sexual puede tener una gran importancia, sobre todo cuando se utiliza de baza en una negociación.

—Y Eisenreich lo hace —murmuró Xander.

—Ésa es la razón —repuso el senador— por la que estamos aquí.

—Eso es increíble.

—¿Desde cuándo? —preguntó Sarah, acercándose al escritorio.

—Desde hace unos dos años y medio —contestó él—. Usted no tenía ni idea, ¿verdad?

—¿Por qué?

—¿Por qué? —exclamó con simulada incredulidad—. Porque ellos podían. ¿Qué otra razón precisaban? —Meneó la cabeza—. Les sorprende, ¿no?

Ninguno de los dos respondió.

—Estoy asombrado... El hecho es que yo no estaba interesado en lo que me estaban ofreciendo, así que tres semanas después, me enviaron a la oficina fotocopias de varias cartas, mucho más elocuentes que la inscripción que acaban de leer.

—¿Cómo se pusieron en contacto con usted? —inquirió Sarah.

—¿De veras importa eso? —El senador comenzó a aplastar la colilla, entreteniéndose en remover la ceniza—. Hubo unas cuantas reuniones, eso es todo.

—¿Y tiene alguna grabación de esas reuniones? —preguntó Sarah.

—Las tenía. No sé cómo, pero... desaparecieron justo cuando comenzaron a llegar las fotocopias. —Prendió otro cigarrillo—. Es curioso.

—¿Y usted no tiene idea de quién entregó las copias —preguntó Sarah— ni de quién tuvo acceso a sus grabaciones?

—Estamos hablando del Gobierno de Estados Unidos, señorita Trent. La burocracia no se caracteriza precisamente por rendir cuentas de sus actos.

—Pero ¿por qué? —preguntó Xander, que no estaba del todo convencido—. ¿Por qué se lo contaron todo si usted no estaba interesado?

—Ah, pero es que yo estuve interesado... durante un tiempo. Eso me valió más información. Me mostraron partes de un manuscrito, concertaron reuniones con los señores Votapek, Tieg y Sedgewick, y créanme, al principio, yo estaba muy entusiasmado. Verdaderamente creía que habían descubierto algo que... ¿cómo expresarlo?, que podría controlar el electorado sin que aparentemente se conculcaran los derechos, eso es. Algo que nos permitiría crear una política eficaz sin tener que apelar al sentimiento del público. Ésta es, después de todo, la única manera de hacer algo. —Se interrumpió—. Mis opiniones le alarman, doctor, ¿no es así? —Entrecerró los ojos mientras sus labios se fruncían en torno al cigarrillo—. No me disculpo. Eso, mi joven profesor, es la verdad más simple de la política. Usted no la encontrará en sus libros. —Exhaló una bocanada de humo y dejó el cigarrillo en el cenicero—. Y así, cuando me vinieron con sus planes, no me horroricé; no me quedé aterrado por los engaños que estaban dispuestos a generar, sino que los hice míos. —Sonrió—. ¿Creen honestamente que les contamos todo lo que hacemos en Washington? ¿Creen honestamente que comprenderían por qué se tiene que transigir y llegar a un acuerdo en ciertas ocasiones? El pueblo, ese mito tan querido para ustedes, es, en general, indiferente, desinformado y estúpido. Entonces, ¿para qué darle cabida? ¿Realmente creen que el sistema fue concebido para constituir una democracia? No sean absurdos. Se pretendía que fuese una república, un sistema donde los más capaces representaran los deseos del resto, tanto si ese resto sabe lo que es bueno para el pueblo como si no lo sabe. Sin una pizca de engaño, están condenados a la mediocridad...

—Es evidente —lo interrumpió Sarah— que usted y Votapek siguieron el mismo curso por correspondencia.

—Puede ser que no comulgue con mis ideas políticas, señorita Trent, pero usted sabe que tengo razón.

—Se supone —terció Xander— que lo que propugna es desmantelar un gobierno fuerte, para devolver el poder al pueblo, ¿o acaso estoy equivocado? A mí me parece que son ustedes, la gente de la derecha, quienes no quieren decirle al pueblo lo que es bueno para ellos aun cuando ellos mismos no lo sepan.

—Es una táctica maravillosa, ¿no? —dijo Schenten, asintiendo con la cabeza, mientras alcanzaba el cigarrillo—. ¿Pero creen que renunciamos al poder al hacerlo? Simplemente dejamos que los estados se ocupen de las pequeñas reyertas. «Saca al Gobierno del patio de atrás.» Es un lema inteligente, ¿no creen? Que se entretengan con las minucias. De hecho, lo que hacemos es que se despreocupen del Gobierno federal, les damos algo más pequeño para jugar, y así nos dejan tranquilos para que nos ocupemos de los grandes temas.

—¿Como por ejemplo?

—Que el Gobierno haga lo que mejor sabe hacer: sacar el máximo provecho sin tener que preocuparse por los pocos que no pueden hacerlo por sí mismos. Cuanto más concentremos el interés del pueblo en el Gobierno de cada estado, menos atención le prestarán al Gobierno federal, menos se interpondrán en nuestro camino. Si se crea un electorado totalmente desarticulado, un grupo de gente que sólo se preocupa de su patio trasero, se pueden lograr grandes cosas.

—Entonces, ¿por qué usted no quiso acceder? —preguntó Xander—. Eisenreich hace posible todo eso.

—Hasta cierto punto. La diferencia consiste en que yo confío en la República.

—Eso me cuesta creerlo.

—¿Por qué? Yo podría ser un elitista, hasta podría afirmar que una pizca de impostura puede ser muy útil, pero aún creo en el equilibrio del poder, un equilibrio verdadero, entre los pocos que verdaderamente comprenden lo que está en juego. Naturalmente eso significa que no se le debería permitir al pueblo meter las narices cuando le llega el turno, pero también significa que los pocos que llevan las riendas deben hacerlo con un fin honrado en mente. Una república debe asegurar la estabilidad, la permanencia, el progreso, y no ceder a los caprichos de los ignorantes. Eisenreich elimina el pueblo, pero lamentablemente también elimina el equilibrio. En su lugar, ofrece una Cámara Estrellada oculta bajo un venero de virtudes republicanas. Una cosa es la impostura, doctor, y otra muy distinta, la tiranía basada en un fanatismo culto. Yo decidí no unirme a eso.

—Una mezcla de John Stuart Mill con un toque de Maquiavelo —asintió Xander—. Una extraña combinación, por no decir otra cosa, como piedras angulares del movimiento conservador moderno.

—Piense lo que quiera —replicó Schenten—. Eso es lo que más le conviene a este país.

—De modo que le chantajearon —dijo Sarah—. ¿Por qué? ¿Por qué no lo mataron?

—Porque, mi querida señorita Trent, en aquel momento yo no tenía nada que pudiese perjudicarlos. Nunca estuve solo con el manuscrito, nunca tuve la oportunidad de sacar una copia para mí y nunca tuve ninguna prueba que los vinculara con él. Además, me necesitaban... o mejor dicho, encontraron una manera bastante inteligente de utilizarme. Mi casa de verano de Montana se convirtió en un excelente centro de reuniones, entre otras cosas.

—¿Otras cosas?

—Es donde, según creo, están organizando todo esto. Una suerte de centro, otra escuela para los que están listos para transformar la ilusión en realidad. Hace un año que no me permiten volver allí. Sea como fuere, me convertí en una fachada muy conveniente en el caso de que alguien se interese en Tieg, Votapek y Sedgewick. Incluso la localización de esa casa me convierte en un candidato preparado para establecer una asociación con la escuela de Tempsten. A menudo me pregunto si eso era lo que tuvieron en mente todo el tiempo. Para despistar a personas como ustedes. Evidentemente, funcionó. —Hizo una pausa—. Sin embargo, eso me parece más bien injusto. —Dejó el libro negro sobre el escritorio—. Por eso me quedé con algo de ellos.

—El plan —dijo Xander—. ¿Cuándo? ¿Cómo?

—Muy bien, doctor. —Schenten le acercó el libro deslizándolo sobre la mesa—. Llegó a mis manos hace más o menos un mes; cómo... el cómo no tiene importancia, ¿no le parece? —Observó que Xander comenzaba a hojearlo—. De acuerdo con las fechas, los verdaderos fuegos artificiales comenzarán dentro de tres días. Estoy seguro de que ustedes se dan cuenta de que lo ocurrido en Washington y en el mercado de cereales se programó simplemente para poner a prueba las aguas. Creo que lo de Nueva Orleans fue un error. Se suponía que no tenía que ocurrir hasta dentro de tres días, como parte de algo mucho más global.

—¿Por qué no hizo nada para detenerlos? —preguntó Sarah—. Si sabía que estábamos tras la pista, ¿por qué no se puso en contacto con nosotros? Tres días no es...

—Porque en cuanto lo hubiese intentado, señorita Trent, en cuanto hubiera demostrado la más leve intención de hacerlo, habría sido hombre muerto. ¿Ponerme en contacto con ustedes? ¡Qué idea más absurda! ¿Y dónde se supone que tenía que comenzar a buscar? Sabía que ustedes estaban implicados en el asunto. Además... tenía que ser al revés. Es todo demasiado vasto, demasiado intrincado, la única manera de causar daño es golpear el núcleo. Yo jamás habría llegado tan lejos. —Se acomodó el cojín que tenía en la espalda—. De alguna manera, ustedes dos han conseguido eludirlos. Fueron cuidadosos al entrar, nadie se dio cuenta. Y serán igualmente diligentes al salir. Por lo tanto, les entrego el plan y les deseo buena fortuna.

—¿El núcleo? —inquirió Xander con acento insistente—. ¿Quiere decir que hay un supervisor detrás de todo esto?

—Por supuesto —respondió Schenten—. Sin duda ése es el motivo de que lo eligieran a usted, doctor. Por eso...

Una ráfaga de balas rompió los vidrios y apagó las luces del estudio. Xander saltó por encima del escritorio para cubrir a Schenten, pero de pronto se encontró tirado en el suelo entre la pared y la mesa. Sarah estaba agachada junto a él, con el arma cerca de su rostro y el libro en la mano mientras la biblioteca volvía a quedar en silencio. Pasaron unos segundos antes de que lo oyeran. Distante al principio, y luego ensordecedor, el ruido de un helicóptero irrumpió en la estancia, al tiempo que el haz de luz de un reflector penetraba a través de las cortinas que se agitaban enloquecidamente; el foco se posó sobre el cuerpo palpitante de Schenten, que yacía con los brazos caídos a los costados, la boca abierta por las convulsiones y una mancha de sangre en el pecho. Al cabo de un momento, la luz abandonó la sala, el ruido del rotor se alejó y fue sustituido por el característico del aterrizaje. Sarah obligó a Xander a correr hacia la puerta.

No había tiempo para pensar, para atender a Schenten ni considerar sus palabras —«ése es el motivo de que lo eligieran a usted»—, sino sólo para seguirla, para acompasar sus pasos a los de ella, en primer lugar hacia la escalera, luego hacia la sala de estar, mientras las detonaciones de un rifle resonaban frente a la casa en el instante en que ellos saltaban por la ventana al césped del jardín. Los guardias de Schenten mantenían a los hombres de Eisenreich a raya, dando la vida por una persona que se encontraba tan sólo a minutos de la muerte. Su sacrificio les brindó a Sarah y a Xander la posibilidad de escapar. Sarah iba en cabeza, seguida por Xander, y el bosque se ofrecía como un vacío que los atraía y les parecía cada vez más cercano. Sólo cuando vio que Sarah se tiraba al suelo, recordó la cerca. Precipitándose hacia delante, fue a caer en la espalda de Sarah, y ambos quedaron a un par de centímetros de los alambres de púas. Ella lo empujó hacia un costado y extrajo los alicates. Xander volvió la cabeza en dirección a la casa y vio la fachada oscura; la calma que reinaba en el exterior enmascaraba la violencia del interior. «Ése es el motivo de que le eligieran a usted.» Las palabras resonaban en su cabeza.

De repente se iluminaron todas las ventanas al tiempo que Sarah lo agarraba por el cuello y tiraba de él hacia la cerca. Había cortado los alambres.

Los minutos siguientes pasaron sin pensar. Xander corría entre los árboles con la vista clavada en la nuca de Sarah, siguiendo un camino inexistente y sin saber qué dirección llevaba. El mundo a sus espaldas se desvaneció, las preguntas se esfumaron mientras se internaban en una oscuridad insondable, hasta que, en la distancia, apareció la carretera. Una última carrera los llevó hasta el coche, arrojaron las ramas a un costado y subieron.

—Arranca.

La hierba se convirtió en asfalto, y el coche se perdió en la noche.

O'Connell saltó del sitio donde estaba apostado, con el arma junto al pecho mientras se abría paso entre las ramas, trastabillando cuando sus pies tropezaban con las raíces que sobresalían del suelo. A pesar de su corpulencia, demostraba una notable agilidad. Todo había ocurrido rápidamente, tal como él había previsto. Sarah y Jaspers se habían aproximado a la cerca, sin advertir a los dos hombres que salieron corriendo de detrás de la casa, con los rifles dispuestos. A los cinco segundos, los dos hombres habían descubierto a sus presas; a los ocho, habían puesto rodilla al suelo y estaban apuntando. Sin embargo, había sido O'Connell el primero en disparar, dos tiros seguidos, acallados por el silenciador, acabaron con ambos hombres en menos de tres segundos. Sus cuerpos se desplomaron sobre el suelo y cayeron uno encima del otro, formando un extraño triángulo en medio del campo abierto.

O'Connell corría, sabiendo que los demás no tardarían en salir en su persecución, pero estaba más preocupado por las dos personas que le habían mandado proteger. Las dos. Jaspers lo había logrado. Stein había tenido razón.

Más adelante, se puso en marcha un motor diésel, y O'Connell aceleró el paso. Al cabo de dos minutos, salió a la carretera, corrió por la grava apisonada y sacó una motocicleta de debajo de un montón de ramas y hojas de pino con que él mismo la había cubierto unas cinco horas antes. Oyó el ruido del motor a su izquierda; en cinco segundos, su 250 c.c. respondió con un rugido. Guardándose el arma en el bolsillo, O'Connell montó en la moto y soltó el embrague. El viento le azotó la cara mientras él escrutaba la noche en busca de las luces traseras de un coche.

Sarah se asomó por la ventanilla, con los oídos atentos a cualquier ruido que no fuese la sorda carraspera del motor acelerado del Rabbit. Al mismo tiempo, recorría el cielo con la mirada, con la certeza de que aparecería el helicóptero, esperando ver asomar la luz del reflector por encima de las copas de los árboles en busca del vehículo y sus ocupantes. Pero nada de ello sucedió, no hubo intrusiones repentinas, sólo el hueco silbido del viento que le azotaba el rostro. Ella siguió la búsqueda, inquieta por el silencio, hasta que el ulular de una sirena lejana atrajo de nuevo su atención hacia la carretera. Introdujo la cabeza y echó una mirada al velocímetro. La aguja marcaba ciento veinte, y Xander sujetaba el volante con manos firmes.

—Reduce la marcha —le gritó ella para hacerse oír entre el silbido del viento— y busca un desvío.

Xander hizo lo que le indicaba, aminorando la marcha hasta una velocidad razonable mientras ambos buscaban una salida. Las sirenas sonaban cada vez con más fuerza, y una luz centelleó más allá de la colina cercana; entonces Sarah señaló una brecha casi invisible en un muro de árboles a su derecha. Xander puso la segunda —la carrocería vibró ante la desaceleración—, y giró el volante bruscamente, para precipitar el Rabbit por la empinada pendiente. Después de recorrer una veintena de metros dando botes, Xander apagó los faros y el motor. Arriba, siguió aumentando el ulular de las sirenas mientras los reflejos rojos y azules danzaban entre los árboles, cada vez más cerca de ellos, hasta que, en un destello casi cegador, las luces pasaron un instante sobre sus cabezas y luego desaparecieron. Xander extendió la mano hacia las llaves, pero Sarah lo detuvo prestamente al tiempo que sonaba una segunda sirena; de nuevo, pasaron volando los reflejos azules y rojos. Esperando que se hiciera un absoluto silencio, Sarah bajó la mano e hizo un gesto de asentimiento con la cabeza. Las ruedas giraron sobre la tierra mientras el vehículo avanzaba despacio hacia la carretera, pues marcha atrás el ascenso se hacía más dificultoso. Al cabo de medio minuto, el Rabbit había alcanzado los ciento veinte por hora.

—Tú te quedarás en el coche mientras yo voy a por ella —dijo Sarah, con la mirada de nuevo escrutando el cielo a través del parabrisas.

Xander forzó el Rabbit al tomar una curva, con los ojos fijos en los límites de las luces altas.

—¿Me has oído?

—Yo espero, tú vas. —Las palabras fueron pronunciadas en un tono cansino—. Sí.

Durante los dos kilómetros siguientes, estuvieron callados.

—Ella podrá dormir en el asiento de atrás —comentó Sarah—. No creo que nos cause dificultades.

—De acuerdo.

De nuevo, guardaron silencio.

Sarah se volvió de cara a él.

—¿Qué?

Xander siguió con la vista fija en la carretera.

—¿Qué es, el plan, Schenten o qué? —Lo miró a la cara y advirtió la tensión de la mandíbula—. ¿Tiene algo que ver con lo que sucedió en el motel...?

—¿No te parece extraño —preguntó él a su vez, sin hacer caso de la pregunta— que yo haya logrado sobrevivir a todo esto?

Ella tardó unos momentos en responder.

—En realidad, no había pensado en ello. Supongo que no hago más que dar gracias al cielo.

Xander la miró, luego volvió la vista hacia la carretera y aceleró hasta alcanzar los ciento treinta.

Transcurrió otro minuto antes de que ella preguntara:

—¿Qué pasó allí?

Él rió con incredulidad.

—¿Qué pasó? Mataron a un hombre. Eso es lo que pasó. Un hombre como Carlo, Emil o Feric. Schenten fue otra víctima propiciatoria. —Una ira contenida teñía sus palabras—. Y, sin embargo, a pesar de todo, de alguna manera yo sigo sin sufrir ni un rasguño. Eso es extraño, ¿no te parece? ¿Cómo lo explicas?

Ella trataba de comprender.

—¿Qué es lo que me estás preguntando?

—No te estoy preguntando a ti... Simplemente, pregunto. Ayer, hace una hora, estaba demasiado asustado, demasiado contento como para pensar en otra cosa que no fuera mi propia supervivencia. Además —agregó con un tono más despectivo para consigo mismo—, redacté aquel pulcro memorando que para mí constituye un fin en todo esto, ¿no es así? Eso es un logro en la escala de la erudición, ¿no es cierto? El problema reside en el hecho de que, en realidad, no cuenta. La teoría no explicará por qué he logrado sobrevivir hasta este momento.

—¿De qué demonios estás hablando?

—Tú quieres creer que eres una asesina... bien. Tú te emperras en creer que en todo esto, ése es tu fin, la razón por la que fuiste elegida...

—Aminora la marcha —lo interrumpió ella, molesta por el tono de Xander.

—«Ése es el motivo de que le eligieran a usted» —rugió él—. ¿No oíste lo que Schenten dijo, lo que dijo acerca de mí? —La miró fijamente—. ¿No lo comprendes? Tú no eres la única que ha sido elegida para formar parte en todo esto.

—Tú crees...

—No lo creo —la interrumpió él, volviendo a fijar la vista en la carretera—. Lo oí, lo vi en sus ojos. Hasta él pareció sorprenderse al advertir que yo no tenía ni idea.

—¿Acerca de qué?

—Lo ignoro. De qué manera encajo yo en esto. Por qué fui elegido. Con qué fin.

—¿Elegido para qué? —preguntó Sarah—. ¿Por quién? —Extendió la mano como para tocarlo, pero se contuvo, y echó los hombros ligeramente hacia atrás—. ¿Te refieres a mí?

Xander le dirigió una mirada.

—¿Qué?

—Dijiste que te eligieron. Fui yo quien se puso en contacto contigo. Eso parecería significar...

—¿Qué? —Por un instante, la ira y la confusión se esfumaron de sus ojos—. No es eso lo que quiero decir. Tú eres la única razón por la que aún sigo en esto. Ya te lo he dicho.

—Entonces, ¿qué es lo que quieres decir? —inquirió ella, a la defensiva.

Xander volvió la vista a la carretera.

—No lo sé.

A la izquierda apareció el cartel del motel. Xander frenó y enfiló el camino de entrada.

—Yo me quedo. Tú vas.

De nuevo su tono era distante. Ella lo miró fijamente antes de abrir la portezuela.

O'Connell apagó el motor y empujó la motocicleta hasta la cima de la colina, buscando la relativa protección de los árboles. Un centenar de metros más abajo, el Rabbit se hallaba aparcado en el camino de entrada de un motel, junto a la carretera, con la portezuela del acompañante abierta. Se adentró aún más en la arboleda, se detuvo y sacó unos binoculares en el momento en que se elevaba un helicóptero desde algún lugar a su derecha. Pero fue Sarah quien atrajo su atención al salir de uno de los cuartos, con una segunda persona a su lado envuelta en mantas y almohadas. Vio que ambas se agachaban y subían al coche. Sarah cerró la puerta de golpe mientras el Volkswagen aceleraba para salir a la carretera. Un instante después, aparecieron unos rotores gigantes planeando sobre los árboles. El helicóptero se inclinó hacia la derecha e inició el descenso. Sus potentes reflectores enfocaron la parte posterior del Rabbit, que serpenteaba entre ambos carriles. En lo alto, retumbó un rifle al abrir fuego.

O'Connell arrancó la moto y descendió hasta la carretera. Con la mano derecha, extrajo un arma de la cazadora, mucho más grande que la que había utilizado para liquidar a los dos hombres en el campo. Apretó el acelerador y llevó la moto hasta unos veinte metros del pájaro cuyo pico se iba acercando a su presa. Sin embargo, el rotor posterior quedaba totalmente expuesto, en una posición demasiado vulnerable para una persona con buena puntería. Inclinándose para ofrecer menos resistencia al viento, O'Connell levantó el arma y disparó.

El retroceso del arma le obligó a desviarse, con lo que se acercó peligrosamente a la herbosa cuneta antes de lograr dominar la máquina y volver a la línea central. Mientras tanto, el helicóptero había ganado altura, pues evidentemente

O'Connell no había dado en el blanco. Un segundo reflector le enfocó de lleno al tiempo que el aparato iniciaba un ciego ataque. Las balas se incrustaron en el suelo en torno a él, que se vio obligado a serpentear de un lado a otro valiéndose de ambas manos. Aceleró de nuevo para situarse justo debajo del helicóptero, zigzagueando junto con él, para mantener la posición. Volvió a echar mano del arma y disparó una vez más. En esta ocasión acertó. Del fuselaje del aparato salió una espesa humareda. O'Connell disminuyó la marcha y efectuó varios disparos más. Como atrapado en una súbita corriente de aire, el helicóptero se elevó, girando sobre sí mismo como una peonza gigante que hubiera perdido el control. Comenzó a perder altura. Se vería obligado a aterrizar.

O'Connell describió un amplio arco en la estrecha carretera, llevando la moto al límite máximo de velocidad con el fin de sobrepasar al helicóptero. Una vez logrado su propósito, trató de volver a adaptar la visión a la oscuridad reinante en la carretera; aun así, no logró descubrir indicio alguno de los dos puntos rojos que había estado siguiendo en el curso de la última media hora. Por encima del hombro, vio el resultado de su obra: cuatro o cinco personas que salían de la humareda, varias de ellas rociando la carcasa con extintores en un intento de evitar que el helicóptero explotara. Pero no había el menor rastro del Rabbit. No obstante, mientras avanzaba, distinguió algo a su derecha, algo que centelleaba entre los árboles, como un reflejo de su propio movimiento.

Le llevó menos de un segundo reconocerlo: las luces traseras de un coche. Allí, en el interior del bosque, el Volkswagen saltaba desafiante, pues al parecer su conductor había encontrado un camino entre la espesa arboleda. Condenadamente listo.

O'Connell aminoró la marcha y dejó que el automóvil se adelantara. Durante un par de kilómetros, corrieron en paralelo hasta que la carretera principal comenzó a separarse de los árboles, y las luces del coche se fueron alejando. O'Connell abandonó la carretera, para abrirse camino entre las ramas y los troncos: varios árboles jóvenes fueron víctimas de los neumáticos de su moto. Pero eran las manos y la cara de O'Connell las que llevaban la peor parte, pues las ramas airadas se ensañaban con él en su avance por el bosque. Al llegar al sendero, se limpió la sangre del rostro y aceleró por el suelo escabroso. El Rabbit ya se había perdido de vista.

—¡No lo sé! —gritó Sarah—. No veo nada. Debes de haberlo perdido.

—¿De dónde diablos salió? —Xander hacía cuanto podía para dominar las sacudidas del volante—. Absolutamente claro, entonces... ¡pam!... llega el helicóptero, llega Evel Knievel...

—Es evidente que trataba de ayudarnos...

—¿Ayudarnos —replicó Xander gritando— o mantenernos con vida?

—¿Cuál es la diferencia?

—La diferencia reside en lo que dijo Schenten. ¿Has oído lo que te he dicho antes? Existe un motivo para mantenernos con vida...

—No creo que fuese eso lo que los muchachos del helicóptero se proponían —lo interrumpió Sarah—. Nos disparaban a nosotros. No eran tiros de advertencia.

Xander vio el claro a su derecha y pisó el freno. El frenazo hizo saltar del asiento a los tres ocupantes del coche, mientras Xander giraba en redondo.

—Tienes razón. Estaban tratando de matarnos. Eso no significa que el señor motorista fuese necesariamente un amigo.

—Bueno, no sé —replicó ella, secamente—, cualquiera que evite que me maten suele parecerme un amigo.

El coche salió de entre los árboles; las ruedas resbalaron por la hierba antes de que los neumáticos encontraran la lisa superficie de la carretera. Xander giró el volante hacia la derecha, puso la tercera y llevó al Volkswagen a cien. El chasis casi saltó de la carretera ante la súbita aceleración.

—La transmisión resiste mejor de lo que pensaba —comentó Xander, en tono no menos estridente.

Sarah, sin responder, siguió con la vista fija en la curva de la carretera.

—Podríamos llegar hasta Montana —agregó él.

Ella lo miró sin cambiar de expresión.

Al llegar el amanecer, Sarah estaba al volante, y Xander se apoyaba en la ventanilla, con la cabeza caída sobre el pecho y meciéndose al ritmo constante del sueño. Hacía menos de una hora que dormía, pues se había resistido al cansancio. Sin embargo, ante la insistencia de Sarah había terminado por ceder. Desde Tempsten no había discutido más acerca de Schenten ni del motorista desconocido: los kilómetros fueron pasando en silencio salvo en el momento de relevarse al volante en un tramo desierto de carretera antes de llegar al límite de Pensilvania. Xander tenía razón. Montana era su única opción. El senador había confirmado todo cuanto Stein le había mostrado en los archivos de la comisión. La zona de entrenamiento. El centro de operaciones. Wolf Point, Montana.

La ruta canadiense habría sido más rápida pero prefirieron evitar el paso fronterizo. Sarah optó por la ruta 90, puso el vehículo a unos noventa kilómetros por hora y fue viendo pasar Cleveland, Lakewood y una serie de poblaciones desconocidas bajo el plácido olvido del cielo del amanecer. Se hallaban a una media hora de Indiana cuando advirtió que el indicador de combustible se acercaba insistentemente al cero. Lo vio casi como un alivio, pues necesitaba tomar un café y tal vez echar una cabezadita. Dormir era para Sarah el arma vital. Sin descanso, todos los demás sentidos dejan de funcionar.

Según el indicador faltaban un par de kilómetros hasta la siguiente área de descanso. Sarah aceleró y desvió el coche hacia el carril de la derecha. Al mirar por encima del hombro vio a Alison dormida con una sonrisa en el rostro.

Bob Stein se hallaba en la más absoluta oscuridad, con la cabeza apoyada contra la pared de piedra y la espalda demasiado lastimada como para sentir la menor molestia. Le habían encadenado las manos a los dos extremos de una cama, pero sólo podía suponer cuántas horas o cuántos días llevaba allí, pues aún estaba grogui por efecto de las drogas: un narcótico cuyos efectos secundarios se probaban peores que su acción inmediata. Por lo menos entonces estaba inconsciente. En ese momento, en cambio, tenía la desagradable sensación de experimentar todos y cada uno de los efectos de la recuperación del conocimiento.

Para combatir la incomodidad, había comenzado a ordenar los sucesos que le habían conducido a aquella situación: el hecho más relevante había sido un breve intercambio de palabras en el Departamento de Estado con el guardia de servicio. Después de ello, Stein sólo recordaba un golpe seco en la nuca seguido de un pinchazo en el trasero, luces que giraban, una sirena y luego la oscuridad en la que se había despertado. Lo que le preocupaba eran las últimas lagunas, o mejor aún: una enorme laguna. ¿Qué les había dicho? Y lo más sorprendente: ¿por qué seguía vivo?

Una hoja de la puerta corrediza se abrió, y la luz le dio en los ojos desde lo alto; Bob hundió rápidamente la cabeza en el hombro. Oyó unas palabras antes de que accionaran una cerradura, y la puerta se abrió para dejar entrar un torrente de intensa luz blanca en la estancia. Stein parpadeó y trató de centrar la vista en la figura de la puerta, pero seguía cegado. Intentó hablar, pero sólo logró emitir un gruñido ahogado, pues la lengua y los labios aún sufrían los efectos del narcótico. Entonces, tan rápidamente como había venido, la luz del exterior se desvaneció, si bien la puerta seguía abierta y había una figura en el marco. Bob volvió a levantar la vista, y la silueta se tornó más definida que antes, al tiempo que la estancia iba perfilándose a medida que él miraba a derecha e izquierda. Por lo que pudo colegir, se hallaba en una sala alta, de unos tres metros por tres, sin muebles ni ventanas. Bob no tenía forma de saber si era de día o de noche.

—Le pido disculpas por las cadenas —dijo el individuo de la puerta. Era la voz de un anciano, con acento europeo—. Son para su propia protección. Me dijeron que las drogas podían ponerlo violento. Espero que sepa comprender.

Bob trató de hablar, pero de nuevo le salió una suerte de gemido animal.

—¡Ah, sí! Otro efecto secundario, lamentable, pero necesario. Le pido mil disculpas. Recuperará la voz dentro de una hora. Sin embargo, por el momento, lo único que tiene que hacer es escuchar.

Una mujer entró por detrás del individuo y colocó una silla en el centro de la habitación; el olor de su perfume eclipsó momentáneamente el del aire enrarecido de la celda. El hombre se sentó.

—Ya nos ha dicho muchas cosas. No soy muy partidario de estos métodos, pero las drogas pueden ser muy útiles, y como el señor O'Connell está de nuevo en actividad... bueno, necesitábamos conocer las respuestas a ciertas preguntas. —Hizo una pausa—. Tal vez le interese saber que se recuperará más fácilmente si opone menos resistencia. Espero que esto le proporcione cierto consuelo. —Le dijo algo en voz baja a la mujer. Al cabo de un momento, ella se fue, y Stein se quedó a solas con el inquisidor—. No obstante, lo más interesante es la información que nos proporcionó sin que le interrogáramos. Desconocía que las drogas actuaban de esa manera, pero no soy un experto en esas cosas. En fin, es una ventaja adicional para todos. —Tosió antes de continuar—. Debo decir que usted es un joven bastante notable, señor Stein. No tenía ni idea de que lo fuese. —Su respiración era entrecortada, y las palabras quedaban acentuadas por un jadeo intermitente—. Créame, soy un muy buen juez del carácter y, digamos, del potencial de las personas. Usted demuestra tener aptitudes y eso ha sido una sorpresa muy agradable. Muy agradable, en efecto. —Se aclaró la garganta—. Para ser franco, si no hubiese demostrado esas cualidades, es muy probable que ya no estuviera vivo. Pero no quiero hacer hincapié en eso. Estoy aquí para darle una oportunidad.

Bob comenzó a distinguir unos mechones de cabello en la cabeza del hombre, aunque la cara permanecía en las sombras.

—Creo que es justo decirle que usted está al tanto de lo que somos y de lo que pretendemos hacer... o al menos, posee una rudimentaria noción de lo que vendrá, si es que podemos fiarnos de las drogas. —De nuevo, un breve acceso de tos, mucho más ahogado que el primero—. Usted, justo es decirlo, posee una mente ágil, un sentido de lo épico, de los grandes proyectos. Esto lo encuentro sumamente satisfactorio. Y hay que añadir el hecho de que se encuentra en una posición... ¿cómo lo diría: de una amplitud sustancial? Como supondrá, contamos con cierto número de personas dentro del Gobierno. Sin embargo, muy pocos demuestran poseer un talento como el suyo. Una persona con su capacidad, con sus relaciones puede ser muy útil. Encadenado a una cama, se desperdicia esa utilidad. ¿Comprende lo que estoy diciendo?

Aunque sólo fuese para complacerlo, Bob asintió con la cabeza.

—Bien, porque dentro de una semana, esta conversación no tendrá ningún sentido. —El hombre se movió en su asiento, y enseguida Bob sintió que una mano helada se posaba sobre su rodilla—. Dicen que la ocasión la pintan calva, señor Stein. Yo agregaría que el caos es igualmente intransigente. Hoy, le ha llegado el momento de meditar. Pero ese tiempo se agota. —Apartó la mano al tiempo que sufría otro acceso de tos—. «Nunca antes —prosiguió, tratando de sofocar la tos— han coincidido tantos factores para brindar un ambiente propicio y un ímpetu tan grande para producir un cambio en el control del poder.» Nunca. Palabras notables, ¿no es cierto? Escritas hace cuatrocientos años por un hombre igualmente notable. Y son tan ciertas hoy como lo eran entonces. —El tono de su voz se volvió menos animado, si bien no menos mordaz—. Lamentablemente, no lo tomaron en serio. Una verdadera lástima. Dentro de ocho días, nadie tendrá una nueva oportunidad. —Hizo una pausa—. Le estoy ofreciendo esa oportunidad. Sólo les ha sido dada a unos pocos. Confío que no será usted un estúpido. —El anciano se puso de pie—. Ocho días, señor Stein. Después...

Meneó la cabeza, dio media vuelta y se dirigió a la puerta. Al cabo de un momento, volvió a reinar la más absoluta oscuridad y se cerró el pestillo de nuevo.

Jonas Tieg atenuó la luz de la lámpara del escritorio y permaneció en silencio unos momentos. Las pisadas en la escalera le habían inducido a colocar el receptor del teléfono sobre el pecho. Como suponía, su esposa asomó la cabeza por la puerta instantes después. Tenía los ojos hinchados por el sueño.

—Querido, tienes que descansar. Vamos, sube. ¿Qué hora es?

—Tarde, amor mío —repuso él—. Ve tú. Subiré en un ratito, te lo prometo. Tengo que ocuparme de esto.

—¡Oh, Jonas! —exclamó ella, consultando el reloj—. Son las cinco menos cuarto de la madrugada. Esto es absurdo.

—Lo sé, querida. Absurdo. Vete. Subiré dentro de un par de minutos.

Le tiró un beso, le sonrió e hizo un gesto de asentimiento, mientras su esposa bostezaba al tiempo que le respondía con unos fatigados besos y cerraba la puerta. Al oír el crujido familiar del tercer escalón, Tieg se llevó el aparato al oído y habló.

—Tendrás que repetir eso... No, no me importa lo que te hayan dicho desde entonces, yo te lo estoy diciendo ahora. No hubo ninguna equivocación. Teníais que tirar a matar... Sí, a los dos... a Jaspers también. ¿Es que no me oyes bien?... Entonces envía el número de matrícula... Porque dentro de las próximas horas, la policía del estado de Ohio a California los estará buscando... Eso a ti no te incumbe... ¿Qué?... ¿Abatieron el helicóptero? ¿Cómo que...? ¿Qué quieres decir con que no tienes idea de quién fue? Simplemente apareció alguien...

Tieg escuchó con mayor atención.

—Comprendo. —Calló, y luego habló con palabras precisas—: Tenéis que eliminar todo cuanto se interponga en vuestro camino, ¿entendido?... Bien... Sí, estoy seguro de que ése será el caso.

Colgó y apagó la lámpara. De nuevo se quedó en silencio, demasiado consciente de la tensión que sentía en el hombro. Sabía que tendría que despertarla, como siempre hacía. Y ella lo acogería, le acariciaría la espalda, le frotaría los muslos con sus manos gruesas y fuertes, lo llevaría al clímax y dejaría que se escurriera entre sus brazos. Durante treinta años no había deseado a ninguna otra, no había encontrado alivio en ninguna otra. Ella siempre lo había comprendido. Lo comprendería de nuevo.

Laurence Sedgewick estaba en su limusina, con la vista clavada en la pantalla que tenía delante. Un concierto para dos trompas y bajo de Mozart llenaba el espacio, y la música resultaba curiosamente incongruente con las imágenes del televisor. Aparecían cuerpos sujetos a las camillas, y otros que aún no habían recibido atención médica estaban tendidos sobre el césped y el barro, con los ojos abiertos, mortalmente inmóviles en contraste con el movimiento incesante que reinaba en torno a la casa. Había policías por todas partes, acordonando puertas y ventanas, y una serie de armas habían sido reunidas entre dos coches patrulla. Las cámaras también salpicaban el paisaje, los reporteros de la televisión no cesaban de formular preguntas, y desde las primeras horas de la madrugada despachaban informes a las cadenas de todo el país. Un cámara que transmitía a un automóvil particular no llamaba especialmente la atención.

El senador George Maxwell Schenten estaba muerto, asesinado en su residencia del norte del estado, con señales evidentes de un prolongado intercambio de disparos. La prensa ya estaba planteando la posibilidad de la injerencia extranjera: ¿una reacción a la política del senador que propiciaba una Europa unida? ¿Un extremista harto de las abiertas críticas de Schenten al fundamentalismo islámico? La policía se abstenía de hacer conjeturas.

Sonó el teléfono.

—Sí. —Sedgewick siguió mirando la pantalla.

—Han comenzado a verificar las huellas dactilares. Dentro de cinco minutos habrán detectado las de Jaspers y Trent.

—¿Y los informes?

—Puestos al día con el fin de establecer relaciones con las muertes de Alemania e Italia. También estamos en condiciones de filtrar un informe sobre la actividad de Sarah Trent en Jordania.

—Bien. Con cuentagotas, espero.

—Un agente anónimo, fragmentos de un expediente confidencial. ¿Aceptable?

—Difícil de conseguir.

—Pero no imposible. La referencia debería bastar.

—De acuerdo. Naturalmente, dejarás que los muchachos de Washington aten cabos por sí mismos. No podemos permitirnos que alguno de ellos crea que alguien les ha servido en bandeja a los sospechosos.

—Por supuesto. ¿Tenemos que seguir?

—Sólo si se lo ordenan —respondió Sedgewick—. Nos mantendremos en contacto.

Anton Votapek caminaba por un descampado, cuyas zonas de hierba marrón constituían los últimos vestigios de lo que en un tiempo fuera un espléndido campo de fútbol. El resto era una masa de barro moldeado por las suelas claveteadas de los impetuosos jugadores y endurecido durante las heladas noches de Montana hasta formar unos sólidos montículos. Más allá de la portería se levantaba un solitario edificio. Votapek subió los escalones y abrió la puerta. El fuego que ardía en el otro extremo de la sala resultaba acogedor, al igual que el par de butacas de cuero dispuestas ante la chimenea. Se sentó y levantó el receptor del teléfono situado en una mesilla baja.

—Hola.

—Anton. —La voz sonaba fatigada pero alerta. No le gustaba que le hicieran esperar—. Cuando llamaste antes, dijiste que era urgente.

—Sí —contestó Votapek—. No quería despertarlo, pero consideré que era un asunto que no podía esperar.

—Estoy seguro de ello. Sobre todo, dados los acontecimientos recientes.

Votapek esperó y luego dijo:

—Alison ha desaparecido.

Mantenía los ojos fijos en las llamas.

—Ya.

—Es imposible saber cuándo. En algún momento de los últimos tres días.

Hubo una pausa.

—¿Te lo dijo Laurence?

—Sí.

—¿Y está preocupado?

—Sí.

—¿Por qué se consintió que esto sucediera?

—Sólo podemos suponer...

—La Trent —lo interrumpió el viejo, con voz menos firme.

—Sí.

—Me cuesta comprender por qué esa mujer resulta ser tan dura de roer. Iba en el tren con Pritchard: eso es lo que nos informó el muchacho del Consejo de la Seguridad Nacional. ¿Y quieres decir que nadie la reconoció, que nadie se dio cuenta de que sólo podía haber una razón por la que Arthur estuviera en el tren?

—No era un asunto prioritario para ellos...

—¿Prioritario? ¿Qué podía ser más apremiante que una mujer que está absolutamente decidida a socavar todo cuanto hemos estado haciendo nosotros? Lo he dicho claramente. Sola, ella no constituye peligro alguno, pero con Alison... ¿quién sabe lo que puede decir? No tenemos espacio para semejantes confusiones.

—Estoy de acuerdo. Alison es de suma importancia...

—Ya hemos hablado de eso, Anton. Los sentimientos personales son sólo un estorbo. Tus sentimientos por esa muchacha, por fuertes que sean...

—Entonces, ¿por qué sigue usted protegiendo a Jaspers?

Un tronco se deslizó de su sitio, y las llamas se elevaron entre las brasas chisporroteantes.

Durante un momento, el anciano permaneció callado; cuando habló, sus palabras fueron simples, directas:

—Eso no tiene nada que ver con los sentimientos.

—¿De veras lo cree?

—¿A ti te parece que lo comprendes todo, Anton? Pues no comprendes nada. —Tenía poca paciencia para soportar las puyas de Votapek—. ¿Estaba Jaspers en casa de Schenten?

—Sí.

—¿Y la conversación quedó grabada?

—Sí. Ellos estaban enterados del programa antes de que Schenten lo mencionara.

—Y estaban ansiosos por descubrirlo.

—Muy ansiosos. —Votapek comenzó a manosear un hilo suelto que colgaba del brazo de la butaca. Tratando de adoptar un tono despreocupado, agregó—: Schenten también le dijo a Jaspers que había sido... seleccionado. Que el supervisor... supongo que se refería a usted... le había elegido a él. Nosotros no entendimos a qué se refería.

—¿El senador mencionó mi nombre?

Votapek esperó unos segundos antes de contestar.

—Nuestros hombres llegaron antes de que pudiera decir nada. —Soltó el hilo—. Su explicación habría tenido...

—Ninguna consecuencia.

—Laurence y Jonas opinan distinto.

Votapek oyó que respiraba hondo.

—¿Y eso qué significa, Anton?

—Significa —repuso con un ligero temblor en la voz— que encontraron la observación de Schenten un poco enigmática. Todos hemos tenido la impresión de que Jaspers se topó con todo esto de una manera accidental. Si no fuese así...

—¿Sí, Anton? —La impaciencia se había convertido en irritación—. ¿Qué significaría? ¿Qué tendrían que decir Laurence y Jonas acerca de esto?

—Yo... yo no lo sé.

Silencio.

—Claro que no lo sabes porque tú hablas sin pensar. Jonas es el peor de todos vosotros, pues se cree el más inteligente. Tal vez se deba al hecho de que se dio cuenta a muy temprana edad de que su futuro estaba en la política. Pero tú, Anton, tú eras más listo que todo eso. Siempre he confiado en que tú y Laurence valoraríais su parloteo como lo que es.

—Él dijo que teníamos que eliminar el problema.

—¡La señorita Trent es el problema, Anton!

Con todo el ánimo de que fue capaz, Votapek replicó:

—Eso no es lo que Jonas dijo.

De nuevo el viejo hizo una pausa antes de responder.

—Comprendo. ¿Y qué es lo que dijo?

Votapek guardó silencio.

—¿Qué habéis hecho, Anton? —Las palabras eran casi un murmullo—. Por Dios, ¿qué habéis hecho vosotros tres?

Sarah estaba sentada frente a Xander, con la segunda taza de café casi vacía. La camarera estaba demasiado ocupada como para darse cuenta de ello. En cambio, estaba charlando con un camionero, un muchacho joven cuyos intereses evidentemente iban más allá del café y los crepes. Hasta se había quitado la gorra de béisbol, para alisarse los rubios cabellos rizados y untados con brillantina con la intención de ofrecer un aspecto más presentable; lograba el efecto deseado, pues los labios de la joven mostraban las encías en una sonrisa extraordinariamente amplia. Sarah no podía dejar de observarla. Tenía la vista fija en los dientes grandes y amarillentos, y la fatiga le quitaba el deseo de volver la cabeza. No pensaba en nada. Sólo veía la sonrisa, los dientes, las encías. Incluso Xander se había desvanecido de su mente; él estaba concentrado en su libro en una esfera ajena a la que atraía su mirada. Xander pasó una hoja y el movimiento atrajo la atención de Sarah.

Lo observó: los codos apoyados firmemente en la mesa, la mano derecha apretando un mechón de cabellos mientras sus ojos volaban sobre las palabras de la página. Si estaba cansado, se esforzaba por vencer la fatiga, y agitaba una pierna con nerviosa intensidad. Todos los pensamientos relacionados con Schenten se habían alejado de su mente. Por el momento, el erudito había vuelto a su tarea. Sarah sorbió el café y siguió observándolo. Experimentaba una agradable sensación al tenerlo cerca de nuevo.

—Tienen que contar con un ejército para hacer todo esto —comentó Xander, sin levantar la vista del libro—. Asaltos con fuego graneado, fases que deben ser llevadas a cabo por diferentes grupos de gente: uno para colocar los explosivos, otro para indicarles la posición y otro para activarlos. Donde Eisenreich establecía varias semanas para provocar el caos, ellos lo hacen en días, a veces en horas. Además, han logrado poner en marcha las cosas en todo el país con minuciosa precisión.

—¿De cuánto tiempo estamos hablando? —preguntó Sarah.

—De ocho días. Ocho días de sembrar el terror. Lo irónico es que muy pocas cosas de éstas pueden catalogarse como catastróficas. La primera de la lista —retrocedió unas cuantas páginas— tiene fijada su ejecución dentro de dos días. —Levantó la vista—. Al menos tenemos algo de tiempo antes de que vuelen el Capitolio.

—¿Y eso no te parece catastrófico?

—Simbólicamente, sí. Como un medio para provocar agitación social, no. Recuerda lo ocurrido en Oklahoma hace tres años. Fue ruin, trágico... como quieras llamarlo. Y durante dos semanas, todas las fuerzas armadas del país estuvieron en alerta roja. Pero eso fue todo. Todos nos horrorizamos, nos sentimos ultrajados, pero luego felizmente nos olvidamos de ello. En sí misma, esa bomba no creó el pánico que nuestros amigos querían.

Pasó unas cuantas páginas.

—¿Cuál es?

—Supón que algo más hubiera ocurrido ese día: un fallo general de la red informática de la compañía telefónica, o la inutilización de todos los túneles y puentes que llevan a Manhattan. Todo ello en menos de cinco horas. Eso sí que hubiera sido espantoso y sobrecogedor.

—Y eso es lo que planean hacer.

—Sustituye Oklahoma por el Capitolio, y tendrás los números uno, ocho y diecisiete de su lista. El primero plantea la cuestión de la seguridad nacional, y levanta sospechas referidas a una posible participación extranjera; los demás confirman esos miedos e incrementan el pánico. Eso es lo que hicieron en Washington y Chicago en gran medida. Si relacionas todos esos pequeños acontecimientos, asegurándote de que la sincronización sea precisa, puedes crear la clase de caos que logra que los grandes acontecimientos parezcan aún mucho más importantes de lo que son. Eso está sacado directamente del manuscrito.

«Uno encima de otro, y encima de otro.» Palabras de Tieg.

—¿Cuántos?

—Cuarenta y ocho. El gran final consiste en el asesinato del presidente.

Sarah meneó la cabeza.

—¡Qué original!

—Para ellos lo importante no es el asesinato.

—¡Eso resulta muy tranquilizador!

—Lo importante es la manera en que lo verá la gente.

—No te entiendo.

—Piensa un poco. Cuando mataron a Kennedy, la gente hablaba de una conspiración, pero la mayoría lo consideraba como la acción de un loco. Dolor, traición, ira: ésos fueron los sentimientos que prevalecieron.

—No una histeria colectiva.

—Exactamente. Cuando maten a Wainwright, su muerte no será un incidente aislado, sino el último acto dentro de una serie de golpes contundentes contra la nación, un signo de que el país se ha vuelto demasiado débil o demasiado corrupto para mantener el orden. Si se interpreta como una conspiración no tendrá ninguna importancia. Lo que todo el mundo sentirá es desesperación, con la impresión de que todo se ha desmoronado.

—Si introducimos a Pembroke —asintió Sarah—, tendremos un antídoto contra el caos.

—Al parecer, lo que ellos planean es causar todos los grandes temores señalados en el libro durante el proceso: derrumbes del mercado, terrorismo extranjero, crímenes urbanos... nada nuevo ni sorprendente en sí mismo, pero ahora todo sucederá en un lapso de ocho días.

—Tieg va a darse un festín.

—Por supuesto.

—¿De cuántos grupos estamos hablando? —preguntó Sarah, levantando el libro de la mesa y echando una ojeada al gráfico de la parte interior de la contratapa.

—Una treintena. Cada operativo está dividido en cuatro fases separadas, a cargo de una célula o equipo...

—Por fase —lo interrumpió ella, como si hablase consigo misma, y recorriendo la página con gran concentración.

—Exacto —concedió él, preocupado por el súbito cambio de expresión de Sarah—. ¿Qué pasa?

Ella siguió leyendo, sin hacer caso de la pregunta.

—Rotaciones imprevistas, células de refuerzo —siguió diciendo mientras asentía con la cabeza— y, naturalmente, las estructuras separadas...

—¿Qué quieres decir con «naturalmente»? ¿A qué te refieres?

Ella levantó la vista.

—Esto es... Conozco este esquema. Es un...

—Esquema de Pritchard —dijo una voz a sus espaldas, cuya repentina injerencia los dejó mudos a ambos—. El número de células, las asignaciones, la sucesión de los hechos. Terminar una misión, y esperar instrucciones para llevar a cabo la siguiente. —La voz hizo una pausa antes de agregar—: Pero lo notable es la estructura, ¿no es cierto, Sarah?

El acento irlandés, las palabras entrecortadas. Sarah se volvió y miró al recién llegado. Éste se introdujo en el rincón del reservado y se quedó mirándola fijamente.

—¡O'Connell!

—Gaelin Patrick, para servirla. —Sonrió y miró a Xander—. ¿El bueno del doctor, supongo? —Xander no pudo hacer más que asentir—. Ha pasado malos momentos, pero parece que aún se mantiene de una pieza. En cuanto a ti, se te ve muy rubia. Yo prefiero el castaño rojizo, pero, si vamos al caso, ya conoces mis gustos.

—¿Cómo...?

—La señora va a preguntarme cómo los encontré —dijo, guiñándole el ojo a Xander—. Y yo voy a contestarle que otro amigo común consideró conveniente no perderlos de vista a ninguno de los dos. Es una persona que tiene debilidad por los ganchitos de queso.

Una fuerte exclamación proveniente del mostrador les obligó a volverse a los tres; una mujer tenía la vista fija en un televisor colocado en la pared opuesta. En la pantalla, un reportero se perfilaba contra unas llamas del fondo.

—«En lo que parece ser una vuelta a la locura de la semana pasada, estalló una bomba después de las seis de la madrugada en el ala oeste del edificio del Capitolio, que ardió en llamas. De nuevo, Washington ha despertado estupefacto, mientras los bomberos luchaban...»

—Eso no cambia nada —repuso O'Connell.

Se encontraban junto al Volkswagen, y Alison estaba sentada en el asiento del acompañante.

—O se han adelantado a lo programado o bien algo falló. ¿Cuánto tiempo falta para el próximo paso?

Xander consultó el gráfico.

—Hay un lapso de unas catorce horas antes de que se produzca el segundo: el secuestro y ejecución del embajador británico. De hecho, los seis primeros acontecimientos se suceden en un período de dos días y medio. Luego, los hechos se aceleran considerablemente, y algo ocurre cada cuatro o cinco horas.

—Eso es típico de Pritchard —asintió O'Connell—. Primero unas acciones de tanteo para asegurarse de que las cosas andan sobre ruedas. Luego, la aceleración. Eso nos da tiempo... no mucho, pero nos da tiempo. Por cierto —agregó—, esperaba encontrar a dos personas. No me habéis presentado a la bella pelirroja.

Sarah se arrodilló junto a Alison y le tomó la mano.

—Le presento a un amigo, Alison. Se llama Gael.

Una mirada vacía y luego una sonrisa.

—Hola, Gael —dijo—. Tienes un nombre muy bonito.

El comentario pareció sorprender al irlandés con la guardia baja. Miró a Sarah y luego a Alison.

—Gracias. A mí... también me gusta bastante.

Sarah le hizo una seña para que se reuniera con ella en el otro lado del vehículo.

—Vas a tener que explicarme qué significa todo esto —le dijo O'Connell en voz baja.

Quince minutos después, el irlandés estaba sentado en el borde del capó, con los brazos cruzados sobre el pecho. Ya había oído bastante.

—Es endemoniadamente más complicado de lo que Bob dejó entrever. Él ni siquiera sabe nada acerca de la pelirroja. —Echó una mirada a Alison a través del parabrisas—. Joder, no es raro que esté...

Meneó la cabeza.

—Tendremos que actuar rápidamente, un golpe seco —dijo Sarah—. Cortarlo desde el centro. Si atacamos el lugar, me imagino que sus ordenadores dispondrán de dispositivos de seguridad. Tenemos que desmantelar el sistema desde dentro.

—De acuerdo —dijo O'Connell—. Seguramente con seis u ocho hombres que entren en el centro.

—Y precisaremos algunos elementos que nos proporcionen detalles de la casa: planos, medidas.

—Los detalles no son problema.

—¿Detalles? —terció Xander, exasperado por el rápido intercambio de ideas de ambos—. ¿Qué queréis decir con eso de desmantelar? Sabemos lo que se proponen: todo figura en el programa. Lo único que tenemos que hacer es llevar esa información... y a Alison... a alguien que pueda detenerlos. Activar las medidas de seguridad en los distintos puntos de ataque...

—¿Y dejar que se oculten en cuanto se den cuenta de que han sido descubiertos? —Sarah negó con la cabeza—. Llevan treinta años esperando este momento. Si advierten algo fuera de lo normal, se echarán atrás y elaborarán otro programa. No; tenemos que actuar ahora. Si no lo hacemos, puedo asegurarte que ninguno de nosotros, incluyendo a Alison, estará presente para detenerlos la próxima vez que lo intenten.

—Espera un momento —insistió Xander—. ¿Quieres decirme que no hay ninguna de tus todopoderosas organizaciones gubernamentales que pueda intervenir para...?

—¿Para crear el pánico que estamos tratando de evitar? —De nuevo Sarah denegó con la cabeza—. Si provocamos una alarma semejante, con la Guardia Nacional rondando por sabe Dios cuántos lugares... la gente se preocupará mucho. ¿Te acuerdas de Waco? Ellos crean los mártires mientras Tieg alienta la ansiedad. Abuso de poder. Paranoia del Gobierno. Y dentro de seis meses inician...

—Otro programa —la interrumpió el irlandés—. Lamentablemente, ninguno de los dos tiene otra opción.

Xander se volvió de cara hacia O'Connell.

—¿Qué quiere decir con eso?

—En el bar, ¿ésa fue la primera noticia que veíais hoy? —Ambos asintieron con la cabeza—. Me lo imaginaba. Desde alrededor de las seis, no han hecho más que hablar del asesinato de Schenten. Sarah y usted están implicados en el hecho.

—¡Qué!

—Más aún. —Calló y unió las manos sobre las piernas—. Parece, doctor, que a usted también lo buscan para interrogarlo acerca de las muertes de un hombre en Italia, otro en Alemania y una mujer en Nueva York... una tal señora Huber...

—¡Dios mío!

—La encontraron en su oficina. El panorama no es muy halagüeño. Para ninguno de los dos. El profesor loco y la ex asesina. —Miró a Sarah, vacilando antes de proseguir—. Han destapado lo de Ammán. Andan diciendo que... eres responsable por la muerte de la hija del embajador. Ignoro cómo han obtenido la información, pero así están las cosas. —Advirtió la reacción en los ojos de Sarah—. En todos los teletipos figuran las descripciones de ambos, del coche... Por eso tuve que contactar con ustedes.

Xander se sentó en el capó, con la cabeza echada hacia atrás.

—¿Dijeron cómo murió?

O'Connell tardó unos instantes en contestar.

—No se culpe por eso, hijo.

—Le envié las notas de Carlo, todo. No creí...

—No podías —lo interrumpió Sarah, dejando de lado por el momento las revelaciones sobre su pasado—. Y Gael tiene razón. No puedes pensar en eso ahora. Piensa en que los tipos que la mataron están tan desesperados que quieren valerse de la policía para tratar de detenerte. —Le sujetó las muñecas—. Y están tratando de detenerte, sin importar lo que Schenten pudo haber dicho.

Xander adelantó la cabeza, con la mirada fija en Sarah. Asintió lentamente. Ella se dirigió a O'Connell.

—Eso significa que no podemos arriesgarnos a volar. Y no podemos utilizar este coche. Tendré que llevarlo al bosque, para ocultarlo.

—Yo voy a adelantarme. Dame una hora. —Se deslizó del capó al suelo y le puso una mano sobre la rodilla a Xander—. Está usted en buenas manos, hijo. Un día, me gustaría saber cómo logró salir de Alemania.

—Un día —repuso el profesor—, me gustaría contárselo.

O'Connell le guiñó el ojo y se dirigió a la moto. Al cabo

de un instante, Xander y Sarah estaban sentados en el Volkswagen, con el motor diésel ronroneando con su ruido característico.

—Es un hombre simpático. —Fue Alison quien habló mientras observaba por la ventanilla al irlandés que estaba de espaldas—. Un hombre muy simpático.

—¡Os dais cuenta de lo difícil que será deshacer lo que vosotros habéis hecho!

En tres estados diferentes, tres hombres dieron un respingo ante la voz que les gritaba por teléfono. Cada uno de ellos conjuró la imagen que se hacía del anciano mientras la tos de éste llenaba la línea. Tieg pensó que los accesos ocurrían cada vez con mayor frecuencia, ya no faltaba mucho. Sin embargo, había sobrevivido hasta entonces.

—Cincuenta años... ¡cincuenta años!... uno cree saber lo que ocurrirá, cree que de alguna manera ellos se superarán a sí mismos y actuarán como se les ha enseñado a actuar. Pero, una y otra vez, uno se da cuenta de que está equivocado, de que ellos siguen siendo niños, de que ha hecho una mala elección y de que no son ni más ni menos que tal como eran cuando los vio por primera vez. —Hizo una pausa, y el ruido de su respiración resonó en la línea. Pensó que la responsabilidad era suya por no haber elegido bien a sus discípulos—. Tal vez la mía fue una responsabilidad demasiado grande. —De nuevo el ruido de la respiración—. ¿Alguno de vosotros puede explicarme por qué habéis convertido a Jaspers en un paria, en un criminal... en un loco?

La línea quedó en silencio. Tieg fue el primero en hablar.

—Porque no había otra alternativa.

—La voz de la razón. —El viejo no hizo ningún esfuerzo para disimular su desdén—. ¿Entonces estuvisteis todos de acuerdo en que éste era el único camino para Jaspers?

—Lo discutimos entre todos...

—No te lo pregunto a ti, Jonas —lo interrumpió el viejo—. Se lo pregunto a Laurence y a Anton. ¿O acaso te han cedido también ese papel a ti?

—La grabación de Schenten —dijo Sedgewick tras una pausa—, nos dejó bien claro a todos que Jaspers y la tal Trent se encuentran ahora en posesión de un documento peligroso.

—¿Y para ti, no existe ninguna diferencia entre esa asesina y Jaspers?

—En este aspecto, no. Tal vez no los atrapemos antes de que tengan la oportunidad de transmitir la información.

—¿Crees que acudirá a la policía? ¿Tú crees que le tomarán en serio? —El anciano esperó—. ¿Estás de acuerdo con esto, Anton?

—Yo... sí. Él es un... un riesgo. Un problema que tenía que ser... resuelto.

—Habrías sido un actor muy mediocre, Anton. La próxima vez, Jonas, pon más cuidado cuando le enseñes el guión.

—Es una persona adulta —repuso Tieg—, que toma sus decisiones. Todos tomamos nuestras decisiones.

—¡Ah! —exclamó la voz fatigada—. Por fin, llegamos al punto. Al menos, ahora comprendemos por qué todas las conspiraciones de camarilla se han vuelto tan importantes. Esto no tiene nada que ver con Jaspers ni Alison, ni siquiera con la señorita Trent, ¿no es cierto, Jonas? Tiene que ver con quién toma las decisiones, con quién tiene el control. —Calló esperando una respuesta. Al no recibirla, prosiguió—: ¡Estúpido, eres un estúpido! Tú eres a quien le preocupan las decisiones; tú eres quien sabe cómo se resolverá todo esto, ¿no es así? ¡Tú no sabes nada! ¿Crees que no te entiendo, Jonas? ¿Crees que soy tan viejo o tan necio como para no ver lo que te proponías durante todo este tiempo? Provocar el caos, naturalmente. Eso es lo que todos queremos. Pero, a partir de ahí nuestras opiniones son divergentes. ¿Estoy en lo cierto? El caos es lo más lejos adonde quieres llegar. El orden te aburre, la permanencia y la estabilidad... eso son meramente intereses secundarios para un hombre como tú. Tú prefieres la libertad que el caos proporciona, las posibilidades ilimitadas. —Sus palabras estaban preñadas de desprecio—. ¿Crees que no lo sé, que no es obvio? Ha sido obvio desde el principio. El motivo por el cual te elegí es que tu egoísmo resulta vital para el plan. ¿Por qué crees que he mantenido las riendas tan cortas durante los últimos años? Quizá fui un estúpido al pensar que no tirarías de ellas de cuando en cuando. Ése fue mi error. Y no volveré a repetirlo.

La línea quedó muda. Al fin, Tieg habló, con palabras controladas, precisas, ocultando la furia que sentía.

—¿Fue usted quien eligió a Jaspers?

—Pides una información que a ti no te incumbe.

—¡Yo he decidido que me incumba, viejo! ¿Lo eligió?

—¡No consentiré que me hables en ese tono! ¿Está claro?

Silencio.

—¿Está claro, Jonas?

Las palabras denotaban un fuego largamente olvidado, un veneno que pareció transportar a los cuatro a una cabaña, a la playa y el mar italianos. Tres jóvenes muchachos sentados en un rincón, aterrados, mientras el hombre de edad avanzada acosaba al mayor de sus discípulos.

—Dime, Jonas, ¿por qué tratas de engañarme? ¿Por qué no me dices que fuiste tú quien obligó a Anton a meterse en el agua? —Le cruzó la cara de un bofetón, lo suficientemente fuerte como para tirar el joven cuerpo al suelo.

Jonas volvió a sentarse en el banquito, sin lágrimas en los ojos, sino tan sólo un ligero temblor de cabeza. El hombre volvió a pegarle, el chico cayó, y esta vez le salió un hilo de sangre del labio.

—¿Por qué me engañas?

Con la cabeza gacha, el cuerpo tembloroso, él asintió:

—Sí —balbució—. Le he engañado.

El hombre extendió la mano y le acarició los cabellos.

—Eres un buen chico, Jonas —dijo, mirando a los otros dos—. Ahora ve a lavarte.

—Sí —respondió Tieg al teléfono, con la voz atrapada en el recuerdo.

—Bien... Anton, mañana despedirás a los estudiantes

para el receso invernal y luego te tomarás unas vacaciones en la isla. Procura que el personal esté preparado para mi llegada. Tomaré el avión antes del mediodía. Laurence, tú te quedarás en Nueva Orleans. Y Jonas —hizo una pausa, sin esperar respuesta—, tú permanecerás en San Francisco. ¿Está todo claro?

Todos respondieron al unísono:

—Sí.

—Bien. Rectificaré el error que habéis cometido. No volváis a colocarme nunca más en esta situación. Me estoy haciendo demasiado viejo para ir limpiando lo que vosotros ensuciáis.

O'Connell descendió del asiento del conductor; la furgoneta defraudaba las expectativas de Sarah. Era evidente que había perdido su esplendor original; el vehículo lucía una tabla de madera en un costado, pintado de un raro color verde oscuro. En la parte posterior, la luneta era un extravagante muestrario de adhesivos de la escuela secundaria y la universidad; el parachoques, una serie de extrañas advertencias y de mensajes aun más crípticos: «Busca al Señor: Él no precisa luces intermitentes.» Alison, fascinada, los leía con cierta atención, como si descubriera un significado más sutil debajo de la leyenda. O'Connell arrojó las llaves a Xander y avanzó hacia Sarah.

—La moto se encuentra a quince kilómetros —dijo—. Tendrás que llevarme. —Se acercó a Alison y se unió a ella en la lectura—. Se trata de una curiosa mezcolanza de ideas, de eso no hay ninguna duda.

Ella seguía con la vista fija.

—Un poco de esto y un poco de aquello, sin que tenga demasiada relación una cosa con la otra. No obstante, es una lectura entretenida.

Alison se volvió hacia él, con una incipiente sonrisa en los labios. Dio un paso hacia la portezuela abierta, y ella se agarró de su brazo, con una no menos genuina sonrisa y una no menos afable mirada. Por un instante, O'Connell se quedó mirándola fijamente, sin saber cómo reaccionar. Luego, muy despacio, puso la mano sobre la de ella y dijo:

—¿Por qué no vienes a sentarte conmigo? Viajaremos juntos. ¿Qué te parece?

La sonrisa se hizo más amplia en los labios de Alison, y los ojos, aún más brillantes.

—Bien —dijo él con un guiño y la llevó hasta la portezuela.

Doce minutos después, Xander comenzó a marchar muy despacio por una carretera solitaria en dirección a la ciudad de Bryan, siguiendo las instrucciones que le daba O'Connell desde el asiento trasero. La moto se encontraba en un bosque, y él mismo se ocuparía de ir a buscarla.

—Usa el número que te di como punto de contacto —agregó—. Confío en reunir a los hombres en dieciocho horas. Es un campo abierto, de modo que busca un lugar a unos ciento veinte kilómetros del...

—Conozco el sitio —le dijo Sarah—. Tendremos suerte si llegamos allí mañana por la mañana. Tendremos que andar con mucho cuidado, sobre todo con Alison...

—Me gustaría ir con él —dijo la joven, en voz baja pero clara.

Los tres se volvieron al mismo tiempo, y Sarah fue la primera en responderle.

—Eso resultaría algo difícil, Alison. —Ella se esforzó por convencerla—. Gael sólo tiene una moto...

—Lo sé. —La voz de Alison era igualmente firme—. Me gustaría ir con él.

Sarah miró a su ex compañero. La expresión de su rostro distaba de ser la que ella esperaba descubrir. O'Connell estaba sonriendo.

—Tal vez no sea mala idea llevarla conmigo. —La idea parecía que iba ganando fuerza, y su sonrisa se hizo más amplia—. De hecho, podría ser lo mejor para dividirlos, en caso de que... —Miró a Sarah—. Tú ya tienes tu propia carga... no se ofenda, profesor...

—No me ofendo —replicó Xander.

—Y yo tengo la mía. Es la forma más fácil de mantenerlos a salvo.

Sarah no parecía muy convencida.

—Hay casi dos mil cuatrocientos kilómetros hasta el complejo, Gael. Además, tendrás...

—Tendrás que soportar el viento —dijo dirigiéndose a Alison, sin hacerle caso a Sarah—. Y no tendremos mucho tiempo para dormir.

Alison seguía mirándolo fijo.

—Bueno... —dijo él, como hablando consigo mismo—, supongo que está decidido.

Abrió la portezuela y descendió, al tiempo que extendía la mano para ayudar a Alison a bajarse de la furgoneta.

Unos segundos después, agachaba la cabeza para recoger el pesado abrigo de la joven.

—Nos veremos en Wolf Point —dijo—. Feliz viaje.

Dicho esto, cerró de un portazo y se encaminó hacia el bosque.

Sarah se volvió hacia Xander, con una expresión de estupor en el rostro. Él, en cambio, estaba sonriendo.

—¿Qué? —preguntó ella.

Xander meneó la cabeza.

—¿Qué?

—Estará bien —contestó él—. Seguramente le hará bien.

—No es ella la que me preocupa.

El bimotor Packer planeó serenamente sobre el solitario aeropuerto, con las luces de aterrizaje centelleando en el suelo que se teñía a trechos de un color rojo como la sangre. Aún restaban manchones de nieve, pero ninguno afectaba la línea negra que se extendía por el llano: una franja de alquitrán en medio de un pálido mar de piedras y tierra. Sentado junto al piloto, el anciano se aferraba a los brazos del asiento, cuando el aparato ya estaba descendiendo. A medida que el suelo se aproximaba, sus pensamientos se fueron dispersando.

No había percibido en Stein —que dormía plácidamente en la parte posterior del avión—, ningún indicio que le llevara a pensar que el agente secreto había tomado la decisión correcta, y este hecho preocupaba al viejo en la medida en que comprendía lo útil que podía ser su «huésped» dada la situación con Jaspers. Unas palabras a las personas indicadas, y todo el desbarajuste en Europa quedaría olvidado. Del mismo modo, la conexión con Schenten. Lamentablemente, el joven se mostraba menos proclive al proyecto que su predecesor; Pritchard se había mostrado ansioso por unirse a Eisenreich y se había manifestado seguro y comprometido. En cambio, Stein no demostraba tanto entusiasmo. Evidentemente las cadenas carecían del necesario atractivo. Pero era un chico listo. Terminaría por reconocer que todo aquello era inevitable. Y había demostrado un sorprendente interés por el joven profesor mientras se encontraba bajo los efectos de la droga. Eso, al menos, resultaba alentador.

Al cabo de veinte minutos, circulaban por el camino que conducía al complejo, casi un kilómetro de grava apisonada que confería al lugar un aspecto rústico, incluso quizá ligeramente ruinoso si alguien se aventuraba más allá de los carteles de «Prohibido el paso» clavados en los árboles de ambos lados. Una talanquera de madera aparentemente endeble cerraba el paso al término del sinuoso camino, como para indicar que las cabañas que se encontraban en el otro lado eran de propiedad privada. En una época, el refugio de Schenten. Cuánto había cambiado, pensó, en sólo unos años.

Mientras el coche se detenía ante la talanquera, una ardilla se atrevió a cruzar el camino y luego se detuvo para olfatear el poste: un error que el animalito no olvidaría fácilmente. Su diminuto cuerpo se estremeció espasmódicamente durante unos segundos, el tiempo suficiente para que comprendiera que no todo era como parecía. Los hombres del coche vieron que la ardilla caía de costado, y que sus estremecimientos eran cada vez menos animados hasta que, volviendo a ponerse de pie, se alejó cojeando hacia el bosque. El sistema había sido diseñado de modo que cuanto mayor fuese el animal, más intensa sería la descarga eléctrica. Al cabo de un momento, se abrió la talanquera, y el enorme Mercedes avanzó, pasando frente a una serie de cabañas en dirección a un edificio construido al estilo de un rancho alejado del resto de las viviendas. Un individuo alto y calvo aguardaba de pie en la puerta.

—¿Cuántos somos, Paolo?

El viejo se inclinó hacia delante y descendió del vehículo, asintiendo levemente con la cabeza ante la mano extendida.

—Doce. Sin contar el personal asignado a la casa y el laboratorio.

—Excelente. Echaré una siestecita, comeré algo y después me gustaría comprobar cómo marcha todo. Entonces, te reunirás conmigo. Confío que habremos superado lo de Wolfenbüttel. —El anciano no esperó la respuesta.

En lo alto de la escalinata, una mujer atractiva con una falda hasta media pierna y una blusa blanca le tendió el brazo. El viejo lo rehusó y entró con ella en la casa.

—Me alegro de verlo de nuevo, señor.

—Venga conmigo a mi habitación, señorita Palmerston.

Él ya se encontraba en la mitad del vestíbulo cuando la joven se volvió para seguirlo.

A las cuatro y media, estaba preparado para establecer los contactos con los satélites. Dos de los especialistas en seguimiento hicieron su aparición a la hora del almuerzo, para asegurarle que todo estaba en orden: los códigos, la transmisión de las secuencias, todo lo que requería un experto en informática. Luego habían regresado al laboratorio mientras él telefoneaba a sus tres prefectos con las instrucciones de última hora, después de lo cual había vuelto al dormitorio para tener otro encuentro con la señorita Palmerston. En los momentos de gran actividad intelectual, siempre había requerido de ciertas atenciones. Para un hombre de su edad, poseía una notable avidez; felizmente para ambos, lograba mantenerla con un vigor igualmente vibrante.

Cuando salió de la habitación, ella estaba dormida y la

sábana blanca le cubría las nalgas perfectamente redondas. Se detuvo un instante en la puerta y luego la cerró, para seguir por el pasillo hacia el ascensor detenido en el piso.

El viaje hasta el laboratorio subterráneo le llevó casi cuatro minutos, en un lento descenso hasta una profundidad de casi treinta metros. Controlado por cámaras termosensibles, el ascensor estaba provisto de un dispositivo de desconexión automática en el caso de que la temperatura se elevara hasta determinado nivel sin autorización previa. La velocidad lenta era simplemente una precaución agregada con el fin de dar tiempo a los de abajo para prepararse si alguien lograba burlar el sistema. Se abrieron las puertas, y él salió a las luces brillantes de un corredor, que había sido alfombrado desde su última visita. Paolo vino a recibirlo, con un vaso de agua en una mano y varias pastillas en la otra. El viejo sonrió y meneó la cabeza.

—Estás decidido a mantenerme saludable —dijo. Se puso las pastillas en la boca y las tragó con ayuda del agua y haciendo un exagerado movimiento de la cabeza.

Devolvió el vaso a Paolo y enfiló el pasillo; la temperatura descendió varios grados en el trecho hasta un arco de acero, cuyo metálico brillo desentonaba con el blanco prístino de las paredes circundantes. Más adelante, el pasillo se convertía en una galería de unos cinco metros de largo, que se extendía sobre una amplia zona ocupada por equipos informáticos. Nada extremadamente complicado: teclados, terminales y una pantalla alta hasta el techo que cubría la pared opuesta. Todo estaba relativamente silencioso, salvo por el ronroneo de los ordenadores. El viejo lo contemplaba desde cierta distancia, hacía mucho tiempo que había decidido que aquellas modernidades lo superaban. Había otras personas que las entendían y eso bastaba. Se tomó su tiempo para bajar la escalera que llevaba al nivel inferior, donde Paolo comenzó a efectuar las presentaciones.

—Angela Duciens —dijo por encima del hombro—. Es...

—Una maravillosa jugadora de hockey sobre hierba —lo interrumpió él—. Sí, por supuesto. En la escuela de California. Me parece recordar un partido en que marcó... ¿cuántos fueron, seis, siete goles? Un partido magnífico.

La joven se ruborizó.

—En realidad, fueron ocho.

—Claro. —Él sonrió y levantó las manos totalmente encantado—. Ocho. ¿Cómo pude haberlo olvidado? Ocho, en efecto. Y contra una defensa formidable, si la memoria no me falla.

La mujer asintió con toda modestia.

—Sin embargo, tendría que haberlo recordado. Espero que sepa disculpar a este anciano.

Así siguieron las presentaciones, facilitadas por las notas que Paolo había preparado para él apenas una hora antes. No obstante, la táctica surtía el efecto deseado. También le permitía echar una ojeada a la enorme pantalla de la pared opuesta, un mapa de Estados Unidos, salpicado de puntitos azules: la etapa final.

El caos estaba cerca.

Al principio, ella se mostraba renuente. Parar sería peligroso. Cuanto antes llegaran a Montana, mejor. Además, habían logrado hacer el viaje en un tiempo notable, doce horas ininterrumpidas a la misma velocidad, con una ligera demora en torno a Chicago a causa del tránsito de las últimas horas punta de la mañana, y luego por la carretera despejada durante los siguientes novecientos kilómetros. Tal vez Xander tenía razón. Tal vez podrían parar. El sueño: el arma vital. Poco más allá de los carteles que indicaban el camino hacia la represa de Bald Hill, ella abandonó la ruta 94. Xander comentó que los hados eran propicios. Sarah no opinaba lo mismo. Sin embargo, a unos diez kilómetros de la autopista el humor de Xander cambió por completo; la relativa calma del viaje cayó en el olvido en cuanto entraron en la habitación. Era casi clónica de la de Tempsten: un pequeño sofá y una cama, una lámpara cuya pantalla había conocido días mejores. Sarah no tardó en determinar el origen de su incomodidad.

—No, no, no —dijo él, rápidamente—. Usa tú el cuarto de baño primero. Has conducido tú, es lo más justo.

Ella lo miró por el rabillo del ojo.

—Está bien —contestó, con ojos sonrientes—, si es lo más justo.

Pasó junto a él y se dirigió al cuarto de baño. Medio minuto después, salió y lo encontró tendido en el sofá, de espaldas a ella. Debajo del cubrecama faltaba una almohada.

Mientras contemplaba su largo cuerpo cubierto por la manta, Sarah no pudo evitar sonreír. En silencio, dejó que los tejanos se deslizaran hasta el suelo, y que la camiseta le quedara suelta en torno a los muslos. Luego, apagó la luz y se acercó al sofá. Sin decir palabra, se acostó lentamente a su lado.

Xander casi pegó un salto, para colocarse de espaldas a la pared, llevando la manta con él.

—¿Qué estás haciendo?

—Es bastante agradable, pero...

—No; quiero decir, ¿qué te propones? —Xander trataba de no mirarle las piernas—. Te... te he dejado la cama. —La tapó con la manta—. Pensé... pensé que querrías acostarte en la cama.

—Supongo que sería un poco más cómodo, sí. —Sus caras estaban a menos de un palmo una de otra—. Pero veo que tú prefieres acostarte aquí —dijo, juguetona—, de modo que aquí es donde dormiremos.

Xander trató de levantarse, pero se dio cuenta de que tendría que pasar por encima de ella.

—Esto... esto no va a resultar.

—Fuiste tú quien lo decidió.

—No. No debes... —Su embarazo se estaba convirtiendo en verdadera ansiedad—. Mira: no creo que esto sea...

—¿Sea qué? —Por primera vez, Sarah se sintió incómoda.

—Sea... lo que debamos hacer.

Ella lo miró fijamente unos instantes.

—Comprendo.

Se levantó despacio, de espaldas a él.

—¿Qué es exactamente lo que deberíamos hacer? —Esperó que le respondiera—. No te estoy pidiendo que te acuestes conmigo, Xander, si eso es lo que te preocupa.

—No —replicó él, a la defensiva—. Eso no es lo que pensaba. Es sólo que... no sé...

—No sabes, ¿qué?

Le llevó un momento responder.

—No lo sé... Si puedo hacer esto.

Ella lo miró por encima del hombro.

—¿Hacer qué? —De nuevo volvió la cabeza—. Pensé que podríamos estar juntos. Estar un rato abrazados. Eso es todo. —Su voz tenía un tono afectuoso—. Lo que te dije ayer lo dije en serio.

—Yo también.

—Entonces, ¿por qué haces esto?

Por unos momentos, permanecieron en silencio. La mejilla de Xander estaba más cerca del cuello de Sarah y tenía conciencia del contacto de su pecho con la espalda de ella.

—Ha sido... —Se esforzaba por encontrar las palabras—. Perdí a mi mujer hace seis años. Era... todo lo hacía bien. Y de pronto murió. —Se le hizo un nudo en la garganta—. Y ayer, te abracé. —Sarah sentía su respiración en el cuello—, lo cual fue... extraordinario.

—Para mí también —musitó ella.

De nuevo, callaron.

—Sarah... ha pasado mucho tiempo desde que... —Enmudeció.

Ella se quedó callada.

—Comprendo. De veras.

Quiso levantarse.

—No —dijo él, sujetándola del brazo y reteniéndola en el sofá—. No quiero que tengas que mostrarte comprensiva. Abrazarte fue... Nunca creí que pudiera volver a hacerlo. Tal vez sea por lo que está pasando... No me he sentido así...

Ella sentía los labios de Xander cerca de su cuello, y de

repente su cuerpo se volvió frágil, menudo. Notó que el brazo del profesor la rodeaba por la cintura, que la atraía hacia él y la estrechaba con fuerza contra su cuerpo.

—¿Así, cómo? —murmuró ella.

A él comenzó a temblarle el brazo; sus labios rozaron el cuello de Sarah, y el solo contacto bastó para cortarle la respiración, mientras el aire le oprimía los pulmones.

—Abrazado.

Sarah se volvió hacia él, aturdida, y quedaron con las miradas perdidas en los ojos del otro. Xander la levantó en brazos, la llevó a la cama y apoyó la cabeza de ella sobre la almohada. Su aliento se mezcló con el de Sarah y sintió el dulce sabor de lilas en su lengua. Se besaron, tiernamente al principio, en silenciosa exploración, mientras el inocente deseo se mezclaba con la angustia del primer contacto. Muy pronto, el calor del cuerpo de Sarah pareció envolverlo, sus manos se hundieron en la carne de su espalda, su boca se entretuvo en el cuello de ella, descendió hasta sus pechos, hasta la curva de su muslo, mientras las sábanas y la colcha eran arrojados fuera de la cama. Sarah lo obligó a ponerse de espaldas y se colocó sobre él, mientras deslizaba su lengua por su pecho y sus labios lo sumían en un acuciante deseo.

Ella lo ayudó a penetrarla, sus piernas lo ciñeron por la cintura y a cada embestida lo acogía más dentro de su ser. Xander se aferró a la espalda de ella y la atrajo hacia sí, apretando sus senos contra él mientras seguían fundiéndose el uno en el otro, sin palabras, sólo el sonido entrecortado de la respiración. De repente, ella estuvo de espaldas, rodeada por los brazos de él, cuyo deseo se tornaba avasallador, y ella le recorría el cuerpo con sus dedos —la espalda, las nalgas—, apretándolo para sentirlo más profundamente, cada vez más a fondo, hasta que en un angustiante esfuerzo, llegaron al clímax, con los brazos tan estrechamente cerrados en torno al cuerpo del otro que apenas podían respirar.

Incapaces de soltarse, se quedaron dormidos, desnudos, uno en los brazos del otro.

La primera explosión les hizo incorporarse; la segunda obligó a Sarah a sentarse en el borde de la cama, mientras las llamas temblorosas del exterior se reflejaban en las cortinas delgadas como un papel. Volvió la cabeza para mirar a Xander, pero no le salían las palabras. También él se quedó sin habla. La tregua había terminado. El mundo exterior volvía a hacerse presente.

Sarah se puso de pie y recogió su ropa, mientras Xander parecía congelado, de espaldas contra la cabecera de la cama. Subiéndose los pantalones, ella se acercó a la ventana y apartó ligeramente el extremo de la cortina. La lluvia empañaba el vidrio, si bien permitía ver el origen de las explosiones. En la parte más alejada del aparcamiento, vio el motor de una camioneta en llamas: su significado era claro. Una invitación. Una invitación para ella. Sarah se puso la camisa y volvió a espiar, con los dedos firmemente cerrados en torno a la culata de su pistola. Se volvió para mirar a Xander; éste no había apartado los ojos de ella. Sarah abrió lentamente la puerta y salió.

La lluvia era fría, y en un primer momento la hizo estremecer, pero luego sintió alivio, pues se despertaron todos sus sentidos ante la impresión. Unos cuantos huéspedes del motel también se habían aventurado a salir, y el propietario de la camioneta se encontraba evidentemente entre ellos, un hombre que no podía creer lo que veían sus ojos, mientras caminaba arriba y abajo a pocos metros del siniestro. Otras personas trataban de atenuar la virulencia de las llamas con sendos extintores, pero no eran más que una distracción, un medio, según comprendió Sarah, para hacerla salir de la habitación. ¿Qué otra razón podía haber? Sabía que, entre todos los rostros, había unos ojos vigilantes, que la esperaban. Podía sentirlos clavados en ella.

Esta vez, los hombres de Eisenreich se habían mostrado inteligentes. Esta vez, le habían ganado la mano. Registrar las habitaciones habría dejado muchas cosas libradas al azar. Demasiadas opciones. Una elección equivocada, y habrían quedado al descubierto. Por lo tanto era mejor obligarla a salir.

Descubrió al sujeto entre los huéspedes. Alejado unos pasos hacia la derecha de los allí congregados, la miraba directamente, sin hacer ningún esfuerzo por mimetizarse con la creciente multitud. Había una mujer obesa apretada contra su costado. En la cara de la mujer se reflejaba el terror más abyecto. Sarah comprendió lo que ocurría. El hombre iba a matar a alguien. De ella dependía quién sería la víctima. De cualquier manera, no sería allí mismo. Un asesinato a la vista de todo el mundo hubiese sido una estupidez. Había demasiados testigos. El individuo jugaba bien sus cartas.

Seguro de que lo había visto, el hombre se encaminó hacia los árboles del otro lado del motel, sujetando firmemente con el brazo a su presa. Sarah observó cómo se esfumaban. Entonces, se volvió y le dijo en voz baja a Xander a través de la puerta abierta:

—Vístete y sal con el arma y la mochila. Quiero que te mezcles con la gente que presencia el incendio. —Xander se disponía a replicar, pero ella le espetó—: ¡Haz lo que te digo!

Antes de que él pudiese responder, ya había desaparecido.

Xander apartó la sábana que le cubría las piernas y buscó a tientas en la alfombra los pantalones y la camisa. Segundos más tarde salió del cuarto, y la lluvia le azotó el rostro mientras trataba de encontrar a Sarah. Había notado algo en su voz, algo que nunca había percibido antes. Qué vuelta tan rápida a la realidad. Quería gritar, estrecharla entre sus brazos, pero no había tiempo ni era el lugar para acunar tales pensamientos. Habían robado unas pocas horas. Nada más.

Miró hacia su izquierda: el fuego. Atisbó a través de la lluvia: una figura que cruzaba rauda la carretera. Luego oyó las sirenas de la policía. Sin duda harían preguntas. Cerró la puerta y salió corriendo en dirección al bosque.

Sarah se internó entre los árboles, con el arma en la mano. La lluvia, que había arreciado, le azotaba el rostro y la obligaba a pasarse la mano por los ojos cada vez con mayor frecuencia. La visibilidad era casi nula y la esperanza de oírlos se perdía ante el insistente martilleo del agua sobre la tierra helada. Pero ella estaba segura de que estaban cerca. El tipo había preparado la trampa y debía de estar esperando.

Una sombra se deslizó por el tronco de un árbol a menos de tres metros de donde se encontraba ella. Acto seguido, como surgido de la nada, se precipitó a través de las tinieblas el cuerpo de la mujer que gritaba, agitando los brazos; un señuelo ya inútil descartado antes del ataque. Sarah extendió los brazos, esperando sentir el choque de la enorme mole contra ellos, pero no fue así. En vez de ello, la mujer se detuvo. Durante una fracción de segundo, se miraron fijamente. Y en ese instante, Sarah comprendió. Lo vio en la expresión de la mujer, en la inclinación de la cabeza. En ningún momento había sido un señuelo. Tampoco había sentido terror. Pero ya era demasiado tarde. La mujer descargó un golpe con la mano en el arma de Sarah, al tiempo que levantaba la pierna para pegarle una patada en el pecho. Sarah fue a dar contra una rama. Trató de mantenerse en pie, pero el suelo era demasiado resbaladizo. Casi en el mismo momento, los noventa kilos de la mujer se le vinieron encima y gruesos brazos sujetaron a Sarah en una llave implacable.

Primero sintió el crujido, luego el dolor, una punzada que le traspasó el pecho; sin duda le había fracturado varias costillas. Unos gruesos dedos comenzaron a apretarle el cuello; los nudillos se hundieron en la tráquea, mientras que los pulgares comprimían la carne blanda de debajo del mentón. Tosiendo para respirar, Sarah sintió que perdía el conocimiento, que todo se oscurecía a su alrededor. Sólo el dolor del pecho la mantuvo lo bastante lúcida para clavar un rodillazo en el costado de su agresora. Amortiguada por los rollos de carne, la acometida sólo sirvió para incitar a la mujer a apretar con más fuerza el cuello de Sarah.

Pero estaba demasiado impaciente y su furia la obligó a cambiar ligeramente la posición de la rodilla con el fin de obtener un mejor punto de apoyo. Eso era lo único que Sarah necesitaba. Al notar que cedía la presión sobre su antebrazo, Sarah liberó la mano aprisionada y la llevó a la cabeza de la mujer. En un acto de brutal desesperación, hundió las uñas en el cuero cabelludo de su rival y le arrancó carne y pelos de raíz. La mujer se echó hacia atrás, y sus manos soltaron el cuello de Sarah. El aire volvió a llenarle los pulmones y aunque en menos de un segundo la mujerona volvió a precipitarse sobre ella, esta vez Sarah estaba preparada. Cuando la mujer se inclinó hacia delante, ella levantó ambas rodillas y, aprovechando el peso mismo del cuerpo, la proyectó por encima de su cabeza. La mujer se veía obligada a separar las piernas para afianzarse, y Sarah, con un rápido movimiento, le aferró la entrepierna y hundió los dedos entre los gruesos muslos, a la vez que le retorcía los blandos labios genitales mientras ella se ponía de pie. El gigantesco cuerpo de la mujer se desplomó. Ésta trató de escapar, pero Sarah le retorció el brazo hasta dislocárselo del hombro. Sin titubear ni un instante hundió los dedos en el cuello de la mujer, le levantó el torso unos centímetros del suelo y, colocando la rodilla en la base de la columna, tiró con fuerza. El ruido de un solo crujido le indicó que la pelea había terminado.

El montón de carne se estremeció una vez mientras Sarah se doblaba, bajo el implacable dolor del pecho, que le recorría todo el cuerpo con cada bocanada de aire que aspiraba. Su mente estaba en blanco, pero de pronto sus pensamientos volvieron a cobrar forma: el hombre, el fuego... ¡Xander! Se irguió, súbitamente consciente de lo que había ocurrido, de lo que la había atraído hacia los árboles. ¡Cómo pude ser tan estúpida! Comenzó a correr, con el cuerpo inclinado hacia un costado y el brazo apretado a las costillas para mitigar el dolor. ¡Xander! Él había sido el objetivo, todo lo demás, mera distracción. Las imágenes de Ammán pasaron raudas por su mente. Necesitaba que estuviera con vida, a salvo. «¡Otra vez no! ¡Espero que estés junto al fuego! ¡Por favor!»

—¡Sarah!

El ahogado murmullo se hizo audible desde algún lugar delante de ella.

Xander corría entre los árboles, empuñando el arma con ambas manos. Había oído algo a su izquierda, pero el batir de la lluvia no le permitía determinar el origen. Se detuvo, esperó y luego musitó:

—¡Sarah!

De nuevo el ruido, y él se volvió, con el arma levantada.

Sarah se apoyó en un árbol, y distinguió una figura humana delante de ella, a no más de quince metros. Era la inconfundible silueta de Xander. Estaba con el arma preparada, pero no había reparado en el hombre que acababa de aparecer a sus espaldas.

—¡Xander! —gritó Sarah.

Pero ya era demasiado tarde. El hombre descargó un culatazo de su arma en la nuca del profesor, se cargó su cuerpo inconsciente sobre el hombro y comenzó a alejarse entre los árboles. Sarah lo siguió, pero la distancia se hacía cada vez mayor. Ella no tenía nada, ni un revólver ni un cuchillo, sólo la voluntad de detenerlo. Pero el dolor se había vuelto insoportable.

Sin salir de las sombras, se volvió hacia la izquierda y vislumbró al hombre a unos treinta metros delante de ella, caminando con notable rapidez teniendo en cuenta el peso de Xander sobre su espalda. También él se había mantenido en la linde del bosque y no daba muestras de cansancio. Sarah trató de correr pero las costillas no se lo permitieron y así vio que el hombre desaparecía detrás de la curva del camino. Segundos después, el reflejo de las luces traseras de un coche tiñó de rojo la oscuridad. Siguió caminando y llegó trastabillando a la curva, justo en el momento en que el vehículo se perdía de vista.

Se quedó con la mirada fija en la oscuridad mientras la

lluvia le azotaba el rostro. Transcurrieron varios minutos antes de que se dejara caer de rodillas, con los ojos arrasados en lágrimas.

No sabía si lloraba por ella o por él.

10

Pocos [hombres] poseen la valentía [...] aproveche la oportunidad y atrévase a modificar la esencia misma de la supremacía.

Sobre la supremacía, *Carta dedicatoria*

Había conducido toda la noche, con una tira de sábana bien apretada en torno al pecho para sujetar las costillas. Aun así, la rigidez no le permitía respirar con facilidad. Sabía que no tenía sentido perseguirlos. Había tardado mucho tiempo en regresar al motel, había pasado muchos minutos quitándose los pantalones, rasgando la camisa con un cuchillo para evitar más dolores. Tenía dos o tal vez tres costillas fracturadas. Con una habría bastado. Había arrojado la ropa empapada al suelo y al cabo de un instante se sumergía en la bañera llena de agua caliente. Acostada en la oscuridad, había revivido cada movimiento, cada momento. «¡Junto al incendio! Volveré a buscarte», le había dicho. Lo único que quería era protegerlo, que estuviera a salvo. Una oportunidad para hacer las cosas bien. Sin embargo, más que el descanso, los minutos de silencio la habían obligado a afrontar una verdad igualmente maldita. Había segado una vida. Voluntariamente había quitado una vida. Esta vez, no había apartado la navaja en el último instante, no le había pasado por la cabeza, ninguna alternativa de imposibilitar en vez de destruir. Con absoluta deliberación, le había roto la columna a una mujer. Asesina. «No te eligieron para eso», le había dicho él. Qué pocas cosas había comprendido Xander y qué cerca había estado ella de creerle.

Había telefoneado a O'Connell, que aguardaba al otro lado de la frontera de Montana.

—Estábamos esperando noticias tuyas.

El tono de la voz denotaba fatiga.

—¿Estábamos? —dijo ella.

—He ido un poco más rápido de lo planeado en un primer momento. La mayoría de los muchachos está en sus puestos. Hemos establecido el campamento...

—He perdido a Jaspers.

—¿Qué?

—Dejé que lo atraparan.

Él ya había escuchado aquel mismo tono de voz en una ocasión anterior.

En Ammán.

—Tranquilízate, Sarah. ¿Cómo fue? —Esperó la respuesta, pero al ver que no contestaba, prosiguió con cierta vacilación—: ¿Acaso...?

—Dije perdido, no muerto. Al menos no creo que esté...

—¿Hasta qué punto esto complica las cosas?

O'Connell necesitaba que ella se centrara en el tema.

—... No lo sé.

De nuevo él esperó.

—Entonces, ¿cuál es el problema?

La línea quedó en silencio, hasta que ella dijo:

—¿Por qué no lo mataron?

—¿Qué?

—Lo tenían en campo abierto, podrían haberlo liquidado con un cuchillo. Con toda facilidad, sin ruido, sin correr riesgos. ¿Por qué se lo llevaron?

—No comprendo.

—No es un valor de cambio. Demonios, ellos saben que lo dejaríamos morir si con eso lográramos detenerlos. Entonces, ¿por qué lo apresaron?

O'Connell inspiró profundamente antes de responder.

—Éstas no son las preguntas que debemos plantearnos en estos momentos.

—Xan... Jaspers estaba convencido de que lo habían elegido.

—Vas a tener que explicarme qué quieres decir.

—Él creía que había alguna razón por la cual lo habían metido en esto. Es algo que dijo Schenten antes de morir. ¿Tú le encuentras algún sentido?

—¿Elegido? ¿Elegido para qué?

—No lo sé. Pero nunca han vacilado en tratar de matarme a mí, entonces, ¿por qué no a él?

Podía oír a Xander formulándose la misma pregunta, lo veía golpeando el volante mientras iban a toda velocidad por la carretera desierta: había ira en su voz, dudas. Y ella había prometido protegerle...

—¿Y tú opinas igual que él? —El tono de O'Connell había cambiado.

—... No lo sé.

—Ya veo. —Él hizo una pausa—. La cuestión es si eso tiene alguna importancia. Presumo que el programa desapareció junto con el bueno del doctor. —El silencio en el otro extremo de la línea era suficientemente elocuente—. Bien, ellos lo están siguiendo al pie de la letra. El embajador inglés es el centro de todos los boletines de noticias.

La conversación había terminado hacía un par de horas. Poco antes del amanecer.

Ahora, unas franjas de color cobrizo y rojo sangre rasgaban el cielo matutino cuando ella detuvo el coche. Una motocicleta aguardaba pacientemente junto a la pequeña cabaña, aún escondida de los tímidos rayos del sol. Sarah observó la luz que se arrastraba hasta el borde del cañón e iluminaba a O'Connell mientras éste se acercaba.

Xander abrió los ojos muy despacio, sintiendo unos latidos en el cuello y el sabor de vómito en la garganta. El olor bastó para reavivar las náuseas. Sin embargo, no recordaba qué había sucedido. De hecho, no conservaba ningún recuerdo en absoluto. Nada. Sólo sombras, imágenes que cruzaban su mente como haces de luz para perderse un instante después. Él trataba de recordar, de rememorar el momento anterior al desmayo, pero sólo veía retazos, fragmentos dispares de la semana anterior que chocaban entre sí al azar, sin seguir ninguna secuencia determinada, ningún orden. Quería concentrarse en algo, descubrir de dónde procedía la luz. Tenía la esperanza de liberarse así de la confusión, pero la neblina persistía: la violencia y el terror se fundían con la suave caricia de una mano femenina.

Tragó saliva —le quemaba la garganta—, parpadeó varias veces, y el dolor puso lentamente algunos objetos en foco. Sus sentidos del olfato y el tacto de alguna manera se habían agudizado —percibía el olor de sábanas recién lavadas, el contacto de la tela almidonada bien tensa sobre él—, y cada uno de ellos contribuía a sacarlo de su estupor. Pero no podía mover la cabeza. La sentía comprimida contra la almohada, tan pesada que tuvo que recurrir a todas sus fuerzas para inclinarla ligeramente hacia la luz. Poco a poco cobraron forma unos dibujos, flores en una pared lejana, enseguida el contorno de una cómoda debajo de ellas, una sillita de madera colocada a su lado. Hizo un esfuerzo para concentrarse en los objetos, para imaginar el frío contacto de los tiradores de bronce, todo con la intención de recobrarse.

Comprobó que la fuente de luz era una ventana cuyas cortinas de algodón eran agitadas por la brisa. No había nada más en la habitación, salvo una alfombra de forma ovalada colocada junto a la cama. Todo muy limpio, austero. Permaneció inmóvil unos minutos. Recobró un atisbo de paz, volvió a poner algo de orden en los recuerdos, pero enseguida unas imágenes más inquietantes y frases ahogadas que parecían pronunciadas en la niebla comenzaron a inundar su mente. Una voz, su voz pero que no era su voz, todo como en un sueño y, sin embargo, muy real. Figuras de pie junto a él, cegándolo con una potente luz, gruesos dedos que le palpaban el rostro, un dolor agudo que le traspasaba todo su ser y luego náuseas y tinieblas. Trató de no ceder, de mantener el contacto con la realidad, pero cuanto más se esforzaba, más se desvanecían los objetos en la oscuridad.

El aroma de café le causó una momentánea perplejidad y su primera intención fue incorporarse. De inmediato, una punzada de dolor en el hombro lo obligó a desistir y volvió a dejarse caer en la cama. Con un esfuerzo considerable, se llevó una mano al cuello y comenzó a palparse la zona con los dedos. La hinchazón era bastante pronunciada, y la piel aún estaba sensible al tacto. No obstante, más sorprendente resultó el descubrimiento de un pequeño apósito en el antebrazo, un trozo de gasa sujeto por una tira adhesiva. Dejó de acariciarse el cuello y extendió el brazo. La región en torno al apósito ofrecía un desagradable aspecto, y las venas se destacaban por su hinchazón entre la carne amoratada. Acercó la mano y deslizó suavemente los dedos por el borde de la herida. También esa zona la notaba extremadamente sensible.

Con un brusco tirón, arrancó la tira adhesiva y contempló el diminuto agujero del brazo, un punto rojo donde había penetrado una aguja. ¿Una aguja? Aquel ínfimo detalle atrajo los recuerdos de vuelta en su mente consciente: el cuarto, la cama, la voz, su voz pero no su voz, y la luz cegadora.

Lo habían drogado. Habían violado su mente y le habían arrebatado la voluntad de resistir.

Pero ¿por qué? ¿Qué podían haber obtenido? Se debatió por dar con una respuesta. Tenían el disquete, el documento con sus notas y también el programa. No albergaba ninguna duda de que habían encontrado todo lo que habían estado buscando. ¿Qué otra cosa, pues, podían querer?

El ruido de pisadas fuera de la habitación interrumpió sus pensamientos. Xander puso los brazos debajo de la sábana y aguardó. Al cabo de unos segundos, la puerta se abrió un palmo, asomó una mata de pelo y unos ojos pardos espiaron por la abertura. Al ver que estaba despierto, los ojos desaparecieron, y la puerta volvió a cerrarse. Xander esperaba oír la llave en la cerradura, el chasquido del pestillo, pero nada de eso ocurrió, sino sólo el ruido de pasos que se perdían en la distancia. Miró hacia la ventana, que tampoco tenía reja alguna, ni siquiera un pasador para evitar que saltara al prado que se extendía al otro lado. Y por primera vez, vio que su ropa estaba pulcramente doblada sobre la silla, y los zapatos se hallaban debajo de la cómoda. Todo a su alcance. Fuera lo que fuese lo que les había dicho, era evidente que no consideraban necesario mantenerlo encerrado.

Sin más dilación, Xander se incorporó y puso los pies en el suelo de madera; el hombro ya no le dolía tanto como unos momentos antes. Las perneras del pijama se deslizaron hasta los pies mientras caminaba arrastrándolos hacia la ventana, y una brisa moderada le acarició el pecho al acercarse a las cortinas. La luz del exterior lo obligó a protegerse los ojos con la palma de la mano. Aun así, el sol le proporcionó una agradable sensación de alivio. Se quedó allí de pie unos segundos y sus ojos muy pronto se acostumbraron a la luz. Se le puso la piel de gallina pero se sintió reanimado por la frescura del aire. En ese momento se abrió la puerta, y él se volvió.

En el umbral, estaba Hermann Lundsdorf, con un cárdigan beige y unos pantalones de pana. Llevaba el manuscrito de Xander en una mano; en la otra, sostenía una taza, y el aroma de café llenó la estancia.

—¡Santo cielo! —exclamó Lundsdorf, avanzando hacia Xander—. Delante de la ventana abierta y sin camisa. ¡Francamente! —El viejo pasó junto a él y cerró la ventana—. He tenido muchos problemas para mantenerte con vida. Si ahora pescases una pulmonía, me vería como un estúpido. Muy estúpido, en efecto.

Sonrió. Xander no había oído ni una palabra.

—¿Que él le preguntó qué?

Tieg siguió de cara a la bahía, con el receptor junto al oído y la mirada perdida en el horizonte.

—Yo no las llamaría preguntas —respondió el italiano—, fueron más bien... sugerencias. El profesor parecía más ansioso por dar explicaciones que por obtener información de parte de Jaspers. Bajo los efectos de la droga, las respuestas eran muy confusas.

—¿Qué era lo que trataba de explicar? Preciso detalles, Paolo.

—No hubo detalles. Fue más bien una lección. El doctor Lundsdorf hablaba en términos muy abstractos... «La esencia de la autoridad, el papel del supervisor.» Recuerdo que estas frases surgieron varias veces.

—¿Y?

—Jaspers asentía, luego negaba... era un ir y venir. En un momento dado, se pusieron a hablar en alemán. A partir de entonces ya no pude seguir la conversación.

—¿Y no le preguntó nada sobre la tal Trent, ni sobre las personas con las que se puso en contacto?

—Creemos que esa mujer está muerta.

—¿Creen? Eso es muy tranquilizador. ¿Me estás diciendo que le administró a Jaspers Dios sabe qué sustancia y no le preguntó nada?

—Nada que pareciera relevante. Como dije, era como si quisiera convencerlo de algo. No puedo explicarlo mejor.

—¿Y se quedó convencido?

—Supongo... no podría asegurarlo. He tratado de hacer lo que usted me pidió...

—Y has hecho un trabajo excepcional, como siempre —replicó Tieg—. Ésa no es la cuestión. ¿Dónde está él ahora?

—¿Jaspers? Durmiendo. En una de las habitaciones para los huéspedes.

—¿Y no tienes idea de lo que el viejo se propone hacer con él antes de iniciar la nueva etapa?

—No me han dicho nada.

—Claro. —Tieg comprendió que sólo tenía una alternativa—. Llegaré en avión dentro de unas horas.

—¿Llegará en avión?... Creía...

—La situación ha cambiado. Espérame en la pista de aterrizaje... a eso de las dos.

—No comprendo. Nos han dado órdenes expresas de no salir...

—Entonces procura que no te vea nadie. —Hizo una pausa—. ¿Está claro?

La respuesta fue inmediata.

—Perfectamente.

Veinte minutos después, Tieg viajaba en el asiento trasero de su limusina, con el teléfono pegado al oído.

—¿Y si no vuelves? —La voz en el otro extremo de la línea era la de Amy Chandler—. Jonas, estás volviéndote demasiado importante como para que hagas ahora uno de tus números de desaparición. Repetir un programa en un momento como éste podría constituir un serio traspiés.

—Como dije, volveré. Si no...

—No me vengas con eso. Sólo anoche recibimos más de doce mil faxes y mensajes de correo electrónico, por no mencionar el sitio web... que quedó colapsado. Jonas, esta vez has llegado más cerca que nunca.

—Soy consciente de eso. Hay un vídeo en mi escritorio... algo que monté la semana pasada. Sólo yo y la cámara. Dura unos cuarenta y cinco...

—¿Qué? ¿Algo que tú montaste? Hola, Jonas, ¿te acuerdas de mí? ¿Te acuerdas de Amy, la productora?

—Amy... querida... Iba a mostrártelo esta tarde. Lo tenía reservado para la semana próxima, pero será igual de efectivo esta noche. ¿O prefieres una reposición?

Ella tardó unos instantes en responder.

—¿Qué hay en el vídeo?

—Te sugiero que le eches una mirada.

Silencio de nuevo.

—No me gusta que hagas estas cosas, Jonas.

—Te dije que volveré.

—No tengo alternativa, ¿verdad?

—No, en realidad no.

—Eso pensé. Supongo que sabes que corre el rumor de

que estás pensando en abandonar el barco, en dar el salto a la política. Dime que no es verdad, Jonas. Dime que no es eso lo que veré en el vídeo esta noche.

Esta vez fue él quien tardó en contestar.

—Vamos, Amy, ¿tú crees que arriesgaría algo seguro?

Cortó la comunicación mientras la limusina se detenía en el aeropuerto.

—Una obra notable. Admirable, dadas las condiciones en que la escribió. —Lundsdorf se había sentado en el borde de la cama, con el documento a su lado—. Alguna que otra laguna, pero la parte teórica es sólida. —Llamaron a la puerta—. Adelante.

Entró una mujer con un vaso lleno de un líquido morado en la mano. Le tendió el vaso a Xander.

—Tómalo —le aconsejó Lundsdorf—. Me dicen que le aflojará el nudo que siente en el estómago, que mitigará las náuseas. No es más que jugo de remolacha, una o dos zanahorias y algunos nabos. Nada misterioso.

Xander aceptó el vaso y tomó un sorbo del brebaje. Para cuando hubo vaciado el vaso, la mujer ya se había ido.

—Lo de anoche fue sin duda... desagradable —siguió Lundsdorf—. Te pido disculpas.

—¿Por qué? —musitó Xander.

—Teníamos que estar seguros de que la información...

—No —lo interrumpió él, con la mirada clavada en los ojos del viejo—. ¿Por qué usted?

Lundsdorf le sostuvo la mirada y luego dijo:

—Bien. Porque yo sabía lo que el manuscrito podía ofrecer. Porque yo podía darle vida.

—Comprendo.

—¿De veras? —Hizo una pausa antes de proseguir—. ¿Te das cuenta de la responsabilidad, de la carga que semejante descubrimiento te pone sobre las espaldas? Hace mucho tiempo, logré ver más allá de la teoría, más allá de las palabras. Vi la realidad del orden, de la estabilidad, de poner fin a la mediocridad. En tales instancias, no existe alternativa.

—Así es. —Xander asintió con la cabeza, más como si hablara consigo mismo que dirigiéndose al viejo—. Fue usted muy valiente. —Dejó el vaso vacío sobre la cómoda y agregó—: Al menos ahora sé por qué he logrado seguir con vida.

—Hubo una falta de comunicación, nada más.

—¿Los tipos de Salzgitter, del tren? Parecía que sabían muy bien lo que tenían que hacer.

—Como digo, hubo una falta de comunicación. Felizmente, no sufriste daño alguno.

Xander dejó vagar la vista hasta la ventana.

—¿Es todo lo que has visto? —preguntó Lundsdorf. Xander no podía decir si eran los efectos secundarios de la droga o simplemente la conmoción de los últimos minutos, pero de repente se sintió muy débil. Apartó la ropa de cama y se incorporó.

—Yo siempre lo consideré una persona cuerda.

—¿Y ahora lo pones en duda? —El viejo dejó la taza en la mesa de noche y tomó los papeles—. Tú has leído el manuscrito.

—Por supuesto.

—La existencia de una tercera copia fue una sorpresa —dijo Lundsdorf—. No importa. Confío en que lo comprendiste.

—Si se refiere a que comprendí su locura, sí...

—¿Locura? ¿Qué sabes tú acerca de la locura? —Lundsdorf agitó los papeles que tenía en la mano—. ¿Esto? —Meneó la cabeza—. Una semana tratando de desentrañar lo que a mí me ha llevado media vida estudiar, ¿y me dices que es una locura? Eso, mi joven colega, es una extraordinaria presunción o bien una estupidez insensata.

—Gracias —replicó Xander—. Celebro saber que mis opciones son tan numerosas.

—Esto no tiene nada que ver con las opciones. —Lundsdorf calló—. La semana pasada tuviste que pasar por muchas vicisitudes, experiencias que han coloreado tu percepción. —Hojeó el documento—. Sin embargo, aun en las pocas páginas que escribiste, advierto que has visto que hay algo más detrás de la brutalidad. —Lundsdorf esperó que sus miradas se encontraran—. En efecto, hay violencia, impostura, tal vez incluso cierto desprecio por la compasión humana. Pero ambos sabemos que eso son meramente efectos colaterales de algo mucho más puro, mucho más esencial. Nuestro monje era mucho más inteligente de lo que suponemos. Sus métodos a veces son desagradables, pero lo que importa son los resultados.

—¿Consecuencias? —Por primera vez las palabras de Xander parecían infundidas de cierta energía—. ¿Cómo puede esperar que me trague eso? ¿Precisamente usted?

—Porque es verdad. Y porque tú lo crees.

—¡Dios mío, y usted habla de presunción! ¿Es eso lo que ese libro le proporciona: la forma de justificar las muertes de Carlo y Ganz, y quién sabe de cuántos más? ¿Ha visto a su discípula favorita de Tempsten últimamente? ¿Es eso a lo que se refiere cuando habla de efectos colaterales?

—Lo de los dos hombres fue una desgracia, no se lo discutiré, y la chica, mal elegida. De eso también tengo yo la culpa. Pero la asumiré gustoso si ello significa que podemos lograr algo más grande que nosotros mismos.

—¿Y qué quiere decir eso exactamente? —Xander se puso de pie, apoyándose en la cómoda—. «Orden, estabilidad, algo más grande que nosotros mismos.» ¿Cómo puede soportar oírse a sí mismo diciendo estas cosas? Usted sabe tan bien como yo que esos términos no tienen ningún sentido sin una definición, y que son mucho más peligrosos una vez definidos. ¿Puedo preguntarle quién decide lo que constituye un buen orden? ¿Quién determina los límites de un sacrificio razonable... todo, sin duda, en nombre de alguna visión ideal? ¿Usted? ¿Ha descubierto una verdad que el resto de los mortales no somos lo suficientemente inteligentes como para verla? En cambio, usted le otorga ese papel a nuestro amigo Eisenreich, le cede la responsabilidad a un hombre que no tenía la menor noción de lo que es la dignidad humana ni la libertad, y que poseía una idea igualmente inquietante del bien mayor, si en realidad existe algo semejante.

—¡Claro que existe! —replicó Lundsdorf—. De eso no cabe ninguna duda. Y ambos sabemos que Eisenreich lo concebía en su forma más pura. No me digas que crees que estamos limitados a un mundo de elección relativa donde jamás podremos lograr nada que tenga un valor fundamental. Cuán peligrosos deben parecerte los visionarios.

—¿Visionarios? —Xander comenzó a sacudir la cabeza, incapaz de encontrar las palabras para responderle. Luego, miró a Lundsdorf—. ¿Como aquellos de los que usted tuvo que huir en 1936?

—¡Por favor! —replicó Lundsdorf—. Los nazis constituyen una comparación pueril. Hablamos de poder, y el nombre de Hitler nos viene enseguida a la mente. Decimos estabilidad, y la palabra fascismo le viene a la zaga. ¡Qué razonamiento tan simplista! De veras, Xander, esperaba más de ti. ¿Acaso tenemos que pensar que toda gran visión está contaminada por el recuerdo de esos doce años? Eran unos imbéciles. Si quieres, hasta los llamaré malvados. Yo huí de la estupidez, nada más. Lo que pretendía era encontrar los medios para librarnos de tanta mediocridad.

—Comprendo. Entonces eligió a Votapek, Tieg y Sedgewick. Todos ellos unos genios.

El viejo se quedó mirando a Xander un momento y luego, sin más, prorrumpió en una carcajada.

—*Touché* —dijo—. No negaré que dejan mucho que desear en ese aspecto. Sin embargo, ambos sabemos que no son estúpidos, ni mucho menos. Simplemente necesitan ser guiados. Se dejan obnubilar por los detalles.

—Y usted, naturalmente, posee la visión necesaria para guiarlos.

—Lo dice con mucha ironía. —Lundsdorf calló y miró de arriba abajo a su ex discípulo—. ¡Qué diferencia con la forma en que hablabas anoche!

—¿... Anoche?

—Cuando estuvimos conversando. —El tono de Lundsdorf era mucho más cordial—. Entonces tus palabras eran mucho más interesantes.

—Anoche —repitió Xander—, estaba drogado.

—Exactamente. ¿Qué mejor momento para decir la verdad?

—¿La verdad? ¿La verdad acerca de qué?

—Del caos, del poder, de la función del engaño. Te mostraste muy franco, muy participativo.

El efecto de sus palabras fue inmediato.

—No le creo.

—¿No crees qué? —replicó Lundsdorf, con displicencia—. No he dicho nada. Simplemente estoy recordando lo que dijiste anoche. ¿Quizás eres tú quien sabe que no pensamos de manera tan diferente?

Xander se volvió hacia la ventana.

—Créame, yo nunca podría pensar como usted.

—¿De veras?

Lundsdorf metió la mano en el bolsillo del cárdigan y sacó una pequeña grabadora. La puso sobre la mesa de noche y preguntó:

—¿Te gustaría escuchar algo de lo que dijiste anoche?

Sin esperar respuesta, oprimió la tecla. Al cabo de un momento, Xander oyó su propia voz resonando en el cuarto.

Las palabras sonaban espesas, farfullaba al hablar, pero sin duda alguna se trataba de su voz. Una segunda persona comenzó a formular preguntas. Lundsdorf. Al principio, un intercambio de frases sin sentido; luego la conversación se centró en la teoría. Y a cada nueva pregunta, Xander se oía a sí mismo —con renuencia al comienzo— dándole la razón a Lundsdorf, aceptando sus conceptos sobre el orden, la autoridad e incluso el sacrificio.

> Lundsdorf: ¿De modo que estás de acuerdo en que existe una selecta minoría que posee el desvelo, la integridad, la sabiduría necesarias para gobernar... y seguramente también tienen la responsabilidad para hacerlo?
>
> Jaspers: Si ellos...

Lundsdorf: ¿Sí o no? ¿Debemos cederles la responsabilidad?

Jaspers: Sí, si...

Lundsdorf: ¿Entonces sería mejor dejarles guiar al resto de la humanidad con el fin de poder mantener el equilibrio?

Jaspers: Sí, pero usted supone...

Lundsdorf: Sólo lo que tú me has dicho. Ellos poseen el desvelo y la integridad; ellos promueven las funciones primarias del Estado; ellos tornarán a los mediocres mejores de lo que son.

Jaspers: Sí..., pero yo...

Lundsdorf: Y sus métodos se justifican por el fin que persiguen: el equilibrio, la estabilidad y el progreso del Estado y su pueblo.

Jaspers: Sí... pero usted...

Lundsdorf: Ellos poseen la sabiduría, la integridad. Tú mismo lo has dicho. ¿No es cierto que saben más que el resto?

Jaspers: Sí... pero ellos...

Lundsdorf: Claro que saben más que el resto.

Jaspers: ¡Sí! ¡Sí! ¡Sí!

Xander estaba asombrado; su fe en sí mismo se derrumbaba más y más con cada minuto que transcurría, y la voz de Lundsdorf seguía desgranando conceptos, recuerdos de discusiones del pasado entre el mentor y el aprendiz: el más joven siempre ansioso por complacer. De pronto, comenzó a notar que el entusiasmo se manifestaba en su propia voz.

—Apáguelo. —Fue Xander quien habló.

—Pero aún no hemos llegado a algunas de las partes más interesantes del diálogo —replicó Lundsdorf—. Tú...

—Apáguelo.

El viejo sonrió y pulsó la tecla para parar la cinta; Xander permaneció junto a la ventana.

—¿Estás sorprendido?

—¿Sorprendido por qué?

—Vamos: tú mismo reconociste que existen los que han nacido para gobernar, que tienen una visión...

—Son palabras suyas, no mías.

—Pura semántica.

—En el estado en que me encontraba... en que usted me puso... yo hablaba teóricamente. No prácticamente. Usted ponía las palabras en mi boca. Nada de ello tenía que ver con Eisenreich.

—Todo tenía que ver con Eisenreich. Si todo fuese teoría, ¿por qué te provocó tanta vacilación al principio?

—Estaba desorientado...

—¿De veras? ¿Por qué, entonces, te muestras tan ansioso por dejar de escuchar ahora? Como bien dices, se trataba meramente de un ejercicio académico. ¿Qué tiene eso de malo?

—No tengo ningún interés en...

—¿O acaso quieres que reproduzca una parte de lo que conversamos sobre el supervisor en la cual explicas la intrincada relación entre el conocimiento y el engaño? ¿O quizá la discusión en la que ofreces soluciones para algunas de las partes más inquietantes del manuscrito? Tus comentarios son totalmente convincentes.

—¿Por qué está usted haciendo esto? —preguntó Xander. Lundsdorf no contestó—. ¿Remordimiento de conciencia? ¿Es eso? ¿Tiene necesidad de convencerse que todo cuanto ha hecho es aceptable, noble, y que todos tendríamos que darle las gracias por la responsabilidad? Lo siento. No obtendrá la confirmación desde la torre de marfil...

—No busco tu aprobación.

—Entonces, ¿por qué?

Lundsdorf se guardó la grabadora en el bolsillo.

—Como dijiste, los hombres son falibles.

—Eso no es una respuesta.

—También yo estoy preocupado por mis tres «genios». Sin duda, en algún momento, tendrán que ser reemplazados. Tal vez más temprano que tarde. Se elegirán a otros tres, se les pulirá y preparará.

—Estoy seguro de que ya tiene elegido el siguiente trío.

—No —repuso Lundsdorf, con una expresión de hondo reconocimiento en sus ojos—. Yo ya he representado mi papel. —Escrutó el rostro de Xander—. Otro tendrá que tomar las riendas. —Los dos hombres se quedaron mirando de hito en hito—. ¿Cómo lo definió Eisenreich? Un hombre con el discernimiento de Aurelio y el dominio sobre sí mismo de Cincinato. —Lundsdorf recogió los papeles—. Un hombre con la sabiduría y la integridad suficientes como para dar sostén a la teoría. —Se volvió de nuevo hacia Xander—. Yo sólo conozco a uno.

La habitación quedó en silencio. Xander permaneció inmóvil, súbitamente insensible a la brisa que le acariciaba la espalda.

Votapek inició el último tramo de la vuelta. Casi un kilómetro hasta la curva y otro más hasta la talanquera. Había sido muy cuidadoso, más que de costumbre. Un nombre supuesto para el billete aéreo, varias escalas y tres conductores distintos para los últimos doscientos kilómetros del viaje. Había pensado en telefonear para anunciar su arribo, pero sabía que el viejo lo habría convencido para que no fuera. El viejo. Le parecía raro pensar en él como tal. Ya todos eran viejos. Toda una vida destinada a la consecución de... ¿qué? En los últimos tiempos se había vuelto más difícil de explicar. Quizá Jonas tenía razón. Tal vez llevaban demasiado tiempo bajo el yugo.

Sin embargo, no era el futuro la razón por la que Votapek había hecho el viaje. Había venido por ella. Acerca de eso, no habría discusión alguna.

Eran las 3.11 h cuando llegó el último de ellos, un hombre pequeño, de delicadas facciones con barba incipiente. No aparentaba más de veinte años y andaba con las manos embutidas en los bolsillos de un abrigo cuyas medidas eran dos veces mayores que el de su talle. Se quedó en la puerta de la cabaña mientras O'Connell salía de detrás de la mesa para darle la bienvenida. Las presentaciones se reducían al mínimo. Su nombre, Tobias Pierson, su pasión, los ordenadores. Y, por su apariencia, parecía completamente fuera de lugar entre los cinco hombres y las dos mujeres que lo saludaron con un movimiento de cabeza.

—Les presento —dijo O'Connell— el paquete especial que vamos a llevar al centro. Si hay un teclado, Toby sabrá tocarlo. Es un virtuoso.

Pierson se balanceaba sobre sus talones, pero no hizo ningún comentario. O'Connell ocupó su sitio a la cabecera de la mesa. Sólo Sarah siguió mirando fijamente al especialista extrañamente discreto, pues su conducta constituía una verdadera sorpresa. Frío en extremo —casi indiferente a lo que le rodeaba—, miraba en torno a sí sin prestar atención al grupo reunido en el centro de la estancia. Sin embargo, al ver la nevera arqueó las cejas y abrió la puerta para examinar el contenido. Por la expresión de su rostro, Sarah dedujo que no estaba complacido. Después de varios intentos indecisos, metió la mano y sacó una lata.

—¿No hay nada que no sea *light*? —preguntó, esperando que alguien de la mesa le contestara.

Al ver que nadie le prestaba atención, se encogió de hombros. Fue entonces cuando se fijó en Sarah.

—No me gustan las bebidas *light* —dijo—. Tienen un sabor gris. Como de alfombras lavadas, quiero decir.

Sarah lo miró a los ojos un momento y luego asintió con la cabeza. ¿Qué otra cosa podía hacer? Era evidente que el experto en informática vivía en su propio mundo. Mejor no molestarlo. En ese aspecto, se dio cuenta de lo bien que cuadraba con el resto de los presentes en la sala. Sarah conocía a tres de los cinco, todos ellos habían pertenecido a un selecto grupo de agentes de Pritchard, y todos, por razones desconocidas, habían caído en desgracia. Sus historias eran conocidas. Una vez cortadas las amarras, perseguidos durante un tiempo por los mismos hombres que los habían entrenado, cada uno había logrado sobrevivir trabajando de forma independiente. Hombres sin lealtad, hombres más allá del bien y del mal. Lo único que importaba era el precio. Ella sabía que O'Connell había hecho bien en elegirlos. La Comisión Supervisora había sido puesta en tela de juicio; sólo se podía confiar en los que estaban fuera de su alcance. Sólo aquellos que vivían en sus pequeños mundos particulares. Por alguna razón, la imagen de Xander pasó rauda por su mente.

—Éstos —comenzó diciendo O'Connell— son los planos originales del edificio. La disposición de los terrenos, de la cerca... coincide exactamente con lo que ven aquí. La única diferencia reside en el hecho de que hace un año y medio efectuaron algunas obras en el lugar. El problema es que desconocemos en qué consistieron. Se trajo material, pero no se realizó ni un solo cambio en la estructura principal: no se agregaron habitaciones ni pisos. Lo cual nos deja una sola opción. Todas las modificaciones debieron de realizarse en el subsuelo. Por lo tanto, caballeros, el hecho de entrar constituye tan sólo la mitad de la tarea. Vamos a tener que asegurarnos de que el acceso al nivel inferior permanezca abierto. En otras palabras, vamos a tener que entrar muy silenciosamente. La buena noticia es que no hay rastros que indiquen la presencia de animales; la mala noticia... bueno, ya saben cuál es. Habrá cables de alarma en la mayor parte del camino. Una vez dentro de la casa, cada uno va a tener que obrar por su cuenta. —Volvió a hacer una pausa y luego miró a Sarah—. Nuestra colega aquí presente se hará cargo del joven Toby. Lo llevará de la mano, como si dijésemos.

Aún hurgando dentro de la nevera, Pierson sacó la cabeza y dijo:

—Espero que me lleve de la mano al salir.

—Partiremos a las siete —anunció O'Connell, dirigiéndose de nuevo a los congregados alrededor de la mesa—. Todos tienen copia de los planos... eso te incluye a ti también —le dijo por encima del hombro a Pierson. Luego O'Connell consultó el reloj—. Digamos dentro de una hora. Estudiado el terreno y con opciones específicas.

El grupo se dispersó, y O'Connell se dirigió a la puerta, al tiempo que le hacía un gesto con la cabeza a Sarah para que se uniera a él. Un minuto después, estaban fuera.

—¿Cómo están las costillas? —preguntó él.

—Duelen, pero sobreviviré.

—Estuviste peor. —Se sentó en el borde del porche—. Ya sabes que no tienes obligación de hacerlo. Puedes dirigir el operativo desde aquí. —El silencio de ella fue una respuesta elocuente—. Forman una cuadrilla muy variada —prosiguió—, pero cada uno vale su peso en oro. Nos harán entrar y nos sacarán de allí.

—Si logramos encontrar algún refresco que no sea dietético —replicó Sarah, y se sentó.

—¡Ah, sí, Toby! Lo conocí en Bengazi. Buen muchacho. No podía entender por qué andaba rondando por una ciudad que apenas tenía electricidad para hervir agua; luego me enteré de que había conocido a alguien que estaba interesado en un sistema de seguimiento para el Mossad. Cierto coronel. —O'Connell entrecerró los ojos tratando de recordar—. Creo que nombró a Toby teniente. O tal vez comandante. A Toby simplemente le gustaba la gorra.

Sarah rió y luego se puso seria.

—No tienes que preocuparte por él —agregó el irlandés.

—No es nuestro amigo informático quien me preocupa.

—Lo sé —dijo él—. Tuvieron una buena oportunidad y no la aprovecharon.

Sarah no dijo nada.

—Existe la posibilidad de que Xander aún esté con vida.

—¿Pero por cuánto tiempo? —preguntó ella.

—Por eso vamos a ir con pies de plomo. —O'Connell hizo una pausa—. No creerás que les dije nada a todos ésos, ¿verdad? Tú ocúpate de Toby. Yo me ocuparé del profesor.

Sarah sonrió.

—Alison tenía razón. Eres un hombre simpático, Gaelin. Muy simpático.

Cuando apenas habían comenzado a conversar los dos académicos, apareció una mujer en la puerta.

—¿Qué pasa? —había espetado Lundsdorf, sin disimular su irritación.

—Siento molestarlo...

—Sí, sí. ¿De qué se trata?

—Acaba de llegar el señor Tieg.

Xander había advertido la fugaz expresión de sorpresa en la mirada del viejo, pero Lundsdorf se había calmado al instante.

—Gracias, señorita Palmerston. Dígale que estaré con él enseguida. —Dirigiéndose a Xander, agregó—: No es nada de lo que tú tengas que preocuparte. En realidad, si te quedas un rato solo, tendrás ocasión de considerar tu... posición.

Eso había ocurrido dos horas antes. Desde entonces, Xander se había duchado, afeitado y vestido, e incluso se había aventurado a recorrer el laberinto de pasillos que se extendían por toda la casa. Sin embargo, ni una sola vez se había detenido a pensar acerca de las palabras de Lundsdorf, la enormidad de lo que significaban. «Lo supe desde el principio, desde que empezaste tu tesis.» Lundsdorf había hablado con absoluta certeza. «Aquí está la mente que estaba esperando descubrir. Aquí está el espíritu para dar sostén a la teoría. Se trataba simplemente de encontrar el momento oportuno para introducirte en el tema.» Xander se había quedado estupefacto. «Tú eres mi sucesor, tú eres quien debe tomar las riendas.» Incluso después de haber sido conducido a un pequeño comedor donde le esperaba un plato de hipogloso escalfado, a Xander le costaba probar bocado a pesar del vacío que sentía en el estómago.

Como si le hubiera leído el pensamiento, entró Lundsdorf, seguido de un segundo individuo que se quedó en el umbral.

—Veo que te han servido algo de comer. Espléndido. Espero que te apetezca.

—No tengo hambre.

—Es comprensible —dijo Lundsdorf mientras se sentaba frente a Xander—, pero te convendría comer algo. Para recuperar las fuerzas.

El segundo hombre seguía de pie en la puerta.

—Oí que había llegado Votapek —comentó Xander—. ¿Otro huésped inesperado?

Lundsdorf sonrió.

—Prueba la salsa holandesa. Es francamente deliciosa.

Xander lo miró fijamente.

—¿Se lo ha dicho a ellos?

—Si les he dicho... ¡Ah, te refieres a nuestra conversación!

—Le ahorraré la molestia. Ya he considerado la propuesta. No acepto.

Por un momento, Lundsdorf permaneció callado; luego, con su tono más conciliador, dijo:

—Esta semana pasada ha debido de causarte una gran tensión. También yo titubeé al principio. Pero, como dije, en estas cuestiones, no hay alternativa. Estas cosas exigen más de nosotros de lo que tal vez somos capaces de reconocer. Cuando estés menos desorientado, lo verás con otros ojos.

—Ya. ¿Quiere decir que leeré el manuscrito y me convertiré en discípulo? —Xander empujó el plato hacia el centro de la mesa—. Parece olvidar que ya lo leí y que no me convertí. No obstante, estoy seguro de que encontrará a alguien con el mismo espíritu dentro de sus filas. ¿No es para eso que tienen todas esas escuelas?

—Lo que leíste es un trabajo teórico escrito hace cuatrocientos años. Y ambos sabemos que ni tu mente ni tu corazón estaban en condiciones de poder apreciarlo. Lo leíste desde el punto de vista de la incertidumbre, del miedo. Desde luego no es el mejor estado para formarse un juicio.

—Mi juicio...

—En cuanto a elegir a alguien dentro de nuestras filas —prosiguió—, nunca constituyó una posibilidad. Después de lo de Tempsten, nos vimos obligados a revisar el plan de estudios, a concentrarnos en los objetivos más inmediatos.

Creamos escuelas para formar soldados, individuos capaces de llevar a cabo las tareas que se les encomiendan.

—Autómatas sin cerebro.

—No, eso sería injusto. Todos ellos reconocen el fin último, aunque en un nivel algo rudimentario. Pasará otra generación antes de que logremos crear los tipos de líderes entre los cuales podamos elegir a un supervisor, si bien el nuevo programa está dando resultados notables. Las pasadas dieciocho horas son un testimonio de ello.

—Muy tranquilizador.

—Xander —el tono de Lundsdorf tenía un tinte paternal—, tú tienes mucho que ofrecer. No sólo tu mente, sino tu compasión, tu habilidad para tornar a las personas mejores de lo que son, para obligarlas a descubrir sus propios méritos; he tenido ocasión de comprobarlo infinidad de veces con tus estudiantes. Es extraordinario. Y es ese don el que usted aportará a la teoría, esa cualidad que le permitirá atemperar la cara brutal de Eisenreich. La oportunidad de aprovechar lo que ya existe y mejorarlo aún más. —Lundsdorf hizo una pausa—. Le estoy brindando la oportunidad de perfeccionar lo que yo he creado.

Xander no respondió durante unos momentos.

—Y usted espera que le dé las gracias.

—¿Por ser el líder durante el periodo más crucial de todo el proceso? Sí.

—Comprendo. —Pareció que Xander asentía para manifestar que estaba de acuerdo—. ¿Tan crucial que no consideró necesario explicarme nada de ello con anterioridad? ¿De qué tenía miedo... de que considerara una locura llevar a la práctica la teoría, aun cuando no la hubiese descubierto yo mismo? ¿O acaso estoy hablando de nuevo en términos de elección?

—Yo no tenía miedo de nada. Si pensara con más claridad, lo entenderías.

—Entonces, ¿cuándo pensaba hacerme conocer el manuscrito? Usted descubrió mis extraordinarias aptitudes hace quince años. ¿Qué le hizo esperar tanto tiempo?

—De hecho, tenía que haber sido hace cuatro años. —Lundsdorf extendió el brazo y pinchó un espárrago—. Cuando mostraste interés por primera vez. Aquel artículo que escribiste sobre el mito de Eisenreich era muy ingenioso, en especial dados tus limitados recursos. Pero entonces Fiona enfermó. No era el momento. Es natural que asociaras todo lo que tenía que ver con Eisenreich con ella. Fue muy difícil, te lo aseguro.

Xander guardó silencio y luego dijo:

—Lamento que la muerte de Fiona le causara tantos inconvenientes.

Lundsdorf estuvo callado un largo rato.

—Puedo comprender...

—No, no puede. —Su voz no denotaba emoción alguna—. Le ruego que no vuelva a mencionarla.

Ambos callaron. Xander fue el primero en romper el silencio.

—¿Entonces cuándo pretendía introducirme en el rebaño?

—¡Qué ironía! —Lundsdorf hundió los dedos en la salsa holandesa y la probó—. Sin duda la señorita Trent le habló acerca de Arthur Pritchard.

—Sí.

—Por desgracia, yo juzgué mal su curiosidad, o quizá debería decir su ambición. No estaba satisfecho con el papel que le había asignado. De ahí la señorita Trent. Creyó que ella podría conseguirle el manuscrito, dilucidar su futuro. Al ver que ella no estaba dispuesta a hacerlo, le habló de nosotros, sin duda pensando que, dado su pasado, ella trataría de eliminarme y así le dejaría el campo libre para ser el supervisor. Si ella no hubiese llamado a tu puerta, tú y yo nos habríamos sentado a estudiar el manuscrito a tu regreso de Milán. La fortuna, sin embargo, tenía otros planes. En ese aspecto, el *signore* Machiavelli seguramente habría tenido razón.

—¿Una semana antes? ¿Ése era el momento en que iba a decírmelo?

—Oh, quizá no te habría dicho nada... pero luego Pescatore comenzó a publicar sus artículos, y entonces fue imperativo que habláramos. Yo sabía que hablarías con él en Florencia. Me lo dijo él mismo. Me pareció que sería el momento apropiado. —Pinchó otro espárrago—. Habría habido tiempo.

—¿Por qué matar a Carlo?

—¡Y dale con Pescatore! —Lundsdorf parecía realmente sorprendido por la observación—. ¿Tan amigo tuyo era que sientes la necesidad de insistir en esta cuestión?

—Se trata de la vida de un hombre —repuso Xander—, eso es todo.

—Ah, ya comprendo —asintió Lundsdorf—. ¿Y qué hay de la vida que tú segaste? ¿El hombre en el tren de Francfort?

—Si no sabe ver la diferencia... Fue en defensa propia...

—Y yo estaba defendiendo algo mucho más importante que una vida. ¡Con qué facilidad asumes el papel de moralista! Me parece que no te sienta bien.

—Tal vez porque no es habitual entre la gente que usted trata.

La sonrisa se esfumó. Lundsdorf volvió a los espárragos.

—¿Y lo mismo vale por Ganz y Clara?

—Para ese entonces se trataba de una cuestión de seguridad, pero sí. Tenía que saber qué era lo que habías descubierto. La señora Huber era... la persona más indicada. Sabía que se lo enviarías a ella. Su muerte fue... un error. Quizá te consuele saber que la mujer responsable de su muerte ya no puede hacer esas cosas.

—No me consuela.

—¡Qué lástima!

Xander estuvo un instante sin decir nada.

—O sea que todo tenía que estar en orden para que yo pudiese valorar el manuscrito. Eso no dice mucho en favor de mi genialidad si creía que tenía que sostenerme la mano mientras lo leyera.

—En absoluto. Hace quince años que te conozco, Xander. He visto desarrollarse tu mente y he contribuido a guiarla durante ese desarrollo. Puedes estar seguro de que sé perfectamente qué es lo que te impulsa...

—Usted siempre creyó saber lo que yo quería. Ése fue el problema.

Lundsdorf extrajo la obra de Maquiavelo sujeta con la banda elástica del bolsillo y la dejó sobre la mesa.

—Yo también le he tenido siempre afecto a nuestro amigo italiano. Las grabaciones de anoche no hacen más que confirmar lo que yo ya sabía. Incluso ahora, estás cada vez más intrigado...

—Me he formado una opinión de su teoría, sea lo que fuere lo que esas cintas le dicen, y eso no lo va a modificar ninguna justa intelectual.

—Xander —dijo Lundsdorf en un tono que trataba de ser más amable—, cuando el caos haya hecho su curso, comprenderías por qué el manuscrito es nuestra única esperanza para el futuro. Entonces aceptarás su promesa de estabilidad.

—¿Junto con la promesa de manipulación, brutalidad y odio?

—Doma la teoría, Xander. Atempérala. Sólo tú puedes hacerlo. Ambos sabemos que los hombres nunca perderán su agresividad ni su tendencia al odio. En cambio, si podemos encontrar la forma de dirigir esas apetencias hacia un fin positivo, de modo que debemos aceptar la responsabilidad que eso conlleva. Has hablado de elecciones... y yo concuerdo contigo. Lo que te digo es que el caos es inevitable. La cuestión que se plantea es: si nosotros no participamos, ¿quién lo hará? ¿Los militares? Ésa es, como sabes, la respuesta más probable. Desata el caos en la gente y no tardarán en acudir a los generales en busca de protección. ¿Preferirías que ocurriera eso? —Hizo una pausa—. Recuerda a Cincinato. Él no amaba el poder, no deseaba gobernar, pero Roma lo llamó para servir, y él obedeció. Por desgracia, abandonó su puesto demasiado pronto, y volvieron los generales. Tú defenderás el poder, Xander, tú solo, para moldear el proceso de modo que logremos domeñar lo peor que hay en nosotros. Sin duda sabrás apreciar la nobleza que hay en esto.

—¿De la misma manera en que la aprecian Votapek, Sedgewick y Tieg? —Xander observó que la expresión afectuosa se desvanecía en los ojos de Lundsdorf—. ¡Qué estúpido fui al creer que era la promesa de poder lo que les movía y no la nobleza! —De repente se le ocurrió algo—. Por eso están aquí, ¿no es así? Ése es el motivo de las visitas sorpresa. Llegó la hora de ver quién tiene el control.

—Dije que eso no tenía que preocuparte.

—¿Ellos están tan ansiosos como usted para que yo tome las riendas?

—Eso carece de importancia.

Xander sonrió. Por primera vez en muchos días, sonreía.

—De veras cree que puede controlar todo esto, ¿verdad? A mí, a Votapek, a Tieg... El manuscrito dice que debe ser así, y por lo tanto así será. Un hombre virtuoso para arreglar el mundo. Un hombre para hacer una virtud de la brutalidad y el engaño.

—No estás pensando con claridad...

—Las cosas nunca han sido más claras. —Xander hizo una pausa—. ¡Es teoría! Eso es lo único que es. —Tomó el libro de Maquiavelo—. Lo único que esto es. Lo único que puede ser.

—No, Xander, tú sabes...

—Lo que yo sé... lo que usted me ha enseñado... es que considerarla de otra manera es una locura. Por seductora que sea. Y yo no quiero tener nada que ver con eso.

—Tú vas a...

—Tendrá que matarme, y lo sabe, ¿no es cierto?

Lundsdorf no contestó.

—¿Tieg? ¿Votapek? ¿Ellos también lo han decepcionado? ¿Pero entonces quién nos sacará del caos? Ése sí es un dilema práctico.

—Necesitas tiempo...

—No hay más tiempo. Usted se ha ocupado de eso, en el curso de las últimas dieciocho horas.

—¡No! —exclamó Lundsdorf, con el primer indicio de frustración en la voz—. No consentiré que me hagas esto. Cuando llegue el momento, aceptarás tu papel. Debes tomarte el tiempo necesario para recapacitar.

Con toda calma, Xander empujó la silla hacia atrás y se levantó.

—No. Eso no va a ocurrir.

Arrojó el Maquiavelo sobre la mesa y se dirigió a la puerta.

—Recapacitarás —replicó Lundsdorf, recuperando el dominio de sí mismo. Mientras pinchaba otro espárrago, añadió—: ¡Ah, sí, quería decirte algo! No se producirá ningún intento de última hora para interferir. La señorita Trent está muerta.

Xander se detuvo un instante, de espaldas a su mentor. Al menos, no iba a darle a Lundsdorf el gusto de ver su reacción. Con lentitud, pasó junto al guardia, y entonces advirtió la presencia de un segundo hombre en las sombras, delgado hasta el punto de parecer quebradizo, y unos ojos nerviosos trataron de evitar el contacto. Xander lo reconoció enseguida. Anton Votapek. Y comprendió que había oído hasta la última palabra. Sin dar muestras de haberlo reconocido, Xander siguió caminando por el pasillo.

El primer vehículo partió a las 7.07 h, y el segundo, ocho minutos después. Sólo Alison se había quedado en la cabaña. O'Connell había mencionado a otra mujer, alguien que llegaría para cuidarla. No había dado ninguna explicación; y Sarah no se la había pedido.

Cada agente llevaba un suéter de cuello alto y un gorro de lana negro, con los bordes estirados hasta el límite con el fin de dejar el mínimo de la cara expuesta. Y cada uno de ellos tenía un revólver provisto de silenciador, firmemente sujeto en su pistolera en la cintura. Un cuchillo colgaba en el costado del cinturón, junto con un alambre enroscado en una presilla abierta: elementos habituales en expediciones semejantes, portados con la soltura de hombres bien entrenados en el arte de la infiltración.

Sarah se sentía extrañamente cómoda con su atavío, aunque las costillas no le permitían llevar nada colgado de los hombros, pues hasta el peso de la mochila le resultaba excesivo. Toby se había hecho cargo de la suya sin poner inconvenientes.

Eran las 7.57 h cuando el primer coche se detuvo en un tramo de la carretera a un kilómetro del centro. Los tres hombres y Sarah descendieron y aguardaron mientras O'Connell conducía el vehículo hasta la cuneta entre la autopista y el bosque; al cabo de cinco minutos, el coche estaba cubierto de ramas y follaje, con los reflectores traseros ocultos entre los árboles. Luego, comenzaron a caminar en fila india.

Jonas Tieg entró en el estudio, con un nudo demasiado conocido en el estómago. El dolor se había vuelto menos agudo con el correr de los años, pero aún formaba una parte esencial del ritual, una conexión con un pasado más allá del cual nunca se había movido. Voluntariamente o no, Tieg se convirtió de nuevo en el niño asustado de doce años, mientras que el hombre mayor sentado detrás del escritorio atento a la presencia de su discípulo, en ningún momento le prestaba atención. Sin embargo, esa noche, eso cambiaría.

—Pensé que te habías ido, Jonas —dijo Lundsdorf sin levantar la vista del libro—. Los próximos días tendrías que estar en California. ¿O acaso tu programa televisivo puede prescindir de ti?

—Puedo marcharme por la mañana —respondió Tieg, mientras se sentaba en la silla frente a Lundsdorf.

—Preferiría que te marcharas esta noche. —Sólo entonces el viejo levantó la vista—. Cerraré el acceso al laboratorio dentro de una hora más o menos. Repito: sería mejor que no estuvieses aquí cuando eso ocurra.

—Esperaba...

—Ya he oído tus preocupaciones y confío en que hayas entendido mi respuesta. ¿Me he expresado con claridad?

—Absolutamente —repuso Tieg—, salvo que olvidó decirme qué importancia tendrá Jaspers en nuestro futuro. —Hablaba sin apenas emoción en la voz—. Evidentemente, mis dudas no eran tan infundadas como me hizo creer.

Lundsdorf dejó el libro sobre el escritorio y se recostó en el respaldo, con las manos unidas sobre las piernas.

—Estuviste escuchando cosas que no te conciernen.

—Estoy un poco cansado de ser tratado como un niño.

—Y yo estoy cansado de tratarte como tal, pero raras veces me brindas la ocasión de no hacerlo. Este asunto de Jaspers...

—Es inaceptable —interrumpió Tieg—. Jaspers debe ser eliminado.

—¿De veras? ¿Para tranquilizar tu ego?

—Para asegurarme de que la fantasía de un anciano no se interponga en el curso de una labor de cuarenta años.

—¿Fantasía? —Lundsdorf sonrió—. Dime, Jonas, cuando me haya muerto, ¿sabrás coordinar las tres esferas...?

Tieg se echó a reír. Aquella reacción hizo enmudecer a Lundsdorf.

—¿Las tres esferas? —siguió Tieg, sin que su tono denotara nota alguna de humor. Por alguna razón, el nudo del estómago había desaparecido—. Yo ya estoy coordinando a los tres ¿o acaso no se ha dado cuenta de ello? Larry no hace ni un movimiento sin mí, y Anton... bueno, Anton, como bien sabe, hace lo que se le dice que haga. Por lo tanto, al profesor Jaspers no lo necesitamos para nada, ¿verdad? Tal como yo lo veo, hasta él se da cuenta de eso, sean cuales fueren los motivos que pueda tener para rechazar su generosa proposición. Lamentablemente, ya no puede ofrecer nada más.

—Comprendo —replicó él—. Y tú hace tiempo que lo tienes todo planeado, ¿no es así?

—En realidad, no. A diferencia de usted, sé reconocer que cuando del destino se trata existe cierto grado de incertidumbre. Hay cosas que podemos controlar y otras que no.

Cuando no podemos controlarlas (como en el caso del doctor Jaspers) debemos limitarnos a reaccionar. Eso es lo que estoy haciendo ahora.

—¿Y si no hubiese aparecido el doctor Jaspers?

—¿Quién sabe? Quizá nunca habría... ¿cómo lo dice usted?... cuestionado mi papel. Resulta extraño el hecho de que su necesidad de control absoluto (incluso después de su muerte) sea precisamente lo que no le permite ver el funcionamiento de todo.

—Tu papel no ha cambiado.

—Oh, yo creo que sí. —Tieg sacó un arma del bolsillo y apuntó a Lundsdorf—. Usted posee los códigos para iniciar la etapa final. Los necesito.

—Y tú crees que te los daré para que puedas matarme.

—Creo que su ego no soportaría la idea de estar tan cerca de la meta y no haber tenido la oportunidad de oprimir el botón, no importa cuál sea el resultado.

—¿Por qué no esperar a que dé entrada a los códigos y matarme luego? Seguro que eso sería más fácil.

—Ambos sabemos que nunca me dejará entrar en el laboratorio. Y ambos sabemos también que, dados mis sentimientos hacia Jaspers, existen nulas posibilidades de que viva mucho más allá de los próximos ocho días. Le encantaría tener a Pembroke como prefecto político. Así que yo muero y me convierto en un mártir, una tragedia más dentro del caos, un hecho que no hace más que predisponer a mi ejército de televidentes a aceptar sus propuestas. No. Necesito los códigos ahora. Y usted me los entregará.

Un disparo ahogado resonó debajo del escritorio. Tieg retrocedió unos pasos, sin comprender por un momento lo que había sucedido. Luego se miró el estómago y vio que un círculo rojo comenzaba a extenderse por su camisa. Un segundo disparo lo hizo trastabillar. Soltó el arma y comenzó a toser sangre. Mientras el instinto lo mantenía de pie, sus piernas se negaban a sostenerlo. De las sombras, apareció Paolo.

—Esperaba no tener que llegar a esto, Jonas —dijo

Lundsdorf, levantando con toda calma la mano de la falda y colocando el arma sobre el escritorio—. Confiaba que mirarías hacia el futuro más allá de tu persona. Es una lástima que no haya sido así. —Observó que Tieg tosía y le brotaba más sangre de la boca—. Por cierto, tienes toda la razón. El vicepresidente (o debería decir el presidente) será un excelente prefecto, y sí, nos aseguraremos de que tu muerte provoque la adecuada reacción de tus numerosos admiradores. En cuanto a Anton, de nuevo tengo que reconocer que eres muy perceptivo. Él hace lo que se le dice que haga, basta con prometerle que Alison no sufrirá daño alguno. Eso, por supuesto, no es cierto, pero él es bastante cándido cuando se trata de algo relacionado con esa joven. Sin embargo, fue muy claro con respecto a tus intenciones. —Tieg extendió la mano hacia el escritorio, pero la mano de Paolo se cerró sobre su hombro y lo obligó a sentarse en la silla—. Y, por supuesto, Paolo —dijo Lundsdorf, asintiendo con la cabeza—. Su arrepentimiento por lo de Wolfenbüttel ha sido de gran ayuda. —Lundsdorf empujó la silla hacia atrás y se levantó—. ¿Sabes? No había previsto este desenlace. Como ves, también yo sé cuándo es necesario... reaccionar.

Rodeó el escritorio y, en un gesto extrañamente afectuoso, puso la mano sobre la mejilla de Tieg.

—Hiciste tu papel lo mejor que pudiste, Jonas. Que eso te sirva de consuelo.

Un instante después, la cabeza de Tieg cayó hacia un costado, y su mirada se apagó.

O'Connell había encabezado el grupo la mayor parte del camino, guiando al quinteto por entre los árboles, con los dos hombres detrás de él, seguidos por Toby y Sarah. A unos veinte metros de la talanquera, levantó la mano y se dejó caer de rodillas. Los demás lo imitaron, salvo el más alto de los dos hombres contratados, que siguió avanzando, con el torso inclinado hacia delante, abriéndose camino entre los arbustos con los brazos.

Lo vieron situarse a mitad de camino entre la talanquera y el primer poste de la cerca situado a unos dos metros y medio de distancia. Ésta estaba compuesta por dos tablas de madera en posición horizontal entre las dos columnas, la estampa de una sencilla cerca rural destinada a cerrar el paso tan sólo a los animales más grandes. En cambio, para la cuadrilla apostada entre los árboles no resultaba tan simple. Ante la atenta mirada de todo el grupo, el hombre extrajo una cajita de la mochila y la colocó en un trípode de sesenta centímetros a medio metro del tablón inferior. A continuación sacó una segunda caja y luego una tercera, cada una de las cuales fue colocada en unos puntos específicos entre los dos postes, formando un triángulo. Acto seguido, el hombre se sentó dentro del espacio triangular, extrajo otro aparato —que no era mayor que la palma de su mano— y apuntó a la primera de las tres cajas. En cuanto lo hubo hecho, un delgado haz de luz saltó de la talanquera a la primera caja, luego a la segunda, después a la tercera y por fin al poste más alejado, un rayo finísimo que danzaba a sesenta centímetros del suelo. Entonces el hombre se puso el aparato debajo del gorro y se introdujo entre las dos tablas de madera. Ya estaba dentro. Sin que sonara ninguna alarma. Sin que se produjera ninguna descarga eléctrica. Se sacó el aparato del gorro, desconectó el circuito e hizo una seña a O'Connell para que tomara su posición. Uno a uno, fueron entrando en el triángulo, y uno a uno esperaron a que se prendiera el haz de luz antes de trasponer la cerca. Aunque considerablemente más perfeccionada, la técnica era la misma que había utilizado Sarah para entrar en la casa de Schenten. Al cabo de tres minutos, todos estaban agazapados dentro del predio del complejo.

Justo enfrente de ellos, la hierba cubría una pendiente que iba a parar a un claro; más allá, un grupo de cinco cabañas formaba una extraña silueta que se perfilaba contra el negro intenso del cielo. La casa principal se alzaba aparte, hacia la izquierda, sobre otro llano elevado, aunque más cerca que cualquiera de las cabañas. La luz del interior iluminaba el césped, creando un aura suave en torno al edificio. Era en aquella colina donde sabían que encontrarían los cables de las alarmas.

O'Connell consultó el reloj. Hizo una señal al segundo hombre, que de inmediato salió corriendo hacia la cima. Se agachó para sacar unos lentes de rayos infrarrojos de la mochila y con ellos comenzó a examinar el terreno. Instantes después, se quitó súbitamente los lentes de los ojos y echó mano a la pistolera. Con el mismo movimiento, indicó a los integrantes del grupo que se estiraran en el césped. Tendida sobre el frío suelo, Sarah oyó el ruido sordo de un disparo con silenciador. Al cabo de un momento, levantó la vista. El hombre había seguido adelante. O'Connell asintió con la cabeza para que los demás lo siguieran, mientras Sarah se situaba en la retaguardia detrás de Toby.

Subiendo por la colina, sintió la primera punzada en las costillas. Hasta aquel momento, había logrado alejar el dolor de su mente, pero ya no podía pensar en otra cosa. Al llegar a la cima, se detuvo un momento para reajustarse el vendaje que O'Connell le había puesto bien apretado alrededor del torso. Mientras lo hacía, divisó la solitaria figura de un guardia. Estaba tendido de espaldas a no más de seis metros de donde estaba ella, con el rifle todavía en las manos. Del costado del cuello fluía un hilo de sangre, causado por un preciso disparo para asegurar una muerte silenciosa. Casi inmediatamente, se oyeron tres disparos más también ahogados por el silenciador en algún lugar a su izquierda. Sarah siguió subiendo detrás de los otros con el arma en la mano. Mientras se acercaba a Toby, vio la segunda y la tercera víctimas del hombre que abría la marcha. Yacían a unos sesenta metros el uno del otro, en cada extremo del pie de la colina que conducía a la casa. Habían tenido la mala suerte de aparecer por allí. Sin embargo, la víctima del tercer disparo no la vio por ninguna parte.

—Desplegaos —fue la orden que dio O'Connell en voz baja, lo que significaba que no había obstáculos para avanzar.

O'Connell y los dos hombres corrieron hasta medio camino de la cima, donde se les unió el otro trío, los hombres del primer coche que habían cubierto el avance desde la parte posterior de la casa. Los tres se abrieron hacia los flancos de la colina, cada uno de ellos provisto de gafas con rayos infrarrojos. En un movimiento sincronizado comenzaron a avanzar hacia la cima, y Sarah advirtió que el genio de la electrónica iba sembrando el camino de cajitas. El avance era lento y fatigoso, y Toby más de una vez se mostró nervioso junto a ella.

—Paciencia —musitó Sarah, tanto para sí misma como para que la oyera Toby.

Un minuto y medio después, los seis habían llegado a unos diez metros de la casa, procurando evitar la luz que salía por las ventanas. El hombre que había operado en la cerca volvió a sacar el aparato del gorro y apuntó con él; esta vez, aparecieron dos haces de luz que formaron un angosto sendero colina arriba. Era lo bastante ancho como para dar cabida a una persona. Lo habían discutido con anterioridad. Ni Toby, ni Sarah con sus costillas fracturadas, podrían pasar por debajo de los cables de las alarmas, hubiera sido demasiado arriesgado. Ambos esperarían que se formara el sendero electrónico mientras que los demás se dividirían en equipos de dos, y cada pareja se dirigiría a una de las ventanas de un costado de la casa. Para cuando Sarah y Toby llegaron a la cima, los hombres ya se habían ido. Ella desconectó el aparato y se agazapó en la hierba.

—Quita la traba, Paolo.

El italiano obedeció y luego abrió la puerta para dejar entrar a Lundsdorf. En el interior, Xander yacía en la cama, con el brazo sobre los ojos como si estuviera durmiendo. Paolo se quedó en la puerta mientras el viejo entraba en la habitación.

—Espero que hayas descansado —dijo Lundsdorf—. Te hará falta. Ponte los zapatos y ven conmigo.

Al cabo de un instante, los tres avanzaban por el pasillo,

Lundsdorf seguido por Xander y Paolo unos pasos atrás. Xander miró por encima del hombro al italiano y enseguida reconoció su calva.

—¿Disfrutaste en Alemania —preguntó— o te gustó más Londres?

Por toda respuesta, Paolo acomodó el arma en su mano. El mensaje era claro. Por mucho que Lundsdorf quisiera confiar en su ex protegido, era evidente que Paolo no se hacía esas ilusiones. Ante cualquier emergencia, dispararía, quizá no a matar, pero sin duda para dejarlo incapacitado. Xander sabía que aquella situación no duraría. El viejo no tardaría en reconocer la verdad. Sin embargo, curiosamente, la amenaza de muerte de nuevo le causaba un efecto tranquilizador. Como con la joven en Francfort, Xander se sentía absolutamente sereno. De alguna manera, sabía que eso tornaría la violencia futura en algo menos tremendo.

Llegaron al ascensor y esperaron a que se abrieran las puertas. Lundsdorf indicó a Xander que entrara, y luego lo hizo Paolo; él entró acto seguido y oprimió el botón, y los tres guardaron silencio en la oscuridad mientras el ascensor descendía. Muy suavemente, Paolo colocó la mano bajo el codo de Xander, movimiento que Lundsdorf no advirtió. Los dos hombres más jóvenes intercambiaron una mirada. Otra sutil advertencia.

—Hemos manejado todas las etapas anteriores —comenzó a decir Lundsdorf—. La primera prueba en Washington y Chicago, la... ¿cómo calificó Arthur lo del Capitolio, lo del embajador y todo lo demás, Paolo?

—La maqueta —respondió el italiano.

—Exacto. La maqueta. Y ahora, la tercera etapa: la aceleración. Todas las cosas importantes. Lástima que él no podrá ver la mejor parte. —Se dirigió a Xander—. Pero tú sí. Verás cómo deben ser las cosas. Debes ocupar tu lugar, el destino debe desempeñar su papel.

El destino. Mientras yacía despierto, Xander no había logrado negar con absoluta certeza la fuerza de la lógica del manuscrito. Quizás incluso su aplicación práctica: orden, perfección social, estabilidad. Las grabaciones de la noche pasada lo habían demostrado con claridad. Persistía el interrogante: si se desencadenaba el caos, ¿lograría él encontrar las energías, la fuerza de voluntad para rechazar la teoría? ¿Acaso le cegaría como cegaba a Lundsdorf?

Xander miró de hito en hito al hombrecillo que tenía frente a él. Y entonces lo comprendió. Comprendió que uno de los dos tendría que morir para evitar el caos. Una hora antes, había justificado la decisión como respuesta a la muerte de Sarah. Luego, había sido la pura brutalidad la que le había inspirado; en ese momento, un razonamiento más frío guiaba sus pensamientos. De alguna manera, la línea se había vuelto borrosa. Quizá Lundsdorf tenía razón al desecharlo como una indulgencia moral. «Yo mato, eso es lo que hago.» Las palabras de Sarah volvieron a su mente. Simplemente sería una cuestión de cómo hacerlo.

Las puertas se abrieron, y el viejo salió del ascensor sin pronunciar palabra. Paolo hizo un ademán para que Xander lo siguiera y en ese preciso instante los tubos fluorescentes del techo se apagaron y fueron reemplazados por el tenue resplandor de las luces azules, al tiempo que el sonido de una alarma resonaba en el pasillo. Lundsdorf se detuvo en el acto y miró a Paolo. No obstante, antes de que Xander pudiera sacar ventaja del momento, sintió la presión de los gruesos dedos en el brazo, como pernos de acero hundiéndose en la carne. De nuevo, tuvo la impresión de que Lundsdorf no lo advertía. Una mujer apareció detrás de Paolo.

—¡Desconectad el ascensor! —ordenó Lundsdorf sin hablarle a nadie en particular.

Paolo se dirigió a la mujer.

—Cerrad la casa y aseguraos de abrir los respiraderos del laboratorio.

Xander permaneció callado mientras aparecían varias personas en el pasillo, y Paolo impartía órdenes. Mientras tanto, Lundsdorf se había trasladado al laboratorio, impertérrito ante los acontecimientos, al tiempo que la alarma dejaba de sonar y las luces volvían a encenderse.

Cuando Paolo apareció en la galería, llevando a Xander a remolque, Lundsdorf estaba conversando con un técnico en la planta baja.

—¿Dónde quiere que lleve a Jaspers?

Ocupado con el técnico, Lundsdorf respondió:

—Eso depende de si tiene intención de comportarse. —Entonces miró hacia arriba, con una enigmática sonrisa en los labios—. Esto resulta realmente emocionante, ¿no te parece? Sólo falta un instante. No puedo imaginarme que quieras perdértelo, pero eso, por supuesto, depende de ti. Por ahora.

Xander no respondió.

—Podría ponerlo con el otro —sugirió Paolo—. Para que lo piense.

Lundsdorf comenzó a asentir lentamente con la cabeza.

—Sí. Excelente. —Hizo ademán de alejarse, pero luego se volvió hacia Xander—. Use el tiempo juiciosamente.

Después de recorrer un laberinto de corredores, Xander se encontró en un cuarto oscuro, pero con luz suficiente como para distinguir una figura en el rincón opuesto.

Silencio. Luego una voz dijo:

—Usted debe de ser Jaspers.

—Sí —contestó, tratando aún de acostumbrar la vista a la oscuridad—. ¿Quién...?

—Stein. Bob Stein. Hoy debe de ser el día del estreno.

A su izquierda, Xander vio que se iba perfilando la silueta de una cama.

—No entiendo —dijo Xander.

Stein se apartó de la pared y se acercó a la cama. Luego, tiró de la sábana.

—Éste llegó hace una media hora.

Xander se acercó despacio a la cama y miró la cara. Le pareció que un Jonas Tieg sin vida le sostenía la mirada.

La casa quedó a oscuras. Toby se volvió hacia Sarah, pero ella ya avanzaba agachada hacia la pared más cercana, al tiempo que le indicaba por señas que no se moviera de donde se encontraba. Ambos sabían que el apagón no formaba parte del plan. En silencio, de espaldas contra la pared, Sarah fue acercándose a la ventana; luego, asomando la cabeza por encima del alféizar, aguzó la vista. Nada. Toby llegó de repente a su lado.

—¿Qué demonios está pasando? —susurró.

—¡Calla! —dijo ella, sin dar explicaciones.

Observó que comenzaba a condensarse una especie de vapor en la parte interior de la ventana: miles de gotas grises que empañaban el vidrio. Le llevó una fracción de segundo comprender lo que estaba ocurriendo. Gas. Sarah echó mano de la pistola para romper el vidrio, pero se detuvo al oír el ruido de un motor que rompió el silencio. Antes de que pudiera reaccionar, una puerta de acero, de la altura de la ventana, empezó a deslizarse a lo largo del antepecho. Fue entonces cuando descubrió la estrecha guía por donde se deslizaba ésta. Buscó en el interior de la mochila los envases de gas incapacitante que había guardado allí aún no hacía dos horas. Los envases presurizados, de la medida de las latas de cerveza, estaban fabricados con metal reforzado, lo suficientemente grueso como para reducir el avance de la puerta. Extrajo los tres envases y los colocó uno al lado del otro en el antepecho. Luego extrajo dos máscaras antigás de la mochila.

—¡Ponte esto! —ordenó.

La suya ya estaba en su lugar cuando la puerta corrediza llegó al primer envase. El motor que la accionaba chirrió ante el esfuerzo adicional. El arma de Sarah ya había roto el vidrio de la ventana, y una oleada de humo gris se precipitó hacia el exterior mientras ella se subía al antepecho y se introducía entre las aristas del vidrio roto. Luego sacó el brazo y ayudó a Toby a encaramarse al alféizar en el momento en que el primer envase comenzaba a soltar un agudo silbido, que anunciaba la inminente explosión. Sin vacilar, Toby arrojó la mochila al interior y, al entrar, la pernera del pantalón se le rasgó al engancharse en la punta de un vidrio roto.

Sarah lo liberó y ambos saltaron al interior de la estancia antes de que el envase estallara. Momentos después, las otras dos latas caían del antepecho mientras la puerta se cerraba contra el marco opuesto.

En el aire flotaba una densa nube residual de gas, que se ensañó con las partes de la piel desprotegidas, pero ambos se subieron rápidamente el cuello del suéter hasta cubrirse las mejillas. Sarah buscó una linterna en la mochila. La encendió y el delgado haz de luz atravesó el aire polvoriento. El cuarto parecía reverberar, unas diminutas gotitas se desprendían del techo como ristras de hilo fino. Sarah entregó la mochila a Toby y extrajo el arma de la pistolera. Sin hacer ruido, abrió la puerta. El pasillo estaba a oscuras y desierto, y un denso vapor se condensaba sobre el suelo de madera. Sarah salió, para detenerse a unos seis metros frente a otra puerta; hizo señas a Toby para que se quedara donde estaba y extendió la mano hacia el tirador.

De la nada, apareció un brazo y sintió que le aferraban el arma, con fuerza suficiente como para introducirla en el cuarto. Su linterna enfocó la pared opuesta; de alguna manera, logró sostener el arma y disparó dos tiros en dirección a su atacante. Los disparos se perdieron en el vacío mientras de la oscuridad surgía una figura cuya robusta complexión se perfilaba con un extraño resplandor.

—¡No dispares, Toby!

La orden resonó en su máscara. Era O'Connell. Sarah miró en torno y vio a Toby arrodillado en el marco de la puerta, apuntando con el arma. Aparecieron dos integrantes más del equipo, uno de los cuales se apresuró a quitarle el arma a Toby y enfundársela. El otro indicó con un gesto que todo estaba en orden. Al cabo de un instante, los cinco avanzaban por el corredor, y el que abría la marcha levantó la mano al acercarse a un arco, que daba entrada a la sala de estar. En ella, aguardaban los otros tres. Sarah comprendió que el gas les había favorecido indirectamente, pues había obligado a las huestes de Eisenreich a buscar refugio en el sótano.

—Recorred los pasillos para ver si encontráis una entrada que nos lleve al sótano. Actuad aprisa, muchachos. —Dirigiéndose a Sarah, O'Connell agregó—: Tú y Toby quedaos aquí.

Sarah observó a los seis hombres desaparecer por las diferentes galerías. Tres minutos después, una voz rompió el silencio.

—Tenemos un ascensor en el corredor de la izquierda. Con puerta de acero. Herméticamente cerrada. También hemos encontrado a seis o siete personas que no lograron escapar a tiempo del gas.

—Quitadles del medio —respondió O'Connell—, pero no toquéis el ascensor. Enseguida estaremos ahí.

Lundsdorf se sentó tras el escritorio —en una zona ligeramente elevada aunque situada debajo de la galería y protegida por gruesas paredes de vidrio—, con los ojos cerrados y las manos cruzadas sobre las piernas. Un mensaje centelleó en la pantalla gigante. Cinco minutos para codificar la iniciación. Votapek se hallaba sentado tras un escritorio más pequeño a la izquierda de Lundsdorf, mucho más intranquilo en medio de los preparativos.

—¿Y si encuentran la forma de llegar?

—No lo lograrán —repuso Lundsdorf—. No hay ningún otro acceso, aparte del ascensor, y éste ha sido desconectado y cerrado herméticamente.

—Sí, pero...

—Aun cuando lograran llegar hasta aquí, Anton, lo harían demasiado tarde. —Una curiosa sonrisa se extendió por sus labios mientras abría los ojos—. Es muy posible que nos maten a ti y a mí. A menudo la reacción de los violentos consiste en atacar al verse obligados a reconocer su fracaso. —Se volvió hacia Votapek—. Y sin embargo no tocarán a Xander. Ellos lo salvarán. —La sonrisa se tornó más amplia—. Y así le obligarán a presenciar el caos que se producirá. Sólo entonces se verá en la necesidad de tomar la valiosa decisión: contemplar cómo se destruye el mundo o utilizar la estructura que yo he creado. ¿Qué ironía, no? Al salvarlo, serán ellos quienes habrán decidido por él. Al final, no podrá negar la fuerza del manuscrito. Lo sé, Anton. Y por eso estoy dispuesto a morir.

Votapek sólo pudo asentir con la cabeza, pues no encontraba las palabras para replicarle. Lundsdorf echó una mirada al reloj de pared.

—Cuatro minutos para los códigos finales. —Volvió a mirar a Votapek—. Recuerda lo que te digo. Xander me lo agradecerá. Un día, me lo agradecerá.

El más pequeño de los hombres se agazapó junto al ascensor, presionando con los dedos una masa que parecía barro, procurando extender aquella sustancia por todo el ángulo inferior derecho de la puerta. Luego extrajo del bolsillo una delgada tira metálica no más grande que una pastilla de goma de mascar, abrió un hoyo pequeño en el otro material e introdujo en él la tira metálica.

—Echaos atrás —ordenó.

Sarah vio que el material comenzaba a calentarse, y no tardó en burbujear hasta convertirse en una masa roja con una llamita en el medio. Con un repentino destello, se encendió una chispa que comenzó a recorrer la superficie de la puerta del ascensor, como una mecha en busca del explosivo; a mitad de camino del techo, la chispa siguió ascendiendo en línea recta, desapareció por un instante y luego volvió a aparecer como un punto latiente que corría por detrás del revoque de la pared.

—Localiza la fuente de energía —comentó O'Connell—. Aún está en fase experimental.

A un metro de la puerta, el punto brilló con mayor intensidad y luego se desvaneció, y el hombre estaba listo ante el punto de implosión con el fin de abrir con el escoplo una sección de la pared. El ruido del acero al chocar con el acero lo obligó a detenerse; entonces comenzó a aplicar otro pedazo de material a la zona, aunque esta vez era mucho más grueso y lo hizo con mayor cuidado, para dejar un delgado borde de acero intocado. Luego extrajo de la mochila varias tiras delgadas de un producto que semejaba barro seco y las fue colocando en el material formando un pequeño rectángulo. Volvió a sacar una tira metálica, la hundió en el plástico y retrocedió. Esta vez no se produjo ninguna chispa, sólo un intenso calor y una llama azul que literalmente devoró el acero. Al cabo de unos segundos, había llegado al espacio abierto; casi enseguida, la llama se apagó, dejando por algún motivo intactos los cables que había dejado al descubierto. Raspando el material excedente con un cuchillo, el hombre explicó:

—Sólo actúa sobre los metales.

Entonces se adelantó el especialista en electrónica y peló el aislamiento de los cables; sacó lo que parecía un voltímetro de la mochila y midió cada una de las líneas. A continuación extrajo otra caja, la unió con sendas pinzas a dos de los cables expuestos y giró una perilla hacia un costado. Al cabo de un instante, la puerta del ascensor cedió y se separó unos cinco centímetros del marco.

—Cambio del campo magnético —dijo.

De inmediato, el hombre del explosivo plástico introdujo dos cilindros en la abertura, colocándolos a unos diez centímetros del techo y del suelo, respectivamente. Con gran lentitud, los pequeños objetos comenzaron a expandirse, empujando la puerta cada vez más lejos del marco; al detenerse, dejaron un espacio por donde podía pasar el cuerpo de una persona entre ambos. O'Connell echó una ojeada al hueco del ascensor.

—Tiene unos treinta metros de profundidad —dijo, explorando el hueco con la linterna—. Malas noticias: han cortado los cables.

Se hizo a un costado para que dos de los hombres se acercaran con unos rollos de cuerda de nailon. Fijaron éstos al cilindro superior y arrojaron los cabos al vacío. Uno a uno fueron descendiendo por la cuerda. Medio minuto después, una voz resonó en el hueco.

—Acero sólido, muchachos, de arriba abajo. —El acento era marcadamente sureño—. No hay forma de entrar en el ascensor. Parece que vamos a tener que ir a la búsqueda de una abertura.

Sarah miró a O'Connell en demanda de una explicación.

—Conductos o respiraderos detrás del hueco —respondió éste—. Es otro juguete que estamos utilizando actualmente. Un pequeño artefacto que emite un sonido muy agudo, mide la resonancia y así determina la localización y el tamaño. Veremos si tenemos suerte.

Tras dos minutos de búsqueda obtuvo la respuesta.

—Tenemos uno a unos seis metros de la base —dijo la voz desde abajo—. A juzgar por el sonido, hasta podría ser lo bastante grande como para que entrara usted, O'Connell.

En cuanto la información llegó a lo alto, el hombre del explosivo plástico se agarró a la cuerda y desapareció por el hueco. Al cabo de un instante, un resplandor azul comenzó a emanar de la oscuridad.

No pasó mucho tiempo antes de que el sureño volviera a romper el silencio.

—Tenemos una abertura, amigos. Es hora de salir de caza.

—Invertid los dos últimos en la secuencia y volved a entrar —indicó Lundsdorf, sin apartar la vista de los tres terminales que tenía enfrente. Retiró el dedo del intercomunicador y se recostó contra el respaldo—. Ya verás qué sencillo es, Anton. Qué sencillo es cambiar hasta la esencia misma de la supremacía.

—Sí, ya... lo veo —repuso Votapek, que en los últimos cuatro minutos se había puesto más nervioso—. Pensé que Jonas estaría aquí con nosotros. Y Alison también. Que todo había quedado... claro.

—¿Crees que deberíamos tener a Jaspers aquí cuando se inicie?

Votapek no contestó.

—¿Sabes qué se me acaba de ocurrir, Anton? Xander nunca vio los tres manuscritos juntos. —Lundsdorf acarició los antiguos volúmenes que tenía sobre el escritorio frente a él—. ¡Esto le va a encantar! —Oprimió la tecla del intercomunicador—. Paolo, ¿serías tan amable de ir a buscar al doctor Jaspers?

Hubo un silencio antes de que el italiano respondiera.

—¿Le parece sensato sacarlo mientras...?

—¿Me estás cuestionando, Paolo? —Lundsdorf hizo una pausa—. Bien. Entonces, tráelo aquí. —Se volvió de nuevo hacia Votapek, con una enigmática expresión risueña en los ojos—. Pareces inquieto, Anton. ¿Me equivoco al pensar que preferirías no estar aquí? ¿Tan aterradora te resulta la perspectiva de la muerte?

Votapek siguió guardando silencio. Lundsdorf asintió con la cabeza.

—Tal vez tengas razón. Tal vez debas irte. —Lundsdorf puso la mano bajo el escritorio. Antes de que Votapek pudiese reaccionar, una puerta se abrió parcialmente detrás del viejo y una súbita bocanada de aire frío entró en la cabina—. Como ves, había otra salida. Idea de Paolo. Nunca vi la necesidad, pero ahora, por supuesto, veo que sirve. Es un túnel. Un coche espera en el otro extremo.

Votapek titubeó y luego se puso de pie.

—No te alejes mucho, Anton. Te necesitaré en las próximas semanas.

Votapek se dirigió a la puerta.

—Pero es una lástima. Haber venido de tan lejos y perderte un momento tan perfecto.

Sarah fue la última en entrar por el respiradero: el conducto de aluminio le dejaba unos cinco centímetros para moverse en cada costado. Para facilitar las cosas, el hombre de delante había engrasado el conducto mientras avanzaba; aun así, al arrastrarse ella sentía en las costillas cada una de las uniones soldadas. La grasa, empero, había favorecido más a O'Connell, pues el irlandés había tenido que untarse profusamente antes de introducirse a presión en el conducto. Divertido por la situación, Toby había elegido aquel momento para manifestar su aversión a los espacios estrechos, lo que impulsó a O'Connell a hacer un comentario sobre otros espacios estrechos. Toby enseguida había asido la cuerda, había trepado y se había metido en el conducto sin decir palabra.

A unos diez metros, el pequeño convoy se detuvo.

—Aquí se divide —dijo el guía—. Parece que hay seis túneles diferentes.

—Corta y echa una mirada —ordenó O'Connell, con el aliento entrecortado por el esfuerzo.

Tendida boca abajo, Sarah apretó los dedos contra las paredes metálicas y comprendió lo que él había querido decir. Un cuchillo afilado podría cortar el conducto, lo que permitiría echar una mirada a la zona inferior.

—Hay un revestimiento aislante y muchos cables —fue la respuesta—, la mayoría de los cuales se dirigen, junto a una de las ramas de la izquierda, en dirección al sitio de donde venimos...

—¿Hay un cable enroscado de color verde? —Era Toby quien había hablado, en un tono más serio de lo que Sarah esperaba—. ¿Algo que parece un gusano grueso?

Silencio.

—Sí. Envuelto en una especie de recubrimiento como un turbante. Corre separadamente, pero en la misma dirección que la mayoría de los cables.

—Eso es —respondió Toby—. Es el que usan para las conexiones por satélite. Síguelo y encontrarás el centro de operaciones.

—Entonces nosotros iremos en dirección contraria —terció O'Connell—. Un sitio agradable y tranquilo donde poder salir de estos respiraderos. Elige otro túnel y movamos el culo.

Paolo aferraba el brazo de Xander mientras lo conducía por el corredor, sin que ninguno de los dos dijera ni una palabra, sin explicaciones acerca de Stein o Tieg. La orden había sido tajante, pues el arma constituía un acicate suficiente. Al acercarse al ascensor, el italiano se detuvo de repente. No dijo nada, pero incrementó la presión de los dedos sobre el brazo de Xander. Por un momento, Paolo fijó la vista en la distancia; luego inclinó la cabeza hacia la izquierda, con la mirada perdida en su concentración. Torció hacia la derecha, con la expresión mucho más animada mientras olfateaba el aire. Un instante después, acercaba el aparato de radio a los labios. Mientras hablaba, el italiano no apartaba la vista de su cautivo.

—Profesor... Sí, lo tengo... No; pero hay vestigios del gas en el aire que llega a través de los respiraderos... Exactamente. Sugiero... Sí, por supuesto.

Paolo se separó el aparato de la boca, accionó un interruptor lateral y volvió a hablar.

—Cerrad los respiraderos... Bien, luego abrid los auxiliares. Yo también voy a necesitar algunos hombres... No; pueden estar en cualquier parte... Hay que ir estrechando el cerco... Y cerrad el laboratorio. Yo estaré con el profesor.

Paolo volvió a colgarse el aparato en el cinto y llevó a Xander pasillo abajo. Al cabo de un momento, los fluorescentes se apagaron y volvieron a encenderse las luces azules, mientras la mano de Paolo le apretaba el brazo cada vez con más fuerza.

—Sus amigos están haciendo esto mucho más entretenido de lo que yo esperaba. No se preocupe. La diversión está a punto de terminar.

Sarah fue la última en saltar al suelo desde el respiradero de hormigón. Se hallaban en un almacén con cajas apiladas que llegaban hasta el techo.

—Quitaos las máscaras —dijo O'Connell mientras se arrodillaba ante la puerta y sacaba el arma.

Probó el tirador, sin suerte. Apartándose, hizo una seña al experto en explosivos para que se encargara de la cerradura. Momentos después, O'Connell abría la puerta y asomaba despacio la cabeza en el ámbito iluminado por la luz azul. En cuanto lo hizo, levantó el arma y disparó.

El guía enseguida entró corriendo en el pasillo y al cabo de un rato volvió con una mujer muerta en brazos. La colocó sobre una de las cajas de embalaje, extrajo su arma y con un gesto de la cabeza indicó a los demás que lo siguieran. Cinco segundos después, O'Connell y el experto en electrónica salieron por la puerta, luego los siguieron otros tres y, finalmente, Toby y Sarah.

Ésta se encontró atravesando una zona amplia, de unos siete metros por diez, con seis puertas numeradas en cada pared. La única salida se encontraba en el medio de la pared opuesta; el guía los llevó hacia ella y —de acuerdo con la teoría de Toby del cable verde— el centro de operaciones. Avanzando entre sillas y mesas, Sarah vio una mesa de billar y una televisión situados en extremos opuestos de una cocina: con todos los elementos para aquellos que planeaban pasar una buena temporada bajo tierra. «Un búnker —pensó Sarah—. ¡Qué apropiado!» Ante la salida, oyó un chasquido de dedos. Al igual que los demás, se detuvo. El guía estaba acercándose con sumo cuidado a la esquina más alejada; unos segundos después, otra señal de dedos indicó que el camino estaba despejado. De nuevo avanzaron por parejas. Sarah acompasó el paso al de Toby, hasta oír otro chasquido, otra bifurcación de corredores. Observó que el guía y O'Connell hablaban. Ambos asintieron con la cabeza antes de que el irlandés se volviera hacia el equipo y se colocara unas segundas gafas que todos llevaban. El resto lo imitó, y Sarah no supo adivinar el motivo de la orden. O'Connell desapareció por la esquina, y Sarah fue la última en doblarla.

Al instante, comprendió que habían cometido un error. El pasillo era demasiado largo y estrecho, y no había ningún sitio donde pudieran buscar refugio. El instinto le decía a gritos que hiciera volver a Toby, pero antes de que pudiera dar media vuelta, aparecieron unos hombres en cada extremo del pasillo, con las armas en la mano. Los segundos siguientes, mientras esperaba el impacto de las balas, fueron los más largos de su vida. Pero las balas no la alcanzaron, en vez de ello, un destello brillante estalló en torno a ella, lo que le hizo perder momentáneamente la visión, en medio de un fuego graneado, sin tener tiempo para preguntarse por qué seguía con vida. Se precipitó hacia la izquierda, disparando frenéticamente hacia atrás. Se le aclaró la vista y descubrió a los hombres de Eisenreich corriendo en medio de una gran confusión. Los vio buscar a tientas las paredes para encontrar la forma de salir de la oscuridad. Entonces comprendió lo que ocurría: el destello de luz los había cegado.

O'Connell lo sabía y por ello había tomado las precauciones del caso. Les había puesto un señuelo, y ellos habían acudido a él. En quince segundos, en el corredor volvió a reinar el silencio.

Siete hombres yacían muertos, uno herido; ningún miembro del equipo se quitó las gafas. O'Connell se acercó al hombre herido y le hizo ponerse de pie, para apretarle el cuello con los dedos.

—Eres un tipo afortunado, ¿sabes? —murmuró—. Por lo tanto voy a hacerte una pregunta, una sola vez. Puedes elegir contestarla o bien puedes elegir la muerte. —O'Connell hundió aún más los dedos en la piel—. ¿Dónde están los ordenadores y en qué consisten las medidas de seguridad?

El hombre meneó la cabeza una vez.

Sin titubear, O'Connell apuntó el arma con silenciador y le pegó un tiro en la rodilla, sin soltarle el cuello para ahogar el grito. De la boca del hombre salió un hilo de saliva, mientras su cuerpo se estremecía de pies a cabeza.

—No te dije cómo te mataría —añadió el irlandés—, pero ahora soy yo quien va a elegir, ¿no es así?

—El tercer corredor... a la izquierda —fue la ahogada respuesta—, una puerta abovedada... diez técnicos... desarmados...

O'Connell descargó un golpe con la pistola en la mandíbula del hombre y dejó que el cuerpo se desplomara. Dos minutos después, el equipo pasó ante el ascensor y se detuvo a tres metros de la puerta de acero que cerraba la entrada al laboratorio.

—No me fío de lo que me dijo nuestro amigo —comentó O'Connell, cuando el experto en demoliciones ya se encontraba ante la puerta—. No es probable que estén desarmados. Que Toby se quede atrás. Y colocaos las gafas. —Se dirigió al experto en informática—. No es cuestión de que te perdamos al final de la partida, ¿no te parece, Toby?

Medio minuto después, la cerradura neumática de la puerta cedió, dejando un espacio suficiente para colocar dos más de los pequeños cilindros, este par mucho más poderoso que sus predecesores. Del laboratorio llegó un rumor de voces y ruido de pisadas, un ajetreo que contrastaba en extremo con la calmosa actitud del hombre situado ante la puerta; con toda tranquilidad, éste extrajo dos envases metálicos, desenroscó la tapa de cada uno de ellos y los arrojó a través de la abertura que iba ensanchándose cada vez más. Para protegerse de la explosión, se volvió al tiempo que estallaban una serie de destellos cegadores al otro lado de la puerta. Luego, agachándose, se introdujo por la abertura en el laboratorio, y cuatro miembros del equipo entraron rápidamente detrás de él. O'Connell los siguió. Sarah esperó hasta que su amigo hubo pasado y luego entró ella, con Toby a remolque.

La escena desde la galería era irreal: hombres y mujeres en la planta inferior se arrastraban a tientas por el suelo, otros a lo largo de las paredes, tratando de orientarse con manos y dedos puesto que sus ojos nada veían. Otros, frente a los terminales, miraban fijamente las pantallas que ya no podían ver. Había algunas armas esparcidas por el suelo, arrojadas o perdidas en el instante de la explosión cegadora: ninguna de ellas constituía un peligro para los hombres que con toda precaución descendían por la escalera. Sarah echaba un vistazo a las caras buscando a Xander, mientras el equipo ya se dedicaba a atar a los cautivos, y O'Connell extraía explosivos de su mochila. Al llegar al pie de la escalera, Sarah sintió un doloroso vacío en el estómago: todo había sido demasiado fácil. Y no había ni rastro de Xander.

—Bienvenidos.

Una voz atronó desde un monitor oculto; casi al instante, se abrieron una serie de láminas de acero debajo de la galería para dejar expuesta una cabina de vidrio, en cuyo interior estaba Xander. Un individuo le sujetaba el brazo y, sentada a la izquierda de ambos, detrás de un escritorio, estaba la persona que hablaba. Sarah tardó unos instantes en reconocerlo.

—¡Ah, señorita Trent —siguió diciendo Lundsdorf—, está usted viva! ¡Qué interesante! Alguno de ésos es, sin duda, nuestro misterioso motorista... ¿quizás el hombretón de los explosivos?

Sarah no apartaba los ojos del trío enjaulado tras los vidrios.

—No importa —agregó—. Como verá, el doctor Jaspers está aquí conmigo; juntos, hemos sido testigos de un momento memorable. ¿Adivina de qué se trata, señorita Trent? —Hizo una pausa—. Muy bien. Todos los códigos han sido transmitidos. Naturalmente, usted y sus amigos son libres de atar a mi personal, pero al parecer han llegado demasiado tarde. La etapa final no tiene vuelta atrás.

Sarah miró a Xander. La cara de éste no expresaba emoción alguna, tenía la mirada vacía, como si no hubiera oído las palabras de Lundsdorf. Durante varios segundos, todos los movimientos parecieron detenerse, hasta que Xander se volvió hacia el vidrio, con la vista fija en ella, y su expresión inmutable.

—Hazlo volar todo —dijo, con voz tan distante como su mirada—. De todos modos, yo ya estoy muerto. Sólo que...

—Eso de nada serviría —lo interrumpió Lundsdorf—. Lo que el doctor Jaspers no advierte es que cualquier intento en ese sentido no haría más que activar... un piloto automático... así creo que lo denominó Arthur. Tiene algo que ver con los satélites y la información almacenada, ese tipo de cosas. Por supuesto, ustedes pueden hacer lo que quieran con sus artefactos, pero tienen que saber que una explosión aquí en el laboratorio tendría muy poco efecto. Cierto es que nuestra capacidad para controlar los equipos en los próximos días se vería severamente restringida, pero los resultados generales serían los mismos. Algo menos de control para mí, pero a medida que uno se hace viejo aprende a adaptarse a las circunstancias. —Volvió a sonreír y miró a Jaspers—. ¿Te sorprende, Xander?

Jaspers no contestó. O'Connell se dirigió al experto en informática.

—¿Es cierto lo que dice?

—No... no sé —repuso Toby—. Tengo que...

Calló y miró a la cabina.

—Adelante, joven —dijo Lundsdorf—. Compruébelo usted mismo.

Toby se volvió hacia el terminal más cercano y tecleó unas órdenes.

—No sé. Éstos son terminales secundarios. Sólo procesan información cuando están conectados a la red principal. Si no es así permanecen inactivos. En este momento, están fuera de servicio. Hasta que vea al servidor, no puedo estar seguro.

—Oh, puede estar seguro, joven amigo —respondió Lundsdorf.

Sarah no había apartado los ojos de Xander, atraída por la extraña indiferencia que leía en sus ojos, una expresión que sólo había descubierto una vez: en el motel cuando él había recordado la muerte de Feric.

Esta vez, sin embargo, su mirada traslucía una clara determinación. Parecía abstraerse cada vez más, concentrado en sus pensamientos, hasta que, con una repentina explosión de movimientos, se precipitó hacia Lundsdorf por encima del escritorio.

Inmediatamente, Paolo se abalanzó sobre él, para hundirle el cañón del arma en la nuca. El italiano tiró de Xander para obligarlo a incorporarse y entonces le clavó la pistola en las costillas.

La sorpresa en los ojos de Lundsdorf fue manifiesta; en cambio, la expresión de Xander permaneció inmutable.

—Guarda eso, Paolo —ordenó Lundsdorf mientras se acomodaba en la silla.

—¿Por qué? —inquirió Xander, en voz baja—. ¿Por qué esperar? Ya mató a Tieg, y va a matarme a mí. ¿Por qué no terminamos de una vez con esto?

—Dije que guardaras el arma.

—Hasta tiene público —siguió Xander—. ¿Acaso no le excita eso...?

—¡Basta! —exclamó Lundsdorf, airado.

—Paolo sabe que tengo razón, ¿no es así, Paolo?

El italiano miró a Lundsdorf.

—Guarda el arma —repitió el anciano.

Paolo titubeó.

—Jamás hará lo que usted le pide.

—¡Guárdala, Paolo! Tú no lo comprendes. No toleraré otro Wolfenbüttel. —Lundsdorf miró a Xander—. Termina con esta estupidez enseguida.

—¿Qué te parece, Paolo? —insistió Xander—. ¿Lo comprendes?

—Déjeme acabar con él —insistió el italiano—. Este tipo no merece...

—¿Acaso nadie me escucha? —rugió Lundsdorf—. ¿Crees que no sé lo que te propones, Xander? ¿Crees que no me doy cuenta de tu treta? Estás jugando a un juego muy peligroso.

Xander miró al italiano de hito en hito.

—Hazlo, Paolo. No perdamos más tiempo. Aprieta el gatillo.

El italiano volvió a mirar a Lundsdorf y luego a Xander. La mandíbula se le puso tensa; un instante después, el ruido de un disparo resonó dentro de la cabina. Durante varios segundos, pareció que nada se movía. Luego, muy despacio, Paolo cayó de rodillas, con los ojos muy abiertos por el asombro. Se desplomó, y su cabeza golpeó contra el suelo.

—Habría hecho lo que le pedías —dijo Lundsdorf, de nuevo con la voz controlada y una pequeña pistola en la mano—. Y yo no podía consentirlo.

Sarah y los demás observaron la extraña escena que se desarrollaba ante sus ojos: Xander se acercó al escritorio, extendió la mano y tomó el arma que empuñaba el viejo.

—Pero tú lo sabías —dijo Lundsdorf, sonriendo, con una expresión casi infantil—. Y ahora, vas a matarme. Has manejado la situación de una manera admirable.

Xander conservaba una extraña calma, con el arma en la mano.

—No —replicó—. Tú vas a decirme cómo detener todo esto; no sé por qué, pero no creo que sea tan irreversible como dices.

—Créeme —repuso Lundsdorf—, no se puede hacer nada.

—¿De veras? —Xander apuntó el arma hacia su propio pecho—. ¿Qué pasará si la uso contra mí mismo? —Hizo una pausa—. ¿Cómo quedaría usted y su destino?

La sonrisa del viejo se desvaneció.

—No serías capaz de hacer una cosa semejante.

Xander miró a Lundsdorf fijamente a los ojos.

—¿De veras lo cree?

Ninguno de los dos se movió durante casi medio minuto. Luego, muy despacio, Lundsdorf se inclinó hacia delante como si se dispusiera a decir algo. Por un instante, Xander se distendió. El viejo le aferró la mano que sostenía el arma, la atrajo hacia su pecho y apretó el gatillo. Un momentáneo temblor en sus hombros, y se desplomó hacia atrás sobre la silla. Lundsdorf levantó la vista hacia Xander, con una débil sonrisa en el rostro.

—Al parecer, la pregunta es —murmuró—: ¿qué vas a hacer ahora? —Tosió—. ¿Los generales o el manuscrito? ¿La violencia o el orden? ¿El caos o la estabilidad? —Apareció un hilo de sangre en sus labios—. Como ves, no hay alternativa, ¿verdad? Nunca la hubo.

La cabeza cayó hacia un costado, y la sonrisa quedó estampada en su cara.

Xander permaneció con el arma en la mano, contemplando con impotencia el cuerpo sin vida. Se volvió hacia el vidrio, arrojó la pistola en un rincón de la cabina y miró a Sarah.

—Dame una alternativa. ¡Que entre tu maldito experto en informática y que me dé una alternativa!

Presionó un botón de debajo del escritorio y se abrió una puerta bajo la escalera.

Toby fue el primero en entrar, ansioso por sentarse ante uno de los ordenadores; al cabo de unos segundos, el ruido del rápido teclear invadió el espacio cerrado al tiempo que O'Connell entraba en la cabina. Xander se había acercado a la pared de vidrio, con los brazos cruzados sobre el pecho, y la vista clavada en el suelo. Ya no había nada que él pudiera hacer. Cesó el teclear, y él levantó la vista. O'Connell se había acercado a Toby, y ambos contemplaban las distintas pantallas buscando un indicio que les indicara cómo acceder al programa. Fue entonces cuando Xander vio aparecer a Sarah en el marco de la puerta. Sus miradas se encontraron, pero ninguno de los dos dijo nada. Volvió a oírse el teclear, y Sarah avanzó hacia Xander.

—Me dijeron que estabas muerta —dijo él, con las manos aún más apretadas sobre el pecho—. Yo...

—Unas cuantas costillas fracturadas. Sobreviviré.

Xander asintió con la cabeza mientras la frustración de Toby se iba acentuando.

—¡Hostia! ¿Qué coño han metido aquí? —Siguió mirando las pantallas mientras Xander y Sarah se volvían hacia él—. El viejo no mentía. No hay forma de revertir el proceso. Si trato de cancelar algunas de las órdenes codificadas, el sistema se me cerrará. Todo quedará bloqueado, y los ordenadores se harán cargo de la secuencia.

—¿Entonces no puedes hacer nada? —preguntó Sarah.

—No. —Toby comenzó a morderse la uña del pulgar—. Lo único que podemos hacer es quedarnos aquí un rato.

—¿Qué me dices de los nombres? —preguntó O'Connell—. Tiene que haber una lista de los que participan en esto. Si la conseguimos, podremos detenerlos antes de que lleguen a sus puestos.

—Ya lo he probado y nada —respondió Toby—. Esos tipos no se andaban con chiquitas. Sabían exactamente lo que estaban haciendo.

La cabina quedó muy silenciosa.

—¿Y qué hay de Pritchard?

Los tres que se hallaban ante el escritorio levantaron la vista. Era Xander quien había hablado.

—¿Cómo dice? —preguntó Toby, sin disimular su irritación.

—¿No dijeron que parecía una... matriz de Pritchard? —prosiguió Xander—. ¿No les daría eso una idea...?

—Pritchard —asintió O'Connell—. Buen tanto, profesor. Él debió de meter algo dentro, ¿no?

—¡Eh! —exclamó Toby, que no podía superar la frustración que sentía—. ¿De qué demonios están hablando?

O'Connell no le hizo caso y se dirigió a Sarah.

—¿Y bien?

—No sé. —Sus ojos comenzaron a vagar—. Podría ser cualquier número de...

—¿No lo sabrá Stein?

De nuevo los tres se volvieron hacia Xander.

—¿Bob Stein? —preguntó O'Connell.

—Está aquí. ¿No podría ser él una ayuda?

O'Connell siguió mirando fijamente a Jaspers. El irlandés asintió lentamente.

—Si se trata de los ordenadores y de Arthur...

Dos minutos después, ligeramente desorientado, Stein ocupó una silla junto a Toby, con Sarah y O'Connell que le hablaban a borbotones.

—Hay que anular los relevadores —dijo Bob en voz baja.

Sarah y O'Connell callaron y lo miraron fijamente. Ninguno respondió—. ¿Recuerdas? —Sarah denegó con la cabeza.

—¿Las órdenes demoradas en Ammán? —Hizo una pausa—. Arthur tenía algo para invalidar los relevadores.

Sarah abrió los ojos desmesuradamente.

—¿Las demoras provenían de Pritchard?

—Sí —asintió Stein.

La confirmación sólo pareció aumentar su confusión.

—Espera un momento. Entonces eso quiere decir...

—Sí —contestó él—, no habrías podido salvarla. —Stein miraba directamente a Sarah—. Volví y lo verifiqué. Pritchard provocó la demora porque necesitaba a la chica como cebo. Cuanto más tiempo la conservara como objetivo, más fácil sería para ti llegar a Safad. Nunca tuviste la posibilidad de salvarla. Él no te dio ninguna opción. —Bob dejó que las palabras surtieran efecto y luego se dirigió a O'Connell—. Arthur tenía una obsesión con respecto a la sincronización de las acciones. Tenía que ejercer un control absoluto sobre cada fase de una operación. Eso es lo que seguramente hizo aquí: la única cosa capaz de evitar que el sistema se cierre.

—¿Quisiera alguien explicarme de qué demonios están hablando? —exclamó Toby—. ¿O acaso el chico de la informática ni pincha ni corta en todo esto?

—Una orden de demora —repuso Stein—. No permite introducir nuevas directivas, pero permite demorar las que se han transmitido... indefinidamente.

—¿Una orden de demora? —repitió Toby—. ¿Eso significa...?

—Como decía, estaba obsesionado con la sincronización —contestó Stein—. Si algo se le escapaba, enviaba una orden de demora hasta lograr que todo volviera a su cauce normal. Seguramente habrá introducido alguna forma de orden de demora en el programa.

—¿Entonces uno no tiene que hacer nada más que sentarse —le preguntó Toby a Sarah— y esperar a que se active la siguiente serie de órdenes después de la demora? ¿Y si no llegan?

—Entonces no pasa nada —respondió ella, como hablando consigo misma, con la mirada distante y los recuerdos cada vez más claros.

—Uno espera que se produzca el contacto —añadió

Stein— y, cuando se produce, si se produce, siempre es activado por un conjunto de códigos diferente.

—Entonces, estamos hablando de un patrón de demora con la secuencia alterada.

Toby estaba de nuevo en su elemento. Volvió a teclear; los dedos y la vista llevaban una velocidad increíble mientras la pantalla cambiaba sin cesar, repleta de extraños símbolos.

Por primera vez en los últimos minutos, Sarah levantó la vista. Miró a Xander. Ninguno de los dos dijo nada.

Después de tres largos minutos, Toby se detuvo y se recostó contra el respaldo.

—¡Bingo! —Asintió frente a la pantalla—. Estáis ante vuestra puerta de escape. Un simple conmutador de demora. Pero existen dos problemas. En este punto, no puedo estar seguro de que la orden de demora alcance a todos los equipos.

—¿Y eso qué significa?

Fue O'Connell quien habló.

—Significa que quizá no puedan detener los primeros relevadores.

—¿Cuántos? —preguntó Sarah, de nuevo concentrada en el problema.

—Lo ignoro.

—Adivina —le incitó O'Connell.

—Cualquiera de las cosas que tengan que ocurrir, digamos, dentro de las próximas seis horas.

—Eso representa por lo menos tres actos terroristas más —dijo O'Connell—. Puedo soportarlo. ¿Y el segundo problema?

—De acuerdo con esto, si envío la orden de demora, se borra todo.

—Correcto —concedió Bob—. Por eso los códigos eran diferentes en Ammán.

—Él se verá obligado a reiniciar el sistema con el fin de mandar los nuevos relevadores. —Toby sonrió, llevado por las ganas de bromear—. Nuevos relevadores, nuevos códigos.

—Dejando aparte la lección de programación —preguntó O'Connell—, ¿qué quieres decir con eso de que se borra todo?

—Quiero decir que desaparece hasta el último byte de información, se limpia totalmente. ¡Zas!

—No se puede hacer nada para evitarlo —asintió Stein.

—Significa —siguió diciendo Toby— que quienquiera que sea que introdujo ese programa no quería que nadie mandara una orden de demora sin una muy buena razón. También significa que fue diseñado de modo que si alguien descubría la puerta de atrás (como nosotros), no pudiera echar un vistazo al armario una vez que hubiese entrado.

—¿Lo perderemos todo? —preguntó Sarah.

—¿No he sido bastante claro? —replicó Toby—. Nada. Ni siquiera un cursor. No precisarán explosivos porque no habrá nada que volar. —Nadie habló—. ¿Entonces qué vamos a hacer, amigos? ¿Demorar o no?

Durante un largo rato, nadie dijo ni una palabra.

—Habrá muchísima gente sentada esperando recibir órdenes de Eisenreich —dijo Sarah—, y nosotros no sabremos quiénes son. —Miró a O'Connell—. Tampoco sabremos cuántas escuelas se dedican a preparar a toda una nueva generación de discípulos.

—¿Y las otras alternativas? —terció Xander—. Si no enviamos la orden, sabremos exactamente quiénes son los que van a trastocar este país durante los próximos ocho días.

—¿Entonces dejamos que se pierdan en el bosque? —preguntó O'Connell.

—Ya han desaparecido —replicó Xander—. Están esperando. Les diremos que esperen un poco más. No olvidemos cómo lo expuso Eisenreich, lo que estipula el manuscrito: desempeñar el papel. Con Lundsdorf muerto, ¿quién enviará los nuevos códigos? ¿Votapek? ¿Sedgewick? Estoy seguro de que ésos son precisamente los cabos sueltos que puede eliminar una de tus oficinas que velan por la seguridad nacional. —Xander miró a O'Connell y luego a Sarah—. Lo mejor que podemos hacer es dejar que los chicos y las chicas de Eisenreich esperen una orden que nunca llegará.

—¿Y cuando sean mayores? —preguntó ella.

—Sin el manuscrito, sin alguien que los alimente con «la palabra según Eisenreich», no harán nada. Precisan que alguien les diga lo que deben hacer, y no habrá nadie que lo haga.

O'Connell respiró hondo.

—Pone mucha fe en una teoría que tiene cuatrocientos años de antigüedad, profesor.

—No. Tengo fe en los hombres que siguieron esa teoría al pie de la letra. Ellos querían crear discípulos, no líderes. Sólo nos cabe esperar que tuvieran éxito. —Se dirigió a Toby—. Mande la orden de demora. Dígales... que esperen sentados.

Toby miró a O'Connell, el cual miró a Sarah. Ésta asintió con la cabeza. Al cabo de un momento, todas las pantallas del laboratorio quedaron en blanco.

Toby había tenido razón, casi con una precisión absoluta. Durante seis horas, la nación experimentó una serie de tragedias frustradas. Primero, el intento de asesinato de Lung Tse Pao, miembro de la delegación comercial china. Felizmente, los pistoleros fueron descubiertos sólo minutos antes de su alocución televisada; ambos resultaron muertos y sus nombres no se hicieron públicos. Sin embargo, persistían ciertas dudas. ¿Dónde se encontraban las fuerzas de seguridad? ¿Tenía el hecho alguna relación con los incidentes sucedidos en Washington? ¿Con los de Nueva Orleans? ¿Con el embajador? Dos horas después, los desperfectos de los ordenadores en el aeropuerto LAX de Los Ángeles alimentaron aún más las especulaciones. También en este caso, un acto heroico impidió en el último instante un desastre seguro; a pesar de ello, una sensación de descreimiento, y hasta quizá muestras de pánico, comenzaron a invadir los programas de noticias de la radio y la televisión. ¿Acaso la policía y el resto de los cuerpos de seguridad estaban imposibilitados de actuar? ¿Por ventura el país había caído por fin presa del terrorismo internacional? Otros hechos igualmente inquietantes seguían produciéndose —el peor de ellos, en la Southwestern Bell que estuvo a punto de quebrar—, todos descubiertos a tiempo de evitar la catástrofe. No obstante, cada uno de ellos no hizo más que aumentar los elevados niveles de ansiedad. Muchas amenazas en un espacio de tiempo muy corto. ¿Acaso las cosas se estaban saliendo de madre?

Sin embargo, la noticia de una tragedia consumada llegó en el preciso momento en que se emitían los informativos de la tarde. Se había encontrado el cadáver del vicepresidente Pembroke en su despacho; la causa de la muerte, un paro cardiaco. En un discurso a la nación, el presidente Wainwright habló de la enorme tristeza en que la súbita muerte de su amigo había causado a todo el país. Un hombre de cuarenta y cinco años que gozaba de excelente salud había sucumbido ante un virus desconocido, evidentemente contraído durante un viaje reciente a Malaisia. Los médicos del Centro Hopkins de Enfermedades Víricas no pudieron aportar nada más a modo de explicación.

Luego el presidente se refirió a los asuntos más perturbadores del día. Habló con la plácida familiaridad que le había valido el afecto del público desde hacía mucho tiempo.

—En el curso de la semana pasada, hemos presenciado una indescriptible serie de ataques, todos ellos con la finalidad de debilitar nuestro espíritu. Y sin embargo, en cada ocasión, hemos salido victoriosos. En cada ocasión, hemos frustrado los intentos de quienes tratan de perturbar nuestra tranquilidad, de alterar un modo de vida que todos hemos elegido. Y si bien no tengo ninguna duda de que hubo momentos de miedo, tal vez de pánico, ni una sola vez cedimos a las amenazas. No. Las tomamos en consideración por lo que eran: una prueba más para demostrar ante el mundo que nos observa la resistencia y la valentía del pueblo norteamericano. Esos ataques fueron una locura, un disparate, pero no debemos otorgarles más importancia de la que tienen. Todos ellos palidecen cuando se comparan con la verdadera pérdida del día de hoy: la muerte de Walter Pembroke.

»Nos afligimos ante la tragedia, aceptamos su verdad, y sin embargo, también sacamos una lección de ella. La muerte del vicepresidente debe contribuir a que sepamos poner en perspectiva los terribles acontecimientos de la última semana. No nos conmovieron. No socavaron nuestra fe. El país está fuerte, seguro... seguro para llorar la verdadera tragedia del día. Ahora debemos concentrarnos en nosotros mismos y dejar nuestros temores de lado. Eso es, estoy seguro de ello, lo que Walter Pembroke habría querido.

Al llegar el fin de semana, muy pocos cuestionaron el sabio consejo del presidente.

Lamentablemente, la tragedia volvió a golpear dos días después, cuando Tieg Telecom anunció la muerte de Jonas Tieg, su inspirador y su brillante guía. También él había sido víctima de un paro cardiaco, y si bien su público, que lo idolatraba, lloraba su pérdida —y Amy Chandler, los altos índices de audiencia—, todo el mundo estaba demasiado afectado por los recientes acontecimientos como para prestar a la noticia más que una atención pasajera. El programa extrañamente profético emitido la noche anterior a su fallecimiento planteaba algunos interrogantes: en el vídeo Tieg parecía vaticinar varias de las tragedias que habían estado a punto de ocurrir al día siguiente. No obstante, en medio de toda la confusión, el debate acerca del programa se disipó rápidamente. Se escribieron varios artículos, se emitió un programa sobre su vida, pero al cabo de unas semanas, apareció un nuevo astro en otro canal: más procaz, más agresivo. Y el fenómeno Tieg cayó fácilmente en el olvido.

Esa misma semana, la noticia de la misteriosa desaparición de Laurence Sedgewick ocupó las últimas páginas de varios periódicos nacionales. Con las cuentas bancarias intactas, los archivos íntegros en sus oficinas de Nueva Orleans, todo hacía suponer que una vez más había sido atrapado con la mano en la caja.

No se prestó la misma atención al fallecimiento de un apreciado aunque poco popular teórico político, cuya muerte sólo ocupó unas pocas líneas en el *New York Times*. Hermann Lundsdorf había muerto mientras dormía, según decían, a la edad de ochenta y seis años. Hombre solitario, sus libros constituían su única herencia.

No obstante, pocos artículos merecieron más que una breve lectura de parte de los residentes de una pequeña granja de Maryland. Estaban demasiado ocupados en otros menesteres. El propietario, un irlandés en cierto modo célebre entre la población local por su tendencia a la reclusión, había comenzado a dar señales de vida: charlaba con los clientes en el mercado del pueblo y hasta invitó a un par de ellos a su casa. La mayoría de los lugareños atribuían el súbito cambio en O'Connell a la joven que parecía estar siempre a su lado. También ella estaba floreciendo, mostrándose cada vez más tranquila con el discurrir de las semanas. Haiden Dalgliesh, el cuidador de la granja, incluso había iniciado una apuesta, acerca de cuánto tiempo tardaría el irlandés en convertir a la joven Alison en una mujer casada. Si bien no acostumbraba jugar, Gaelin había apostado cinco dólares fijando una fecha de finales de septiembre.

Epílogo

Unas manchas de nieve moteaban la vasta extensión del prado de césped recién segado. Los augures habían prometido que sería el fin de la estación; el cielo claro parecía demostrar que estaban en lo cierto.

Xander y Sarah estaban sentados en un banco a cierta distancia de la tumba, pero ninguno de los dos demostraba demasiado interés en la inscripción ni estaba demasiado seguro de por qué habían hecho aquel viaje. Él la había telefoneado y le había pedido que viniera; era la primera vez que se hablaban en varias semanas. El tiempo de separación había sido particularmente difícil para él: la extraña despedida, el no tener un norte al que seguir... pero había comprendido que todo era para bien. Ella había dicho que necesitaba pasar un tiempo sola, comenzar de nuevo, volver a encontrar su camino. Por su parte, él tenía que tratar de hacer lo mismo. La semana en Hydra, sin embargo, de poco le había servido. Sólo recuerdos de Fiona. Con todo, el tiempo había pasado y, sentados el uno junto al otro, contemplaban el nombre de Lundsdorf. Quizá tenían necesidad de verlo con sus propios ojos. Juntos, por última vez.

No habían podido asistir al entierro, o mejor dicho, ese fin de semana no habían estado «disponibles», pues quedaron secuestrados en una casita de algún lugar de Virginia. Los encargados de levantar un informe se habían mostrado bastante disgustados al comprobar que no había nombres ni expedientes que los ayudaran a atar los cabos sueltos. Los manuscritos y documentos no eran evidentemente de su gusto. Xander les había suplicado que lo destruyeran todo. Ellos, a su vez, le habían asegurado que «manejarían el material con la máxima discreción». No era suficiente, había replicado él. La respuesta fue categórica: no era de su incumbencia. Sólo cuando el presidente llamó para garantizar personalmente que «todo estaría absolutamente seguro», Xander cedió. ¿Qué otra cosa podía hacer? Aún restaba la cuestión de los cargos que los relacionaba a ambos con el asesinato de Schenten, la muerte de la señora Huber y todo lo que se había ido sumando durante el curso de los acontecimientos.

—Deje que nos hagamos cargo de esto, doctor, y nos olvidaremos de todo eso —había dicho el presidente—. Claro que si surge algo más...

Bob Stein había sido un poco más cooperativo, pero hasta él había reconocido que a los muchachos de Langley no les gustaba compartir, ni siquiera con los tipos que habían echado a rodar la bola. El papel de Pritchard había colocado a la Comisión Supervisora en una situación bastante delicada; tardarían algún tiempo en recuperar la credibilidad de los escépticos. Hasta entonces, todo el mundo tendría que confiar en que el manuscrito estaba en buenas manos, o por lo menos que lo habían guardado en lugar seguro. No obstante, por el momento, él se dedicaría a vegetar. Eso, por supuesto, después de unas bien ganadas vacaciones. Bob había oído decir que las Bahamas era un sitio especialmente maravilloso en esa época del año. Estaría en contacto.

Eso había ocurrido quince días atrás.

—¿En qué estás pensando? —preguntó Sarah, arqueando la espalda para aliviar la tensión de las costillas.

—No lo sé. En Votapek, en Sedgewick. Me gustaría saber que han sido tratados con la más absoluta delicadeza. —Siguió contemplando las sinuosas hileras de lápidas—. Feric... —Miró a Sarah—. En fin... ¿Están mejor las costillas?

—Lo estarán —repuso ella con una sonrisa—, siempre y cuando las mantenga alejadas de los respiraderos y de los laboratorios informáticos. Estarán bien. Como todo lo demás. —Se volvió hacia él y le cogió la mano—. Xander, vine porque necesitaba que tú lo supieras. Las cosas comenzarán a tener sentido. Siempre ocurre así.

Xander asintió.

—De modo que una vez más no tengo más remedio que confiar en ti, ¿no es cierto?

—Tienes que aflojar. Nunca ocurrirá por sí mismo, por lo tanto tienes que aflojar.

—¿Y hacer qué? —Respiró hondo—. El mundo académico no es precisamente el mejor de los lugares en estos momentos. No creo que vuelvan a aceptarme. Ni siquiera los asesinos exonerados encajan en él.

—Entonces, concéntrate en lo que conoces.

Xander se quedó callado y luego dijo:

—En estos momentos, Sarah, eso serías tú.

Ella le estrechó la mano con ternura.

—Desearía que fuese tan fácil.

—También yo —repuso él—. También yo.

Después de unos momentos, Sarah sacó un sobre del bolso. Lo dejó sobre las piernas de Xander.

—¿Qué es esto?

—Unas notas. Un manuscrito. —Lo miró fijamente—. Me lo llevé del despacho de Lundsdorf, y lo puse a buen recaudo antes de que nos detuvieran. Tal vez puedas comenzar por ahí. Pensé que tenía que estar en manos de alguien que lo entendiera.

Xander abrió lentamente el sobre y examinó las hojas que había en su interior. La versión italiana. Entonces, miró a Sarah.

—Tendrías que haberlo quemado.

Ella meneó la cabeza y sonrió.

—¿Ya hemos visto lo que vinimos a ver?

—Supongo que sí. —Xander cerró el sobre—. No estoy muy seguro de qué se trataba.

—Un comienzo. —Dejó vagar la vista por el vasto prado y luego se volvió de cara a él—. A las ocho hay un vuelo que sale del aeropuerto Kennedy. Quisiera tratar de tomarlo.

Él levantó la vista y asintió.

—Comprendo. Te llevaré.

Xander se puso de pie, y comenzaron a caminar.

Muy suavemente, ella le pasó el brazo por el suyo.

—¿Ha estado usted alguna vez en Florencia al comienzo de la primavera, profesor? He oído decir que es muy hermosa.

—Eso es lo que dicen.

—Yo sólo estuve una vez. Pero, fui muy afortunada. Tuve un guía encantador. Estaba pensando que... sería estupendo volver a encontrarlo.

Xander se detuvo. Se volvió hacia ella y la miró a los ojos.

—¿Me está usted pidiendo que la acompañe, señorita Trent?

Ella sonrió.

—Eso parece, ¿no?

—¿Por prescripción médica?

—Por intuición. —Sarah le tomó la mano—. Digamos que es un comienzo. En estos momentos, creo que es lo mejor que podemos hacer.

Empezó a caer una lluvia ligera. Ella le atrajo a su lado y comenzaron a caminar.

Sobre la supremacía

Con una carta para Su Santidad el Papa Clemente VII (1531)

Eusebius Eisenreich

Traducción de Alexander Jaspers
Insitituto de Investigación Cultural
Universidad de Colombia

De Eusebius Iacobus Eisenreich a Su Santidad, el Más Santo Padre, Clemente VII

En la actualidad los hombres que buscan un patronazgo prefieren ofrecer algún presente de inestimable valor a quienes poseen un gran poder; un obsequio que exprese deferencia y ambición. Los hombres ofrendan tierras, joyas, incluso hijas con la esperanza de obtener el favor de alguien que ocupe un alto puesto. Pero esos regalos tienen un valor efímero, y muy a menudo sólo sirven para satisfacer un capricho pasajero. El verdadero presente debe resistir la prueba del tiempo.

Lamentablemente, las tierras se agotan, las gemas pierden su brillo, y las jóvenes muchachas maduran para ser esposas. En cambio, la práctica del arte de gobernar con sagacidad, el verdadero ejercicio de la soberanía, nunca desaparece de nuestra mente. El presente más noble, pues, debe tener como fin principal la estabilidad y perdurabilidad de los Estados; y así debe prescribir los métodos más eficaces para la conservación y el acrecentamiento del poder soberano.

No malgastaré palabras ensalzando las virtudes del pequeño libro que envío a Vuestra Santidad; ni caeré en el hábito tan común de la adulación, al que las personas humildes se entregan cuando se dirigen a hombres de vuestra alcurnia. Sólo ofrezco como prueba de mis méritos mi experiencia como profesional de la política, mi dominio de la discreción en el comercio y mi capacidad de comprender la naturaleza humana y la idiosincrasia de los hombres en tanto miembros de una comunidad.

El libro no contiene ni nobles ideales ni frases ingeniosas. Es un simple y franco tratado como el que sólo otro pensador se atrevió a escribir. Las limitaciones de la obra de messere Niccolò son en la actualidad conocidas de modo que la verdadera naturaleza del poder y su calidad pueden ser expuestas ante Vuestra Santidad. En vuestra sabiduría, Santo Padre, no deis la espalda a las descarnadas verdades que encierran las páginas que tenéis ante vuestros ojos. No hagáis como los moradores de la caverna de Platón que, temerosos de la luz exterior, regresan a las tinieblas interiores para ocultarse de un poder que no son capaces de comprender.

Encontrad en estas páginas las herramientas que os permitan alcanzar la grandeza que el destino y Vuestro genio no pueden sino afianzar. Pocos son los hombres que tienen la oportunidad de cambiar el curso de la historia, pocos los que poseen la valentía de actuar en momentos singulares. Éste es uno de esos momentos. Mi deseo más ferviente es que Vuestra Santidad, el más devoto servidor de Dios y del hombre, aproveche la oportunidad y se atreva a modificar la esencia misma de la supremacía.

Índice

Sobre la Supremacía

1. QUE LA SOBERANÍA ES UN ENTE DE MUCHAS CABEZAS

Para muchos observadores de los Estados, parecen existir tan sólo dos opciones en lo que atañe a la soberanía: un hombre debe gobernar solo o bien debe dividirse el poder entre muchos. En el primer caso, los derechos de nacimiento, la victoria o la usurpación otorgan autoridad a su fuerza; en el segundo caso, la legislación instituye un cuerpo soberano que actúe de forma conjunta. El Imperio romano y la República ilustran claramente las diferencias entre ambos modelos.

Pero los hombres son unos necios que eligen tan sólo entre las opciones que se les brindan. En verdad, la soberanía no es nada más que la palabra de un cortesano para definir el poder, y es desatinado sin duda que quienes detentan ese poder afirmen que saben cómo limitarlo. La soberanía no es ni la sierva del virtuoso o del príncipe astuto ni el privilegio de un cuerpo de legisladores. Es un premio que debe ganarse y ejercerse; ejercerse por aquellos que un día pueden ejercer la autoridad propia de un príncipe y al siguiente ser modelos de virtud republicana. Optar por gobernar mediante una forma de soberanía es perder de vista los caprichos de ésta, sus antojos. El poder no busca a quienes esperan amansarlo. El poder lo conservan quienes reconocen sus contradicciones y saben convertir esas contradicciones en dominación.

II. QUE LA VERDADERA NATURALEZA DE LA SOBERANÍA AÚN ES DESCONOCIDA

Si la naturaleza de la soberanía es tal como yo la describo, no será tarea fácil dar ejemplos de su correcto ejercicio. Porque afirmo que nadie hasta este momento en la larga historia del hombre ha osado reconocer la verdadera naturaleza de ese poder, y por ende nadie lo ha llevado a la práctica. No puedo brindar apasionantes relatos de engaños y malicias, ni moralinas de conmiseración para ilustrar plenamente este poder irrestricto y mudable. En ese aspecto, El príncipe *de messere Niccolò muestra un mayor respeto por el pasado que mis escasas páginas.*

Sin embargo, la historia tiene poco interés para los hombres con visión de futuro. Que los Estados han medrado y caído, que han generado grandes líderes y viles tiranos, en modo alguno prueba que el pasado oculta virtudes aplicables a la práctica de la política actual. Sin duda algunos hombres ilustrados dirán que el necio soy yo; que quienes no saben ver en la historia su propio futuro sólo se tendrán a sí mismos para culparse por los indecibles sufrimientos. Tal vez. Pero yo respondería que esos supuestos eruditos no hacen más que solazarse en estratagemas anacrónicas que prometen el orden en un proceso cíclico de la vida política. Polibios es, por supuesto, el más frecuentemente evocado: que de la monarquía nace la aristocracia; de la aristocracia, la oligarquía; de la oligarquía, la democracia; de la democracia, la tiranía, y de la tiranía, la monarquía de nuevo.

¡Si al menos los procesos de la política fuesen tan sencillos, tan bien definidos, tan fácilmente ordenados como esos hombres insignes quieren hacernos creer! Entonces, quizás, el pasado se presentaría como una auténtica guía presciente para afrontar todos los acontecimientos posibles en la gobernación de hombres y Estados; pero ése no es el caso, ni es probable que lo sea. El poder es como un niño inquieto que no lleva con soltura los ropajes del demócrata ni los del oligarca. Se tira de las mangas, se rasga los puños, lucha por ade-

cuar la ropa a sus medidas. No es probable que el niño tolere las restricciones que le impone un recorrido determinado. Antes bien, él elegirá el programa del demócrata por la mañana, el del oligarca por la tarde y el del tirano por la noche. La permanencia no es amiga del poder (si bien la apariencia de que existe es sin duda esencial). El poder debe establecer su propio curso y adoptar los diferentes ropajes que le dicte su fantasía.

De ello se desprende, pues, que el poder no puede fijarse el simple objetivo de conquistar una ciudad, unas tierras, un país. La historia es un relato lamentable de la visión provinciana que tienen los hombres de su propia capacidad. Demasiados son los príncipes, los tiranos y hasta los clérigos que han saciado su sed bebiendo en una pequeña alberca cuando existen caudalosos ríos para apagarla. La seguridad —la invulnerabilidad de pequeñas parcelas de un territorio, las luchas de un emperador, un florentino o incluso de un papa— constituye un tema de interés menor cuando se compara con la ambición sin restricciones de un niño mal vestido y de mal carácter. Él toma todas las ciudades, todas las tierras, todos los países como dominios propios, como su heredad por derecho de nacimiento. Y los hombres que le rinden pleitesía y le brindan su apoyo comprenden que el camino que sigue es el único que llevará a la verdadera estabilidad.

Yo no escribo para quienes desean permanecer atascados en el falso sueño de un ideal clásico, para quienes se conforman con caminar en círculos en vez de trepar hasta la cima de la montaña. A éstos les digo: abandonad la lectura ahora y no perdáis más tiempo con este libro. Existen centenares de pequeñas albercas; podéis beber en ellas con falsa seguridad hasta que la corriente de las profundidades os arrastre. El consejo que aquí encontraréis no hará más que despertar vuestra ira e irritaros, pues supondrá un desafío a vuestra complacencia. Os lo ruego: dejad el libro antes de que os pese demasiado en las manos.

Quienes se atrevan a seguir leyendo, en cambio, sepan que ahora comenzaré a ahondar en los misterios del asunto que nos ocupa. Os lo advierto: a lo largo del camino no encontraréis ningún lugar para dar media vuelta y volver atrás.

III. CÓMO LOGRAR LA ESTABILIDAD

La estabilidad del Estado es el objetivo de todo adalid, y, salvo para el inepto, la perdurabilidad también lo es. Existen tres formas mediante las cuales puede lograrse una estabilidad duradera: primera, mediante el aislamiento riguroso; segunda, mediante la acumulación de alianzas y amistades, y tercera, mediante la continua expansión valiéndose de las artes de la agresión y el engaño.

La primera de éstas puede ser útil en el logro de una estabilidad temporal, pero no permite mantener el bienestar de un Estado durante un periodo prolongado. Esto es así por tres razones. Primera, los Estados que practican el aislamiento se basan en el miedo, el miedo a las interferencias y a las fuerzas externas. Ningún Gobierno perdura durante mucho tiempo si se fundamenta en el miedo. Segunda, las tierras y los recursos son limitados dentro de un solo Estado. Sin comercio, ningún Estado puede sobrevivir, y el comercio es anatema para quienes eligen el aislamiento. Tercera, sólo el Estado miserable, que declina a causa de su propia corrupción, escapa de la agresión de otros Estados. El Estado próspero, aun basado en el aislamiento, se convierte en presa de quienes ansían devorarlo. Entonces, el Estado debe postrarse ante su conquistador o entrar en la contienda. Como en general los hombres son beligerantes, existen pocas esperanzas de que puedan permanecer aislados durante mucho tiempo.

Melos fue un magnífico ejemplo de un Estado demasiado ansioso por mantener su aislamiento y, a causa de esa miopía, cayó víctima de la devastación de un Leviatán ateniense. Una isla importante tanto para Esparta como para Atenas, Melos se mantuvo neutral durante los primeros quince años de la guerra del Peloponeso. Y así prosperó. Pero ningún tesoro permanece mucho tiempo inadvertido. (Si la pequeña isla hubiese ahondado su miseria, entonces quizás habría escapado al codicioso ojo ateniense. Pero eso no ocurre así en el arte de gobernar.) Atenas demandaba un tributo, los melianos optaron por la mediación, y muy pronto la en un tiempo orgullosa isla fue llevada a la ruina por la muerte y la esclavitud. Ningún Estado es una isla, tanto si está rodeado por las aguas como si no. Y ningún pueblo puede confiar sólo en las dulces palabras de los políticos para salvarse. En pocas palabras, el aislamiento no es más que una invitación a la esclavitud.

El segundo camino hacia la estabilidad se basa en las buenas intenciones de todos los Estados, en que cada uno de ellos honre su palabra y se perpetúe mediante los acuerdos estampados en unos pedazos de papel. ¿Por qué digo que todos deben ser virtuosos? Porque si un solo Estado decide actuar vilmente, entonces todos los demás corren riesgo. Y como es difícil, si no imposible, determinar la futura actitud de cada Estado, es igualmente imposible extender la confianza a todos esos Estados durante un largo tiempo.

Sin embargo, puede ser cierto que un grupo de Estados logre llegar a un pacto con el fin de protegerse de algún malvado que amenace la paz general. El pacto más eficaz de reciente recuerdo fue el que unió a los cinco grandes Estados de Italia. Todos, durante un tiempo, dejaron de lado sus mezquinas disputas, con el afán de lograr los beneficios que el Tratado de Lodi les podía proporcionar. No obstante, muy pronto, Ludovico Sforza vio las ventajas que podía obtener para su Milán invitando a Carlos de Francia a Italia. Y así concluyó la pasajera amistad, demostrando que tales alianzas contribuyen muy poco a la causa de la estabilidad duradera. El momentáneo éxito del tratado se debió más a la casual concurrencia de intereses entre los cinco Estados que al carácter del tratado en sí. Los intereses particulares terminan por romper esos tratados. Así vemos que mientras que la amistad y las alianzas son cosas gratas, no reflejan las partes más profundas de las almas humanas.

IV. EL TERCER CAMINO HACIA EL GOBIERNO ESTABLE

Así, ni el miedo ni la amistad pueden conducir a una estabilidad duradera. Los hombres son anima les ansiosos que anhelan el cambio y el desafío con tanta vehemencia como apetecen el pan. No se conforman con lograr que la situación siga como está. El aislamiento y la alianza se fundamentan en esa debilidad. La única alternativa consiste en alimentar el deseo humano de avanzar, la necesidad de imponer una voluntad sobre otra. Así la perdurabilidad de un Estado descansa en su capacidad de satisfacer a los deseos agresivos de su pueblo. La estabilidad no es compañera de la tranquilidad.

Cualquier estudioso de la naturaleza humana verá en las líneas precedentes una receta para la autocomplacencia que, en cierto modo, puede conducir a la felicidad. Pero el observador sagaz preguntará cómo esa práctica puede aspirar a lograr la estabilidad dentro del Estado. Permitir que el populacho se asiente en una política basada en el capricho es sin duda el camino más rápido hacia la anarquía. Estamos obligados a reconocerlo, mientras que la agresión es vital para la perdurabilidad, la gran mayoría de los hombres son incapaces de ver el modo de aplicar ese poder de la manera adecuada. Los hombres son necios, seres crédulos que tanto pueden seguir a un santo como a una serpiente. Se dejan adular y mimar, insultar y golpear, y, durante un tiempo, irán donde les digan.

Pero sólo durante un tiempo. Luego, sentirán la tentación del cambio, la necesidad de poner sobre el tapete sus deseos particulares. Así destruirán todo cuanto los hombres sabios hayan construido para ellos con el fin de que puedan manifestar su espíritu agresivo. Ésa es la calamidad de la historia. Ésa es la obra de los hombres que se dedican a la política.

Ésta es la lección fundamental que muchos políticos no aprenden. No basta con eliminar el peligro y poner en su lugar el Gobierno en manos de un hombre o de muchos. De nuevo, messere Niccolò quiere hacernos creer que su prínci-

pe creará una autoridad fuerte a partir del caos, y que entonces su arrojado adalid entregará su poder a un cuerpo republicano que perdurará a lo largo de los siglos. Cierto es que, al principio, la gente vivirá atemorizada de un guerrero tan poderoso que les llena de orgullo, de admiración, etc. Y lo seguirán en tanto él dé muestras de su poder. En verdad, el príncipe es un hombre con el que hay que contar. Su capacidad para prever su propio futuro, su fuerza y valor con los que superar los caprichos de la fortuna (esa diosa omnipotente), su voluntad de interpretar el papel de ángel y demonio en la práctica de la política son rasgos que deben apreciarse y procurarse. Pero la mayoría de los hombres no posee esas cualidades. Sin embargo, una vez esa cuasi deidad ha cumplido su propósito y establecido una base sólida para la autoridad política, se torna innecesario (quizás hasta peligroso), y es en ese momento, se nos dice, cuando el pueblo le arrebata las riendas con un sentido común y una comprensión del arte de gobernar que asegurará la gobernabilidad estable y duradera.*

¿Pero acaso cambian los corazones de los hombres? ¿Acaso sus deseos se desvanecen por el hecho de haber vivido bajo la autoridad de un príncipe tan extraordinario? ¿Por ventura aprenden a hacer un uso adecuado de la autoridad porque se les ha otorgado el poder? Y, lo que es más importante, ¿acaso dejan de buscar la diversión y el cambio? Por cierto que no. Al igual que los niños, necesitan constante distracción, constante entretenimiento. Demasiado tiempo con cualquier forma de Gobierno, y se aburren, se inquietan. Por eso no pueden sufrir a los príncipes (ni siquiera a los de cualidades inestimables) por largos espacios de tiempo. No importa cuán fuerte sea la autoridad inicial, no importa cuán firmemente el príncipe establezca las bases, ello no refrena la agresividad de los hombres.

A no ser, por supuesto, que a los hombres se les enseñe de otra forma; es decir, a no ser que sus gobernantes hagan de la

* *Si bien Maquiavelo no detalla expresamente esa transición, Eisenreich está en lo cierto al llegar a la conclusión de que ese argumento es quizá la mejor forma de dar una coherencia entre* El príncipe *y los* Discursos *de Maquiavelo.*

educación una parte vital de su acción con el fin de formar de manera permanente las almas de los hombres, para modificarlas y adaptarlas a las conveniencias políticas y comerciales. No basta con que los adalides tengan el poder político. Ni es suficiente que mantengan el poder sobre los asuntos relacionados con el comercio y los negocios. Ni siquiera juntos, esos dos puntos fuertes son suficientes. Es necesario agregar un tercero, no menos vital: los hombres deben decidirse a seguir a sus caudillos a lo largo del estrecho sendero que convierte la agresión en la esencia de la estabilidad. Y la gente debe seguirlo no sólo voluntariamente, sino con entusiasmo. Los hombres deben ser conducidos, pero ellos no deben advertir la traílla que los arrastra. La educación satisface ambos requisitos y al mismo tiempo genera el entusiasmo necesario para seguir el curso elegido. Puede convertir la agresión en fervor, la obstinación, en compromiso, y la volubilidad, en pasión. Una educación bien planificada enseña a los hombres a tener libre albedrío y al mismo tiempo los convence de que han elegido libremente. Esto, por supuesto, nunca debería ser el caso.

Platón comprendió esta cualidad esencial de la educación y así construyó su república modelo en torno a una fuerte instrucción. Si hubiese reconocido que las lecciones cambian, que los modos de pensar responden a las circunstancias, entonces quizá nos habría brindado un escrito válido por los siglos de los siglos. Pero Platón sólo pudo concebir una Verdad singular bajo la cual establecer los fundamentos de toda instrucción: la Justicia. Dulce palabra, pero poca cosa más. Y al hacer de la Justicia su norma, Platón convirtió una idea práctica en un ideal. El perspicaz estudioso de la naturaleza humana comprende que ninguna Verdad, ningún Bien sobresaliente guía a los hombres en sus actos o en la comprensión de sí mismos. O si lo hace, los hombres no son lo bastante sagaces como para seguir sus dictados. Así, esos Bienes y Verdades no inciden en los asuntos políticos y comerciales.

Eso no quiere decir que los adalides no puedan conducir a un pueblo mediante una educación que tenga en mente un fin claro. Pero pueden hacerlo sólo mientras ese fin mejore la estabilidad general. Cuando la educación comienza a crear individuos que tienen la mira puesta más allá de los confines de la vida política y comercial, la institución se vuelve obsoleta. Un enfoque determinado puede ser válido durante siglos, como ocurrió en la antigua Esparta, si bien en este caso tuvo tanto que ver la brutalidad como la oportunidad. Baste decir que quienes esperan conservar el poder no deben perder de vista la educación con el fin de que sus lecciones siempre se adapten a las necesidades políticas y comerciales del día. Educar es proyectar a hurtadillas: ésta debe ser una máxima primordial del liderazgo.

Además, el deseo agresivo que los hombres sienten por el cambio será bien controlado mediante la educación, acelerada durante un período, contenida durante otro. Pero siempre debe dejarse florecer ese deseo. Ésta es una verdad inmutable, pues si la gente siente alguna vez que su agresividad tiene límites, comenzarán a rasgar el tejido mismo del Gobierno del mismo modo que la bestia salvaje araña con sus garras la jaula que la contiene. A la gente se le debe consentir que dé rienda suelta a sus caprichos, a sus pasiones, a sus arbitrarios anhelos dentro de los límites de la estabilidad social. Pero nunca deben tener conciencia de los muros que los rodean. Es tarea del Gobierno y la educación mantener ese delicado equilibrio.

Con todo, podríamos preguntar: ¿acaso no es la agresividad la semilla misma de las rebeliones? ¿De qué forma el control del alumno contribuirá a evitar que el padre se rebele? Para quienes comprenden la esencia de la sublevación, esta cuestión es fácilmente descartada sobre la base de varias consideraciones. Primera: la sublevación se forja a lo largo de las generaciones; si se le enseña bien al niño, la lealtad está asegurada sin duda. Segunda: la sublevación es producto de un resentimiento oculto que sube a la superficie para destruir la paz; permite que la hostilidad sea considerada como una expresión y deje de ser una amenaza. Y tercera: el clamor del descontento se eleva contra la exclusión, el maltrato o la injusticia; esas ásperas expresiones tardan años en desarrollarse y así pueden reprimirse en el joven mucho antes de que esos acaloramientos adquieran proporciones peligrosas. Y esto es todo lo que tengo que decir sobre los presuntos peligros de la rebelión.

V. POR QUÉ LA NATURALEZA DE LOS HOMBRES Y LA NATURALEZA DEL PODER SE AVIENEN TANTO

Del mismo modo, los adalides deben prestar mucha atención a los sutiles cambios de actitud que apunten al descontento. Y es por esa razón que los Gobiernos deben estar dispuestos a representar los diferentes papeles que la época les dicte. Mientras comienza a manifestarse el desasosiego de un pueblo, los Gobiernos deben tener la habilidad de cambiar la cara para tranquilizar y distraer a la voluble multitud. El cambio puede ser sólo superficial (y en la mayoría de los casos puede lograrse mediante el engaño), pero su efecto será momentáneo. Encontraríamos ejemplos del pasado para ilustrar esta política, pero ninguno que haya tenido la oportunidad se ha atrevido a ponerla en práctica.

Una de las razones por la que los Gobiernos no han querido o no han podido dominar esta técnica reside en el hecho de que han creído erróneamente que todos los pueblos buscan la libertad en todas las épocas, y que el populacho está más satisfecho bajo una república o una democracia. Pero ¿por qué los hombres querrían vivir bajo una forma constante de soberanía cuando ellos mismos no demuestran poseer esa constancia dentro de sus almas? Si todos los hombres estuviesen infundidos del espíritu republicano en todas las épocas, entonces verdaderamente sería la república el Gobierno elegido. Pero los hombres no son así. Ni se esfuerzan por serlo. No es ningún secreto que hay momentos en que los hombres anhelan incluso la tiranía, de una manera abierta o solapada. Quien diga lo contrario es un embustero o un necio. ¿Por qué el mundo ha visto aparecer tantos tiranos si no es por la *sencilla razón de que cada ser humano ansía en secreto llegar a serlo? Esto es: tener el control total; imponer la voluntad propia a todos los demás. Vivir bajo una tiranía que construya un imperio, ser espectador de su poder sobre sí mismo y los demás, puede saciar la sed de ejercer la tiranía que anida en todos los hombres.*

Como he dicho, los hombres son como niños. Y no es extraño que los niños busquen la mano fuerte y autoritaria de un padre dominante. Sin embargo, como ocurre con todas las pasiones, el niño con el tiempo se cansa de ello. Pero es un padre sensato, al igual que un Gobierno sensato, el que sabe cuándo ser recio y cuándo ser consentidor. El poder refleja los deseos de la gente; y la gente está más satisfecha cuando cede a los caprichos del poder. La tiranía, que a menudo es poco más que una monarquía detestada, a veces, da satisfacción a una pasión humana.

Aquí, pues, es donde la naturaleza de los hombres y la naturaleza del poder se dan la mano. El poder no soporta bien los grilletes de la inmovilidad; y los hombres, tampoco. El poder se deja llevar por el antojo; los hombres, también. El poder sacia su sed mediante las conquistas de gran alcance, si no ilimitadas; así los hombres encuentran distracción y entretenimiento en la expansión política. De este modo los modos del poder y las necesidades de los hombres se avienen a la perfección.

VI. LOS COMPONENTES QUE CONSTITUYEN EL ESTADO

Hasta aquí, he hablado en términos generales. He explicado que a los hombres se les debe dejar libertad para obrar con arreglo a sus deseos agresivos (dentro de ciertos límites que ellos desconocen); ese poder es una fuerza impetuosa y caprichosa que se extiende más allá de los confines que imponen las democracias, las oligarquías, etc.; y, en lo que al Gobierno se refiere, los hombres y el poder tienden al mismo fin. A nosotros nos corresponde formular la pregunta esencial: ¿cómo es que los extremos se tocan?

A partir de aquí, confiaré mis observaciones a quienes ejercen la autoridad. Ya he hablado bastante acerca de la gente. Ésta sigue siendo un motivo de interés, pero sólo en la medida que sigan a los pocos que dirigen. Comprender los deseos agresivos de la gente en general constituye un paso necesario en el arte de gobernar. Urdir a hurtadillas un cambio en sus deseos con el fin de que el Estado pueda prosperar es la tarea más difícil.

*El éxito en esta empresa requiere una aguda comprensión de la naturaleza del Estado. Ya no es atinado describir el Estado como un solo dominio, como una entidad indivisible. No pretendo señalar algo tan obvio como que la soberanía es divisible. La República romana constituye una prueba suficiente, con su senado, cónsules y tribunos, de que esa división no es sólo posible sino quizá ventajosa para la estabilidad. No. Yo pretendo demostrar que los Estados están formados por tres esferas separadas, cada una de las cuales desempeña un papel distinto en las relaciones de los adalides y la gente. Esas esferas son la política, la económica y la social.**

La primera es la más fácil de definir, la más tangible de las tres porque mucha tinta se ha vertido en su examen. La segunda es, si se me permite decirlo modestamente, una designación propia que pretende definir las actividades comerciales y mercantiles dentro y fuera del Estado. Durante siglos, el término ha designado el mantenimiento de la casa. De ahí las

* *Éste fue sin duda el término más difícil en la traducción. Eisenreich usa las palabras* communitas y humanitas, *a veces juntas y a menudo alternativamente cuando describe esta esfera. Resulta difícil creer que él la hubiera reconocido como una «esfera social» en el sentido moderno del término, pero sin duda apuntaba a eso. He elegido la palabra «social» porque a mi entender se adapta a la amplitud de significado que él le daba. Además, el término es coherente con la esfera que él describe: una esfera donde se produce la manipulación en el terreno educativo y cultural. El hecho de que el término tal como nosotros lo conocemos sólo aparece en obras de filosofía política doscientos cincuenta años después, no haría más que confirmar el extraordinario talento de Eisenreich como estudioso del arte de gobernar.*

numerosas referencias de Aristóteles a la oeconomia *en su* Política *y en su* Ética a Nicómaco. *Pero ¿acaso no es el Estado una casa grande? Por lo tanto es lógico que tratemos el mantenimiento de los Estados como tratamos el mantenimiento de las casas, y así desarrollemos una noción más amplia de la economía. En cuanto a la tercera, es la más abstracta de las tres. Por ahora, me limitaré a recordar al lector que la educación se encuentra en el corazón de la esfera social, y más adelante me ocuparé de ella con más detalle.*

Hasta ahora, los autores de teorías, prácticas y utópicas, han colocado estas tres esferas juntas, en la mayoría de los casos tomando lo político como la fuerza reguladora esencial. La economía y la sociedad han aparecido como poco más que ecos del poder político. Esta perspectiva, aunque útil en ocasiones, no logra poner de relieve la compleja naturaleza del Estado. Quienes toman este camino son como el comensal humilde que, al probar el estofado, observa que la carne es de buena calidad, y que por lo tanto todo el plato es satisfactorio. En cambio, es el epicúreo que advierte el sutil sabor de las patatas, los puerros, las zanahorias y el caldo quien verdaderamente aprecia el plato; y quien sabe cómo establecer el delicado equilibrio. Si la próxima vez el estofado no es del agrado del comensal humilde, atribuirá solamente a la carne la causa de su desagrado. El epicúreo tiene gustos más sutiles, un sentido más aguzado para los ingredientes, y sabe dónde buscar las causas cuando el estofado no le satisface. Así también en los Estados, los gobernantes deben reconocer los diferentes ingredientes de la política, la economía y lo social, y equilibrarlos bien con el fin de mantener la estabilidad.

Y, así como hay diferentes cocineros para los diferentes platos, también tiene que haber prefectos distintos para las distintas esferas dentro del Estado: uno que entienda de relaciones políticas, otro que rija la esfera económica, y otro que tome decisiones con respecto a la política social. Y como sea que cada uno debe dedicarse solamente a su esfera, no tiene que prestar atención a los proyectos que lleven a cabo aquellos de igual autoridad dentro de las demás esferas. Las exi-

gencias de cada esfera son tan rigurosas que, para los que gobiernan, no hay tiempo que perder en asuntos que no sean sus propios deberes.

¿Cómo, pues, logran ponerse de acuerdo para aunar esfuerzos? Es decir: si cada uno sólo se dedica a su propia esfera, ¿cómo se conseguirá que los proyectos de cada uno sirvan a los mejores intereses del Estado como un todo? Evidentemente, sin un agente principal que supervise todas las acciones dentro de cada esfera, tendremos la anarquía. Por lo tanto, un hombre debe permanecer detrás de los tres para guiarlos con sutiles sugerencias y sabios consejos. No es necesario que este individuo sea muy versado en los temas de cada esfera distinta. Antes bien, debe poseer una visión más amplia —con la lucidez de un Aurelio y el autocontrol de un Cincinato—, una capacidad para lograr que las rivalidades entre las esferas fortalezcan los lazos entre todas ellas. Este individuo no es un príncipe, ni un rey soberano cuya sola autoridad dicta el camino a seguir por el Estado. Sólo en ciertos momentos hace valer ese poder. En todos los demás casos, se sienta y observa, contento de permanecer al margen de la refriega. Él no tiene sed de poder, sin embargo puede utilizarlo cuando la ocasión lo requiere. Para él, la supremacía no es más que un reflejo de la estabilidad, y sabe que esa estabilidad descansa sobre los tira y afloja de las esferas que supervisa.

Una breve digresión es necesaria para considerar el carácter de este hombre a quien, en adelante, llamaré el supervisor. Sólo un hombre del pasado ha demostrado poseer la adecuada disposición del supervisor. Cincinato, emplazado a dejar el arado para ocupar el cargo de cónsul, venció a los ecuos, y luego aceptó el puesto de dictador romano con el único propósito de restaurar el orden en el Imperio; hecho esto, volvió a empuñar el arado al cabo de seis meses. Su ambición consistía solamente en llevar estabilidad al Imperio, y no en asegurar su propia autoridad. Nuestro supervisor no es un labrador, ni jamás podría abandonar los ámbitos centrales de la autoridad, pero su uso del poder debe mostrar la generosidad y la determinación que Cincinato poseía.

Las relaciones entre los tres prefectos y el supervisor establecerán el bienestar del Estado y, lo más importante, el control de la gente. Cada esfera debe conservar su autonomía. O por lo menos la gente debe tener la sensación de que esa separación existe verdaderamente. Es decir, los hombres raramente necesitarán saber de la existencia del supervisor que mantiene la armonía entre las tres esferas. Para la masa, la política, la economía y lo social serán llevadas por manos separadas, cada una de las cuales constituirá una suerte de freno para las ambiciones de las otras dos. De esta manera, la virtud republicana protegerá al Gobierno porque el poder dará la sensación de estar dividido entre muchos. La pura apariencia de límites y equilibrios (para hacer míos los conceptos de Polibio) satisfará la fantasía de la gente.

También estarán convencidos en todo momento de que la forma del Estado se aviene a sus deseos. Cuando, por ejemplo, la multitud clame por la aristocracia, la esfera social será la dominante. Y cuando, de nuevo caprichosamente, reclamen un príncipe, surgirá el adalid político. Así cambiará la cara del Gobierno de acuerdo con los vientos del interés y entusiasmo públicos con el fin de mantener al pueblo divertido y satisfecho. Y así el deseo agresivo de la gente no tendrá nunca motivos para rasgar el tejido de un Estado que calma su sed de cambio.

Estas alteraciones serán aparentes, pues se basan más en la impostura que en la realidad. Si un Estado, en verdad, tuviese que ponerse los atavíos de una democracia un día y los de la tiranía al siguiente, no habría Estado en absoluto. La estabilidad debe ser la consigna de los líderes. Como muchos han señalado, un Estado se parece mucho a un barco. Pero la metáfora tiene poco que ver con el papel del capitán o de los marineros, y menos aún con la difícil cuestión de quién lleva el timón. Antes bien, la similitud radica en el diseño del buque. Para mantenerse a flote, capear los temporales, permanecer estable durante el fragor de la batalla o de la rebelión, una nave depende de un solo elemento, oculto a los ojos de todos. La quilla. La quilla permanece inalterable en todos los casos. Tal vez la nave renueve el velamen, cambie el mástil por uno más alto o contrate una tripulación más numerosa: tales cambios parecen alterar su forma, pero la base sigue intacta. Lo que mantiene la estabilidad jamás varía. Lo mismo ocurre en el Estado.

VII. POR QUÉ ES VITAL MANTENER LA APARIENCIA DE SEPARACIÓN ENTRE LAS TRES ESFERAS

Resulta, pues, que el orden inmutable del supervisor y los prefectos debe permanecer siempre en el corazón del Gobierno. Sus funciones nunca deben cambiar en su relación mutua, sólo deben hacerlo en su relación con el pueblo y otros Estados. Es decir, la aparente superioridad de una esfera sobre otra en un momento dado depende de las circunstancias, de si el Estado debe parecer más dominante políticamente, más fuerte en el plano económico, etc. Y es el elemento que no se ve, el supervisor, el que permite todas las transformaciones que un Estado puede sufrir. Es la relación oculta con los prefectos dentro de cada esfera lo que otorga al Estado su preciada estabilidad.

Eso no quiere decir que los cuatro actúen en mutua alianza, que cada uno tenga noción de las acciones específicas requeridas para el éxito dentro de las distintas esferas. No. Sólo unen esfuerzos en determinados momentos. El verdadero poder de los prefectos reside en su inamovible devoción a sus esferas particulares junto con su noción de la unidad que deben conservar bajo el arbitrio del supervisor, una unidad inobservada por todos los demás. Por lo tanto, una segunda máxima del liderazgo es: para gobernar eficazmente, los hombres deben atender a sus propias obligaciones, en apariencia solos en el cumplimiento de éstas, pero con el oculto entendimiento de conservar la mancomunidad. De esta manera, la magnitud de su poder permanece encubierta me-

diante la simulada indiferencia mutua. Así la verdadera supremacía surge a través de la asociación oculta.

Hasta aquí, si éste fuese sólo un libro de ideas, podría sentirme muy satisfecho por haber explicado la esencia de la supremacía y la naturaleza de la estabilidad. ¡Pero qué hueca victoria sería si dejase de ofrecer aunque sólo fuese una palabra sobre los medios con que los adalides astutos pueden lograr este fin! Ahora sólo falta ver cómo un Estado (tal como lo he descrito) puede llegar a ser realidad, y cómo puede florecer. Muchos antes que yo han escrito sobre este tema, pero la mayoría lo ha hecho con el antojadizo intento de describir los Estados como deberían ser y no como son en realidad. Y así se han basado en nociones igualmente antojadizas acerca de la virtud, la fuerza, la valentía y otras cualidades, con el fin de asegurar la estabilidad dentro de esos dominios imaginarios. Hasta messere Niccolò, con el afán de representar la realidad, nos ha presentado un príncipe que parece surgir de las brumas de la providencia, con su arrojo y astucia intactos desde mucho antes de conocerlo. Del mismo modo, este príncipe tiene la suerte de dar las gracias por crear el caos dentro del Estado con el fin de poder demostrar su virtud. Como el mismo messere Niccolò reconoce, sus héroes del pasado y del presente se escabullen demasiado rápidamente —aun aquellos tan respetados como César Borgia—, incapaces de conservar su arrogancia, su adhesión, su perspicacia durante un largo espacio de tiempo. ¿Es este príncipe, pues, mucho más práctico para el practicante del arte de gobernar que el rey filósofo de Platón o el príncipe virtuoso que encontramos en los escritos de Salutati, Guarino o Poggio? No. Ellos son pura fantasía. En resumen, mi librillo no sería más útil que los suyos si me detuviera aquí. El resto, por lo tanto, debe atender a lo práctico. Y para ello, de nuevo debemos comenzar con una hoja en blanco para determinar cómo podríamos fundar un Estado que perdure por los siglos de los siglos.

VIII. CÓMO PUEDE PREPARARSE UN ESTADO PARA LA VERDADERA SUPREMACÍA

A los hombres se les gobierna por su propia voluntad y por la voluntad del destino, y es la batalla que se libra entre ambas lo que determina el bienestar de los Estados. El grado en que una de esas voluntades pueda predominar es de vital importancia para nosotros. Messere Niccolò quería hacernos creer que ambas libran una batalla en igualdad de condiciones. Para ser honesto, debo reconocer que es el primero en brindar a los hombres una justa oportunidad en la lucha, aun cuando, mediante sus propios ejemplos, demuestra fehacientemente que es el destino quien sale victorioso en la historia. Incluso él debe reconocer, empero, que los hombres no pueden triunfar porque no se pueden adaptar con suficiente rapidez a las demandas de la época. La estabilidad duradera (la esencia de la verdadera supremacía) sigue siendo un sueño dorado.

Pero ciertos hombres son más capaces de lo que podríamos creer, aún más capaces que el príncipe de messere Niccolò. Su capacidad no radica en su virtud ni en la astucia de Teseo. A diferencia del príncipe de Niccolò, esos hombres no precisan poseer ninguna cualidad sobrehumana. Ni tienen que librar batalla con el destino como su justo castigo. Antes bien, su fuerza radica en su fe en el Estado mismo, en la capacidad del Estado para lograr la perdurabilidad frente a los caprichos de la fortuna. Por debajo de todos esos múltiples cambios, el Estado conserva una cualidad perdurable, una suerte de inmortalidad. No obstante, la mayoría de los hombres no tiene noción de esa permanencia. Por esta razón, se muestran reticentes a derribar las defectuosas estructuras sobre las cuales descansa el Estado por temor a quedarse sin nada más que la anarquía. Tan grande es su temor, que prefieren reparar la estructura dañada y repetir los mismos errores una y otra vez antes que tratar de construir algo más sólido. Lo que no comprenden es que sólo en el caos de la destrucción pueden sentarse unos cimientos fuertes. Y sólo quienes depositen su confianza en la capacidad de los Estados (y no de los hombres) comprenderán cómo puede lograrse la estabilidad.

De ello se desprende, pues, que los líderes que deseen crear un Estado estable y duradero, en primer lugar tienen que estar dispuestos a abocar el Estado actual en el caos. En resumen, siempre debe haber un espacio para el sacrificio. Mi propósito en estas páginas no consiste en provocar alarma sino en revelar las verdades más simples. Messere Niccolò sin duda comprende este punto, aunque no completamente. Su príncipe alcanzó las cimas del poder porque supo aprovechar una situación atascada en el caos. Sin embargo, el príncipe no tenía modo de saber cómo provocar ese caos. Esa tarea quedaba al capricho de la fortuna. De esa manera, messere Niccolò otorgaba mayor poder a la suerte que a los hombres. Pero quienes desean dar el gran paso y llevar al Estado al vacío le arrancan el poder a la diosa inconstante y así dan forma a sus propios destinos.

La elección no es tan drástica como podría parecer. Tomemos por ejemplo el matemático que lidia para crear una prueba irrebatible. Llena la pizarra de un teorema tras otro, de un axioma tras otro, pero sin resultado alguno. Sus cálculos no conducen a la certeza. Y así borra todo lo que hay en la pizarra, con excepción de un par de conceptos que considera absolutamente necesarios para la prueba final. Y no obstante, una y otra vez vuelve a desembocar en la duda. ¿Qué puede hacer? Sus colegas creen que los pocos conceptos que ha conservado son esenciales para la tarea. Sin esos conceptos básicos, argumentan, no sabría por dónde empezar. Pero él es más sabio que ellos y tiene una visión real del problema. De modo que borra todo lo que hay en la pizarra y comienza a trabajar sin tener en cuenta el consejo de sus colegas. Él confía en la ciencia y no en los hombres, así demuestra su valentía al hundirse en profundidades en las que los demás no se atreven a aventurarse.

Así ocurre con los Estados. Para llevar a cabo una verdadera transformación, los adalides deben estar dispuestos a derribar todas las estructuras que se han construido sobre cimientos deficientes. Durante dos mil años, los hombres han erigido y destruido ciudades, Estados, hasta civilizaciones con la esperanza de construir un mundo perfecto. Pero sus esfuerzos han sido en vano por la simple razón de que nunca tuvieron la valentía, ni la visión, de comenzar a partir de la nada. La pizarra debe estar limpia para que el nuevo Estado no sufra los efectos de las úlceras y las enfermedades del régimen anterior. No basta con reemplazar a un tirano con una legislatura, el populacho con un rey. La fachada puede ser diferente, pero la esencia sigue siendo la misma. La transformación superficial de una forma de Gobierno a otra no hace más que poner de relieve la podredumbre subyacente. Para expresarlo en forma ligeramente distinta: se trata tan sólo de una suspensión temporal de la ejecución. Lo que erosionó al régimen primero sigue socavando el siguiente, y el siguiente, y el siguiente.

El problema se debe a la falta de imaginación de los hombres. No saben ver más allá de los muros del pasado, y así sólo encuentran seguridad en lo que tienen ante sus narices. Sin embargo, la verdadera valentía se manifiesta al afrontar un posible fracaso. Lo desconocido proporciona esa prueba. Retirarse en una estructura endeble pero archiprobada no hace más que poner de manifiesto una voluntad débil y una resignación absoluta a la mediocridad.

El camino hacia el Estado que he descrito no será fácil. Porque lo que les pido a los líderes no es sólo que se vean a sí mismos, sino que vean también el Estado que esperan gobernar bajo una luz enteramente nueva. Nada hay en la historia a lo que puedan aferrase con el fin de hacer que el cambio sea más tolerable. Ni hay nada en el pasado que les permita explicar de qué manera establecerán las esferas y el supervisor. Como en todas las cosas nuevas, el ataque es el mejor camino. Ello quiere decir que quienes tienen la esperanza de gobernar deben tender a la aniquilación del régimen existente. Pero sólo en un momento determinado. Sería una estupidez crear el caos si los líderes no estuvieran preparados para construir las nuevas estructuras que reemplazarán las viejas, para llenar el vacío creado por la destrucción que ellos mismos han causado. Tengo que hacer una breve pausa para explicar el arte de poner en práctica esa táctica. Es difícil, si no imposible, provocar un cambio súbito en un Estado en el que aún persiste el más ligero residuo de comodidad y de intimidad; es decir, en un Estado que se complace en la misma mediocridad durante décadas y décadas. Al eliminar la tranquilidad y la complacencia, así como los espectros de la incertidumbre y el desorden, se arrojará a la gente a los brazos de un nuevo liderazgo. De esa manera, unos pocos osados provocan un vacío que ellos pueden llenar con su flamante supremacía, capaz de reemplazar el régimen depuesto.

La tarea no es tan hercúlea como puede parecer, pues una buena parte de la preparación dependerá simplemente de cuatro hombres; uno de ellos sobre todo tiene que poseer los conocimientos necesarios para elegir e instruir a sus tres discípulos con el fin de que puedan acceder a las tres esferas. No negaré que ésta es la parte más larga y difícil del proceso: los tres hombres deben ser elegidos a una edad temprana, cuando su mente está abierta a la innovación y no se arredrarán ante lo que parece imposible. La tutela de Aristóteles sobre Alejandro demuestra que, si se imparte la debida instrucción desde una edad muy temprana, y si se sabe inspirar pasión por la innovación, los jóvenes pueden llegar a ser conquistadores. El mundo no ha vuelto a ver a un nuevo Alejandro ni tampoco han aparecido preceptores como Aristóteles para marcar el curso de una vida tan notable. Pero si a un pequeño grupo selecto se le permite entrever lo que se puede lograr, vislumbrar el poder ilimitado que puede obtenerse mediante una estricta división de las esferas, el supervisor no tendrá ningún inconveniente en obtener su apoyo irrestricto. La responsabilidad será suya para elegir a los discípulos sabiamente.

Además, el supervisor no tiene que preocuparse por el temor de que esos jóvenes se vean abrumados por la magnitud de la labor porque cada uno de ellos se limitará sólo a ese campo, a esa esfera que tiene que ser su dominio cuando surja el nuevo Estado. Al mismo tiempo, empero, cada uno de ellos tendrá presente el objetivo general, confiando en que sus dos colegas se sentirán obligados con el mismo rigor que él. Los detalles más minuciosos de esta etapa inicial estarán determinados por la forma en que el supervisor interprete las breves palabras del consejo que he expuesto aquí. Por esa razón, no intentaré describir el curso de esa capacitación. No puedo prever las circunstancias, ni puedo determinar las demandas futuras de cada una de esas esferas. Baste decir que cada uno debe ser un experto en su esfera, tanto más por cuanto estará en un puesto de considerable influencia cuando llegue el momento de provocar el caos. Es obvio que el supervisor debe elegir a los hombres con la capacidad para ocupar esos puestos. Sin embargo, ciertos aspectos de la instrucción se aclararán cuando describa las etapas finales de esta empresa.

IX. LOS CAMINOS HACIA EL CAOS

Cualquiera de las esferas puede, por sí misma, sumir a un Estado en el caos. La agitación política debida a la rebelión o el asesinato, la ruina económica causada por operaciones arriesgadas o el agotamiento de mercaderías, o los desórdenes sociales provocados por una peste, el hambre u otros desastres pueden causar una confusión temporal. Los acontecimientos acaecidos en Inglaterra en los últimos ochenta años son suficientemente ilustrativos de cómo las intrigas políticas pueden sacudir los cimientos mismos de un Estado. Los diversos asesinatos y conspiraciones antes de la ascensión de Enrique Tudor llevaron el caos a Inglaterra en más de una ocasión, la peor de ellas después de la entronización de Ricardo Plantagenet. El país estaba en guerra consigo mismo, y al final encontró la salvación en un príncipe conquistador. Pero ¿los ingleses sacaron el máximo partido de ese caos? ¿Trataron de borrar del Estado aquellos rasgos que habían hecho posible toda la devastación consiguiente? Seguramente no. Los Tudor han restaurado la paz, pero debemos preguntarnos cuán duradera será esa seguridad puesto que el actual

Enrique no tiene ningún heredero. ¿Acaso los vapuleados ingleses se verán obligados a volver a librar una batalla semejante?

En cuanto a la ruina económica, el lector recordará que siguiendo la guerra con los numantinos, la República romana experimentó grandes dificultades ocasionadas por los miles de labriegos que no podían encontrar tierra para trabajarla. La comida comenzó a escasear, y sólo los cereales importados lograron sofocar la rebelión. Tan grandes eran las penurias económicas, que los tribunos dirigieron la agitación popular contra el senado y los cónsules. El peligro comenzó a expandirse hasta los militares, y el Estado entero, que ya se precipitaba hacia el caos, pareció llegar al borde del colapso total. Si no hubiese sido por Tiberio y Cayo Graco, hombres de dones extraordinarios cuyas reformas restauraron el orden en el comercio y la agricultura, Roma podría haber caído mucho antes de que un dictador intrigante la hiciera hincarse de rodillas.

En cuanto a los desastres sociales baste recordar al lector la peste que asoló Atenas como prueba de la devastación que puede causar un fenómeno semejante.

En cada uno de esos casos, el advenimiento del caos no bastó para disuadir a los hombres de fundar las mismas instituciones que habían debilitado el Estado de tal manera en un principio. Así, para que el caos sirva a sus propios fines, las tres esferas deben hacer erupción al mismo tiempo. Naturalmente, surge la pregunta: ¿cómo? En los ejemplos que he citado, las catástrofes no eran deseadas, ni tampoco eran producto de los designios humanos. Quizá Ricardo Plantagenet reconoció la utilidad del caos que sus actos provocaban, pero sería necio atribuir una causa humana a los fracasos económicos de Roma, y blasfemo, hacerlo en el caso de la peste. Sin embargo, si debe emerger un Estado permanente, la selecta minoría debe asumir la responsabilidad de crear el caos; deben destruir todo el poder con el fin de crear poder.

X. EL CAMINO HACIA EL CAOS POLÍTICO

Las funciones de cada esfera son distintas y cualquiera de ellas puede abrir la marcha en el camino hacia el caos. No obstante, sería sensato señalar las dificultades que pueden surgir en cada esfera antes de que consideremos sus esfuerzos aunados. Para la esfera política, existen tres caminos hacia el caos: primero, mediante el asesinato; segundo, mediante una amenaza militar o extranjera, y tercero, mediante la demagogia popular. La historia está repleta de ejemplos del primero como para que sea necesario ahondar en un largo comentario, pero algunos se destacan entre los muchos. El más obvio es el de César ,cuya muerte en manos de los veintidós dejó a Roma sumida en una sangrienta guerra civil que concluyó con la pérdida de la República y el advenimiento del Gobierno imperial. Los años de confusión e incertidumbre mientras Bruto y Octaviano luchaban por el poder constituyeron las consecuencias inmediatas del asesinato. Un ejemplo menos eficaz, pero que ocurrió en el recuerdo de nuestros padres, lo constituyó el atentado contra la vida de Giuliano y Lorenzo de Médicis. Los Pazzi conspiraron para librar a la ciudad de sus dos ciudadanos más ilustres y, durante la santa misa de Pascua, atacaron a los dos hermanos, mataron al primero y dejaron que el segundo escapara con vida. Hasta que se conoció la huida de Lorenzo, el pánico se extendió por toda la ciudad y, si no hubiese sido por las palabras tranquilizadoras que pronunció el joven Lorenzo en la escalinata de la catedral, los Médicis habrían podido ver cómo el orden abandonaba Florencia. Tan astuto miembro de la ilustre familia era Lorenzo, que sacó partido del frustrado atentado e introdujo cambios que fortalecieron su dominio sobre el Gobierno. Pero en verdad, un resultado semejante es harto insólito, y ello ocurrió más a causa de las cualidades de Lorenzo que de las circunstancias que siguieron a la tentativa de asesinarlo.

Aun cuando tiene éxito, el asesinato coloca al Estado en el caos sólo de manera temporal. De este caos surge una sobera-

nía transformada pero igualmente débil. Quienes obtienen la soberanía mediante la conspiración y el asesinato, difícilmente podrán evitar el miedo, la envidia y la aterradora posibilidad de la venganza. Los príncipes que suben al trono por el asesinato inspiran a otros a usurpar el poder de la misma forma, y así no tardan en ser presa de los mismos medios que los llevaron a la cumbre. Formar un Gobierno sobre esas bases supone condenar al Estado a una represalia tras otra. Si bien esos eventos llevarán a la ciudad a una permanente situación caótica, no es un caos del cual pueda surgir la verdadera supremacía.

El segundo camino puede conducir a un Gobierno más estable que el primero, pero es igualmente sospechoso y mucho más difícil de seguir. Los militares (de quienes hablaré con más detalle) no son fáciles de controlar, ni es probable que cedan la soberanía a un líder una vez que han probado los dulces frutos del poder. Demasiado se ha hablado de la lealtad de los ejércitos a sus generales y a los adalides que dirigen a esos generales. En una época de verdadero heroísmo, tal vez esa estima sea sólida. Pero nosotros vivimos en una era de tropas mercenarias que luchan por la paga diaria, sin importar quién sostiene los cordones de la bolsa. Los soldados cambian de bando en el fragor de la batalla si se les ofrece una recompensa suficiente. Confiar en los hombres de armas —aun los de la milicia de la propia ciudad (de nuevo en este sentido Niccolò da muestras de una insospechada ingenuidad)— supone permitir que una gentuza mudable determine el curso de los acontecimientos. La lealtad no va de la mano con el sutil atractivo del poder. Así, crear el caos político por medio de la fuerza militar representa condenar al Estado a la ley marcial (no importa cuán moderadamente se imponga esa ley). No puede negarse que un Gobierno militar ofrece cierta estabilidad, pero sólo por un tiempo. La ambición es el móvil que impulsa a todo soldado y son demasiados los que cuentan con los medios (un regimiento aquí, una guarnición allá) para hacerse con el poder. Ningún Estado que tenga que soportar las luchas constantes de las intrigas militares se mantiene por mucho tiempo.

La amenaza extranjera es aún más difícil de predecir y casi imposible de controlar. Además, los únicos hombres de la historia que han ganado el poder mediante las conquistas llevadas a cabo por otros han sido espías y traidores. Éstos son hombres de la peor calaña y merecen todas y cada una de las represalias que se tomen con ellos. No hay nada más que decir acerca de las posibilidades que crean las amenazas del extranjero.

Los primeros dos caminos hacia la agitación política comparten un defecto básico: ninguno considera seriamente la necesidad de ganarse furtivamente la opinión de la gente. El asesinato es sólo una herramienta que usan los pequeños grupos o los lunáticos. El alzamiento militar tiene lugar en una pequeña parte del Estado. Quienes siguen uno de estos dos caminos no aciertan a reconocer que, aunque incapaz de gobernar por su cuenta, el pueblo constituye la fuerza más poderosa del Estado, y así todo cambio en el poder debe asentarse sobre la ola de sus pasiones. Por voluntad propia el pueblo no llevará al Estado hacia el caos, se le debe guiar para que lo haga. No existe más que una forma de cumplir ese fin: debe surgir un demagogo que sepa ganarse su devoción y que reconozca la necesidad de catapultar al Estado hacia la ruina con el fin de que él (y otros) puedan crear la estabilidad a partir de los escombros.

De nuevo, Florencia ofrece un ejemplo adecuado en la persona de Savonarola, que fue el ciudadano más prominente de la ciudad durante los últimos días de la primera república. Sólo el año pasado, el signore Michelangelo Buonarotti me contó que hasta el día de hoy, treinta años después, aún podía oír el sonido de la voz de Savonarola cuando predicaba. Llevado por el deseo de introducir cambios en la Iglesia y en sus conciudadanos, Savonarola llenaba sus sermones de profecías acerca de un flagelo purificador que caería sobre Italia. Cuando su profecía se hizo realidad por la invasión de los franceses en el año del Señor de 1494, él ganó el control de la ciudad y tuvo la oportunidad de crear su propio reino santo. Pero era hombre de miras estrechas, que lo único que deseaba era una república fuerte que se guiara por la divisa: «Cristo Rey en Florencia.» Su cuerpo no tardó en arder en una pira en la Piazza della Signoria, un testamento para su influencia y sus límites.

Entre los muchos demagogos que han aparecido a lo largo de los siglos, pocos (si alguno) han representado su papel con la previsión necesaria con el fin de prepararse para el Estado que yo imagino. Nuestro demagogo debe ser un hombre dispuesto a tomar las riendas dentro de la esfera política una vez que se haya desencadenado el caos. Por ello, debe estar bien al tanto de las demás esferas, y ver su función como un papel de limitada importancia. Es crucial que represente el papel de demagogo en vez de serlo. Pues si hiciera suyos todos los atributos de semejante adalid, nunca podría saciar su sed una vez que estuvieran asentadas las nuevas bases del Estado. Así no debe aparecer en el escenario político simplemente por accidente; es decir, gracias a la buena fortuna de unos pocos sermones resonantes. No. Debe estudiar el carácter de la gente, comprender lo que anhelan o menosprecian en el Estado en vigor, y luego utilizar ese conocimiento para alimentar sus deseos. Debe hablar como si lo hiciera por todos ellos. Debe ser un agudo observador del ser humano, y debe saber cuándo entrar en la contienda. No es necesario que descargue un golpe rotundo, antes bien tendría que ir construyendo lentamente a partir de pequeños comienzos. Que sea aquello que se diga de sus logros y opiniones lo que dé lugar a su popularidad. Que la gente vaya a verlo a él, en vez de ir él a ver a la gente. Luego, cuando llegue el momento, cuando el supervisor haya aconsejado un súbito movimiento de todas las esferas, que lleve a su rebaño al caos. Sus seguidores no vacilarán. Le habrán otorgado su confianza y su devoción. Llevará tiempo atesorar tal lealtad, y serán las circunstancias las que determinen sus progresos. Pero todo cuanto se requiere del demagogo (el prefecto político) y del supervisor es que sean capaces de leer el corazón de los hombres, una habilidad que se alcanza tras muchos años de estudio.

XI. EL CAMINO HACIA EL CAOS ECONÓMICO

Ésos son los senderos hacia la agitación en la esfera política. Dentro de la esfera económica, existen también tres caminos: primero, mediante el agotamiento de los recursos por causas naturales; segundo, mediante el bloqueo extranjero, y tercero, mediante la mala dirección planeada. El primero es probable que cause disputas entre los diversos grupos dentro del Estado; es decir, enfrentará a los ricos hacendados con los artesanos y mercaderes, así como con los campesinos y los pobres. Cuando los bienes son insuficientes para cubrir las necesidades de cada grupo, quienes se vean privados de ellos encontrarán motivo para rebelarse y llevar al Estado hacia la ruina. A menudo la culpa recae en el campesinado porque no sabe reconocer el flujo y reflujo del comercio y los negocios. Cuando escasean los alimentos y otros artículos de primera necesidad, culpan a los terratenientes, que no son más culpables que los mismos campesinos, pues es la naturaleza, no la avaricia, lo que causa la escasez de cereales, maderas, metales, etc.

En ningún sitio esta farsa ha sido más común que en los Estados alemanes durante el último siglo. Los cofrades lucharon contra los mercaderes, los campesinos contra los hacendados, los tejedores y mineros contra los mercaderes, hasta que, con una súbita explosión, estallaron las guerras de los campesinos, que dejaron el Gobierno en manos de los dictadores en todas las regiones de Alemania. El caos creado por el descontento económico no hizo más que volver a situar a los antiguos gobernantes en el poder con un mayor control que antes. El agotamiento de las reservas por causas naturales era inadecuado para llevar al Estado en una nueva dirección.

Del mismo modo que la amenaza militar extranjera es difícil de controlar e igualmente difícil de ocasionar, así también lo es el bloqueo extranjero. Si alguien ha sido lo bastante necio como para alentar una amenaza del extranjero con el fin de cosechar los frutos que ese caos produce, ése es sin duda el peor de todos los necios, pues existen pocas posibilidades de introducir cambios una vez que el bloqueo cumple su fin. A menudo los sitiados se vuelven con los rostros demacrados hacia sus vencedores, felices de aceptar cualquier tipo de Gobierno que prometa pan. Los que han guiado a la famélica muchedumbre pueden increpar a todos para que elijan la muerte antes que la sumisión. Pero los hombres se guían más por el estómago que por el honor o la lealtad. El único cambio que ese acto puede alimentar es la dominación de los conquistadores. Y quienes se alíen con los nuevos gobernantes, sólo tienen que echar un vistazo a la historia para ver el destino que aguarda a esos traidores.

Nos resta una opción: la mala dirección planeada. Los líderes no pueden esperar la mengua natural en el comercio y los negocios para provocar el pánico; ni deberían dejar su destino en manos de un extranjero o un enemigo. En vez de ello, deben elegir una región del mundo para comprar y vender que sea susceptible de sufrir graves disturbios. No se crea que esta acción deba ser drástica. Quienes deseen causar disturbios no precisan quemar todos los cereales ni asolar toda la tierra. Lo único que tienen que provocar es un acontecimiento que soliviante la confianza de la gente en una zona donde un cambio brusco provoque que las multitudes duden de la seguridad general. Esto ha sucedido en el curso de la historia más por error que por designio, pero la lección es igualmente válida.

Podemos tomar Milán como ilustración. Cierto duque de esa hermosa ciudad, un devoto de los güelfos (respetaré su memoria evitándole el oprobio de dar su nombre), ordenó secretamente el hundimiento de una de sus naves por miedo a que tanto sus amigos como sus enemigos descubrieran que su amante, una mujer de los gibelinos, se encontraba a bordo. Al hundir la nave envió por equivocación una gran cantidad de lana y seda al fondo del mar junto con ella. El acto del duque quizás evitó una tremenda disputa entre las dos facciones en guerra, pero despertó la ira de los comerciantes y tejedores, de modo que creó muchos más problemas que si la nave hubiese llegado a puerto. Los fabricantes de tejidos de seda y lana temieron que sus pérdidas a causa del hundimiento del barco arruinase a todo el gremio. Razonaban: sin merca-

derías ni dinero, ¿qué esperanzas tenemos de seguir adelante? Con el fin de mitigar el daño, creyeron acertado cerrar casi la mitad de las tiendas en toda la ciudad. La gente, que enseguida se asusta, llegó a la conclusión de que muy pronto el conflicto se extendería a todas las áreas del comercio. El pánico resultante obligó al duque a ofrecer grandes privilegios a los miembros de todos los gremios, lo que vació sus arcas y debilitó su posición ante los gibelinos. ¡Y todo a causa de una pequeña nave y unos cuantos carretes de seda y lana!

El duque no tenía intención alguna de causar alarma, pero la lección es clara: quienes voluntariamente provoquen semejante lío pueden obtener las mayores ventajas, pues ellos saben cuándo y cómo generar esos estallidos, y además pueden prever la reacción de la gente. El supervisor, junto con el prefecto de la esfera económica, debe, por lo tanto, determinar una única área dentro del comercio y los negocios capaz de causar la misma reacción que en el caso de la seda y la lana en Milán. De igual forma que el demagogo debe saber interpretar los corazones de los hombres, este prefecto debe comprender las naturales vicisitudes de la economía, valiéndose de ese conocimiento para dominar una pequeña zona del comercio. Y al igual que el demagogo, este prefecto precisará años de experiencia y de capacitación para tomar esta decisión. Así, mientras el demagogo reúne a sus seguidores, el economista (de nuevo, una palabra de mi propia creación) se establece dentro de los círculos más poderosos del comercio. Cuando llegue el momento —es decir, cuando el momento responda a las demandas de las demás esferas—, no será difícil generar el pánico económico en el Estado.

XII. EL CAMINO HACIA EL CAOS SOCIAL

Pero ¿qué podemos decir sobre la esfera social? ¿Cómo un prefecto podría causar estragos en ese ámbito? Los contados ejemplos históricos que he logrado reunir radican por entero en el lado del azar (o de la voluntad de Dios), y no tienen nada que ver con los planes de los hombres. En efecto, nadie salvo el Todopoderoso siembra pestes y epidemias sobre la humanidad, y no importa cuán inteligentes y sabios sean los hombres en el campo de la enfermedad y la muerte, no es probable que traten de provocar semejantes calamidades. Sin embargo, existe una manera más sutil para preparar el terreno social para un Estado nuevo; una manera que requiere un cambio drástico y así puede vincularse a una suerte de caos.

He explicado que esta esfera encuentra su base en la educación: controlar la educación permite dominar la esfera social. Así, el cambio debe ocurrir dentro de los ámbitos de la enseñanza. De ahí que, para que este cambio tenga alguna influencia sobre la gente, la institución educativa que imparta su mensaje debe ser amplia. Lamentablemente, debemos reconocer que en este momento no existe una institución semejante.

A menos que consideremos a la Santa Iglesia católica como un faro de la enseñanza. Dentro de sus muros sagrados, se puede transformar, dirigir y alentar el corazón de los hombres para que rehagan el mundo. Si no fuese por la poderosa institución que deriva de Roma, llevaría décadas, si no siglos, crear un instrumento capaz de afectar a tantos corazones y mentes. Y en esos ámbitos, debe producirse una rebelión. La Iglesia debe ampliar su visión de modo que pueda guiar a los hombres no sólo hacia la salvación eterna, sino también hacia un Estado perdurable aquí en la tierra. No sería tan franco, ni me arriesgaría a pecar de irreligiosidad, si existiera otra institución tan bien preparada para hacer frente a las exigencias de perdurabilidad y estabilidad. Quizás en el futuro, surja una institución educativa que libere a la Iglesia de esta pesada carga. No obstante, hasta que llegue ese día, Roma debe tomar las riendas y conducir con puño de hierro. Debe combatir a los herejes y unir las fuerzas de los fieles. Para ello, debe revitalizar los medios para guiar a la gente y desarrollar un nuevo método de enseñanza, un método que inspire pasión y devoción en la búsqueda de una estabilidad bien fundamentada.

No hablo sin justa causa, basta observar a una serie de Estados alemanes para comprender el inminente peligro. Ya ha aparecido una enorme amenaza en la forma de un sacerdote rebelde, un hombre que se esfuerza por arrebatar la autoridad de su legítimo puesto. Si un solo hombre puede torcer la voluntad de tantos hacia la herejía, imaginémonos la fuerza de la verdadera Iglesia para determinar los actos de los hombres.

Está bien entendido que los caminos hacia el cielo y los caminos hacia un Estado estable requieren una instrucción separada. Sin embargo, Roma debe reconocer que dicha instrucción puede proceder de la misma fuente. Sería una blasfemia pretender que la Iglesia debe tener como misión los asuntos de este mundo. Pero yo no pretendo nada parecido. Antes bien, creo que un Estado estable de ninguna manera contraviene los más altos fines de la salvación eterna y que la Iglesia puede conciliar ambos sin contradicción alguna. Ya las palabras de eruditos como Aquino, Guillermo de Occam, Duns Escoto o Pedro Lombardo dieron forma a esta misión hace varios siglos. Para ellos, la razón y la fe libran una batalla eterna. De ahí que las universidades, escuelas catedralicias y monasterios se dediquen a cuestiones que rodean esa lucha; una lucha que continúa en la actualidad y que pone a prueba la devoción de los hombres al Espíritu Santo.

Pero ahora tenemos un nuevo tema sobre la mesa, un tema que exige una consideración semejante: el poder, cuyas propias luchas ponen a prueba la resolución de los hombres en las esferas política y económica. Por lo tanto, un educador debe desarrollar esta nueva área de la enseñanza y transformar ciertas instituciones dentro de la Iglesia. El cuidado del Espíritu debe quedar en manos de la Iglesia mayor. En cambio, la atención a las oportunidades políticas y económicas debería ser campo de esta nueva área. No será difícil comprender en qué forma el educador puede servir a la Iglesia ampliamente sin ningún inconveniente. En efecto, cuando los hombres vivan seguros en una paz terrenal duradera y estable, sin duda dedicarán toda su pasión al logro de la felicidad eterna.

¿Es esto, pues, una instigación a sembrar el caos dentro de la esfera social? ¿Llegará un momento en el que el supervisor disponga un movimiento súbito, un acto relámpago para derribar la esfera existente? No. Sería difícil comparar el cambio dentro de la esfera social con los que se requieren dentro de las esferas política y económica. Aquí, el momento de la agitación llega mucho más temprano, en el mismo momento en el que un hombre decide tomar el control de la educación en nombre de la supremacía. Ante su arremetida, esta nueva aventura les parecerá aberrante a quienes se den cuenta de ella. Sin embargo, la descartarán, no verán en ella causa de alarma, pues parecerá tener una influencia limitada. Al igual que las sectas heréticas que surgen de cuando en cuando, en un principio las nuevas escuelas parecerán no encerrar peligro alguno. Imaginemos la sorpresa de la gente cuando, empujada al caos por las esferas políticas y económicas, vea a un pequeño ejército de jóvenes plenamente capacitados llevar al Estado en una dirección totalmente nueva. Entonces, los iletrados no tendrán más remedio que aferrarse a las nuevas formas del mismo modo en que el hombre que se ahoga extiende las manos hacia un tronco para escapar de la muerte.

XIII. CÓMO LAS TRES ESFERAS JUNTAS CREAN EL CAOS

Antes de describir cómo las tres esferas pueden actuar juntas para crear el caos, debo insistir en que puede no ser necesario combinar los solevamientos. He advertido que el pánico en una esfera no es probable que cree las condiciones adecuadas para construir un Estado estable. Pero se presentarán esas raras ocasiones, esos acontecimientos singulares que sitúan a los líderes en posición de aprovechar la oportunidad que se presenta de una manera poco común. Al igual que el príncipe de messere Niccolò, esos líderes tendrán la suerte de dar las gracias por las circunstancias.

Quienes se llevan bien con el destino (y que se han preparado dentro de las tres esferas), sólo tendrán que hojear las páginas siguientes, pues ya están listos para construir.

A quienes no son tan afortunados, tenemos que recordarles que una o dos de las esferas pueden tomar el liderazgo cuando se esté instigando al caos. La esfera social suele actuar para estabilizar, antes que para provocar el caos. No obstante, las tres deben aunar esfuerzos, pues de lo contrario, el acto singular en una esfera resultará infructuoso para el bienestar del Estado en general. Por lo tanto, antes de que se emprenda acción alguna, los tres prefectos deben estar en condiciones de dirigir el curso de los acontecimientos dentro de sus esferas. La mayor parte de la preparación de esos hombres habrá ocurrido individualmente durante un largo período de tutelaje, pero cuanto más se acerque el momento de la erupción, más deben actuar todos juntos.

En ese momento, es mejor comenzar con la agitación económica, pues los hombres se preocupan más que nada por el propio bolsillo y a menudo pierden la razón cuando la propiedad corre riesgo. Repito: la agitación no debe ser forzosamente de grandes proporciones, sino sólo suficiente como para sembrar dudas en la mente de la gente sencilla. Una vez que surge la duda, el demagogo no tendrá dificultades para alimentar esa incertidumbre entre sus seguidores, los cuales alimentarán el pánico y la indignación en toda la comunidad. ¿Por qué indignación? Porque el demagogo habrá enseñado a sus discípulos a pensar mal del régimen imperante aun durante los periodos de relativa calma. Los fracasos al tratar de calmar a las facciones dentro del Estado; los fracasos al establecer un comercio provechoso con otros Estados; los fracasos al explorar las posibilidades de expansión; los fracasos al querer asegurar la prosperidad económica: ésos son unos pocos de los errores que el demagogo habrá puesto en relieve ante la gente y que le servirán para atizar sus pasiones. Una vez presencien el cataclismo económico, se convencerán a sí mismos y convencerán a los demás de que son ellos quienes han provocado la caída del régimen.

Estos fracasos, empero, no serán suficientes en sí mismos como para causar un abandono total de la política vigente. Debe existir una causa subyacente de la cual los fracasos son meramente los síntomas visibles. Y en torno a esta úlcera maligna el demagogo deberá convocar a sus tropas. La elección más segura es la decadencia moral. Nada satisface mejor los instintos de los hombres que experimentar una piadosa indignación. Que el demagogo pinte todos los males de la sociedad como reflejos de la escasa guía moral de un régimen incapaz de conducir a los hombres por el camino correcto. Así el cataclismo económico aparecerá como la fechoría final de un Estado atascado en la inmoralidad. Cuánto mejor es convencer a una muchedumbre airada de que debe borrarse por completo la pizarra que pregonar las virtudes propias. Los hombres siempre están prestos a alabar su propia santurronería. Que crean que es mejor limpiar el Estado que limpiar sus almas. El caos será la deseada liberación de una iniquidad general.

XIV. CÓMO CONSTRUIR A PARTIR DEL CAOS

¿Y dónde buscar la redención mejor que en el ámbito de la educación que reconoce el valor de la estabilidad? ¿Dónde eliminar la corrupción mejor que en una escuela arropada en los brazos de la Iglesia? El pueblo, si está bien guiado, abandonará gustoso todo lo que le recuerde sus tribulaciones, todo lo que descanse sobre cimientos endebles, y correrá a encomendar su destino colectivo en manos de los prefectos. De esa manera se aventurarán voluntariamente en lo desconocido; pero en lo desconocido que parece firmemente arraigado en la promesa de un Gobierno duradero y virtuoso. Por lo tanto, es vital que las instituciones escolares estén asentadas; o si no enteramente asentadas, por lo menos que lo estén en un grado capaz de excitar y calmar al populacho quisquilloso, pues la gente necesitará un puerto seguro donde refugiarse mientras contemplen cómo sus adalides derriban las viejas instituciones.

Una vez reformado el ámbito educativo, la primera tarea del flamante Estado debe ser librarse de los elementos más resistentes del régimen anterior. Me refiero a hombres. Tambaleándose a causa del caos, esos enemigos del Estado se encontrarán en una situación precaria, pero a los nuevos líderes les corresponderá convertirlos en personas ejemplares. Se les presentará ante el pueblo como autores de la corrupción y la putrefacción y se les dejará, como a los chivos que se mandan al desierto, que lleven con ellos a la tumba todos los pecados del pasado. Debe sacarse el máximo partido posible de esa limpieza con el fin de que todos los hombres sientan que ellos también han contribuido a la resurrección del Estado. Además, esos actos servirán para que el pueblo en general se refrene en sus actos.

Sin duda insuflar miedo en el corazón de los hombres es un objetivo valioso. Pero, cuidado, una excesiva demostración de brutalidad elevará el temor hasta niveles peligrosos. El miedo puede ser un elixir que, administrado en las dosis adecuadas, produzca entusiasmo. Pero si se exagera la cantidad, se convierte en horror, el horror, en ira, y la ira, en odio. Y, como messere Niccolò advierte sabiamente, esa clase de odio es una bestia sin dueño. Cuando el odio merodea por las calles, el poder trastabilla. Por lo tanto, los prefectos deben asegurarse de que el proceso de limpieza se adapte a las circunstancias del momento y alimente sólo en parte la sed del populacho. Su pasión agresiva siempre clamará por más sangre. Pero, cuidado, ese deseo no debe saciarse por completo. Hay que mantener al pueblo sediento. Éste es el modo de convertir el miedo en emoción, y la agresión, en fervor.

La historia de Raphael Ormetti ilustra perfectamente esta lección. Friedrich von Keslau, un hombre de dotes extraordinarias para establecer nuevos Estados, obtuvo el dominio de Hamburgo durante un tiempo, eliminó a muchos de sus enemigos en la ciudad y colgó sus cuerpos en la plaza mayor para deleite y pavor del pueblo. Von Keslau no podía saber que sus actos desatarían una pasión salvaje en la gente que gritaba pidiendo más sangre. La ciudad no tardó en estar infestada de bandas errantes de degolladores. Con el fin de volver a recuperar el control sobre esos locos de Hamburgo, Von Keslau envió a Ormetti a la ciudad para pacificar a la masa por los métodos que fuesen necesarios. El tal Raphael era un hombre para quien la crueldad iba de la mano de la eficacia, y en poco tiempo había logrado poner al pueblo de rodillas. Pero la crueldad tiene sus límites, como Von Keslau sabía muy bien. No queriendo merecer el odio de la gente cuyo respeto se había ganado de nuevo, y temiendo que lo culparan de las brutalidades infligidas por Raphael, Von Keslau envió a un segundo emisario para que se encargara de Ormetti. Su cuerpo apareció una mañana descuartizado, y cada parte empalada en una de las varias lanzas plantadas enfrente del castillo de Adolfo III. Este acto le mereció a Von Keslau el elogio de ser considerado un salvador, e inspiró en los ciudadanos de Hamburgo un temor saludable por su nuevo señor. Pero, ¡ay!, su reino duró sólo unos meses hasta que Lbeck volvió a recuperar el dominio de la ciudad y acto seguido el cuerpo de Von Keslau fue a juntarse con el de su brutal, aunque infortunado, discípulo.

Sin embargo, la limpieza del Estado no debe ser necesariamente un acto singular. De vez en cuando, según lo indiquen las circunstancias, el prefecto político debería encontrar la excusa para eliminar a otros enemigos, aquellos que son una amenaza para el núcleo estable de la obediencia y la expansión que las tres esferas promueven. Existen diversas formas de determinar quién debe vivir y quién debe morir, pero es mucho mejor contar con un motivo razonable para elegir a las víctimas. Los actos arbitrarios no servirán para lograr un fin útil. Así, el prefecto debe concentrarse en un grupo en particular que, sea cierto o no, constituya una amenaza para el orden del Estado. Además, la gente debe saber que ese grupo se interpone en el camino de la estabilidad perfecta. Y la masa debe sentir desprecio por esos parias. Sin duda lo mejor es elegir a ciertos grupos religiosos o a ciudadanos de naciones extranjeras que residan en el nuevo Estado.

XV. POR QUÉ ES IMPORTANTE CULTIVAR EL ODIO

Una vez más, messere Niccolò omite considerar las pasiones animales que dominan las almas de los hombres. Los líderes deben evitar por todos los medios ser odiados por su pueblo. Pero el odio, si se encauza adecuadamente, constituye una herramienta poderosa para dominar al pueblo. Por eso, los romanos persiguieron a los cristianos, los griegos limitaron la libertad de todos los que no eran ciudadanos, y muchos han elegido a los judíos como blancos útiles. Si se mantiene al pueblo ocupado con un enemigo común, sus pasiones agresivas (mejor si son alimentadas con un odio dirigido) reforzarán los lazos del Estado. Por lo tanto, el demagogo debe cultivar esta maldad en la gente, una malignidad que sirve de mejor manera a la estabilidad cuando se presenta con el ropaje de la rectitud moral.

Para construir a partir del caos, pues, es vital celebrar reuniones públicas, juegos y festivales que sirvan para ridiculizar y maltratar al grupo seleccionado como objeto del odio. Esos eventos no son extraños para los hombres. El espectáculo de los leones arrancando la carne de los cristianos desarmados, la aparatosidad de las ejecuciones públicas, aun la simple función de títeres en la que el viejo judío es golpeado hasta darle muerte por su usura sacia un deseo humano básico. Además, representan la venganza en su aspecto más elemental. Es decir, esos espectáculos nunca son nada más que lo que aparentan ser. No existe ningún significado oculto bajo la superficie; ninguna complejidad que pretenda confundir o soliviantar a la gente. En resumen, esas reuniones y exhibiciones cultivan una pasión por las respuestas simples que, a su vez, tornan a la gente dócil y carente de imaginación.

Las ventajas de esta política son muchas. Primero, siempre es más beneficioso reunir a un pueblo en torno a una aversión común que en torno a un amor común. Los hombres buscan hermanarse con quienes comparten su agresividad, y nada se aviene más a ese deseo común que un enemigo solo.

Nadie sería tan necio como para afirmar que lo que mantiene unida a la endeble confederación florentina es otra cosa distinta del odio que sienten por los invasores franceses y españoles. Si una amenaza extranjera puede unir a esos pueblos sediciosos, imaginémonos lo bien que un Estado mantendría su unidad si hubiese un enemigo común en su seno. Segundo, mientras la gente dirija su veneno hacia un grupo pequeño, no tendrá motivos para volcar su agresión sobre los líderes de cada esfera autónoma. El temor de una rebelión popular, o incluso de altos niveles de insatisfacción, serán cosas del pasado. Si mantenemos a la gente ocupada, sentirá muy poco interés por el poder que a ellos les corresponde detentar. Y tercero, cualquier descontento puede ser dirigido a un miembro del grupo repudiado, tanto si es el responsable como si no lo es. Entonces resulta fácil eliminarlo, siempre y cuando la gente crea que constituye una amenaza para la seguridad del Estado.

Más importante quizás: esta maldad no conoce límites y puede en última instancia llevar a la gente hasta más allá de sus propias limitaciones. Llegará un momento en el que el odio de los hombres se agotará dentro del Estado, cuando todos los miembros de la secta odiosa hayan sido eliminados. Entonces, el demagogo (mediante panfletos, agitadores y demás) podrá inventarse una nueva amenaza en la guisa de otro grupo; o, más sensatamente, podrá determinar que la amenaza simplemente se ha trasladado a otro Estado, un Estado que por lo tanto debe ser purificado.

¡Cuán perfectamente se condice esta táctica con la naturaleza humana! Los hombres son seres despreciables, pomposos, débiles y avariciosos, con menos razón que el bestial deseo para guiarse en sus vidas descarriadas. Si se les deja exteriorizar su agresividad, causarán poco daño. En cambio, si se limita el alcance de sus garras, destruirán todo lo que les rodea. Por lo tanto al demagogo le corresponde dirigir esa agresividad, desatarla fuera del Estado y, al hacerlo, engrandecer éste. La expansión, alimentada por el odio, es el medio más eficaz para lograr la seguridad.

Debe quedar claro que el grupo acusado de poner en peligro la estabilidad no es más que una invención del supervisor y los prefectos. Ninguna secta por sí sola puede determinar la vida o la muerte de un Estado. Pero la realidad no es motivo de preocupación para quienes buscan una esfera bien ordenada. Lo único que se precisa es convencer al pueblo de que el peligro es real. ¿Y qué mejor lugar para enseñar a la gente a dirigir su odio que la escuela que afirma combatir la corrupción moral? ¿Cuál, entonces, debe ser la lección? Cultivad la desconfianza, y la gente buscará a quienes representen una amenaza para el Estado, por ínfima que sea. Cultivad la rectitud moral, y la gente atacará a todos los enemigos con vigor. Cultivad las respuestas sencillas y la agresividad, y la gente vencerá el mal hasta más allá de sus propias murallas, alimentando la sed de conquista del poder en nombre de la virtud. De esa manera, la educación y la agresividad actúan de consuno para asegurar la estabilidad.

XVI. POR QUÉ EL ESTADO DEBE SER EL ÚNICO COMPETIDOR

Construir a partir del caos en la esfera económica requiere no tener apenas contacto con el pueblo. En cambio, durante un tiempo, el prefecto debe tener pleno control de toda la actividad comercial y cambiaria. La gente opondrá poca resistencia. Preocupada por la súbita explosión del caos, y bien dirigida por el demagogo, reconocerá y aceptará la necesidad de medidas drásticas. Sólo el economista se alzará como una fuerza incorruptible. Además, mientras haya comida en los platos, la gente aceptará los esfuerzos con el fin de limpiar la corrupción en el Estado. Todas las tierras pasarán a la jurisdicción del Estado. Todos los gremios cederán su poder al Estado. Quienes se resistan, serán tildados de enemigos, un calificativo que la gente no aceptará de buen grado.

Si existe alguna duda de que un hombre, con el consenti-

miento del pueblo, puede lograr una autoridad considerable en una sola área económica, sólo hay que pensar en el advenedizo Enrique en Inglaterra. No es ningún secreto que pretende apoderarse de todas las tierras de la Iglesia en su reino a menos que Roma resuelva a su favor la cuestión de su divorcio de Catalina. Este monarca sabe bien que el pueblo no se opondrá a sus deseos, pues les ha convencido de que está liberando a Inglaterra de una institución corrupta; es decir, la más sagrada y santa Iglesia católica. Ni siquiera la amenaza de la excomunión logra frenar sus designios heréticos ni la orgullosa beatería de su pueblo.

Así el control total es de vital importancia si el economista pretende poner las instituciones comerciales al servicio de las otras dos esferas. Igualmente fundamental es que las empresas queden bajo el mando del prefecto, con el fin de que el Estado como un todo se convierta en un solo comerciante; que cuente con el respaldo de su poder económico, durante las negociaciones con los demás. Entonces, para el Estado la expansión será una tarea fácil. Con el tiempo, el economista puede delegar el control de la esfera a los pequeños comerciantes, artesanos y demás. Pero si en el futuro desea un control más estricto, sólo tiene que enarbolar el espectro de la corrupción causada por la secta proscrita con el fin de volver a recuperar el control. Así la expansión y la estabilidad reflejarán perfectamente el flujo y reflujo natural del comercio.

En resumen, construir a partir del caos requiere un amplio control dentro de cada una de las esferas. Acabar con el enemigo y despertar un odio dirigido para controlar la esfera política; eliminar toda competencia dentro del Estado y dominar la competencia de los demás Estados para controlar la esfera económica; y cultivar la agresividad y la rectitud moral mediante la educación para controlar la esfera social. La expansión será el fruto natural de dicho control y asegurará la estabilidad duradera.

XVII. LOS MILITARES

Haría un flaco servicio al espíritu de este librillo si pusiera aquí el punto final, dándome por satisfecho con haber ofrecido en ideas y en la práctica los medios para asegurar un Estado estable. Sin embargo, restan dos temas que demandan más tinta. El primero es el de los militares, a quienes messere Niccolò dedica casi la mitad de su pequeño tratado. Tanto si condena la utilización de mercenarios como si ensalza la virtud de sus muchos héroes, messere Niccolò describe el arte de gobernar en términos de preparación y táctica bélicos en tiempo de paz. En efecto, él afirma que el Estado sólo necesita contar con buenas armas y buenas leyes para lograr la estabilidad. Y eso puede ser cierto. Él ofrece infinidad de ejemplos acerca de la utilización adecuada e inapropiada de los militares en la protección de las fronteras, la fundación de los imperios y así sucesivamente. Por lo tanto, insiste en que el arte de la guerra (y así el control de los militares) descansa firmemente en las manos del príncipe.

No obstante, messere Niccolò, curiosamente, parece no darse cuenta de que, sin una figura atractiva y astuta que los conduzca, los ejércitos tienden a convertirse en bandas errantes de degolladores y borrachos que tan pronto deshonrarán a la hija de un aliado como a la de un enemigo. Parece igualmente renuente a reconocer que los soldados son reacios a dejarse llevar por el sentido común y tienden en mayor medida a seguir a los vanagloriosos que a los sagaces. Esto es lo que los torna peligrosos. Pues basta que haya un hombre en sus filas que se destaque por la capacidad de mando para que ellos alimenten su ambición hasta que no quede nada más que escombros donde plantarse. Y peor aún, basta que haya dos hombres de ese temperamento, para colocar al Estado a la lenta agonía de una guerra civil. En resumen, los militares no son diferentes de los demás hombres, salvo que ellos poseen armas mortales y amenazan a todo el mundo con su orgullo y vanidad.

Una palabra de advertencia, pues. Cuidado con los solda-

dos. Utilizadlos sólo como herramientas, porque no poseen ni la inteligencia ni la resistencia para la construcción de los Estados. Si en alguna ocasión creen tener el poder, difícilmente renunciarán a destruir el Estado. El ejército tiene que ser como una sirvienta para quienes controlen las esferas. No se debe tener miedo de destruir a quienes dentro del ejército comiencen a tener gran ascendente sobre sus hombres o que demuestren signos de ambición.

XVIII. LA JUSTICIA

Nuestro tema final es la segunda parte del precepto para la estabilidad de messere Niccolò: la justicia. Lo he dejado para el final porque no creo que contribuya al bienestar de los Estados tanto como afirmaban quienes me precedieron. La mayor parte, llegan a la conclusión de que la justicia protege a la gente y amplía la libertad. Pero la libertad es un arma peligrosa en manos del pueblo. La muchedumbre no sabe distinguir entre licencia y libertad, y en la mayoría de los casos pone la libertad en primer lugar, y al hacerlo arrastra al Estado hacia la anarquía. Por esa razón, la justicia debe actuar para limitar la libertad. Aceptar esta premisa como propósito de la justicia no será nada difícil una vez que las instituciones educativas comiencen a formar jóvenes que compartan la visión del supervisor y que consideren la pasión por la estabilidad mucho más alentadora que el vano deseo de libertad o algo parecido. Sin embargo, en las primeras etapas del nuevo Estado, el objeto de la justicia no se compadecerá con el carácter de los hombres. La dificultad surge porque el pueblo, según se le ha enseñado, creerá que la estabilidad deriva de la justicia. Ésta es una falsa creencia que el nuevo Estado debe corregir con presteza.

La justicia es un reflejo de la voluntad de los hombres. Nada más. No existe ningún precepto en este mundo que determine lo que está bien o mal de cualquier acto. Sólo el castigo establece la justicia de todos los actos. De modo que tanto la ley como la pena son arbitrarias, porque se crearon para adaptarse a las conveniencias políticas, económicas y sociales. Las leyes no son más de fiar que los hombres que las crean, y la estabilidad jamás puede sustentarse sobre la antojadiza voluntad humana.

Pero no les quitemos las leyes a la gente. Las leyes son como una manta con la que se envuelve la gente. Démosles su pueril refugio; alabemos las leyes, decretemos algunas nuevas de vez en cuando, revoquemos las viejas, y dejemos siempre que el pueblo crea que deben a las leyes el hecho de contar con el bien del Estado. Además, es preferible que las leyes sean sencillas. Qué hay que hacer; qué no hay que hacer. Qué debe ser castigado; qué debe ser recompensado. Dejemos que la gente comprenda que sin leyes, se verían obligados a ordenar el Estado, a establecer limitaciones sobre sus actos, a controlar a quienes los rodean. Con gusto cederán esa responsabilidad a la justicia con el fin de llevar una vida tan desprovista de complicaciones como sea posible. Y al otorgar autoridad a las leyes, el pueblo cede todo el poder al supervisor y los prefectos. Los hombres tratan de eludir las complicaciones siempre que pueden. Dejemos que la justicia satisfaga ese deseo.

Esto último constituye una lección aplicable también a otros ámbitos. En todas las cosas, el Estado tendría que tratar de simplificar, y al hacerlo así, mirar de tornar más dóciles a los hombres. A medida que las cosas se vuelven menos complicadas, también lo hacen los hombres. La imaginación, siempre un peligro para el Estado, cesará de irritar. Dejemos que los hombres se emboten con la pasión (una pasión concebida y promovida por el supervisor y los prefectos), y perderán todo deseo de desafiar a la autoridad. En la educación, enseñemos a los hombres a ser simples; atestemos sus pensamientos con elementos (el odio es el que más distrae), de modo que dejen de desarrollar sus propias ideas. Una vez que los líderes despojan de inventiva e ingeniosidad el corazón y la mente de los hombres, el pueblo ya no representa amenaza alguna para la estabilidad.

XIX. LA FORMA IDEAL DE GOBIERNO

Hasta aquí, me he esforzado todo lo posible para evitar el consejo antojadizo que ofrecían quienes han escrito antes que yo. En ningún momento he explicado cómo deberían gobernarse los Estados, ni cómo deberían actuar los hombres. He elegido el camino más honesto, aunque solitario, con el fin de que mis palabras puedan ser útiles a los hombres que buscan la supremacía en un mundo de verdad, y no en una tierra de fantasía. ¿Por qué, pues, afirmo ahora que puedo describir la forma ideal de Gobierno? Estas cosas no son para los hombres que tienen objetivos prácticos.

La razón es muy simple. A quienes aún cuestionen la utilidad de las tres esferas, a los que no vean por qué el caos es esencial para crear un Gobierno estable y nieguen la necesidad de expandirse por medio de la agresión y la maquinación, mis conclusiones les parecerán utópicas. En verdad, el Gobierno que propugno sólo es posible si las tres esferas obran de consuno en perfecta armonía. Entonces, y sólo entonces, la verdadera supremacía producirá un Gobierno que en la superficie dará la impresión de que cede a los caprichos de los deseos de los hombres sin renunciar ni un ápice a su autoridad. República, tiranía, democracia: estos nombres no significan nada salvo por el solaz que brindan a los corazones y los espíritus de los hombres.

También utilizo la palabra ideal por otra razón. En ningún lugar de estas páginas describo la manera en que un Estado en particular puede llevar estos consejos a la práctica. En ningún momento recomiendo el periodo de tutelaje bajo el cual cada prefecto desarrollará sus habilidades. En ningún lugar nombro la zona comercial exacta, ni el fracaso político preciso que llevará al viejo régimen a la ruina. Y en ningún momento describo los planes de estudio que deben implantarse en las escuelas. Los términos odio, expansión, agresividad y maquinación han estipulado el único detalle. Pero ¿por qué? Porque las circunstancias deben dictar las políticas a seguir; porque cada Estado requiere un objeto diferente del odio; porque los sectores más vulnerables del comercio y los negocios varían entre los Estados; porque la expansión establece su propia dirección, y porque el poder sigue sus propios designios.

Es un ideal porque nadie, ni yo mismo, puede prever las demandas del futuro en las tres esferas. Pero tomemos nota. No lo denomino un ideal porque no pueda alcanzarse. Lo que llevo escrito puede conducir a los hombres y los Estados a la estabilidad. Si esos hombres poseen la valentía y la habilidad de interpretar las circunstancias de su época y actúan en consecuencia, eso es todo lo que se alza ahora entre el ideal y la realidad.

XX. UNA EXHORTACIÓN A LA ACCIÓN

Sin embargo, me pregunto si ha llegado el momento de crear un nuevo Estado, y si unos pocos hombres podrían tratar de producir un cambio tan extraordinario. Es muy cierto que el miedo ha infestado el activismo, que la indulgencia ha reemplazado a la acción, y que la empatía lo ha diluido todo. Y a pesar de ello, sin duda respondo que sí. Nunca antes han coincidido tantos factores para brindar un ambiente propicio y un ímpetu tan grande para producir un cambio en el control del poder. La presencia misma del tal Lutero indica cuán fácilmente los hombres pueden ser llevados a abandonar todo lo que les es caro en nombre de una autoridad desconocida y no probada. Utilizad a ese alemán renegado, Santo Padre, como símbolo de corrupción; mostradlo como el cáncer que destruirá toda Europa; destruidlo, a él y a sus seguidores, y, al hacerlo, liberad el poder para que pueda explorar y conquistar a su voluntad.

La destrucción del tal Lutero, empero, sólo debe llegar como culminación de la empresa, el momento final antes de que el caos pueda salir a la luz. Dejad que otras instancias menores de destrucción abran el camino de modo que su muerte sea el toque de clarín para todos aquellos que estén dispuestos a trascender el mundo corrupto que él ha inspirado. Dejad obrar al caos, un acontecimiento tras otro, hasta que engendre el temor y la incertidumbre en los corazones de la gente. Una pequeña erupción no significa nada. Una tras otra y tras otra, eso sí que tiene verdadero valor; eso es algo que, a lo largo de un periodo de varios meses, seguro que producirá el caos. Recordad, también, querido Padre, que esas conmociones no es necesario que sean de real consecuencia. Su verdadero efecto tiene poca importancia siempre y cuando sea vasta la amenaza que conlleva.

No puedo afirmar con certeza que mi esquema sea infalible, pero el breve plan que ofrezco a continuación constituye un camino para provocar el caos que tan vital es para lograr la verdadera supremacía. Os pido tan sólo que lo leáis, y espero que os sirva de inspiración en vuestras más grandes hazañas.

I. No temáis destruir lo que consideréis como lo más caro. La catedral de Santa Maria del Fiore debe ser la primera en caer. Constituye un símbolo de vuestra fuerza, de la voluntad de nuestro Padre Cristo, y así se alza como un bastión de nuestra fe. Dejad que la gente crea que el tal Lutero es el responsable, que él es la amenaza. Ellos responderán en consecuencia.

II. El embajador español debe ser el siguiente en caer. Carlos lo verá como una intriga y traerá el espectro de la guerra. Un pueblo que teme por su propia supervivencia recibirá con los brazos abiertos cualquier clase de seguridad que le podáis ofrecer.

III. Los puertos de Civitavecchia y Portopisano deben ser zonas de desastre; sólo de esta manera los comerciantes se hincarán de rodillas. Al mismo tiempo, el banco Pazzi debe ser llevado a la quiebra: la mala administración es el camino más seguro, y hay miembros de la familia Pazzi, que he puesto a vuestra disposición y que están ansiosos y dispuestos a lograr ese fin. Sólo tenéis que convocarlos.

IV. Debéis amenazar con una segunda expulsión de los judíos de Roma, presentarlos como parias sobre los cuales todo el mundo centre su odio. Pero no los expulséis. Dejad que se queden para que la agresividad de la gente se cebe en ellos. Cuando llegue el momento, les daréis un castigo ejemplar en fiestas públicas.

V. Propiciad que varios pozos de Roma y Florencia sean infectados con enfermedades contagiosas. Esto debe perdurar sólo durante un corto periodo, pero es esencial que la amenaza de la peste sea muy real. La mala salud y el caos van de la mano.

Éstos son sólo los comienzos, Santo Padre. En efecto, es mejor intentar una primera prueba de las conjeturas mediante la experimentación, algunos incidentes en una ciudad importante —quizá Venecia sea la mejor opción—, con el fin de asegurarse de que el clima está maduro para el caos. Una vez realizada la prueba, soltad las riendas y dejad que el caos siga su curso con el continente.

Me reservo los demás acontecimientos con el fin de concebir y ejecutar el más ambicioso de los planes conjuntamente. No me castiguéis por mantenerlos en secreto. Un hombre pobre tiene que guardar algo para sí. Os recordaré, empero, que el acto final será la muerte del mismo diablo, el tal Lutero que se alza entre la humanidad y la salvación. Es el plan que he trazado lo que lo hará posible.

Cuento con personas dispuestas a regir las tres esferas; son aquellos a quienes he preparado para comprender las sutilezas dentro de cada esfera y para que os vean como su guía, su Señor, su supervisor en los días por venir. Dejad que sean vuestros siervos. Dejadles remover la peste y utilizad al tal Lutero como excusa para transformar la naturaleza misma de la supremacía. Estos hombres, en un tiempo muchachos sin visión ni pasión, actualmente se dan cuenta de que las esferas son en todas partes las mismas: en cada pueblo, en cada ciudad, en cada nación. Que se pongan todos ellos a vuestras órdenes.

Dios os ha conferido una oportunidad en la guisa de un monstruo religioso. Él os ofrece este sacrificio con el fin de que podáis ejercer vuestra voluntad y participar de Su gloria. Nadie negará la rectitud de vuestros actos si actuáis ahora, con la presteza y el espíritu de venganza que tal mal inspira. El poder araña la puerta con sus garras, dispuesto a saltar y a devorar ese demonio. Dios mismo os ofrece la llave para liberar el poder. Tomadla, mi Señor, y cread para nuestro Salvador un mundo perfectamente ordenado y estable aquí en la tierra.